Ana Woods

FALLEN QUEEN
EIN HERZ SCHWARZ WIE EBENHOLZ

DRACHENMOND VERLAG

Copyright © 2019 by

Drachenmond Verlag GmbH
Auf der Weide 6
50354 Hürth
http: www.drachenmond.de
E-Mail: info@drachenmond.de

Lektorat: Stephan R. Bellem
Korrektorat: Michaela Retetzki
Satz: & Layout: Astrid Behrendt
Karte: Denise Wolf
Umschlagdesign: Marie Graßhoff
Bildmaterial: Shutterstock
Druck: Booksfactory

ISBN 978-3-95991-108-5
Alle Rechte vorbehalten

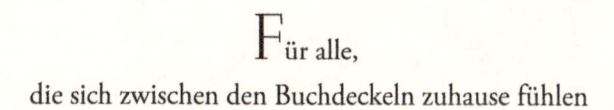

Für alle,
die sich zwischen den Buchdeckeln zuhause fühlen

Kjartan

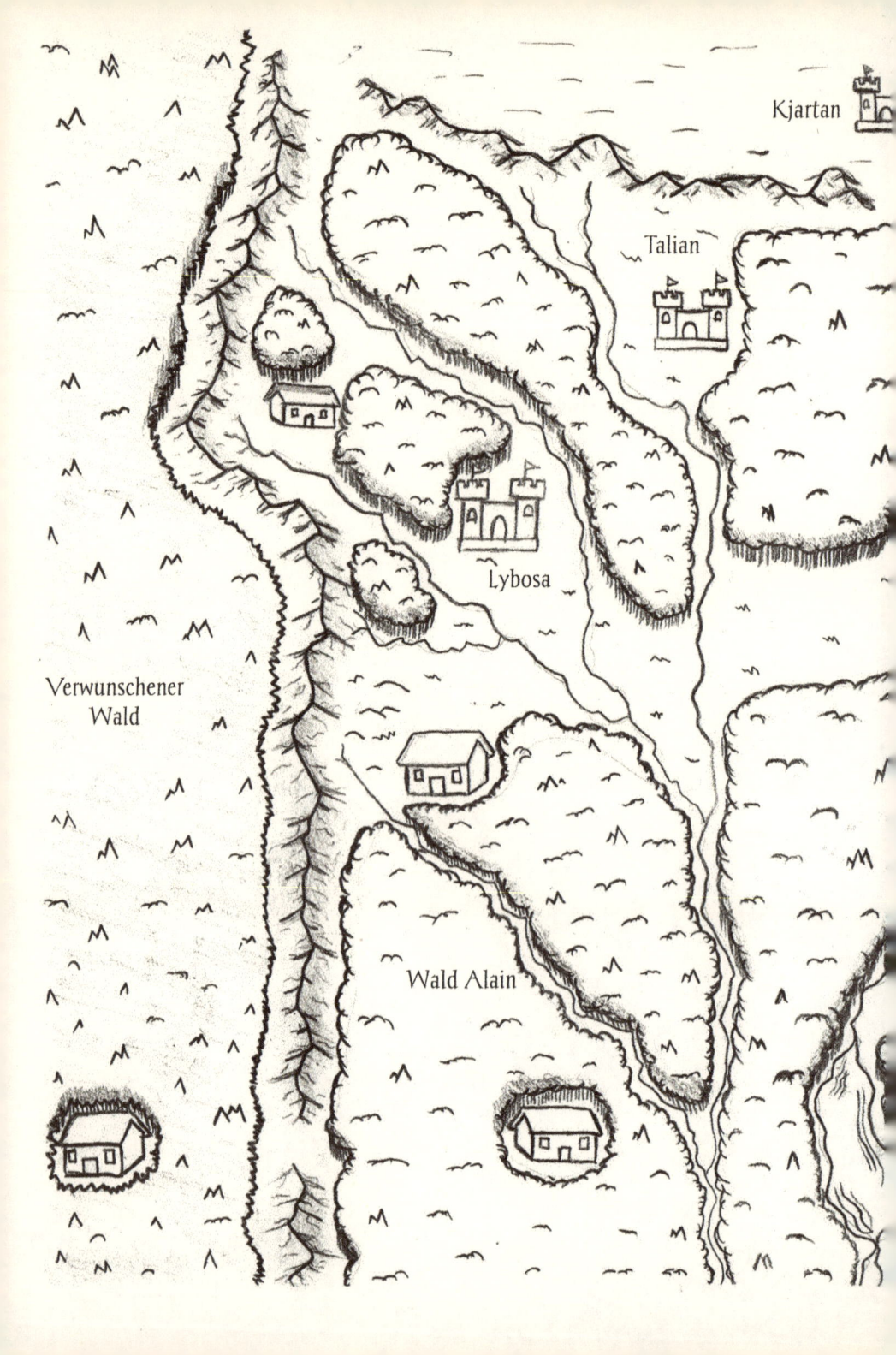

Talian

Lybosa

Verwunschener
Wald

Wald Alain

Arzu

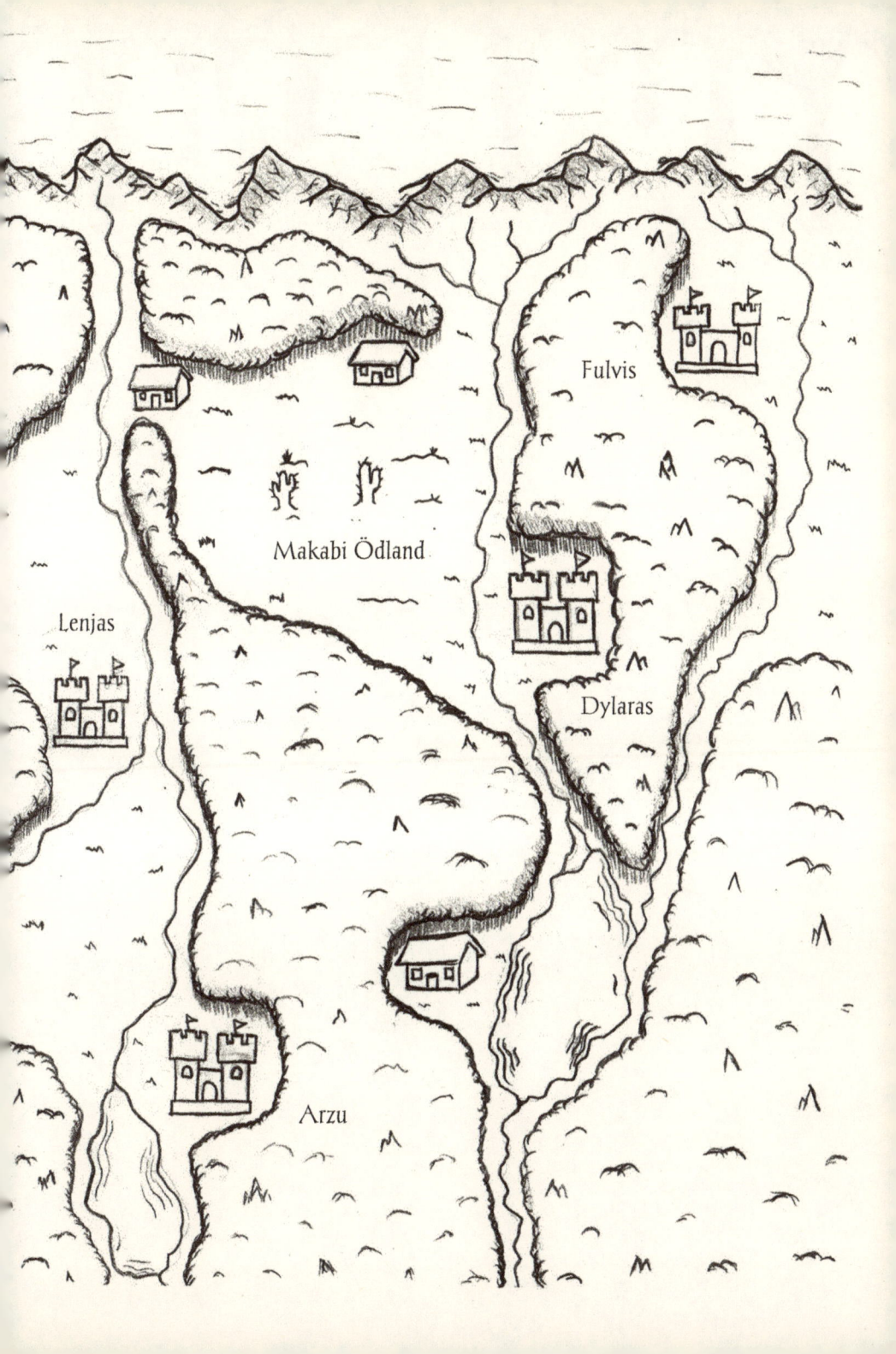

Lenjas

Makabi Ödland

Fulvis

Dylaras

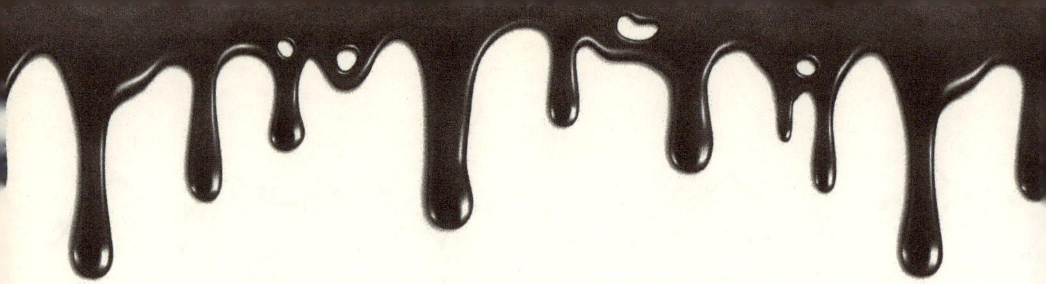

PROLOG – ARCANA

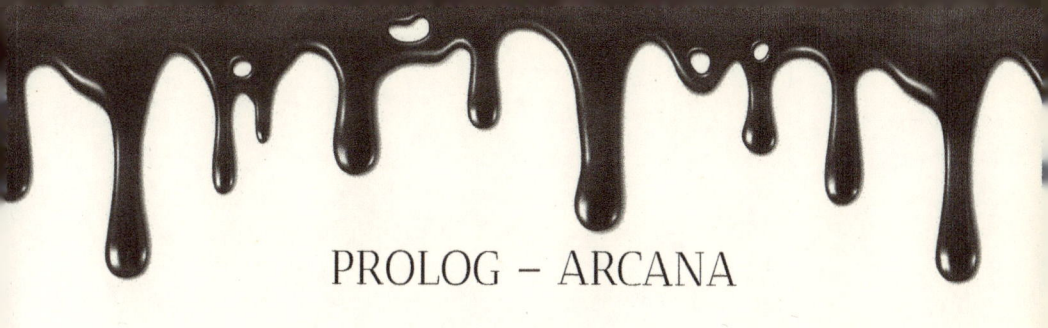

Endlich war ich frei. Sechshundert Jahre hatte ich hinter verspiegeltem Glas verbracht, ein einsames Dasein gefristet, ohne Hoffnung, jemals wieder mit meinem Körper vereint zu sein. Meine Kräfte hatten allmählich zu schwinden begonnen. Es fiel mir von Tag zu Tag schwerer, die Magie zu spüren, da meine Seele in Stille und Kälte umhertrieb.

Dann trat sie in mein Leben, so jung und ungezähmt, völlig blind für die Dinge, die vor ihr lagen. Sie war es, die mich aus meinem Schlummer erweckt, mir einen Sinn und Zweck gegeben und mich von den Fesseln gelöst hatte. Ein junges Mädchen königlichen Blutes, das an das Gute in den Menschen glaubte und so auch an das Gute in mir. Eine zarte Seele konnte viel zu leicht mit Dunkelheit vergiftet werden.

Ich berührte mit den Fingerspitzen den samtenen Stoff des Kleides, das elegant an meinem Körper hinunterfloss. Es war ein ungewohntes Gefühl, mich so sehen zu können. Sechshundert körperlose Jahre hatten Spuren hinterlassen. Doch nun, da ich mich in meiner natürlichen Gestalt befand, sollte alles anders werden.

Endlich konnte ich die Magie wieder durch meine Adern fließen spüren. Sie schlängelte sich durch meinen gesamten Körper, erfüllte mich und machte mich vollkommen. Eira stand neben mir und blickte in die Ferne, ihre Züge selbstsicher und entschlossen. Wie leid sie mir in jenem Augenblick hätte tun müssen. Sie konnte schließlich nicht ahnen, dass sich nicht nur die Dunkelheit über die Königreiche legen würde, sondern andere Zeiten anbrechen würden. Dunkle Zeiten, wie Eira sie sich nicht einmal in ihren finstersten Albträumen vorstellen konnte, und die sie vermutlich auch niemals erleben würde.

Einst ein zartes Kind, von Unschuld geprägt, war sie nun zu einem Leben in den Schatten verdammt. Und ich war die Höllenfürstin, die ihr Untergang sein würde.

Bald wäre ich endlich die alleinige Herrscherin.

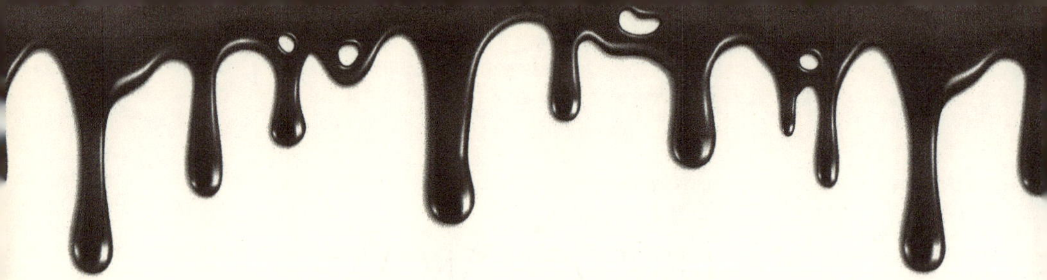

KAPITEL 1

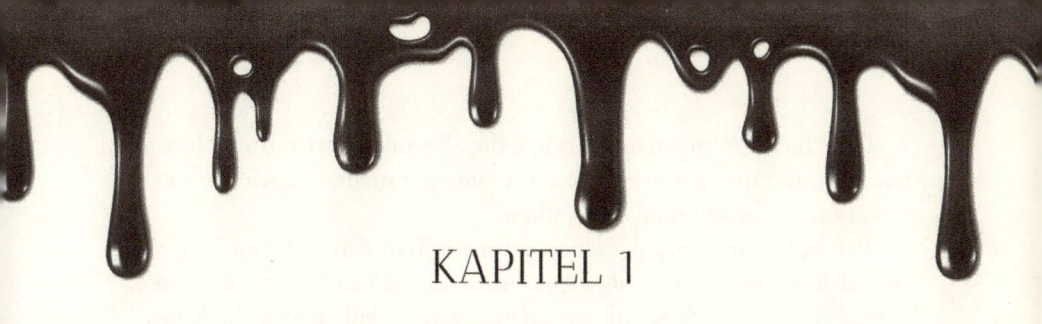

Ich konnte mir nicht erklären, was eben geschehen war. Teros Worte hallten in meinem Kopf wider, doch sie ergaben keinen Sinn.

Ich bin der Thronerbe von Kjartan. Das hatte er mit solch fester Stimme gesagt, als würde er es wirklich so meinen. Sollte das heißen, dass er mich das vergangene Jahr über belogen hatte? Meine Gedanken kreisten umher, versuchten eine logische Erklärung für die sechs kleinen Worte zu finden. Sechs Worte, die mir wie Peitschenhiebe vorkamen. Sechs Worte, die alles veränderten.

Es war erstaunlich, welche Macht die Sprache auf uns haben konnte. Es waren lediglich Worte, geformt aus Buchstaben, die sich vor vielen Jahrhunderten oder gar Jahrtausenden irgendjemand ausgedacht hatte. Doch diese besaßen die Kraft, sich in den Gedanken festzusetzen, sich tiefer und tiefer in das Herz zu bohren und dort ihre Spuren zu hinterlassen. Worte waren imstande zu verletzen und genau das taten sie in diesem Augenblick – sie schmerzten.

»Es tut mir leid …«, setzte Tero an. Sein Blick taxierte mich. An seiner gebückten Haltung, den Kopf vor Scham leicht eingezogen, konnte ich sehen, dass er die Wahrheit gesprochen hatte. Er war wirklich der Kronprinz von Kjartan und kein gewöhnlicher Jäger, der in den Wäldern beheimatet war.

»Wieso?« Mehr brauchte es nicht, um ihm begreiflich zu machen, dass er mir eine Erklärung schuldig war. Ich hatte mich Tero anvertraut, ihm mein Herz geöffnet und ihm einen Einblick in meine tiefste Gefühlswelt gegeben. Und was hatte er getan? Er hatte mein Vertrauen missbraucht, es durch den Dreck gezogen.

Aleksi trat einen Schritt an Tero – seinen *Bruder* – heran und flüsterte ihm etwas ins Ohr. Mari schaute unbeholfen zwischen den beiden Männern hin und her. Ich vermutete, dass sie bereits von dem Geheimnis wusste, das mir soeben offenbart wurde. Von uns allen war sie die Einzige, die nicht im Geringsten überrascht wirkte.

Ich schaute zu meinen Freunden, die allesamt verwirrt dreinblickten. Stumm tauschten wir Blicke aus, wussten nicht, wie wir mit der Situation am besten umgehen sollten.

»Ich bin immer noch derselbe«, versuchte Tero sich und seine Lügen zu rechtfertigen. »Es war nie meine Absicht, euch zu belügen oder zu enttäuschen, aber ich wollte mit meiner Vergangenheit abschließen.«

»Du bist ein reicher Mann mit viel Einfluss. Weshalb solltest du auf ein solches Leben verzichten wollen?«, fragte Eggi neugierig.

Hilfe suchend sah Tero zu Aleksi, der versuchte, ihm aufmunternde Blicke zuzuwerfen. Er trat von einem Fuß auf den anderen, kratzte sich an dem mittlerweile längeren Bart. Es schien, als wüsste Tero keine Antwort darauf.

Langsam trat ich auf ihn zu, wobei seine Züge augenblicklich weicher wurden und sich sein Gesicht erhellte. Mit einem wütenden Funkeln in den Augen machte ich ihm allerdings begreiflich, dass es keinen Grund gab, vor Erleichterung aufzuatmen. Es fiel mir schwer, noch weiter die Fassung zu bewahren, denn ich fühlte mich hintergangen.

Erst hatte Eira mich betrogen, mir alles genommen, was mir lieb und teuer war, anschließend hatten Jalmari und Valeria sich in unsere Gruppe eingeschleust, nur um uns ebenfalls zu hintergehen, und nun hatte der Mann, den ich in mein Herz gelassen hatte, mir das Messer in den Rücken gerammt, kaum hatte ich mich von ihm abgewendet. Ich verstand nicht, weshalb Tero mir so etwas antat, obwohl er genau um meine Vergangenheit wusste. Er wusste, was ich durchzustehen hatte, was man mir angetan hatte, und nichtsdestotrotz handelte er aus freien Stücken und tanzte mir auf der Nase herum.

Ich baute mich vor Tero auf, stellte mich auf Zehenspitzen, um mit ihm auf einer Höhe zu sein und ihn in Grund und Boden starren zu können. Als ich ihm in die Augen schaute, begann mein Herz zu poltern, aber ich versuchte es im Zaum zu halten. Natürlich konnte ich die Gefühle, die ich für diesen Lügner hegte, nicht von einem Moment auf den nächsten abstellen. Das Herz wollte schließlich, was das Herz wollte. Dennoch hatte mein Verstand mich fest im Griff und dieser riet mir dazu, schleunigst das Weite zu suchen und meiner eigenen Wege zu gehen.

Etarjas Worte hatten sich in den vergangenen Tagen nur allzu oft bewahrheitet. Sie hatte mich darauf vorbereitet, dass ich nicht jedem meiner Freunde über den Weg trauen konnte und einige mich hintergehen würden. Nachdem Jalmari und Valeria verschwunden waren, hatte ich allerdings gedacht, das Schlimmste bereits überstanden zu haben. Dass Tero ebenso unehrlich war, damit hatte ich nicht gerechnet.

»Du hast mir all die Monate etwas vorgespielt«, spie ich. »Wie konntest du es nur wagen, Tero? Ich habe dir mein Herz und meine Seele geöffnet, dich in mein Leben gelassen und mit offenen Armen empfangen. Und nun muss ich herausfinden, dass du mich all die Zeit belogen hast? Ich weiß nicht mehr, wer du überhaupt bist und welches deiner Worte jemals der Wahrheit entsprach.«

Tero schluckte schwer und befeuchtete anschließend seine Lippen. Er wollte etwas sagen, doch ich konnte seinen Angstschweiß förmlich riechen. Langsam streckte er die Hand nach mir aus und legte sie an meinen Oberarm. Die Berührung hinterließ ein angenehmes Prickeln auf meiner Haut, dennoch entzog ich mich ihm.

»Bitte, Nerina«, flüsterte Tero, während eine Träne seine Augenwinkel verließ und seine Wange hinunterglitt. »Es war nie meine Absicht, dich zu verletzen.«

»Woher soll ich wissen, ob du die Wahrheit sagst? Du hast mich belogen, Tero. Belogen!«

Ich zitterte am ganzen Körper und die Wut übermannte mich. Trotz der Tatsache, dass ich ein eher friedliebender Mensch war, hätte ich am liebsten ausgeholt und meine Faust in Teros Gesicht platziert.

Aleksi trat zur Unterstützung neben seinen Bruder und musterte mich ermahnend. »Tero ist ein guter Mensch, Nerina. Er hatte seine Gründe. Und wenn man es genau nimmt, dann hat er nicht gelogen, sondern lediglich seine wahre Herkunft verschwiegen.«

»Als ob das nicht dasselbe ist«, hörte ich Asante hinter mir sagen.

»Nein, ist es nicht.« Aleksi wurde lauter, seine Stimme herrisch, wie es sich für einen Mann seiner Abstammung gehörte. Dennoch passte es nicht zu seinen sonst so sanften Zügen.

Kurz ließ ich mir seine Worte durch den Kopf gehen. Bestand wirklich ein Unterschied zwischen Lügen und die Wahrheit bewusst verschweigen? Vielleicht hatte Aleksi recht und Tero hatte aus einem bestimmten Grund so gehandelt. Doch wir mussten es von ihm hören.

»Tero, wieso hast du gelogen?« Nun hob ich die Hand, um sie auf seinen Arm zu legen. Er schaute auf sie hinab und atmete stoßweise ein und aus.

Seine Stimme nahm einen friedlichen Klang an. »Mein Vater hat mich vor langer Zeit enterbt, das war keine Lüge. Ich habe mich in die falsche Frau verliebt und dafür wurde mir mein Titel und mein Vermögen genommen. Ich wollte doch nur vergessen, kannst du das nicht verstehen? Wozu alte, schmerzhafte Erinnerungen wieder an die Oberfläche bringen, wenn sie in der Vergangenheit liegen? Ja, ich war ein Prinz, habe am Hofe gelebt und die Gepflogenheiten eines angehenden Königs beherrscht, doch das ist lange her. Durch Tjana wurde ich zu einem anderen Menschen, einem besseren Mann, der in den Wäldern daheim ist. Und als ebenjener Mann solltet ihr mich sehen und nicht als einen Prinzen.«

Seine ehrlichen Worte berührten mich. Ich konnte nachempfinden, wie er sich fühlte und weshalb er so gehandelt hatte. Dennoch hätte Tero sich mir viel früher anvertrauen können. »Danke für deine Ehrlichkeit«, flüsterte ich und meinte die Worte auch so.

»Kannst du mir vergeben?«

Nun war ich es, die schlucken musste. Zu gerne hätte ich ihm diese Tat einfach verziehen, doch der Schmerz war zu frisch und die Wunde noch lange nicht verheilt. Ich konnte die Beweggründe nun immerhin besser verstehen, doch das änderte nichts an der Tatsache, dass ich hintergangen worden war.

»Die Zeit heilt alle Wunden«, erwiderte ich ruhig. »Es wird dauern, doch irgendwann wird die Zeit reif sein. Doch du musst dir mein Vertrauen erst wieder verdienen. Das verstehst du doch, oder?«

»Und nicht nur das ihre.« Asante trat neben mich, die Hände zu Fäusten geballt in die Seite gestemmt. Für einen Moment hatte ich die anderen vollkommen ausgeblendet. Selbstverständlich war ich nicht die Einzige, die er belogen hatte. Auch unsere Freunde mussten diesen Verrat erst einmal verarbeiten.

Tero hielt dem strengen Blick unseres Anführers stand. Schließlich nickte er mit zusammengepressten Lippen. »Natürlich.« Mehr sagte er nicht, ehe er an uns vorbeischritt und am Lagerfeuer zurückließ.

Ich schaute Tero hinterher, der in gebückter Haltung die Hütte betrat und die Tür lautstark hinter sich ins Schloss fallen ließ.

»Ihr wart zu hart zu ihm«, meinte Aleksi, als sein Bruder außer Hörweite war. »Ihr seid für ihn wie Familie. Bitte verzeiht ihm.«

Laresa gesellte sich an die Seite ihres Bruders. Ihr Arm war noch immer verbunden, doch blutete glücklicherweise kaum noch und verheilte gut. »Das hat Tero sich selbst zuzuschreiben«, sagte sie schroff.

»Wir alle haben unser Päckchen zu tragen«, konterte ich. Ich wusste, dass auch ich eben noch zu hart zu Tero gewesen war, doch die Wunden, die Jalmari und Valeria hinterlassen hatten, waren zu frisch. Doch es war falsch, diese Wut nun auf Tero zu projizieren. Menschen machten Fehler, jeder von uns. »Wir haben auch Valeria vertraut und wo hat uns das hingeführt? Und Kasim, möge er in Frieden ruhen, ist auf Geheiß Kjartans zur Gruppe gestoßen, um Tero zu finden. Du und Asante hattet mir die ersten Tage ebenfalls verschwiegen, dass ihr vom Orakel über den Verrat an mir informiert wurdet.«

Schweigen legte sich über die Gruppe. Sie alle blickten beschämt zu Boden, denn sie wussten, dass ich recht hatte. Jeder von uns hatte Dinge, über die er ungern sprach und die er lieber für sich behielt. Es stand uns nicht zu, über andere in diesem Umfang zu urteilen. Natürlich dauerte es, ehe wir Tero wieder vollends vertrauen konnten, doch wir sollten ihn keinesfalls endgültig abschreiben, auch wenn ich vor wenigen Minuten noch genauso gedacht hatte. Seine Erklärung kam zwar viel zu spät, doch Tero hatte uns nun endlich die Wahrheit offenbart. Die Wahrheit über seine Herkunft und seine Vergangenheit. Das war etwas, das wir ihm hoch anrechnen mussten.

»Ich muss Nerina zustimmen.« Heorhiy war bisher ein schweigsamer Zuhörer gewesen, genau wie seine Schwester. Immerhin waren die beiden erst seit Kurzem an unserer Seite und hatten kein Recht, sich in unsere Angelegenheiten einzumischen. Nun aber fixierte er uns nacheinander, in seinen Augen lag all die Weisheit dieser Welt. Doch wurden sie von dunklen Schatten umrahmt – er war gezeichnet von all dem Schrecken, den er durchlebt hatte. »Tero mag unrecht gehandelt haben, dennoch ist er euer Freund und steht euch treu zur Seite. Ich mag noch nicht lange bei euch sein, doch ich habe in meinem Leben viel gesehen und gelernt, auf meine Instinkte zu vertrauen. Er ist ein guter Mensch, der nur in bester Absicht handelt. Er verdient eine zweite Chance.«

Ein Lächeln breitete sich um Aleksis Mundwinkel aus, welches auch Maris Gesicht erhellte. Schüchtern stand sie in einiger Entfernung hinter dem Prinzen, warf ihm verstohlene Blicke zu, die er nicht bemerkte. Dann zupfte sie ihr Kleid zurecht und ging auf ihn zu. Als er sie sah, entspannte sich sein gesamter Körper und ich fragte mich, wie viel die beiden wohl miteinander verband. Ein Prinz und eine Kammerzofe konnten im Grunde keine gemeinsame Zukunft haben. Doch anscheinend lag es in deren Familie, für jemanden niederen Standes zu schwärmen.

Meine Gedanken führten mich zu etwas, das Tero zuvor gesagt hatte. »Wenn Tero enterbt wurde, wie kann er dann der König von Kjartan werden?«

Die Frage schien Aleksi zu überraschen. Er zog die Brauen zusammen und legte den Kopf schief, ehe er mir antwortete. »Vater kam nie dazu, Teros Enterbung rechtsgültig zu machen, und ich lege keinen Wert darauf, ein Königreich zu regieren. Tante Izay ist eine wundervolle Herrscherin, doch ihre Zeit neigt sich dem Ende entgegen. Kjartan braucht Tero mehr, als ihm bewusst ist.«

»Was geschah mit dem Königspaar?«, wollte Desya ehrfürchtig wissen.

»Sie starben kurz nachdem Tero dem Palast auf ewig den Rücken gekehrt hatte. Ich werde euch alles erzählen, sobald wir Kjartan erreicht haben. Es ist besser, ihr seht es selbst.«

Aleksi sprach in Rätseln, doch seine traurige Miene ließ uns alle verstummen. Niemand wagte es, ihn weiter zu bedrängen und so entschieden wir, es dabei zu belassen. Der Schmerz schien noch zu tief zu sitzen.

Es war mittlerweile tief in der Nacht, die Sterne am Himmel leuchteten hell. Ich beobachtete ihr Funkeln eine Weile, denn es spendete mir wie immer den benötigten Trost. Die anderen waren am Lagerfeuer nach und nach in einen ruhigen Schlaf geglitten und auch meine Lider wollten allmählich zufallen. Die kühle Herbstluft ließ mich allerdings frösteln.

Leise erhob ich mich, darauf bedacht, die anderen nicht zu wecken. Es war ein friedlicher Anblick, wie meine Freunde aneinandergekuschelt am Feuer lagen und sich gegenseitig zusätzliche Wärme spendeten.

Die Tür knarrte, als ich sie einen Spaltbreit öffnete, um mich ins Haus zu schleichen. Die Dielen unter meinen Stiefeln quietschten bei jedem Schritt. In der Stille der Nacht war das Geräusch ohrenbetäubend, auch wenn ich mich über die Monate daran hätte gewöhnen müssen.

Im Schlafsaal brannte ein Licht, weshalb ich Tero darin vermutete. Kurz überlegte ich, stattdessen in die Küche zu gehen, doch meine Beine wollten mir nicht gehorchen und trugen mich weiterhin geradeaus.

Tero lag auf seinem Bett, die Hände hinter seinem Kopf verschränkt und den Blick an die Decke gerichtet. Seine Augen waren weit aufgerissen und er blinzelte nicht ein einziges Mal. Anscheinend war er mit den Gedanken ganz woanders und bemerkte mein Eintreten nicht einmal. Erst als ich mich zu ihm auf die Bettkante setzte, nahm ich eine leichte Regung wahr, doch er schaute mich nicht an.

Ich wusste nicht, wie ich ein Gespräch mit ihm anfangen sollte, schließlich wollte ich nicht einmal hier bei ihm sein. Doch mein Herz hatte über meinen Verstand gesiegt und mich instinktiv zu ihm geführt.

Auch Tero schwieg weiterhin und war in seine Gedanken vertieft. Nur allzu gerne hätte ich sie gelesen, gewusst, weshalb er so am Grübeln war. Ich streifte meine schmutzigen Stiefel ab, die lautstark auf den Holzboden fielen, und zog die Knie an die Brust. Im sanften Kerzenschein sah Tero so friedvoll und zerbrechlich aus. Als würde ich nichts als einen Scherbenhaufen zurücklassen, sollte ich ihn berühren.

Zaghaft streckte ich meine Hand aus und legte sie auf seine Brust. Sein Herz setzte zwei Schläge aus, ehe es in gewohntem Takt weiterschlug.

»Es tut mir leid, wenn wir zu hart zu dir waren«, begann ich zögerlich. Ich wartete auf eine Reaktion – vergeblich. Seufzend fuhr ich fort. »Wir verstoßen dich nicht, falls du das glaubst. Du bist ein Teil von uns und das wirst du immer bleiben.«

Nun drehte er den Kopf doch zu mir und rang sich ein Schmunzeln ab. »Ihr wart nicht zu hart. Ich wusste, wie ihr reagieren würdet, wenn ich euch die Wahrheit erzähle. Dein schmerzverzerrter Gesichtsausdruck, als du erfahren hast, wer ich wirklich bin, war dennoch wie ein Messerstich ins Herz für mich.«

Tero richtete sich auf und rutschte näher an mich heran. »Ich wollte dich nie verletzen oder gar enttäuschen.«

»Schon in Ordnung«, versicherte ich ihm, ehe ich mir der Bedeutung meiner Worte im Klaren war. Ich griff nach Teros Hand und zog gedankenverloren die Linien der Innenfläche nach. Als ich am

Handgelenk angekommen war, fuhr ich seinen Unterarm hoch, entlang der Narbe, die sich dort befand. Dann schaute ich ihm wieder in die Augen. »Versprich mir aber eines«, sagte ich, während meine Fingerspitzen noch immer auf der Narbe ruhten. »Ab sofort keine Geheimnisse mehr.«

Noch bevor ich das letzte Wort gesprochen hatte, entriss er mir seinen Arm und ließ sich zurück in das Kissen gleiten. Im Schein des Kerzenlichts konnte ich sehen, wie er mit sich rang. Sein Kiefer spannte sich an, er schaute durch den Raum, um meinem Blick auszuweichen. Dann öffnete er den Mund, nur um ihn kurz darauf wieder zu schließen.

»Ich kann nicht, Nerina.« Erneut machte sich der Schmerz seiner Worte in meinem Herzen bemerkbar. »Ich liebe dich, das tue ich wirklich. Mit allem, was ich habe, allem, was ich bin. Ich würde jeden Berg erklimmen, jedes Reich bezwingen, nur um an deiner Seite zu sein. Aber es gibt Dinge über mich, die ich dir einfach noch nicht erzählen kann. Bitte glaube mir, wenn ich sage, dass eines Tages der richtige Zeitpunkt gekommen sein wird. Früher oder später wirst du alles von mir wissen, das schwöre ich bei den sieben Königreichen.«

Tero ergriff meine Hand, hielt sie so fest, dass es beinahe schmerzte. Ich versuchte, seinem intensiven Blick auszuweichen, denn ich würde nur schwach werden, wenn er mich so ansah. Und Schwäche war etwas, das ich mir in diesem Stadium unserer Reise nicht erlauben konnte.

Mein Herz verzehrte sich nach Tero, wollte mit ihm zusammen sein und an seiner Seite für eine bessere Zukunft kämpfen. Eine Zukunft, in der es ein *wir* geben konnte und in der alles anders werden sollte. Doch solange er mir nicht grenzenlos vertraute, so wie ich ihm, war es einfach nicht möglich. Es konnte für mich keine Zukunft an der Seite eines Mannes geben, der Geheimnisse vor mir hatte. Egal, wie sehr es auch wehtat, ich musste dieser Wahrheit ins Auge sehen.

Ich stand von der Bettkante auf und verließ wortlos den Schlafsaal. Tero rief mir hinterher, doch ich blendete seine Worte aus. Ich wollte sie nicht hören.

Meine Eltern hatten mich vieles gelehrt und mir viele Weisheiten mit auf den Weg gegeben. Doch mir wurde bewusst, dass nicht alles von dem stimmte, was sie mir erzählt hatten. Denn die Liebe war nicht immer die stärkste Macht der Welt.

KAPITEL 2

Mari war bereits früh auf den Beinen und bereitete gemeinsam mit Desya das Frühstück vor. Die vergangene Nacht war für mich schlaflos geblieben, was nur allzu deutlich an den dunklen Ringen unter meinen Augen zu erkennen war. Auch nach einem Becher Kräutertee ging es mir noch nicht wirklich besser.

»Wir sollten uns nicht zu viel Zeit mit dem Aufbruch lassen«, sagte Asante, als alle anwesend waren. »Kjartan ist weit entfernt und von dort aus müssen wir im Anschluss nach Dylaras gelangen. Wer weiß, welche Gefahren sich uns in den Weg stellen werden.«

Ich lauschte, wie die anderen sich in das Gespräch mit einbrachten, doch viel mehr als ein rauschendes Stimmengewirr drang nicht zu mir durch. Meine Gedanken waren noch immer bei Tero und unserer nächtlichen Unterhaltung.

»Nerina, was meinst du?«, wollte Eggi irgendwann von mir wissen.

»Was meine ich zu was?« Hitze durchströmte meine Wangen. Ich hatte nicht mitbekommen, worüber die anderen in den vergangenen Minuten gesprochen hatten.

»Wo bist du nur mit deinen Gedanken?« Lorya grinste zu mir herüber, doch mir war nicht danach zumute.

Eggi seufzte und wiederholte alles im Schnelldurchlauf. »In einer Woche brechen wir nach Kjartan auf und von dort aus mit dem uns zur Verfügung gestellten Heer nach Dylaras.«

Langsam nickte ich. »Klingt so weit gut.«

Meine Zustimmung schien die anderen zu motivieren, denn sie begannen mit der Entwicklung von Schlachtplänen. Laut dem, was ich heraushören konnte, wollte Kjartan uns beinahe das gesamte Heer stellen, damit wir genug Männer hatten, um gegen Eira in den Krieg zu ziehen. Allerdings konnten weder Aleksi noch Mari Genaueres dazu sagen, welche Verbündeten wir noch für uns gewinnen konnten.

Anscheinend hatte Eira die meiste Zeit über Stillschweigen bewahrt, wenn es um ihre Machenschaften ging. Das wunderte mich eher weniger, wenn man bedachte, dass sie inkognito gleich zwei Feinde in unsere Reihen eingeschleust hatte, um uns auszuspionieren oder gar zu töten. Sie schien uns immer mindestens einen Schritt voraus zu sein.

Das einzige Reich, bei dem wir uns sicher waren, es auf unsere Seite ziehen und als Verbündete gewinnen zu können, war Lenjas. Jalmari hatte nicht nur sein Königreich verraten, sondern trug auch Schuld daran, dass die Prinzessin, seine Schwester, vor den Augen Arzus hingerichtet worden war. Mari hatte es eine Opfergabe an die dunklen Mächte genannt. In meinen Augen war es allerdings nichts weiter als kaltblütiger Mord an einem unschuldigen Mädchen.

Vermutlich würden König Marin und Königin Juna uns mit offenen Armen empfangen und sogar das Heer Lenjas' anführen, um den Tod ihres jüngsten Kindes zu rächen. Wer sollte es ihnen auch verübeln können.

Eines wussten wir allerdings mit Sicherheit. Ganz egal, welche Reiche Eira für sich hatte gewinnen können, an ihrer Seite standen noch immer die Hüter. Und sie waren es, vor denen wir uns am meisten in Acht nehmen mussten. Sie waren wilde Bestien, die ungezügelt jeden töteten, der sich ihnen und der Verwirklichung ihrer Pläne in den Weg stellte. Ich hatte mit eigenen Augen gesehen, wozu diese Fanatiker imstande waren, und das jagte mir einen eiskalten Schauer über den Rücken.

»Eggi«, ergriff ich schließlich das Wort, wodurch die Unterhaltung verstummte. »Du erinnerst dich doch an die Dinge, die du in Rumpelstilzchens Unterschlupf ungewollt gesagt hattest?« Er nickte beschämt und zupfte sich einen Brotkrumen aus den langen, verklebten Haaren. »Weißt du noch, wo sich die Siedlung der Hüter befand?«

Er überlegte einen Augenblick lang, ehe er mit zittriger Stimme antwortete. »Nicht ganz genau«, gestand Eggi. »Aber ich erinnere mich an die ungefähre Lage, ja.«

»Gut, dann müssen wir unbedingt vermeiden, dort vorbeizukommen.« Meine feste Stimme ließ keine Widerworte zu. Dennoch war Aleksi nicht begeistert.

»Sollten wir nicht auf direktem Weg nach Kjartan gehen? Uns rennt die Zeit davon.« Sein Einwand war durchaus berechtigt, aber er hatte es vermutlich bisher nicht mit den Hütern aufnehmen müssen.

Tero schüttelte kaum merklich den Kopf und richtete das Wort an seinen jüngeren Bruder. »Nerina hat recht, Aleksi. Völlig gleich, wie lang der Umweg auch sein mag, wir würden ein Zusammentreffen mit ihnen nicht alle überleben. Wir haben schon zu viele Freunde verloren. Tode, die vollkommen umsonst gewesen waren.«

Bei seinen Worten musste ich unwillkürlich laut schlucken. Ich schaute Desya an, die gegenüber von mir saß und ihre Mundwinkel traurig verzog. Die Liebe ihres Lebens war bereits gestorben, genau wie unser Kasim. Ich wollte alles daransetzen, dass es sonst niemanden mehr aus dem Leben riss. Noch mehr Tod und Leid würden wir nicht verkraften.

Laresa saß mit Asante am Tischende. Er strich etwas Butter auf ihre Brotscheibe und belegte diese anschließend mit Käse. Man konnte deutlich sehen, wie unangenehm es ihr war, nicht mehr selbst für sich sorgen zu können. Es würde lange dauern, ehe sie mit nur einem Arm genauso gut umgehen konnte wie mit beiden. Doch bis dahin war sie auf unsere Hilfe angewiesen.

Nein, wir mussten es schaffen, einander zu beschützen, komme, was wolle. Der Schmerz bei uns allen saß viel zu tief.

»In Ordnung, dann gehen wir den Umweg«, stimmte Aleksi schlussendlich zu.

»Was ist mit Mari?« Wie ein unschuldiges Kind saß sie stumm am Tisch, ohne ein Wort zu sagen. Zwar folgte sie dem Gespräch, konnte sich aber nicht einbringen. Eine Kammerzofe sollte mit uns reisen und sich all den Gefahren stellen? Ich bezweifelte, dass sie jemals ein Schwert in der Hand gehalten hatte. Ihr Vater war stets um ihre Sicherheit besorgt, da sie ihm als Einziges nach dem Tod seiner Gemahlin geblieben war. Er hätte ihr niemals die Künste des Kampfes beigebracht.

Mari erhob sich und stemmte energisch die Handflächen auf die Tischplatte. »Ich werde mit euch kommen.«

Aleksi wollte etwas einwenden, doch mit einem zornigen Blick ließ sie ihn verstummen. »Keine Widerrede. Ich mag nicht kämpfen können, bin nicht so durchtrainiert, wie ihr es seid, aber ich habe meinen Verstand. Außerdem war ich viele Jahre bei Eira angestellt und kenne sie mittlerweile besser als jeder sonst hier. Ich habe ihre dunkelsten Seiten miterlebt, gesehen, wozu sie fähig ist. Vielleicht wird der Tag kommen, an dem ihr auf mein Wissen angewiesen seid.«

Ich musste mir eingestehen, dass sie mich beeindruckte. Niemals hatte ich ihr so viel Mut zugetraut, doch es schien ihr ernst damit zu sein, sich mit Eira anlegen zu wollen. Ich erinnerte mich daran, wie Mari zusammengezuckt war, als ich die Hand nach ihr ausstrecken wollte. Meine Schwester hatte dieses junge Geschöpf geschlagen und wer wusste schon, was Eira ihr noch alles angetan hatte. Mari musste die Grausamkeiten jahrelang ertragen und nun bot sich ihr die Möglichkeit zur Rache, die sie antrieb und ihre wahre Stärke zum Vorschein brachte.

Mit einem Lächeln auf den Lippen stand ich auf und ging auf die Kammerzofe zu. Als ich vor ihr stand, zog ich sie in meine Arme und nahm sie bei uns auf. Auch wenn sie nicht von kräftiger Statur war, so war Mari doch eine wichtige Informationsquelle für uns und ich war mir sicher, dass sie uns helfen konnte.

»Ich werde auf dich achtgeben, Mari«, flüsterte Aleksi, sodass die anderen ihn nicht hören konnten. »Dir wird nichts zustoßen, das verspreche ich dir.«

Seine Augen glühten vor Leidenschaft, was mein Herz erwärmte. Ein Prinz, der sein Leben für eine Kammerzofe opfern würde. Welch Ironie des Schicksals die beiden zusammengeführt hatte.

Es war eine harte Woche. Unsere Reise durch das Schattenreich hing uns noch nach. Meine Glieder schmerzten und ich war erschöpft. Zwar hatten wir nun einige Tage in unserem bescheidenen Heim verbracht und genug Zeit gehabt, uns auszuruhen, nichtsdestotrotz standen tägliche Kampfübungen auf dem Plan. Nicht ganz so intensiv wie vor unserer Abreise ins Schattenreich, dennoch konnten wir die Anstrengungen in jedem Muskel unserer Körper spüren.

Am kommenden Tag wollten wir unseren Weg ins Königreich Kjartan antreten. Ein nervöses Kribbeln machte sich in meiner Magengrube breit. Ich war bereit, meiner Schwester gegenüberzutreten, doch ebenso hatte ich Angst vor dem Ausgang des Krieges. Es stand so vieles auf dem Spiel, sodass Scheitern für uns nicht infrage kam.

Das Training war für heute beendet. Asante und Eggi waren besonders motiviert und blickten dem bevorstehenden Krieg voller Tatendrang entgegen. Allerdings musste ich immer wieder an die Zukunftsvision denken, die ich bei Etarja gehabt hatte. Sie hatte mir zwar versichert, dass es sich dabei nur um eine mögliche Zukunft handelte, doch was, wenn diese sich schlussendlich doch bewahrheiten sollte?

Ich hatte gesehen, wie meine Freunde litten, sich mit blutüberströmten Körpern kaum noch auf den Beinen halten konnten. In meiner Vision war ziemlich deutlich zu erkennen, dass wir uns in der Unterzahl befanden und niemals gewinnen konnten. Und das war es, was mir so große Sorgen bereitete.

Mit den Fingerspitzen berührte ich den kühlen Stein um meinen Hals. Ich wusste nicht, ob meine helle Magie ausreichen würde, um Eiras Dunkelheit zu besiegen. Die einzige Möglichkeit, die uns blieb, war, dass Tero und Aleksi ihre Magie entfesselten und wir uns somit zu dritt gegen meine Schwester stellen konnten. Doch es blieb abzuwarten, ob es den beiden gelingen sollte.

»Nerina?« Lorya trat an meine Seite, Schweißperlen rannen in Strömen von ihrer Stirn, doch sie schien sie nicht zu bemerken. »Bevor wir aufbrechen, würdest du mir die Sterne zeigen?«

Ich hatte bereits vergessen, dass ich ihr dieses Versprechen bei der Ankunft im Lichterreich gegeben hatte. Aber ihre Augen funkelten so glasklar bei der Vorstellung, den Sternenhimmel von Nahem betrachten zu können, dass mir keine andere Wahl blieb, als lächelnd zuzustimmen.

»Wunderbar. Es dämmert bereits. Wollen wir uns frisch machen und dann losgehen?« Die Euphorie in ihrer Stimme brachte mich zum Lachen.

»Natürlich«, antwortete ich fröhlich und beobachtete, wie Lorya vor Freude quiekend ins Haus rannte.

Ich wartete vor dem Haus darauf, dass Lorya herauskam. Das Abendrot am Horizont raubte mir den Atem, sodass ich kaum bemerkte, als die Tür quietschend aufschwang. Hinter ihr trat Heorhiy hervor und schaute mich verstohlen an.

»Darf ich mitkommen?«, fragte er vorsichtig.

Seine Hände hatte er tief in den Taschen seiner Hose vergraben, was ein amüsanter Anblick war. Ein älterer Herr mit gräulichem Haar, der genau wie seine Schwester unbedingt den Sternenhimmel sehen wollte.

Ich nahm die beiden an den Händen und stellte mich in deren Mitte. »Na, dann lasst uns die Sterne beobachten.«

Heorhiy entzündete eine Fackel, ehe wir uns auf den Weg durch die anbrechende Dunkelheit machten. Der Weg zur Hochebene war mir mittlerweile so vertraut und weckte eine Sehnsucht in mir, die ich nie für möglich gehalten hätte. Vermutlich war dies das letzte Mal, dass ich diese Plattform betreten sollte, denn vollkommen gleich, wie die Schlacht ausgehen würde, dem Verwunschenen Wald würden wir im Morgengrauen für immer den Rücken kehren.

Als wir an dem sich schlängelnden Trampelpfad ankamen, war es bereits dunkel. Wir hatten Glück, dass die Nacht wolkenlos war und uns so einen hervorragenden Blick auf den Sternenhimmel ermöglichte.

Lorya und Heorhiy starrten ehrfürchtig hinauf. Die Freude war ihnen deutlich anzusehen.

»Das ist atemberaubend«, hauchte Lorya. »Niemals hätte ich gedacht, dass es so unglaublich viele Sterne am Himmel gibt.«

Es machte mich glücklich, ihnen diesen Anblick zu zeigen. Die Zeit, in der sie in der immerwährenden Finsternis zu Hause waren, war nun vorbei und ihnen eröffnete sich eine vollkommen andere Welt. Eine neue Welt, die sie sich niemals hätten erträumen können. Und für einen kurzen Moment konnten wir den Schrecken vergessen und uns am Frieden des Nachthimmels erfreuen.

»Was sind Sterne?«, fragte Heorhiy nach einer Weile.

Eine genaue Antwort konnte ich ihm auf die Frage allerdings nicht geben. »Es gibt viele Sagen und Legenden darüber. Meine Eltern sagten mir einst, dass die Seelen der Verstorbenen emporsteigen und als neuer Stern den Himmel erleuchten, um über ihre Liebsten zu wachen. Es ist ein tröstlicher Gedanke.«

Lorya schaute mich skeptisch an. »Glaubst du daran?«

»Ich weiß es nicht«, gab ich schulterzuckend zurück. »In jener Nacht, als meine Eltern aus dem Leben gerissen wurden, stand ich auf meinem Balkon und schaute hinauf in den Himmel. Und in ebenjener

Nacht leuchteten zwei der Sterne heller auf als alle anderen. In diesem Moment war ich mir sicher, dass meine Eltern mich aus der Ferne beobachteten und auf mich achtgaben.«

Tränen sammelten sich in meinen Augen. Ich vermisste meine Eltern schmerzlich und wünschte mir sehnlichst, sie wieder an meiner Seite zu wissen. Ich benötigte ihre tröstenden und aufmunternden Worte, die mir Kraft spenden würden, um meiner Schwester gegenüberzutreten. Vater hätte genau gewusst, wie er mir Mut zusprechen konnte.

Seufzend suchte ich den Sternenhimmel nach ihnen ab, konnte sie allerdings nicht ausmachen. Nur ein einziger Stern leuchtete heller auf als die anderen. Ob Tero in diesem Moment auch hinaufschaute und Tjana für ihn leuchten sah?

»Das ist eine schöne Sage.« Lorya lächelte und breitete mit geschlossenen Augen die Arme aus. Die leichte Brise umschmeichelte ihr Gesicht und blies ihre Haare nach hinten. Der Wind kitzelte meine Wangen und erinnerte mich an die Zeiten, in denen ich mit Eira durch die Palastgärten gerannt war. Ich hatte eine wundervolle Kindheit mit Menschen an meiner Seite, die mich liebten.

Ich legte mich auf den Rücken und sog die kühle Luft langsam in meine Lunge. Es freute mich, dass Lorya mich daran erinnert hatte, ihr diesen Ort zu zeigen, fernab von jeglicher Zivilisation, fernab der Dunkelheit. Hier oben spürte man nichts von der Finsternis, die sich wie eine giftige Schlange langsam durch die Königreiche schlängelte und diese verseuchte. Hier oben lebten wir in einer vollkommen anderen Welt, erfüllt von Glückseligkeit.

Heorhiy setzte sich neben mich auf die Erde. Dabei stemmte er die Hände in den sandigen Boden, dessen Oberfläche noch leicht feucht vom Raureif war. Wir schwiegen, doch genossen die Ruhe und die Einsamkeit, die hier oben herrschte. Es war das letzte Mal, dass wir unsere Gedanken treiben lassen konnten, ehe unsere Reise begann. Eine Reise, die vielleicht ohne Wiederkehr endete.

Hoffentlich gelang es Heorhiy, zu seiner Tochter zurückzukehren und sie aus der Dunkelheit zu retten und in das Sonnenlicht zu führen. Und hoffentlich würde es irgendjemandem gelingen, den Feenprinzen aus den Klauen der Hexen zu befreien, um den Untergang des Feenreichs aufzuhalten.

Es war zum Haareraufen, welch große Gefahren um uns herum schlummerten. Gefahren, von denen ich nichts gewusst hatte, als ich noch im Palast gelebt hatte. Unwillkürlich fragte ich mich, was geschehen wäre, hätte Eira mich nicht verraten. Wäre schlussendlich alles anders gekommen, oder hätte die Dunkelheit sich dennoch weiter ausgebreitet? Ich wollte nicht wahrhaben, dass Eira und ihr Spiegel für so viel Leid verantwortlich waren. Ich musste einen Weg finden, meine Schwester zu bekehren und sie wieder zurück ins Licht zu führen, ehe noch Schlimmeres geschah.

»Wie es wohl in Kjartan ist?«, durchbrach Lorya meine düsteren Gedanken und ließ sich neben ihren Bruder fallen. »Das Lichterreich ist unglaublich schön. Ich kann mir kaum vorstellen, dass es noch weitere so farbenprächtige Länder geben soll.«

»Ich habe Kjartan in meiner Vision gesehen, doch selbst war ich noch nie dort. Ich kenne lediglich Geschichten, dass das Land von Eis und Schnee bedeckt sein soll«, erwiderte ich sehnsüchtig. »Ich stelle es mir vor wie den Sternenhimmel. Das Eis glitzert in der Sonne und reflektiert sie in allen Farben des Regenbogens. Es muss unglaublich schön sein.«

Heorhiy stand auf und klopfte sich den Schmutz von den Kleidern. »Ich freue mich schon darauf, es zu sehen.« Er klang motiviert. »Natürlich sollte ich eigentlich sorgenerfüllt sein und an Prisha denken, doch ich weiß, dass sie in der Siedlung in guten Händen ist. Und eines Tages werde ich sie aus dem Schattenreich führen und ihr die Schönheit der Königreiche zeigen.«

Er liebte seine Tochter sehr und ich wünschte es mir so sehr für ihn, dass dieser Wunsch irgendwann in Erfüllung ging.

»Wir sollten gehen«, entschied ich schließlich und ließ mir von Heorhiy auf die Füße helfen. Es steckte eine solche Kraft in seiner Bewegung, dass mir etwas schwindelig wurde, als ich mich wieder auf den Beinen befand. »Der Morgen wird bald über uns hereinbrechen und wir brauchen noch etwas Schlaf.«

Lorya und ihr Bruder nickten im Einverständnis, allerdings nicht, ohne einen letzten Blick zum Sternenhimmel zu richten. Auch ich legte den Kopf in den Nacken und dann sah ich es. Zwei Sterne am Firmament, die für einige Momente hell funkelten, ehe sie wieder verblassten.

Sie hatten mich also nicht vergessen und waren noch immer an meiner Seite. Auf meine lieben Eltern war Verlass.

KAPITEL 3

Aleksi rollte ein Stück altes Pergament auf dem Esstisch aus und beschwerte es mit einem Becher an jeder Ecke. Zu sehen war eine sehr präzise Karte der Königreiche. Mit einem Kreuz markierte er den ungefähren Ort, an dem wir uns gerade befanden. Bei einem Blick auf die Karte wurde mir ganz mulmig zumute. Kjartan lag noch viel weiter entfernt, als ich zunächst vermutet hatte. Wir konnten den Wald Alain bis zu den Bergen durchqueren, um kein Aufsehen in einem der Königreiche zu erregen, nichtsdestotrotz konnten die Gefahren hinter jedem Baum und jedem Busch lauern.

»Zeig uns, wo die Siedlung der Hüter ist.« Aleksi reichte Eggi Feder und Tinte. Er nahm beides entgegen und lehnte sich nachdenklich über den Tisch. Mit den Fingern fuhr er einige Linien nach, ging dann wieder zurück und startete den Weg erneut vom Pfad, der uns aus dem Verwunschenen Wald hinausbringen sollte.

»Hier muss es sein«, sagte er schließlich und markierte den Ort ebenfalls mit einem Kreuz.

Asante fluchte. »Verdammt. Bist du dir sicher?«

Als Eggi stumm nickte, nahm Asante einen Becher vom Tisch und warf ihn quer durch die Küche. Ich betrachtete den Aufenthaltsort der Hüter genauer. Er befand sich exakt auf unserem Weg nach Kjartan. Wir hatten bereits festgestellt, dass wir einen Umweg gehen mussten, doch der Bogen würde uns sicherlich zwei Tage kosten.

Tero trat einen Schritt näher an den Tisch heran und deutete mit dem Finger auf die Bergkette. »Was ist, wenn wir einfach hier entlanggehen?«

»Das würde noch länger dauern«, erwiderte Aleksi. »Würde die Bergkette in einem geraden Weg verlaufen, dann wäre es kein Problem und würde vermutlich die sicherste Route darstellen, da wir nur von einer Seite angegriffen werden könnten. Aber schau.« Er deutete an eine tiefe Wölbung der Berge auf der Karte. »Sie schlagen hier einen Bogen ein, der uns mehrere Tage kosten würde. Tage, die wir nicht haben.«

Aleksi hatte recht. Allerdings machte diese Schlussfolgerung nur allzu deutlich, dass uns keine andere Möglichkeit blieb, als direkt durch den Wald zu gehen und auf den einen oder anderen Hüter zu stoßen. Wir konnten nicht sicher sein, wie viele es von ihnen gab. Es würde mich nicht wundern, wenn sich ihre Anzahl mittlerweile vervielfältigt hätte.

»Uns bleibt keine Wahl«, sagte Desya ruhig. »Wir haben schon weitaus Schlimmeres durchgestanden. Wir werden es schon mit ein paar Hütern aufnehmen können. Und wer weiß, vielleicht haben wir Glück und unsere Reise wird ruhig verlaufen.«

Desya lächelte, während sie sprach. Sie schien sich ihrer Sache sehr sicher zu sein und darauf zu vertrauen, dass alles gut werden würde. Ich wünschte nur, ich hätte auch mit ihrer Zuversicht unserer bevorstehenden Reise entgegentreten können. Doch die vergangenen Wochen hatten allzu deutlich gezeigt, dass wir nicht gegen jedwede Gefahr gewappnet und durchaus verwundbar waren.

Laresa legte ihren gesunden Arm um Desyas Schulter. Sie richtete sich auf und nickte zustimmend. »Wir werden es schaffen. Die Hüter sind aus Fleisch und Blut. Wir haben schon einige von ihnen niedergestreckt, also wird das mit Sicherheit kein Problem darstellen.«

»Uns fehlen die Krieger«, schrie Asante wütend und schlug die Fäuste auf den Tisch. »Resa, du kannst nicht kämpfen, genauso wenig wie Mari. Und Kasim war unser bester Mann.«

Mit einem Schlag gelang es unserem Anführer, all unsere Hoffnungen wieder zunichte zu machen. Er führte uns erneut vor Augen, was wir alle bereits wussten.

»Aber ihr habt mich«, sagte Aleksi verschwörerisch. »Ich bin nicht nur Prinz, sondern der Heerführer der königlichen Garde. Diese Wilderer sollten mir lieber nicht in die Quere kommen.«

Ich ertrug diese ewigen Streitigkeiten nicht mehr. »Lasst uns einfach gehen«, meinte ich schließlich ruhig. »Was bringt es, sich hier den Kopf zu zerbrechen? Entweder wir treffen auf die Hüter oder eben nicht. Entweder wir kämpfen oder wir sterben. Es ist der ewige Kreislauf des Lebens.«

Ich wusste selbst, dass meine Worte und der bittere Klang meiner Stimme keineswegs motivierend waren, aber das war mir im Moment gleichgültig. Ich wollte hier nicht herumsitzen und darauf hoffen, dass wir irgendwann eine Einigung erzielten.

»Ich für meinen Teil bin bereit.« Heorhiy schwang sich einen Leinenbeutel über die Schulter und seine Schwester tat es ihm gleich. Die beiden schienen vor nichts und niemandem Angst zu haben. Das Leben in den Schatten musste sie abgehärtet haben.

Augenrollend nahmen auch die anderen langsam ihre Beutel und Waffen zur Hand. Tero und Aleksi diskutierten weiterhin über die besten Taktiken, um es mit den Hütern aufzunehmen, während Mari versuchte, ihren Worten zu folgen. Irgendwann gab sie aber die Hoffnung auf und kam auf mich zu.

»Geht es dir gut?«, fragte sie mich sanft. Dabei schaute sie mich mitfühlend an und legte ihre Hand auf meinen Unterarm. »Du wirkst etwas reizbar.«

»Alles in Ordnung«, versicherte ich ihr. »Ich will das alles nur schnellstmöglich hinter mich bringen und diesem gottverlassenen Ort den Rücken kehren.«

»Das verstehe ich. Es ist wirklich schön hier, aber diese Stille macht mich ganz verrückt. Es ist nicht vergleichbar mit dem Trubel im Palast oder auf dem Marktplatz.« Ihre Augen funkelten bei der Erinnerung an Arzu. Eigentlich hatte ich vermutet, dass sie glücklich darüber war, das Königreich verlassen zu haben. Schließlich hatte Eira sie nicht gerade gut behandelt.

»Fehlt dir dein Vater?«

Ihr Blick schnellte zu mir hoch. Dann presste sie die Lippen aufeinander und nickte langsam. »Ja, sogar sehr. Ich hoffe, dass es ihm irgendwann gelingen wird, wieder auf den rechten Weg zu finden. Ich kann einfach nicht verstehen, was ihn zu diesem Verrat getrieben hat.«

Auch ich hatte darauf keine Antwort. Hauptmann Alvarr war immer ein treuer Diener meiner Eltern gewesen. Sie hatten ihn mit offenen Armen in ihr Heim gelassen und ihn geliebt, als wäre er ein Teil der Familie. Nie hatte es ihm an irgendetwas gefehlt und doch hatte er einen Teil zu ihrer Ermordung beigetragen. Was ich Mari allerdings nicht sagen konnte, war, dass auch, sollte ihr Vater um Vergebung bitten, ich ihm diese niemals gewähren konnte. Er würde sich meinem Urteil als Königin beugen müssen und sein restliches Dasein im Kerker fristen.

Mari wartete darauf, dass ich etwas sagte. Ich versuchte mich an einem Lächeln, um das Mädchen nicht zu beunruhigen. »Er wird mit Sicherheit wieder ganz der Alte werden.«

»Danke.«

Ihr kindliches Gesicht erweckte in mir die Erinnerung an den Tag, an dem ich sie Eira zur Seite gestellt hatte. Zwar war es Hauptmann Alvarrs Vorschlag gewesen, den ich allerdings abgesegnet hatte. Mari hätte ein deutlich friedlicheres Leben führen können, hätte ich sie nicht als Eiras Kammerzofe eingestellt. Ich trug Mitschuld daran, dass sie zu leiden hatte.

»Wir sind dann so weit«, grummelte Asante in meinem Rücken. »Lasst uns gehen.«

Nacheinander schritten wir aus der Tür und blieben im Vorgarten unserer Hütte stehen. Es war schwieriger als gedacht, sich von unserem Leben im Lichterreich zu verabschieden. Ein Leben, in das wir niemals mehr zurückkehren würden. Wehmut lag in der Luft, während wir nebeneinanderstanden und unser Heim noch einmal betrachteten.

Der Duft des Kräutergartens stieg mir in die Nase, der Wind umschmeichelte mein Gesicht und die Erde gab unter den Sohlen meiner Stiefel nach.

»Ob wir jemals zurückkehren werden?« Desya wischte sich mit dem Ärmel eine Träne aus den Augenwinkeln. Das Beben ihrer Brust verriet die Tränen, die sie mühevoll zurückhielt.

Eggi schüttelte kaum merklich den Kopf. »Ich glaube nicht. Die Zeit liegt hinter uns und vor uns liegt eine neue Zukunft.«

»Eine bessere Zukunft«, stimmte Resa ihm zu.

Noch einmal ließ ich die Finger über die morsche Fassade der Terrasse gleiten. Dabei brach ein weicher Holzspan ab, den ich fest mit der Hand umschloss und an meine Brust drückte. Dann ließ ich ihn in meinen Beutel gleiten. So hatte ich wenigstens eine Erinnerung an diesen Ort, sollten die Bilder in meinem Kopf jemals verblassen.

Wir hatten hier vieles durchgemacht, schöne Augenblicke miteinander geteilt und traurige Momente erlebt. Tero und ich hatten neue Freundschaften geschlossen und Verbündete gefunden. Fremde wurden zu Familie. Dieser Ort mitten im Wald würde uns auf ewig miteinander verbinden.

Ich war die Erste, die der Hütte den Rücken kehrte und dem Steinweg in den Wald folgte. Ich musste laut hörbar schlucken, doch wagte es nicht, mich noch einmal umzudrehen. Ansonsten wäre ich vermutlich wieder hineingestürmt und hätte mich an den nächsten Stuhl gebunden, um nicht fortgehen zu müssen.

Das leise Schlurfen von Stiefeln verriet mir, dass auch die anderen sich langsam auf den Weg machten, um zu mir aufzuschließen.

Die Sonne stand hoch am Himmel und uns stand ein langer Marsch bevor, ehe wir rasten konnten. Eigentlich waren wir viel zu spät aufgebrochen, um die Strecke zu bewältigen, die wir uns für den heutigen Tag vorgenommen hatten. Doch ein Abschied brauchte nun mal die Zeit, die er benötigte. Wir wollten nicht übereilt unsere Heimat verlassen.

Die Nebelschwaden in der Ferne deuteten darauf hin, dass wir bald den Pfad in den Wald Alain erreichten. Dort wurden Tero und ich zuletzt von den Hütern angegriffen und von unseren Freunden gerettet.

»Es ist lange her, nicht wahr?« Der Jäger war an mich herangeschlichen. Wobei ich mittlerweile wusste, dass Tero ein Kronprinz war und kein Jägersmann. Teriostas von Kjartan. Eigentlich hätte ich auch selbst daraufkommen können. Im Feenreich hatte mich Kjartan die ganze Zeit über an jemanden erinnert. Seine markanten Gesichtszüge, die bernsteinfarbenen Augen – Tero war sein jüngeres Ebenbild.

»Nicht so lange, wie es sich anfühlt«, erwiderte ich ruhig. »So vieles ist seit jenem Tag geschehen. Manchmal habe ich das Gefühl, dass unsere Flucht schon mehrere Leben her ist.«

Tero schmunzelte, wobei sich kleine Grübchen in seinen Wangen bildeten. Seinen Bart hatte er sich vor unserer Abreise noch einmal gestutzt, sodass die Stoppeln nun auch seine Haut offenlegten. »Du wirst Kjartan lieben.«

»Wie kommst du darauf?«

»Weil du das Funkeln der Sterne so tief in dein Herz geschlossen hast«, meinte er lächelnd. »Daheim gibt es nichts, was nicht im Schein der Sonne erstrahlt.«

Wieder einmal hatte Tero es geschafft, genau das auszusprechen, was ich am Abend zuvor bereits gedacht hatte. Es kam mir vor, als wären unsere Seelen eng miteinander verbunden. Was der eine spürte, spürte auch der andere. Was der eine dachte, dachte auch der andere.

»Ich bin gespannt.«

Als wir den Pfad endlich erreichten, blieben Heorhiy und Lorya angsterfüllt stehen. »Was ist das hier?«, fragte er mit zittriger Stimme. »Wir gehen doch nicht zurück ins Schattenreich, oder doch?«

Resa lachte laut auf. »Keine Sorge«, sagte sie und schlug ihm brüderlich die flache Hand auf die Schulter. »Hinter dem Pfad liegen die Königreiche.«

Angstschweiß hatte sich bereits auf Heorhiys Stirn gebildet. Also war er doch nicht ganz so mutig, wie es bisher den Anschein gemacht hatte. Das war auf gewisse Weise beruhigend zu wissen.

»In Ordnung«, flüsterte Lorya. »Dann wollen wir mal.«

Langsam traten sie Seite an Seite in den dichten Nebel, der an der Erde haftete. Je mehr Schritte sie taten, desto aufrechter und schneller begannen sie zu laufen. Sie hatten bemerkt, dass hier keine Gefahren drohten und wir in Sicherheit waren.

»Schau mal«, sagte ich uns stupste Tero in die Seite. Ich deutete auf die blutbespritzte Felswand. Die Stelle, an der wir gefesselt am Boden gelegen und die anderen die Hüter niedergestreckt hatten. Die Leichen der Männer waren fort, doch die Spuren eines Kampfes waren auch mehrere Monate später noch deutlich sichtbar.

Tero ging in die Hocke und tastete den Boden ab. Dann zuckte er mit den Schultern. »Schade, dass von der Beute nichts mehr da ist.«

»Ich habe genug Gold dabei, damit wir alle über die Runden kommen«, sagte Aleksi augenzwinkernd. »Du musst also nicht im Dreck nach Beute suchen. Die Zeiten sind vorbei, Bruderherz.«

Teros Kiefermuskulatur spannte sich an, seine Stimme wurde zornig. »Ich verzichte auf den Reichtum des Königreichs.«

»Darüber reden wir, wenn wir zu Hause sind.« Aleksi ließ sich vom Ton seines Bruders nicht im Geringsten beeindrucken. Er tänzelte einfach an ihm vorbei und nahm neben Heorhiy und Lorya eine Position an vorderster Front ein.

»Was wäre so schlimm daran, auf das Gold zuzugreifen?« Eggis Augen leuchteten förmlich bei der Vorstellung von all den Reichtümern, die den Königen Kjartans zur Verfügung standen.

»Es wäre unehrenhaft«, meinte Tero. »Ich wurde enterbt und nur weil Mutter und Vater gestorben sind, heißt das nicht, dass ich mir einfach die Krone auf den Kopf setzen und mich an all den Schätzen erfreuen kann.«

Dann lief er schneller, damit wir ihn nicht weiter mit Fragen zuschütten konnten. Eggi schaute zu mir herüber, sichtlich verwirrt. Ich konnte mir nicht erklären, weshalb Tero kein König sein wollte. Als König hatte man so viel Macht, um Gutes zu tun, für das Volk da zu sein und Besserungen in die Wege zu leiten. Für mich hatte es oberste Priorität, meine Krone zurückzuerlangen und die Ausbreitung der Dunkelheit aufzuhalten.

»Lassen wir ihm seinen Freiraum«, richtete ich das Wort an Eggi.

»Wenn du meinst. Ich finde sein Verhalten nur etwas merkwürdig.«

Das war es in der Tat, aber wenn Tero nicht darüber sprechen wollte, dann brachte es auch nichts, die Informationen aus ihm herauskitzeln zu wollen. Er hatte mir deutlich gemacht, dass es noch nicht an der Zeit war, alle Geheimnisse preiszugeben, und das musste ich zwangsläufig akzeptieren. Auch wenn ich nur allzu gerne alles über das Mysterium des Kronprinzen erfahren wollte.

Nach wenigen Minuten Fußmarsch erreichten wir schließlich die Lichtung, die in den Wald Alain hineinführte. Das Zwitschern der Vögel hoch oben in den Baumkronen begrüßte uns, als würden sie uns in ihrem Zuhause willkommen heißen.

Die Sonne war bereits weitergezogen und würde nur noch wenige Stunden ausreichend Licht spenden, weshalb wir uns beeilen mussten. Laut Tero lag der nächste Unterschlupf mehrere Stunden entfernt von hier. Es war eine Höhle, ähnlich der Größe derer im Schattenreich.

»Wir müssen in den Nordwesten gehen.« Tero hatte bereits einen Pfeil aus seinem Köcher gezogen, obwohl noch keine Gefahr in Sichtweite war. Ich tastete nach meinem Ledergürtel und stellte erleichtert fest, dass meine Messer noch alle an Ort und Stelle waren.

Wir folgen Tero durch den dichten Wald. Auch wenn es hier bei Weitem nicht so gefährlich war wie im Verwunschenen Wald, wagte es niemand, ein Gespräch anzufangen. Wir wollten es nicht riskieren, die Hüter auf uns aufmerksam zu machen. Schließlich konnte es noch immer sein, dass sie weitere uns unbekannte Siedlungen im Wald hatten, oder sich auf Beutezug in der Nähe aufhielten.

Ich genoss es, wieder hier zu sein, auch wenn die Erinnerungen an diesen Ort nicht nur gut waren. Dennoch bin ich oft mit Vater durch den Wald geritten und das waren Bilder, die niemals in Vergessenheit geraten sollten.

Vor mir liefen Aleksi und Mari, die stumm Blicke miteinander austauschten. Aleksi erinnerte mich ein wenig an Tero, da er die Umgebung mit Adleraugen nach Gefahren absuchte. Sobald er feststellte, dass wir noch immer allein waren, atmete er erleichtert auf und lockerte den Griff um sein Schwert. Bevor wir abgereist waren, hatte er Mari einen kleinen Dolch gegeben, damit auch sie eine Waffe zur Verteidigung hatte. Diesen hielt sie mit ihrer Hand umklammert, als wäre es der kostbarste Schatz, den sie jemals erhalten hatte.

Kurz vor Sonnenuntergang blieb Tero plötzlich stehen und hielt seine Hand empor. Er schlich wie eine Katze um die Bäume herum, berührte einige abgeknickte Äste und suchte den Boden nach Fußspuren ab.

»Alles in Ordnung«, sagte er dann. »Es war nur ein Reh. Der Unterschlupf ist gleich dort vorne.«

Er deutete in nördliche Richtung, wo man bereits einen Felsen aus dem Boden emporragen sehen konnte. Erleichterung machte sich in mir breit, dass der erste Tag unserer Reise ohne Zwischenfälle durchgestanden war.

Wir teilten die Wachen ein, wobei immer zwei von uns zeitgleich ein Auge auf die Umgebung haben sollten, während die anderen sich zur Nachtruhe hinlegten. Desya und ich übernahmen die erste Wache, während Tero sich noch etwas im umliegenden Gebiet umschauen wollte. Ich hatte bereits vermutet, dass er kaum Schlaf finden würde, da er viel zu wachsam war und niemanden von uns in Gefahr wissen wollte.

Ich hoffte einfach inständig, dass es so bleiben würde.

KAPITEL 4 – EIRA

»Du bist zurückgekehrt«, stellte ich voller Erleichterung fest und schlang die Arme fest um Jalmari. »Was ist passiert?«

Ich freute mich sehr, meinen Liebsten wieder an meiner Seite zu wissen, aber er hätte noch lange nicht zurückkehren sollen. Es musste bedeuten, dass es Schwierigkeiten gab und etwas schiefgelaufen war.

Sein Brustkorb hob und senkte sich in schnellem Rhythmus.

»Es tut mir leid, meine Liebste«, flüsterte er in meine Haare. »Mari ist plötzlich aufgetaucht und hat unsere Deckung auffliegen lassen.«

»Mari?«, stieß ich empört hervor. »Wie kann sie dort gewesen sein? Woher …« Ich verstummte, als mir bewusst wurde, dass ich sie seit Tagen nicht gesehen hatte. Bei der Opferung ließ ich sie von der Terrasse stürmen. Ich hatte vermutet, dass sie sich wie das ängstliche Kind, das sie war, in ihrem Zimmer eingesperrt hatte. Nie wäre ich auf die Idee gekommen, dass sie aus dem Palast flieht, mir und ihrem Vater den Rücken kehrt, um uns dann zu hintergehen und all die Arbeit der letzten Jahre zu gefährden.

»Das sind sehr schlechte Nachrichten«, murmelte ich und überlegte, was als Nächstes zu tun war.

Jalmari ließ von mir ab und setzte sich auf einen Stuhl. Er vergrub die Hände in den Haaren, als er sich zurücklehnte. »Sie haben Verbündete in Kjartan gefunden und wollen nach Dylaras gehen. Viel mehr konnte ich leider nicht herausfinden.«

Schnellen Schrittes lief ich auf ihn zu und stützte die Hände an der Tischkante ab. »Was will Nerina bei König Gustav?«

Jalmaris müder Blick taxierte mich. »Sie sagte etwas von dem *Licht der Unendlichkeit*, welches sich an seinem Zepter befindet. Die Feenkönigin konnte uns allerdings keine Informationen darüber geben, wofür es benötigt wird.«

Nachdenklich trat ich um Jalmaris Stuhl herum. Ich hatte bereits von diesem Stein gehört, doch hielt ich ihn bis zum heutigen Tage für eine Legende, einen Aberglauben von denjenigen, die die Dunkelheit fürchteten. Dieser kleine Stein sollte große Macht besitzen, eine Macht, gegen die selbst Arcana kaum etwas ausrichten konnte.

»Komm«, sagte ich und reichte Jalmari die Hand. Er ergriff sie zögerlich und ließ sich von mir aufhelfen.

»Wohin gehen wir?«

Ich entblößte meine Zähne in einem finsteren Lächeln. Ein Lächeln, in das er sich vor all den Jahren unwiderruflich verliebt hatte. Jalmari und ich waren füreinander bestimmt. Das Schicksal hatte uns miteinander vereint und unbesiegbar gemacht.

»Ich möchte dir jemanden vorstellen. Jemanden, der unser beider Leben vollkommen verändert hat.«

Er verstand augenblicklich und beschleunigte seine Schritte. »Du hast es geschafft, ihn zu befreien?« Er kannte die Antwort bereits, weshalb ich sie ihm ersparte. Ein Freudenruf verließ seine Lippen. Jalmari war genauso voller Glück, wie ich es war. Es war in der Vergangenheit schwierig für uns gewesen, unauffällig unsere Pläne zu verfolgen. Es gelang Jalmari nicht oft, sich unbemerkt aus seinen Gemächern fortzustehlen, um durch den Spiegel mit mir zu sprechen. Schließlich sollte er der König von Lenjas werden und musste sich auf diese Pflichten vorbereiten.

Umso erfreuter war ich nun, dass wir endlich zusammen sein konnten und sich uns niemand in den Weg stellen würde. Hand in Hand würden wir in eine bessere Zukunft schreiten und uns von der Dunkelheit umarmen lassen. Als König und Königin der ganzen Welt.

Arcanas zugewiesenes Zimmer war nur wenige Türen von meinen Gemächern entfernt. Ich wollte sie in Meister Silbus' Nähe wissen, damit die beiden gemeinsam an dunklen Zaubern forschen konnten.

Als ich die Tür öffnete, stand Arcana am Fenster und blickte in die Ferne. Ihre unbeschreibliche Schönheit faszinierte mich. Hatte ich in meinem Spiegelfreund immer einen alten Magier erwartet, war ich umso überraschter, als eine hochgewachsene Frau mit seidener Haut und langem schwarzen Haar vor mir stand.

Wie auch schon in den vergangenen Tagen, war sie in Pechschwarz gekleidet, als wäre sie in tiefer Trauer. Aber die Farbe umschmeichelte ihre glänzende Haut und ließ sie noch erhabener wirken.

»Jalmari ist zurückgekehrt«, sagte ich, nachdem wir eingetreten waren. Arcana drehte sich zu uns um und musterte Arzus König von oben bis unten. Dann breitete sie die Arme aus und umschlang ihn.

»Es ist mir eine Ehre, dich endlich kennenzulernen«, hauchte sie an sein Ohr.

Jalmari löste sich aus ihrer Umarmung und deutete eine tiefe Verbeugung an. »Meisterin, *mir* ist es eine Ehre!«

»Bitte, bitte, mein treuer Freund. Nenne mich Arcana.« Ihre Stimme hatte etwas Unheilvolles. Sie war imstande, zugleich düster und melodisch zu klingen. Wie ein Donnergrollen, das den nächsten Sturm ankündigte.

»Arcana«, erwiderte Jalmari überlegend. »Die Magierin, die vor sechshundert Jahren die Königreiche gespalten hat?«

Mein Blick schnellte zu ihm. Ich wusste, dass der Name mir bekannt vorgekommen war, aber nie wäre ich auf die Idee gekommen, *die* Arcana vor mir stehen zu haben.

»In der Tat.« Eine Reihe schneeweißer Zähne blitzte auf, ihre Mundwinkel kräuselten sich zu einem Lächeln.

Wir hatten unwissentlich die mächtigste Magierin aller Zeiten befreit. Dieses Wissen würde uns noch weitaus mehr Türen öffnen, als ich bisher dachte. Dass der Spiegel große Macht besaß, wusste ich schon immer, doch nun konnte sich uns nichts und niemand mehr in den Weg stellen. Ein Fingerschnipsen genügte und Arcana konnte mehrere Leben auslöschen.

»Leider nicht mehr«, flüsterte Arcana und schaute mich traurig an. Instinktiv ging ich einen Schritt zurück, da mir war, als hätte sie eben meine Gedanken gelesen.

Arcana kam näher und strich mir sanft über den roten Ärmel meines Kleides. »Es tut mir leid, Eira«, säuselte sie. »Ich kann mein Gedankenlesen leider nur schwer unterdrücken. Vor allem so finstere Gedanken, wie sie dein schönes Köpfchen beherrschen, finden immer ihren Weg zu mir.«

Es war unglaublich, welche Fähigkeiten diese Magierin besaß. Ich fragte mich, zu was sie noch imstande sein mochte.

Sie wandte sich von mir ab und fuhr fort. »Es waren sechshundert lange Jahre, in denen meine Kräfte immer mehr zu schwinden begannen. Ich habe nicht mehr annähernd so viel Macht, wie es damals der Fall war. Nur durch euch konnte ich die Dunkelheit in mir überhaupt wieder entfesseln. Ihr seid zwei Teile einer finsteren Seele, die mich nährt. In eurer Nähe besitze ich mehr Macht, als es jemals der Fall war. Nur gemeinsam können wir all unsere Ziele erreichen.«

»Aber«, begann Jalmari zaghaft, »meine Magie ist noch immer nicht zum Vorschein gekommen.« Traurig senkte er den Blick gen Boden. Wir hatten es jahrelang versucht, doch Jalmaris Kraft wollte nicht an die Oberfläche gelangen. Dabei konnte ich mit jedem Atemzug spüren, was in ihm steckte. Andernfalls hätte ich ihn niemals zu meinem Gemahl gemacht.

»Das wird sich bald ändern«, versicherte Arcana ihm. »Ich werde eine Möglichkeit finden, deine große Macht zu erwecken, und dann werden wir alle davon profitieren, mein König. Es wird nicht mehr lange dauern, ehe wir drei über die Welt herrschen und uns niemand mehr aufhalten kann.«

Die Farbe ihrer Iriden verblasste allmählich und an ihrer Stelle machte sich das Höllenfeuer breit. Es war, als konnte ich in jenem Augenblick so tief in ihre Seele schauen, dass es mich mit einer bisher unbekannten Angst erfüllte. So viel Dunkelheit hatte ich noch bei niemandem wahrgenommen, nicht einmal bei Meister Silbus.

»Wir sind herkommen, weil wir Informationen haben«, begann ich schließlich und riss mich von ihrem Anblick los. »Nerina möchte nach Dylaras reisen und *das Licht der Unendlichkeit* für sich gewinnen.«

Bei diesen Worten erdolchte Arcanas Blick mich förmlich, ehe ihre Gesichtszüge sich einige Augenblicke später wieder deutlich entspannten. »Dann sollten wir besser vor ihr dort sein.«

»Wollt ihr mich aufklären?« Jalmari blickte sichtlich verwirrt zwischen Arcana und mir hin und her.

»*Das Licht der Unendlichkeit* ist ein mächtiger magischer Stein, der das Gute aus allen Seelen dieser Welt miteinander vereint. Je mehr Gutes es gibt, desto stärker seine Magie«, begann Arcana. »Er existiert schon seit vielen Tausenden Jahren, doch ich konnte ihn damals nicht lokalisieren und hielt ihn für verschollen. Grundsätzlich haben wir drei die nötige Stärke, es mit jedem Feind aufzunehmen, doch sollte *das Licht der Unendlichkeit* in Nerinas Besitz gelangen, dann könnte ihre Magie entfesselt werden und das wäre die wirkliche Gefahr. Ihre Magie und die des Steines wäre unser Untergang.«

Jalmari schluckte laut hörbar und zog den Kopf ein.

»Was ist?«, zischte ich gröber als beabsichtigt.

»Ihre Magie ist bereits entfesselt ...«

»Wie bitte?«

»Und das sagst du erst jetzt?«, fauchte Arcana.

»Tut mir leid.«

Ich fasste mir an die Stirn, dann an den Bauch, der zu krampfen begann und mich beinahe zusammenbrechen ließ. All dies war zu viel für mich. Ich brauchte Ruhe, musste mich entspannen und mich nicht um die Zukunft sorgen. Ein weiterer Krampf schoss durch meinen gesamten Körper und ließ mich laut aufschreien.

»Eira, Liebste!« Jalmari kam an meine Seite und stützte mich, damit ich nicht fiel. Ich grub meine Fingernägel fest in seinen Unterarm, um nicht vor Schmerzen erneut zu schreien.

»Hol die Amme«, presste ich zwischen zusammengedrückten Zähnen hervor. Jalmaris Blick glitt hinunter zu meinem Bauch, dann riss er die Augen weit auf und Schweißperlen bildeten sich auf seiner Stirn.

»Aber es ist noch zu früh«, stammelte er unbeholfen.

»Geh!«, brüllte ich zurück. Ich wusste selbst, dass es zu früh war, aber dieses verfluchte Kind wollte endlich das Licht der Welt erblicken.

Jalmari übergab mich an Arcana, die mich in meine Gemächer begleitete und vorsichtig auf dem Bett platzierte. Die Schmerzen kamen in immer kürzeren Zeitabständen und wurden von Mal zu Mal unerträglicher.

Als Jalmari mit der Amme zurückkehrte, schickte ich die anderen hinaus. Ich ertrug ihre mitleidigen Blicke nicht.

»Atmet, Majestät, atmet. Und jetzt pressen.« Die Amme wiederholte die Worte unzählige Male, sodass ich jegliches Zeitgefühl verlor. Ich war immer der Meinung, man könne mir keine Schmerzen mehr bereiten, doch niemand hatte mich *hierauf* vorbereitet.

Es mussten Stunden vergangen sein, in denen meine Gedanken wirr umhergekreist waren und ich durch sie versucht hatte, die Schmerzen zu vertreiben, oder wenigstens für einen Augenblick zu verdrängen.

Erst als ich das Schreien eines Babys vernahm, atmete ich erleichtert auf. Die Laken waren schweißgetränkt, meine Haare standen wirr in alle Richtungen und meine Finger waren völlig verkrampft.

»Ich gratuliere Euch zu einem gesunden Prinzen.« Die Amme hielt das kleine Geschöpf freudestrahlend in den Armen und stand auf. Dann überreichte sie mir das kleine Bündel und für einen Moment schien die Welt um mich herum stehen zu bleiben.

Der Junge sah aus wie sein Vater und ich war mir sicher, dass aus ihm ein stattlicher Mann werden würde.

»Soll ich Euren Gemahl hereinholen?«, fragte die Amme. Als ich nickte, eilte sie zur Tür und ließ Jalmari eintreten.

»Es ist ein Junge«, hauchte ich kraftlos und überreichte ihm unser Kind. In Jalmaris Augen standen Tränen vor Glück. Nicht nur hatten wir unsere Pläne verwirklicht und standen vor deren Vollendung – Nein, wir hatten ebenso unsere eigene kleine Familie in die Welt gesetzt, die immer an unserer Seite stehen würde. Der kleine Prinz war unser Erbe.

Als ich Jalmari beobachtete, wie er unser Kind in den Armen wiegte, wurde mir vollkommen warm ums Herz. Diese beiden Männer bedeuteten mir schon jetzt mehr als alles andere auf der Welt und ich würde jederzeit mein Leben für sie geben.

Ganz langsam erhob Jalmari sich und ging zum Fenster.

»Das hier ist dein Königreich«, flüsterte er dem Kind zu. »Und bald wird es noch viel größer sein. Irgendwann wirst du König sein, mein liebster Prinz Kian.«

KAPITEL 5

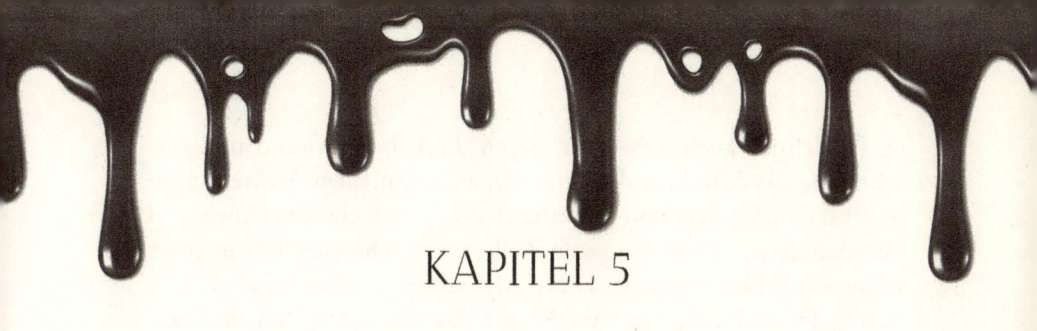

Ein tiefes Winseln riss mich aus dem Schlaf. Sofort griff ich nach meinem Messer und zog es aus dem Gürtel. Ich versuchte in den Schatten der Wälder etwas zu erkennen, doch lediglich Heorhiy und Lorya saßen in einiger Entfernung unseres Schlafplatzes und unterhielten sich leise miteinander. Hatten sie die Geräusche etwa nicht gehört?

Als das Winseln erneut ertönte, richtete ich mich auf und schlich leise in die Richtung, aus der es gekommen war. Schließlich blieb ich vor Tero stehen, der im Schlaf verkrampfte, sich wand und schweißgebadet war. Ich legte meine Hand auf seine Brust und rüttelte ihn wach. Er riss die Augen unter heftigem Keuchen weit auf.

»Tut mir leid«, flüsterte ich. »Du hast wohl schlecht geträumt.«

Tero nickte, als wüsste er genau, wovon ich sprach. So, als würden die Träume ihn auch am Tag heimsuchen.

»Was ist geschehen?«

Seine zittrige Stimme ließ mir das Blut in den Adern gefrieren. »Jede Nacht derselbe Traum. Jede Nacht stirbt Kasim in meinen Armen und ich kann ihn nicht retten.«

Ich hatte nicht gewusst, dass Tero so schwer unter Kasims Tod zu leiden hatte. Aber das erkläre den wenigen Schlaf, den er in den vergangenen Tagen erhalten hatte. Ich erinnerte mich genau an das Gefühl, nachdem ich dachte, man hätte mir Jalmari genommen. Die Angst, die Augen zu schließen, war stets präsent. Denn egal, wie sehr ich auch versucht hatte, gegen die Albträume anzukämpfen, sie suchten mich jede Nacht heim.

»Ich hoffe, dass du bald wieder Schlaf findest.« Tero versuchte sich an einem Lächeln, doch es erstarb mitten in der Bewegung, sodass es eher einer Grimasse glich.

»Danke«, sagte er ehrlich. »Aber ich glaube nicht, dass ich je wieder eine ruhige Nacht erleben werde.«

Ich lehnte mich neben ihn gegen die kalte Felswand und verschränkte die Arme vor der Brust. Unausgesprochene Worte hingen in der Luft, doch Tero und ich verbrachten die restliche Zeit schweigend nebeneinander. Ich wartete eine Weile, bis er schlussendlich in einen ruhigeren Schlaf abdriftete. Dieses Mal schien er traumlos zu sein.

Die Farbe des Himmels verriet mir, dass die Sonne bald am Horizont aufgehen würde, weshalb ich gar nicht erst versuchte, mich noch einmal hinzulegen.

»Du bist ja schon wach«, stellte Lorya überrascht fest, als ich aus der Höhle trat und mich zu Heorhiy und ihr vor den Eingang setzte.

»Schon eine Weile. Es ist ziemlich kalt hier.« Ich rieb mir fröstelnd die Arme. Es schien im Wald Alain wirklich deutlich kälter zu sein als im Lichterreich. Der Herbst war ins Land gezogen und die Bäume verloren allmählich ihre Blätter, weshalb die dicht bewachsenen Kronen keinen allzu großen Schutz mehr vor der Kälte boten. Ich sehnte mich nach meinen Winterstiefeln und dem mit Schafsfell gefütterten Mantel.

»Hast du nach Tero gesehen?«, wollte Heorhiy wissen. Ich nickte bestätigend. »Er träumt in den letzten Nächten nicht gut, aber ich möchte ihn ungern wecken. Er braucht Schlaf, auch wenn er unruhig ist.«

Damit hatte Heorhiy vermutlich recht.

Nach und nach wachten auch die anderen auf, Tero war der Letzte, der sich zu uns setzte. Uns blieb nicht viel Zeit für ein ausgiebiges Frühstück, weshalb wir schnell etwas Brot aßen und uns dann wieder auf den Weg machten.

»Irgendetwas stimmt nicht«, murmelte Desya leise vor sich hin. Sie war schon den gesamten Morgen über sehr unruhig und schaute umher, als würde man uns verfolgen.

»Was ist los?«, fragte Laresa.

Desya winkte die Frage lediglich mit einem Schulterzucken ab und wandte sich dann wieder dem Wald zu.

Stirnrunzelnd verfolgte ich die Unterhaltung der beiden. Ein solches Verhalten sah Desya nicht ähnlich, und ich musste gestehen, dass es mir Angst machte, sie so zu sehen.

Auch Aleksi bemerkte ihre merkwürdige Stimmung und beobachtete jede ihrer Bewegungen. »Sie hat recht.« Er deutete Richtung Himmel.

Asante stellte sich neben den Prinzen und versuchte, etwas zu erkennen. »Was meinst du?«

Aleksi rollte die Augen, als wären wir alle unfähig, das Offensichtliche zu sehen. »Die Sonne ist nicht da.«

Es war um die Mittagszeit und der Wald hell erleuchtet. Wie konnte Aleksi also behaupten, dass die Sonne nicht an ihrem Platz war?

»Ach du heilige ...«, nuschelte Eggi.

»Aus dem Weg, ich will es auch sehen.« Laresa drängelte sich an Eggi vorbei und kniff die Augen zu kleinen Schlitzen zusammen. Erst sah sie nicht so aus, als würde sie begreifen, doch dann wurden ihre Augen plötzlich groß und ihr Kiefer klappte weit auf. »Sicher, dass wir nicht einen ganzen Tag verschlafen haben?«

»Es ist Hexensabbat«, grummelte Aleksi, den Blick noch immer Richtung Himmel gewandt.

»Hexensabbat?« Ich hatte dieses Wort noch nie zuvor gehört, allerdings klang es ziemlich unheilvoll.

»Du spinnst doch«, lachte Asante auf. »So etwas wie den Hexensabbat gibt es doch überhaupt nicht.«

Aleksi blickte unseren Anführer mit ernster Miene an und schüttelte langsam den Kopf. »Nur weil du ihn noch nicht erlebt hast. Wie erklärst du dir sonst den roten Vollmond am Himmel?«

Nun war meine Aufmerksamkeit endgültig geweckt. Aus der hintersten Reihe traten nun auch Tero und ich heran. Ich musste mich anstrengen, um durch die Äste der Bäume blicken zu können, doch es war ein leuchtend rotes Funkeln, das mich schlagartig innehalten ließ. Es war, als hätte jemand einen Feuerball genommen und ihn in den dunklen Himmel gesetzt.

Ich erschauderte bei diesem Anblick. »Was ist ein Hexensabbat?«, fragte ich, obwohl ich die Antwort fürchtete.

»Eine Zusammenkunft der mächtigsten Hexen, bei der sie geheimnisvolle Rituale vollziehen«, antwortete Tero zu meiner Rechten.

»Und gerade heute ist die dunkle Magie stärker denn je«, stimmte Heorhiy zu. »Man sagt, dass am letzten Tag des Oktobers die dunklen Mächte auf der Erde wandeln und sich unter die Lebenden mischen. Geister, Hexen und Dämonen vereinen sich, um an diesem besonderen Erlebnis teilzuhaben.«

Seine Worte jagten mir einen eiskalten Schauer über den Rücken. Unsere Reise hatte uns bereits durch das Schattenreich geführt, wo wir auf Wandler, Giftschatten, Wanderer und schleimige Froschkreaturen getroffen waren. Wir hatten die Existenz von Feen mit eigenen Augen gesehen, hatten gesehen, wie Tote sich aus ihren Gräbern erhoben hatten. Und nun sollten wir auch noch auf mächtige Hexen stoßen? Reichte es nicht irgendwann?

»Wie gefährlich wird es?«, fragte ich irgendwann, als ich meine Stimme wiederfand.

»Du weißt doch, dass die Siedlungen im Schattenreich nur durch regelmäßige Opfergaben fortbestehen konnten, oder?« Als ich nickte, sprach Heorhiy weiter. »Normalerweise wollten die Schattenwandler nur Tiere haben, doch alle zehn Jahre am Hexensabbat mussten wir ein Kind opfern.«

Schockiert sog ich die Luft zwischen den Zähnen ein. Das musste ein grausamer Scherz sein. »Ihr habt Kinder geopfert?«

Heorhiys Mundwinkel glitten traurig hinunter, als er nickte. »Wir waren einst die doppelte Anzahl an Bewohnern, doch als wir uns weigerten, ein Kind zu opfern, stürmten die Schattenwandler unsere Siedlung, durchbrachen die Schutzmauer und nahmen jeden mit, den sie in die Finger kriegen konnten.«

»Wie viele Wandler waren es?«, fragte Tero.

»Zu viele, als dass ich sie hätte zählen können. Jedes Jahr am letzten Tag des Oktobers trafen sie sich bei Rumpelstilzchen. Verstehst du, Nerina? Der Hexensabbat ist weitaus bedrohlicher, als du dir vorstellen kannst. Die Gefahren, denen wir bisher begegnet sind, waren nichts dagegen.«

Ich musste schlucken. »Was hat der rote Mond zu bedeuten?« Ich deutete in den Himmel.

»Das Blut ihrer Opfer«, antwortete Heorhiy unheilverkündend, ohne eine Miene zu verziehen. Plötzlich umschloss mich eine eisige Kälte, die sich durch meinen gesamten Körper zog und sich nicht abschütteln ließ.

»Dann lasst uns besser zusehen, dass wir schleunigst einen Unterschlupf finden«, murmelte ich, ohne den Blick von der feuerroten Kugel am Firmament abzuwenden.

Tero und Heorhiy nickten zustimmend und winkten die anderen heran, die schnellen Schrittes auf uns zukamen.

Lorya ging ein paar Schritte voran, ehe sie innehielt und uns über die Schulter einen schüchternen Blick zuwarf. »Vielleicht sollte lieber jemand von euch vorangehen.«

Tero klopfte ihr brüderlich auf die Schulter und übernahm dann die Führung. Vermutlich hatte er bereits einen Ort im Sinn, an dem wir den Tag der Hexen ausharren konnten. Zwar würde uns das wieder aus dem Zeitplan werfen, aber das war vermutlich besser, als auf mordlustige Magierinnen zu treffen. Die Begegnung mit Rumpelstilzchen hatte mir gereicht.

Einmal blieb mein Blick an Mari haften. Sie trug dasselbe Kleid wie an dem Tag, als wir dem Schattenreich entkommen waren. Sie hatte es immerhin gesäubert, doch die Risse und Löcher darin überließen das arme Mädchen völlig der Kälte. Mari verzog allerdings keine Miene, sondern lief eine Armeslänge hinter Aleksi her.

Es tat mir etwas leid, dass wir bisher nicht die Zeit gefunden hatten, sie besser in unsere Gruppe zu integrieren. Der Tag brauchte eindeutig mehr Stunden, um all die Dinge, die auf dem Plan standen, wirklich zu schaffen.

»Frierst du nicht?«, flüsterte ich Mari zu.

Sie zog den Kopf ein, sodass ihr eine dichte Haarsträhne ins Gesicht fiel und ihre leicht erröteten Wangen verbarg. »Oh, du hast mich erschreckt.« Schlagartig kamen die Erinnerungen an Ode wieder an die Oberfläche. Er hatte auch immer versucht, sich in Luft aufzulösen, sobald ihm etwas unangenehm war.

»Tut mir leid, das war nicht meine Absicht.«

Sie lächelte. »Schon gut. Nein, mir ist nicht kalt.«

»Ich beneide dich. Am liebsten würde ich mich am Kaminfeuer unter einem Schafsfell vergraben.« Das hatte ich als junges Mädchen sehr gerne getan. Gemeinsam mit unseren Eltern hatten Eira und ich uns unter eine Decke gekuschelt, dem Knistern des Feuers und Vaters Erzählungen gelauscht. Manchmal hatte er uns von seiner Kindheit erzählt und wieder andere Male hatte er uns Geschichten über Prinzen und Prinzessinnen vorgelesen. Doch jene Geschichten waren nichts als Märchen, denn im wahren Leben verlief absolut nichts so reibungslos.

Man konnte sich nicht auf den ersten Blick in einen Menschen verlieben, und wenn man es doch tat, dann war es ein großer Fehler, den man irgendwann im Leben bereuen würde. Man konnte sich von dem Äußeren angezogen fühlen, doch wahre Liebe brauchte Zeit.

Mir kam eine Geschichte wieder in den Sinn. Weshalb gerade jetzt, war mir schleierhaft. Sie erzählte von einem jungen Mädchen, aufgewachsen bei der neuen Gemahlin seines Vaters. Eine böse Stiefmutter, die das Kind ausbeutete und für sich arbeiten ließ. Doch eines Tages, das Kind war zu einer schönen Frau herangewachsen, kam eine gute Fee vorbei und schenkte dem Mädchen einen Abend als Prinzessin. Es ging auf einen Ball, wo der Prinz sich unsterblich in es verliebte. Doch war sie keine Prinzessin, sondern eine Dienstmagd. Der Prinz jedoch scherte sich nicht um die Gesetze seines Königreiches, suchte seine Liebe und nahm sie zur Frau.

Mein Blick huschte über die Gruppe, bis ich schließlich Tero in der Ferne ausmachte. Es war lediglich ein Märchen, das Vater uns vorgelesen hatte, doch in dieser Geschichte lag vielleicht doch ein kleines Fünkchen Wahrheit. Schließlich war es Tero nicht anders ergangen, mit dem einzigen Unterschied, dass sein Vater der Vermählung mit einer Frau niederen Standes nicht zugestimmt hatte. Doch manchmal musste man auf sein Herz hören und den Verstand ausblenden. Gegen wahre Liebe war man machtlos.

»Nerina?« Maris zartes Stimmchen riss mich aus meinen Gedanken.

»Hmm?«

»Du warst eben so abwesend. Woran hast du gedacht?«

Ich konnte und wollte ihr nicht die ganze Wahrheit erzählen, dass ich mich noch immer in einem Zwiespalt befand und nicht wusste, ob ich auf mein Herz oder meinen Verstand hören sollte, was Tero betraf. Also entschied ich mich dazu, ihr lediglich die halbe Wahrheit zu berichten.

»Ich habe an damals gedacht, als Eira und ich noch Kinder waren und das Leben um so vieles einfacher war.«

Mari nickte, als wüsste sie ganz genau, wovon ich sprach. »Manchmal wünschte ich, niemals im Palast gedient zu haben«, gestand sie leise. »Es ist schön dort, das steht vollkommen außer Frage. Aber wie sich alles entwickelt hat ...« Ihre Stimme brach und sie war nicht imstande weiterzusprechen.

Doch auch ohne Worte konnte ich Mari verstehen. Sie hatte all die Zeit mit ansehen müssen, wie Eira immer mehr Macht an sich gerissen hatte, Hauptmann Alvarr stets an ihrer Seite, als ihr Komplize. Es musste Maris Herz gebrochen haben, nicht nur ihre Mutter an den Tod verloren zu haben, sondern ebenfalls ihren Vater an die Dunkelheit.

Behutsam legte ich meine Hand auf die ihre. »Es wird sich alles wieder zum Guten wenden, das verspreche ich dir.«

»Das hoffe ich sehr.« Und auch ich hoffte, dass ich mein Versprechen halten könnte. Aber ich war mir sicher, dass es so kommen musste und wir die Dunkelheit vertreiben konnten. Schließlich hatte das Gute in Vaters Geschichten auch stets gesiegt, also wieso sollte es bei uns anders sein?

»Seid leise!«, rief Tero von vorderster Front und brachte uns mit erhobener Hand dazu, innezuhalten. Er lauschte in den Wald hinein, führte seine rechte Hand ganz langsam an den Köcher und zog einen Pfeil heraus.

Tero bewegte sich geschmeidig und präzise, sodass er keinen einzigen Laut von sich gab. Ich versuchte etwas zu hören, doch der aufgekommene Wind ließ die Blätter und Büsche rascheln und übertönte jegliche anderen Geräusche.

Aleksi trat mit ebenso gewandten Bewegungen an seinen Bruder heran und fixierte den Wald. An seinen zusammengekniffenen Augen und den Furchen auf seiner Stirn war ihm die Anstrengung deutlich abzulesen. Beide Männer nebeneinander wirkten wie Raubtiere auf der Lauer, bereit, ihrer Beute die Zähne in den Hals zu rammen.

»Hatschi.« Desya schlug sich die Hände vor den Mund, um das Echo ihres Niesens aufzuhalten. Doch es war bereits zu spät und der Klang wurde durch den Wald Alain getragen. Schnell zog ich meinen Dolch, um die Angreifer abzuwehren, doch es blieb still. Niemand war in der Nähe, wir waren noch immer allein.

»Seid vorsichtig«, ermahnte Tero uns flüsternd. »Ich bin mir sicher, dass wir beobachtet werden, auch wenn sie sich nicht zeigen wollen.«

Aleksi nickte zustimmend. »Das Gefühl habe ich auch.«

Für einen Augenblick verharrten wir noch an Ort und Stelle, ehe wir uns wieder in Bewegung setzten. Dieses Mal allerdings langsamer als zuvor und schweigend.

Der Boden unter meinen Sohlen war weich und klebrig. Es musste in den vergangenen Tagen geregnet haben, sodass die Erde noch immer vom Wasser aufgeweicht war. Ein Schmatzen begleitete jeden meiner Schritte. Ich verstand nicht, wie es Tero auf solch einem Boden überhaupt möglich war, sich lautlos fortzubewegen.

Ein Aufprall ließ mich zusammenfahren. »Autsch!«, fluchte Laresa und rieb sich den wunden Armstumpf.

»Komm, ich helfe dir.« Asante war sofort an ihre Seite getreten und half seiner Schwester dabei, sich wieder aufzurichten. Sie machte ein schmerzverzerrtes Gesicht, als Asante sie unter den Armen packte und auf die Füße hob.

Als Laresa wieder aufrecht stand, bückte er sich und hob etwas metallisch Glänzendes von der Erde auf. »Was ist das?«

Er hob es an, um im rot schimmernden Licht des Blutmondes etwas zu erkennen. Es sah wie ein Draht aus, der mitten im Wald gelegen hatte.

Doch bevor wir uns weiter damit auseinandersetzen konnten, ertönte ein lautes Zischen aus den Wäldern. Ich drehte mich wirr im Kreis, um die Richtung des Geräusches auszumachen, doch ich konnte nichts sehen.

»Was ist das?«, fragte Eggi, der sich ebenso verwirrt im Kreis drehte.

Aleksi war bereits zu Asante getreten und hatte ihm den Draht aus der Hand gerissen. Als er das Metall betrachtete, riss er die Augen plötzlich weit auf. »Rennt!«, schrie er in einem Befehlston, der keine Widerworte zuließ.

»Nerina!« Ehe ich wusste, wie mir geschah, rannte Tero auf mich zu und riss mich zu Boden. Der Aufprall schmerzte in meinem gesamten Körper und machte mir das Atmen schwer. In meinem Kopf summte es fürchterlich.

Tero, der halb auf mir lag, krümmte sich vor Schmerzen und griff nach seinem Bein. Ich hörte meine Freunde wild durcheinanderrufen, doch ihre Worte wurden durch das Summen in meinem Kopf übertönt.

Unsanft packte Aleksi Tero und hob ihn von mir runter.

»Verflucht noch mal, pass doch auf!«, presste Tero hervor. Schweiß rann von seiner Stirn und noch immer verkrampfte sich sein Körper.

Aleksi ging in die Hocke, um Teros Bein in Augenschein zu nehmen. »Halt still.«

Als der Schwindel und das Summen endlich nachließen, stemmte ich mich auf meine Unterarme, um zu erkennen, weshalb Tero solche Schmerzen hatte. Doch Aleksis Kopf versperrte mir die Sicht.

»Lass das, du weißt doch gar nicht, was du da tust.« Asante schob Aleksi zur Seite, sodass sich mir nun die Sicht auf Teros Bein bot.

Mir stockte einen Moment lang der Atem, als ich den kleinen silbernen Pfeil sah, der in seiner Wade steckte. Tero hatte mich zu Boden gerissen, um mir das Leben zu retten, und nun war er verwundet.

»Ich ziehe den Pfeil nun raus, Tero«, meinte Asante geistesabwesend. »Es wird wehtun, aber es muss sein.«

Ohne eine Antwort abzuwarten, packte Asante den Pfeil und zog ihn mit einer schnellen Handbewegung aus Teros Bein heraus. Doch anstatt die Wunde anschließend sofort zu verbinden, drückte Asante die Haut zusammen.

Tero versuchte mutig zu sein, doch es gelang ihm nicht, die Schreie zu unterdrücken. Er verkrallte die Hand so fest in Aleksis Arm, dass der eine schmerzverzerrte Grimasse zog.

»Was tust du da?«, fuhr ich Asante an, der doch sehen musste, dass Tero litt. Ich beobachtete seine Bewegungen in der Hoffnung, dass er gleich von der Wunde abließ, doch stattdessen drückte Asante noch ein weiteres Mal fest zu.

Aleksi untersuchte währenddessen die Pfeilspitze etwas genauer. Als er daran schnupperte, rümpfte er angewidert die Nase. »Gift?«

Mein Herz hämmerte gegen meinen Brustkorb, schneller und immer schneller. Ich wartete darauf, dass Asante den Kopf schüttelte, doch vergebens.

»Kein lebensgefährliches«, murmelte er, während er weiter über Teros Bein gebeugt dasaß und die Wunde versorgte. »Ein lähmendes.«

»Du hast versucht, das Gift rauszudrücken?«, hakte Aleksi nach.

»Ja, der Pfeil saß nicht sehr tief. Ich hoffe, dass es ausreicht, da ich nicht genau weiß, welchen Giftstoff die Angreifer verwendet haben. Es könnte gut sein, dass er sonst mehrere Tage außer Gefecht gesetzt ist.«

Das durfte nicht passieren. Unser Zeitplan war ohnehin schon komplett aus dem Ruder gelaufen, eine weitere Verzögerung würde uns noch das Leben kosten. Mit den Fingerspitzen rieb ich mir die Schläfen, bis auch das letzte leise Pochen in meinem Kopf versiegte.

»Kann ich etwas tun?« Ich wollte Tero irgendwie helfen, doch Asante schüttelte den Kopf.

»Schau nach, ob es den anderen gut geht.«

Eggi und Laresa waren hinter einem Busch in Deckung gegangen. Einige Meter entfernt konnte ich Mari zusammen mit Heorhiy und Lorya ausmachen. Ihnen allen schien es so weit gut zu gehen.

»Wo ist Desya?«, flüsterte ich ihnen zu, doch sie hoben bloß unwissend die Schultern.

Leise rief ich ihren Namen, erhielt jedoch keine Antwort. Langsam wurde ich panisch. Wo konnte sie nur sein?

»Desya? Wo bist du?« Nichts – nur eisige Stille empfing mich. Es war zum Verrücktwerden.

»Ich suche dort!«, rief Resa und rannte in die entgegengesetzte Richtung.

Ich lief schneller und schneller durch den Wald, entfernte mich immer weiter von den anderen, doch von Desya schien jede Spur zu fehlen. Als ich zurück zu dem Ort ging, an dem die anderen sich bereits um Tero versammelt hatten, ging ich in eine andere Richtung, um dort nach ihr zu suchen. Doch Desya war wie vom Erdboden verschluckt.

»Nichts?«, wollte Resa wimmernd von mir wissen, als auch sie wieder zurückgekehrt war.

»Nichts.«

»Wir müssen sie finden!« Eggi sprang auf und war bereits um den nächsten Baum, als Heorhiy hinterherging, ihn am Arm packte und wieder zur Gruppe zog.

»Wir gehen alle.« Der Ton seiner Stimme war wie ein Donnergrollen, seine Kiefermuskulatur spannte sich an.

Uns blieb nicht viel Zeit. Da der Tag nicht angebrochen war, konnten wir nur abschätzen, wie spät es wohl sein musste. Der mysteriöse Angriff des Giftpfeils hatte einige Zeit in Anspruch genommen. Wir wussten noch immer nicht, wer diesen abgeschossen hatte, doch Asante vermutete, dass der Draht, über den Laresa gestolpert war, eine Falle ausgelöst hatte.

Wer auch immer diese errichtet hatte, wusste vermutlich Bescheid, dass sie ausgelöst wurde, und war mit Sicherheit schon auf dem Weg hierher. Ich hoffte, dass sie Desya nicht vor uns fanden.

»Kannst du gehen?« Aleksi half Tero auf. Er verkrampfte bei jedem Schritt und es war für ihn mühselig, sich fortzubewegen, doch Tero war eine Kämpfernatur und würde es schon schaffen.

Wir kamen nur langsam voran. Jedes Rascheln ließ uns zusammenfahren und innehalten. Gerne hätte ich in die Dunkelheit gerufen, um Desya auf uns aufmerksam zu machen, sollte sie verletzt in den Büschen liegen.

Laresa schmerzte noch immer der abgetrennte Arm, Tero brachte kaum mehr als ein Humpeln zustande und wir anderen waren erschöpft. In diesem Zustand sollten wir besser keinen Feinden über den Weg laufen.

»Wie sollen wir sie bloß finden?« Mari klang verängstigt, doch sobald Aleksi nach ihrer Hand griff und diese sachte drückte, erhellte sich ihr Gesicht wieder und sie konnte durchatmen. Eine einzige Berührung eines geliebten Menschen konnte all die Sorgen mit einem Mal vertreiben.

»Das wird schon«, murmelte der Prinz an ihrem Ohr, laut genug, dass wir ihn ebenfalls hören konnten.

»Seht mal.« Eggi deutete in die Ferne, wo ein Feuer auf einer Lichtung brannte. Ich hatte bereits kurz nach unserem Aufbruch die Orientierung verloren und wusste nicht, was sich dort befand.

»Eine Siedlung?«, fragte ich Tero, der allerdings den Kopf schüttelte.

»Zu nah an der Bergkette. Die Menschen fürchten den Verwunschenen Wald. Vielleicht die Hüter.«

Ein Schauer durchfuhr mich bei dem Gedanken, auf diese Wilderer zu treffen.

Asante stellte sich an meine Seite und sprach so leise, dass niemand außer mir ihn hören konnte. »Wir können das Resa und Tero nicht zumuten.«

»Nein«, stimmte ich ihm zu. »Was schlägst du vor?«

»Wir beide und Heorhiy gehen hin und schauen, wer sich dort aufhält. Ich weiß, dass auch unsere Kräfte langsam schwinden, doch den anderen geht es deutlich schlechter. Vielleicht haben wir Glück und es sind bloß Wanderer, die Desya einen Platz am Feuer angeboten haben.«

Es behagte mir ganz und gar nicht, dass wir uns wieder aufteilen sollten, doch es war die beste Möglichkeit. Sollten wir scheitern, würden unsere Feinde wenigstens nicht uns alle in die Finger bekommen.

»In Ordnung.« Sobald ich die Worte gesprochen hatte, lief Asante zurück, um Heorhiy zu holen. Ich konnte hören, wie Aleksi mit ihm diskutierte und mitkommen wollte, doch schlussendlich konnte Asante ihn davon überzeugen, zurückzubleiben und ein wachsames Auge auf die anderen zu haben.

»Gut, dann los.« Heorhiy zog sein Schwert, den Blick finster auf das Feuer in der Ferne gerichtet.

Gemeinsam schlichen wir über den Waldboden, versuchten so leise wie möglich zu sein. Ich konnte die Wärme der Flammen bereits auf meiner Haut spüren, doch sehen konnte ich niemanden. Asante deutete auf drei verschiedene Bäume, hinter denen wir uns versteckten.

Mein Herz hämmerte in meinem Brustkorb und ich wischte die schweißnassen Handflächen an meiner Hose ab, um einen festen Griff um meine Messer zu wahren. Ein kaum hörbares Kichern erregte meine Aufmerksamkeit, sodass ich hinter dem Baum hervorlugte.

Kurz dachte ich, es mir eingebildet zu haben, doch dann tänzelten drei Gestalten um das Feuer herum. Sie alle trugen dunkle Kutten und tiefe Kapuzen verhüllten ihre Gesichter. Die gebückte Haltung und die Größe der Gestalten ließen auf ältere Frauen schließen.

Auch Heorhiy und Asante hatten die Neuankömmlinge bemerkt und taxierten sie ebenso konzentriert wie ich. Ganz vorsichtig trat ich einen Schritt vor, um einen Blick auf die andere Seite der Feuerstelle werfen zu können. Ich konnte es nicht erkennen, doch etwas hinter den Flammen erregte meine Aufmerksamkeit.

Asante schaute zu mir herüber und ich deutete auf was auch immer sich dort hinten befand. Als er nickte, huschte ich durch die Schatten und versteckte mich hinter dem nächsten Baum. Die beiden Männer kamen langsam hinter mir her. Wir mussten vorsichtig sein, durften auf keinen Ast am Boden treten und mieden das trockene Laub so gut es ging.

Drei weitere Male wiederholte ich den Vorgang, bis ich schließlich sehen konnte, was sich hinter der Feuerstelle verbarg. Augenblicklich schlug ich die Hand vor den Mund, um einen Schrei zu unterdrücken.

Heorhiy und Asante hatten zu mir aufgeschlossen. Sie folgten meinem Blick und stellten nun ebenfalls erschrocken fest, dass es sich um einen großen hölzernen Käfig handelte, der sich auf der anderen

Seite der Lichtung befand. Und am Boden dieses Käfigs lag Desya – hoffentlich nur bewusstlos und nicht tot.

Ein tiefes Grunzen entfuhr Heorhiy, woraufhin ich ihn mit einem wütenden Blick bedachte und den Finger auf die Lippen presste. Noch hatten die drei Gestalten uns nicht bemerkt und es wäre schön, wenn das auch so bliebe.

»Wir müssen sie da rausholen«, raunte Heorhiy wütend.

»Nein, müsst ihr nicht«, erklang es schrill direkt hinter uns. Noch während ich herumwirbelte, wurde mir etwas Spitzes in den Oberarm gejagt. Und darauf folgte Schwärze.

KAPITEL 6

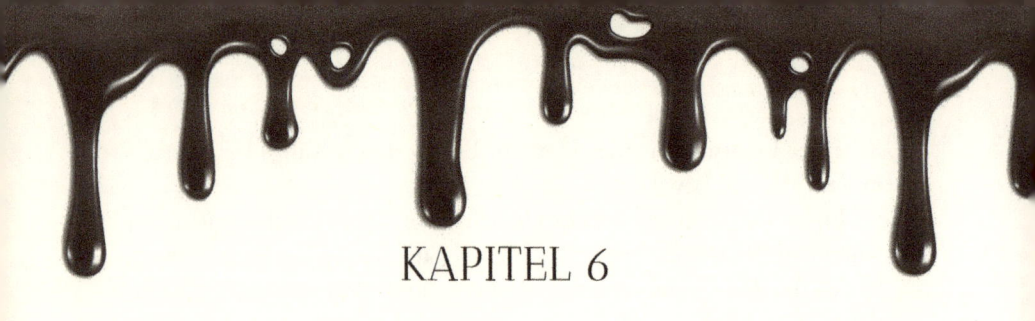

„Oh Herr der Unterwelt, erhöre uns." Der monotone Singsang ließ mich die Lider aufschlagen. Alles um mich herum drehte sich. Ich versuchte aufzustehen, doch meine Beine wollten mir nicht gehorchen. Mir war so flau im Magen, dass ich fürchtete, mich jeden Augenblick übergeben zu müssen.

»Nerina?« Es war Desyas ängstliche Stimme. Mehr als ein Stöhnen als Erwiderung brachte ich allerdings nicht hervor.

»Sie kommt endlich zu sich.« Ich war mir nicht sicher, ob die Stimme zu Asante oder Heorhiy gehörte.

»Was sollen wir tun? Wir müssen schnell einen Ausweg finden.«

Dem hatte ich nichts hinzuzufügen. Nach den Erzählungen von Aleksi und Heorhiy vermutete ich, dass wir mitten in einem Hexensabbat gelandet waren und als Opfer dienen sollten.

»Nerina muss zu Kräften kommen, sie ist die Einzige, die uns jetzt noch retten kann.«

Wieso sollte ich meine Freunde retten können? Ich war genau wie sie in diesem grausamen Käfig gefangen.

Ich fuhr mir mit der Hand übers Gesicht. An meinem Hals streiften meine Finger etwas kleines Kühles. Aber natürlich! Aufgrund meiner Benommenheit hatte ich für einen Augenblick vergessen, dass ich die Fähigkeiten besaß, um uns aus dieser Lage zu befreien. Mit heller Magie konnte man dunkle Magie schließlich am besten bekämpfen.

Ich versuchte erneut aufzustehen, jedoch knickten meine Knie ein, wodurch ich wieder nach hinten taumelte.

»Vorsicht«, sagte Heorhiy und hielt mich am Arm fest, sodass mein Kopf nicht gegen die Holzstäbe schlug.

»Danke«, krächzte ich. »Was ist passiert?«

»Sie haben uns betäubt und hier eingesperrt. Verfluchtes Hexenpack.« Asante spie die Worte aus, laut genug, dass die drei Frauen uns hörten und ihren Gesang unterbrachen.

»Hexenpack?«, säuselte eine von ihnen. Im Gleichschritt kamen sie auf uns zu und blieben vor dem Käfig stehen. Sie zogen die Kapuzen synchron zurück und enthüllten so ihre Gesichter.

Ich musste gestehen, dass ich überrascht war. Es waren drei wunderschöne junge Frauen, mit Haut so rein wie Porzellan und Augen so strahlend wie der Sonnenschein. Sie hatten nichts Furchteinflößendes an sich.

Heorhiy richtete seinen Oberkörper auf und funkelte sie finster an. »Ihr seid nichts weiter als elende Hexen.«

Eine von ihnen trat hervor, bei ihr handelte es sich vermutlich um das Oberhaupt. Sie stemmte die Fäuste in die Seite, stellte sich Heorhiy gegenüber, sodass dieser ihren warmen Atem auf seiner Haut spüren musste. Ein zartes Lächeln umspielte ihre rosafarbenen Lippen.

»Ich bin Karmella und dies sind meine Schwestern«, wisperte sie, ihre offene Hand deutete auf die drei anderen Frauen. »Ihr kommt hierher, stört uns bei unseren Gebeten und wagt es dann noch, uns zu beleidigen?«

Sie griff durch die Gitterstäbe und kräuselte Heorhiys Bart zwischen ihren scharfkantigen Fingernägeln. Er ließ die Berührung über sich ergehen, ohne auch nur einen Schritt zurückzuweichen.

»Stark und mutig, so mag ich meine Männer.« Karmella entblößte eine Reihe strahlend weißer Zähne, ehe sie die Hand wieder aus dem Käfig zog. »Zum Glück kannst du nicht unserer Sache dienen«, meinte sie schließlich noch immer lächelnd. »Wir brauchen Jungfrauen, die als Opfer an den dunklen Fürsten dienen. Du, mein Lieber, hast kein jungfräuliches Blut in dir.«

Mein Gesicht färbte sich bei ihren Worten kalkweiß. Ich blickte über die Schulter zu meinen Freunden, denen es ebenso erging. Ich hatte die Hexe also richtig verstanden. Sie wollte Desya und mich opfern!

»Was habt ihr mit uns vor?«, flüsterte Desya. Ihre Stimme war so schüchtern und hoch, dass man sie kaum verstehen konnte.

Karmella wandte ihr den Blick zu. Ihre eben noch so femininen und zarten Züge verhärteten sich augenblicklich. »Ihr Mädchen werdet unserer Sache dienen.«

»Ich bezweifle, dass es sich bei euch wirklich um Hexen handelt«, sagte ich betont gelangweilt und verschränkte die Arme vor der Brust.

»Ihr tut doch nichts weiter, als um eine Feuerstelle zu tänzeln und irgendeinen Fürsten anzubeten, der von eurer Existenz nichts weiß.«

Asantes Blick schnellte zu mir herüber. Ich versuchte mir nichts anmerken zu lassen. Karmella packte mich am Kragen und zog mich so fest gegen die Holzstäbe, dass mein Kopf erneut zu hämmern begann.

»Wie kannst du es wagen«, spie sie, wobei mir ihr Speichel ins Gesicht spritzte. Sie hielt noch einen Moment inne, ehe sie mich unsanft auf den Boden fallen ließ und sich ihren Schwestern zuwandte.

»Zeigen wir diesen Narren, mit wem sie es zu tun haben.«

Schnellen Schrittes gingen die drei von uns fort und berieten sich neben dem knisternden Feuer.

»Bist du vollkommen übergeschnappt?«, fragte Asante.

»Ich will sie nur ablenken«, flüsterte ich und befühlte mit den Fingern die Kette um meinen Hals. Ich würde diesen Hexen schon zeigen, mit wem *sie* es zu tun hatten, darauf konnten sie sich verlassen.

Asante schüttelte langsam den Kopf. »Das ist zu gefährlich, Nerina. Wir wissen nicht, wie mächtig sie sind.«

»Und genau deswegen sollen sie uns ihr Können vorführen, damit ich weiß, wie ich sie am besten bekämpfen kann.«

»Gerissen«, sagte Heorhiy mit breitem Grinsen.

Wir warteten ab, bis die Hexen sich schließlich wieder vor unserem Käfig versammelten. Sie hielten einander bei den Händen und schauten zum Himmel, fixierten den Blutmond. Dann verfielen sie in einen ruhigen Singsang, wobei sie die gleichen Worte immer und immer wiederholten.

»Oh Herr der Unterwelt, erhöre uns.« Ihre Stimmen wurden lauter, eindringlicher und ich wartete gespannt darauf, dass etwas passierte und ihre wahren Kräfte sich offenbarten. Doch es blieb still.

Die drei Frauen unterbrachen ihren Gesang nicht. Ich konnte bereits die Schweißperlen auf ihren Gesichtern sehen, ihre Finger noch immer beinahe verkrampft ineinander verschlungen.

Langsam vermutete ich, dass sie uns wirklich bloß etwas vorgemacht hatten und gar keine magischen Fähigkeiten besaßen. Doch kaum hatte ich den Gedanken zu Ende gebracht, zog sich ein dichtes Wolkengebilde über den Himmel und verdeckte den so hell leuchtenden Mond. Bis auf die Flammen herrschte nun absolute Dunkelheit.

Desya zitterte und sog scharf die Luft ein. Ich reichte ihr die Hand, die sie dankbar ergriff und fest zudrückte.

Es mochte Zufall sein, dass der Sturm in jenem Augenblick aufgezogen war, aber ich vermutete, dass es die drei waren, die das Wetter beeinflussten. Der Wind nahm zu, wurde stärker und stärker, sodass mein Haar wild umherwirbelte und mir beinah die Sicht versperrte.

Ich zog die Haarsträhnen aus meinem Gesicht und beobachtete die drei Schwestern, die zu singen aufgehört und einander losgelassen hatten. Sie schirmten ihre Augen vor dem Schmutz ab, der durch die Luft wirbelte. Die lauten Rufe und das Fluchen machten mir bewusst, dass nicht sie es waren, die diesen Sturm ausgelöst hatten.

Ich griff an meine Kette, doch der Stein leuchtete nicht auf, so wie er es sonst bei der Verwendung von Magie tat.

»Irgendetwas stimmt nicht«, rief ich gegen den Wind an.

»Wie meinst du das?« Asante kniff die Augen zusammen.

»Schau dir die Schwestern an«, sagte ich und deutete mit dem Finger auf sie. »Sie wissen nicht, was vor sich geht.«

Er blickte erst zu den vermeintlichen Hexen und dann zu mir. »Bist du dafür verantwortlich?«

Als ich den Kopf schüttelte, konnte ich förmlich sehen, was in meinen Freunden vor sich ging. Wenn es weder die drei Frauen waren noch ich, dann musste sich in unmittelbarer Nähe jemand anderes mit magischen Fähigkeiten aufhalten.

»Aber ich sehe niemanden«, sagte Desya.

Auch ich konnte in der Dunkelheit niemanden erkennen. Die Schwestern waren mittlerweile ruhiger geworden, doch der Schreck saß ihnen wohl tief in den Knochen.

»Karmella, vielleicht sind wir doch zu mehr fähig?«, sagte die eine.

»Meinst du wirklich, Vilana?«

Die dritte nickte energisch und schaute an ihrem Körper hinab. Es musste sie mit Ekstase erfüllen, unwissentlich Magie zu beherrschen. Aber ich wusste es besser, sie hatten den Sturm nicht heraufbeschworen.

»Ihr Mädchen«, sagte Vilana. »Ihr werdet brennen.«

»Das denke ich nicht.« Eine tiefe Männerstimme ertönte aus dem Schatten der Wälder.

»W-wer ist da?«, wimmerte Vilana ängstlich. Ihr Mut war binnen eines Wimpernschlags verpufft.

Ich kniff die Augen zusammen, um etwas erkennen zu können. Erst waren es nur drei Umrisse, Gestalten, die mit der Dunkelheit verschmolzen. Doch je näher sie kamen, desto besser konnte ich sie sehen.

Aleksi lief voran, hinter ihm Lorya und Eggi. Ich erkannte den Prinzen von Kjartan in jenem Augenblick kaum wieder. Sein Erscheinungsbild war ummantelt von einer Aura des Bösen. Seine sonst so eindringlichen Augen waren pechschwarz und um seine Handflächen wirbelten dunkle Wolken. Es war, als hätte ich Rumpelstilzchen vor mir.

»Lasst sie frei«, grollte Aleksi. Die Schwestern zögerten nicht. Karmella kramte den Schlüssel für den Käfig aus der Tasche ihres Umhangs hervor, öffnete auf der Stelle das Schloss und warf die dicke Eisenkette zu Boden.

»Oh bitte, Herr, verschont uns«, wimmerte sie und warf sich vor Aleksi demütig auf den Boden. Vilana und die andere taten es ihr gleich. Es war ein amüsanter Anblick. Drei Frauen, die uns eben noch bedroht hatten und uns auf dem Scheiterhaufen verbrennen wollten, krauchten nun im Dreck und bettelten darum, am Leben gelassen zu werden.

»Nun zeige ich euch, wozu ich in der Lage bin«, verkündete ich und stellte mich neben Aleksi. Er grinste wissentlich und so boten wir den drei Frauen ein Schauspiel, das sie vermutlich niemals wieder vergessen würden.

Ich hörte in mein Innerstes, spürte die Magie in jeder Faser meines Körpers und konzentrierte mich darauf, was ich zum Vorschein bringen wollte. Es dauerte nur wenige Augenblicke, ehe sich der Wind wie ein Wirbelsturm um meinen Körper schmiegte und mich willkommen hieß.

Die drei begannen wieder zu kreischen, doch ich war noch nicht fertig. Ich führte die Magie zu meinen Fingerspitzen, wo sie unter meiner Haut kribbelte und nur darauf wartete, freigelassen zu werden.

Ich warf den Kopf in den Nacken und öffnete die Augen. Blutrote Blitze erhellten den Himmel wie an einem warmen Sommertag. Sie wurden immer stärker, erschienen in immer kürzeren Intervallen in der Dunkelheit. Noch ein paar Minuten führten Aleksi und ich dieses Schauspiel fort, bis die Schwestern schlussendlich wimmernd am Boden lagen, nicht wissend, wo ihnen der Kopf stand.

Als Aleksi und ich von der Magie abließen, ebbte auch der Wind ab und der Himmel klärte sich wieder auf.

»W-Wie habt ihr das gemacht?« Karmella standen die Tränen in den Augen. Kurz biss sich ein unangenehmes Schuldgefühl an mir fest, das ich schnell wieder abschüttelte. Schließlich waren sie es, die uns gefangen genommen hatten.

»Mit Magie«, hauchte ich zur Erwiderung, worauf die Schwestern ihre Augen vor Ehrfurcht weit aufrissen.

»Lehrt es uns!«, rief Vilana aus und krallte sich an meinem Arm fest wie ein Blutegel.

Aleksi half der Frau auf die Beine. »Ihr könnt keine Magie erlernen, wenn ihr sie nicht in euch tragt.«

»Aber nur Mitglieder von Königsfamilien tragen diese Kräfte in sich. Wie konntet ihr also die Magie beschwören?«

Aleksi und ich tauschten vielsagende Blicke aus. Sie wussten also, wer dazu fähig war, magische Kräfte zu nutzen.

»Königin Nerina?« Die zierliche Blonde trat vor mich und fixierte jeden meiner Gesichtszüge andächtig. »Schwestern, es ist die Königin!«

Am liebsten hätte ich auf der Stelle meine Beine in die Hand genommen und wäre geflohen. Doch wohin sollten wir gehen?

»Ich bin Kryola«, sagte die Blonde und deutete eine leichte Verbeugung an. »Es ist uns eine Ehre, Euch kennenzulernen.«

Auch die anderen Schwestern verneigten sich vor mir, alle ein strahlendes Lächeln auf den Lippen.

»Und wer ist er?«, wollte Kryola wissen und schaute zu Aleksi.

Er zögerte kurz, stellte sich dann allerdings vor. »Ich bin Prinz Aleksi von Kjartan.«

»Werdet Ihr uns retten?«, sprudelte es aus Kryola heraus. »Werdet Ihr Eira aufhalten?« Sie drehte sich im Kreis, um jeden von uns in Augenschein zu nehmen.

Doch ich verstand nicht. »Was meinst du?«

Ihr entfuhr ein leiser Seufzer. »Es tut uns leid, dass wir Euch belogen haben und opfern wollten. Wir sind keine Hexen«, gestand sie. »Eira hat unser Dorf niederbrennen lassen. Fast alle Menschen sind gestorben, auch unsere Eltern und unser älterer Bruder Micah. Seitdem versuchen wir den dunklen Fürsten zu beschwören, damit er es mit Eira aufnimmt. Wir haben Angst und wissen nicht, was wir tun können. Wir dachten, dass sich heute die perfekte Gelegenheit ergeben würde und er uns vielleicht erhört. Es lag nie in unserer Absicht, Euch solch schreckliche Dinge anzutun. Wir möchten lediglich einen Weg finden, Eira zur Strecke zu bringen.«

Kryola blickte traurig und beschämt zu Boden.

»Ihr könnt sie besiegen«, sagte Karmella dann. »Damit würdet Ihr uns alle retten.«

»Wir werden es versuchen«, versprach Aleksi den Mädchen. »Aber uns läuft die Zeit davon.«

Karmella strahlte ihn an. »Das ist besser als nichts.«

Lorya und Eggi standen unbeholfen im Hintergrund. Sie hielten ihre Waffen in den Händen, noch immer auf die drei Schwestern gerichtet, als wollten sie jeden Augenblick auf sie losgehen.

»Wo sind die anderen?«, wollte ich wissen.

»Mari hat ein wachsames Auge auf die Verwundeten.« Lorya deutete mit ihrer Klinge auf einen Abschnitt des Waldes. »Sie sitzen dort im Verborgenen und warten auf unsere Rückkehr.«

»Gibt es hier in der Nähe einen Unterschlupf?« Ich wandte mich an die drei Schwestern und wartete eine Antwort ab.

»Nicht weit von hier leben wir«, erzählte Karmella. »Es ist ein Untergrundhaus, verborgen vor den Augen anderer. Wenn es noch mehr von euch gibt, dann könnte es etwas eng werden, aber wenn wir alle zusammenrutschen, sollte das schon funktionieren.«

»Und wir sollen einfach darauf vertrauen, dass ihr uns am Leben lasst?« Aleksi verschränkte die Arme vor der Brust und verlagerte sein Gewicht.

Vilanas Mundwinkel zuckte leicht. »Wir wissen jetzt, dass wir auf derselben Seite stehen.«

»Und wir versprechen, dass wir Euch kein Leid zufügen werden«, stimmte Karmella zu und streckte mir ihre Hand entgegen. Entschuldigend blickte ich zu Aleksi, als ich diese ergriff. Kopfschüttelnd betrachtete der Prinz mich, blieb jedoch stumm. Ich hatte meine Entscheidung getroffen und er hatte diese zu akzeptieren.

Nach einem knappen Nicken zu Lorya und Eggi verschwanden sie zwischen den Bäumen, um die anderen zu holen. Als sie wiederkamen, konnte ich sehen, dass sie Tero stützen mussten. Das Gift hatte also seine Wirkung nicht verfehlt und sein Bein gelähmt. Er versuchte, es eigenständig abzusetzen, doch seine Muskeln wollten ihm nicht gehorchen.

»Zeig mal her.« Asante ging auf Tero zu und nahm sein Bein in Augenschein. »Das wird vermutlich nur ein paar Stunden anhalten, dann wirst du dein Bein wieder spüren können.«

»Wir haben ein paar Kräuter zu Hause, die helfen könnten.« Vilana war neben Asante in die Hocke gegangen und hatte sich Teros Wunde angesehen.

»Woher willst du wissen, was hilft?«

Sie funkelte Asante kurz wütend an. »Ich habe eine Lehre als Heilerin absolviert. Und ich kenne mich ein wenig mit den Fallen der Hüter aus.«

Also war es doch eine Falle, die von den Hütern aufgestellt worden war. Ich hoffte, dass sie noch nicht auf dem Weg hierher waren.

»Wir sollten uns beeilen, sicher sind sie bald hier«, entschied Karmella, als könnte sie meine Gedanken lesen.

Und wer wusste schon, ob nicht doch ein Fünkchen Magie durch ihre Adern floss?

KAPITEL 7

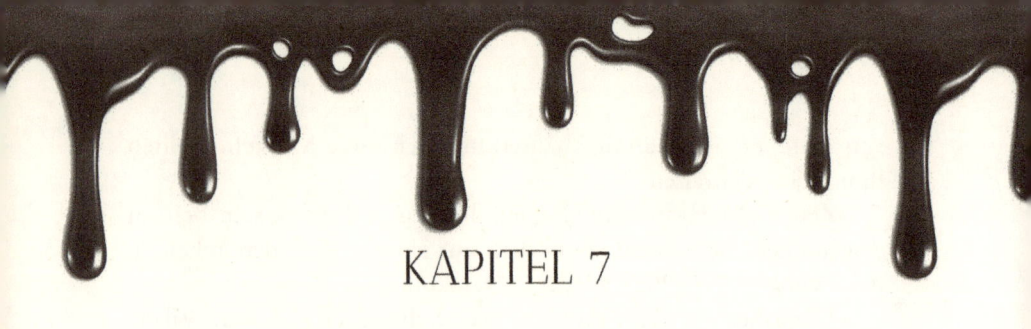

Die unterirdische Behausung der Schwestern erinnerte mich etwas an die Falltür im Wald Alain, in der Tero und ich uns vor all den Monaten vor den Hütern versteckt hatten. Eine morsche Treppe führte hinunter. Die Luft war klamm und es roch so modrig, dass ich kurz die Nase rümpfen musste.

Kryola entzündete einige Kerzen, damit wir sehen konnten, wo wir hintraten. Als ich auch die letzte Stufe hinter mir gelassen hatte, schaute ich mich um und musste feststellen, dass es weitaus geräumiger war, als es von oben noch den Anschein gemacht hatte.

Einige Stühle standen wirr im Raum verteilt und ein Tisch, dessen Platte bereits angebrochen war, lehnte wackelig an der Wand.

Ein schmaler Gang führte in ein weiteres Zimmer, das den Kissen und Decken nach zu urteilen der Schlafraum war.

»Hast du ihn?« Aleksi griff Tero gerade unter den Arm, bevor dieser einknicken konnte.

»Geht es dir gut?«, fragte ich und Tero nickte.

»Alles bestens. Nur dieses verdammte Bein will mir nicht gehorchen.« Er sah nicht aus, als würde er Schmerzen leiden. Die Lähmung musste auch betäubend wirken, denn die klaffende Wunde war nicht auf die leichte Schulter zu nehmen.

»Legt ihn am besten dorthin. Der Tisch ist stabiler, als er aussieht«, wies Vilana die Männer an. Sie hatte bereits einige Zutaten in einer Schüssel verrührt und untersuchte nun Teros Bein. Asante stand ganz dicht bei ihr und beobachtete jede ihrer Regungen. Ich staunte nicht schlecht über ihre Effizienz und Präzision. Bisher hatte ich lediglich Asante bei der Arbeit zusehen können. Ich war nie ernsthaft verletzt gewesen, weshalb ich den Palastheiler früher nicht aufsuchen musste.

Es weckte in mir eine Faszination, zu sehen, wie die verschiedenen Kräuter zusammenspielten und eine klebrige Substanz ergaben, die imstande war, Verletzungen zu heilen. Hätte ich es nicht besser gewusst, dann hätte ich gesagt, dass hier Magie am Werk war.

»Fertig«, sagte Vilana und zog den Verband fest.

Asante nickte anerkennend. »Ich muss gestehen, dass ich dir das nicht zugetraut hätte. Aber du hast hervorragende Arbeit geleistet.«

Nun lächelte Vilana ihn etwas verlegen an. »Danke, ich freue mich, wenn ich mit dieser Gabe anderen Menschen helfen oder ihnen gar das Leben retten kann.«

Kurz hob Asante seine Hand, als hätte er Vilana anerkennend über die Schulter fahren wollen, doch ehe er sie berühren konnte, zog er sie zurück. Ein Knistern lag in der Luft und es stammte sicher nicht von den Kerzenflammen.

Die beiden Heiler regten sich erst wieder, als Resa sich räusperte. »Habt ihr etwas Essbares hier?«

Kryola und Karmella verschwanden einen Moment aus unserem Sichtfeld und wühlten in einigen Kisten, die in der Ecke standen, herum. »Es ist nicht viel«, sagte Karmella, als sie mit einem Beutel Obst und ihre Schwester mit einem Laib Brot zu uns kam. »Aber vielleicht stillt es Euren Hunger für den Moment.«

Ich lächelte dankbar, während ich mir eine Handvoll Trauben in den Mund schob. Mein Magen rumorte, aber ich war viel zu müde und erschöpft, um mehr zu essen.

»Nerina?« Teros Stimme klang schwach. Als ich innehielt und mich zu ihm drehte, sprach er weiter. »Kannst du mir helfen? Ich würde mich auch gerne ausruhen.«

»Natürlich.«

Er legte seinen Arm um meine Schulter und ließ mich ihm auf die Beine helfen. Sein Gewicht brachte mich kurz ins Strauchelen.

Kryola folgte uns mit einer weiteren erleuchteten Kerze und zeigte uns, wo wir uns niederlassen konnten. »Meine Schwestern und ich werden im Wohnbereich schlafen, damit ihr Euch hier ausbreiten könnt. Es ist auch ohne uns schon eng genug.«

»Vielen Dank für eure Gastfreundschaft«, sagte ich ehrlich. »Wir begegnen nicht vielen, die uns freundlich gesinnt sind.«

»Da gibt es nichts zu danken. Für uns seid Ihr die wahre Königin. Die meisten Dörfer hier im Wald würden sich freuen, Euch wieder auf dem Thron zu sehen.« Kryola senkte die Stimme. »Eira ist zwar Eure Schwester, aber ich hoffe, Ihr werdet nicht zögern, das Richtige zu tun. Zum Wohle Eures Volkes.«

Ich presse meine Lippen zu einem schmalen Spalt aufeinander. Es war mir klar, worauf Kryola abzielte, aber ich konnte nicht versprechen, dass ich imstande war, meine Schwester zu töten, sollte es so weit kommen. Dennoch wollte ich ihr nicht die Hoffnung nehmen, die sie in mich setzte. Also nickte ich. »Für Arzu.«

»Für Arzu«, sagte Kryola und verschwand aus dem Zimmer.

Es war das erste Mal seit jener Nacht, dass Tero und ich völlig allein waren. Ich wusste nicht, ob mir dieser Gedanke wirklich gefiel, denn es gab noch immer zu vieles, über das ich gerne mit ihm gesprochen hätte. Doch die Geheimnisse, die ihn noch immer umgaben, hielten mich davon ab.

»Ich wusste nicht, dass Aleksi seine Magie beherrscht«, durchbrach Tero das unangenehme Schweigen zwischen uns. Durch den Schein der Kerze konnte ich sehen, dass er die Stirn in Falten gelegt hatte.

»Woher hättest du es wissen sollen? Ihr habt euch doch Jahre nicht gesehen, oder?«

»Da hast du recht, aber er hätte es mir sagen können. Gemeinsam könnt ihr beide so vieles erreichen und wir hätten uns das Planen, wie wir den Hütern aus dem Weg gehen, sparen können. Gegen zwei Magier können auch diese Bestien nicht bestehen.«

Ich dachte über Teros Worte nach. Einerseits hatte er recht und es wäre von Vorteil gewesen, hätte Aleksi uns frühzeitig aufgeklärt. Wir hatten auch über meine Fähigkeiten gesprochen und spätestens da hätte er es zur Sprache bringen können. Andererseits sollten wir die Hüter nicht unterschätzen, Magie hin oder her. Sie waren Wilderer und konnten uns schneller niederstrecken, als uns lieb war. Vermutlich würden wir sie nicht einmal kommen hören.

»Vielleicht«, gab ich schließlich zurück. »Ändern können wir es jetzt nicht mehr.«

Tero stützte sich auf den Armen ab und richtete sich auf, den Oberkörper gegen die kühle Wand gelehnt. »Genau, wozu sich über Dinge den Kopf zerbrechen, die in der Vergangenheit liegen und die man ohnehin nicht rückgängig machen kann.«

Der provokante Unterton in seiner Stimme war mir nicht entgangen. Doch es war ein Unterschied, ob man jemandem über Monate hinweg etwas vorlog und auch dann nicht alles erzählen wollte, wenn man ertappt worden war, oder ob man erst seit Kurzem bei einer Gruppe Menschen war, bei denen man sich nicht sicher sein konnte, ob man ihnen trauen konnte.

»Tut mir leid«, flüsterte Tero. »Das war dumm von mir und nicht zu vergleichen.«

»Schon gut«, winkte ich ab. Ich hatte ohnehin keine Kraft, mit ihm zu diskutieren. Und ehrlich gesagt fehlte mir dazu auch die Lust. Es war, wie es nun einmal war. Es lag an Tero, ob er sich öffnen wollte oder weiterhin eine Schutzmauer um sich zog. Ich konnte das nicht für ihn bestimmen, doch er hatte dann auch meine Entscheidung zu respektieren. Liebe war schließlich nicht alles im Leben.

Ich versuchte es mir etwas bequemer in den zerschlissenen Wolldecken zu machen, doch ich fand keine geeignete Position, bei der mir nicht sämtliche Glieder und Knochen schmerzten.

Ich drehte mich auf die Seite und schloss die Augen, in der Hoffnung, alsbald in einen ruhigen Schlaf abzudriften.

»Bist du noch wach?« Ich reagierte nicht auf Teros flüsternde Stimme, denn ich wollte jetzt nicht reden, sondern mich ausruhen.

Ihn schien das Ausbleiben einer Reaktion allerdings nicht weiter zu stören, denn er sprach trotzdem weiter. »Nun, falls ja, hör einfach nur zu.«

Tero atmete tief durch. »Tjana war bildschön. Doch es war nicht nur ihre äußere Schönheit, die mich in den Bann zog, sondern sie umgab eine Aura der Güte und Barmherzigkeit.« Am Rascheln seiner Decke hörte ich, wie Tero das Gewicht verlagerte. Dann räusperte er sich, ehe er fortfuhr.

»Sie hatte mich wach gerüttelt, mich daran erinnert, was ich als König alles würde erreichen können, und so stürzte ich mich in meine Aufgaben, ganz zum Stolz meines Vaters, der mich kaum wiedererkannte.

Der rebellische Junge war fort und an dessen Stelle stand nun ein pflichtbewusster Mann, der von nun an bereit war, ein Königreich zu regieren.« Die Euphorie, mit der Tero die Worte sprach, war beinahe ansteckend.

»Es vergingen Monate, in denen ich mich mit Tjana traf, ohne dass mein Vater davon wusste. Doch ich musste es ihm früher oder später gestehen. Ihm gestehen, dass ich mich in eine Bürgerliche verliebt hatte. Tjana war von meinem Vorhaben nicht begeistert, auch wenn sie mich von ganzem Herzen liebte. Sie befürchtete, dass mein Vater gegen unsere Vereinigung wäre und ich mich entscheiden müsse.

Und sie behielt wie immer recht.«

Tero hielt einen Augenblick inne, vermutlich um seine Gedanken neu zu sortieren und das leise Schluchzen so gut es ging vor mir zu verbergen. Ich konnte mir nicht erklären, weshalb er mir all dies gerade jetzt erzählte.

»Vater war alles andere als begeistert von meiner Absicht, Tjana zu meiner Frau zu nehmen. Ich hatte versucht, ihm zu erklären, dass er ihr meine Veränderung zu verdanken hatte und dass sie mich zu einem besseren Menschen machte, doch er wollte von alldem nichts hören. Er stellte mich vor die Wahl – entweder ich heiratete die Liebe meines Lebens oder ich wurde der König von Kjartan. Also entschied ich mich dazu, zu gehen. Meiner Heimat für immer den Rücken zu kehren und Tjana zur Frau zu nehmen.«

In seiner Stimme schwang ein sanftmütiges Lächeln mit. Sein Herz musste bei dieser Erinnerung an seine Geliebte aufblühen. Doch so schnell, wie der sanfte Klang gekommen war, verschwand er auch wieder.

»Unser Glück währte nur kurz, wie du weißt.«

Ich musste schlucken. Ich war nicht gefasst auf das, was Tero mir erzählen wollte, und wusste nicht, ob ich bereit dazu war, mir seine Geschichte anzuhören. Eigentlich war ich es, die ihn gedrängt hatte, mehr von sich preiszugeben, als ihm lieb war, doch nun zwängte er mir seine Vergangenheit förmlich auf. Und auch wenn Tero noch nicht zu Ende erzählt hatte, schwante mir Übles.

»Tjana und ich waren glücklich, auch wenn sie oft in tiefer Trauer versank und sich Vorwürfe machte. Ich versuchte sie immer zu beschwichtigen, aber sie hatte gehofft, dass ich Großes im Leben erreichen würde und war der Meinung, dass sie lediglich Ballast für mich war. Dem war aber nie so.« Tero richtete sich auf und schluckte. »Wir lebten in einem kleinen Dorf am Rande von Arzu, nicht weit von Lenjas entfernt. Es war ein verarmter Ort, so vollkommen anders, als was ich von meinem Leben im Palast gewohnt war. Zunächst fiel mir die Umstellung schwer, denn ich musste mich auf ein Minimum beschränken, wo mir doch vorher die Welt zu Füßen gelegen hatte. Doch ich gab die Hoffnung nicht auf, versuchte mich anzupassen und neue Dinge dazuzulernen.

Ein Nachbar nahm mich regelmäßig mit auf die Jagd, er war mein Mentor, der mir alles beibrachte, um in der Wildnis überleben zu können. Mein Leben war perfekt. Ich habe gelernt, dass es keine materiellen Dinge sind, die man braucht, um ein erfülltes und glückliches Leben zu führen – es sind die Menschen, die einen diesen inneren Frieden verspüren lassen. Die Menschen um sich herum zu haben, die man liebt, ist das schönste Gefühl der Welt.« Ich hatte mich, während Tero sprach, umgedreht, um ihn ansehen zu können. Er lächelte, als er meinen Blick bemerkte, doch schaute daraufhin schnell Richtung Decke.

»Tjana wusste, wie sie mein Leben noch um ein Vielfaches bereichern konnte. Sie sagte mir, dass sie ein Kind erwartete. Es war der glücklichste Tag in meinem Leben. Doch hätte ich gewusst, was mich dieser Satz kosten würde, dann hätte ich nur zu gerne die Zeit zurückgedreht.« Mit jedem Satz sammelten sich mehr Tränen in Teros Augen. Er versuchte seine Trauer vor mir zu verbergen, indem er sich von mir abwandte, aber sein Schmerz war spürbar. Mit zusammengebissenen Zähnen sprach er weiter.

»Ich konnte den Tag kaum erwarten, an dem ich mein Kind in den Armen halten würde, doch es ging ihr immer schlechter und keiner der Heiler der umliegenden Dörfer schien ihr helfen zu können. Für mich brach die Welt zusammen und ich packte all meinen Mut, um nach Kjartan zu reiten und meinen Vater um Hilfe zu bitten. Die Palastheiler hätten so viel mehr ausrichten, Tjana vermutlich sogar das Leben retten können.

Doch kaum war ich im Palast angekommen, verfluchte Vater mich und wünschte mich zum Teufel. Es war ihm gleichgültig, dass meine Gemahlin im Sterben lag und auch sein Enkelkind es vielleicht nicht überleben würde. Von meinem Vater erfuhr ich nichts als Gleichgültigkeit und seit jenem Tag empfand ich für ihn nichts als Abscheu.« Der Schmerz in Teros Stimme paarte sich mit tief gehendem Hass. Er spie die Worte förmlich aus, sodass ich zusammenzuckte.

»Wie kann ein Mensch so grausam sein und seinem eigenen Sohn, seinem Fleisch und Blut, jegliche Hilfe verweigern? Ich verstehe es bis heute nicht.

Kurz nach der Geburt unseres Sohnes ist Tjana in meinen Armen gestorben. Ich habe mein Bestes getan, unserem Kind ein guter Vater zu sein, doch die miserablen Zustände des Dorfes ließen es nicht zu. Im ersten Winter musste ich meinen Sohn begraben.«

Mir war nicht aufgefallen, dass ich zu weinen begonnen hatte. Teros Geschichte zerriss mir das Herz. Dass Tjana gestorben war, hatte er mir bereits erzählt, doch dass Tero einst ein Vater war …

Ich rutschte näher an ihn heran und hielt seine Hand, während er den Tränen nun freien Lauf ließ.

»Hätte ich mich für die Krone entschieden, dann wäre sie noch am Leben«, schluchzte Tero an meinem Schopf.

»Denk so etwas gar nicht erst, hörst du? Du hast auf dein Herz gehört und hast Tjana glückliche Jahre geschenkt, die du in Ehren halten musst. Sie hat in dir den wunderbarsten Menschen gefunden, den sie jemals hätte finden können. Denk immer an die guten Zeiten und nicht daran, was hätte anders werden können, hättest du eine andere Entscheidung getroffen. Du hast das Beste aus dem gemacht, was vor dir lag.«

Ich wartete, bis Teros Tränen schließlich versiegten und sein bebender Körper sich beruhigte. Mir fehlten die richtigen Worte, um ihn zu trösten, doch ich hoffte, dass er verstand, dass ich an seiner Seite war und ihm durch die schwierige Zeit helfen würde.

Er hatte sich geschworen, Kjartan den Rücken zu kehren, hatte wegen der Kälte seines Vaters alles verloren, was ihm lieb und teuer war. Es musste Tero viel Kraft kosten, an jenen Ort zurückzukehren, der ihn an all die Schrecken der Vergangenheit erinnerte.

Ich wiegte Tero in meinen Armen wie ein Neugeborenes, bis er schließlich eingeschlafen war. Im Traum zitterte er zwischendurch und wand sich, doch sobald ich durch seine Haare fuhr, beruhigte er sich wieder.

Nach und nach traten auch die anderen in den Schlafraum. Sie schauten Tero und mich mit hochgezogenen Brauen an, stellten jedoch keine Fragen, wofür ich ihnen mehr als dankbar war.

Meine Glieder schmerzten und ich war erschöpft, aber ich konnte und wollte nicht von Tero ablassen, um eine bequemere Schlafposition einzunehmen, also lehnte ich den Kopf nach hinten und versuchte im Sitzen einzuschlafen. Es dauerte eine Weile, doch irgendwann gelang es mir.

KAPITEL 8

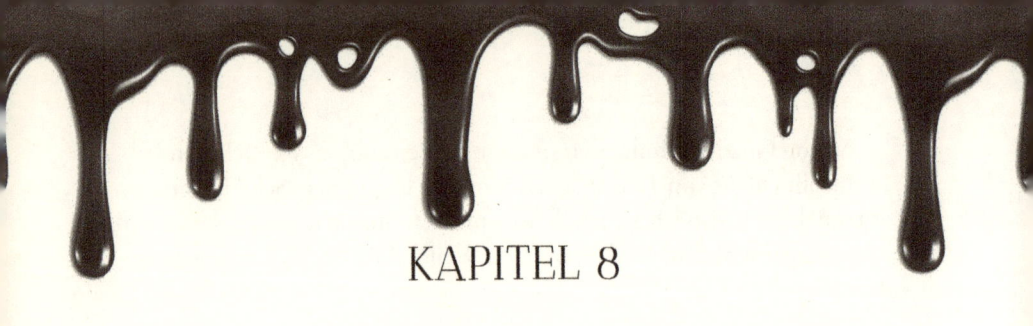

Die Schwestern waren bereits auf den Beinen, als ich langsam aus dem Schlafraum schlurfte. Ich hatte vergangene Nacht kaum ein Auge zugemacht und demnach fühlte sich mein Körper an wie Blei. Am liebsten wäre ich noch einige Tage hier unten geblieben, doch wir konnten uns keine weiteren Verzögerungen erlauben, da die Dunkelheit sich vermutlich immer weiter ausbreitete und wir Eira irgendwann nicht mehr würden aufhalten können.

Vilana und Asante saßen um den Tisch herum und waren in ein inniges Gespräch vertieft. Er schien Gefallen an der Fremden gefunden zu haben und diese Gefühle schien auch sie zu erwidern. Leider mussten wir die beiden wieder voneinander trennen, denn wir konnten die Schwestern nicht mitnehmen. Unsere Gruppe war bereits zu groß, um sich unbemerkt durch die Wälder zu schleichen. Noch mehr Aufmerksamkeit durften wir nicht auf uns ziehen.

»Guten Morgen«, murmelte ich leise, doch Asante und Vilana schienen mich nicht zu bemerken. Ich ging ans andere Ende des Wohnbereichs, nahm mir einen hölzernen Becher aus dem Regal und tauchte ihn in den Eimer Wasser, der am Boden stand. Dabei machte ich absichtlich mehr Lärm, um die beiden Turteltauben auf mich aufmerksam zu machen.

Als ein Teller laut polternd zu Boden fiel, zuckten sie zusammen und starrten mich an.

»Nerina«, stammelte Asante verlegen. »Wie hast du geschlafen?«

Anhand seines Tonfalls bemerkte ich, dass ihn die Antwort keinesfalls interessierte. Alles, was er wollte, war von sich selbst abzulenken.

Ich zog meine Augenbrauen zusammen und musterte ihn. Dann zuckte ich mit den Schultern. »Zu wenig.«

»So wie ich«, antworte Asante gähnend. »Aber wir müssen bald wieder aufbrechen, damit wir rechtzeitig ankommen.«

Wie aufs Stichwort kamen nach und nach auch die anderen aus dem Schlafraum und verteilten sich in dem engen Wohnbereich. Von Minute zu Minute wurde mir wärmer, mein Körper schien förmlich zu verglühen. So viele Personen auf so engem Raum ließen mich mulmig zumute werden.

»Wohin werdet ihr gehen?«, fragte Vilana, als ihr Blick auf die Beutel fiel, die langsam gepackt wurden. Sie verzog den Mund und ihre Miene wurde traurig, als sie verstohlen zu Asante blickte.

»Nach Kjartan«, sagte Aleksi, während er sich ausgiebig streckte und gähnte. »Es ist noch ein weiter Weg.«

Karmella rieb sich die Arme, als ob ihr kalt wäre. »Herrscht dort nicht ewiger Winter?«

Aleksi schmunzelte. »So in der Art.«

Vilana räusperte sich leise. »Wir könnten euch doch begleiten, oder nicht?«

Für einen Augenblick dachte ich, dass Asante voller Freude zustimmen würde, doch schlagartig presste er die Lippen wieder aufeinander. »Tut mir leid«, sagte er, »aber das geht nicht. Wir müssen möglichst unbemerkt durch den Wald gelangen. Mit euch wären wir einfach zu viele.«

»Aber ...«

»Vilana, du hast ihn doch gehört«, wisperte Kryola und legte ihrer Schwester die Hand auf den zitternden Arm. »Sie müssen gehen und wir müssen bleiben.«

Vilana setzte zu einer Erwiderung an, blieb dann aber stumm.

Die junge Frau tat mir leid. Sie schien sehr viel von Asante zu halten und ihn bereits jetzt tief in ihr Herz geschlossen zu haben, doch nun musste er sie verlassen. Ich konnte dieses Gefühl sehr genau nachempfinden, doch uns blieb keine Wahl. Der Schmerz würde eines Tages vergehen.

Wir setzten unser Frühstück schweigend fort. Die Schwestern holten sämtliche Vorräte aus ihren Kisten und teilten sie auf unsere Beutel auf. Karmella war mit Kryola hinausgegangen, um ein paar Früchte für uns zu sammeln, als wir noch geschlafen hatten.

»Danke«, sagte ich ehrlich, doch Karmella winkte ab.

»Das ist das Mindeste, was wir für Euch tun konnten. Nach dem, was gestern vorgefallen ist, stehen wir in Eurer Schuld.« Sie lächelte leicht schüchtern mit eingezogenem Kopf.

Ich war über die Gastfreundschaft dieser Fremden dankbar, die uns in Not bei sich aufgenommen und versorgt hatten. Das war in unserer Welt keine Selbstverständlichkeit, gerade jetzt, wo man nicht wusste, wer Freund oder Feind war. Sie hätten uns verraten und das Kopfgeld für den Bau eines Hauses verwenden können, hatten sich aber dagegen entschieden, weil sie noch an das Gute glaubten. Daran, dass wir den Kampf ausfechten und als Sieger hervorgehen würden.

»Wollen wir?« Asante schob sich noch schnell den letzten Bissen in den Mund, ehe er sich von seinem Platz erhob. Die fettigen Finger wischte er sich an der Hose ab und warf sich dann seinen Beutel elegant über die Schulter.

Vilana schaute ihn traurig von der Seite an. Asante versuchte krampfhaft ihrem Blick aus dem Weg zu gehen und sich stattdessen auf den Ausgang aus der unterirdischen Behausung zu konzentrieren. Mir war bewusst, dass wir gehen mussten, damit er es sich nicht anders überlegte und Vilana schlussendlich doch mitnehmen würde.

Wir standen nacheinander auf und verabschiedeten uns von den Schwestern.

»Vielen Dank«, flüsterte ich, als ich Karmella in die Arme zog. »Danke für euer Vertrauen und eure Gastfreundschaft.«

Sie lächelte. »Ihr werdet es schaffen, daran glaube ich fest. Ihr seid die Einzigen, die imstande sind, uns zu retten.«

Als ich mich von Vilana verabschiedete, verfinsterte sich ihre Miene für einen kurzen Augenblick. Ich konnte es ihr nicht verübeln, schließlich hatte Asante mir die Treue geschworen und mir versichert, an meiner Seite zu kämpfen. »Er wird eines Tages zurückkehren, dessen bin ich mir sicher«, sagte ich, als die anderen außer Hörweite waren.

Doch Vilana zuckte lediglich mit den Schultern, drehte sich um und verschwand im Schlafsaal. Meine Freunde warteten draußen auf mich. Als ich nach dem hölzernen Treppengeländer griff, wandte ich mich noch ein letztes Mal zu den Schwestern um und winkte ihnen zu. »Auf bald!«

Oben angekommen, musste ich erst einmal meine Augen vor der hochstehenden Sonne abschirmen. Im Untergrund war es die gesamte Zeit über stockduster gewesen, weshalb die Sonne nun so viel stärker blendete.

Tero deutete Richtung Norden. »Wir müssen dort entlang«, sagte er bestimmt und ging voran. Allerdings war es mehr ein Humpeln, das ihn bei jedem Schritt den Mund vor Schmerzen verziehen ließ. Ich hoffte, dass die Wunde an seinem Bein schnell verheilte.

»Ist alles in Ordnung, Nerina? Du wirkst so abwesend.« Laresa trat an meine Seite und musterte mich mit zusammengezogenen Augenbrauen. Sie hatte so viele eigene Sorgen, doch noch immer stand sie mir zur Seite und wusste genau, wenn etwas nicht stimmte.

Ich atmete einen Moment tief die kühle Luft ein, ehe ich den Kopf zu meiner Freundin drehte. Der Verband um ihren Armstumpf war sauber und die Wunde blutete nicht mehr nach. Das war ein gutes Zeichen.

»Warte«, flüsterte ich ihr zu und verlangsamte meine Schritte, bis die anderen einen größeren Abstand zu uns hatten. »Ich weiß es einfach nicht. Es wird mir einfach alles zu viel.«

»Wie meinst du das?«

»Meine Schwester, die Dunkelheit, die Magie.« Ich hielt kurz inne.

»Und Tero?«

Ich nickte. »Ja, und Tero. Ich würde ihm so gerne vertrauen können, doch er verbirgt noch immer etwas vor mir. Zugegeben, er hat mir letzte Nacht auf viele Fragen eine Antwort gegeben, doch es gibt irgendetwas, das ihn zu quälen scheint und er möchte einfach nicht mit mir darüber reden.«

»Aber Nerina«, sagte Laresa leise und strich mir über den Unterarm. »Jeder Mensch hat seine Geheimnisse. Dinge, die einen zu sehr mitnehmen, als dass man sie aussprechen möchte. Ich kann verstehen, weshalb dich seine Geheimnisse verunsichern, aber Tero liebt dich von ganzem Herzen und behält die Dinge nicht für sich, um dich zu verletzen.«

»Ich wünschte, ich könnte auch so denken, Resa. Aber es bringt mich einfach um den Verstand, nicht hinter seine Maske blicken zu können«, gestand ich.

»Irgendwann wird er diese Maske fallen lassen und sich dir zu erkennen geben. Nur Geduld.«

Allerdings war ich mir da nicht so sicher. Ich wollte daran glauben, doch in den vergangenen Monaten hatten sich mir so viele Geheimnisse offenbart, dass tief in mir die Angst lag, dass Tero mich damit noch um so vieles mehr verletzen konnte. Am liebsten hätte ich Resa alles erzählt, was er mir in der vergangenen Nacht offenbart hatte, doch ich wollte sein Vertrauen nicht missbrauchen.

Was ich mich seitdem fragte, war, wie ein Vater so grausam sein und seinem eigenen Sohn jegliche Hilfe verweigern konnte. Ja, das Gesetz verlangte, dass niemand vom Königsgeschlecht jemanden niederen Standes ehelichte, aber man konnte gegen die Liebe schließlich nicht ankämpfen. Das Herz wollte, was das Herz wollte und man selbst war nur dessen Diener und den Gefühlen schutzlos ausgeliefert.

Ich konnte mir nicht vorstellen, wie Tero mit all dem weiterleben konnte. Nicht nur hatte er seinen Titel verloren, sondern ebenso seine Frau und seinen Sohn. Und das alles binnen kürzester Zeit. Wäre ich an seiner Stelle, dann hätte mich das um den Verstand gebracht und in den Wahnsinn getrieben.

»Woran denkst du?«, fragte Laresa lachend.

»Noch immer an Tero«, antwortete ich abwesend.

»Ich wünsche dir von Herzen nur das Beste, das weißt du hoffentlich.«

»Natürlich weiß ich das«, sagte ich mit einem Lächeln auf den Lippen. »Wie geht es dir denn, Resa?«

Meine Freundin musterte mich kurz, doch dann fiel ihr Blick auf den Verband und sie verstand. »Den Umständen entsprechend. Es ist schwierig, aber ich komme klar und Asante hilft mir schließlich, wo er nur kann. Ich werde noch eine Weile brauchen, ehe ich mich vollständig an den Verlust gewöhnt habe, aber ich glaube, irgendwann wird es fast so sein wie früher.«

Sie versuchte sich an einem Lächeln, doch es erreichte ihre traurigen Augen leider nicht. Laresa war schon immer eine Kriegerin, doch nun musste sie sich vollkommen neu orientieren. Sobald wir alles überstanden hatten, wollte ich ihr zur Seite stehen und die Freundin sein, die sie in dieser Zeit benötigte.

Der Tag zog ohne weitere Vorkommnisse ins Land. Ich wunderte mich darüber, wie still es im Wald war. Wir begegneten niemandem und keine Gefahr stellte sich uns in den Weg. Einerseits war ich glücklich darüber, andererseits wurde mir bei dem Gedanken mulmig zumute. Eira hatte ein hohes Kopfgeld auf Tero und mich ausgesetzt, weshalb ich mir diese beklemmende Stille des Waldes nicht erklären konnte. Ich vermutete, dass im Hintergrund etwas Grausames geschah und Eira kurz davorstand, ihre Pläne zu verwirklichen. Gemeinsam mit Jalmari.

Zähneknirschend dachte ich an den schmerzhaften Verrat des Prinzen, der nicht nur sein Königreich, sondern ebenso sein Blut hintergangen hatte. Und ich war all die Zeit zu verblendet, um dahinterzukommen. Ich hatte unsere Liebe für echt gehalten, hatte die Hoffnung, in ihm das große Glück gefunden zu haben. Aber nein, kaum hatte ich ihm den Rücken gekehrt, hatte er mir das Messer hineingerammt. Das war etwas, was ich ihm niemals verzeihen konnte.

Ich blickte zu Tero, um auf andere Gedanken zu kommen. Diese Dunkelheit, die sich immer tiefer in meinen Kopf fraß, raubte mir sonst noch den Verstand. Tero lief an Aleksis Seite, doch die beiden Brüder schwiegen sich an. Stattdessen unterhielt Aleksi sich mit Mari, die bei jedem seiner Worte rot anlief oder zu kichern begann.

»Na«, sagte ich zu Tero, als ich zu ihnen aufschloss. »Wie geht es dir?«

Seine Gesichtszüge wurden beim Klang meiner Stimme augenblicklich weicher. »Besser als erwartet.«

»Wie meinst du das?«

Er hielt abrupt an und zog mich zur Seite. »Gestern Nacht ... Es tut mir leid, dass ich dich damit belastet habe.«

»Das hast du nicht«, versicherte ich ihm schnell. »Ich bin froh darüber, dass du dich mir geöffnet hast.«

»Danke. Einfach für alles. Aber verzeih mir, wenn ich in der nächsten Zeit dennoch etwas abwesend sein werde. Zurückzukehren erweist sich als schwieriger, als ich zunächst vermutet hätte.« Tero schaute mich nicht an, sondern fixierte den tiefen Wald, der vor uns lag.

»Das kann ich verstehen. Freust du dich denn wenigstens ein bisschen?« Augenblicklich hätte ich mich am liebsten für diese Frage geohrfeigt. Tero hatte schließlich keinen wirklichen Grund, sich auf Kjartan zu freuen. Er wollte den Erinnerungen entfliehen und sich ihnen nicht stellen müssen.

»Ein wenig. Tante Izay war immer gut zu mir und ich habe sie im Stich gelassen. Aber ich bin zwiegespalten. Mal sehen, wie das Wiedersehen wird.«

Ich antwortete ihm nicht mehr, da Tero den Anschein erweckte, mit seinen Gedanken allein sein zu wollen. Also schritt ich schweigend neben ihm her und beobachtete, wie die Sonne immer weiter hinter den Wipfeln der Bäume verschwand.

Wir fanden keinen passenden Unterschlupf für die Nacht, weshalb wir uns zwischen einigen dicht aneinandergereihten Bäumen niederließen, bis der neue Tag heranbrechen würde.

KAPITEL 9 – EIRA

Eine Woche Bettruhe hatte die Amme mir verordnet und jeden Tag fiel mir die Decke ein wenig mehr auf den Kopf. Als ich meine Gemächer endlich verlassen durfte, fühlte ich mich wieder frei.

Man hatte mir meinen Sohn wiederholt täglich gebracht und ich verliebte mich bei jeder Begegnung mehr in ihn. Damals, als ich Jalmari kennengelernt hatte, war ich fest davon überzeugt, dass ich niemals jemanden mehr lieben könnte als ihn. Doch nun, da unser Kind das Licht der Welt erblickt hatte, fühlte ich mich erst wirklich vollkommen. Kian war der schönste kleine Mann, den es jemals gegeben hatte, und mein ganzer Stolz.

An diesem Tag ging ich als Erstes in die Gemächer von Arcana. Wir mussten den Plan, vor Nerina in Dylaras zu sein, schleunigst umsetzen, damit uns nichts und niemand in die Quere kommen konnte.

Schwungvoll öffnete ich die Tür. Meister Silbus und Jalmari saßen gemeinsam mit Arcana um ihren Tisch und beugten sich über etwas, das ich aus der Ferne nicht erkennen konnte.

»Liebste, du bist wach«, sagte Jalmari freudestrahlend und kam auf mich zu. Er legte seine Hand an meine Wange und schaute mich besorgt an. »Ist alles in Ordnung? Du bist schweißnass, vielleicht solltest du dich wieder hinlegen?«

»Nein!«, erwiderte ich zornig. »Ich war lange genug an dieses Bett gefesselt. Wir müssen vorankommen, uns rennt die Zeit davon.«

»Eigentlich …«, begann Meister Silbus zögerlich und erhob sich von seinem Stuhl. »Wir haben bereits mit den Plänen begonnen.«

»Ihr habt was?«, schrie ich völlig außer mir. Ich ballte die Hände zu Fäusten, mein Körper begann zu beben. »Ihr habt ohne mich begonnen? Ich bin der Kopf dieser Unternehmung und ihr habt euch einfach über mich hinweggesetzt?«

»Liebste«, setzte Jalmari an, verstummte jedoch augenblicklich, als mein Blick zu ihm schnellte.

»Eira, wir mussten voranschreiten. Wie du schon sagst, die Zeit rennt uns davon«, säuselte Arcana und fixierte mich. Am liebsten wäre ich ihr an die Gurgel gesprungen. Viele Jahre hatte ich in den Plan investiert, Jalmari war erst später dazugekommen. Und nun war ich einige Tage außer Gefecht gesetzt und die drei taten sich zusammen, um hinter meinem Rücken weiterzumachen.

»Das ist inakzeptabel«, presste ich zwischen den Zähnen hervor. »Ihr hättet mich informieren müssen.«

»Du warst im Bett, die Amme hat dir Ruhe verordnet«, versuchte Jalmari mich zu besänftigen.

»Mein Körper war lediglich geschwächt. Taub war ich nicht. Ihr hättet jederzeit zu mir kommen und mich einweihen können, doch ihr habt euch dazu entschieden, mich zu hintergehen!«

Arcana kam langsam auf mich zu, so nahe, dass ich ihren Atem auf mir spüren konnte. Sie hob die Hand und ließ ihre Finger langsam kreisen, sodass sie aussahen, als führten sie einen Tanz auf. Die ruhigen Bewegungen zogen mich in den Bann und plötzlich fühlte ich mich vollkommen schwerelos.

»Was wird das?«, wollte Jalmari wissen.

Arcana kräuselte die Lippen. »Ich beruhige deine Gemahlin lediglich. In diesem hysterischen Zustand ist sie uns auch keine große Hilfe.«

Ich wollte etwas sagen, doch ich fühlte mich wie in einem Dämmerzustand. Als Arcana schließlich die Hand senkte, verzog sich der Schleier und ich war wieder Herrin meiner Sinne. Ich wollte ihr schlimme Dinge an den Kopf werfen, doch mein Verstand gehorchte mir nicht.

»Lasst uns fortfahren«, sagte ich ruhig und setzte mich Meister Silbus gegenüber. Nun konnte ich erkennen, dass auf dem Tisch eine Landkarte der Königreiche ausgerollt war, auf der Striche und Markierungen eingezeichnet waren.

»Ein Schlachtplan«, erklärte Jalmari. »Zwar haben wir schon einige verbündete Königreiche, doch Dylaras gehört bisher nicht dazu. König Gustav ist nur schwer zu überzeugen und kümmert sich eher um seine eigenen Angelegenheiten, als sich in unseren Krieg einzumischen. Ich vermute, dass er eine harte Nuss ist.«

»Was bedeutet das?« Ich deutete auf einige Linien, die über Umwege nach Dylaras führten.

»Das sind die Wege, die wir einschlagen können. Die Königreiche Talian und Fulvis stehen uns zur Seite. Bei Lenjas können wir uns ziemlich sicher sein, dass sie an Nerinas Seite in den Krieg ziehen werden, nach dem, was passiert ist.« Meister Silbus schluckte, ehe er fortfuhr. »Wir müssen also einen kleinen Umweg nach Fulvis einschlagen und von dort aus zum Angriff übergehen.«

»Angriff?«, hakte ich nach.

Jalmari nahm meine Hand und drückte sie zaghaft. »Sollte Gustav sich weigern, mit uns zu kooperieren, werden wir Dylaras einnehmen müssen. Natürlich hoffen wir, dass er einwilligt, doch wir können uns nicht darauf verlassen.«

Nerina hatte mir einst von König Gustav erzählt, als sie bei seiner Krönung zugegen war. Sie sagte, er wäre ein liebenswerter, doch egoistischer Mann, dem seine Familie mehr am Herzen lag als das Wohlergehen seines Volkes. Bisher hatte seine Gemahlin ihm keinen Erben geschenkt, also war Königin Venia unser eigentliches Ziel.

»Ich mag es, wie du denkst, Eira«, sagte Arcana und grinste finster. »Wenn seine Gemahlin in Gefahr schwebt, wird König Gustav kooperieren.«

»Aber ...« Jalmari hielt inne und legte die Stirn nachdenklich in Falten. Dann zog er mit den Fingerspitzen die Linien auf der Karte nach.

»Was ist?« Jalmari sah so konzentriert aus, dass es mir einen Schauer über den Rücken jagte. Ich konnte seine Gedanken förmlich kreisen sehen. Sein Blick verfinsterte sich zunehmend.

»König Gustav kennt unsere Gesichter«, überlegte er laut. »Er hat keinen Grund, uns zu empfangen und mit einem Heer einzumarschieren wäre verheerend.«

»Und weiter?«

Jalmari lächelte mich an, ehe er sich erhob und zum Fenster ging. »Was wünscht sich Gustav mehr als alles andere auf der Welt?«

Ich verstand nicht, worauf mein Gemahl hinauswollte.

»Einen Erben«, sagte Meister Silbus ruhig.

»Genau, einen Erben. Wir wissen nicht, woran es liegt, dass Königin Venia bisher kein Kind in die Welt gesetzt hat, aber es hat mit Sicherheit

Spuren bei beiden hinterlassen. Wir benötigen Hilfe und ich weiß ganz genau, woher wir diese bekommen können. Arcana«, er wandte sich ihr zu. »Du bist die mächtigste Zauberin, die es gibt. Kannst du ein Wesen der Dunkelheit zu uns bringen?«

Arcana schien augenblicklich zu wissen, was Jalmari ihr sagen wollte. Meister Silbus und ich hingegen, tauschten lediglich verwirrte Blicke miteinander aus.

»Ja, ich bin dazu imstande«, flötete Arcana und trat zu Jalmari ans Fenster.

Ich spürte, wie eine Schweißperle meine Stirn hinunterrann. Anspannung lag in der Luft, sodass man diese mit einem Messer hätte zerschneiden können.

»Wir werden Hilfe von jemandem benötigen, der die Gestalt wandeln kann«, erklärte Jalmari.

»Wie meinst du das?«

»Wir brauchen einen Schattenwandler, der sich in Gestalt eines Kindes in den Palast von Dylaras schleichen und das Zepter für uns stehlen kann.«

Noch immer verstand ich nicht. »Worauf willst du hinaus, Jalmari? Und was ist ein Schattenwandler?«

»Jemand, der die Form nach Belieben ändern kann«, kam es von Arcana. »Die Königin wird einem verwaisten, unschuldigen Kind wohl kaum die Zuflucht verwehren.«

Dieser Plan war genial. Wir würden einfach jemanden an unserer Stelle schicken, der den König und die Königin von Dylaras um den Finger wickelte, damit wir uns die Hände nicht schmutzig machen mussten. Aber wo sollten wir so jemanden finden? Von solch einem Wesen hatte ich bisher nicht gehört.

»Ich denke, dass Jalmari jemanden im Sinn hat«, antwortete Arcana auf meine gedankliche Frage. Es war mir zuwider, dass sie in meinen Kopf eindrang.

Jalmari knetete seine Hände und streckte den Rücken durch. Dann stemmte er seine Fäuste in die Seite und nickte. »In der Tat.«

Ein unheilverkündendes Schweigen legte sich wie ein Schleier über uns.

»Wer ist es?«, fragte Meister Silbus voller Neugierde.

»Wir benötigen die Hilfe von Rumpelstilzchen.«

KAPITEL 10

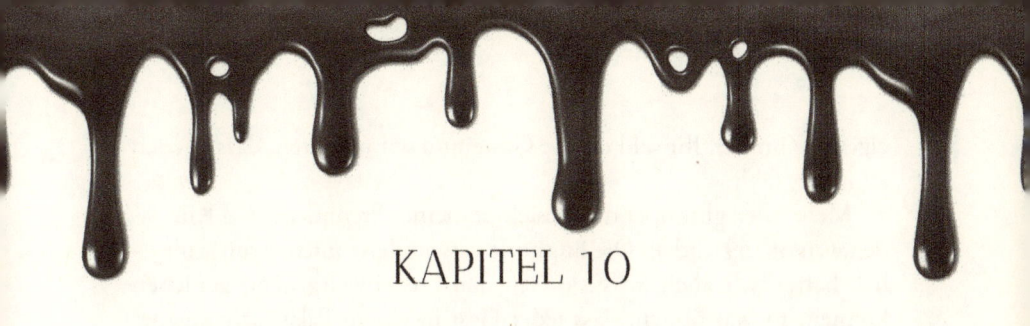

Fast zehn Tage waren seit unserem Zusammentreffen mit den drei Schwestern bereits vergangen und noch immer hatte sich uns keine Gefahr in den Weg gestellt. Das Dorf der Hüter war verlassen und auch sonst lag eine bedrückende Stille über dem Wald.

Aleksi hatte gesagt, dass wir noch heute Kjartan erreichen würden. Zwar erst in den frühen Abendstunden, aber das sollten wir schaffen.

Teros Wunde war mittlerweile beinahe verheilt, sodass er wieder normal gehen konnte und auch Laresa ging es von Tag zu Tag besser.

»Ich bin so aufgeregt«, sagte Lorya und tänzelte beinahe durch den Wald. »Niemals hätte ich damit gerechnet, so vieles zu erleben. Das Feenreich, das Lichterreich, nun der Wald Alain und bald schon erreichen wir Kjartan.«

Sie strahlte bei der Erwähnung des Königreiches übers ganze Gesicht. Ihre Freude übertrug sich langsam auch auf mich und die anderen. Im Grunde war Kjartan das große Mysterium der Königreiche. Keiner von uns war jemals dort gewesen, außer den beiden Prinzen des Landes.

»Ich glaube, wir sind falsch angezogen«, murmelte Desya und sah an sich hinab. »Dort soll es doch so eisig sein.«

»Es würde mich nicht wundern, wenn man uns im Palast neu einkleiden würde«, versicherte ich ihr. »Ich bezweifle, dass man uns erfrieren lässt.«

»Nerina hat recht«, sagte Aleksi lachend. »Tante Izay wird euch mit allem eindecken, was euer Herz begehrt. Ihr erhaltet mit Schafsfell gefütterte Kleidung und natürlich werden auch Wintermäntel in euren Gemächern bereitliegen.«

»Wir bekommen eigene Gemächer?« Bei dem Gedanken wurden Desyas Augen groß und glitzerten vor Freude.

Aleksi hielt kurz stirnrunzelnd inne, bis ihm bewusst wurde, dass ihre Freude ernst gemeint war. »Natürlich erhält jeder von euch sein eigenes Zimmer. Ihr seid unsere Gäste und wir möchten, dass es euch an nichts fehlt.«

Mein Blick glitt über die Gesichter meiner Freunde, deren Kinnladen weit offen standen. Die Euphorie verwunderte mich, denn schließlich hatten wir auch im Feenreich den Luxus weitgehend genießen können. Es war üblich, dass jeder Gast in einem Palast sein eigenes Zimmer und Personal erhielt. Vermutlich waren sie solch großzügige Gastfreundschaft nicht gewohnt und hielten unseren Aufenthalt bei Königin Etarja für eine Ausnahme.

»Kommt, in etwa einer Stunde sollten wir die Passage erreichen.« Aleksi ging wieder voran und ließ meine staunenden Freunde zurück.

Bald sollten wir also endlich auf unsere Verbündeten treffen und von dort aus weiter nach Dylaras reisen. Die Zeit war viel zu schnell vergangen. Wir hatten viel erlebt, neue Freunde gewonnen und Verluste zu verschmerzen. Wir waren uns über die Zeit immer nähergekommen, sodass aus Freunden alsbald eine zweite Familie geworden war. Menschen, auf die wir immer zählen konnten, vollkommen egal, was vor uns lag.

Resa wusste immer, was in mir vorging, Desya war eine hervorragende Zuhörerin, Asante der große Bruder, der stets ein Auge auf uns hatte, Eggi der Großherzige, der das Beste aus seinem Leben machte, und Heorhiy und Lorya sahen das Gute in einem. Und dann war da noch Tero. Tero, der mir nicht nur sein Vertrauen, sondern ebenso sein Herz geschenkt hatte.

Sie alle waren ein Teil von mir geworden und mit dem Tod von Ode und Kasim war etwas in mir zerbrochen. Niemals wieder würden wir vollständig sein, doch wir mussten versuchen, die Lücken, die sie hinterlassen hatten, zu füllen, um nach vorne zu blicken und den Kampf anzutreten. Wir mussten siegreich sein, jeder von uns.

Ich hatte nicht bemerkt, dass ich die Hände zu Fäusten geballt und angefangen hatte, mit den Zähnen zu knirschen. Erst als Tero auf mich zukam und seine Hand auf meine Faust legte, entspannte ich mich wieder etwas.

»Alles wird gut«, versprach er mir mit sanfter Stimme.

Ich schluckte einen Kloß hinunter und rang mir ein Kopfnicken ab. Es war bloß ein winziger Funke, an den ich mich klammerte, doch ich spürte, dass dieser schon bald erlosch. Das bisschen Licht, das er uns spendete, würde mit ihm gehen und uns in der Finsternis zurücklassen.

»Etwas stimmt nicht«, rief Heorhiy über seine Schulter.

»Was sollte denn nicht stimmen?«, hakte Aleksi nach. »Dort vorne ist die Passage, es ist nicht mehr weit.«

»Nein! Dort ist irgendjemand ... oder irgendetwas.«

Ich versuchte etwas zu sehen oder zu hören, doch ich wusste nicht, worauf Heorhiy hinauswollte. Die schneebedeckten Berge ragten in den Himmel empor und ein eisiger Wind fegte uns fast von den Beinen. Wir befanden uns noch nicht einmal in Kjartan, doch die Temperaturen waren schlagartig gefallen, je näher wir den Bergen kamen.

Das Schnaufen eines Pferdes erregte meine Aufmerksamkeit. Ich kniff die Augen zusammen, versuchte irgendetwas in den Wäldern auszumachen, doch vergebens.

Eggi und Lorya hatten sich kampfbereit hinter Heorhiy positioniert und auch die anderen griffen langsam nach ihren Waffen, auch wenn niemand von uns eine Gefahr sehen konnte. Einzig und allein das Pferd war ein Hinweis gewesen, dass wir nicht mehr allein waren.

Das kleine Messer in Maris Hand zitterte. Sachte strich ich ihr über die Schulter. »Alles wird gut, versprochen.«

Die Kammerzofe nickte, schien meinen Worten allerdings keinen Glauben zu schenken, denn das Beben ihres Körpers verebbte nicht, sondern intensivierte sich.

Jeder von uns schaute in eine andere Richtung, doch es blieb still.

»Wir sollten zur Passage gehen und schleunigst nach Kjartan gelangen«, sagte Aleksi ernst. »Ich glaube nämlich, wir werden beobachtet.«

Tero nickte zustimmend. »Nicht mehr als eine Handvoll Männer, meine ich. Vielleicht haben sie es auch nicht auf uns abgesehen, sondern sind durch einen Zufall vorbeigekommen.«

»Oder sie sind aus Kjartan«, fügte Resa leise hinzu.

»Ich hoffe, dass wir das gar nicht erst erfahren müssen, sondern die Passage sicher passieren können.« Aleksi deutete mit seinem Schwert auf den Pfad und setzte den Weg fort.

Wir anderen blieben einen Moment zurück und warteten ab, ob etwas geschah. Doch auch als Aleksi die Sicherheit der Bäume hinter sich ließ und die Lichtung erreichte, stellte sich ihm keine Gefahr in den Weg.

Erleichtert folgten wir dem Prinzen, unsere Waffen senkten wir dennoch nicht.

»Ich sag doch, dass ... Runter!« Aleksi sprang auf Mari zu, die links von ihm stand, und warf sie zu Boden. Ein Pfeil schoss an ihr vorbei und verfehlte dabei nur knapp ihr Ohr.

Die Stille wurde plötzlich von zahlreichen Hufen auf dem erdigen Boden zerrissen. Es war wie ein leichtes Erdbeben, doch ich behielt das Gleichgewicht.

»Mist«, fluchte Tero, als die Angreifer in Sichtweite kamen.

»Sind das die Hüter?«, fragte Lorya ängstlich und klammerte sich am Arm ihres Bruders fest.

»Nein«, entgegnete ich rasch. Als die Reiter vor uns zum Stehen kamen, rutschte mir das Herz in die Hose. Dies waren keine Wilderer, die das Feuer auf uns eröffnet hatten. Ganz im Gegenteil. Bei ihnen handelte es sich um ausgebildete Krieger. Die in lila Stoff gehüllten Sättel ihrer Pferde und die Wappen mit den zwei gekreuzten Schwertern auf ihren Rüstungen zeichneten diese Männer als Krieger Talians aus.

Mit erhobenem Kopf trat ich auf den Hauptmann der Reiter zu. »Was wollt Ihr?« Der Tonfall meiner Stimme ließ ihn vollkommen unberührt. Der Mann verzog keine Miene, sondern starrte stattdessen auf mich herab, als wäre ich ein Insekt, das es zu zerquetschen galt.

Ich ließ meinen Blick an ihm vorbeischweifen. Wenn ich mich nicht verzählt hatte, dann waren es acht Männer, alle zu Pferd unterwegs, und wir konnten nicht sicher sein, dass sie nicht noch Verstärkung im Wald zurückgelassen hatten, die nur auf Befehle des Hauptmanns warteten.

»Auf Geheiß von Königin Eira von Arzu nehme ich Euch fest. Widerstand ist zwecklos. Jeder von Euch wird sich vor dem Gericht seinem Urteil stellen müssen«, sagte er monoton.

»Wer seid Ihr?«, fragte Aleksi den Mann, der allerdings keine Sekunde daran dachte, ihm seine Frage zu beantworten. »Mein Name ist Prinz Aleksandros von Kjartan und ich befehle Euch, mir auf der Stelle eine Antwort zu geben.«

»Tut mir leid, Eure Hoheit«, presste der Hauptmann hervor. »Ihr, sowie jeder andere von Euch, leistet Beihilfe zum Hochverrat und müsst Euch vor Gericht verantworten. So wollen es die Gesetze der Königreiche.«

»Den Teufel werden wir tun«, spuckte Tero hervor und hob seinen Bogen an. Er richtete den Pfeil auf den Kopf des Hauptmanns, der noch immer keine Miene verzog.

Als er allerdings die Hand von den Zügeln nahm und sie in die Höhe hob, marschierten zahlreiche weitere Männer aus dem Wald auf uns zu. Ich hatte geahnt, dass wir keine Chance haben würden. Die Passage lag nur wenige Meter von uns entfernt und doch schien jede Hoffnung verloren zu sein, nach Kjartan zu gelangen. Wir konnten die Männer Talians nicht abhängen, da sie mit ihren Pferden deutlich schneller waren als wir.

Uns blieb nichts anderen übrig, als uns zu ergeben und uns unserem Schicksal zu fügen. Langsam senkte ich meine Hand, in der ich das Messer fest umklammert hielt und ließ es zu Boden fallen.

»Willst du etwa aufgeben, Nerina?« Resa schaute mich mit schockgeweiteten Augen an. Doch es waren nicht nur ihre Blicke, die auf mir ruhten. Jeder einzelne meine Freunde musterte mich, als könnten sie nicht so recht glauben, was sie vor sich sahen. Ich versuchte ihren Blicken aus dem Weg zu gehen und schaute stattdessen hoch. Die Sonne war nun vollständig hinter dem Berggipfel verschwunden und der Himmel in einen sanften Rotton getränkt. Die Strahlen spendeten gerade einmal noch so viel Licht, dass ich den Schnee auf den Gipfeln leicht glitzern sah.

Die Berge auf der rechten Seite der Passage liefen relativ spitz nach oben zu, während die Berge der anderen Seite eine flache Ebene hatten, auf der man mit etwas Mühe und Not laufen konnte.

Mein Blick fiel wieder auf die Männer, die sich alle hinter dem Hauptmann und den Reitern versammelt hatten. Ein kurzer Blick zu den Bergen und mir kam eine Idee.

»Was bleibt uns schon anderes übrig?«, flüsterte ich leise über meine Schulter hinweg. »Sie sind in der Überzahl. Es sind erfahrene Krieger und was sind wir? Wir können aus diesem Kampf nicht siegreich hervorgehen, also wozu sollten wir unsere Leben wegwerfen?«

»Das kannst du nicht ernst meinen.« Tero schaute mich an, als würde er mich nicht wiedererkennen. Ich sah ihn eindringlich an, zuckte mit dem Blick kurz in Richtung der Berge und hoffte, dass er mich verstand.

»Sie hat recht«, sagte Aleksi schließlich. »Wir müssen mit ihnen gehen.« Er kam langsam auf mich zu und warf sein Schwert vor dem Hauptmann auf die Erde. Dieser lächelte siegessicher und wartete darauf, dass auch die anderen ihre Waffen niederlegten.

Aleksi lächelte mir verschmitzt zu, ehe er in die Knie ging und dem Hauptmann so die Ehre erwies. Als ich sah, wie der Prinz dabei die Erde mit den Fingerspitzen zaghaft berührte, tat ich es ihm gleich. Mit geschlossenen Augen versuchte ich mit der Erde und dem Wald in Einklang zu kommen. Ich holte langsam Luft, atmete ein und aus und hörte auf das Flüstern des Waldes.

Die halb vertrockneten Blätter raschelten leise im Wind und ich spürte in meinem Inneren, wie die Natur zu neuem Leben erwachte. Die Wurzeln reckten sich, versuchten zu mir zu gelangen und mir ihre helfenden Hände zu reichen.

Mein Herz schlug im Einklang mit der Natur und mit Aleksis Herzen.

»Steht auf«, befahl der Hauptmann, doch seine Stimme lag in weiter Ferne. Wir waren in unserer eigenen Welt gefangen und befahlen der Erde, uns zu gehorchen.

»Verdammt, was ist das?«, fluchte einer der Männer, als der Boden unter ihm zu vibrieren begann, wodurch sein Pferd aufgescheucht wurde. Er wurde unsanft zu Boden geworfen und ich hörte auch das gequälte Wiehern der anderen Pferde und die verwirrten Rufe der restlichen Krieger.

In jeder Faser meines Seins konnte ich die Kraft der Natur in mir spüren. Doch es war nicht bloß der Wald, der mich mit seiner Energie nährte, sondern ebenso Aleksi. Vor meinem geistigen Auge sah ich hellgrüne Striemen durch meinen Körper fließen. Sie schlängelten sich durch meine Adern, umschlossen mein Herz und meinen Geist. Ich wusste auf Anhieb, dass dies die Farbe meiner Magie war.

Doch von außen drängten sich auch eisblaue Striemen hinein und verwoben sich mit mir. Meine Fingerspitzen kribbelten. Ich war mir nicht sicher, ob dieses Gefühl von dem Erdbeben ausgelöst wurde oder von Aleksis Magie, die sich mit meiner verband. Durch die Verbundenheit mit ihm fühlte ich mich mächtiger als jemals zuvor, so als könnte ich alles erreichen, solange wir Seite an Seite standen.

Aleksis Atem ging immer schneller. Auch er musste von der enormen Macht vollkommen ergriffen sein. Aber noch hatten wir das Ziel nicht erreicht, denn die Krieger hatten noch nicht den Rückzug angetreten. Also fokussierten wir uns immer stärker, bis der Boden schlussendlich aufriss. Der Spalt wurde größer und zog sich bis an die Bergkette, wo sich langsam die Felsen von den Gipfeln lösten.

»Rückzug, Männer!«, rief der Hauptmann, doch es war zu spät, sie konnten sich unserer Macht nicht mehr entziehen. Ich krallte meine Finger immer fester in die Erde. Jedes Sandkorn konnte ich unter meinen Nägeln spüren, aber ich wollte mich nicht loslösen, wollte die Macht noch nicht wieder aufgeben.

Auch die Rufe meiner Freunde konnten mich nicht zurückholen. Nicht jetzt, da ich Blut geleckt hatte und wissen wollte, zu was ich – zu was *wir* – noch alles fähig waren. Die Magie hatte mich vollkommen in Besitz genommen und zeigte mir einen Weg auf, den ich nie für möglich gehalten hätte.

In meinem Körper flossen die grünen und blauen Striemen ineinander und strahlten ein intensives türkisfarbenes Licht aus, das mich förmlich in Flammen setzte.

Das Pulsieren in meinem Blut wurde immer stärker, der Wind peitschte mir ins Gesicht und die Felsen bröckelten unaufhörlich von den Berggipfeln und waren drauf und dran, uns alle unter sich zu begraben.

»Nerina!« Die Stimme klang weit entfernt. Ich versuchte, auf sie zuzugehen, doch meine Beine gehorchten mir nicht.

»Aleksi!« Auch der Prinz war ein Gefangener seines eigenen Körpers geworden.

Ich versuchte, ruhig zu atmen und mich auf die Gesichter meiner Freunde zu konzentrieren. Sie brauchten mich, sie durften mich nicht verlieren. Und ich brauchte sie ebenso. Der Boden unter meinen Fingern lockerte sich und das Vibrieren ließ zeitgleich mit dem Poltern meines Herzens nach.

»Nerina!« Tero packte mich unsanft am Arm und zog mich zurück auf die Beine. Ich sackte zusammen, doch er hielt mich fest, bevor ich fallen konnte. Meine Lider flackerten und ein Schleier legte sich über meine Augen. Ich schloss sie, bis sich mein Herzschlag endgültig normalisiert hatte und ich wieder imstande war, klar zu denken.

»Tut das nie wieder!«, schrie Tero Aleksi und mich an. »Ihr hättet nicht nur die Krieger Talians, sondern ebenso uns beinahe umgebracht. Mit Magie zu spielen ist gefährlich, vor allem dann, wenn man sie noch nicht hundertprozentig kontrollieren kann.«

Tero lief einige Male im Kreis, trat ein paar Steine aus dem Weg und fluchte lautstark. Aleksi schaute mich entschuldigend an, doch ich winkte ab. Wir beide hatten uns nicht unter Kontrolle gehabt und unsere Magie miteinander vereint. Etarja hatte mir darüber nichts erzählt, aber die Macht, die ich gespürt hatte, jagte mir eine schreckliche Angst ein.

»Das war verdammt gruselig«, flüsterte Aleksi mir erschrocken zu. »Wir müssen in Kjartan die Bibliothek aufsuchen. Vielleicht finden wir dort Antworten.«

Ich nickte geistesabwesend, noch immer nicht imstande, etwas zu sagen. Ein Blick über die Schulter verriet mir, dass nicht nur Tero vollkommen fassungslos war, sondern unsere Freunde einen Sicherheitsabstand zu uns wahrten. Ich konnte die Furcht in ihren Gesichtszügen deutlich ablesen und ich konnte es ihnen nicht einmal verübeln. Auch ich hatte Angst vor mir selbst. Angst davor, dass diese Fähigkeiten mich mein eigenes Leben kosten oder mich in die Dunkelheit ziehen könnten.

Aleksi hatte recht. Wir mussten etwas darüber in Erfahrung bringen und das am besten, ehe wir in den Krieg gegen meine Schwester zogen. Denn trotz allem war die Magie die beste Verteidigung, die wir im Kampf hatten. Eira war zwar mächtig, aber solange Jalmaris Magie nicht ausbrach, war sie uns zahlenmäßig unterlegen. Und das war die Karte, die wir würden ausspielen müssen. Doch dafür benötigten wir Antworten.

»Es ist dunkel«, sagte ich mit fester Stimme. »Wir sollten weitergehen, wenn wir hier draußen nicht übernachten wollen.«

Dann ging ich ohne mich noch einmal umzudrehen den Pfad Richtung Kjartan entlang.

KAPITEL 11 – TERO

Mein Herz hämmerte gegen meine Brust. Ich fürchtete, dass es seinen Weg hinausfinden und meinen leblosen Körper einfach zurücklassen würde, sollte es noch schneller schlagen. Meine Handflächen wurden feucht, obwohl es immer kälter wurde, je tiefer wir in die Berge wanderten.

Das letzte Mal, dass ich diesen Weg gegangen war, war, als ich meinen Vater um Hilfe für Tjana und mein damals noch Ungeborenes bat. An jenem Tag schwor ich mir, dass ich Kjartan ein für alle Mal den Rücken kehren und niemals zurückkommen würde. Doch nun war ich hier, schritt den Königspfad entlang und zitterte bei jedem Schritt.

Nach außen hin versuchte ich einen kühlen Kopf zu bewahren, aber mein Bruder spürte, wie es in meinem Inneren aussah. Sein Blick ruhte auf mir. Es hatte etwas Beruhigendes, Aleksi in dieser schwierigen Zeit an meiner Seite zu wissen. Zwar hatte ich ihn damals mit der Bürde allein gelassen, doch war er noch nie von der nachtragenden Sorte gewesen. Und allem Anschein nach konnte er sich im Moment besser denn je in meine Lage versetzen.

Ich wusste nicht, was diese junge Kammerzofe an sich hatte, was Aleksi so faszinierte. Aber ich hatte ihn in den vergangenen Tagen beobachtet. Und auch sie schwärmte für meinen Bruder, konnte ihre Gefühle allerdings nicht gut verstecken.

»Ist das der Palast?«, fragte Desya ehrfürchtig und deutete in die Ferne. Ohne hinsehen zu müssen, wusste ich, dass wir jeden Augenblick die Tore erreicht haben mussten. Schließlich war dieser Ort meine Heimat, meine Wurzeln. Und doch fühlte ich mich, als würde ich nicht hierhergehören.

»Ganz genau, wir sind gleich da.« Aleksi versuchte gegen den aufkommenden Wind anzusprechen, doch seine Worte waren kaum mehr als ein Flüstern.

Kleine Schneeflocken wirbelten durch die Lüfte und bildeten zarte Seen auf meiner Haut, sobald sie mit deren Wärme in Berührung kamen. Das war das Einzige, was ich in den Jahren meiner Abwesenheit wirklich vermisst hatte. In Kjartan schneite es zu jeder Jahreszeit, während die anderen Königreiche höchstens im Winter mit diesem Spektakel gesegnet waren. In manchen Reichen hatten die Menschen noch nie eine weiße Flocke vom Himmel rieseln sehen.

Diese Menschen taten mir im Grunde etwas leid. Zwar hatte auch die Sonne etwas Schönes und Erhabenes, aber es war der Schnee, der mich wirklich faszinierte und auf den ich mir keinen Reim bilden konnte. Gefrorenes Wasser, das in all seiner Pracht wie weiße Wattebäusche auf die Lebenden hinabrieselte, war für mich ein Mysterium.

Ich schüttelte den Kopf über meine eigenen Gedanken. Wir waren dabei, mein Königreich zu betreten. Ich sollte jeden Augenblick meine Tante wieder in die Arme schließen können und ich dachte an verdammte Schneeflocken, nur um mich irgendwie abzulenken? Das sah mir nicht ähnlich. Normalerweise war ich bereit, mich den Dingen zu stellen, die vor mir lagen. Und das erhobenen Hauptes.

Nun hätte ich mich allerdings nur allzu gerne in eine vollkommen andere Realität geflüchtet, nur um meiner Vergangenheit aus dem Weg zu gehen. Mich alldem stellen zu müssen, jagte mir eine Heidenangst ein, die ich mir normalerweise unter keinen Umständen eingestanden hätte.

Aber ich wusste, weshalb ich all dies tat. Nicht, um Nerina in diesem Kampf beizustehen, sondern für Kasim. Ich hatte versucht, die Gedanken an seinen sterbenden Körper zu verdrängen, aber jede Nacht suchten mich diese schrecklichen Bilder heim. Dabei verblassten sie auch nicht allmählich, wie ich noch gehofft hatte. Sie intensivierten sich bei jedem Traum, wurden deutlicher und noch erschreckender.

Kasim hatte sein Leben geopfert, um seinen Auftrag zu erfüllen. Er war ein Schatten, der mich beschützt hatte. Seine Loyalität Kjartan gegenüber war unermesslich und ich hatte ihn sterben lassen. Sein Blut klebte an meinen Händen und ich würde niemals imstande sein, es abzuwaschen. Ich musste mit der Schande leben, bis in alle Ewigkeit.

Mein Kiefer schmerzte, so fest hatte ich meine Zähne aufeinandergepresst. Der Tod war in meinem Leben allgegenwärtig, so als hätte man mich mit einem grausamen Fluch belegt. Mit wem auch immer ich in Berührung kam, er wurde aus dem Leben gerissen. Seien es Tjana, mein Sohn, Ode oder Kasim. Natürlich wusste ich, dass das völliger Blödsinn war und Eira zumindest die Schuld an Odes und Kasims Tod trug, nichtsdestotrotz machte ich mir Vorwürfe.

»Tero, alles in Ordnung?« Aleksi war neben mir zum Stillstand gekommen und musterte mich sorgenerfüllt.

»Natürlich«, presste ich hervor, aber meine Gedanken waren noch immer weit entfernt.

Mit seinem Kopf deutete mein Bruder eine zaghafte Bewegung an, der ich widerwillig folgte. Als ich den Blick hob, musste ich schwer schlucken. Das mit einer Eisdecke überzogene gusseiserne Tor ragte majestätisch aus dem Steinboden empor und hieß uns willkommen.

»Ist das …«, setzte Nerina beeindruckt an.

»Alles Eis«, vervollständigte Eggi ihren Satz und legte seine Hand auf die kalte Oberfläche.

Der Anblick meiner Freunde zauberte ein Lächeln auf meine Lippen. Kjartan war nicht ohne Grund als das schneebedeckte Königreich bekannt, aber das konnten sie nicht wissen. Ihre Augen traten bereits jetzt leicht hervor, was würden sie also sagen, wenn sie erst den Palast sahen? Mutter hatte den Beinahmen *Eiskönigin* getragen und jeden Augenblick würden sie sehen warum.

»Atemberaubend«, hauchte Desya. Dabei strömte eine hauchdünne Wolke aus ihrem Mund heraus.

Aleksi rieb sich verschwörerisch die Hände. Für mich war allzu deutlich, dass er den gleichen Gedanken hatte wie ich. Wenn sie das Tor schon atemberaubend nannten, dann würde es ihnen jegliche Sprache verschlagen, sobald es sich öffnete.

»Wollen wir?«, fragte mein Bruder, doch wartete nicht auf die Zustimmung der anderen. Er ballte seine Hand zur Faust und hämmerte fünf Mal lautstark gegen das Tor. Dabei achtete er auf bestimmte Zeitabstände, die den in den Wachtürmen postierten Männern versicherten, dass von uns keinerlei Gefahr ausging.

Es dauerte nur wenige Sekunden, ehe das große Tor sich quietschend öffnete und einen Anblick offenbarte, den ich all die Jahre schmerzlich vermisst hatte. Alles sah genauso aus wie in meiner Erinnerung. Die mit Eis überzogene Brücke schimmerte wie tausend Diamanten. Zu beiden Seiten, wo unter normalen Umständen Wasser floss, fand sich ein See aus Eis wieder, mit gefrorenen Fontänen, die in imposanten Strukturen in den Himmel ragten.

Die Wachen nickten uns stumm zu, als wir an ihnen vorbei in Richtung des Palastes schritten. Ich beobachtete Nerina von der Seite. Wie ich vermutet hatte, hatte ihr dieser Anblick die Sprache verschlagen. Ihre Kinnlade öffnete und schloss sich einige Male, während sie mit den Fingerspitzen das kalte Geländer entlangglitt.

Ihre Schönheit passte perfekt in das Bild und machte die Aussicht noch um so vieles einzigartiger. Als unsere Blicke sich trafen, wich ich ihrem aus. Ich wollte nicht, dass sie sich von mir beobachtet fühlte. Doch kaum hatte sie sich wieder der majestätischen Architektur unseres Landes zugewandt, erwischte ich mich dabei, sie erneut anzustarren.

»Sieht es hier das ganze Jahr über so aus?« Lorya drehte sich im Kreis und sog alles ganz genau in sich auf.

Aleksi konnte ein Lachen nicht unterdrücken. »In der Tat. Das gesamte Königreich besteht zum größten Teil aus Eiskonstruktionen.«

»Eiskonstruktionen?«, erwiderte Heorhiy voller Skepsis. »Wie ist das möglich? Sobald es wärmer wird, würde doch alles schmelzen.«

»Tante Izay wird euch mit Sicherheit all eure Fragen mit Freude beantworten«, antwortete Aleksi schelmisch.

»Oh mein …« Resa konnte ihren Satz nicht zu Ende sprechen und ihrem Blick nach zu urteilen, lag das an dem Palast, der nun in seiner vollen Pracht vor uns lag.

Es war bereits spät, doch der Mond spendete genug Licht, um ihn erstrahlen zu lassen. Die Turmspitzen reckten sich gen Nachthimmel und glitzerten wie die Sterne. Der Schnee hatte mittlerweile nachgelassen, sodass nur noch vereinzelte Flöckchen auf uns herabrieselten.

»Nach euch«, sagte Aleksi und deutete eine tiefe Verbeugung an. Ich stellte mich zu ihm und wartete, dass unsere Freunde nacheinander ins Innere des Palastes traten. Mein Bruder grinste mich breit an. »Man sollte meinen, sie hätten schon alles gesehen. Ich hätte nicht gedacht, dass unser bescheidenes Reich ihnen so die Sprache verschlägt.«

Halb lachend antwortete ich ihm. »Doch, ich hatte so eine Ahnung. So viel Schnee und Eis gibt es sonst nirgendwo. Für die anderen ist Kjartan ein Paradies auf Erden.«

»Ein bisschen wärmer könnte es hier schon sein.«

»Glaub mir, Bruder. Die Kälte würde dir schneller fehlen, als dir lieb ist.«

Er boxte mir spielerisch in die Schulter. »Du musst es ja wissen, Eure Majestät.«

Augenrollend lief ich an Aleksi vorbei und betrat die große Vorhalle, in der zahlreiche Wachen bereits auf unsere Ankunft warteten. Ihre Rüstungen waren mit einem weißen Stoff überzogen, sodass man sie beinahe für einen Teil der Einrichtung hätte halten können.

Als ich in der Mitte unter dem Kristallleuchter stehen blieb, gingen die Wachen zeitgleich in die Knie und überkreuzten ihre Arme vor der Brust. Ein Zeichen von Ehrerbietung, Respekt und Loyalität, das nur dem König des Landes gebührte. Bei dieser Geste wurde mir etwas mulmig zumute. Rechtmäßig war ich der neue König Kjartans, auch wenn die Zeremonie bis heute ausgeblieben war. Da Vater mich allerdings enterbt hatte, wenn auch nur mündlich, konnte und wollte ich die Krone nicht tragen.

»Erhebt euch«, befahl ich den Männern mit fester Stimme. Auf der Stelle stellten sie sich wieder aufrecht hin und gingen zurück auf ihre jeweiligen Posten.

»Sieh es ein, Tero. Für sie bist du der König«, flötete Aleksi und legte mir den Arm um die Schulter. »All dies soll dein sein.«

»Jetzt ist mit Sicherheit nicht der richtige Zeitpunkt für ein solches Gespräch«, knurrte ich zurück und schob seinen Arm von mir.

Ja, ich musste mir eingestehen, dass es einen gewissen Reiz besaß, Herrscher eines Landes zu sein, aber wir konnten nicht wissen, ob es Kjartan oder irgendeines der anderen Königreiche in näherer Zukunft überhaupt noch geben würde. Das alles war von uns abhängig. Davon, ob wir siegten oder scheiterten. Und der Krieg, den es auszufechten galt, war, neben meinem Versprechen an Kasim, der einzige Grund, weshalb ich zurückgekehrt war.

»Tero?« Eine klangvolle Stimme ertönte von der Treppe. Tante Izay stand auf der obersten Stufe, ihr silbernes Kleid hing elegant an ihrem schlanken Körper hinab und ihr weißes Haar war zu einer prunkvollen Frisur hochgesteckt.

Ich verneigte mich vor ihr, ehe ich ihr in die beinahe durchscheinenden Augen blickte. »Ja, Tante. Ich bin es.«

Betroffen trat ich von einem Fuß auf den anderen und wartete auf eine Regung meiner Tante. Ich war immer ihr Lieblingsneffe gewesen, auch wenn sie das niemals zugegeben hätte. Sie hatte mir das Reiten beigebracht, hatte mir abends vor dem Kaminfeuer alte Geschichten vorgelesen, bis ich eingeschlafen war, und wenn es mir nicht gut ging, hatte sie mich stets versorgt. Und was hatte ich getan? Ich hatte ihr den Rücken gekehrt und das Königreich für immer verlassen, ohne mich noch einmal von ihr zu verabschieden.

Es musste eine Ewigkeit vergangen sein, ehe Tante Izay sich endlich in Bewegung setzte und eine Stufe nach der anderen hinunterstieg. Aleksi stupste mir mit dem Ellenbogen in die Seite, damit ich meiner Tante entgegenging.

Ich lief auf das untere Ende der Treppe zu und wartete. Worauf genau, wusste ich selbst nicht. Nervös biss ich mir auf meine Unterlippe und spielte an meinem Ärmel herum, um mich irgendwie abzulenken.

Als Izay mich erreicht hatte, konnte ich die Tränen sehen, die sich in ihren Augenwinkeln sammelten. Sie hob ihre knochige Hand und legte sie mir zitternd an die Wange. »Du bist es wirklich.«

»Ja, ich bin es wirklich«, flüsterte ich, woraufhin meine Tante mich in die Arme zog und so fest umschlang, dass mir einen Moment lang die Luft wegblieb.

»Du hast mir so gefehlt, Tero. Ich dachte, dass wir uns nie wiedersehen würden«, sagte sie weinend. Ihr dünner Körper bebte in meinen Armen, sodass auch ich die Tränen nicht länger zurückhalten konnte.

»Nun bin ich hier, liebste Tante.«

Wir verharrten eine Weile in dieser Position, weinend und zugleich lachend vor Freude über unser Wiedersehen. Die Begegnung hatte mir noch einmal vor Augen geführt, was es für ein wunderbares Gefühl war, von jemandem geliebt zu werden. Dies war meine Familie und trotz der Umstände war ich froh, sie wieder an meiner Seite zu wissen.

KAPITEL 12

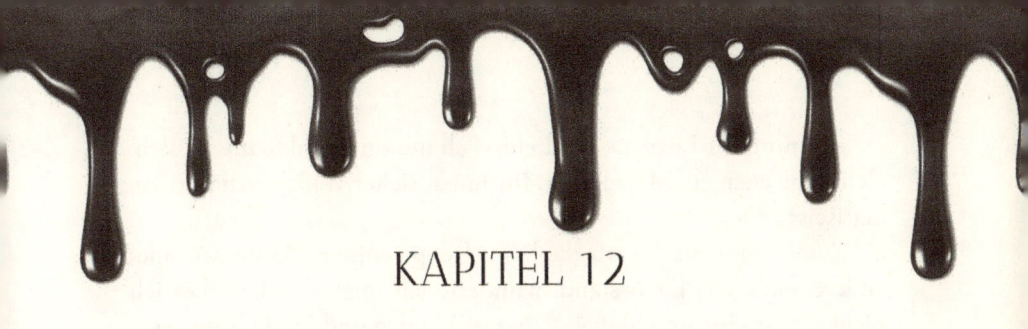

Es erwärmte mein Herz, Tero so liebevoll in den Armen seiner Tante zu sehen. Es war offensichtlich, dass sie ihm viel bedeutete und er sie über die Jahre schmerzlich vermisst hatte. Ich hoffte, dass auch ich irgendwann eine solche Familienzusammenkunft erleben würde, sollte es mir gelingen, Eira zurück auf den rechten Pfad zu bringen.

Als Lady Izay von ihrem Neffen abließ, strahlte sie vor Freude. Mit dem Handrücken wischte sie sich die restlichen Tränen aus den Augenwinkeln, ehe sie das Wort an uns richtete. »Willkommen im Königreich Kjartan. Ich bin froh, euch endlich hier bei uns zu wissen. Nacht für Nacht habe ich dafür gebetet, dass ihr wohlbehalten eintreffen werdet.«

Lady Izay machte ein paar zittrige Schritte in unsere Richtung. Ich erinnerte mich an meinen Geburtstag zurück. Ich hatte die Lady als eine gebrechliche alte Frau in Erinnerung und ihre mühevollen Bewegungen machten deutlich, dass das Rad der Zeit nicht an ihr vorübergegangen war.

Sie blieb vor mir stehen und deutete eine Verbeugung an. Dann nahm sie meine Hand und umschloss sie mit ihren kühlen Fingern. »Es erfreut mich, Euch gesund zu sehen, Königin Nerina. Seit ich von dem Verrat Eurer Schwester hörte, hatte ich Sorge, Euch würde etwas geschehen.«

»Euer Neffe hat gut auf mich achtgegeben«, sagte ich und deutete auf Tero. »Ich verdanke ihm mein Leben.«

Die Sorgenfalten um Lady Izays Augen verblassten und ihr Gesicht begann zu strahlen. »So ist mein liebster Tero schon immer gewesen. Er hat sein Herz am rechten Fleck. Den Göttern sei Dank, dass er an Eurer Seite war.«

Lady Izay war eine herzensgute Frau, das spürte ich auf Anhieb. Das machte es mir nur allzu leicht, mich hier in Kjartan augenblicklich wohlzufühlen.

»Kommt, ihr Lieben.« Sie drehte sich um und winkte uns zu sich. »Ich zeige euch eure Gemächer. Ihr müsst sicher völlig erschöpft von der Reise sein.«

Gemeinsam stiegen wir die hohe Treppe empor. Da sie, wie alles andere auch, aus Eis bestand, wunderte ich mich darüber, dass ich nicht ausrutschte und hinfiel. Von den Wänden und Decken ging eine Eiseskälte aus, dennoch hatte ich nicht das Gefühl, wirklich auf Eis zu gehen. Die Stufen gaben bei jedem Schritt ein klein wenig nach, als wären sie mit einem Teppich ausgelegt.

Stirnrunzelnd ging ich weiter und versuchte hinter das Geheimnis des Eispalastes zu kommen.

»Ich sehe, du verstehst das Konzept auch nicht«, nuschelte Eggi zu meiner Linken. Auch er schaute sich alles genauestens an und hatte dabei die Stirn nachdenklich in Falten gelegt.

»Es ist magisch«, flüsterte ich. Dabei fiel mir auf, dass sich innerhalb des Palastes keine Dampfwölkchen bildeten, sobald man sprach. Das Ganze war völlig surreal.

Als wir in der obersten Etage angekommen waren, deutete Lady Izay auf den Gang zu unserer Rechten. »Dort liegen eure Gemächer. Die Kammerzofen warten bereits und werden euch während eures Aufenthalts stets zu Diensten sein. Solltet ihr etwas benötigen, dann braucht ihr bloß zu läuten und man wird es euch auf der Stelle bringen.«

Als keiner von uns Anstalten machte, sich zu bewegen, setzte Lady Izay nach. »Los, los, ab ins Bett mit euch. Morgen früh werden wir genug Zeit haben, über all die Dinge zu sprechen, die euch auf dem Herzen liegen. Aleksi, weis ihnen doch bitte die Zimmer zu.«

»Selbstverständlich«, antwortete er und ging voraus. Lady Izay drehte sich um und lief den linken Gang entlang. Vermutlich befanden sich dort ihre Gemächer. Es tat mir leid, dass sie tagtäglich all die Stufen erklimmen musste.

»Hier entlang.« Wir folgten Aleksi und nacheinander bekam jeder von uns eines der Zimmer zugeteilt.

»Ich zeige dir, wo du schlafen wirst.« Tero grinste mich an und reichte mir seine Hand.

»Wohin bringst du mich?«, fragte ich, als ich sie zögerlich ergriff.

»Das wirst du gleich sehen.« Er zog mich mit sich an das hinterste Ende des Flurs. Vor einem hohen Gemälde der Königsfamilie blieb er stehen. Das Portrait zeigte Tero und Aleksi in jungen Jahren. Hinter ihnen standen ihre Eltern eng umschlungen. Sie alle strahlten förmlich.

»Ich war ein pausbäckiger Bursche«, sagte Tero und zeigte auf die rosafarbenen Wangen, die sein Gesicht auf dem Gemälde zierten. Kurzerhand schob Tero den versilberten Rahmen zur Seite, wodurch eine schneeweiße Tür zum Vorschein kam. Bevor ich reagieren konnte, hatte Tero diese bereits geöffnet und zog mich hindurch.

Eine Wendeltreppe führte noch höher in den Palast. Ich wusste nicht, wie viele Stufen es waren, doch es mussten viele sein, da ich völlig außer Atem war, als wir schließlich die oberste erreicht hatten.

»Schließ deine Augen«, wies Tero mich an. »Bitte.«

Ich tat ihm den Gefallen und ließ mich von ihm führen. Ein leises Quietschen verriet mir trotz Blindheit, dass er eine weitere Tür öffnete, durch die er mich hindurchschob.

»Einst war dies mein liebster Rückzugsort«, hauchte Tero leise an meinem Ohr. »Wann immer ich mit meinen Gedanken allein sein wollte, kam ich hierher.«

Ich öffnete die Augen und zunächst konnte ich keine Besonderheit ausmachen. Das Zimmer war geräumig und die runde Form deutete darauf hin, dass wir uns in einem der Türme befanden. Stirnrunzelnd sah ich mich um, bis mein Blick zur Decke glitt und mich in absolutes Erstaunen versetzte.

Es war atemberaubend. Dort, wo sich die Turmspitze hätte befinden sollen, war funkelndes Glas, durch das man den Nachthimmel in all seiner Pracht erblicken konnte. Der Mond stand hoch am Himmel und die Sterne glitzerten, als würden sie mir etwas mitteilen wollen. Als wären sie einzig und allein für mich da.

»Es ist wunderschön«, flüsterte ich, ohne den Blick abzuwenden. Solch einen Raum hatte ich noch nie gesehen und ich war Tero so dankbar, dass er ihn mir für die Dauer unseres Aufenthalts zur Verfügung stellte.

»Danke, Tero. Tausend Mal danke.« Ich schlang meine Arme um ihn. Sein warmer Atem in meinem Nacken ließ mich erschaudern, doch ich genoss in vollen Zügen.

»Ich sagte schon einmal zu dir, dass ich dir die Sterne vom Himmel holen würde, wenn ich könnte«, sagte er sanft in mein Haar. »Es freut mich, dass es dir gefällt.«

»Und wie!«, fiepte ich überglücklich. Tero trat einen Schritt zurück und legte den Kopf in den Nacken. Er schaute auf die Sterne und auf den Mond, dann schloss er die Augen und atmete tief durch. Dabei wurden seine Züge immer weicher, sodass er beinahe friedlich, vollkommen eins mit sich aussah. Das letzte Mal, dass ich Tero so gesehen hatte, war, als er mich zur Hochebene geführt hatte, noch bevor Jalmari zurückgekehrt war.

Ganz langsam öffnete er die Augen wieder und lächelte mich sanftmütig an. Ich glaubte, dass er etwas sagen wollte, doch er konnte sich nicht dazu durchringen. Er schüttelte kaum merklich den Kopf und drückte meine Hand. »Gute Nacht.«

»Gute Nacht, Tero.« Einen Moment noch verharrten wir an Ort und Stelle, genossen die Zweisamkeit, die in diesen dunklen Zeiten viel zu selten war. Dann machte er auf dem Absatz kehrt und zog die Tür leise hinter sich zu.

Kurz schaute ich auf die verschlossene Tür, ehe ich mich wieder fing und rücklings auf das große Bett in der Raummitte warf. Die Matratze empfing mich und ich hatte das Gefühl, in einem flauschigen Wolkenmeer zu versinken. Hier an diesem Ort würden mich keine schrecklichen Träume einholen können, niemand konnte mir etwas anhaben.

Mein Blick galt weiterhin der gläsernen Decke und den Sternen, die dahinterlagen. Wie jede Nacht, wenn ich den Himmel beobachtete, hielt ich nach meinen Eltern Ausschau, doch ich konnte sie nicht finden. Sie mussten wissen, dass ich mich an einem friedlichen Ort befand, an dem mich kein Unheil erwartete, weshalb sie sich beruhigt zurückziehen konnten.

Ich fragte mich, ob Eira in dieser sternenklaren Nacht wohl ebenfalls auf ihrem Balkon stand und in den Himmel blickte.

KAPITEL 13 – EIRA

Ich hatte stundenlang keinen Schlaf gefunden, meine Gedanken kreisten um die Zukunft, die uns bevorstand.

Ich trat hinaus auf meinen Balkon. Die kühle Luft umfing mich, sodass ich meine Arme eng um den Körper schlang, ehe ich an die Brüstung trat. Die Nacht war sternenklar, der Mond erleuchtete den Himmel in seiner ganzen Pracht.

Seitdem wir über den Plan, das Königspaar von Dylaras hinters Licht zu führen, gesprochen hatten, hatte sich ein ungutes Gefühl in mir ausgebreitet. Es waren Gedanken, die ich einfach nicht loswurde, sosehr ich es auch versuchte. Ich hatte mein halbes Leben damit verbracht, die Krone von Arzu für mich zu gewinnen und irgendwann über jedes Königreich zu herrschen. Nun, da es nicht mehr lange dauern würde, zweifelte ich, ob wir wirklich das Richtige taten.

Seit ich Kian unter dem Herzen getragen hatte, entwickelte ich völlig andere Gefühle und die vollkommene Macht zu besitzen, war nicht mehr meine oberste Priorität. Alles, was ich wollte, war meinen Sohn zu beschützen und zu umsorgen. Sein Wohl lag für mich nun an erster Stelle und ich war mir nicht sicher, ob eine Zukunft, wie wir sie anstrebten, der richtige Ort für ihn war.

Ich atmete tief durch, um einen klaren Kopf zu bekommen und diese Gedanken abzuschütteln. Wir hatten so vieles in den vergangenen Jahren erreicht. Ich musste voranschreiten, anstatt rückwärts zu gehen, das war ich uns allen schuldig.

»Eira?« Jalmari lehnte sich an die Flügeltür und rieb sich übers Gesicht. Seine Haare standen wild zu Berge und seine Augen waren ganz klein vor Müdigkeit. Bei seinem Anblick wurde mir warm ums Herz. Ich liebte diesen Mann mit jeder Faser meines Seins. Wenn ich mit jemandem über meine Zweifel sprechen konnte, dann mit ihm. Aber ich hatte Angst, dass er meinen Zwiespalt nicht teilte.

»Ja, Liebster?«

»Was machst du hier draußen? Komm wieder ins Bett.«

»Ich …« Ich wollte ihm alles sagen, doch ich konnte die richtigen Worte einfach nicht finden.

Jalmari kam auf mich zu und strich mir eine Haarsträhne hinters Ohr. »Du kannst mit mir über alles reden, das weißt du doch.«

Um mich zu sammeln, schloss ich einen Moment die Augen und drehte mich zur Seite. Ich konnte Jalmari nicht dabei ansehen. »Meinst du, wir tun wirklich das Richtige?«, begann ich leise zu sprechen. »Ist die vollkommene Macht wirklich so wichtig, dass wir die Zukunft unseres Sohnes damit gefährden sollten?«

»Wieso gefährden?«, fragte er verwirrt. »Wir verschaffen ihm ein riesiges Reich, über das er eines Tages herrschen wird. Kian wird einst ein stattlicher König sein, von allen geliebt, doch von allen gefürchtet.«

»Aber es kann so vieles schiefgehen. Wir sind mächtig, aber Nerina ebenso. Was, wenn wir nicht siegreich aus der Schlacht hervorgehen und alles verlieren?«

Auch wenn ich ihn nicht ansah, konnte ich spüren, wie Jalmari über meine Worte nachdachte. Er ergriff mein Handgelenk und drehte mich zu sich, sodass ich seinem Blick nicht länger ausweichen konnte. Die Härte, die ich darin vermutet hatte, war nicht zu sehen. Stattdessen waren seine Züge weich und voller Liebe.

»Wenn du all dies nicht mehr möchtest, dann musst du es nur sagen«, hauchte er. »Ich werde immer an deiner Seite stehen und deine Entscheidungen respektieren und akzeptieren. Ich liebe dich, Eira, und das wird sich niemals ändern.«

Es war ein Versprechen, das Jalmari mit einem zarten Kuss auf meine Lippen besiegelte.

»Ich werde es mir durch den Kopf gehen lassen«, sagte ich, als er von mir abließ. »Aber wir sollten uns einen anderen Weg einfallen lassen. Königin Venia leidet ohnehin schon darunter, dem König noch keinen Erben geschenkt zu haben. Es wäre abartig von uns, ihr falsche Hoffnungen zu machen, indem wir einen Schattenwandler zu ihr schicken.«

Jalmari trat ruckartig einen Schritt zurück und schaute mich voller Entsetzen an. Seine Stimme nahm einen angewiderten Ton an. »Du möchtest die beste Chance, die wir haben, einfach wegwerfen? Wofür? Aus Mitleid für eine fremde Frau?«

»Aber ...«

»Nein!«, unterbrach er mich. »Wenn wir unserem Sohn wirklich eine sichere Zukunft verschaffen wollen, dann müssen wir uns diesen Stein holen, ehe Nerina ihn sich unter den Nagel reißt.«

»Ja, das verstehe ich doch. Aber es muss noch eine andere Möglichkeit geben.«

Jalmari packte mich an den Schultern und schaute mir tief in die Augen. »Eira, ich liebe dich, aber ich erkenne dich nicht wieder. Ohne diesen Stein werden wir deine Schwester nicht besiegen können, glaub mir. Ich habe mit eigenen Augen gesehen, wozu sie in der Lage ist. *Das Licht der Unendlichkeit* ist unsere einzige Hoffnung. Der einzige Weg, um Kian in Sicherheit zu wissen. Verstehst du das?«

Zögerlich nickte ich. Nicht, weil ich Jalmaris Meinung teilte, sondern weil ich einen Herzschlag lang Angst vor ihm hatte. Ich liebte ihn, eben weil in ihm ebenso viel Dunkelheit steckte wie in mir. Aber diese Seite von ihm hatte ich bislang nicht kennengelernt. In seinen Iriden funkelte die pure Machtgier. Die Leidenschaft, die ich in ihnen sonst immer erkennen konnte, war fort.

»Gut«, sagte Jalmari schließlich und ließ meine vor Schmerzen pochenden Schultern los. Die Brutalität von eben war wie weggeblasen. Sanft küsste er meine Stirn, ehe er sich von mir abwandte. Als er die Tür erreicht hatte, drehte er sich noch einmal zu mir und lächelte mich an. »Ich liebe dich, Eira.«

»Und ich liebe dich«, erwiderte ich und versuchte mich dabei an einer festen Stimme, der man Glauben schenken konnte. Doch kaum war Jalmari aus meinem Blickfeld verschwunden, begann mein Körper unkontrolliert zu zittern. Mir blieben nur noch wenige Tage, einen anderen Weg zu finden, um an den Stein zu kommen. An die Hilfe meines Gemahls glaubte ich gerade nicht.

Ich krallte meine Fingerspitzen tief in die kalte Brüstung und tat etwas, was ich normalerweise nie tat. Ich richtete stumme Gebete Richtung Himmel. Es war Hilfe, die ich benötigte, irgendeine Art von Geistesblitz, der mir dabei helfen würde, das Richtige zu tun und den richtigen Weg einzuschlagen.

Zwei funkelnde Sterne erweckten meine Aufmerksamkeit. Ich fixierte sie voller Konzentration und wartete darauf, dass sie mir eine Antwort zukommen ließen, doch sie blieben stumm. Es war töricht von mir zu glauben, die Sterne könnten mir behilflich sein. Sie konnten nicht sprechen und ich war nicht meine Schwester, die daran glaubte, dass die Könige der Vergangenheit auf uns hinuntersahen, um uns auf den rechten Pfad zu führen.

Doch dann kam mir ein Gedanke. Ich musste mich einfach in eine vollkommen andere Lage versetzen, lernen umzudenken und nicht zu überlegen, wie *ich* handeln würde. Mein Innerstes war bereits zu verdorben, als dass es mir hätte eine Antwort liefern können.

Also schloss ich die Augen und überlegte: Was würde Nerina tun?

Ich genoss noch eine Weile die Stille und die Kälte. Als ein eisiger Wind aufzog und mir die Haare ins Gesicht peitschte, entschied ich wieder hineinzugehen. Jalmari war bereits in einen tiefen Schlaf gefallen und gab leise schnarchende Laute von sich. An seiner Seite würde ich heute ohnehin nicht den Trost finden, den ich brauchte.

Ich verließ das königliche Schlafgemach, ging den Flur hinunter zu einer hölzernen Tür, vor der ich stehen blieb. Ich umklammerte die Klinke, doch drückte sie nicht hinunter. Erst musste ich meine umherkreisenden Gedanken zum Schweigen bringen und die Maske aufsetzen, die ich über die Jahre perfektioniert hatte. Also drückte ich den Rücken durch, reckte den Kopf in die Höhe und befeuchtete meine Lippen, als ich die Tür schwungvoll öffnete.

Das Nachtmädchen schreckte aus dem Schaukelstuhl hoch und ließ die Stricknadeln auf den weichen Teppichboden fallen.

»Majestät«, sagte sie mit zittriger Stimme, als sie sich vor mir verneigte.

»Du darfst gehen, Ladina«, sagte ich und trat zur Seite, damit sie das Zimmer verlassen konnte. Schnell knüllte sie die Wolle zusammen und huschte ohne ein weiteres Wort aus dem Raum.

Als die Tür leise ins Schloss fiel, atmete ich tief durch und setzte mich auf den nun freien Stuhl. Kians Bettchen war prunkvoll mit Gold überzogen und darüber kreiste ein Konstrukt aus Tieren. Ladina hatte es für ihn zusammengebastelt. Sie hatte mir erzählt, dass es dem kleinen Prinzen beim Einschlafen half.

Ich betrachtete ihr Werk heute zum ersten Mal genauer. Sie hatte sich sehr viel Mühe gegeben, das Holz war hervorragend verarbeitet und die kleinen Tiere beinahe lebensecht bemalt. Ladina musste sehr viel an Kian liegen.

Mein Sohn schlief tief und fest. Seine kleinen Ärmchen schauten aus der Schafswolldecke heraus und seine Wangen waren rosig gefärbt. Es war herzerwärmend, ihn so zu sehen. Ich legte meine Finger auf seine samtweiche Haut und lächelte. Es war ein ehrliches Lächeln, das ich viel zu lange nicht mehr auf meinen Lippen gespürt hatte.

»Ich werde dich immer beschützen«, flüsterte ich Kian in dem Wissen zu, dass er mich nicht hören konnte. »Dir gehört mein Herz. Für immer.«

KAPITEL 14

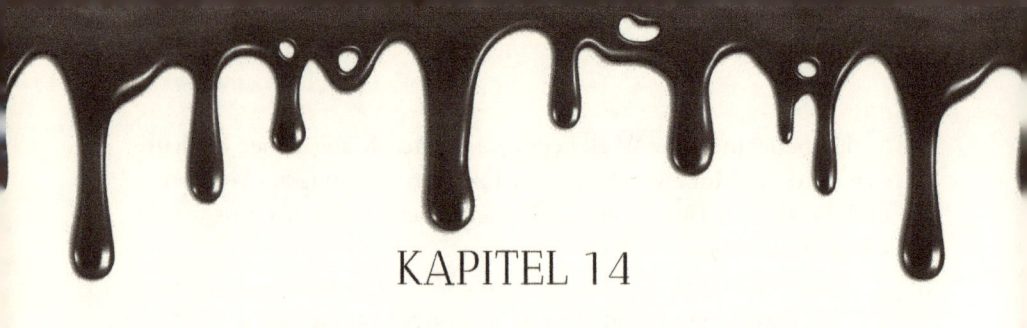

»Ich weiß, dass ihr erschöpft seid und vermutlich die nächsten Tage lieber im Bett verbringen würdet«, erklärte Aleksi weiter. »Aber ihr dürft auf keinen Fall aus der Übung kommen. Ich werde euch tagtäglich einen Partner aus meinen eigenen Reihen zuweisen, der euch trainieren wird. Dass ihr kämpfen könnt, steht völlig außer Frage, doch diese Männer haben ihr Leben lang nichts anderes gekannt. Sie sind mit einem Schwert in der Hand zur Welt gekommen. Deshalb können sie euch am besten unterweisen.«

Ein allgemeines Stöhnen ging durch die Reihen. Wir waren früh am Morgen bereits aus dem Bett geworfen worden, sodass wir nur wenige Stunden Schlaf erhalten hatten. Es fiel mir schwer, meine Augen überhaupt offen zu halten, doch Aleksi hatte keine Zeit verloren und uns, kaum hatten wir den letzten Bissen vom Frühstück hinuntergeschluckt, sofort herumgeführt und uns unseren strengen Zeitplan aufgedrückt.

»Habt ihr noch irgendwelche Fragen?« Er plusterte sich vor uns auf, wie es nur ein Prinz konnte. Respekt verdiente er sich damit allerdings keinen von uns, sondern erntete stattdessen böse Blicke.

Eggis Hand schoss noch oben. »Können wir das Frühstück nicht ein paar Stunden nach hinten verlegen?«

»Ich hoffe, du scherzt«, erwiderte Aleksi mit strengem Blick. »Euch scheint der Ernst unserer Lage nicht bewusst zu sein. Uns steht ein Krieg bevor. Wir wissen nicht, welche Königreiche sich mit Eira verbündet haben. Bisher können wir uns lediglich sicher sein, dass das Heer von Lenjas an unserer Seite kämpfen wird. Wollt ihr gegen die anderen fünf Reiche siegen oder scheitern?«

»Siegen«, antworteten wir einstimmig.

Ein anerkennendes Lächeln breitete sich auf Aleksis Lippen aus. So gern ich ihn auch hatte, er konnte ganz schön hart sein. Auch wenn wir ihm seine Worte in jenem Moment nicht danken konnten, wusste wohl jeder von uns, dass er recht hatte. Jeder von uns hatte bereits ein Schwert geschwungen oder einen Pfeil abgeschossen. Aber ein Krieg gegen Hunderte oder gar Tausende Krieger war ein völlig anderes Kaliber.

»Nerina, Tero, du und ich erhalten zusätzlich gesondertes Training.«

»Was? Wieso?«, entfuhr es mir nörgelig.

»Weil wir die Einzigen sind, die es mit Eira von Angesicht zu Angesicht aufnehmen können. Tante Izay wird uns nach Möglichkeit behilflich sein und uns unterweisen.«

Es war zwar wichtig, dass wir unsere magischen Fähigkeiten trainierten, aber ich hatte gehofft, dass wir uns ein klein wenig würden erholen können. Aleksi schien allerdings keine halben Sachen machen zu wollen und würde uns unterrichten, bis wir unsere Glieder nicht mehr spüren konnten.

»In Ordnung«, gab ich nickend nach, woraufhin Aleksi beide Daumen grinsend anhob. Ich würde ihm im Magieunterricht schon zeigen, was er von seinem gehässigen Grinsen hatte.

»Gibt es sonst noch Fragen, oder können wir die Führung fortsetzen?« Da keiner von uns etwas sagte, machte Aleksi auf dem Absatz kehrt und führte uns aus der Trainingshalle hinaus. Vor uns erstreckte sich ein langer Flur. Wir kamen an zahlreichen Gabelungen vorbei, bogen mal rechts, mal links ab, sodass ich bereits nach wenigen Schritten vollends die Orientierung verloren hatte. Von außen hatte der majestätische Palast nicht annähernd so groß gewirkt. Aber ich musste zum Erschrecken und zugleich Erstaunen feststellen, dass er mindestens doppelt, wenn nicht gar dreimal so groß war wie der Palast in Arzu.

Vor einer eingestaubten hölzernen Tür, die sich so gar nicht in das Bild des Eispalastes fügen wollte, machte Aleksi halt. Ein stechender Schmerz durchzog meinen rechten Arm. Tero hatte seine Finger fest in den Stoff meines Mantels gekrallt, sodass er beinahe meine Haut aufkratzte.

»Was ist los?«, zischte ich, während ich versuchte seine Hand von meinem Arm loszubekommen.

Tero war so blass – er hätte als Eisskulptur durchgehen können.

»Hier ist es geschehen«, hauchte er entrückt.

Aleksis Mundwinkel sackten hinab, als er die Worte seines Bruders vernahm. Ganz vorsichtig steckte er einen gusseisernen

Schlüssel in das Schloss, öffnete es und drückte die verrostete Klinke hinunter. Das Quietschen der Scharniere jagte einen kalten Schauer über meinen Rücken.

Als die Tür offen stand, umwirbelte uns ein eisiger Wind. Wir folgten dem Prinzen durch die schmale Öffnung und stellten erstaunt fest, dass sie uns ins Freie führte. Der Schnee peitschte mir ins Gesicht, sodass ich meinen Arm schützend vor die Augen hielt.

»Was ist das hier?«, schrie Heorhiy gegen den Wind an.

Tero hatte mich noch immer nicht losgelassen, doch sein Griff lockerte sich etwas. Aleksi schaute seinem Bruder tief in die Augen, ehe er auf die Ruinen hinter sich deutete. »Hier seht ihr, was die Magie mit den Menschen machen kann. Hier befand sich noch vor wenigen Jahren ein prunkvoller Turm, dem man nachsagte, bis in den Himmel zu reichen. Darin befanden sich die Gemächer des Königspaares.«

Kälte strömte durch meine Adern. Doch diese kam nicht von den Temperaturen, sondern von Aleksis Worten.

»Es kam vor einigen Jahren zu einer Auseinandersetzung zwischen Tero und unserem Vater«, erklärte Aleksi weiter. »Dieser Streit führte dazu, dass mein Bruder Kjartan und seiner Familie den Rücken gekehrt hat. Wie ihr bereits wisst, fließt Magie durch die Adern eines jeden Abkömmlings der Könige hindurch. Ein Geschenk, das die Feenkönigin uns vor sechshundert Jahren machte. Aber Magie hat ihren Preis, kann Segen und Fluch zugleich sein und in unserer Familie war sie eher Fluch als Segen.«

Aleksi machte eine kurze Pause, um sich zu sammeln. Sein Kiefer spannte sich an und sein Blick verfinsterte sich erst, bevor er von Leere erfüllt wurde. »Mutter und Vater waren in Streit geraten. Ein Streit, der nicht nur Tage, sondern mehrere Wochen andauerte. Sie wollte, dass Tero und Vater sich versöhnten, doch Vater stand zu seinem Wort. Er wollte nichts mehr mit seinem ältesten Sohn und Thronerben zu tun haben. An einem Tag vor vier Jahren stand Tero vor den Toren des Palastes und suchte Hilfe, die ihm jedoch verwehrt wurde. Und da eskalierte der Streit unserer Eltern und erreichte seinen Höhepunkt. Sie zogen sich in den Turm zurück, wo Mutter die Beherrschung verlor. Die Magie brach unkontrolliert aus ihr hervor und ließ den Turm zusammenbrechen. Somit hatte Kjartan binnen kürzester Zeit nicht nur den Kronprinzen verloren, sondern ebenso das Königspaar.«

Desya, Mari und Lorya hatten leise zu schluchzen begonnen und auch ich konnte spüren, wie mein Herz immer schneller hämmerte und mein Körper unkontrolliert zitterte.

»Hat man sie gefunden?«, fragte Asante mit einem Kopfnicken zu den Ruinen.

Aleksi verneinte. »Blut und zerquetschte Eingeweide waren alles, was man fand. Sie wurden verschüttet von Stein und Eis.«

Ich warf einen Blick zu Tero. Er war wie festgefroren, sagte nichts und rührte sich nicht. Einzig die kleine Wolke vor seinem Mund war Beweis dafür, dass er noch am Leben war. Ich verstand immer mehr, weshalb es Dinge gab, über die er nicht gerne sprach. Nicht nur, dass er Tjana und seinen Sohn verloren hatte, kurz darauf waren seine Eltern gestorben. Und das aus einem Streit heraus, an dem er beteiligt war. Tero musste unter solch großen Schuldgefühlen zu leiden haben, dass es mich wunderte, wie er überhaupt in der Lage war, so glücklich und stark durchs Leben zu schreiten. Ich bewunderte ihn dafür, dass er es schaffte, seine Vergangenheit zu verdrängen und den Blick auf die Zukunft zu richten. Etwas, das mir bisher nicht gelungen war.

»Es tut mir so leid«, flüsterte ich ihm zu, erhielt allerdings keine Antwort.

Wir standen noch eine Weile schweigend um die Ruinen und versanken in stumme Gebete. Auch wenn ich das Königspaar von Kjartan nie getroffen hatte, so war es doch ein schwerer Verlust, der das Königreich geschwächt haben musste. Vor allem, da man all die Jahre darauf gewartet hatte, dass der Kronprinz zurückkehren und seinen rechtmäßigen Platz auf dem Thron einnehmen würde. Aleksi musste unglaublich viel Vertrauen in seinen Bruder gelegt haben. Er hätte die Krone tragen und über das Land regieren können, doch er war sich sicher gewesen, dass Kasim Tero finden und zurück nach Hause bringen würde.

Aleksi hatte Mari tröstend in den Arm genommen. Sie war von ihren Gefühlen völlig überwältigt worden und konnte die Tränen nicht aufhalten. Es waren viel zu viel Leid und Schmerzen, als dass eine solch unschuldige Seele es hätte ertragen können.

»Lasst uns gehen«, sagte Aleksi und stapfte mit der frierenden Mari im Arm an uns vorbei durch den Schnee. Ich warf noch einen letzten Blick auf die Ruinen, ehe auch ich mich umdrehte und in Richtung Tür ging.

»Tero?«, fragte ich, als ich bemerkte, dass er mir nicht folgte.

»Geh nur«, sagte er mit bebender Stimme. »Ich bleibe noch eine Weile.«

Ich legte meinen Fellmantel ab und ging auf ihn zu. Dann drückte ich ihm die Schafswolle in die Hand. »Es wird langsam kälter. Nimm den.«

Tero nickte geistesabwesend, nahm den Mantel und wandte sich wieder den Ruinen zu. Am liebsten wäre ich an seiner Seite geblieben, um ihm Trost zu spenden, doch ich wusste, dass er Zeit brauchte. Zeit, um seine Gedanken zu sammeln und zu sortieren. Zeit, um das Geschehene zu verarbeiten. Zeit, um von seinen Eltern Abschied zu nehmen.

Also trat ich durch die Tür, um ihm diese Zeit zu gewähren.

KAPITEL 15

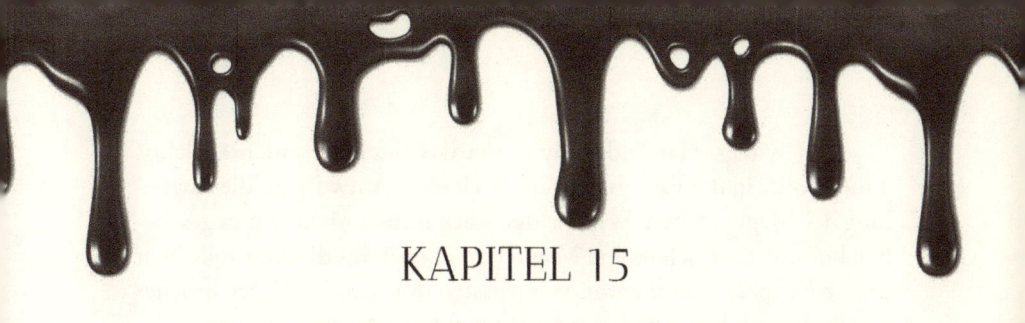

In den darauffolgenden Tagen hatte Tero sich nicht blicken lassen. Weder war er beim Frühstück noch beim Training gewesen. Ich machte mir Sorgen, doch Aleksi versicherte mir, dass alles in Ordnung war und Tero lediglich Abstand von allem benötigte. Er sollte zur Ruhe kommen und sich uns wieder anschließen, wenn er bereit dafür war. Also tat ich nichts, außer zu warten.

Die Tage waren schleppend vorangegangen. Das Training war intensiv und kräftezehrend. Die uns zugewiesenen Krieger erinnerten mich an die Hüter. Sie kannten keine Gnade und machten uns regelrecht fertig. Es war für uns unmöglich, gegen sie zu siegen, egal, wie sehr wir uns auch anstrengten.

Da ich meinen Fokus in den vergangenen Monaten auf Wurfsterne gelegt hatte, war ich zusätzlich im Nachteil. Vollkommen gleichgültig, wie zielsicher ich mit ihnen auch war, sie eigneten sich nicht für den Nahkampf. So war ich schnell ausgelaugt, wenn wir mit hölzernen Schwertern übten.

Diese Müdigkeit zeigte sich auch im anschließenden Magietraining. Es fiel mir unglaublich schwer, meine Gedanken zu fokussieren und mich auf das Ziel zu konzentrieren. In den ersten vier Tagen hatte ich es gerade einmal geschafft, kleine Blitze aus meinen Fingerspitzen abzufeuern, die allerdings nicht stark genug waren, um auch nur den kleinsten Kratzer auszurichten.

Am Morgen des fünften Tages hatte Aleksi endgültig die Hoffnung mit mir aufgegeben. »Ab sofort werden wir zuerst unsere Magie üben und dann in den Nahkampf übergehen.«

»Den Göttern sei Dank«, antwortete ich erleichtert.

»Anders bist du ja zu nichts zu gebrauchen«, sagte er lachend. »Hoffen wir einfach, dass du von niemandem mit einem Schwert angegriffen wirst. Aufgespießt bist du nämlich keine große Hilfe.«

»Sehr witzig. Hat Lady Izay schon das Buch gefunden?« Aleksis Tante wollte in der Palastbibliothek nach einer Antwort auf die Koppelung der Magie suchen. Wir wussten noch immer nicht, wie es geschehen konnte, dass sich unsere Magie vereint und uns die Kontrolle über unsere Körper geraubt hatte. Wir wussten nur, dass es ein gefährliches Spiel mit dem Feuer war, was wir zu bändigen erlernen mussten.

»Leider nein«, antwortete er schnaubend. »Es gibt zu viele Bücher mit zu vielen gänzlich verschiedenen Auffassungen der Magie. Deshalb müssen wir besonders vorsichtig sein, wenn wir gemeinsam trainieren.«

Vor dem abgeschiedenen Raum, in dem wir ungestört an unseren Fähigkeiten arbeiten konnten, blieb Aleksi plötzlich abrupt stehen. »Tero?«

Freudestrahlend stellte ich fest, dass er lässig gegen die Wand gelehnt vor der Tür stand und auf uns wartete.

»Wie geht es dir?«, fragte ich.

Er schaute mich an, versuchte sich an einem Lächeln. »Besser«, war die knappe Antwort, die er mir gab und mit der ich mich für den Moment abfinden musste. Dann richtete er sich an Aleksi. »Ich bin nur als moralische Stütze hier. Die Tücken der Magie sind zu gefährlich, als dass ich sie erlernen möchte.«

»Wie du willst«, reagierte Aleksi gelassener, als ich vermutet hätte. »Wir könnten dich zwar gut an unserer Seite gebrauchen, aber ich verstehe deine Entscheidung.«

Es war schade, dass Tero nicht lernen wollte, seine schlummernden Fähigkeiten zu erwecken, doch nach allem, was er vor einigen Tagen hatte sehen und hören müssen, konnte ich es nachvollziehen. Schließlich war es Magie gewesen, die seinen Eltern das Leben gekostet hatte.

Der sterile Raum lag noch genauso da, wie wir ihn gestern verlassen hatten. Einige abgebrannte Strohpuppen waren in der hinteren Ecke aufgetürmt. Aleksi hatte seine Liebe zu Feuerbällen entdeckt, die er nacheinander auf die leblosen Gegner geworfen hatte. Es beeindruckte mich, wie viel Konzentration er aufbringen konnte. Bei ihm sah es so mühelos aus, die Magie hervorzurufen und zu bündeln.

Tero und ich warteten, während Aleksi neue Strohpuppen aufstellte. Da wir heute gleich nach dem Frühstück hergekommen waren, fühlte ich mich um einiges stärker. Das ausgewogene Essen hatte mir Kraft verliehen, die ich nun, hoffentlich erfolgreicher als in den vergangenen Tagen, gezielter einsetzen konnte.

»Womit fangen wir an?«, wollte ich wissen, als Aleksi wieder bei uns angekommen war. Ein aufgeregtes Flackern lag in seinen Augen, sodass ich schnell hinzufügte: »Wir spielen heute nicht wieder mit Feuer.«

»Dabei hatte ich mich schon so darauf gefreut«, gab er schmollend zurück, doch ich ließ mich nicht von seinem Hundeblick einwickeln. »Na gut, wie wäre es mit Wasser?«

Stirnrunzelnd zuckte ich mit den Schultern. »Einen Versuch ist es wert.«

Ich schloss die Augen und versuchte mich zu konzentrieren. Den Kristall, den ich seit jenem Tag im Feenreich um meinen Hals trug, versuchte ich außer Acht zu lassen. Er glühte an meiner Haut, wollte zur Bündelung der Magie genutzt werden, aber ich vertraute darauf, dass ich auch ohne seine Hilfe in der Lage war, Wasser zu erzeugen.

»Du schaffst es, ich glaube an dich.« Teros Stimme lag in weiter Ferne und doch hallte sie in meinen Gedanken nach. Seine Worte machten mir Mut und berührten mein Herz. Als ich das erste Mal meine Magie entfesselt hatte, war es seine Stimme, die mir die nötige Konzentration schenkte. Also fokussierte ich mich auf Tero.

Vor beinahe einem Jahr war er wie eine Flutwelle in mein Leben getreten und hatte mich mit sich gerissen. Seine Berührungen waren wie ein zärtliches Kitzeln des Windes auf meiner Haut und der Klang seiner Stimme wie eine Melodie in meinem Herzen.

Ich spürte die sich ausbreitende Hitze in meinem Körper und sah dabei zu, wie die Magie sich langsam in Richtung meiner Fingerspitzen vorarbeitete. Ich streckte meine Hände aus und wartete, konzentrierte mich auf das Wasser, das ich heraufzubeschwören versuchte. Meine Fingerkuppen kribbelten immer stärker, bis es beinahe schmerzte. Doch es war ein angenehmer Schmerz, der mich bis ins Mark erschütterte.

Eine Windböe zerrte an meinem Kopf und löste einzelne Haarsträhnen aus meinem Zopf. Ich öffnete rasch die Augen. Ein Wirbelwind aus Wasser fegte durch den Trainingsraum und schleuderte die Strohpuppen an die Decke.

»Wo ist dein Wasser?«, fragte ich Aleksi gehässig, aber er bestaunte bloß, wozu ich fähig war. Ehe der Wasserstrudel auf uns zukam, fokussierte ich mich, schlug die Hände zusammen und verschloss die Magie wieder in meinem Körper.

Tero lächelte mich an. Wenn er nur gewusst hätte, dass er der Anker war, den ich brauchte, um die Magie zu entfesseln. Solange er an meiner Seite war, fiel es mir plötzlich ganz leicht.

Aleksi klatschte in die Hände. »Nicht schlecht. Sehr beeindruckend, das muss ich zugeben.«

»Vielen Dank.« Das Grinsen war in meinem Gesicht wie festgefroren.

»Du kannst jetzt aufhören, mich so anzusehen«, sagte Aleksi kopfschüttelnd, doch ich dachte gar nicht daran. Die vergangenen Tage waren wie ein Wettstreit zwischen ihm und mir gewesen, bei dem ich immer verloren hatte. Nun konnte er mir meinen kleinen Sieg auch gönnen.

Aleksi stellte indes neue Strohpuppen auf. Noch einige Stunden übten wir, die verschiedenen Elemente zu kontrollieren. Während ich am liebsten gefährliche Stürme erzeugte, konnte Aleksi Feuer jeglicher Größe am besten beherrschen. Es stellte sich heraus, dass Eisspeere die sinnvollste Waffe waren, die wir im bevorstehenden Krieg einsetzen konnten. Feuer war zwar effektiv, allerdings unberechenbar und breitete sich zu schnell aus. Wir wollten siegen, ja, die Königreiche sollten am Ende der Schlacht aber noch stehen.

Ich war mit den Kräften völlig am Ende, als wir endlich beim Mittagessen ankamen. Der Tag erschien endlos.

»Wie waren die Nahkampfübungen?«, fragte ich die anderen. Einvernehmliches Stöhnen ging durch die Reihen.

»Ich hatte heute die ach so große Ehre, mit General Tristan zu kämpfen«, schmatzte Lorya. »Stell dir Asante vor, nur einen Kopf größer und dreimal so breit.«

Ich erstickte mein Lachen hinter vorgehaltener Hand. »Du übertreibst doch sicherlich!«

Heorhiy schüttelte den Kopf. »Nein, tut sie nicht. Ich verstehe auch nicht, weshalb er ihr zugewiesen wurde. Ich war kurz davor, ihn einen Kopf kürzer zu machen, so grob wie er sie behandelt hat.«

Lorya zog die Ärmel ihres Oberteils hoch und mir stockte der Atem. »Schau dir das mal an!« Ihre Arme waren übersät von dunklen Flecken in allen Farben. Dieser General musste sie wirklich hart rangenommen haben. Bei diesem Anblick schüttelte es mich von oben bis unten.

»Und bei euch?« Ich wandte mich an Asante und Laresa, die links von mir saßen.

Resa schaute traurig zu mir herüber und schüttelte bloß langsam den Kopf. »Ich bin ganz fürchterlich.« Asante schnitt das Fleisch auf ihrem Teller in kleine mundgerechte Stücke. Seit sie ihren Arm verloren hatte, konnte Resa nicht mehr richtig kämpfen. Ich rechnete es ihr ungemein hoch an, dass sie es überhaupt versuchte. Niemand erwartete von ihr, sich den Gefahren des Krieges zu stellen, doch sie wollte uns nicht im Stich lassen.

Dennoch war ich der Meinung, dass sie hier in Kjartan auf unsere Rückkehr warten sollte. Asante teilte diese Meinung, doch Resa wollte davon nichts hören.

»Sie übertreibt«, sagte Desya und lächelte aufmunternd. »Resa macht sich ziemlich gut, wenn man die Umstände bedenkt.«

»Du musst es nicht schönreden, Desya. Ich weiß, dass du es gut meinst, aber wenn ich weiterhin kämpfe wie ein blutiger Anfänger, dann bin ich nach fünf Minuten tot.«

Ich verschluckte mich an meinem Bissen und musste husten. Resa murmelte irgendwelche fluchenden Worte vor sich hin, warf ihre Gabel klirrend auf den Teller und verließ den Tisch. Es belastete sie sehr, dass sie ihr Talent im Kampf verloren hatte, und wurde nun unweigerlich tagtäglich daran erinnert. Die Frustration war verständlich, doch ich hoffte, dass es ihr gelingen würde, über ihren Verlust hinwegzukommen und den Göttern dafür zu danken, dass sie am Leben war.

»Entschuldigt mich bitte.« Asante wischte sich mit einer Serviette die Mundwinkel sauber, ehe er aufstand und seiner Schwester folgte.

In dem Augenblick trat Lady Izay durch die Tür und setzte sich anmutig an das Kopfende der Tafel.

»Schön, dich zu sehen, Tante«, grüßte Tero sie.

»Es freut auch mich, dich in solch guter Verfassung zu sehen, lieber Tero.« Sie blickte uns nacheinander an. Die dunklen Schatten unter ihren Augen ließen einige schlaflose Nächte vermuten. »Ich habe leider keine guten Nachrichten.«

»Was ist denn los? Hast du etwas in den Büchern gefunden?« Aleksi rutschte näher an seine Tante heran.

»Ja und nein. Nichts, was euch bei der Koppelung der Magie helfen kann.« Sie winkte mit einem Finger den Wachmann heran, der ihr unscheinbar in den Speisesaal gefolgt war. In der Hand hielt er ein ledergebundenes Buch, das er vor Lady Izay auf dem Tisch ablegte, ehe er wieder seine Position an der Tür einnahm.

Sie schlug es auf und blätterte darin herum, bis sie schließlich eine ganz bestimmte Seite gefunden hatte. Dann las sie aus dem Buch vor. »Die Königreiche, wie wir sie heute kennen, existieren erst seit wenigen Jahrhunderten. Doch eine Frage bleibt bis heute unbeantwortet. Was befindet sich hinter den Wäldern? Viele Reiter sind losgezogen, um diesem Mysterium auf den Grund zu gehen, doch keiner von ihnen kehrte jemals zurück. Alte Schriften weisen auf, dass in den Königreichen versteckt Portale liegen, die mit einem Schutzzauber vor den Augen Sterblicher verborgen sind. Die Völker vermuteten in ihnen schon immer einen schnellen Weg, um in den Verwunschenen Wald zu gelangen, doch es gibt keine Beweise hierfür.

Was ich nach langer Recherche allerdings fand, war erschreckend und faszinierend zugleich. Eine Theorie, entwickelt von einem Mann, der den Namen Metrodoros von Chios trägt. Ich konnte nicht herausfinden, wer er ist oder wann er gelebt hat, doch die Worte, die er niederschrieb, zogen mich in ihren Bann. Er schrieb von einem *Viele-Welten-Modell*, an dem sein Meister gearbeitet hat. Darin wird beschrieben, dass es unwahrscheinlich ist, dass es in den unendlichen Weiten unserer Galaxis bloß eine Welt gibt. Er war der Auffassung, dass neben der unseren noch zahlreiche weitere Welten existieren müssen, auf denen es Leben gibt.

Was also geschieht, wenn die Portale uns gar nicht innerhalb der Königreiche bewegen lassen, sondern Portale in andere Welten hinter der unseren sind? Was, wenn jemand hinter dieses Geheimnis kommt und einen Weg findet, sich dieses zu Nutzen zu machen?

Ich werde es in meinen Lebzeiten wohl nicht mehr erfahren, da mir nicht mehr viele Jahre bleiben. Doch während ich diese Zeilen niederschreibe, macht sich eine schreckliche Vorahnung in mir breit. Sollten diese Portale wirklich existieren und meine Vermutung sich bestätigen, dann werden sie unser aller Untergang sein.«

Lady Izay schlug das Buch zu und bedachte uns mit einem ernsten Gesichtsausdruck. Nachdenklich strich sie mit den Fingern über den Einband.

»Ich habe nur die Hälfte verstanden«, gab Heorhiy sichtlich verwirrt zu. »Was soll das bedeuten?«

»Habt Ihr schon einmal darüber nachgedacht, was sich über uns befindet?«, fragte Lady Izay. Ein einvernehmliches Kopfschütteln war ihre Antwort. »Wir wissen, dass die Sonne am Morgen aufgeht und am Abend untergeht. Wir wissen, dass nachts der Mond scheint und die Sterne funkeln. Aber wir wissen nicht, was sich hinter alledem verbirgt.«

»William Shakespeare«, flüsterte ich mehr zu mir selbst.

»Was?«

Ich schaute Aleksi an. »Als junges Mädchen habe ich viel gelesen. Ich liebte es, in den alten Büchern zu blättern und tief in die Geschichten einzutauchen. Ein Autor namens William Shakespeare hatte es mir ganz besonders angetan. Er schrieb herzzerreißende und spannende Geschichten, in denen ich mich verlieren konnte. Die Palastbibliothek ist bis zur Decke mit solchen Werken gefüllt. Doch wann immer ich fragte, wer diese Autoren waren, wurde ich vertröstet. *Es gibt Dinge, die du nicht wissen musst*, sagte man mir.«

»Diese Werke sind also in deinem Palast?«, hakte Tero nach.

»Ja, sind sie. Hunderte davon. Wieso?«

Tero stand auf, umrundete den Tisch und stellte sich dann hinter seine Tante. Sorgenfalten zierten ihre Stirn.

»Weiß Eira von diesen Büchern?« Als ich nickte, sprach er weiter. »Es mag weit hergeholt klingen, aber vielleicht gibt es von diesem Buch«, er deutete auf den Wälzer auf dem Tisch, »eine Abschrift in Arzu. Falls Eira diese in die Finger bekommen hat und an dieser Theorie festhält, vielleicht hat sie es sich zur Aufgabe gemacht, Herrscherin über alle Welten zu werden?«

Ich lachte auf. »Das ist lächerlich. Es könnte sich ebenso um ein Ammenmärchen handeln. Und auch wenn es tatsächlich neben der unseren noch andere Welten gibt, wie soll Eira die Portale lokalisieren und nutzen?«

Tero zuckte mit den Schultern. »Ich weiß es nicht, aber ich traue deiner Schwester alles zu.«

Eira war machtgierig, aber all dies war reine Spekulation. Es mussten viel zu viele Zufälle eintreffen, damit dieser Fall wirklich eintreten konnte.

»Vielleicht weiß der Gefangene hinter dem Spiegel mehr als Eira«, vermutete Mari kleinlaut. »Wer auch immer dort hineingesperrt wurde, muss große Macht besitzen und viel Einfluss auf Eira haben.«

»Wir werden es erst erfahren, wenn wir in Arzu einmarschieren.« Eggi stand vom Tisch auf. »Wir können Vermutungen anstellen, aber werden ohnehin nicht erfahren, was Eira nun wirklich vorhat. Erst wenn wir ihr gegenüberstehen, werden wir die Wahrheit erfahren. Ich für meinen Teil werde nun weiter trainieren gehen.«

Damit verschwand Eggi aus dem Speisesaal.

»Wir gehen auch«, sagte Heorhiy in seinem und Loryas Namen. Nach und nach folgten auch die anderen, bis schlussendlich nur noch Mari, Aleksi, Tero, Lady Izay und ich am Tisch saßen.

Ich wollte etwas sagen, doch es fiel mir schwer, die richtigen Worte zu finden. Also stand auch ich schnaubend auf und verschwand wortlos durch die Tür. Ich war nicht in der Stimmung, mich heute noch dem Nahkampf zu widmen, denn ich musste einen klaren Kopf bekommen. In wenigen Wochen würde ich meiner Schwester endlich gegenüberstehen und ihre Beweggründe erfahren. All die schrecklichen Dinge, die sie getan hatte, konnten schließlich nicht von ungefähr kommen. Mari konnte uns immerhin einige wenige Antworten geben, aber auch sie wusste nur einen Bruchteil dessen, was in Eira wirklich vorging.

Ich hatte die Hoffnung noch nicht aufgegeben, dass sie irgendwo tief verborgen doch noch einen guten Kern besaß. Einerseits wünschte ich mir, dass sie für all die Taten büßte. Doch ich würde sie nicht töten, ohne vorher zu versuchen, sie wieder auf den rechten Pfad zu führen.

Trotz allem blieb sie schlussendlich doch meine Schwester. Und ich glaubte fest daran, dass auch sie in mir noch ihre ältere Schwester sah. Es musste einfach eine Möglichkeit geben, all dies wieder geradezubiegen. Einen Versuch war es wert. Für diese Welt und für jede andere, die es vielleicht doch irgendwo noch gab.

KAPITEL 16 – EIRA

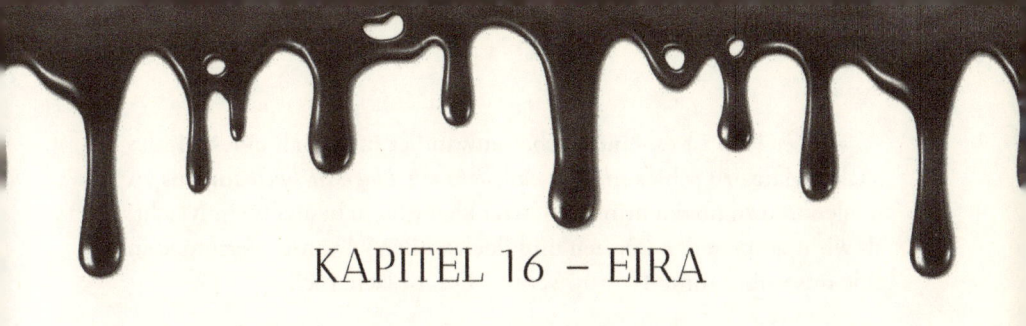

Die vergangenen Tage hatte ich überlegt, wie wir nach Dylaras kommen und uns den Stein unter den Nagel reißen konnten, ohne Königin Venia dafür hinters Licht zu führen. Die Antwort war so simpel und hätte von Anfang an auf der Hand liegen müssen. Nun musste ich nur noch Jalmari, Meister Silbus und Arcana von meinem Vorhaben überzeugen. Das konnte schwierig werden, war aber nicht unmöglich.

Ich hatte den Hauptmann früh losgeschickt, um eine Versammlung einzuberufen. Alvarr, Jalmari, Silbus und Arcana hatten bereits um den Versammlungstisch Platz genommen und warteten lediglich noch auf mein Eintreffen.

»Endlich, Eira«, sagte Jalmari und erhob sich, um mir den Stuhl zu seiner Linken zurechtzuschieben. Ich setzte mich und verschränkte die Finger miteinander. Dabei ließ ich mir die Zeit, die ich brauchte, bevor ich mit meiner vorbereiteten Ansprache anfing.

Mein Blick traf den von Alvarr, der mir aufmunternd zunickte. Arcana zog die Augen zu schmalen Schlitzen zusammen. »Was macht er hier?«, fragte sie und schaute den Hauptmann finster an.

»Ich habe ihn eingeladen«, reagierte ich schnippisch. »Ich bin schließlich die Königin und dies ist meine Versammlung.«

Jalmari neben mir schluckte laut hörbar und schaute Arcana an. Nach außen hin schien sie die Fassung zu wahren, doch in ihren Augen loderte ein Feuer, mit dem sie mich vermutlich am liebsten in Brand gesteckt hätte. Ich hatte ihr in der Tat viel zu verdanken, aber ich war noch immer die Ranghöchste an dieser Tafel. Zwar war mein Wort Gesetz, aber ohne Hilfe konnte ich meinen Plan nicht umsetzen.

Von allen Seiten wurde ich schweigend gemustert. Da mir niemand widersprechen wollte, stand ich auf und umrundete den Tisch. Am Fenster hielt ich inne und richtete das Wort an die hier Versammelten.

»Unser Plan ist es, einen Schattenwandler in Gestalt eines Kindes nach Dylaras zu schicken, um *das Licht der Unendlichkeit* für uns zu stehlen und zu uns zu bringen. Dieser kleine Stein besitzt mehr Macht, als wir uns vorstellen können und doch wollen wir unser Vertrauen in eine uns unbekannte Kreatur setzen? Das ist lächerlich.«

»Eira ...«

Ich brachte Jalmari mit erhobener Hand zum Schweigen. »Was sollte diesen Rumpelstilzchen daran hindern, sich den Stein zu nehmen und dann für immer zu verschwinden? Einem Wesen der Schatten zu vertrauen, wäre töricht, gerade da so viel auf dem Spiel steht.«

»Was schlagt Ihr dann vor?«, fragte Hauptmann Alvarr stirnrunzelnd.

»Arcana sagte, sie besäße die Macht, um Rumpelstilzchen zu uns zu bringen«, erwiderte ich. »Wenn ihre Magie wirklich so stark ist, dann sollte sie meinen Körper auch ohne Weiteres in den Palast von Dylaras und wieder zurück transportieren können.«

Arcanas dunkles Lachen brachte mich völlig aus dem Konzept. Ich wusste nicht mehr, was ich noch sagen wollte. »Das ist unmöglich, Eira. Du bist ein Mensch aus Fleisch und Blut und kein magisches Geschöpf, wie Rumpelstilzchen eines ist. Dein Körper und dein Geist würden diesen Transport nicht überleben.«

»Wir müssen es versuchen«, beharrte ich. »Du bist eine solch mächtige Magierin. Du wirst einen Weg finden.«

Jalmari schnaubte. »Eira, du bist wahnsinnig! Wir riskieren sicher nicht dein Leben, nur weil du Mitleid mit Dylaras' Königin hast!«

»Mitleid?«, spie Alvarr entgeistert. »Was ist mit Euch geschehen, Majestät?«

Ich blieb ihm eine Antwort schuldig, da ich voller Entsetzen auf meinen Gemahl hinabblickte. Es war mir schleierhaft, wie er mich hatte hintergehen können. Es war mir schwergefallen, ihm mein Gefühlschaos anzuvertrauen, und nun sprach er meine mütterliche Schwäche vor denjenigen an, denen ich am meisten auf der Welt vertraute.

»Wenn das so ist, habe ich eine Lösung.« Arcana machte einige Schritte auf mich zu. Ihr schwarzes Kleid umfloss sie wie sanfte Wellen bei jeder ihrer Bewegungen. Die Schönheit dieser Frau zog mich wie bei unserer ersten Begegnung vollkommen in den Bann. Ich wollte wegsehen, doch ihre dunklen Augen hielten mich gefangen.

Als Arcana vor mir stand, legte sie ihre Finger auf meine Schläfen und schaute mir tief in die Augen. So tief, dass sie mich beinahe aufsogen und in eine vollkommen andere Welt transportierten. Die Dunkelheit breitete sich aus und verschlang mich, bis ich eine beinahe körperlose Gestalt in einem endlosen schwarzen Meer war.

Ich trieb umher, versuchte etwas zu erkennen, aber es war hoffnungslos. Dann drang eine leise Stimme zu mir durch. Es war wie ein Flüstern, das direkt in meine Gedanken injiziert wurde, wie ein tödliches Gift. Die klangvolle Stimme wurde mit jedem Wort lauter und deutlicher, sodass ich den Worten langsam einen Sinn entlocken konnte.

»Dir wird die Welt zu Füßen liegen. Deine dunkle Herrschaft wird in die Geschichte eingehen und niemals wird es jemand wagen, sich dir zu widersetzen«, sagte die Stimme energisch. Die finsteren Worte kamen mir so vertraut vor, doch ich wusste nicht, wo ich sie schon einmal gehört hatte. Das Einzige, was ich wusste, war, dass ich der Stimme vertrauen und gehorchen musste.

»Wir werden Rumpelstilzchen nach Dylaras schicken. Er wird den Stein zu uns bringen und dann werden wir in die letzte Schlacht ziehen. Du, Eira, wirst die Königin der sieben Königreiche werden und niemand wird dich aufhalten.«

»Ich werde Königin«, flüsterte ich in Erwiderung. Schlagartig wurde es wieder hell und der Raum erhielt schemenhaft seine eigentliche Struktur zurück.

Ich blinzelte einige Male gegen die Helligkeit an und blickte mich dann verwirrt um. »Was machen wir hier unten?«, fragte ich. Es war mir schleierhaft, weshalb ich mich im Versammlungsraum befand und weshalb wir uns hier getroffen hatten. Als ich versuchte, mich an die vergangenen Minuten zu erinnern, begann es unaufhörlich in meinem Kopf zu pochen.

»Du warst kurz weggetreten«, sagte Arcana beunruhigt. »Komm, setz dich.«

Ich tat wie geheißen, doch die Benommenheit verblasste erst, nachdem ich ein Glas Wasser getrunken hatte. Jalmari nahm meine Hand und ließ seinen Daumen darauf kreisen. Seine Berührung war so vertraut und doch hatte sie etwas Merkwürdiges. Mein Gemahl versuchte meinem Blick auszuweichen und wie immer, wenn er etwas zu verbergen versuchte, kaute er nervös auf der Unterlippe herum.

»Was geht hier vor sich?«, wollte ich wissen, doch die einzige Antwort, die ich erhielt, war Schweigen.

Unwillkürlich ballte ich meine Hände zu Fäusten. Dabei verlor ich aus dem Sinn, dass ich noch immer das Glas umklammert hielt, das in tausend Scherben zersprang und mir in die Handfläche schnitt. Blut tropfte aus der Wunde und hinterließ einige Flecken auf dem Holztisch. Die Wut kochte in mir, weshalb ich den Schmerz kaum bemerkte. Ich hasste es, wenn man nicht tat, was ich verlangte.

»Was ist hier los?«, wiederholte ich meine Frage, drängender als noch zuvor. Ich schlug die Faust mit voller Wucht auf die Tischplatte, sodass auch die anderen darauf stehenden Gläser gefährlich nahe an die Kante tanzten.

»Wir wollten dir eben unseren neuen Verbündeten vorstellen«, kam es von Arcana. Sie nickte den Wachen an der Tür zu. Ein buckeliges kleines Wesen trat ein. Die verklebten Haare waren lang, der Bart voller Dreck und Staub und die gammligen Zähne standen schief aus dem Mund.

In meinen Adern begann es aufgeregt zu kribbeln. Ich spürte in jeder Faser, dass dieses Geschöpf ein Wesen der Nacht war und die dunkelste Magie in sich trug, die ich jemals zuvor bei jemandem spüren konnte. Nicht einmal Arcanas Geist war so verdorben wie der dieses Mannes.

Die Magie brodelte in meinem Blut, als wolle sie sich mit der des Geschöpfs verbinden. Mit ihm an unserer Seite würden wir alles schaffen und erreichen können.

Ich lachte unheilvoll, was dem Schattenwandler nicht zu gefallen schien. »Pah, Ihr lacht mich aus? Ihr müsst komplett dem Wahnsinn verfallen sein. Mit mir ist nicht gut Kirschen essen, das versichere ich Euch.«

Seine Stimme war viel zu hoch für das Äußere, das vor mir stand. Aber sie hatte dennoch etwas erschreckend Finsteres an sich, was mir sehr gefiel. Die Selbstsicherheit des Mannes erinnerte mich an eine jüngere Version von mir.

»Du musst Rumpelstilzchen sein«, sagte ich und reichte dem Wesen meine Hand. Seine kalten Finger ergriffen meine. Dennoch musterte er mich skeptisch von oben bis unten.

»Ein gescheites Weib scheint Ihr zu sein«, sagte er hysterisch lachend. Es war kaum zu übersehen, wer von uns wohl eher dem Wahnsinn verfallen war. »Was wollt Ihr von mir? Weshalb habt Ihr mich gerufen?«

»Ich habe dich gerufen.« Rumpelstilzchen wandte sich Arcana zu und ließ meine Hand vor Schreck wieder los. Dann warf er sich auf die Knie und schaute die Magierin mit großen Augen an.

»Meine dunkle Königin, Ihr seid zurückgekehrt«, wimmerte er ehrfürchtig. »Ich bin Euer treuer Diener. Was immer Ihr verlangt, es wird geschehen.«

Schnellen Schrittes lief ich zu Rumpelstilzchen, packte ihn an seinem zerrissenen Kragen und zog ihn auf die Beine. Er protestierte und wand sich in meinem Griff, doch ich ließ nicht locker. »Ich bin die einzige Königin in diesem Raum«, knurrte ich wütend. Dieser schmutzige kleine Mann wagte es, vor einer anderen Frau auf die Knie zu fallen, obwohl einzig und allein mir diese Ehre zuteilwerden sollte? Er hatte Glück, dass wir noch nicht mit ihm fertig waren, sonst hätte er mir diese Respektlosigkeit gebüßt.

»Eira, lass ihn los.« Ich hatte nicht bemerkt, dass Jalmari aufgestanden und an meine Seite geeilt war. Er legte mir die Hand auf den Arm und musterte mich verwirrt. »Wir brauchen seine Hilfe.«

Unsanft ließ ich Rumpelstilzchen zu Boden fallen. Er fluchte irgendwelche unverständlichen Worte unter seinem Bart und funkelte mich wütend an. Hauptmann Alvarr und Meister Silbus beobachteten das Spektakel still.

»Das ist Königin Eira von Arzu.« Arcana deutete auf mich, doch Rumpelstilzchen rollte bloß mit den Augen.

»Mir egal«, sagte er genervt. »Und wenn sie die Prinzessin auf der Erbse wäre, macht es sie noch längst nicht zu *meiner* Königin.« Er spuckte auf den Teppichboden und verschränkte die Arme vor der Brust. Sobald er uns den Stein gebracht hatte, würde er sterben.

»Es gibt keinen Grund, in Streit auszubrechen. Du bist der mächtigste Schattenwandler, Rumpelstilzchen, wir benötigen deine Hilfe«, erklärte Arcana.

Lachend tanzte er um die Magierin herum und trällerte ein wirres Lied vor sich hin. »Nun sagt, was soll ich tun?«

Ganz langsam erläuterte Arcana Rumpelstilzchen unseren Plan, von dem er völlig begeistert war. Schmerz und Leid zu verbreiten schien ganz nach seinem Geschmack. Das war wenigstens ein großer Pluspunkt für den Schattenwandler, dennoch war er mir zuwider. Wie er Arcana mit großen wahnsinnigen Augen anstarrte, ließ mir die Galle aufsteigen. Ich sollte es sein, der er all seine Aufmerksamkeit schenkte, doch stattdessen sah er in Arcana die Königin, *seine* Königin.

»Ist alles in Ordnung, meine Teuerste?« Meister Silbus hatte sich zu mir gebeugt, damit niemand sonst uns hören konnte.

»Alles bestens«, schnappte ich und lehnte mich in meinen Stuhl zurück.

Als Arcana und Rumpelstilzchen zu uns an den Tisch kamen, beugten die anderen sich erwartungsvoll nach vorne. Doch auch ohne dass die Magierin etwas sagte, wusste ich bereits, wie die Entscheidung ausgefallen war. Schließlich hätte der verrückte Mann es nicht gewagt, einen Befehl von ihr auszuschlagen.

»Und?«, wollte Jalmari wissen.

Rumpelstilzchen hüpfte händeklatschend auf und ab. Sein hysterisches Lachen war wie Gift in meinen Ohren. Er grinste Arcana freudig an. »Ich bin dabei.«

KAPITEL 17

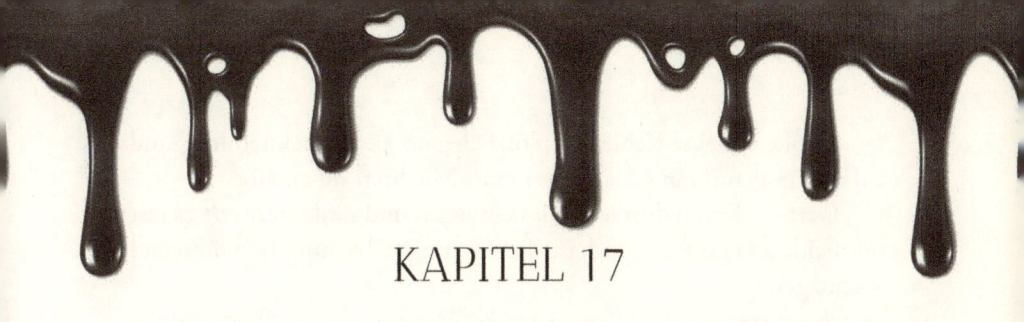

Es klopfte an meiner Tür, doch ich hatte nicht die Absicht, darauf zu reagieren. Es musste früher Abend sein, denn ein sanftes rotgoldenes Licht schien durch die verglaste Decke ins Zimmer.
Ein weiteres Klopfen ertönte. »Darf ich reinkommen?«
Augenrollend stand ich auf und ging zur Tür. Tero lehnte im Türrahmen und fiel beinahe kopfüber zu Boden, als ich sie mit einem Ruck öffnete.
»Das hätte nach hinten losgehen können«, sagte er und trat ein, ohne zu warten, dass ich es gestattete.
»Was möchtest du?« Ich blieb mit verschränkten Armen vor der offenen Tür stehen, doch Tero setzte sich auf einen Sessel ans Fenster.
»Du bist nicht zum Abendessen erschienen, da habe ich mir Sorgen gemacht und wollte nach dir sehen.«
»Ich wollte etwas für mich sein. Das solltest du doch wohl am besten verstehen.«
»Das habe ich wohl verdient«, sagte er traurig. »Dennoch, geht es dir gut?«
Seufzend ließ ich die Tür ins Schloss fallen und setzte mich Tero gegenüber. Ich strich mit den Fingern durch mein gewelltes Haar, in dem Versuch, die kleinen Knötchen darin zu lösen.
»Ja, mir geht es gut. Es ist nur … Eira hat schlimme Dinge getan, dennoch verstehe ich nicht, weshalb man gleich vom Schlimmsten ausgehen muss. In ihr steckt irgendwo etwas Gutes. Tief im Kern verbirgt sich mit Sicherheit noch das unschuldige Mädchen von damals. Es ist einfach ein Gefühl, das ich habe. Irgendetwas geht nicht mit rechten Dingen vor sich und ich möchte herausfinden, was es ist.«
Tero lehnte sich im Sessel zurück, während er mich eindringlich musterte. »In Ordnung«, sagte er nickend. »Wir ziehen keine voreiligen Schlüsse mehr, versprochen.«

»Danke.« Meine Kehle war plötzlich ganz ausgetrocknet. Ich stand auf und goss mir ein Glas Wasser ein. »Möchtest du auch?«

»Gerne.« Tero nahm sein Glas entgegen und umklammerte es fest mit beiden Händen. »Du hast dich heute im Training hervorragend geschlagen.«

Ich spürte, wie die Hitze in meine Wangen schoss. »Findest du?«, stammelte ich wie ein kleines Mädchen und hätte mir am liebsten an den Kopf gefasst.

»Wie hast du es geschafft, dich so gut zu konzentrieren?«, hakte er nach. Ich wich seinem Blick aus und versuchte mich hinter meinem Haarschopf zu verstecken, aber das machte die Situation nur noch unangenehmer.

»Ich denke dabei an dich.« Teros Augen weiteten sich vor Verblüffung. »Als Rumpelstilzchen uns gefangen genommen hat, hast du es irgendwie geschafft, zu mir durchzudringen. Was einmal funktioniert hat, funktioniert immer.«

»Es freut mich sehr, das zu hören.« Die Grübchen unter seinen Bartstoppeln vertieften sich. »Mit Aleksi und dir haben wir eine sehr gute Chance zu gewinnen.«

»Ich hoffe es, aber bis dahin wird noch viel Arbeit auf uns zukommen.«

»Dann sollten wir jetzt hinuntergehen«, sagte Tero und erhob sich. »Wir haben die Nahkampfübungen nach hinten verlegt, weil wir auf dich warten wollten.«

Tero streckte mir seine Hand entgegen, aber mir fehlte jegliche Motivation, jetzt noch zu trainieren.

»Komm schon, Nerina.«

Nach kurzem Zögern ließ ich mir von Tero aufhelfen. »Ich gehe mich umziehen.«

Nachdem ich mir die Trainingskleidung übergeworfen hatte, gingen wir gemeinsam hinunter. Aleksi wartete bereits mit drei anderen Männern auf uns. Einer von ihnen ließ mich erschaudern. Er war ein wahrer Koloss. Jede Faser seiner Muskeln zeichnete sich unter seinem eng anliegenden Oberteil ab. Seine breiten Arme drohten dabei den Stoff in Stücke zu zerreißen, sobald sie angespannt waren. Es musste sich bei diesem Mann um General Tristan handeln, von dem Lorya uns zuvor erzählt hatte. Ich musste den Kopf in den Nacken legen, um ihm ins Gesicht zu blicken.

»Schön, dass ihr gekommen seid«, flötete Aleksi. »Das sind General Tristan, Hauptmann Viktus und Leutnant Maarten. Sie werden uns heute unterweisen.«

Gehässiges Grinsen war in jedem der Gesichter abzulesen. Sie freuten sich regelrecht darauf, uns auseinanderzunehmen. Schon allein der Gedanke daran, was jeden Moment auf uns zukommen würde, jagte mir einen kalten Schauer über den Rücken. Wie sollte ich gegen so große kriegerische Männer kämpfen?

Hauptmann Viktus trat hervor und streckte mir die Hand entgegen, die ich ängstlich schüttelte. »Freut mich, Nerina. Wir werden heute das Vergnügen miteinander haben.«

»Ehm ... in Ordnung?« Ich versuchte, stark und sicher zu klingen, doch meine Stimme war brüchig und man musste mir ansehen, dass ich jeden Augenblick in Panik ausbrach. Immerhin machte Hauptmann Viktus einen deutlich sympathischeren Eindruck als der General. Seine braunen Haare waren kurz geschoren, das Gesicht zierte kein Bart und die blauen Augen hatten etwas Warmes und Freundliches. Vielleicht würde Viktus gnädig im Umgang mit mir sein.

Aleksi deutete auf General Tristan. »Du kämpfst mit Tero und ich mit Maarten.«

Auf dem Boden waren zahlreiche dünne Matten ausgelegt, auf denen wir uns nun positionierten. Ich stellte mich Viktus gegenüber, darauf bedacht, einen Sicherheitsabstand zu wahren. Er grinste schelmisch. »Keine Sorge, ich werde sanft mit Euch umgehen.«

»Zu gütig«, erwiderte ich und fühlte mich sogleich etwas lockerer. Viktus war kein Mensch, den man fürchten musste. Mit Sicherheit war er ganz hervorragend in dem, was er tat, aber er wirkte wie ein Kavalier, der keiner Frau etwas zuleide tat. Das konnte ich zu meinem Vorteil nutzen.

»Heute gehen wir auf den Nahkampf ein. Ihr lernt, wie Ihr Euch zu verhalten habt, wenn Ihr Eure Waffe verloren habt.« General Tristan plusterte sich vor Tero auf. Die beiden hatten mindestens einen Kopf Größenunterschied, davon ließ Tero sich allerdings in keiner Weise einschüchtern. Er dehnte seine Glieder und stemmte die Fäuste in die

Seite. Tristan schien sich davon provoziert zu fühlen, denn er knurrte wie eine blutrünstige Bestie.

Viktus verdrehte die Augen und neigte sich zu mir herüber. »Er tut nur so hart«, flüsterte er. »Ohne das Plüschtier, das seine Mutter ihm genäht hat, kann er nicht einschlafen.«

Ich unterdrückte ein Kichern und versuchte mir diesen harten Mann mit einem Stofftier im Arm vorzustellen. Ein zu lustiges Bild formte sich in meinem Kopf, sodass ich sein bestialisches Knurren kaum noch ernst nehmen konnte.

»Gern geschehen«, sagte Viktus, als er bemerkte, dass er mir mit seinen Worten den Abend gerettet hatte.

»Wollen wir anfangen?«, fragte ich mit meiner neu gewonnenen Motivation.

»Gut, stell dich mit dem Rücken vor mich.« Ich tat, was er von mir verlangte. Viktus legte seinen Arm um meine Kehle, so fest, dass ich mich kaum rühren konnte, aber nicht so fest, dass es mir die Luftzufuhr abschnürte. »Wie würdest du aus diesem Griff herauskommen?«

Er hatte seinen rechten Arm um meinen Hals gedrückt und ihn von hinten mit dem linken Arm in meinem Nacken stabilisiert. Ich krallte mich an seinem Trainingshemd fest und versuchte mich unter seinem Griff hinwegzuducken, doch anstatt nachzugeben, festigte Viktus den Druck um meine Kehle und lachte. »Das mag bei schwachen Gegnern vielleicht ab und zu funktionieren, aber nicht bei geübten Kriegern.«

»Was soll ich dann tun?«, krächzte ich.

»Dreht Euch mit der linken Schulter zu meinem Körper. Nun spürt Ihr, dass Ihr schon deutlich besser Luft kriegt.« Er hatte recht. Das Atmen fiel mir schlagartig um einiges leichter. »Nun habt Ihr mit der linken Hand etwas Spielraum. Schlagt mich dahin, wo es Männern am meisten wehtut.«

»Wie bitte?«, fragte ich ungläubig.

»Schlagt mir in die Weichteile.«

Es war eine unangenehme Lage, in der ich mich befand. Niemals wäre ich auf die Idee gekommen, einem Mann in den Schritt zu schlagen. Allerdings forderte Viktus mich regelrecht dazu auf, ihm Schmerzen zuzufügen, also sammelte ich all meine Kraft, ballte die Hand zur

Faust und schlug zu. Augenblicklich ließ er mich los und hielt sich schmerzerfüllt das Gemächt. Tränen stiegen ihm ihn die Augen.

»Das hier ist nur eine Übung«, fiepte er, während er am Boden lag. »Es anzudeuten hätte vollkommen ausgereicht.«

Ich schlug mir die Hände vors Gesicht und ging in die Hocke. »Das tut mir leid. Ich dachte, ich solle wirklich zuschlagen.«

Viktus schob die Unterlippe schmollend vor. Die anderen beiden Paare hatten ihre Übung indes unterbrochen und starrten auf den sich vor Schmerzen krümmenden Hauptmann. »Ich glaube, Ihr habt mich zeugungsunfähig gemacht«, japste er.

»Ach, jetzt steh schon auf und kämpf wie ein Mann«, brummte Maarten ihm zu. Ein grünblauer Fleck hatte sich um sein Auge gebildet. Aleksi musste dem Leutnant die Faust im Gesicht platziert haben.

Nach einigen Sekunden richtete Viktus sich wieder auf und wischte sich eine letzte Träne aus dem Augenwinkel. »Nun gut, Ihr habt einen kräftigen Schlag.«

Ich hob noch einmal entschuldigend die Hände, aber Viktus winkte ab. »Nun wiederholen wir den Griff mit einem anderen Szenario.«

Ich stellte mich wieder in Position, drehte meine linke Seite zu ihm und wartete auf weitere Anweisungen. »Nun deutet Ihr an, mir in die Weichteile zu schlagen.«

Ich holte aus, doch kurz vor seinem Schritt machte ich halt. »Ich tue jetzt so, als hättet Ihr mich getroffen.« Viktus beugte sich nach vorne, doch seine Arme blieben um meinen Hals. »Ihr habt mich zwar getroffen, doch der Schmerz ist so erträglich, dass ich Euch nicht loslasse. Durch meine gekrümmte Körperhaltung ist es Euch nun allerdings möglich, Euren linken Arm hinter meinen Rücken zu führen. Mit der flachen Hand könnt Ihr nun meinen Kopf nach vorne drücken, sodass er mit Eurem Knie auf einer Höhe ist.«

Viktus war einen knappen Kopf größer als ich, weshalb es mir nur mit Mühe und Not gelang, die Schritte auszuführen. Ich musste meinen Körper ziemlich durchstrecken, um seinen Kopf hinunterzudrücken, weshalb sein Arm auf meiner Kehle mittlerweile ziemlich schmerzte.

»Sehr gut«, sagte Viktus, während er den Boden betrachtete. »Jetzt gibt es zwei Möglichkeiten, die Ihr bitte *nicht* ausführt, sondern nur andeutet. Ihr könnt mir mit der rechten Faust auf die Schläfe schlagen.

Entweder bringt mich das schon zu Fall, aber wenn nicht, dann könnt Ihr nachlegen, indem Ihr mir das Knie ins Gesicht rammt.«

Ich vollführte die Übung, ohne Viktus dabei zu berühren. Es waren hervorragende Techniken, die sich auf die meisten Gegner gut anwenden ließen. Sollte ich allerdings einem Mann wie General Tristan im Kampf gegenüberstehen, wäre es mir unmöglich, mich aus seinem Griff zu befreien.

Viktus richtete sich wieder vor mir auf und strahlte mich glücklich an. »Ihr seid ein Naturtalent, Nerina. Wir werden jetzt noch einige andere Techniken zur Befreiung aus verschiedenen Griffen üben, die Ihr bis morgen nicht vergessen solltet. Denn dann werden wir beide ernsthaft gegeneinander antreten. Ich hoffe, Ihr seid bereit.«

»So als wären wir wirklich im Krieg?«

Viktus nickte. »Ja. Die Techniken zu kennen ist gut, aber sie bringen nichts, wenn man sie nicht in einem echten Kampf trainiert und anwenden kann. Und ohne jegliche Vorbereitung möchte ich Euch Schönheit nicht auf ein Schlachtfeld schicken.«

Ich errötete bei seinen Worten und wich seinem Blick aus. Tero starrte uns von seiner Übungsmatte aus ungläubig an. Er musste gehört haben, was Viktus eben gesagt hatte. Für den Bruchteil einer Sekunde war er zu abgelenkt, um sich auf seinen Gegner zu konzentrieren. Tristan nutzte die Gelegenheit, um sich auf Tero zu stürzen und ihn zu Boden zu werfen. Die beiden Männer rauften sich auf der Matte und schlugen aufeinander ein. Völlig schockiert von der Brutalität sog ich die Luft zwischen den Zähnen ein.

Schon das Zusehen tat mir in den Knochen weh. Weder Tristan noch Tero hatten Hemmungen, den jeweils anderen windelweich zu prügeln. Als Tero sich vom Boden befreite, trat er dem General ins Gesicht, sodass dessen Lippe aufplatzte und eine Blutspur auf dem Boden hinterließ.

»Ich glaube, das reicht für heute«, sagte Aleksi und ging zwischen die beiden.

»Noch kann er stehen«, knurrte Tero und fixierte seinen schwer atmenden Gegner.

»Und das ist auch gut so«, erwiderte Aleksi und half Tristan auf die Beine. »Wir brauchen jeden Mann im Krieg. Es wäre eine Schande, wenn du ihn kampfunfähig schlagen würdest, Tero.«

Teros Herz ging schnell, Schweiß perlte von seiner Stirn und tropfte auf die Matte. Seine Hand war noch zur Faust geballt und seine Muskeln so angespannt, als würde er jeden Moment wieder auf Tristan losgehen.

Aleksi entschied, dass er mit seinem Bruder den Partner tauschen sollte, um das Schlimmste zu vermeiden.

Nach diesem Schreckensszenario wandte ich mich wieder Viktus zu und ließ mir zahlreiche weitere Techniken von ihm erklären. Er war ein ausgezeichneter und vor allem geduldiger Lehrer. Bei manchen Griffen fiel es mir deutlich schwerer, mich aus ihnen zu befreien, aber das schien Viktus nicht weiter zu stören. Er erklärte mir die Lösung mehrere Male Schritt für Schritt, bis es mir schließlich gelang.

Am Ende des Abends klatschte er erfreut in die Hände. »Ich glaube, Ihr seid für morgen bereit.«

»Dank meines hervorragenden Lehrers«, flötete ich und reichte ihm zum Abschied die Hand.

Zurück in meinen Gemächern, nahm ich ein ausgiebiges Bad, ehe ich mich vollkommen erschöpft aufs Bett fallen ließ. Ich hatte vor, noch eine Weile den Sternenhimmel zu betrachten, doch nicht einmal meine Lider hatten mehr die Kraft, sich offen zu halten.

KAPITEL 18

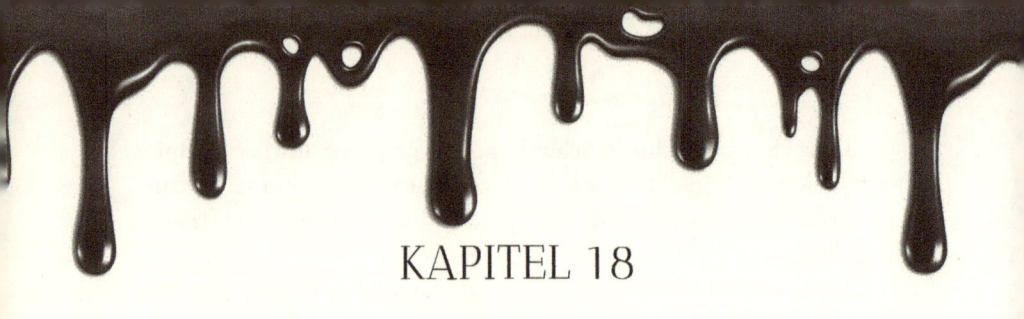

Tagelang trainierten wir härter als jemals zuvor. Es war ein Wunder, dass ich noch imstande war, morgens aus dem Bett aufzustehen. Doch heute war es anders. Als die Sonne langsam am Horizont aufging, zog ich mir einfach die Decke über den Kopf und schlief weiter.

Erst der liebliche Duft von frisch gebackenem Brot ließ mich ganz langsam die Augen öffnen und meine Glieder ausstrecken. Die Decke umschmeichelte mich und das Kissen, in das ich meinen Kopf gedrückt hatte, fühlte sich an wie ein himmlisches Paradies, aus dem ich nie zurückkehren wollte.

»Guten Morgen.« Eine melodische Stimme, von der ich mir in diesem Moment sicher war, dass sie zu einem Engel gehörte, ließ mich meinen Körper behutsam aufrichten. Mit den Unterarmen stützte ich mich auf der Matratze ab und blinzelte so lange, bis sich der Schleier lüftete.

Mari stand am Fenster und stellte ein silbernes Tablett voller wohlduftender Speisen auf dem Beistelltisch ab. Sie trug ein schlichtes graues Kleid und hatte ihre Haare mit einer beigefarbenen Schleife zurückgebunden. Ihre Erscheinung glich der einer Dienstmagd.

»Was machst du hier?«, wollte ich fragen, doch ein ausgiebiges Gähnen erstickte die Worte in meinem Mund.

Kichernd hielt sich Mari die Hand an die Lippen. »Da du heute nicht runtergekommen bist, hier: Frühstück ist serviert«, erwiderte sie und schob mir einen Stuhl zurecht, was bedeutete, dass ich langsam aufstehen sollte. Noch ein letztes Mal warf ich mich auf die samtenen Laken, ehe ich mich dazu entschied, ihrer Aufforderung zu folgen.

»Aber wieso bringst *du* mir das Frühstück? Und wieso bist du gekleidet wie eine Dienstmagd?«

»Ich habe darum gebeten«, sagte sie beschämt. »Wir hatten in den vergangenen Tagen kaum Zeit, uns zu unterhalten. Und außerdem bin ich der Meinung, dass, solange wir hier sind, es dir an nichts fehlen sollte.«

Sie versuchte sich an einem Lächeln, doch das Zucken ihrer Augenlider verriet, dass das nicht der einzige Grund für die Freundlichkeit war, die sie mir erwies. Mit vor der Brust verschränkten Armen tippte ich meine Zehenspitzen mehrere Male auf den Teppich und schaute Mari erwartungsvoll an.

Sie schob ihre Unterlippe schmollend vor und ließ sich augenrollend in einen Sessel neben dem Tisch fallen. »Na schön, ich möchte Aleksi aus dem Weg gehen«, gab sie schließlich zu.

Ich hatte bereits das Gefühl gehabt, dass es mit ihrer Schwärmerei für den Prinzen zu tun hatte. »Aber wieso denn?«

»Er ist ein Prinz«, stieß sie hervor. »Und ich nur eine Kammerzofe. Ihm liegt die Welt zu Füßen, während mich niemand auch nur mit dem Hintern anschaut.«

Lachend setzte ich mich an den Tisch. »Ach Mari, du redest Unsinn. Du bist ein wunderschönes und bezauberndes Mädchen. Der Prinz kann sich glücklich schätzen mit dir an seiner Seite.«

Sie stöhnte auf. »Ich bin nicht adelig. Er dürfte mich nicht ehelichen.«

»Haben Aleksi und du über Tero gesprochen?«

Sie schüttelte den Kopf. »Nein ... Seit wir bei den Ruinen waren, haben wir uns nicht weiter unterhalten. Wieso?«

Ich griff nach ihrer Hand und lächelte aufmunternd. »Es war nicht einfach nur die falsche Frau, in die Tero sich verliebt hat, sondern zudem eine Bürgerliche. Aus diesem Grund ist der Streit zwischen seinem Vater und ihm eskaliert.«

»Wirklich?« Mari legte ihren Zeigefinger gedankenverloren ans Kinn und schaute aus dem Fenster in die Ferne.

»Wirklich«, versicherte ich ihr. »Überlege weise, wie du mit diesem Wissen vorgehst. Aber lass dir eins gesagt sein: Ich habe das Gefühl, dass es in deren Familie liegt, die Gesetze des Königreiches zu brechen.«

Als Mari mich fixierte, zwinkerte ich ihr zu, woraufhin sie errötete. »Du meinst ...?«

»Dass Aleksi dich gernhat, das ist offensichtlich.«

Quietschend klatschte Mari in die Hände und strahlte dabei. Sie war so jung und so voller Güte, dass mir ganz warm ums Herz wurde.

Es musste Schicksal gewesen sein, dass Aleksi und sie sich über den Weg gelaufen waren.

»Aber eines gibt es noch zu tun«, sagte ich verschwörerisch.

Mari zog die Brauen fragend zusammen. »Was denn?«

»Du bist jetzt ein Teil von unserer Gruppe, also musst du dich auch so verhalten. Dein Leben als Kammerzofe ist vorbei.« Ich deutete auf die Kleidung, die Mari am Leib trug. »Du musst dich uns nicht anhand deines Kleides unterordnen. Wenn dir die gedeckten Farben gefallen, dann ist das in Ordnung. Aber wenn du dich anders kleiden möchtest, dann kannst du das jederzeit tun.«

Das Lächeln auf ihren Lippen wurde immer breiter. »Der Ball.«

»Welcher Ball?«, hakte ich nach.

»Vor Aleksis Abreise war er mit den Vorbereitungen des Herbstballs beschäftigt. Es ist ein großes Ereignis hier im Palast. Eigentlich hätte dieser schon vor einigen Wochen stattfinden sollen, doch er wurde auf heute Abend verschoben, damit Aleksi daran teilnehmen kann.«

Es war lange her, dass ich das letzte Mal einem Ball beigewohnt hatte. In Arzu hatte es regelmäßig solche Veranstaltungen gegeben, bei denen ich mich meistens köstlich amüsiert hatte. Aber ich hatte das Gefühl, im letzten Jahr sämtliche Tanzschritte vergessen zu haben. Nichtsdestotrotz war solch ein Spektakel eine willkommene Ablenkung. Schließlich war es uns nicht mehr allzu lange vergönnt, an diesem wunderschönen Ort zu bleiben. Und vermutlich hieß das ebenfalls, dass das Training heute ausnahmsweise ausfiel.

»Aleksi wird den ganzen Abend die Augen nicht von dir abwenden können, da bin ich sicher«, sagte ich grinsend. Und ich wusste schon ganz genau, wie ich Mari zu einer waschechten Prinzessin machen konnte.

»Du führst doch irgendetwas im Schilde«, überlegte Mari misstrauisch. Ich zuckte lediglich mit den Schultern und schob mir ein Stück Brot in den Mund, auf dem ich genüsslich herumkaute. Den letzten Bissen spülte ich mit einem Glas Milch hinunter und lehnte mich zurück.

»Komm heute Abend zu mir, Mari. Und dann machen wir zusammen den Ball unsicher.«

Der Tag verlief weitgehend ruhig. Wir alle waren noch vollkommen erschöpft von den vergangenen, nervenaufreibenden Wochen, weshalb die meisten wohl auf ihrem Zimmer geblieben waren. Aleksi war am Vormittag kurz vorbeigekommen und hatte mich über den bevorstehenden Herbstball am Abend informiert. Es handelte sich dabei wohl um einen Maskenball.

Später war eine Zofe gekommen, um mir Kleider und Masken zur Auswahl bereitzulegen. Sie alle bestanden aus den hochwertigsten Stoffen, glitzerten und funkelten so stark, dass es mich in den Augen blendete.

Als es an der Tür klopfte, machte ich freudestrahlend auf. Mari kaute nervös auf ihrer Unterlippe herum und verschränkte die Finger miteinander.

»Na, jetzt komm schon rein«, sagte ich und zog sie über die Schwelle. Zwei Kammerzofen folgten dem Mädchen in meine Gemächer. Sie trugen Stoffballen und kostbare Schmuckstücke bei sich, die sie vorsichtig auf meinem Bett ablegten.

Mari betrachtete die Kleider, die bereits aufgebügelt an zahlreichen Kleiderhaken bereithingen und nur darauf warteten, von uns angezogen zu werden. Zaghaft strich sie über die Stoffe, begutachtete jede einzelne Perle, ehe sie sich mit offenem Mund zu mir drehte. »Und ich darf wirklich eines davon heute Abend tragen?«

Ich nickte eifrig und verschwand im angrenzenden Waschraum. Mari musste nicht wissen, dass ich bereits vor einigen Stunden das perfekte Kleid für sie ausgewählt hatte. Es war das schönste, das man mir gebracht hatte. Natürlich hätte ich es selbst tragen können, aber ich wollte Mari eine Stütze an diesem ganz besonderen Abend sein. Sie sollte die schönste Frau auf dem Parkett und strahlender als der Mondschein sein.

Ganz vorsichtig nahm ich das Kleid in die Hand und trug es hinaus, wo Mari noch immer vollkommen begeistert die Schmuckstücke anschaute.

Ich räusperte mich kurz, damit sie sich zu mir drehte.

»Unglaublich«, flüsterte sie, als sie das Kleid in meinen Händen sah. Es war silbern schimmernd, mit hellblauem Tüll, der unter dem bauschigen Rock hervorlugte. Die Diamanten und Perlen waren im selben Farbton gehalten und glitzerten wie ein Sternenmeer.

Dazu hatte ich einen weißen pailettenbestickten Gürtel ausgesucht, dessen Schnalle ein faustgroßer hellblauer Saphir zierte. Passenderweise hatten die Kammerzofen eine Halskette mitgebracht, die denselben Stein trug.

»Nerina, du wirst wunderschön aussehen«, kreischte Mari aufgeregt, als sie den Tüll des Kleides zwischen ihren Fingerspitzen rieb.

Ich schüttelte den Kopf. »Nein, Mari«, hauchte ich lächelnd. »*Du* wirst in diesem Kleid wunderschön aussehen.«

»Ich soll es tragen? Aber wieso?«

»Weil es dir besser stehen wird als mir«, stellte ich fest. »Jetzt los, zieh dich um.« Ich winkte eine der Kammerzofen heran, die Mari mit sich in den Waschraum zog. Sie warf mir noch einen letzten verängstigten Blick über die Schulter zu, ehe sie aus meiner Sicht verschwand.

»Welches möchtet Ihr tragen?«, fragte mich das Mädchen, das nun allein mit mir im Zimmer stand. Ein schlichtes rotes Kleid zog meine volle Aufmerksamkeit auf sich. Es war elegant mit einem dicken Träger, der eine Schulter bedeckte und am Rücken fließend auslief. Es war nichts Besonderes oder gar Auffälliges, nichtsdestotrotz strahlte es eine gewisse Leidenschaft aus. Bei näherer Betrachtung erinnerte es mich an ein loderndes Feuer, das alles in der Nähe niederbrennen konnte.

Ich nahm es vom Bügel und reichte es der Zofe. »Dieses hier.«

»Ausgezeichnete Wahl, Eure Majestät«, sagte sie und verneigte sich.

»Wie heißt du?«

»Muriel.«

»Es freut mich, deine Bekanntschaft zu machen«, sagte ich ehrlich. »Bitte nenne mich Nerina.«

»Wie Ihr wünscht, Eure ... Nerina.« Ein schüchternes Lächeln zeichnete sich auf ihren Lippen ab, während sie mir vorsichtig in das Kleid half. Es saß enger am Körper, als es am Bügel den Anschein gemacht hatte, dennoch war es weich und geschmeidig.

Muriel suchte eine dezente Kette und ein goldenes Diadem heraus, das nicht zu auffällig war, sondern dem Gesamtbild einen gewissen Charme verlieh. Das Haar steckte sie mir zu einer aufwendigen Frisur hoch und reichte mir ein Paar schwarze Samtschuhe.

»Gefällt es Euch?«, fragte Muriel und bedeutete mir, vor den großen Spiegel zu treten. Als ich mich betrachtete, hatte ich das Gefühl, einen vollkommen anderen Menschen zu sehen. Normalerweise waren die

Kleider, die ich trug, weit geschnitten, doch dieses hier betonte meine Rundungen genau an den richtigen Stellen.

»Wunderschön«, erwiderte ich und drückte Muriels Hand.

Ein Räuspern ließ uns zeitgleich herumfahren. Maris Zofe stand in der Tür zum Waschraum. Ihre Hände waren hinter dem Rücken verschränkt und das Grinsen in ihrem Gesicht war beinahe verschwörerisch.

»Kommt«, sagte sie und streckte die Hand aus, die von einem weißen Handschuh ergriffen wurde. Ich konnte es kaum erwarten, Mari in all ihrer Pracht vor mir stehen zu sehen.

Als sie schüchtern hervortrat, konnte ich meinen Augen kaum trauen. Das unscheinbare Mädchen war vollkommen verblasst. Mari sah aus wie eine echte Prinzessin.

Der große Rock schwang wie eine Glocke im Wind bei jeder ihrer Bewegungen, die weiße Maske war mit einer hellblauen Feder geschmückt und die Handschuhe rundeten das Gesamtbild hervorragend ab. Doch was mir erst auffiel, als Mari einen Schritt nach vorne machte, waren ihre gläsernen Schuhe, die mir den Atem raubten. Von Kopf bis Fuß sah sie aus wie ein zu Fleisch gewordener Stern.

Sie strich über den Stoff und schaute mich verlegen an. »Ist das so in Ordnung?«

Ich brach in schallendes Gelächter aus und schlug mir die Hände vor den Mund. »Mari, in Ordnung ist vollkommen untertrieben. Du siehst atemberaubend aus!«

»Ich fühle mich so unwohl«, flüsterte sie.

»Das liegt daran, dass du noch nie ein solches Kleid getragen hast. Glaub mir, du siehst wie eine Prinzessin aus.«

»Wird es Aleksi gefallen?«

Muriel antwortete für mich. »Der Prinz wird seine Augen nicht von Euch lassen können.«

Nachdem ich eine schwarze Maske aufgesetzt hatte, reichte ich Mari meinen Arm. »Bereit für den Ball?«

Sie zögerte einen Augenblick, nickte dann allerdings eifrig. Dies würde ihr Abend werden, dessen war ich mir sicher. Sollte Aleksi sein Herz noch nicht an Mari verloren haben, dann würde er es spätestens heute Abend tun.

Auf dem Weg in den Ballsaal passierten wir zahlreiche Wachmänner, die stumm dastanden und kein Wort sprachen. Sobald wir an einem vorbeigekommen waren, konnte ich seine Blicke im Rücken spüren. Aber ich wusste, dass diese Blicke nicht mir galten, sondern dem Mädchen an meiner Seite, das davon nichts mitbekam. Mari hatte keine Vorstellung davon, wie wunderschön sie war.

Der leise Klang eines Streichquartetts drang zu uns durch und wies uns den Weg. Da ich noch keine Zeit hatte, mich genauer im Palast umzuschauen, wusste ich nicht, wo genau sich der Ballsaal befand. Aleksi hatte mir eine grobe Wegbeschreibung gegeben, doch ohne die Musik hätten wir uns vermutlich noch verirrt.

»Ich habe Angst«, flüsterte Mari an meinem Ohr, als wir die Stufen, die hinunter auf die Tanzfläche führten, erreicht hatten. Schweißperlen formten sich auf ihrer Stirn und durch das eng zugeschnürte Korsett ihres Kleides konnte ich den schnellen Rhythmus ihres Herzschlags sehen.

Ich legte meine Hände auf ihre Schulter und drehte sie in meine Richtung. »Tief durchatmen, Mari. Alles wird fantastisch laufen. Genieß den Abend in vollen Zügen.«

»Aber nur weil ich aussehe wie eine Prinzessin, macht es mich noch lange nicht zu einer.«

»Hör auf, so zu denken, wenigstens für die kommenden Stunden. Denke einfach daran, dass du alles sein kannst, solange du fest daran glaubst. Es ist kein Titel, der dich zu einer Prinzessin macht, sondern dein Wesen.«

Zitternd nickte Mari, schluckte und schaute mich an. »In Ordnung, lass uns Spaß haben.«

Ganz langsam schritten wir auf die Stufen zu, wo der Zeremonienmeister stand und seinen Stab kurz auf den Boden schlug, um unser Eintreffen anzukündigen.

Nach einem kurzen Räuspern wandte er sich mit fester Stimme an die bereits anwesenden Gäste. »Eure Hoheit Nerina, rechtmäßige Königin von Arzu, und Lady Mari.«

Ein erstauntes und ehrfürchtiges Raunen ging durch die Menge. Ich war die Erste, die die Stufen hinunterstieg. Dabei ließ ich meine Hand elegant am Geländer hinuntergleiten und schaute mich um. An der untersten Stufe standen Tero und Aleksi, die mit großen Augen hinaufschauten. Sie beide trugen einen schneeweißen Frack, eine königliche Schärpe und eine goldene Maske, die mit zahlreichen Edelsteinen verziert war. Aleksi würdigte mich keines Blickes, sondern schaute an mir vorbei zu Mari, die noch immer auf der obersten Stufe stand. Tero jedoch lächelte mich breit an, seine Augen funkelten vor Verlangen.

Als ich vor ihm stehen blieb, verneigte er sich zaghaft und gab mir einen zärtlichen Kuss auf den Handrücken. »Du siehst umwerfend aus, Nerina«, hauchte er und stellte schmunzelnd seine kleinen Grübchen zur Schau.

»Das kann ich nur zurückgeben«, antwortete ich und konnte mir das breite Grinsen nicht verkneifen. Bisher hatte ich Tero immer in gedeckten Farben gesehen, die ihn mit den Wäldern verschmelzen ließen. Dieses strahlende Weiß stand ihm allerdings hervorragend und zeichnete ihn als den König aus, der er tief in seinem Inneren war.

»Ist das wirklich die kleine, unschuldige Mari?« Mit einem Kopfnicken deutete Tero hinter mich.

»Unglaublich, nicht wahr?«

Er nickte anerkennend und schaute dann zu seinem Bruder, dem es vollends die Sprache verschlagen hatte. Aleksi stand Mari nun direkt gegenüber und betrachtete sie von Kopf bis Fuß. Dabei schien er nicht zu bemerken, dass ihm der Mund weit offen stand und sie sich langsam unwohl fühlte.

»Wieso grinst du so?«, wollte Tero wissen und deutete auf meine hochgezogenen Mundwinkel.

»Ich bin nur froh, dass ich mein Ziel erreicht habe.« Dabei schaute ich noch immer die beiden Turteltäubchen an, die es mittlerweile geschafft hatten, ein Gespräch aufzubauen.

»Wieso wundert es mich nicht, dass du deine Finger im Spiel hast?«, sagte Tero lachend.

»Weil du mich kennst und weißt, dass das Glück anderer Menschen mir am Herzen liegt.«

Tero erwiderte nichts, doch das war auch gar nicht nötig. Er führte mich über die Tanzfläche und reichte mir einen Kelch Rotwein. Sogar das Glas, aus dem ich nun trank, machte den Anschein, aus Eis zu bestehen.

Ich ließ den Blick schweifen, bis ich meine Freunde ausmachen konnte. Die Masken machten das Suchspiel nicht gerade einfach, doch Eggis verklebte Haare waren nicht zu übersehen. Sie hatten sich von der Tanzfläche entfernt und schauten sich das Spektakel von der Seite aus an.

»Wieso tanzt ihr nicht?«, fragte ich, als ich mich zu ihnen stellte.

»Weil wir es nicht können«, antwortete Desya und schaute beschämt zu Boden. Erst jetzt betrachtete ich meine Freunde genauer. Sie alle fügten sich fantastisch in das Bild, das dieser Ball lieferte. Ihre Kleidung war elegant und ihre Haare waren aufwendig hochgesteckt.

»Wo sind Heorhiy und Lorya?«, wollte ich wissen, als ich keinen von beiden entdecken konnte.

Asante zuckte mit den Schultern. »Sie wollten lieber trainieren als herzukommen. Das kann ich ihnen auch nicht verübeln.« Er rollte mit den Augen. »Diese Veranstaltung ist doch die reinste Goldverschwendung.«

An sich konnte ich verstehen, weshalb Asante dieser Meinung war. Der Saal war prunkvoll dekoriert worden, es wurden nur die edelsten Speisen und Getränke serviert, aber dennoch war solch ein Ball eine willkommene Abwechslung von dem sonst eher eintönigen Leben eines Adligen. Uns war nicht viel Spaß im Leben vergönnt, da wir nicht tun und lassen konnten, was wir wollten. Ein Schwert schwingen, ohne Sattel durch die Wälder galoppieren oder sich schmutzig machen standen für Hochgeborene leider nicht auf der Tagesordnung.

Ich nippte an meinem Wein und lächelte Resa aufmunternd zu. Ihr Kleid war bodenlang und pechschwarz. Es hatte lange Ärmel, die bis zu ihren Handgelenken reichten. Irgendetwas an dieser Erscheinung verwirrte mich. Dann traf es mich plötzlich wie ein Schlag und der Schluck Wein, den ich eben noch genommen hatte, schoss mir schockiert aus dem Mund.

»Dein Arm!«, stieß ich erstaunt hervor.

Resa zog den Ärmel etwas hoch. »Es ist nicht das Gleiche, aber ein Anfang. Aleksi hat mir die Prothese heute Morgen vorbeigebracht. Aber ich werde mich noch etwas daran gewöhnen müssen.«

Asante schnaubte auf. »Du brauchst das Ding nicht, Resa.«

Sie verdrehte die Augen und schüttelte den Kopf. »Ich weiß, aber es ist eine nette Geste. Seit Wochen ist es das erste Mal, dass ich mich nicht im Spiegel betrachte und nichts weiter als einen Krüppel vor mir sehe.«

Man konnte deutlich spüren, wie die Stimmung schlagartig angespannter wurde und niemand so recht wusste, was er sagen sollte. Asante und Laresa lieferten sich ein stummes Blickduell, das niemand verlieren wollte.

»Na, amüsiert ihr euch?« Tero trat mit einem neuen Glas Wein zu uns. Erleichtert stellte ich fest, dass sein plötzliches Auftauchen die Geschwister aus ihrer Starre befreit hatte.

»Das Essen ist hervorragend«, sagte Eggi und deutete auf den Leckerbissen in seiner Hand.

»Nerina, ich ...«, setzte Tero an, doch er wurde unterbrochen, noch bevor er den Satz hatte vervollständigen können.

Eine hochgewachsene Dame gesellte sich zu uns. Ihr braunes Haar umschmeichelte in sanften Locken ihr herzförmiges Gesicht. Ihre eisblauen Augen hatten etwas Angsteinflößendes an sich, so als würden jeden Moment gefrorene Blitze aus ihnen hervorschießen, um jeden von uns niederzustrecken. Sie kräuselte eine ihrer Strähnen zwischen den Fingerspitzen, als sie sich Tero zuwandte. »Ihr seid zurückgekehrt, Eure Hoheit«, säuselte sie und befeuchtete ihre rosigen Lippen.

Tero, der sich sichtlich unwohl fühlte, nahm ihre ausgestreckte Hand und küsste sie. Die Frau fing leise an zu kichern.

»Jahrelang habe ich auf Eure Rückkehr gewartet, mein Prinz. Ich hoffe, Ihr seid hier, um Euer Versprechen einzuhalten?« In ihrer Stimme schwang etwas Überhebliches mit. Mit hochgezogenen Augenbrauen musterte sie jeden von uns abschätzig, ehe sie Tero wieder ihre volle Aufmerksamkeit schenkte.

»Lady Weronika, so leid es mir tut, aber ich bin nicht hier, um meinen Platz als König von Kjartan einzunehmen.« Tero hob die Hände in einer abwehrenden Haltung. »Welche Abmachung auch immer mein Vater einst getroffen hat, es geschah ohne mein Wissen und ohne mein Zutun.«

»Aber Hoheit«, säuselte Lady Weronika und legte ihre Hand erschrocken an die Brust. »Jeden Antrag, den man mir machte, habe ich abgelehnt, denn ich bin Euch versprochen. Es ist meine Bestimmung, die Königin an Eurer Seite zu sein.«

Tero presste die Lippen aufeinander und legte die Hand auf Lady Weronikas Wange. »Es ehrt mich, dass Ihr Euch all die Jahre aufgespart habt, aber hiermit gebe ich Euch frei. Ich hoffe, dass Euer Herz die Liebe findet, nach der es sich so sehr sehnt.«

Dann wandte Tero sich mir zu und streckte seine Hand aus. »Nerina, darf ich um diesen Tanz bitten?«

Ich hätte schwören können, dass Lady Weronika bei diesen Worten jegliche Farbe aus ihrem ohnehin schon weißen Gesicht verlor. Das Lachen, das mir im Halse steckte, versuchte ich zu ignorieren, da ich ihre Gefühle nicht noch weiter verletzen wollte. Doch ihr Blick, der sich immer mehr verfinsterte, machte deutlich, dass sie ohnehin nur die Krone wollte und sich nicht für den Mann, an dessen Seite sie hätte stehen sollen, interessierte.

Als wir außer Hörweite waren, ließ ich dem Lachen freien Lauf und Tero stimmte augenblicklich mit ein, während er mich über das Parkett führte.

»Und diese Frau solltest du heiraten?«, fragte ich ungläubig.

»Vater hielt sie für eine gute Partie. Aber glaub mir, von allen, die er für geeignet hielt, war Lady Weronika noch am erträglichsten. Sie ist die Cousine der Prinzessin von Fulvis. Einen Kronprinzen zu ehelichen war für sie die einzige Möglichkeit, jemals auf einem Thron zu sitzen, weshalb sie schnell ziemlich anhänglich wurde. Aber immerhin blieb sie dabei charmant, was man nicht von all den Damen behaupten konnte.«

»Was müssen dann die anderen erst für dusselige Kühe gewesen sein?«

»Haha! Du hast keine Vorstellung. Eine der anderen Anwärterinnen, die in der engeren Auswahl stand, musste wegen unzüchtigem Verhalten aus dem Palast gezerrt werden – und das mit Gewalt. Erst hatte sie mir einige unsittliche Angebote ins Ohr gesäuselt. Ich hatte nicht damit gerechnet, dass sie jedes ihrer Worte allem Anschein nach ernst gemeint hatte. Als man sie in der Besenkammer mit einer der Wachen erwischt hatte, war klar, dass sie einen sehr ausgeprägten Trieb besaß. Natürlich schied sie damit aus.«

Meine Augen weiteten sich vor Schock. Wie konnte eine Dame hoher Abstammung sich nur so schlecht benehmen und damit Schande über ihre gesamte Familie bringen? Dass man das Bett nur mit seinem Gemahl teilen sollte und das auch erst ab der Hochzeitsnacht, war ein ungeschriebenes Gesetz. Selbstverständlich gab es im Hochadel immer mal wieder schwarze Schafe, doch eine Lady sollte sich besser zu benehmen wissen.

»Du siehst etwas verstört aus«, sagte Tero schmunzelnd und wirbelte mich im Takt zur Musik herum.

»Ich habe nur überlegt, wie man sich so benehmen kann.«

»Zum damaligen Zeitpunkt konnte ich das auch nicht nachvollziehen«, erwiderte Tero nachdenklich. Dann zog er die Brauen zusammen und bedachte mich eines strengen Blickes. »Aber du siehst ja, welch prächtigen Mann du vor dir hast. Da ist es nicht verwunderlich, dass sie nicht widerstehen konnte.«

Ich brach in schallendes Gelächter aus, das die Blicke aller auf uns lenkte. Es war mir etwas unangenehm, mich so wenig unter Kontrolle zu haben, aber Tero wusste genau, was er sagen musste, um mich zum Lachen zu bringen. Um die japsenden Laute zu ersticken, schmiegte ich mein Gesicht an seine Schulter. Ein betörender Duft ging von ihm aus, sodass ich dahinzuschmelzen drohte.

»Genießt ihr die Zweisamkeit?« Aleksi drehte Mari so herum, dass die beiden neben uns Platz fanden.

»Das könnten wir euch genauso fragen«, erwiderte ich, woraufhin Maris Wangen erröteten.

»Erwischt.« Aleksi grinste erst Tero und mich und dann die Dame in seinen Armen an. Und auch Mari war vollends auf ihren Tanzpartner konzentriert. Das Strahlen auf ihrem Gesicht zeigte, dass sie im siebten Himmel schwebte. Mit Sicherheit wünschte sie sich, dass dieser Abend niemals zu Ende ging. Ich konnte es ihr nicht verübeln. Aleksi war gut aussehend, charmant und humorvoll. Demnach konnte man ihn als perfekte Partie bezeichnen. Natürlich war er ebenso adeliger Abstammung, aber ich glaubte nicht, dass Mari darauf sonderlich viel Wert legte. Sie sah direkt in sein Innerstes und fand den Himmel vor.

Tero beugte sich zu mir herunter. Dabei drückte er mir seine Hand so fest auf den Rücken, dass mir nichts anderes übrig blieb, als einen Schritt näher an ihn heranzutreten. Sein warmer Atem prickelte in meinem Nacken. »Wollen wir die zwei noch ein bisschen allein lassen?«

Als ich nickte, griff Tero meine Hand und zog mich über das Parkett. »Viel Spaß noch«, rief er seinem Bruder über die Schulter zu, der uns verwirrt zum Abschied winkte.

Auf dem Weg hinaus in die Gärten kamen wir an einer Wache vorbei, die uns jedem eine Schafswolldecke über die Schultern legte. Als wir in die sternenklare Nacht hinaustraten, wurde mir auch bewusst, wozu diese diente. Es war eiskalt draußen, sodass ich instinktiv die Arme um meinen Körper schlang, in der Hoffnung, dass ich nicht sofort zu einem Eisblock gefror.

Tero legte seinen Arm um mich. »Entschuldigung, wir können auch wieder hineingehen, aber ich dachte, etwas frische Luft würde uns guttun.«

»Schon in Ordnung, mir wird schon wärmer«, erwiderte ich aufrichtig.

Während wir den Pfad entlangschlenderten, nahm ich die Umgebung in mich auf. Wie alles andere, waren auch die Bäume von einer zarten Eisdecke überzogen. Die dünnen Äste warfen gespenstische Schatten auf den Boden, die mich an die Zeit im Schattenreich erinnerten. Trotz der grauenhaften Bilder, die in meinem Kopf aufflackerten, genoss ich die edle Schönheit dieses Ortes.

Tero und ich drehten eine große Runde, bis wir schließlich an einem Springbrunnen in der Nähe der Hauptterrasse zum Stehen kamen und uns auf einer Bank niederließen. Die beißende Kälte war mittlerweile so tief in meine Knochen gekrochen, dass ich jegliches Gefühl in meinem Körper verloren hatte. Dennoch wollte ich noch nicht in die Realität zurückkehren. Ich wollte die Stille des Gartens noch etwas genießen, ehe wir uns wieder dem Lärm und dem Gelächter der Gäste widmeten.

»Dein Königreich ist wunderschön«, sagte ich gedankenverloren.

Ich spürte Teros Blick auf mir ruhen. »Ja, das ist es. Und mit dir hier ist es ein noch viel schönerer Ort.«

Seine Worte berührten mich tief in der Seele. Auch wenn es uns irgendwann gelingen sollte, zueinanderzufinden, wäre es schwierig, eine Beziehung aufrechtzuerhalten. Kjartan und Arzu lagen unglaublich weit voneinander entfernt. Tero würde sein Reich regieren müssen und ich das meine. Es sei denn, er verzichtete tatsächlich auf die Krone.

»Hast du dir schon überlegt, wie es weitergehen soll?«, fragte ich ihn. »Wenn wir all dies überstanden haben, möchtest du König werden?«

Tero atmete tief durch und schüttelte dann langsam den Kopf. »Ich weiß es nicht. Vor vielen Jahren habe ich mir geschworen, Kjartan für immer den Rücken zu kehren. Doch nun wieder hier zu sein ... Es ist schön, Tante Izay und Aleksi an meiner Seite zu haben, aber ich mache meine Entscheidung nicht nur davon abhängig.«

»Wovon denn noch?«

»Als wüsstest du das nicht, Nerina.« Tero hob die Hand, um mir eine locker gewordene Strähne hinters Ohr zu streichen. Alles war einfacher gewesen, als es nur männliche Thronerben gegeben hatte. Eine Prinzessin hatte einfach einen Kronprinzen geehelicht und war mit ihm in sein Königreich gekommen, wo sie beide glücklich bis an ihr Lebensende regieren konnten, ohne voneinander getrennt zu sein. Eine Ehe mit Jalmari hätte auch nur funktionieren können, da sich Lenjas und Arzu eine Grenze teilten.

Ich legte meine Hand auf Teros Oberschenkel und räusperte mich. Er wusste, dass ich ihm keine Antwort geben konnte, da ich das in mir tobende Gefühlschaos noch nicht beiseitegeräumt hatte. Dass er mir viel bedeutete, wusste er, aber erst wenn er mir all sein Vertrauen schenkte, konnte ich mein Herz wieder für ihn öffnen.

Tero verschränkte seine Finger mit den meinen und schaute zum Springbrunnen, dessen Wasser festgefroren war. Eine kleine Blaumeise versuchte krampfhaft ihren spitzen Schnabel in die Eisdecke zu rammen, doch all ihre Versuche waren vergebens. Das Eis lockerte sich nicht und so musste der kleine Vogel dursten. Doch anstatt sich davon aufhalten zu lassen, breitete er die Flügel aus und flog davon. Er hatte es einfach. Wann immer er es wollte, konnte er einen anderen Ort bereisen und sich dort niederlassen. Die Sorgen und Probleme seines Lebens konnte er so einfach hinter sich lassen und von vorne beginnen. Ein solches Leben wünschte ich mir auch, doch vollkommen gleich, wie unsere Reise enden sollte, die Vergangenheit würde mich auf Schritt und Tritt begleiten.

Ich hatte Freunde gewonnen und Freunde verloren. Ich hatte mein Herz verschenkt und es war gebrochen worden. Ich hatte Menschen mein Vertrauen geschenkt und sie hatten es mit Füßen getreten.

So viel Schrecken und Grauen sollte niemand in bloß einem Jahr erleben müssen. Mein Geist und meine Seele waren gebrochen und kaum war einer der Risse langsam wieder verheilt, wurde ihnen eine neue Kerbe zugefügt. Nichts wünschte ich mir mehr, als einfach vergessen zu können und in mein altes Leben zurückzukehren.

»Wünschtest du dir auch manchmal, dass all dies nicht geschehen wäre? Dass Eira und Jalmari sich nicht verschworen hätten, um die Königreiche in Dunkelheit zu stürzen?« Ich blinzelte die Tränen weg, von denen ich nicht bemerkt hatte, dass sie sich in meinen Augenwinkeln gesammelt hatten. »Wenn wir einfach in unsere alten Leben zurückkehren könnten, würdest du es tun?«

Tero lachte leise auf, was in meinen Augen völlig unangebracht war. »Erst einmal ist es nicht möglich, die Vergangenheit zu ändern«, sagte er noch immer mit einem Hauch eines Lachens in der Stimme. »Und zum anderen würde ich sie für nichts in der Welt eintauschen wollen. Ich verstehe deine Bedenken, doch im Grunde hätte sich nichts geändert. Etarja sagte uns, dass die Dunkelheit sich schon seit jeher ausbreitet. Sie wäre vielleicht langsamer vorangeschritten, aber wir hätten keine Möglichkeit gehabt, uns ihr in den Weg zu stellen. So bietet sich uns die Chance, etwas Gutes zu tun und für eine bessere Zukunft zu sorgen. Natürlich mussten wir Verluste erleiden und Freunde zu Grabe tragen. Aber meinst du nicht, die wenigen Opfer sind es wert, wenn man dafür sieben Königreiche retten kann?«

Tero sah immer das Gute in einer Sache. Ich hatte es bisher nicht von dieser Seite betrachtet und nur daran gedacht, wie meine Freunde und ich in den vergangenen Wochen zu leiden hatten. Welch egoistischer Gedanke von einer rechtmäßigen Königin.

»Du hast recht«, sagte ich schmunzelnd. »Wie so oft.«

Tero winkte allerdings nur ab. »Ach, das liegt am Alter. Je älter man wird, desto mehr Weisheit hat man mit den Löffeln gefressen.«

»Was ist denn das für eine Aussage?« Vom gleichzeitigen Lachen und Sprechen überschlug sich meine Stimme, sodass sie in einem fiependen Grunzen endete, das Tero mit einstimmen ließ. Als wir uns wieder beruhigt hatten, schaute ich ihn durch verschwommene Augen an. »Und weißt du, was es noch Gutes hat, dass wir all dies durchgemacht haben?«

Er schaute mich fragend an. »Was?«

Mein Herz hämmerte laut in meiner Brust und trotz des kalten Windes wurde mir plötzlich ganz warm. »Es hat mich zu dir geführt.«

Tero lächelte verschmitzt. »Du machst mich noch ganz verlegen.«
»Ich meine es ernst«, erwiderte ich und boxte ihm spielerisch gegen die Schulter. »Da sage ich auch mal etwas Romantisches unter dem Sternenhimmel und du machst dich über mich lustig. Das ist nicht sehr nett.«

Ich verschränkte die Arme vor der Brust und versuchte mich an einem künstlichen Schmollen, das ich allerdings nicht ganz zustande bekam. Tero musterte mich skeptisch, ehe er lachend den Kopf schüttelte und mich in seine starken Arme zog. Der Stoff seines Fracks schmiegte sich samtweich an meine Haut und Teros Duft stieg mir in die Nase.

Es war ein Moment für die Ewigkeit. Doch wie nur allzu oft meinte das Schicksal es nicht gut mit uns.

Ein lautes Poltern ertönte, dicht gefolgt von einem Scheppern, als würde Glas zu Bruch gehen.

»Was war das?«, fragte ich verwirrt und riss mich von Tero los.

Schlagartig wurde er blass und riss den Kopf herum in Richtung der Flügeltür, die zurück in den Ballsaal führte. Ehe ich wusste, wie mir geschah, zog Tero mich über den glatten Pfad und rannte zwischen hochgewachsenen Bäumen und vereisten Sträuchern auf den Palast zu. Mit seiner freien Hand griff er in seinen Hosenbund und zog einen scharfen Dolch hervor, den ich bisher nicht bemerkt hatte.

Ein nervöses, ängstliches Kribbeln schoss durch meinen Körper hindurch. Wenn Tero eine Waffe griffbereit bei sich trug, dann musste er davon ausgegangen sein, dass wir selbst hier hinter den Eismauern Kjartans in Gefahr schwebten.

Wir liefen schneller. Die Angst um meine Freunde wurde immer präsenter. Ganz besonders dann, als ein weiteres Scheppern und ein markerschütternder Schrei ertönte.

KAPITEL 19 – ARCANA

Verflucht! Ich hatte Eira damals als ein naives, leicht zu beeinflussendes Mädchen kennengelernt. Es war so einfach gewesen, ihren Geist und ihren Willen zu brechen. Doch irgendetwas hatte sich verändert, seit sie diese Brut des Prinzen zur Welt gebracht hatte.

Ihr eigener Wille war stärker geworden und bahnte sich nun leichter seinen Weg an die Oberfläche. Es kostete mich Unmengen an Kraft, in ihre Gedanken einzudringen und ihr meinen Willen aufzuzwingen. Damals hatte es gereicht, wenn ich alle paar Monate ihren Geist vergiftete, nun musste ich es mehrmals pro Woche durchführen, was kräftezehrend war.

Dass Eira mir gehorchte, war im Moment das einzig Wichtige. Sobald *das Licht der Unendlichkeit* in meinem Besitz war, würde ich sie von ihrem Leiden befreien können. Natürlich wusste ich um die Stärke dieses winzigen Steins. Wer auch immer in dessen Besitz war und die nötige Kraft besaß, die sich darin befindende Macht zu kontrollieren, beherrschte nicht nur diese, sondern jede im Universum umherkreisende Welt. Doch dieses kleine Detail mussten Eira und ihr Gemahl nicht erfahren.

Ich musste härtere Geschütze auffahren, wenn ich meine Zukunft nicht gefährden wollte. Glücklicherweise hatte Meister Silbus mir einige magische Artefakte besorgen können. Dinge, die mir dabei halfen, meine gesamte Kraft an die Oberfläche zu bringen. Die Jahre im Spiegel hatten mir einen großen Teil meiner Magie geraubt. Es grenzte beinahe an ein Wunder, dass ich in der Lage gewesen war, Rumpelstilzchen in den Palast zu transportieren. Doch je dunkler der Kern eines Wesens war, desto einfacher funktionierte es. Dass es nur einen Anlauf gebraucht hatte, war der Beweis, dass der Schattenwandler genau der Richtige für diese Aufgabe war und nicht scheitern würde.

Ohne große Mühe öffnete ich mit der Macht meiner Gedanken die alte Truhe, in der ich die Artefakte untergebracht hatte. Es waren nur noch wenige Minuten bis zur Hexenstunde, was der beste Zeitpunkt war, um das Ritual zu sprechen.

Der kugelförmige schwarze Diamant war in ein rotes Tuch gewickelt. Doch war es kein gewöhnliches Tuch, sondern ein aus verzaubertem Garn gewobenes, das den wahren Inhalt vor den Augen Unbegabter verbarg. Sollte ein menschliches Wesen ohne magische Fähigkeiten in meiner Truhe herumwühlen, würde es lediglich ein Stück Kohle sehen. Dieser Zauber lag um jedes der Artefakte, um gierige Schnüffler fernzuhalten.

Ich platzierte den Diamanten auf einer kleinen Vorrichtung am Fenster. Sobald die Uhr Mitternacht schlug, würde der Mond den Diamanten aufladen und seine dunkle Macht entfesseln.

Noch ein letztes Mal ging ich zur Tür, um sicherzugehen, dass sie verschlossen und verriegelt war. Niemand durfte mich zu dieser späten Stunde stören und das Ritual unterbrechen, denn das könnte verheerende Konsequenzen nach sich ziehen.

Eira war ein nervenaufreibendes Problem, das ich hoffentlich alsbald beseitigen konnte. Doch für den Moment nahm ich hinter der Vorrichtung Platz, umschloss den Diamanten mit den Händen und ließ gerade genug Abstand zwischen den Fingern, dass der Mond ungehindert hindurchscheinen konnte.

Als in meinem Geist der Klang der Hexenstunde ertönte, schloss ich die Augen und konzentrierte mich auf Eiras Gemächer. Langsam nahm der Raum Gestalt an. Sie und Jalmari lagen in ihrem Bett und schliefen fest. Das war perfekt. Ein besserer Zeitpunkt würde sich mir nicht bieten.

Meine Seele trat näher an die beiden heran, so nah, dass mir beinahe war, als könnte ich Eiras warmen Atem spüren. Ihr Geist lag offen und wehrlos vor mir, sodass ich problemlos in ihn eindringen konnte.

»Dunkelheit, komm herbei, umhülle sie mit deinem Schein. Friss dich in die Gedankenwelt bis des Guten Schleier fällt. In deiner Umarmung soll sie sich wiegen, sodass nur die Dunkelheit wird obsiegen.«

Ich wiederholte die Worte, immer wieder, immer lauter und energischer. Eira wand sich währenddessen im Schlaf. Die Dunkelheit fraß sich in ihr Inneres, tiefer und tiefer, und setzte sich als ein Albtraum in ihrer Gedanken- und Gefühlswelt fest. Sie verankerte sich in ihrem Gedächtnis, legte sich wie ein Schleier um all die guten Erinnerungen, die sie noch aus der Vergangenheit mit sich trug. Es würde sein, als kenne Eira nichts anderes als die Finsternis.

Als ich die Augen wieder öffnete und meine Seele zurück in meinen Körper brachte, umspielte ein Lächeln meine Lippen. Der Diamant funkelte schwärzer, als die Nacht es je könnte und verrichtete seine Arbeit.

Bald, schon bald sollte Eira Geschichte sein.

KAPITEL 20

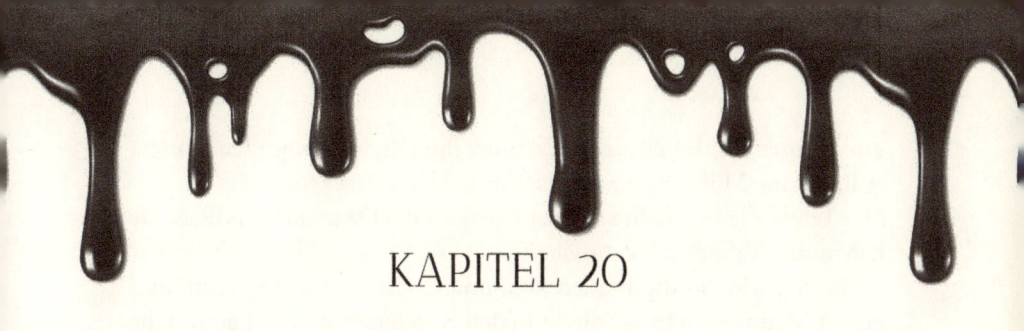

Ich krallte mich so stark an Teros Arm fest, es hätte mich nicht gewundert, wenn er vor Schmerz laut geschrien hätte. Der Weg war glatt und rutschig, weshalb ich einige Male beinahe hinfiel. Doch sobald ich ins Straucheln geriet, packte ich Teros Frack noch fester.

Vollkommen außer Atem erreichten wir den Ballsaal. Die Flügeltür stand weit offen, die Wachen waren nicht auf ihren Posten.

»Was geschieht hier?«

Ohne mir zu antworten, ging Tero in die Hocke und zog einen Dolch aus seinen Stiefeln. »Nimm den hier.«

Er drückte mir die Waffe in die Hand und ich nahm sie zitternd entgegen. Der Lärm um mich herum war ohrenbetäubend. Schwerter klirrten aufeinander, Frauen drängten sich an die kühlen Wände und legten ängstlich ihre Arme umeinander. Behutsam trat ich einige Schritte nach vorne, aber die Glassplitter auf dem Boden machten jede Bewegung zu einer mühseligen Qual. Der Kronleuchter war von der Decke gefallen und in all seine Einzelteile zersplittert.

Tero schob mich durch die kämpfende Menge, hielt dabei seine Waffe in die Höhe und bewachte jeden meiner Schritte. Er hatte seine Hand sachte an meinen Rücken gelegt und versuchte sich einen Überblick zu verschaffen.

»Es sind einige Krieger aus Fulvis«, knurrte er an meinem Ohr, ehe er sein Tempo erhöhte und mich mit sich zog.

»Aber was wollen sie? Wieso greifen sie uns an?« Meine Stimme bebte. Ich ließ meinen Blick über die Menge schweifen, aber konnte meine Freunde nirgends ausmachen. Hinter all den prunkvollen Kleidern und den majestätischen Masken wusste ich nicht einmal, welche der Krieger für Kjartan kämpften. Lediglich General Tristan war anhand seiner Größe nicht zu übersehen. Er überragte jeden einzelnen Mann, der sich im Ballsaal befand. Sein Schwert hielt er fest umklammert und auch als drei Männer ihn zeitgleich angriffen, kostete es ihn keine Mühe, sie nacheinander niederzustrecken.

»Tero!« Aleksi tauchte aus der Menge auf. »Da seid ihr endlich. Sie haben die Waffenruhe gebrochen.«

Er zog wütend die Brauen zusammen, ehe er sich umdrehte und einem Mann das Schwert direkt in den Bauch rammte. Der getroffene packte sich an die klaffende Wunde, doch das Blut rann durch seine verkrümmten Finger hindurch. Nach einem letzten qualvollen Röcheln fiel sein lebloser Körper zu Boden.

»Die anderen Krieger müssten jeden Augenblick hier sein. Fulvis wird keine Möglichkeit haben, uns zu schlagen. Sie sind deutlich in der Unterzahl. Aber ich habe ohnehin nicht das Gefühl, dass sie es auf einen Sieg anlegen.«

»Wie meinst du das?«, hakte ich nach.

»Ich glaube, sie wollen uns lediglich eine Warnung dalassen.«

Ich fühlte mich grausam. Während Tero und ich die Zeit in den Gärten genossen hatten, war im Inneren des Palastes das Chaos ausgebrochen. Und wir waren zu spät gekommen.

Aleksi war bereits zurück in die Menge gestürmt und hatte auf seinem Weg mehrere Gegner niedergestreckt. Noch immer hielt ich zitternd den kleinen Dolch, den Tero mir gegeben hatte, in der Hand. Ich war vorbereitet, hatte Kampftechniken erprobt und mein Training gut gemeistert, aber diese Situation war so neu und ungewohnt, dass ich nicht wusste, was ich tun sollte. Mein Kleid war beinahe bodenlang, der Saal übersät mit Glasscherben. Es war mir kaum möglich, mich überhaupt auf den Beinen zu halten, weshalb ein Kampf für mich nicht infrage kam.

»Nerina, komm!« Tero griff nun meine freie Hand und zog mich quer durch den Saal, ehe er zum Stehen kam. »Warte hier und rühre dich nicht vom Fleck.«

Ich schluckte einen Kloß hinunter und nickte ihm zu. Dann beobachtete ich, wie er in der Menschenmenge aus meinem Blickfeld verschwand.

»Nerina!« Ich wirbelte herum und sah Laresa, die nicht weit von mir entfernt bei einigen der Frauen stand. Schnell hob ich mein Kleid an und lief zu ihr. Dabei versuchte ich, den Kämpfenden aus dem

Weg zu gehen, um nicht die Waffe versehentlich gegen einen Freund zu erheben.

»Was ist hier los?«, fragte Resa, als ich bei ihr angekommen war.

»Tero meint, dass es sich um Krieger aus Fulvis handelt. Was genau sie wollen, weiß er nicht.« Ich hielt einen Moment inne und blickte zu meiner Freundin. Um sie herum standen einige Damen, die dem Ball beigewohnt hatten, aber weder Desya noch Mari waren bei ihr. »Resa, wo sind die anderen?«

Sie presste ihre Lippen aufeinander und schüttelte ganz langsam den Kopf. »Ich weiß es nicht, wir wurden voneinander getrennt. Als die ersten Männer ihre Schwerter gezückt haben, ist das reinste Chaos ausgebrochen. Ich wurde einfach von der Menge mitgerissen.«

»Wir müssen hier raus und zwar schnell.«

Resa atmete tief durch, ehe sie zu einer Antwort ansetzte. »Das haben wir bereits versucht. Die Türen sind von außen verriegelt. Der einzige Weg führt über die Gärten oder die Treppen.«

Die Tür zu den Gärten lag auf der gegenüberliegenden Seite, während die Treppen nur wenige Meter entfernt waren. Dafür mussten wir allerdings quer durch die Menge und würden uns unter mehreren Schwertern hinwegducken müssen. Die verängstigten Frauen an Laresas Seite weiteten die Augen. Sie zitterten bei jedem Atemzug. Mir wurde bewusst, dass wir sie niemals über das Schlachtfeld würden führen können. Unsere einzige Waffe war der kleine Dolch in meiner Hand, der gegen riesige Schwerter nichts ausrichten konnte.

Nachdenklich fasste ich mir an die schweißbedeckte Stirn, als plötzlich der Boden unter meinen Füßen zu vibrieren begann.

»Nerina, bist du dafür verantwortlich?«, fragte Resa, doch ich schüttelte den Kopf. Verwirrt schaute ich durch den Saal, bis ich Aleksi ausmachen konnte. Er war voll und ganz auf seinen Gegner konzentriert und ich konnte keine magische Aura von ihm ausgehend spüren.

Ein ohrenbetäubender Knall ertönte, auf den eine weitere Vibration, nun stärker als zuvor, folgte und den gesamten Boden wackeln ließ. Gläser zersprangen, Menschen stürzten in das Scherbenmeer und auch mir fiel es zunehmend schwer, mich auf den Beinen zu halten. Das Zerschellen der Kelche wurde immer lauter und als ich schon sicher war, dass das Beben seinen Höhepunkt erreicht haben musste, flogen mir Unmengen von Splittern um die Ohren. Ich ging in die Hocke, legte meine Hände schützend vors Gesicht und versuchte mich so gut es ging abzuschirmen. Das Geschrei wurde lauter und eine dichte Rauchwolke zog sich schlagartig durch den Saal, als hätte jemand ein riesiges Feuer gelegt.

Der Rauch trieb mir die Tränen in die Augen. »Rückzug!«, brüllte einer der Männer, den ich allerdings in der Menge nicht ausmachen konnte.

Schritte polterten durch den Saal, Sohlen zertraten Glassplitter und langsam wurde das Stimmengewirr wieder lauter. Die Menschen begannen sich zu fassen und der Rauch sich zu lichten. Doch ein hauchdünner Film lag noch immer in der Luft.

»Was zur Hölle war das?«, fluchte Laresa und wischte sich über die Augen.

»Klang wie eine Explosion«, kam es schüchtern von einer der Frauen, die auf dem Boden kauerte.

»Ist es vorbei?«, wollte eine andere ängstlich wissen.

Ich versuchte sie auszublenden und mich stattdessen auf den vor mir liegenden Tanzsaal zu konzentrieren. Viele Männer lagen leblos am Boden, andere krümmten sich vor Schmerzen. Doch die meisten standen verwirrt umherblickend im Raum verteilt, die Schwerter mittlerweile gesenkt.

»Tero!« Ich eilte auf ihn zu und umschlang ihn mit den Armen, kaum dass ich ihn erreicht hatte. »Geht es dir gut? Hast du die anderen gesehen?«

Er schob mich von sich und lächelte mich an. Blut tropfte aus einer kleinen Platzwunde über seiner Braue. »Alles in Ordnung«, versicherte er. »Eggi und Asante sind dort drüben.«

Er neigte den Kopf in Richtung Wendeltreppe, wo die beiden Männer gerade nach Atem rangen. Ich winkte Laresa zu uns herüber. Sie warf einen letzten Blick auf die verängstigten Frauen, ehe sie schnellen Schrittes an mir vorbei zu ihrem Bruder eilte.

»Riegelt jede Tür ab, versperrt ihnen jegliche Möglichkeiten, aus dem Palast zu fliehen, und dann findet sie!«, brüllte Aleksi seinen Männern zu, die sich daraufhin in sämtliche Richtungen verteilten und aus dem Ballsaal verschwanden. Kopfschüttelnd trat der Prinz an unsere Seite. »Diese verfluchten ...«

»Wir werden sie finden und die Wahrheit schon aus ihnen herausbekommen«, sagte Tero mit ernster Miene. »Ich schätze, dass wir Fulvis auch von unserer Liste der möglichen Verbündeten streichen können.«

Mein Herz setzte einen Schlag lang aus. Bisher standen drei Königreiche hinter Eira. Zudem mussten wir Fulvis passieren, um nach Dylaras zu gelangen. Egal, wohin wir auch blickten, wir waren von Feinden umzingelt. Es blieben lediglich noch die Königreiche Dylaras und Lybosa, die wir vielleicht auf unsere Seite würden ziehen können.

»Wo ist Mari?«, wollte Aleksi wissen. Sein Blick schoss panisch durch den Ballsaal.

»Wir haben sie nicht gesehen«, erwiderte ich. »Bestimmt ist sie irgendwo mit Desya in Sicherheit.«

»Nein, Desya ist noch vor dem Kampf in die Trainingshalle zu Heorhiy und Lorya gegangen«, sagte der Prinz und stürmte davon.

Ich schaute zu Tero und er verstand augenblicklich. Wir folgten seinem Bruder und erklärten den anderen, dass Mari verschwunden war. Dann teilten wir uns auf, um den gesamten Palast nach ihr abzusuchen.

Tero und ich rannten die Stufen empor und folgten zahlreichen Fluren, bis wir schlussendlich in der Trainingshalle ankamen, doch Mari war nirgends aufzufinden. Wir passierten einige Wachen, erklärten ihnen, nach wem wir suchten, doch keiner schien das Mädchen gesehen zu haben. Es war, als wäre sie vom Erdboden verschluckt worden.

Wieder im Ballsaal angekommen, gab es noch immer keine Spur von ihr. Resa und Asante kamen kurz nach uns zurück. Ihre Blicke verrieten mir, dass auch ihre Suche erfolglos gewesen war.

»Sie ist auch nicht in ihrem Zimmer«, flüsterte Eggi zaghaft.

»Bei den Dienstboten ist sie auch nicht untergekommen«, sagte Desya traurig.

Mit vor der Brust verschränkten Armen lehnte ich mich gegen das Treppengeländer. Mein Puls ging schnell, der Schweiß rann von meiner Stirn. Wo konnte Mari sich nur versteckt halten? Wir hatten uns aufgeteilt und den Palast förmlich auf den Kopf gestellt, doch sie blieb verschwunden.

Während ich die aufkommende Diskussion, die sich im Hintergrund abspielte, auszublenden versuchte, fixierte ich etwas Glänzendes auf der anderen Seite der Stufen. Licht schien hinauf und wurde in zahlreichen Farben reflektiert, die mich blendeten. Langsam ging ich auf das Objekt zu, meine Knie zitterten bei jeder Bewegung. Nachdem ich den letzten Schritt getan und mich gebückt hatte, wurde mir mulmig zumute. Ich streckte meine Finger aus und atmete tief ein.

»Was ist das?« Aleksi war mittlerweile wieder zu uns gestoßen. Er hatte in den Gärten nach Mari gesucht. Der Prinz nahm zwei Stufen auf einmal, um schneller an meiner Seite zu stehen. Als er sah, was ich in meinen Händen hielt, wurden seine Augen glasig. Wimmernd griff er danach und drückte es kurz an seine Brust.

»Bruder, ist alles in Ordnung?« Tero zog die Brauen fragend zusammen und musterte Aleksi von der Seite, der lediglich den Kopf schüttelte, ehe er seine Hand ausstreckte.

Desya schlug sich die Hand vor den Mund und schlagartig verstummten alle Gespräche um uns herum. Mari war fort und hatte nichts weiter zurückgelassen als einen ihrer gläsernen Tanzschuhe.

KAPITEL 21

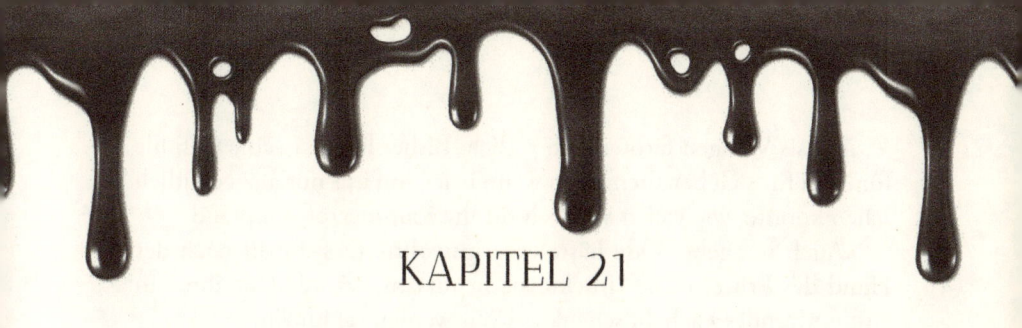

»Wir sollten keine voreiligen Schlüsse ziehen«, sagte Lady Izay und verschränkte die knochigen Finger miteinander, während sie sich in ihrem Stuhl zurücklehnte. Aleksi hatte die Hände zu Fäusten geballt und seine Kiefer mahlten angespannt aufeinander. Er sah aus, als würde er jeden Augenblick vor Wut in die Luft fliegen. »Mari ist erst seit wenigen Stunden unauffindbar. Sollte sie im Morgengrauen noch immer verschwunden sein, werden wir noch einmal jeden Winkel des Palastes absuchen.«

»Nein!« Aleksi schlug die Fäuste auf den Tisch, sodass jeder sich darauf befindende Kelch gefährlich zu wackeln und zu klirren begann. »Wir werden auf der Stelle suchen und sollten wir sie nicht bis zum Morgengrauen finden, ziehe ich los nach Fulvis.«

»Du willst dich allein gegen ein gesamtes Königreich stellen?«, fragte Tero und schaute seinen Bruder entgeistert an. »Aleksi, das ist doch wahnsinnig.«

»Es ist mir egal, wie wahnsinnig dieses Vorhaben auch klingen mag. Ich lasse nicht zu, dass man sie in Gefangenschaft hält.« Der Klang seiner Stimme ließ keine Widerworte zu. Maris Wohlbefinden lag Aleksi unglaublich am Herzen. Er hatte ihr versprochen, dass ihr nichts geschehen würde, solange sie an seiner Seite war, doch nun hatte er dieses Versprechen gebrochen. Er musste an Schuldgefühlen beinahe zerbrechen.

»Ich werde dich begleiten«, sagte Herorhiy gedankenverloren. Sofort schoss Loryas Blick zu ihrem Bruder, doch noch ehe sie etwas entgegnen konnte, sprach er weiter. »Ich kann mir vorstellen, wie du dich fühlst. Die Frau, die dir mehr am Herzen liegt als alles andere auf der Welt, ist fort. Sollte sie sich nicht im Palast befinden, werde ich mit dir nach Fulvis gehen und sie zurückholen.«

Aleksis Wangen färbten sich rötlich. Bisher hatte er seine Gefühle für Mari für sich behalten, auch wenn jeder von uns nur allzu deutlich sehen konnte, wie viel er wirklich für die Kammerzofe empfand.

»Auch ich gehe. Ode hätte es so gewollt.« Desya griff nach der Hand des Prinzen und drückte sie behutsam, während sie ihm ein aufmunterndes Lächeln schenkte. »Wir werden sie finden.«

Dieses Gespräch nahm eine vollkommen andere Wendung an, als ich es zu Beginn noch vermutet hatte. Uns rannte die Zeit davon, wir mussten nach Dylaras reiten, *das Licht der Unendlichkeit* holen und Eira gegenübertreten. Fulvis lag zwar auf dem Weg, aber wir würden in unserer Planung wieder um mehrere Tage, wenn nicht gar Wochen zurückgeworfen werden. Und vielleicht würden wir diese Schlacht nicht einmal überleben.

Tero schob seinen Stuhl quietschend über den eisigen Boden und erhob sich vom Tisch. Seine Miene war unergründlich. »Nimm einen Teil des Heers mit«, sagte er schließlich. »Ihr könnt euch nicht zu dritt gegen ein Königreich stellen, das wäre töricht. Befreie Mari und dann treffen wir uns alle in Dylaras oder Arzu.«

Augenblicklich begannen Aleksis Augen zu funkeln. »Danke, Bruder.«

»Gern geschehen. Aber nun sollten wir erst einmal den Palast auf den Kopf stellen und dafür beten, dass Mari wieder auftaucht.«

Einige Wachen wurden herbeigerufen, um uns bei der Suche zu unterstützen. Wir teilten uns auf, jeder sollte einen anderen Flügel und eine andere Ebene durchsuchen. Lady Izay beauftragte ihre engsten Vertrauten damit, die Geheimgänge des Palastes in Augenschein zu nehmen. Schließlich konnte Mari zufällig auf einen davon gestoßen sein und dort Zuflucht gesucht haben.

Als jeder von uns einen Abschnitt zugewiesen bekommen hatte, standen wir auf und verließen den Raum. Tero und ich sollten in den Gärten nach Mari suchen. Ein Wachmann händigte uns jedem eine Schafswolldecke aus, damit wir draußen nicht froren. Dankbar nahm ich sie entgegen und legte sie mir über die Schultern.

Da Aleksi die Sitzung augenblicklich einberufen hatte, blieb uns bisher keine Zeit, um uns umzuziehen. Mein rotes Kleid war vollkommen verschmutzt und ein langer Riss zog sich bis hoch zu meinem

Knie. Als Tero und ich hinaustraten, durchzog die klirrende Kälte meinen gesamten Körper. Doch mir blieb keine Zeit zu frieren, denn wir mussten Mari finden.

Schweigend liefen wir nebeneinanderher. In den Gärten war es totenstill, nicht einmal ein verirrtes Tier gab hier einen Laut von sich. Zuerst folgten wir dem Hauptpfad, blickten hinter jeden Baum und hinter jeden Busch, doch von Mari fehlte noch immer jede Spur.

»Komm«, wies Tero mich an und deutete nach links. »Vielleicht hat sie sich im Irrgarten versteckt.«

Nickend folgte ich ihm zu einem riesigen Konstrukt aus Eis, das in den sonst so zarten und wunderschönen Gärten etwas fehl am Platz aussah. Eissäulen ragten in verschiedenen Formen in den Himmel und bildeten dabei einen Irrgarten, wie ich ihn noch nie zuvor gesehen hatte.

»Und du kennst den Weg mit Sicherheit?« In meiner Stimme lag ein heiseres Wimmern, das ich zu unterdrücken versuchte. Wenn ich eines nicht wollte, dann war es, mich in einem eiskalten Irrgarten zu verlaufen und darin kläglich zu erfrieren.

Tero lachte leise auf. »Ich kenne den Weg besser als meine Westentasche. Vertrau mir.« Er streckte mir seine Hand entgegen, die ich nach einem kurzen Zögern ergriff und mich von ihm in den Irrgarten führen ließ. Schon nach den ersten Abzweigungen hatte ich den Weg komplett vergessen. Es gab hier nichts, woran ich mich hätte orientieren können. Eine Eismauer glich der anderen beinahe bis ins kleinste Detail. Falls Mari sich tatsächlich hier versteckt haben sollte, würde sie den Ausgang ohne Hilfe sicher nicht so schnell wiederfinden.

Ich legte meine Hände trichterförmig an die Lippen. »Mari! Mari? Bist du hier irgendwo?« Meine Stimme hallte von den dicken Wänden wider, so lange, bis sie schlussendlich verstummte.

»Der Irrgarten ist riesig. Sollte Mari sich weiter im Zentrum befinden, wird sie dich nicht gehört haben«, versuchte Tero meine Laune zu heben. Aber es führte zu nichts. Ich wollte nicht, dass Aleksi in der Früh nach Fulvis zog – also mussten wir Mari einfach finden.

Wir schritten weiter durch das Mysterium dieses unheilvollen Ortes. Tero führte mich durch jeden einzelnen der Gänge, blickte bei jedem Aufheulen des Windes umher, als könnte er Mari mit seinen bloßen Gedanken in unsere Hände treiben. Mir war nicht aufgefallen, dass wir immer schneller liefen, beinahe rannten, bis ich mich außer Atem gegen eine der kalten Mauern lehnte. Es war mühselig, in diesen Schuhen schneller als Schrittgeschwindigkeit zu gehen. Aber ich konnte sie nicht ausziehen, ohne mir nach wenigen Minuten die Füße buchstäblich abzufrieren.

»Wir haben es gleich geschafft«, versicherte mir Tero und zog mich weiter. Wir bogen noch zwei weitere Male rechts und einmal links ab, ehe wir uns wieder am Ein- und Ausgang des Irrgartens befanden. Ein leises Schluchzen tanzte über meine Lippen. Mari war nicht in den Gärten und vermutlich hatten auch die anderen sie bislang nicht gefunden.

Tero strich mir langsam über den Rücken. »Lass den Kopf nicht hängen. Vielleicht waren die anderen ja erfolgreich bei ihrer Suche.«

»Und was, wenn nicht?«, schnappte ich zurück und bereute meinen unfreundlichen Tonfall noch im selben Augenblick. »Tut mir leid, ich wollte dich nicht anfahren. Aber wenn Mari wirklich entführt wurde, muss unsere Gruppe sich zwangsläufig trennen. Ich habe Angst.«

»Angst ist nur menschlich und auch durchaus verständlich, Nerina. Sie macht dir deutlich, dass du auf dem Weg bist, das Richtige zu tun. Halte diese Angst ganz fest, denn sie macht dich noch um so vieles stärker, als du jetzt denkst.«

»Wie soll das möglich sein?«

Tero lächelte mich traurig an. »Nur wer Angst hat, ist bereit, Risiken einzugehen. Risiken, die nötig sind, um unser Ziel zu erreichen.«

Ich ließ mir seine Worte einen Moment lang durch den Kopf gehen. Er hatte recht. Die Angst führte mir vor Augen, was ich alles verlieren konnte und wofür ich eigentlich kämpfte. Vermutlich war die Angst sogar der Schlüssel.

»Danke«, flüsterte ich gegen den Wind.

»Nichts zu danken. Lass uns wieder hineingehen und hoffen, dass dort bessere Nachrichten auf uns warten.«

Die beißende Kälte hatte meinen Körper bereits gelähmt. Ich spürte weder meine Beine noch meine Arme, die ich eng um meine Brust gelegt hatte.

Als wir in den Audienzsaal kamen, waren die anderen bereits wieder um den Tisch versammelt. Aleksi hatte seine Hände in den Haaren vergraben. Er sah vollkommen mitgenommen aus, was mir einen Stich versetzte. Als er hörte, wie Tero und ich hineinkamen, richtete er sich auf und schaute uns erfreut an. Sobald er allerdings sah, dass wir ohne Mari zurückgekehrt waren, verfinsterte sich der Ausdruck auf seinem Gesicht augenblicklich wieder.

»Tut mir leid, Bruder«, sagte Tero ruhig und nahm neben Aleksi Platz.

»Die Morgendämmerung bricht bereits an«, erklärte Lady Izay, die am Kopfende saß und jeden von uns traurig musterte. »Ich bin keine Befürworterin des Plans, nach Fulvis zu reisen, aber ich respektiere deine Entscheidung.« Sie taxierte Aleksi mit müden Augen, ehe sie weitersprach. »Komm einige Stunden zur Ruhe, ehe du aufbrichst. So wie du aussiehst, kannst du dein Schwert nicht gegen den Feind heben. Wir alle sollten uns etwas ausruhen und uns in einigen Stunden wieder hier versammeln.«

Lady Izay erhob sich und verschwand aus der Tür. Nach und nach folgten wir ihr und gingen in unsere Gemächer.

KAPITEL 22

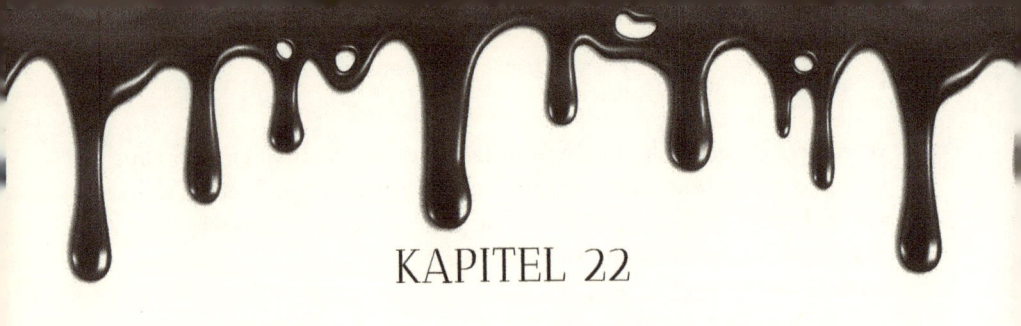

Ich wusste, dass uns eine anstrengende Zeit bevorstand, dennoch gelang es mir nicht, auch nur für einen kurzen Moment die Augen zu schließen. Es gab zu viele Dinge, die sich in meine Gedanken gefressen hatten. Mir wollte einfach kein Grund für den Angriff auf den Ball einfallen. Natürlich war es durchaus möglich, dass das Königreich Fulvis sich mit meiner Schwester verbündet hatte. Aber das musste nicht zwangsläufig der Fall sein. Hatte Tero nicht erzählt, dass die Frau, die er eigentlich heiraten sollte, aus ebenjenem Reich stammte? Vielleicht hatte auch sie den Angriff in die Wege geleitet, um Rache für ihr gebrochenes Herz zu nehmen? Aber weshalb sollten sie dann Mari entführen, anstatt mich?

Ich überlegte so lange, bis mir schließlich der Kopf schmerzte und ich versuchte, jeden einzelnen Gedanken irgendwie zu vertreiben. Aber immer wieder schossen mir die gleichen Fragen durch den Kopf. Nichts ergab einen Sinn und ließ mich noch wahnsinnig werden.

Auch als die Sonne bereits hoch am Himmel stand und mein Zimmer erhellte, fand ich keinen Schlaf. Es dauerte nicht mehr lange, bis wir uns im Audienzsaal versammeln würden, um die letzten Vorbereitungen für den Aufbruch von Aleksi und seinen Männern zu treffen. Glücklicherweise war der Prinz ein kluger Mann und hatte sich mit Sicherheit bereits einen handfesten Plan überlegt, wie er Mari retten konnte. Zumindest hoffte ich das inständig.

Da ich ohnehin wach war, entschied ich mich dazu, schon einmal hinunterzugehen. Ich schwang mich in einige bequeme Kleider und zog die Tür hinter mir ins Schloss.

»Guten Morgen.« Erschrocken fuhr ich zusammen und wandte mich in Richtung der Stimme.

Desya blickte mich entschuldigend an und trat an meine Seite. »Ich wollte dich nicht erschrecken.«

»Schon in Ordnung«, winkte ich ab und setzte meinen Weg fort.
»Hast du dich gut erholt?«

»Besser als du allem Anschein nach«, antwortete sie und beäugte mich von oben bis unten. »Konntest du nicht schlafen?«

Ich schüttelte langsam den Kopf, wobei die Gedanken erneut versuchten, sich festzusetzen. »Es gab zu vieles, worüber ich nachgedacht habe.«

Desya nickte verständnisvoll und fragte mir glücklicherweise keine weiteren Löcher in den Bauch. Ich war nicht in der Stimmung, um ein Gespräch mit ihr zu führen. Alles, was ich wollte, war, dass wir diese kleine Versammlung schnellstmöglich hinter uns brachten.

Der Duft von frisch gebackenem Brot strömte mir in die Nase, als man uns die Flügeltür schwungvoll öffnete. Der Tisch war eingedeckt mit den köstlichsten Speisen. Meine Hand schoss an meinen Bauch, da mein Magen in jenem Augenblick zu knurren begann. Ich hatte am Vorabend schon nichts gegessen, was sich nun kläglich bemerkbar machte.

»Guten Morgen«, sagte ich, als ich mich auf den freien Stuhl neben Eggi fallen ließ. Niemand reagierte auf meine Worte. Sie alle hingen ihren ganz eigenen Gedanken nach. Aleksi stocherte mit einer Gabel auf seinem Teller herum, doch führte sie nicht ein einziges Mal zum Mund.

Es war eine unwirkliche Situation. Niemand sprach, niemand schien zu essen. Einzig das kratzende Geräusch von Besteck war der Beweis, dass es Leben in diesem Raum gab.

Ein Räuspern ließ mich zusammenfahren. General Tristan war mit einigen Männern lautlos hereingekommen und positionierte sich hinter Lady Izay. Ihre hellen Augen wurden von dunklen Schatten umrahmt, als hätte sie seit mehreren Tagen keinen Schlaf gefunden. Mit zusammengepressten Lippen musterte sie Aleksi, der ihren Blick nicht zu bemerken schien. Ihre beiden Neffen in den Krieg zu schicken, musste ihr unglaublich schwerfallen, gerade nun, wo sie Tero nach all den Jahren endlich wieder in die Arme schließen konnte.

»Die Männer sind auf dem Weg in die Stallungen, um die Pferde zu satteln«, ertönte es von General Tristan mit fester Stimme. »Dreihundert Mann werden an Eurer Seite stehen, Eure Hoheit.«

Zum ersten Mal, seit ich den Raum betreten hatte, hob Aleksi den Kopf. Seine Augen waren gerötet, als hätte er vergangene Nacht um seine Liebe geweint. Er fixierte den General und nickte. »In einer Stunde brechen wir auf.«

General Tristan neigte den Kopf und verschwand genauso leise, wie er bereits gekommen war, aus der Tür. Seine Männer dicht an seinen Fersen.

»Bist du dir sicher, dass du das tun möchtest?« Lady Izays Stimme war brüchig, als würde sie jeden Augenblick in Tränen ausbrechen.

»Ich muss es tun, Tante. Aber ich verspreche dir eines.« Er griff nach ihrer Hand. »Ich werde zurückkehren, koste es, was es wolle. Wir werden uns wiedersehen.«

Lady Izay schluckte einen Kloß hinunter und versuchte sich an einem Lächeln, das ihre Augen allerdings nicht erreichte. Ihr Anblick machte mich traurig.

Aleksi erhob sich, streckte den Rücken durch und schaute zur gegenüberliegenden Tischseite, wo Heorhiy und Desya saßen. »Falls ihr noch immer entschlossen seid, uns zu begleiten, dann stünde ich auf ewig in eurer Schuld.«

»Wir werden an deiner Seite kämpfen«, sagte Heorhiy.

Lorya rutschte nervös auf ihrem Stuhl herum und kaute auf ihrer Unterlippe. Sie blickte zwischen Aleksi und ihrem Bruder hin und her, ehe sie sich räusperte. »Auch ich werde euch begleiten.«

»Du musst das nicht tun.« Heorhiy drückte die Hand seiner Schwester. Die sorgenerfüllte Furche auf seiner Stirn wurde von Sekunde zu Sekunde tiefer.

Lorya schüttelte den Kopf, wobei sich eine Strähne aus ihrem Zopf löste und ihr ins Gesicht fiel. »Ich weiß, aber ich möchte es. Außerdem, wer soll sonst auf dich aufpassen?«

Heorhiy legte den Kopf in den Nacken und begann herzhaft zu lachen. Es war ein melodischer Klang, dem man all die Liebe anhörte, die er für seine Familie empfand. Ich hoffte, dass ich diesem Klang irgendwann wieder würde lauschen können. Dies sollte nicht das Ende einer Ära sein, der letzte Augenblick, den unsere Gruppe gemeinsam verbrachte.

»Wir sollten uns aufbruchbereit machen«, sagte Aleksi nach einem Moment des Schweigens. Er deutete auf Tero und mich. »Vergesst nicht, uns gleich verabschieden zu kommen.«

»Bestimmt nicht«, antwortete sein Bruder bedrückt. Dann verschwanden unsere Helden durch die Tür.

Lady Izay atmete laut hörbar aus, kaum hatte ihr jüngerer Neffe den Raum verlassen. Ich konnte deutlich sehen, wie ihr Kiefer sich einige Male an- und wieder entspannte. Es musste ihr unglaublich schwerfallen, die Fassung zu wahren.

»Hauptmann Viktus«, kündigte eine der Wachen den Gast an. Er war in seine Trainingskleidung gehüllt und trat mit hinter dem Rücken verschränkten Händen zu uns. Mit einer leichten Handbewegung deutete Lady Izay auf den Platz ihr gegenüber, woraufhin der Hauptmann sich den Stuhl zurechtrückte und sich setzte.

»Einen wunderschönen guten Morgen wünsche ich euch.« Seine melodische Stimme war wie ein Glockenspiel im Wind, so ruhig und doch klangvoll. Unwillkürlich musste ich lächeln.

»Guten Morgen«, erwiderte ich seinen Gruß, woraufhin auch die anderen eine Begrüßung murmelten, ohne von ihren Tellern aufzublicken.

Viktus versuchte, sein Schmunzeln hinter seiner geballten Faust zu verbergen. »Ihr scheint alle *bester Laune* zu sein und das, obwohl die Sonne unser wunderschönes Königreich in einen schimmernden Glanz taucht, von dem die Vögel noch in tausend Jahren ein Lied singen werden.« Er brach in schallendes Gelächter aus. Es war ein Versuch, die Stimmung etwas aufzulockern, doch dieser war vollends gescheitert.

»Ich lach mich tot«, sagte Resa, verdrehte die Augen und war plötzlich völlig fasziniert von dem Butterbrot auf ihrem Teller. Mit der Gabel schob sie es von einer Seite zur anderen.

»Tut mir leid«, erwiderte Viktus peinlich berührt. »Ich wollte lediglich ein Lächeln auf eure traurigen Gesichter zaubern. Das hat wohl nicht funktioniert.« Er zuckte mit den Schultern und nahm sich ein Stück Obst aus der Schale, die vor ihm stand. »Ich habe gute Nachrichten. Wir werden heute Nacht ebenfalls aufbrechen.«

Mein Herz setzte einen Schlag aus. Das nannte er gute Nachrichten? »Wir sind noch nicht bereit«, entgegnete ich verblüfft, aber Viktus warf mir einen Blick zu, der mich augenblicklich verstummen ließ.

»Ihr seid bereit«, beharrte er.

»Wieso reisen wir bei Nacht?«, wollte Eggi wissen.

Viktus lehnte sich in seinem Stuhl zurück und musterte Eggi, als hätte er ihn gefragt, weshalb der Himmel blau ist.

»Weil wir uns nachts besser und schneller unbemerkt fortbewegen können«, antwortete Tero für ihn. »Wir werden nach Einbruch der Dunkelheit kaum einer Menschenseele begegnen und wenn doch, dann so wenigen, dass wir sie schnell zur Strecke bringen können. Wir reiten schließlich mit Hunderten Kriegern.«

»Werden wir nicht auch durch Fulvis reiten müssen?«, überlegte Asante und lehnte sich über die Tischkante.

Viktus nickte. »Schon, aber wir werden einen kleinen Umweg durch den weniger besiedelten Teil nehmen.«

»Meinst du ...«

Viktus nickte erneut. »Das Mokabi-Ödland.«

Fragend legte ich den Kopf schief. »Das was?«

Nun war es Lady Izay, die das Wort ergriff. »Das Mokabi-Ödland ist eine kleine Wüstenregion, die sich von Fulvis nach Dylaras erstreckt. Sie ist so klein, dass sie auf kaum einer Karte zu finden ist. Ein weiterer Grund dafür ist, dass Menschen das Mokabi-Ödland normalerweise meiden. Dort herrscht nichts als Hitze und Trockenheit.«

»Die Nomaden nicht zu vergessen«, ergänzte der Hauptmann lässig. »Ein kleiner Stamm von Ausgestoßenen nennt diese Region ihr Eigen. Es sind lediglich eine Handvoll, vielleicht hundert. Sie ziehen durch die Wüste und leben ihr eigenes kleines Leben, fernab der Königreiche. Wir werden etwa zwei Tage brauchen, um die Region hinter uns zu bringen, vielleicht drei, sollte es dort auch zu dieser Jahreszeit unerträglich heiß sein.«

Es wunderte mich, dass ich von dieser Wüstenregion bisher nichts gehört hatte. Auf keiner Karte, die ich kannte, war dieses Ödland eingezeichnet. Nach unserem Aufenthalt im Land der Kälte und des Schnees wäre es eine enorme Umstellung, plötzlich in Hitze und Trockenheit zu reisen.

»Warst du schon einmal dort?«, fragte ich Tero. Er neigte sich mir entgegen und schüttelte kaum merklich den Kopf.

»Nein und mir ist nicht wohl dabei, in das Territorium der Nomaden einzudringen. Ich verstehe schon, dass wir einen Bogen um das Zentrum von Fulvis machen müssen, aber die Wüste ist auch kein sicherer Ort.« Er fixierte meine Augen, versuchte irgendetwas in ihnen zu lesen, doch ich gab meine Gedanken- und Gefühlswelt nicht preis. Lediglich die kleine Ader an meinem Hals war ein Hinweis auf das schnelle Klopfen meines Herzens. Tero griff unter den Tisch und suchte nach meiner Hand. Ich wischte den Schweiß an meiner Hose ab, ehe ich meine Finger mit den seinen verschränkte.

»Niemand braucht sich zu fürchten, wir werden das überstehen«, versicherte Viktus. »Meine Männer werden euch beschützen, damit ihr sicher nach Dylaras gelangt.«

»Wir fürchten uns nicht«, spie Asante aus. »Ich kann es kaum erwarten, mein Schwert in den nächsten Gegner zu rammen.«

»Genau das ist der Enthusiasmus, den ich hören wollte«, jubelte Viktus. »Nun sollten wir uns allerdings zu den Stallungen begeben und die anderen verabschieden.«

Es war ein surrealer Gedanke, dass wir uns allen Ernstes trennten. Ich musste mir eingestehen, dass ich mir ein Leben ohne meine Freunde an meiner Seite kaum noch vorstellen konnte. Früher wäre es für mich undenkbar gewesen, mich mit Bürgerlichen anzufreunden und sie so sehr in mein Herz zu schließen, dass ich sie als meine zweite – eigentlich sogar *richtige* – Familie ansah. Kaum auszumalen, was geschehen würde, sollten sie nicht aus Fulvis zurückkehren. Ich schluckte und versuchte, den Gedanken so schnell wie möglich wieder zu vertreiben.

Ich hatte nicht bemerkt, dass ich mich an Teros Arm festgekrallt hatte, wie ich es immer tat, wenn mein Leben drohte, aus den Fugen zu geraten. Es war schön zu wissen, dass ich jemanden hatte, der mir eine Stütze war und niemals von meiner Seite weichen würde, komme, was wolle.

»Alles wird gut«, versicherte er. Ich wünschte, dass dies ein Versprechen war, das er hielt, doch er konnte genauso wenig in die Zukunft blicken wie ich. Einzig und allein Etarja hatte diese Gabe, die Segen und Fluch zugleich war.

Ich schaute dabei zu, wie Desya sich von einem der Krieger auf ihr Ross helfen ließ. Sie war klein und zierlich, das Gesicht so zart wie das einer Puppe. Das Pferd hingegen war kräftig und majestätisch und sie wirkte auf seinem Rücken völlig fehl am Platz. Sie kraulte die dunkle Mähne ihres neuen Reisegefährten. Er legte die Ohren an und peitschte mit seinem buschigen Schweif.

»Es scheint unser ewiges Schicksal zu sein, dass unsere Wege sich immer wieder trennen«, raunte Tero, als er die Arme fest um seinen Bruder schlang. Aleksi war mittlerweile in eine prächtige weiße Uniform geschlüpft, die seinem Stand angemessen war. Er strahlte etwas Heldenhaftes aus.

»Wir werden uns wiedersehen.« Aleksi verneigte sich vor Tero, der ihm daraufhin gegen die Schulter schlug. »Autsch.«

»Bis bald, Bruderherz.«

»Eure Majestät.«

Tero rollte mit den Augen, doch erwiderte nichts mehr. Schweigend sah er zu, wie Aleksi sein Pferd an die Spitze dirigierte, wo er neben General Tristan zum Stehen kam.

»Bis bald«, flüsterten Heorhiy und Lorya, als sie mich umarmten. »Pass auf dich auf. Und bleib bitte am Leben.«

»Ihr auch.« Ein schwammiger Schleier legte sich über mein Sichtfeld, den ich schnell versuchte wegzublinzeln.

Aleksi schnalzte mit der Zunge und nahm die Zügel seines Pferdes fest in die Hand. Es setzte sich in Bewegung, erst ganz langsam, bis es davontrabte. Hundert Pferde ritten davon, gefolgt von einer Schar Fußsoldaten, die im Gleichschritt versuchten, zu ihnen aufzuschließen.

Wir blieben so lange bei den Stallungen stehen, bis auch die letzten Krieger wie kleine Ameisen hinter dem Horizont verschwanden, und selbst dann dauerte es noch einige Minuten, ehe ich meine Füße dazu bewegen konnte, umzudrehen und wieder in den Palast zu gehen. Ich wusste zwar, dass niemand meiner Freunde mich jetzt noch sehen konnte, dennoch hob ich die Hand, um ihnen noch ein letztes Mal zum Abschied zu winken.

Unsere Gruppe hatte sich gespalten, aber ich hoffte inständig, dass dies kein Abschied für immer war.

KAPITEL 23 – EIRA

Vor einigen Tagen hatten wir den Schattenwandler losgeschickt, damit er als verwaistes Kind in den Palast des Königspaars von Dylaras eindringen konnte. Seit jener Nacht wurde ich von schrecklichen Albträumen heimgesucht, die wie ein Bandwurm in meinem Kopf festsaßen und mich von innen heraus aufzufressen schienen.

Ich hatte das Bett in dieser Zeit kaum verlassen. Jalmari umsorgte mich und brachte Kian regelmäßig zu mir, damit ich meinen kleinen Prinzen in den Armen halten konnte. Er war erst wenige Wochen alt und doch hatte ich bereits jetzt das Gefühl, dass er von Tag zu Tag größer wurde und schon bald zu einem stattlichen Mann herangewachsen wäre. Mit einem Kind verging die Zeit um so vieles schneller.

Ich hoffte, dass Rumpelstilzchen bald wiederkehren würde. Vielleicht würden dann auch endlich meine Kopfschmerzen vergehen. Die Ungewissheit trieb mich nämlich allmählich in den Wahnsinn. Ich wusste nicht, ob etwas schiefgelaufen war oder der Plan bereits in die Tat umgesetzt wurde. Ich brauchte Antworten und das schnell.

In der vergangenen Nacht hatte ich einen Traum, der so greifbar gewesen war, dass ich ihn beinahe mit der Realität verwechselte. Es war tiefer Winter, dicke Flocken schwebten vom Himmel und versperrten mir die Sicht. Ich ritt auf meinem Ross durch den Schnee, während der eisige Wind mir ins Gesicht peitschte und meine Haut nahezu gefrieren ließ. Als ich hinunter auf meine Handschuhe sah, waren diese blutverschmiert. Ich tastete an meinem Körper entlang und stellte voller Erleichterung fest, dass ich unverwundet und es nicht mein Blut war, das an meinen Händen klebte.

Doch dann wurde ich panisch, mein Herz ging immer schneller und ein ungutes Gefühl machte sich in mir breit. Jalmari und Kian, irgendetwas war mit meiner Familie geschehen, aber ich wusste nicht, was es war. Diese Ahnung ohne Gewissheit trieb mir gefrierende Tränen in die Augen.

Dann breitete sich schlagartig ein wildes Feuer aus. Ich versuchte es mit meinen Fähigkeiten zu löschen, doch es war zu stark und ließ sich nicht bändigen. Ein Feuerball schlug zu meiner Rechten ein, sodass mein Pferd mich abwarf und davonritt. Allein und ängstlich blieb ich zurück, ohne zu wissen, wie mir geschah.

Ich hörte Reiter in der Ferne, die ihren Weg durch den von Flammen verschlungenen Wald fortsetzten. Ich rief nach ihnen, wollte sie um Hilfe bitten, doch als sie mich erreichten, ritten sie einfach durch mich hindurch. Sie konnten mich nicht sehen, konnten mich nicht hören, mich nicht berühren. Als wäre ich in einer fremden Welt gefangen.

Am Himmel braute sich etwas zusammen. Grüne Wolken zogen auf, verdeckten den Mond und ließen das Funkeln der Sterne erlöschen. Ein Donnergrollen war von weit entfernt zu hören und die grellen Blitze kündigten den nahenden Sturm an. Erst da bemerkte ich, dass es aufgehört hatte zu schneien. Aber kein Tropfen Regen rieselte vom Himmel hinab, stattdessen zogen die grünen Wolken weiter und rissen ein strudelförmiges Loch ins Firmament, in dem ich schemenhafte Umrisse erkennen konnte. Doch war mein Blick wie verschleiert, als hätte jemand ein hauchdünnes Tuch über meine Augen gelegt, damit ich nicht sehen konnte, was auch immer sich in diesem Loch verbarg.

Als ich aus diesem Traum hochgeschreckt war, waren die Laken von meinem Schweiß durchtränkt gewesen. Ich konnte mir nicht erklären, wo diese grausamen Bilder hergekommen waren, doch ich hatte das Gefühl, dass sie mir eine Version der Zukunft zeigten. Eine Zukunft, bei der mein Herz vor Freude aufging. Eine Welt, die in Flammen stand, in der das Chaos wütete und der Tod allgegenwärtig war, war ganz nach meinem Geschmack. Die Besten würden siegen und diejenigen, die es nicht wert waren, würden von der Erde gefegt werden.

Für einen kurzen Moment schien das Pochen in meinem Kopf nachzulassen. Die Bilder, die *Vision* war noch immer so präsent, so greifbar. Als ich den Blick über meine Hände schweifen ließ, konnte ich das Blut an ihnen kleben sehen und der rostige Geruch stieg mir in die Nase. Ich blinzelte einige Male, bis das Rot wieder fort war.

Meine Stirn glühte. Vielleicht wollte mir mein Verstand auch lediglich einen Streich spielen und mich von Rumpelstilzchen und seiner Aufgabe ablenken. Doch nun, da ich wieder daran dachte, wurde ich wütend. Es sollte nicht so lange dauern, eine kinderlose Königin um den kleinen Finger zu wickeln. Schließlich sollte er sich dort im Palast nicht einnisten, sondern lediglich *das Licht der Unendlichkeit* stehlen und endlich zu uns bringen.

Ein willkommenes Klopfen riss mich aus den Gedanken, die mich noch hätten verrückt werden lassen.

»Herein!« Meine Stimme war leise, fast nur als heiseres Röcheln wahrnehmbar. Jalmari trat ein. Er hielt den schlafenden Kian fest in den Armen und flüsterte ihm beruhigende Worte zu. Dabei strahlte er übers ganze Gesicht.

»Er ist eben erst eingeschlafen«, sagte Jalmari und reichte mir das kleine Bündel. Kian schlief fest, aber ein dicker Sabberfaden hing aus seinem halb geöffneten Mund und tropfte auf meinen Arm. Ich schaute angewidert auf ihn hinunter. Am liebsten hätte ich ihn auf der Stelle zurück an seinen Vater übergeben, damit er nicht noch mehr Unheil anrichten konnte. Als mir bewusst wurde, was ich soeben gedacht hatte, atmete ich erschrocken ein.

»Alles in Ordnung?« Sorgenfalten durchzogen seine Stirn.

»Eira?«, hakte er noch ein weiteres Mal nach. Von meinen eigenen Gedanken entsetzt, riss ich die Augen weit auf.

»Ja«, sagte ich sanft. »Alles ist gut. Ich bin nur müde.«

Ich war mir sicher, dass er mir kein Wort glaubte, doch glücklicherweise ließ er es auf sich beruhen. Irgendetwas stimmte nicht mit mir. In meinem Kopf befanden sich zwei Stimmen, die gegeneinander anzukämpfen versuchten, doch sie übertönten einander, keine gewann die Oberhand. Ich musste herausfinden, was los war.

Bevor ich endgültig den Verstand verlor.

KAPITEL 24 – TERO

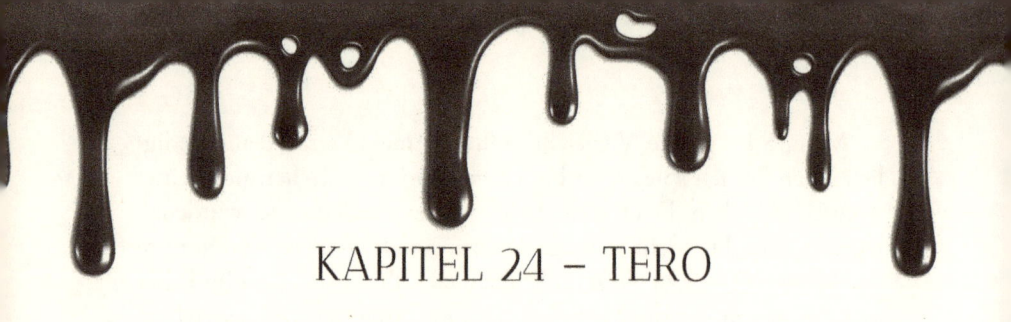

Tante Izay legte ihre dürren Finger zum Abschied auf meine Wange. Sie war über die Jahre zu einer alten und gebrechlichen Frau geworden. Ich berührte mit den Fingerspitzen ihren Handrücken, zog sie allerdings schnell wieder fort, da die Angst zu groß war, ich könnte meiner Tante die filigranen Knochen brechen.

Der Tag war schnell vergangen, als hätte die Sonne es heute besonders eilig gehabt, hinter den Berggipfeln zu verschwinden und dem Mond Platz zu machen. Ich konnte mich nicht einmal mehr daran erinnern, was ich in den vergangenen Stunden getan hatte. Seit dem Abschied von Aleksi war alles verschwommen gewesen, mein Körper atmete mechanisch, völlig ohne mein Zutun.

Meine Tante zog ein samtweiches Taschentuch aus dem langen Ärmel ihres Kleides und tupfte sich die Tränen aus den Augenwinkeln. Ich schluckte schwer. Ich durfte keine Schwäche zeigen, nicht jetzt, wo der Krieg kurz bevorstand. Ich musste stark sein. Für Asante, für Resa, für Eggi, für Nerina. Gerade für Nerina. Doch ganz egal, wie stark ich auch sein wollte, sie wäre immer meine größte Schwäche.

Sie versuchte ihre Angst hinter einer eisernen Maske zu verbergen, aber die Kraftlosigkeit war ihr in jeder ihrer Bewegungen anzusehen. Die vergangenen Wochen hatten an ihr gezehrt. Und nun, da Aleksi fort war, war sie unsere einzige Chance. Die einzige Hoffnung, dass wir Eira vernichten konnten. Auf ihren Schultern lag eine große und schwere Last, die ich ihr leider nicht nehmen konnte. Alles, was ich tun konnte, war, an ihrer Seite zu stehen und ihr mit Pfeil und Bogen treu zu dienen.

Ich hätte etwas tun können, hätte ihr eine Hilfe sein können, aber ich hatte mich geweigert. Ich hatte mich geweigert, die Magie zu erwecken und zu kontrollieren. Ich spürte erst, dass ich meine Hände zu Fäusten geballt hatte, als meine verkrampften Finger zu schmerzen begannen. Wie sturköpfig ich doch gewesen war. Ich hatte darauf vertraut, dass mein Bruder Nerina helfen konnte, und nun standen wir hier und ihr blieb keine Wahl, als sich ihrer Schwester allein gegenüberzustellen.

Aber ich hatte gesehen, was die Magie mit einem Menschen machen konnte. Hatte die Ruinen gesehen, die Trümmer und die Asche, die meine Mutter zurückgelassen hatte. Sie hatte die Beherrschung verloren und alles und jeden in ihrer Nähe mit sich in den Tod gerissen. Das sollte mir niemals geschehen, das schwor ich mir damals, als ich den Falken erhalten hatte, der mir die schlimme Nachricht überbrachte.

Mit der Magie war es, als spiele man mit dem Feuer. Geriet sie ein einziges Mal außer Kontrolle, war es beinahe unmöglich, sie zu bändigen. Mein Herz polterte gegen meine Brust, gegen meine Rüstung, als ich an unsere Ankunft in Kjartan zurückdachte, an den Moment, in dem ich dachte, Nerina würde sterben. Ich dachte, es würde ihr wie meiner Mutter ergehen.

»Geht es dir gut, Tero? Du siehst blass aus.« Kaum hatte ich die Worte erfasst, entspannte mein Körper sich wieder und mein Herzschlag beruhigte sich. Die eng anliegende Uniform schmiegte sich hervorragend um Nerinas zarten Körper. Die dunklen Farben, die Messer in ihrem Gürtel und das offene, vom Wind leicht zerzauste Haar ließen sie mehr wie eine Kriegerin aus den Wäldern als eine Königin aussehen. Sie legte den Kopf in den Nacken, um mir in die Augen zu blicken. Sie zog eine Braue in die Höhe, verschränkte die Arme vor der Brust und hörte gar nicht auf, mich anzustarren. Dann fiel mir auf, dass ich ihr noch eine Antwort schuldete und sie mich vermutlich nur aus diesem Grund so ungeduldig betrachtete.

»Mir geht es gut«, sagte ich. Die Worte kamen wie eine Lüge über meine Lippen, aber Nerina nickte lediglich, anstatt mir vorzuhalten, ihr nicht die Wahrheit zu sagen.

Tante Izay stand noch immer an meiner Seite. Ich spürte ihren traurigen Blick, der sich förmlich in mein Innerstes bohrte und mir die Luft abschnürte. Ich wollte sie nicht zurücklassen, ihr nicht den Rücken kehren, doch mir blieb keine Wahl. Wir mussten schließlich die sieben Königreiche vor dem Untergang retten. Dennoch lag ein unwohles Gefühl wie ein dumpfes Donnergrollen in meiner Magengrube und hatte sich dort festgesetzt. Es war das Gefühl, als würde ich meiner Tante heute zum letzten Mal gegenüberstehen.

»Du tust das Richtige, Teriostas«, flüsterte sie mir zu. »Nun geht, erfüllt euer Schicksal. Rettet Arzu. Rettet uns alle.«

Noch ein letztes Mal schlang ich meine Arme um den viel zu dürren und gebrechlichen Körper meiner Tante. Ihr weißes Haar duftete nach Winter. Ich schloss die Augen, um diesen Moment bis in alle Ewigkeit festzuhalten. Niemals wollte ich meine Tante vergessen und niemals wollte ich Kjartan vergessen. Trotz der schrecklichen Dinge, die ich mit diesem Königreich verband, würde es doch immer meine Heimat bleiben. Die schönen Erinnerungen überwogen, drängten sich in den Vordergrund und legten einen hauchdünnen Schleier über den Schrecken, den ich mit dem Palast verband.

Als ich von meiner Tante abließ, half Asante gerade seiner Schwester auf eines der Pferde. Laresa konnte sich nur mit Mühe und Not im Sattel halten, aber sie versuchte, sich nichts anmerken zu lassen. In ihr steckte eine wahre Kämpfernatur, wie ich sie selten bei einer jungen Frau gesehen hatte.

Ich warf einen letzten Blick über die Schulter, lächelte Tante Izay zu, ehe ich mich mühelos auf mein Ross schwang. Es war viel zu lange her, dass ich in einem Sattel gesessen hatte. Als ich die Zügel ergriff, rutschte mein Pelz ein wenig hinauf. Wie von Geisterhand geführt, glitt ich mit den Fingerspitzen über die kleine Narbe an meinem Handgelenk.

Ich spürte, dass Nerina mich von der Seite beobachtete, doch als ich meinen Kopf drehte, huschte ihr Blick in die entgegengesetzte Richtung. Schnell platzierte ich den Pelz wieder zurück dorthin, wo er hingehörte.

Du Schwächling.
Du Feigling.
Du verdienst sie nicht.
Du verdienst es nicht, glücklich zu sein.

Es waren mehrere Stimmen, die sich in meinem Kopf stritten, immer versuchten, einander zu übertönen. Aber ich hörte jede einzelne von ihnen. Mal waren sie lauter und manchmal nur wie ein ganz entferntes Rauschen im hintersten Winkel meiner Gedanken. Doch sie waren immer präsent und erinnerten mich an die Bürde, mit der ich zu leben hatte. Eine Bürde, mit der ich Nerina nicht belasten wollte, nicht belasten *konnte*.

Sobald wir diesen Krieg überstanden hatten, würde ich es ihr sagen, würde ich ihr alles sagen.

Denn dies war mein letztes und zugleich grausamstes Geheimnis.

KAPITEL 25

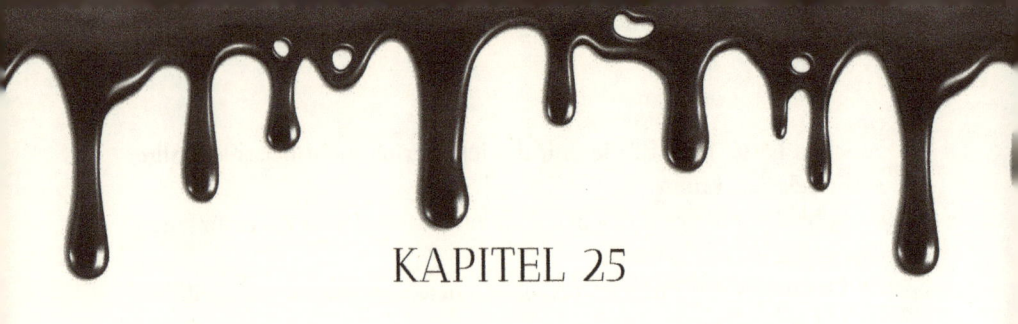

Anstatt auf direktem Weg aus Kjartan zu reiten, machten wir einen Umweg durch das Königreich. Der Himmel war bereits pechschwarz und von so tiefer Dunkelheit, dass es mich schauderte.

Als wir in der Hauptstadt ankamen, war ich baff. Ich hätte nie damit gerechnet, dass es etwas Schöneres auf der Welt als den Eispalast Kjartans geben konnte, doch diese Stadt glich einem beeindruckenden und märchenhaften Winterwunderland. Genau so eines, wie es den Rahmen von Eiras Spiegel zierte.

Die kleinen, dicht aneinandergereihten Häuschen waren schneebedeckt. Lediglich die Schornsteine ragten von den Dächern empor und pusteten winzige Rauchwölkchen in den Nachthimmel. Beinahe jedes Grundstück besaß einen mit Eisblumen übersäten Vorgarten, in dem die Bewohner standen und uns zujubelten, sobald wir an ihnen vorbeizogen.

Es schien, als hätte sich ganz Kjartan versammelt, um seinen Helden Lebewohl zu sagen. Mütter hielten ihre Kleinkinder fest im Arm, während sie die andere Hand winkend über ihren Köpfen schwenkten. Sobald sie Tero erblickten, verneigten sie sich vor ihrem rechtmäßigen König. Ihm war die viele Aufmerksamkeit sichtlich unangenehm, doch er tat seine Pflicht und nickte dem Volk dankbar zu.

Hauptmann Viktus war uns dicht auf den Fersen und genoss die Jubelrufe in vollen Zügen. Er richtete sich in seinem Sattel auf und schenkte den jungen Frauen ein so bezauberndes Lächeln, dass wohl jedes ihrer Herzen augenblicklich zu schmelzen begann.

Es dauerte eine Ewigkeit, bis wir die Stadt endlich hinter uns gelassen hatten. Der Mond war die einzige Lichtquelle, die uns den Weg wies.

Ich blickte über die Schulter zu meinen Freunden, die schweigend hinter uns ritten. In der Ferne konnte ich die letzten Fußsoldaten erahnen, die die Stadt noch immer nicht hinter sich gelassen hatten. Kjartan hatte uns unzählige Männer zur Verfügung gestellt. Das mochte den

Vorteil haben, dass man uns vermutlich nicht angreifen würde, aber der Nachteil war, dass wir uns auf keinen Fall vollkommen unbemerkt nach Dylaras schleichen konnten. Früher oder später würde man auf uns aufmerksam werden.

»Wie lange werden wir bis ins Mokabi-Ödland brauchen?« Ich hielt die Zügel stramm, damit mein Pferd etwas langsamer und mit dem von Hauptmann Viktus auf einer Höhe ging. Der Sattel war zwar mit einer edlen Decke überzogen, dennoch drückte er mir bereits jetzt das Gesäß so platt, dass ich vermutlich vor Schmerzen umkommen würde, sobald ich abstieg.

So wie der Mond sich in Viktus' Augen spiegelte, wirkte er wie ein Geist, gefangen in einer fremden Welt. »Ein paar Tage, schätzungsweise vier oder fünf.«

»Und wo werden wir rasten?«

»Es gibt einige Lichtungen, die groß genug sind, dass wir alle dort unterkommen können«, erklärte er. »Tagsüber rasten, nachts reiten wir.«

Ich nickte, womit das Gespräch für mich auch schon wieder beendet war. Mir war nicht nach Sprechen zumute, mit niemandem, nicht einmal mit Tero.

Sollte alles so reibungslos funktionieren, wie wir uns das vorstellten, dann sollten wir in etwa zwei Wochen Arzu erreicht haben. Zwei Wochen noch, bis ich meiner Schwester nach all der Zeit wieder gegenüberstand. Ob sie einen Anflug von Freude verspüren würde? Oder würde sie mir augenblicklich ein Messer mitten ins Herz rammen, um mich endgültig aus dem Weg zu räumen?

Ich überlegte mir verschiedene Szenarien, wie das Aufeinandertreffen verlaufen könnte. Ob sie noch immer das Kind unter ihrem Herzen trug? Hatte sie es vielleicht sogar bereits geboren? Konnte ich einem unschuldigen Kind wirklich die Mutter nehmen?

Ich dachte zurück an das verlassene Dorf im Wald Alain. Das Dorf, in dem die zehn unschuldigen Menschen hingerichtet worden waren. Die baumelnden nackten Leichen, ihre aufgeschlitzten Körper, ihre herausgerissenen Herzen. Ein säuerlicher Geschmack füllte meine Speiseröhre, breitete sich darin aus und ich kämpfte gegen den Drang an, mich zu übergeben.

Mir war bewusst, dass mir nichts anderes übrig blieb. Jemand musste Eira aufhalten und ich war diejenige, die meiner Schwester den Gnadenstoß geben musste. Komme, was wolle, am Ende dieses Krieges würde sie den Tod finden.

Ich tastete nach den Messern, die an Ort und Stelle an meinem Gürtel befestigt waren. Die Griffe fühlten sich kühl an meinen Fingerkuppen an, genauso wie der Stein auf meiner Haut, der im gleichmäßigen Takt von der Kette baumelte und mir ein Gefühl von Sicherheit vermittelte. Diese Kette, dieses Geschenk, war der Schlüssel, mit dem ich alles erreichen konnte, wenn ich nur fest genug daran glaubte.

Aleksi, ich brauche dich, schoss es mir durch den Kopf, aber ich versuchte den Gedanken wieder abzuschütteln. Erst musste er seiner Bestimmung nachgehen und die Liebe seines Lebens aus den Fängen des Bösen befreien. Dann und nur dann würde er wieder an meiner Seite stehen und mich mit seiner Magie unterstützen.

Ich hoffte, dass es Mari gut ging. Sie war erst einen Tag verschwunden und doch kam es mir vor, als wäre seitdem ein halbes Leben vergangen. Wie endlos sich Sekunden und Minuten und Stunden doch hinziehen konnten. Bisher hatte ich nicht einmal die Zeit gefunden, mir Sorgen um Mari zu machen. Vielleicht aber auch nur deshalb, weil ich wusste, dass Aleksi sie finden und zurückbringen würde. Es war etwas, das mein Herz mir sagte. Sie mussten schon auf halbem Weg sein, den Palast von Fulvis am morgigen Abend erreichen. Und dann würde alles gut werden.

Unwillkürlich entglitt mir ein leises Schnauben, das mein Pferd hellhörig die Ohren spitzen ließ. Ich kraulte seine Mähne, um ihm zu versichern, dass bei mir alles in Ordnung war.

Glaubte ich wirklich daran, dass alles gut würde? Die Vision der Zukunft, die Etarja mir gezeigt hatte, versprach nichts Gutes. Ich erinnerte mich noch so, als hätte ich die Vision erst gestern gesehen. Ich hatte den Eispalast Kjartans gesehen, hatte gesehen, wie er zusammenbrach, hatte die gesichtslosen Gemälde gesehen. Natürlich war all dies nicht so eingetroffen, wie ich es gesehen hatte. Aber die Vision hatte recht behalten. Wir waren gefangen gewesen, gefangen in einem Palast aus Eis. Wir wurden angegriffen und die Feinde hatten uns in einem Trümmerhaufen zurückgelassen, unsere Gruppe gespalten.

Unsere Freunde waren noch immer in unseren Herzen präsent, doch sie waren nicht greifbar, waren nun gesichtslos.

Als Nächstes war allerdings ein schönes Bild gefolgt. Ein Bild von einer grünen Wiese, von Sonnenschein, von Dylaras. Wollte die Vision mir damit zeigen, dass wir mindestens einen Teil unseres Vorhabens in die Tat würden umsetzen können? Oder hatte sie mir lediglich einen Streich gespielt?

Das, was du gesehen hast, Nerina, ist nur eine Version der Zukunft. Die Stimme ertönte so klangvoll in meinem Geist, dass ich einen Moment lang glaubte, Etarja stünde an meiner Seite und flüsterte mir die Worte ins Ohr. Doch als ich meinen Kopf zur Seite drehte, hieß mich lediglich die Dunkelheit willkommen.

Du bist der Schlüssel, Nerina. Du kannst uns alle retten. Glaube an dich und die Kraft, die du in deinem Herzen trägst.

»Etarja? Bist du das?«, flüsterte ich in die Nacht hinein. Doch natürlich erhielt ich keine Antwort.

»Alles in Ordnung?« Viktus schaute mich an, als hätte er soeben ein Gespenst gesehen. Er musste denken, dass ich Selbstgespräche führte.

»Alles bestens«, erwiderte ich lächelnd und richtete den Blick wieder in die Ferne. Wir befanden uns mitten im Wald. Das Laub raschelte und gab unter den Hufen der Pferde nach. Es war eine wunderschöne Herbstnacht, die ich unter anderen Umständen in vollen Zügen genossen hätte. In wenigen Wochen würde der Winter seine Hand ausstrecken und die Königreiche in seine Umarmung ziehen.

Ein Bild flackerte vor meinem geistigen Auge auf. Doch so schnell, wie es gekommen war, verschwand es auch wieder. Ich konnte meine Hände nicht davon abhalten, unkontrolliert zu zittern.

Ich hatte es so klar und deutlich gesehen – den Palasthof von Arzu und von Leichen übersäten, blutbefleckten Schnee.

KAPITEL 26

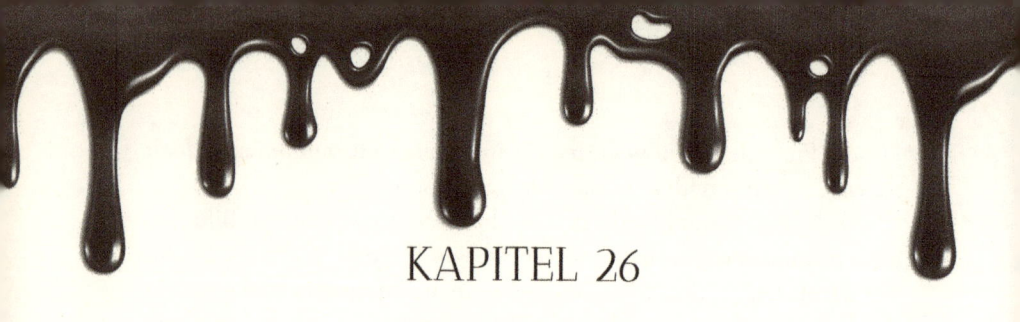

Ich schlang die Arme noch fester um meinen zitternden Körper, als ich es eben noch getan hatte. Mit aller Kraft, die ich noch aufbringen konnte, presste ich mich gegen den Wind, der mir ins Gesicht peitschte. Ich konnte nicht sehen, wo ich hintrat, meine Haare versperrten mir die Sicht und jeder Versuch, sie hinter meine Ohren zu schieben, scheiterte kläglich.

Ein Schneesturm war aufgekommen, wirbelte die weißen Flocken wie eine Flutwelle durch den Wald. Sie zerschellten an meiner Haut, zerbarsten in all ihre Einzelteile und ich konnte sie nicht aufhalten. Sie waren wie kleine Messerstiche an meinem gesamten Körper.

Wimmernd setzte ich meinen Weg fort. Ich kam nur langsam voran, ein Schritt mühseliger als der vorherige.

»Tero?«, rief ich in die Finsternis, doch meine Stimme wurde vom Wind einfach davongetragen. Ich wusste nicht, wie ich an diesen Ort gelangt war. Er erschien mir fremd.

Der Wind ließ allmählich nach, sodass sich meine Sicht langsam klärte. Der schmale Waldweg war von einer hohen Schneemasse bedeckt, durch die ich mich durchzukämpfen versuchte. Ich spürte meine eingefrorenen Glieder kaum noch.

Komm schon, Nerina, du schaffst es, wies ich mich selbst in Gedanken an. Doch es gelang mir nicht. Es war zu kalt, viel zu kalt. Als ich an mir hinunterblickte, stellte ich fest, dass ich keinen Pelz am Leib trug. Lediglich ein hauchdünnes Oberteil schmiegte sich um meinen Körper. Der Schnee hatte es bereits durchtränkt und der kalte Wind hatte es klamm und schwer werden lassen.

Die Dunkelheit wurde plötzlich von einem Feuerball durchbrochen. Er schoss durch den Nachthimmel und wirkte auf mich, als würde die flammende Sonne direkt Richtung Erdboden schießen. Als die Kugel auf dem Boden aufschlug, vibrierte dieser unter meinen Sohlen und es riss mich von den Füßen. Ich vergrub die Hände in der Schneedecke, die wie Sand durch meine Finger rann.

»Was geschieht hier?« Wärme schoss auf einmal durch meinen Körper und trocknete meine Kleider. Ich klopfte mir Schmutz von der Hose, als ich mich wiederaufrichtete. Es war noch immer Nacht, doch nun war es hell wie an einem Sommertag. Ich rümpfte die Nase, als ich einen unangenehmen Geruch wahrnahm, der langsam meine Lunge füllte. War das …?

Die Flammen knisterten und rissen jeden Baum, der ihnen in die Quere kam, mit sich. Ein Stamm fiel, dann ein weiterer wie im Zeitraffer. Ich drehte mich wirr im Kreis, nur um festzustellen, dass das Feuer mich eingekesselt hatte. Mir blieb nichts anderes übrig, als um mein Leben zu rennen. Und das tat ich.

Ich rannte weiter und weiter, immer tiefer in den Wald hinein. Oder rannte ich aus ihm hinaus? Ich wusste es nicht, denn ich fühlte mich an diesem Ort nicht heimisch. Ein Schrei so laut wie einhundert galoppierende Pferde drang in meine Ohren. Instinktiv führten meine Beine mich in die Richtung, aus der der Laut gekommen war.

Ein kleines Mädchen lehnte zitternd am Stamm eines Baumes, den die Flammen noch nicht verschlungen hatten. Ihr blaues Kleid war zerrissen und verschmutzt, in ihren blonden Haaren hatten sich Äste und Blätter verfangen. Sie wippte auf ihren Ballen vor und zurück, hatte die Hände schützend über ihre Ohren gelegt.

»Ich helfe dir«, flüsterte ich dem Mädchen zu, doch es konnte mich nicht hören. Also ging ich in die Hocke und legte meine Hand auf ihren Arm. Augenblicklich erstarrte ihr eben noch bebender Körper und sie hob den Kopf an. Große blaue Augen schauten mich verängstigt an. »Komm.«

Als ich ihr aufhelfen wollte, streckte sie den Zeigefinger aus und deutete auf etwas hinter mir. Dann öffnete sie ihren kleinen Mund erneut zu einem Schrei.

Schnell drehte ich mich um und schob das Mädchen hinter meinen Rücken. Ich musste es beschützen, durfte nicht zulassen, dass ihm etwas geschah. Eine Frau trat zwischen den Bäumen hervor. Ihr bodenlanges Kleid war von einem tiefdunklen Rot, von dem ich mir nicht sicher war, ob es die Farbe des Stoffes oder ob es in Blut getränkt war. Mit

aufrechtem Gang kam sie auf mich zu, ein schelmisches Lächeln auf ihren Lippen. Je näher sie kam, desto genauer konnte ich sie sehen. Langes schwarzes Haar, schneeweiße Haut, blutrote Lippen.
Eira.

Schnell atmend schreckte ich aus dem Traum hoch. In den vergangenen drei Tagen hatte ich jede Nacht denselben Albtraum, der immer mehr Gestalt annahm. Es war das erste Mal, dass ich meine Schwester dort gesehen hatte.

Ich schob die dicke Decke von mir und stand auf. Meine Schlafmatte war schweißnass und mein Puls raste noch immer. Dieser Traum war so surreal und unwirklich, wirkte aber gleichzeitig so echt. Als hätte ich nach Eira greifen und sie berühren können. Ich wusste nicht, was dieser Traum mir mitteilen wollte, ob er zu einer Version der Zukunft gehörte oder ob mein Unterbewusstsein mir lediglich einen Streich spielte.

Ich trat aus dem Zelt heraus und ließ mich von der kühlen Abendbrise einhüllen. Eine Gänsehaut breitete sich auf meinen Armen aus, kaum dass der Wind auf meine schweißgetränkte Haut traf. Heute Nacht würden wir das Mokabi-Ödland erreichen, hatte Hauptmann Viktus gesagt.

Bisher konnten wir Fulvis ohne Zwischenfälle passieren. Wir waren einigen Bauern und kleineren Siedlungen auf dem Weg begegnet, doch kaum hatten sie uns gesehen, waren die Menschen schreiend davongestürmt. Vermutlich hätte ich nicht anders reagiert, wenn mir ein Heer von tausend Mann über den Weg gelaufen wäre.

»Du hattest wieder einen Albtraum«, sagte Eggi, als er mich sah. »Du hast im Schlaf geschrien.«

»Das tut mir leid«, antworte ich peinlich berührt und spürte, wie meine Wangen erhitzten.

»Ach, schon in Ordnung.« Seine verklebten Strähnen hingen wirr von seinem Kopf. Durch den Dreck, der sich in ihnen sammelte und so festsaß, dass er nicht einmal mehr rausgewaschen werden konnte, sah es so aus, als wäre er von dicken Bandwürmern umgeben. »Ich träume auch schlecht. Jede Nacht seit Odes Tod.«

Ich nickte. »Ich habe Angst, die Augen zu schließen. Im wachen Zustand kann ich die schrecklichen Bilder verdrängen, aber sobald ich schlafe, schieben sie sich wieder an die Oberfläche.«

»Wir sind elende Trümmerhaufen.« Eggi schnaufte. »Wie soll es jemals wieder normal werden?«

»Das wird es niemals. Es wird vielleicht irgendwann besser und einfacher, aber der Schmerz wird nie vergehen.«

»Du weißt immer, wie du uns aufmuntern kannst, was?« Asante trat zu uns und knuffte mir in den Oberarm. »Möchtest du noch eine Motivationsrede halten? Resa ist auch gleich fertig.«

Ich rollte spielerisch mit den Augen und schüttelte den Kopf. »Vielleicht morgen wieder.«

»Ich werde dich daran erinnern.« Laresa trat in jenem Augenblick aus dem Zelt. Auch sie sah nicht besser aus, als ich mich fühlte.

»Wo ist Tero?«, fragte ich, als ich bemerkte, dass er noch nicht bei uns war. Sein Zelt war bereits zusammengepackt.

»Bei Viktus, glaube ich. Sie haben die letzte Wache übernommen.«

Schnell rollte ich mein Zelt zusammen und lud es zurück auf den Karren, den einige der Fußsoldaten zogen.

Tero und Viktus saßen nebeneinander auf einem Felsen und schienen sich prächtig zu amüsieren. Ich hatte Tero lange nicht so fröhlich und ausgelassen gesehen. Schon seit einigen Wochen war er in sich gekehrter als jemals zuvor. Doch eines blieb unverändert – sein Blick, wann immer er mich sah.

»Hast du gut geschlafen?« Er schob sich einen Bissen Brot in den Mund.

»Nein.«

»Wieder der Albtraum?«

Ich nickte. »Aber dieses Mal war es anders. Eira war dort.«

Tero begann zu husten und riss die Augen weit auf. »Du hast Eira in deinem Traum gesehen?«

»Ja, aber ich bin mir nicht sicher, ob es wirklich nur ein Traum war.«

»Was sollte es sonst sein?«, fragte Viktus.

»Eine mögliche Zukunftsvision«, gab ich achselzuckend zurück. »Ich weiß es nicht. Es wirkt alles so real. Wir sollten einfach weiter vorsichtig sein.«

Wir packten die Zelte zusammen und verließen das Lager so ordentlich wie möglich. Auch wenn wir uns die größte Mühe gaben, war es bei so vielen Menschen ausgeschlossen, keinerlei Spuren zu hinterlassen, die die Feinde zurückverfolgen konnten.

Als der Mond bereits hoch am Himmel stand, stiegen wir auf unsere Pferde und ritten weiter. Die Nacht war wieder einmal sternenklar und friedlich. Hier draußen hatte man das Gefühl, sich in einer anderen Welt zu befinden, voller Hoffnung, Glück und Träumen der Menschheit.

An einem schimmernden See hielten wir einen Moment an. Da unser Weg uns in eine trockene Einöde führte, mussten wir genügend Wasservorräte sammeln, um in der sengenden Hitze nicht zu verdursten. Ich tauchte meine Flasche in das kühle Nass und beobachtete, wie das Wasser in die Öffnung floss und kleine Luftblasen erzeugte, durch die gleichmäßige Wellen auf der Oberfläche entstanden. Dieses Schauspiel zu beobachten, wirkte beruhigend auf mich.

»Wir müssen weiter«, sagte Tero und trat lächelnd an meine Seite. Ich konnte nur schwer den Blick von dem See abwenden, und doch musste es sein. Mit dem Wissen, was auf uns zukam, wollte ich mich so lange wie möglich an den kleinen Dingen des Lebens erfreuen. War es nur ein glitzernder See, ein singender Vogel in den Baumkronen oder das Gefühl der Sonne auf meiner Haut. Denn vielleicht würde ich all diese Dinge bald nicht mehr genießen können.

Ich griff nach Teros Hand, die er mir entgegengestreckt hatte, und ließ mir von ihm aufhelfen. Dann stieg ich wieder auf mein Pferd und reihte mich zwischen den anderen ein. Es war merkwürdig, wie schweigsam all die Krieger waren. Ich hatte kaum einen von ihnen in den vergangenen Tagen auch nur ein Wort sprechen gehört. Manchmal, wenn ich sie beobachtete, wusste ich nicht einmal, ob sie überhaupt aus Fleisch und Blut bestanden. Ihre Schritte waren stets einheitlich, im Takt des vorherigen Mannes. Ihre Köpfe waren erhoben und die Augen starr geradeaus gerichtet. Wie eine Armee kleiner Spielzeugsoldaten.

»Wir dürften das Mokabi-Ödland in einer Stunde erreichen«, brüllte Hauptmann Viktus von vorderster Front. »Haltet die Augen offen, wir wissen nicht, wo sich die Nomaden aufhalten.«

Ich konnte mir nicht vorstellen, dass die Wüstenbewohner uns angriffen. Wir waren deutlich in der Überzahl und hatten auch nicht vor, in ihr Territorium einzugreifen oder sie zu überfallen. Nichtsdestotrotz ließ ich meinen Blick wandern und legte eine meiner Hände um den Griff eines Messers. Man konnte nie wissen.

Der Himmel nahm allmählich einen schimmernden Rotton am Horizont an. Die Sonne bahnte sich ihren Weg zurück an ihren Platz und vertrieb damit langsam die Nacht. Sollte Eira und somit die Dunkelheit siegen, würde die Sonne dann jemals wieder den Himmel erleuchten? Oder würden die Königreiche dann dem Schattenreich gleichen?

Je weiter wir ritten, desto trockener wurde der Boden unter den Hufen meines Pferdes. Die Erde war rissig und brüchig, als hätte sie seit Jahren kein Wasser mehr gesehen. Die Grashalme am Waldrand hatten eine bräunliche Farbe angenommen und die zarten Blüten waren vertrocknet.

Die ersten Sonnenstrahlen erleuchteten den Weg vor uns. Ein Blick in die Ferne ließ mich erschaudern. Noch waren es einige Minuten, die wir reiten mussten, doch ich konnte bereits jetzt das Ödland sehen, das sich vor uns erstreckte. Ich schnalzte mit der Zunge und trieb mein Pferd vorwärts. Dieses Spektakel musste ich von Nahem sehen.

Ich ritt an Hauptmann Viktus und Tero vorbei und ließ meinen Gefährten erst am Tor zum Mokabi-Ödland anhalten. Vor mir erstreckte sich ein großes, weites Nichts. Wo eben noch das Leben regiert hatte, regierte hier eine Trockenheit, wie ich sie noch nie zuvor gesehen hatte. Tiefe Risse durchzogen die Erde, feine und grobe Sandkörner trieben wie Staub durch die Lüfte. Hier wuchs keine Nahrung und kein Bach floss durch dieses Land – also wie konnte es sein, dass Menschen hier überlebten?

Als die anderen zu mir aufgeschlossen hatten, ritten wir tiefer ins Ödland hinein. Dabei ging ein erstauntes und zugleich ehrfürchtiges Raunen durch die Menge. Es war mir nicht begreiflich, wie die Vegetation in den Königreichen so unterschiedlich sein konnte, wenn doch dieselbe Sonne jedes Land erstrahlte. Dennoch war ich hier und hatte den Beweis direkt vor Augen. Genauso wie auch Kjartan sich von den anderen Reichen abhob, war es mit dem Ödland. Es schockierte und faszinierte mich zugleich.

Die Sonne hatte noch lange nicht ihren höchsten Punkt erreicht, dennoch war es bereits jetzt unglaublich heiß. Mein Hengst schnaubte alle paar Schritte und schüttelte seine Mähne aus. Es musste für ihn noch viel anstrengender sein als für mich. »Braver Junge«, flüsterte ich ihm ins Ohr.

»Wir schlagen unsere Zelte auf«, sagte Hauptmann Viktus und sprang mit einem Satz aus seinem Sattel.

Verwirrt schaute ich mich um. »Hier? Inmitten der Hitze?«

»Leider gibt es hier keinen mir bekannten Unterschlupf.« Er wischte sich den Schweiß von der Stirn. »Uns bleibt keine Wahl. Die Zelte werden uns von der Sonne abschirmen.«

Noch bevor er das letzte Wort gesprochen hatte, waren seine Männer bereits mit dem Aufbau der Schlafunterkünfte beschäftigt. Ich half einigen der Krieger dabei, das Zelt für die Pferde aufzuspannen, was sich als komplizierter als vermutet erwies. Die Erde war so trocken, dass die Holzstäbe darin nicht halten wollten. Wir versuchten es einige Male, bis wir sie schließlich in den Rissen so verkanten konnten, dass sie einen halbwegs stabilen Eindruck machten. Sollte allerdings eine Windböe durch das Ödland streifen, würde das Zelt schneller davonwehen, als wir schauen konnten.

Ich nahm mein Pferd am Zügel und führte es unter den Sonnenschutz. Asante und Eggi zogen einen der Karren zu uns und entluden das Heu und die Tränken für die Tiere. Augenblicklich stürmten unsere Gefährten die Futter- und Trinkquellen und schlangen alles eilig in sich hinein.

»Ein unheimliches Fleckchen Land«, sagte Eggi und rieb sich die Arme. »Es gefällt mir hier ganz und gar nicht.«

»Hoffentlich kommen wir schnell voran«, stimmte Asante ihm zu. »Wir befinden uns mitten auf dem Präsentierteller, wie ein Stück Fleisch.«

»Aber glaubt ihr wirklich, dass uns hier jemand angreifen würde?«, fragte ich die beiden. »Gegen uns haben die Nomaden doch keine Chance.«

Asante zuckte mit den Schultern. »Es sei denn, sie kämpfen genauso bestialisch, wie die Hüter es tun.«

Ein Gedanke, über den ich nicht weiter nachdenken wollte, weshalb ich schnell zu meinem Zelt eilte und in ihm Schutz vor der Sonne suchte.

Kaum hatte ich mich hingelegt und die Augen einen Moment lang geschlossen, wurde ich schon wieder geweckt. Resa steckte ihren Kopf durch das Zelt und schaute mich amüsiert an. Desorientiert blinzelte ich fragend zurück.

»Unsere Wache beginnt«, flötete sie und ich fragte mich, wie sie schon so ausgeruht sein konnte. Gähnend streckte ich meine müden Knochen und trat hinaus. Dem Stand der Sonne nach zu urteilen, war es bereits Nachmittag, aber ich fühlte mich, als hätte ich nur wenige Minuten geschlafen.

Resa saß unter einer Plane etwas abseits vom Lager. Es gab mehrere Wachposten, damit wir vor einem Überraschungsangriff in jedem Fall gewappnet waren.

Als ich mich zu meiner Freundin in den Schatten setzte, reichte sie mir eine Holzschale, in der sich einige Früchte befanden.

»Nicht so gierig«, lachte Resa, als sie sah, dass ich kaum kaute, ehe ich schluckte.

Ich grinste. »Ich habe eben Hunger.«

»Verstehe ich. Ich bekomme seit Tagen kaum etwas hinunter. Trockenes Brot und Früchte sind nicht unbedingt meine Lieblingsmahlzeit.« Sie griff sich theatralisch an die Brust. »Mein Körper braucht Fleisch.«

Ich prustete los. Es war schön zu sehen, dass Laresa wieder ganz die Alte war. Sie strahlte übers ganze Gesicht, machte Scherze und genoss jeden Atemzug. Die lebensfrohe Frau war endlich an meine Seite zurückgekehrt.

»Wie kommst du mit deiner Prothese zurecht?« Ich deutete auf die hölzerne Hand, die aus dem Ärmel ihrer Jacke lugte.

Resa hob den Arm an und hielt ihn mir entgegen. »Besser als erwartet. Erst war es etwas merkwürdig, aber mittlerweile habe ich mich an den kleinen Holzklotz gewöhnt. Und außerdem hilft er mir ausgesprochen gut dabei, das Gleichgewicht im Kampf zu bewahren.«

Ich schluckte, aber sagte nichts. Resa war allem Anschein nach immer noch der Meinung, an unserer Seite kämpfen zu müssen, was mir Sorgen bereitete.

»Ich werde nicht sterben«, sagte sie mit fester Stimme, als sie meinen Blick bemerkte.

»Entschuldigung«, gab ich leise zurück. »Ich möchte nur nicht meine beste Freundin verlieren.«

Resa legte ihren gesunden Arm um meine Schulter und zog mich an sich. »Das wirst du nicht. Ich bin hart im Nehmen.«

Das war sie in der Tat.

»Ich werde nicht von deiner Seite weichen, genauso wenig wie dein nicht mehr ganz so heimlicher Verehrer.«

Schamesröte schoss mir ins Gesicht.

»Guck nicht so, jeder weiß es. Und da er ein Kronprinz ist, steht eurer Vermählung auch nichts mehr im Weg. Aber wehe, du lädst mich nicht zu eurer Hochzeit ein.«

»Resa!« Meine Stimme war halb Japsen, halb Lachen.

»Ich weiß es, du weißt es, jeder weiß es«, sagte sie schulterzuckend. »Bald wird er sich dir voll und ganz öffnen und dann kannst du dich ihm voll und ganz hingeben.«

Dieses Gespräch nahm eine ungeahnte Wendung an. »Du bist verrückt, aber deshalb liebe ich dich.«

»Ich weiß, ich bin einzigartig. Aber jetzt im Ernst – wie stellst du dir deine Traumhochzeit vor?« Ihre Augen funkelten bei dem Gedanken.

Darüber hatte ich nie weiter nachgedacht. Meine Hochzeit mit Jalmari war bis ins kleinste Detail durchgeplant gewesen und ich hätte mir nichts Schöneres vorstellen können, als im hübsch geschmückten Palast von Arzu zu heiraten. Mittlerweile wusste ich nicht mehr, was ich wollte, außer eines. »Ich würde gerne im Winter heiraten.«

»Ist das nicht etwas kalt?«

»Schon, aber du hast doch gesehen, wie wunderschön Kjartan ist. Ein wahr gewordener Wintertraum. Leider liegt in Arzu nie so viel Schnee, aber es ist trotzdem schön dort im Winter.«

»Da hast du recht.« Ihre Stimme nahm einen verträumten Tonfall an.

Noch eine Weile schwelgten wir unseren Mädchenträumen, sodass ich einen Moment lang vergessen konnte, dass wir uns inmitten einer trockenen Einöde befanden.

Doch dann geschah etwas Merkwürdiges. Der Stein an meiner Kette begann zu leuchten. Es war kein helles oder starkes Leuchten, sondern eher ein kurzes Glimmen. Die Magie darin erwachte zum Leben und wollte von mir entfesselt werden.

»Was ist los?«, fragte Resa, als sie bemerkte, dass ich schwieg.

Ich griff an meinen Hals und zog den Anhänger hervor. Den Blick richtete ich auf die Wüste und kniff die Augen zusammen. Erst konnte ich nichts sehen, aber dann nahm ich eine langsame Bewegung wahr. War dort draußen irgendjemand? Ich schüttelte den Kopf. Das musste ich mir eingebildet haben.

»So ein Mist!«, fluchte Resa und deutete in die Ferne. Ich hatte es mir nicht eingebildet. Dort draußen war jemand und kam direkt auf uns zu. Schnell griff ich hinter mich und tastete nach dem Horn.

Als ich es zu greifen bekam, blies ich hinein und gab das Signal. Das Signal, dass wir alle in Gefahr schwebten.

KAPITEL 27

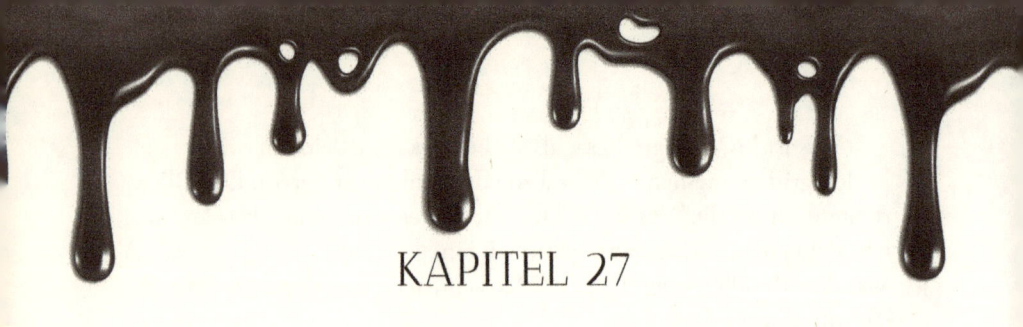

Kurz darauf folgten Hornklänge von den anderen Wachposten. Schnell wurde es unruhig in unserem Lager. Die Krieger taumelten noch halb benommen aus ihren Zelten, die Waffen bereits fest umschlossen.

»Nerina!« Tero kam angerannt und drückte mir ein Langschwert in die Hand, das so schwer wog, dass ich es kaum in die Höhe halten konnte und eine Weile brauchte, um mich an das Gewicht zu gewöhnen.

Die Angreifer fächerten aus und erst jetzt konnte ich eine genauere Anzahl erahnen. Es musste das gesamte Nomadenvolk sein, das versuchte uns einzukesseln und den Weg abzuschneiden. Mit einem heulenden Kampfgebrüll zogen sie ihre Kreise.

Nun, da sie uns beinahe erreicht hatten, konnte ich sie sehen. Männer, Frauen, ja sogar Kinder waren unter ihnen. Die Körper eingehüllt in hellem Schlamm, der sie mit der Umgebung verschmelzen ließ, wodurch sie einer Halluzination glichen. Die halb nackten Körper waren lediglich mit Federn bedeckt und ihre Köpfe allesamt kahl geschoren.

»Kommt hier weg.« Tero schob Resa und mich hinter sich und wies uns an, zurück ins Lager zu gehen. Er versuchte die Situation einzuschätzen, ehe er uns folgte. »Es sind etwa zweihundert von ihnen, aber ich konnte keine Waffen sehen.«

Viktus nickte. »Haltet euch trotzdem bereit.«

Wir warteten darauf, dass etwas passierte, falls überhaupt etwas geschehen sollte. Die Nomaden hatten sich um das Lager verteilt und waren zum Stillstand gekommen. Ich fixierte die junge Frau, die mir am nächsten war. Die Arme hielt sie in einem kleinen Abstand zu ihrem Oberkörper ausgestreckt, die Knie waren leicht gebeugt, als würde sie jeden Augenblick einen Satz nach vorne machen und mir an die Kehle springen. Ihr Mund war leicht geöffnet, sodass ich ihre Zähne nur allzu deutlich sehen konnte. Es war, als bestünde ihr Gebiss aus einer Reihe scharfkantiger Fangzähne, mit denen sie jedem ihrer Opfer ohne große Mühe die Kehle zerreißen konnte. Ich musste schlucken.

Mehrere Minuten verharrten wir regungslos. Die Sonne stand schon lange nicht mehr im Zenit, nichtsdestotrotz war die Hitze so drückend, dass ich allmählich Kopfschmerzen bekam.

Und dann, ganz plötzlich, geschah alles viel zu schnell. Von einem der Nomaden ging ein schriller Ruf aus, in den die anderen augenblicklich mit einstimmten. Dann hoben sie wie einstudiert ihre Hände und führten sich ein kleines Holzröhrchen an den Mund, in das sie hineinbliesen. Das Zischen, was darauf folgte, verhieß nichts Gutes. Kleine Pfeile schossen nur haarscharf an meinem Gesicht vorbei, ehe ich meinem Körper befehlen konnte, sich hinzuwerfen und die Arme schützend über den Kopf zu legen.

Es glich einem Wunder, dass niemand von uns getroffen oder gar verletzt wurde. Die Nomaden ließen wie einstudiert ihre Hände wieder hinuntergleiten und betrachteten uns irritiert. Sie hatten vermutlich damit gerechnet, dass wir augenblicklich zum Gegenschlag ausholen würden, doch das wäre falsch.

Ich blickte über meine Schulter zu Tero und Hauptmann Viktus, die beide nur auf meine Befehle warteten. Zwar hatten die Nomaden das Feuer auf uns eröffnet, doch ich konnte es nicht mit meinem Gewissen vereinbaren, den Angriff einzuläuten. Schließlich hatte ich über Monate hinweg immer wieder Eira für ihre Gräueltaten verabscheut und ich wäre keinen Deut besser, würde ich nun auf ein unschuldiges Volk losgehen, das vermutlich lediglich sein Territorium verteidigen wollte.

Ich ließ meinen Blick noch einmal über die Nomaden schweifen. Mir fiel ein Mann auf, der einige Schritte näher bei uns stand als das übrige Volk. Er hatte den Kopf leicht geneigt und die Fäuste in die Seite gestemmt. Dabei musterte er mich, als wäre ich eine seltene Tierart, die sich sonst nie in diese trockene Einöde verlief.

Hinter seinen Beinen trat ein kleiner Junge hervor, die Augen fest zusammengepresst, und in den Händen hielt er ein kleines Messerchen. Er konnte kaum älter als sechs Jahre alt sein. Ich kam nicht umhin, mein Schwert sinken zu lassen und den Jungen anzulächeln. Aber anstatt mein Lächeln zu erwidern, fing er zu knurren an und stürmte mit erhobenem Messer auf mich zu. Das kam so überraschend, dass ich unweigerlich einen erschrockenen Schritt zurücktaumelte und gegen Hauptmann Viktus' Brust stieß.

Einer der Krieger, mit dem ich am Morgen das Zelt für die Pferde aufgebaut hatte, stürmte plötzlich an mir vorbei und auf den Jungen zu. Seine Hand hatte er fest um den Griff seines Schwertes geklammert, das er nun gegen das Kind erhob.

»Nein!«, rief ich und stolperte nach vorne. So schnell mich meine Beine trugen, rannte ich zu ihm. Das Schwert hatte er schon zum Schlag erhoben. Ich konnte bereits vor meinem inneren Auge sehen, wie dem Kind das Leben aus dem Körper wich. Instinktiv erinnerte mich die Situation an den kleinen Jungen, dessen aufgeschlitzter Körper leblos von einem Strick gehangen hatte. Ich kämpfte gegen die Tränen an, schüttelte den Kopf, um sie loszuwerden.

Der Krieger ließ seine Schwerthand hinuntersausen und mir blieb nur eine Möglichkeit. Ich machte einen Satz und sprang auf den Jungen zu. Seine Augen waren schockgeweitet, als er mich kommen sah, und kurz darauf hatte ich ihn bereits zu Boden gerissen. Ich hörte, wie die Klinge nah an meinem Bein in die trockene Erde gestoßen wurde.

Schnell stand ich auf und zog auch den Jungen zurück auf die Beine. Ich schob ihn schützend hinter meinen Körper und starrte den Krieger in Grund und Boden.

»Aus dem Weg, Majestät«, knurrte er. Unter normalen Umständen hätte der gefährliche Klang seiner Stimme mich eingeschüchtert, aber nicht jetzt. Ich wollte es nicht zulassen, dass unschuldige Kinder ohne mit der Wimper zu zucken getötet wurden.

»Auf keinen Fall«, knurrte ich zurück. »Ihr werdet keine Kinder töten, geschweige denn sonst irgendjemanden, habt Ihr das verstanden?« Ich hatte die Stimme lauter als beabsichtigt erhoben.

»Was glaubt Ihr, wer Ihr seid?« Er funkelte mich wütend an.

»Ich bin die rechtmäßige Königin von Arzu. Wir sind auf dem Weg, in *meinen* Krieg zu ziehen, also tut Ihr, was ich Euch sage. Lasst das Schwert fallen.«

Der Junge, der eben noch so bereitwillig in den Kampf ziehen wollte, hatte leise zu wimmern begonnen. Ich wusste nicht, ob er Angst vor dem Krieger oder mir hatte. Mein Herz polterte in meiner Brust. Mein Befehlston hatte den Krieger sichtlich verärgert und ich hätte schwören können, dass sein Mund zu schäumen begann.

»Du hast sie gehört, Justan, lass den Jungen in Ruhe.« Hauptmann Viktus trat hervor.

Justans Blick drohte mich zu erdolchen. »Ihr seid nicht *meine* Königin«, sagte er und spuckte vor mir auf den Boden. Dem hatte ich im Grunde nichts entgegenzusetzen, schließlich hatte er recht. Ich war nicht seine Königin und ich führte auch nicht das Heer an. Dennoch machten seine Worte mich wütend. Die Kette an meiner Brust flackerte blitzartig auf. Starke Emotionen beherrschten mich, die Magie strömte durch meinen Körper.

Hauptmann Vikus stellte sich vor mich. »Was hast du gesagt?«

»Ihr habt mich schon verstanden.«

Die Männer sahen aus, als würden sie einander jeden Augenblick an die Kehlen springen und einen ordentlichen Faustkampf austragen. Ich wollte nicht, dass ein Streit in den eigenen Reihen entfachte, aber ich wusste nicht, was ich dagegen tun sollte. Glücklicherweise kam in dem Moment ungeahnte Hilfe aus dem Lager.

»Aber ich bin der rechtmäßige Thronerbe. Und ich befehle Euch, das Schwert fallen zu lassen«, sagte Tero bedrohlich wie ein Unwetter.

Angestrengt schaute Justan uns nacheinander an. Ich war mir sicher, dass er etwas erwidern wollte, doch er resignierte, warf sein Schwert zu Boden und kehrte uns den Rücken.

Erleichtert atmete ich auf. »Danke«, murmelte ich.

»Nicht dafür«, entgegnete Tero lächelnd.

Um uns herum war es so still, dass man eine Stecknadel hätte zu Boden fallen hören können. Der Junge, der sich verängstigt an mein Bein gekrallt hatte, lockerte seinen Griff und rannte davon – in die Arme eines Mannes, der ihn hochhob und fest an seinen Oberkörper schmiegte. Es musste der Vater des Jungen sein. Mit Tränen in den Augen kam er auf uns zu.

Nun, da er vor uns stand, wirkte er kaum noch beängstigend. »Ich danke Euch von Herzen. Ihr habt meinem Sohn das Leben gerettet und dafür werde ich auf ewig in Eurer Schuld stehen.« Er deutete eine tiefe Verbeugung an, woraufhin auch die anderen der Nomaden auf die Knie fielen. »Bitte sagt mir, wie ich mich bei Euch erkenntlich zeigen kann.«

Diese Männer und Frauen waren keine Wilden, von ihnen ging keine Gefahr aus. Alles, was sie taten, taten sie, um ihre Heimat vor den Eindringlingen – vor uns – zu verteidigen.

»Wir möchten lediglich ungehindert durch euer Land ziehen.«

»Selbstverständlich«, erwiderte der Mann. »Doch hier draußen ist es gefährlich. Kommt mit uns.«

»Wohin?«

»In unseren Unterschlupf. Wir haben leider nicht genügend Platz für jeden von euch, aber die anderen können ihre Zelte oben aufschlagen. Wir haben Nahrung, Wasser und bieten Euch Sicherheit.«

Ich schaute zu Viktus und Tero, die lediglich ein Schulterzucken aufbrachten. Wir hatten nur noch einen bis zwei Tagesmärsche vor uns und bisher waren wir hier draußen niemandem, bis auf den Nomaden, begegnet. Das Ödland schien ein sicherer Ort zu sein. »Von welchen Gefahren sprichst du?«

Der Mann schluckte und senkte die Stimme. »In den vergangenen Tagen sind einige Stämme der Hüter durch unser Land gezogen. Sie gehen Richtung Süden. Es scheint mir, als versammelten sie sich an einem Ort, aber mehr weiß ich auch nicht.«

»Die Hüter?«, entfuhr es mir lauter als beabsichtigt.

Der Mann nickte. »Ja. Sie sind gefährlich und auch wenn Ihr in der Überzahl seid, würden viele von Euch sterben.«

»In Ordnung«, entschied ich. »Bringt uns in Euren Unterschlupf.«

Hauptmann Viktus ging zurück ins Lager und befahl den Männern alles zusammenzupacken und auf die Karren zu laden. Das Zusammentreffen hatte uns in der Zeit zurückgeworfen und uns unweigerlich aus dem Schlaf gerissen. Wir mussten wieder zu Kräften kommen.

»Mein Name ist übrigens Watola, Stammeshäuptling der Mokabi«, sagte der Mann und streckte mir die Hand entgegen.

»Ich bin Nerina von Arzu und das«, ich deutete auf Tero, der mir bisher nicht von der Seite gewichen war, »ist Tero von ... Kjartan.« Es kam nur schwer über meine Lippen, Tero mit einem seiner Titel anzusprechen. Für mich war er noch immer der rüpelhafte Jäger, den ich vor einem Jahr in den Wäldern kennengelernt hatte.

»Es freut mich«, sagte Watola. »Was führt zwei Herrscher mit einer Armee in unser bescheidenes Land?«

»Der Krieg«, ergriff Tero das Wort. »Wir möchten die Schreckensherrschaft von Arzu beenden, damit Nerina ihre Krone zurückerlangt.«

»Also ist es wahr.« Watola legte seine Finger nachdenklich ans Kinn. »Ich hielt es für ein Gerücht, dass die Prinzessin die Königin vom Thron gestoßen hat.«

»Leider ist es die Wahrheit. Meine Schwester hat mich hintergangen und mir alles genommen. Und nun versucht sie, alle Königreiche an sich zu reißen und mit Dunkelheit zu infizieren. Wir müssen sie aufhalten.«

Watola nickte geistesabwesend. »Sobald wir daheim sind, möchte ich Eure Geschichte hören.«

Ich bejahte, woraufhin Watola lächelte. »Wir sollten aufbrechen.«

Das Lager war mittlerweile verschwunden, die Karren beladen und jedermann aufbruchsbereit. Ich nahm meinen Hengst an den Zügeln und lief gemächlich neben ihm. Auch er war noch erschöpft und ich wollte ihm nicht noch mehr zumuten und mich in den Sattel setzen. Zudem tat es meinem Gesäß gut, mir eine Weile die Beine zu vertreten.

»Tero von Kjartan. Das klingt ungewohnt«, sagte Tero mit einem Schmunzeln in der Stimme.

»Du wärst ein guter König«, erwiderte ich nachdenklich. »Du findest für jedes Problem eine Lösung, weißt, wie man einen traurigen Haufen motiviert und zu wahren Kriegern macht. Du lässt dich nie unterkriegen und schreitest trotz allem, was du durchgemacht hast, erhobenen Hauptes durchs Leben. Und das Wichtigste ist, dass du deine Wünsche immer zurückstellst und erst dafür sorgst, dass es den anderen an nichts fehlt. Das sind alles Eigenschaften, die einen guten König ausmachen.«

»Vielleicht.« Tero legte die Stirn in Falten. »Vielleicht werde ich ja doch noch eines Tages ein Königreich regieren.«

»Kjartan würde es dir danken. Sie brauchen dich.«

Vielleicht hatte ich es mir eingebildet, aber ich dachte zu sehen, wie Teros Gesichtsausdruck sich für den Bruchteil einer Sekunde zu einer traurigen Fratze verzog, ehe es sich wieder erhellte. Hatte er vielleicht gar nicht von Kjartan gesprochen, sondern davon, Arzu an meiner Seite zu regieren? Mein Herz machte bei dem Gedanken einen kleinen Satz, aber ich ermahnte es, sich im Zaum zu halten.

Wir setzten den Weg schweigend fort. Manchmal brauchte man niemanden, der sich mit einem unterhielt, sondern jemanden, mit dem man gemeinsam schweigen konnte.

KAPITEL 28 – EIRA

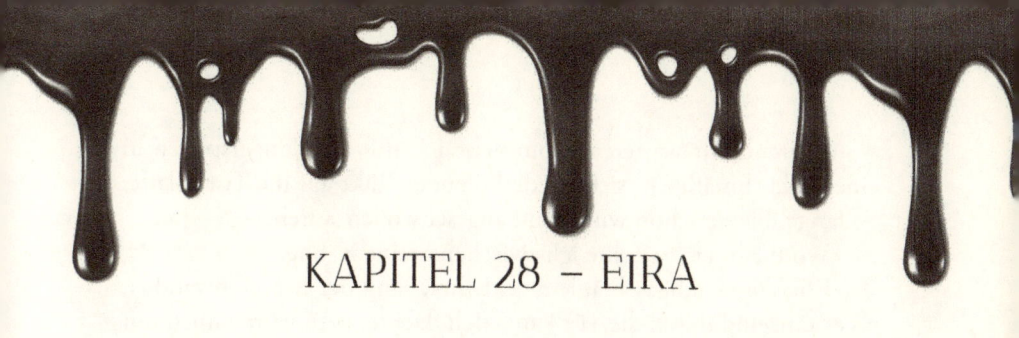

Ich hatte bereits vor Tagen begonnen, jegliches Zeitgefühl zu verlieren. Rumpelstilzchen war vor einer Ewigkeit nach Dylaras aufgebrochen und noch immer hatten wir keinerlei Informationen von ihm erhalten. Eine bisher ungekannte Wut kochte in meinem Inneren. Sollte der Schattenwandler uns hintergangen haben, würde ich mich eigenständig auf die Suche nach ihm machen und seinem erbärmlichen Leben ein Ende bereiten.

Ich führte meine Finger an die Schläfen, um sie zu massieren. Ein pochender Schmerz hatte sich seit dem letzten Vollmond in meinem Kopf festgesetzt. Immer wenn ich dachte, er würde vergehen, wurde das Stechen umso schlimmer. Mein körperlicher und geistiger Zustand bereitete mir allmählich große Sorgen, doch sollte ich den Heiler Snaer aufsuchen, würde Jalmari erfahren, dass mir nicht wohl war. Er würde darauf beharren, dass ich mich ausruhe und er würde mit den Plänen ohne mich weitermachen. Genauso wie letztes Mal. Das wollte ich unter keinen Umständen zulassen.

Ohne zu klopfen trat Arcana in meine Gemächer. »Rumpelstilzchen wird bald eintreffen«, hauchte sie.

»Woher weißt du das?«

»Ich habe es gesehen. Komm.« Sie reichte mir ihre Hand, doch ich lief an ihr vorbei, ohne sie zu ergreifen. Ich war kein kleines Kind mehr, das man an der Hand von einem Ort zum anderen führen musste. Aber das schien die Magierin nicht begreifen zu wollen.

Wir gingen hinunter an den Ort, wo wir Rumpelstilzchen das erste Mal empfangen hatten. Ich musste feststellen, dass ich wieder einmal die Letzte war, der man Bescheid gegeben hatte. Jalmari, Alvarr und Silbus hatten sich bereits um den Tisch versammelt und warteten auf mein Eintreffen. Um einen Streit zu vermeiden, schwieg ich, als ich mich zu ihnen ans Kopfende setzte.

Während wir warteten, trommelte ich mit den Fingerspitzen in einem gleichmäßigen, sich wiederholenden Takt auf die Tischplatte. So lange, bis sie schon wund und angeschwollen waren.

»Wo bleibt er?«, zischte ich zwischen meine Zähne.

»Ein ungeduldiges Fräulein seid Ihr«, sang der Schattenwandler, als er tänzelnd durch die Tür kam. »Ich dachte, man würde mich mit mehr Begeisterung empfangen. Ich gestehe, dass ich etwas enttäuscht bin.« Er verzog seine Lippen zu einem Schmollmund.

»Wo ist das Zepter?«

Nun hob er den Zeigefinger ermahnend in die Höhe und schüttelte den Kopf, wobei ihm eine dicke Haarsträhne ausfiel und langsam zu Boden glitt. »Geduld ist eine Tugend, hat man Euch das nie gelehrt?«

Ich war bereits halb vom Stuhl gehechtet, um dem Männchen an die Kehle zu springen, doch Jalmari zog mich unsanft auf meinen Platz zurück. Ein flehender Ausdruck lag auf seinem Gesicht. Als wollte er mir sagen, dass ich mich doch bitte benehmen und zurückhalten sollte. Ich verdrehte die Augen, lehnte mich zurück und verschränkte die Arme vor der Brust wie ein eingeschnapptes Kind. Wenn man mich schon so behandelte, dann konnte ich mich auch so benehmen – es machte ohnehin keinen Unterschied.

»Rumpel, schön, dich wohlauf wieder bei uns zu wissen.« Arcana legte ihre Arme um den Schattenwandler und zog ihn an sich. Angewidert verzog ich den Mund. Er war so ungepflegt, dass ich ihn nicht einmal mit Samthandschuhen anfassen würde.

Rumpelstilzchen begann wie wild zu kichern und klatschte dreimal in die Hände. »Das ist die Begrüßung, nach der ich mich gesehnt habe.«

Arcana schenkte ihm ein freundliches Lächeln, das auf ihrem finsteren Gesicht unnatürlich aussah. »Ich hoffe, du bringst gute Nachrichten.«

»Und ob, und ob«, säuselte er. »Das Königreich war aber ganz und gar nicht nach meinem Geschmack.« Er schnipste mit den Fingern und eine dunkle Rauchschwade zog sich um seinen Körper, kroch an Beinen und Armen entlang, bis sie sich an seiner Hand materialisierte. Ein aufwendig verziertes silbernes Zepter kam zum Vorschein.

Meine Beine trugen mich instinktiv auf Rumpelstilzchen zu und dieses Mal ließ Jalmari mich gewähren. Von Nahem betrachtet sah das Zepter nicht sonderlich wertvoll aus. Das Silber war lange Zeit nicht poliert worden, die Gravuren waren verfärbt. Aber all dies war egal, denn die Bekrönung zierte ein riesengroßer grüner Edelstein, von dem so viel Magie ausging, wie ich sie bisher nicht einmal bei Arcana gespürt hatte.

»Unglaublich«, murmelte ich und griff nach dem Zepter, doch Rumpelstilzchen zog seine Hand weg und fauchte mich an wie eine Bestie.

Dann wandte er sich Arcana zu und verneigte sich vor ihr. »Majestät, es war mir eine Ehre, für Euch nach Dylaras zu gehen.«

Ich presste die Zähne so fest aufeinander, dass mein Kiefer binnen Sekunden zu schmerzen begann. Dieser unverschämte Wicht wagte es, mich *erneut* als wahre Königin zu verleugnen.

Arcana schien die in mir lodernde Wut nicht zu bemerken oder zu ignorieren, denn auch sie würdigte mich keines Blickes. Freudestrahlend grinste sie Rumpelstilzchen an und nahm das Zepter entgegen, als wäre es das wertvollste Geschenk, das ihr jemals jemand gemacht hatte. Und wenn man auf die Erzählungen vertrauen konnte, dann war es das vermutlich auch. Mit diesem Stein konnte sie alles erreichen, solange sie ihn einzusetzen wusste.

»Ich danke dir, Rumpelstilzchen«, säuselte sie, worauf der Schattenwandler in sein nervenaufreibendes Kichern verfiel. Ein weiteres Mal verneigte er sich, ehe er rückwärts aus der Tür verschwand. Ich hoffte, ihn niemals wiedersehen zu müssen.

Schnaubend setzte ich mich zurück auf meinen Platz. »Wie gehen wir weiter vor?«

Arcana trat näher an den Tisch heran und platzierte das Zepter in der Mitte. Meister Silbus' Augen glänzten vor Freude, als würde er jeden Augenblick in Tränen ausbrechen. Behutsam ließ er seine alten Finger über die Krönungsinsignie gleiten. »Wunderschön.«

»Wie wird der Stein unserer Sache dienen?«, ergriff Jalmari das Wort. »Wenn er all das Gute dieser Königreiche in sich trägt, bewirkt er doch das Gegenteil von dem, was wir erreichen wollen.«

»Weise Worte, werter König, weise Worte«, flötete Arcana und setzte sich mir gegenüber. Ihr Gesicht zierte ein angsteinflößendes Lächeln, das mich augenblicklich noch tiefer in meinen Stuhl gleiten ließ. Ihre Augen taxierten mich und zogen sich dabei zu kleinen Schlitzen zusammen. Wieder einmal hatte ich vergessen, dass sie imstande war, Gedanken zu lesen. Als ich schluckte und ihrem Blick auswich, konnte ich aus dem Augenwinkel sehen, dass ihre Lippen sich wieder kräuselten.

»Also?«, hakte Jalmari nach, der noch immer auf eine konkrete Antwort von Arcana wartete.

»Wir wandeln das Gute in das Böse um«, entgegnete sie.

Meister Silbus schaute sie ungläubig an. »Wie ist das möglich?«

»Beim nächsten Vollmond, wenn die Magie eines jeden am stärksten ist, werden wir ein Ritual vollziehen.«

»Ein Ritual? Schon wieder?«, entfuhr es Hauptmann Alvarr, der bislang kein Wort gesprochen hatte.

»Ganz genau. Und dann werden wir Nerina zu Fall bringen.«

KAPITEL 29

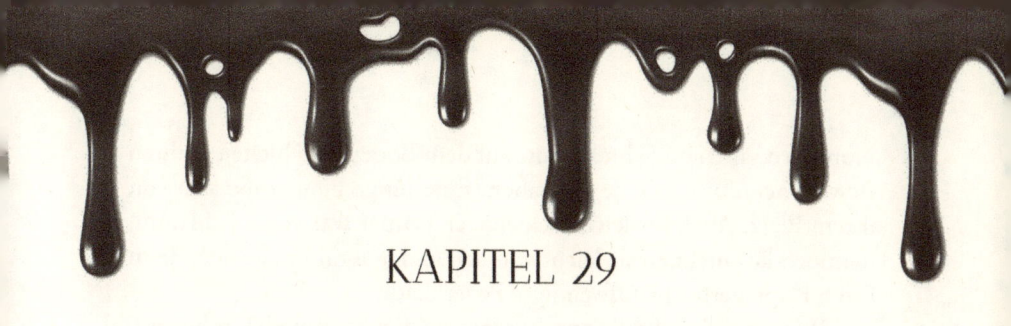

Ich traute kaum meinen Augen, als Watola uns durch eine Höhle hinunter in den Unterschlupf der Nomaden führte. Durch die Risse in der Erde drangen die letzten Sonnenstrahlen zu uns hinab und spendeten genügend Licht. Zuerst hatte ich gedacht, er wolle sich einen schlechten Scherz mit uns erlauben, als er vor einem eher mittelmäßig großen Loch stehen geblieben war und sagte, wir hätten das Ziel erreicht. Es hatte mich alle Mühe gekostet, in die Öffnung zu steigen, ohne mir den Kopf zu stoßen. Doch nun, da wir sie betreten hatten, offenbarte sich uns eine vollkommen andere Welt.

Zahlreiche Schächte verliefen im Untergrund des Ödlands und mündeten in große bewohnbare Höhlen. Es war erstaunlich, dass die poröse Erde über uns nicht einbrach. Während wir einen Schacht nach dem anderen durchquerten, liefen uns einige weitere Nomaden über den Weg, die sich glichen wie ein Ei dem anderen. Dieses Volk bestand aus viel mehr Menschen, als Viktus uns erzählt hatte.

»Wir sind gleich da«, rief Watola uns über seine Schulter zu.

Wir folgten ihm weiterhin schweigend, da wir viel zu fasziniert von dieser Umgebung waren, als dass wir auch nur ein Wort hätten sagen können. Die meisten der Krieger hatten ihre Zelte oben aufgeschlagen und waren bereit, uns vor jedweder Gefahr frühzeitig zu warnen. Viktus hatte einige seiner Männer dazu auserkoren, uns in den Untergrund zu begleiten.

Ich ließ meine Finger über die Wand zu meiner Rechten gleiten. Sie war mit detaillierten Malereien verziert und zeigte Tiere, Menschen, Wälder und Schlachten aus vermutlich längst vergangenen Zeiten. Die Mokabi waren ein außergewöhnliches Volk.

»Dies ist der Gemeinschaftsraum«, sagte Watola, als er endlich stehen blieb. Wir befanden uns in einer riesigen Höhle, die durch zahlreiche Fackeln, die in den Boden gerammt waren, erhellt wurde. Einige

Nomaden saßen im Schneidersitz auf dem Boden und hielten in ihren Bewegungen inne, als sie uns sahen. Eine junge Frau erhob sich von ihrem Platz. Auch ihr leicht bekleideter Körper war voller Schlamm, dennoch konnte man sie leicht von den anderen unterscheiden, denn ihren Kopf zierte ein aufwendiges Federkleid.

»Wer sind diese Fremden?«, zischte sie den Stammeshäuptling an.
»Und wieso führst du sie zu uns?«
»Keya, Liebste. Sie haben Tecum das Leben gerettet, weshalb wir in ihrer Schuld stehen.«

Der Junge, der Watola nicht eine Sekunde von der Seite gewichen war, rannte auf die Frau zu und sprang ihr in die Arme. »Mama«, quietschte er freudig, als sie die Umarmung erwiderte.

»Ist das wahr? Habt Ihr meinen Sohn gerettet?«
»Ihr habt ihr zu danken.« Tero deutete auf mich. »Das ist Nerina von Arzu. Dank ihr ist Euer Sohn noch am Leben.«

Keya lächelte und verneigte sich vor mir. »Dann danke ich Euch von Herzen, Nerina von Arzu. Fühlt Euch hier wie zu Hause.«

Dann ging sie gemeinsam mit Tecum zurück auf ihren Platz. Watola zeigte uns die Höhle, die er so liebevoll *Gemeinschaftsraum* genannt hatte. Im Grunde war sie bis auf die Fackeln leer. Lediglich ein paar Pelze und Federn waren auf dem Boden verteilt und einige Nomaden hatten es sich darauf bequem gemacht.

»Und das hier ist unser Lagerraum«, sagte er, als wir eine etwas kleinere angrenzende Höhle betraten. »Ihr könnt Euch an allem bedienen, wir haben reichlich Nahrung. Und unsere Jäger müssten auch bald zurückkehren.«

Mir stockte der Atem. Diese Höhle war nur minimal kleiner als der Gemeinschaftsraum und doch bis unter die Decke mit Speisen gefüllt. Hier wurden Unmengen an Trockenfleisch gelagert, es gab Wasserkanister und sogar Weinfässer. »Woher habt Ihr all dies?«

Watola lachte herzlich auf. »Wir haben zahlreiche Jägergruppen, die den nahe gelegenen Wald durchstreifen. Sie sind für den Tierfang verantwortlich. Unsere Sammlerinnen halten Ausschau nach Früchten, die sie zu uns bringen können. Aus den Trauben stellen wir den Wein her. Wir mögen wie ein rückständiges Volk wirken, aber das sind wir nicht.«

»Allem Anschein nach nicht«, sagte Asante nachdenklich. »Ihr habt an wirklich alles gedacht, das ist beeindruckend.«

»Vielen Dank.«

»Aber habt Ihr auch einen Heiler unter euch? Ich kann mir vorstellen, dass es hier unten einige Unfälle gibt, oder sich jemand draußen in den Wäldern verletzt.« Er grinste Watola herausfordernd an. Dieser ließ sich davon allerdings herzlich wenig beeindrucken.

»Selbstverständlich haben wir auch Heiler. Einer steht vor Euch.«

Asante nickte anerkennend. »Hervorragend. Vielleicht können wir unsere Erfahrungen miteinander austauschen. Ich lerne gerne neue Dinge dazu.«

Nun grinste Watola. »Es wäre mir eine Freude!«

Während die beiden Männer sich weiter über verschiedene Methoden zu diversen medizinischen Eingriffen unterhielten, drang ich tiefer in den Lagerraum vor. Alles war ordentlich in hölzerne Regale einsortiert worden. Zwischendurch stopfte ich mir ein Stück Trockenfleisch in den Mund, auf dem ich herzlich herumkauen konnte. Das hatte ich in den vergangenen Tagen mehr vermisst, als mir bewusst war.

»Meinst du, wir sind hier unten sicher?« Eggi hatte sich an mich herangeschlichen, sodass ich zusammenfuhr, als hätte man mich bei einer Straftat ertappt.

»Ich denke schon«, schmatzte ich und reichte ihm ein paar Nüsse, die er dankbar entgegennahm.

»Vorhin haben sie uns noch angegriffen«, murmelte er. »Wieso sollten sie uns nicht einfach töten?«

Ich zuckte mit den Schultern. »Ich denke nicht, dass sie das vorhaben. Sie wollten nur ihr Territorium verteidigen, was im Grunde das ist, was auch wir tun möchten. Wir wollen Arzu verteidigen.«

»Da hast du recht. Wir sollten trotzdem vorsichtig sein. Schließlich haben wir auch Jalmari vertraut ...« Er schaute zu Boden und ergänzte etwas leiser: »... und Valeria.«

»Dennoch sollten wir die Hoffnung niemals verlieren. Desya hat mir einst gesagt, dass sie nicht damit aufhören möchte, an das Gute in den Menschen zu glauben. Ich denke, dass sie damit recht hat. Aufzuhören, an das Gute zu glauben, ist gleichbedeutend damit, die Hoffnung aufzugeben.«

»Du wirst eine wunderbare Königin sein«, sagte Eggi strahlend. »Und ich hoffe, dass ich mich dann in deinem Königreich niederlassen und neu anfangen darf.«

»Du darfst dich auch in meinem Palast niederlassen. Schließlich gehörst du zur Familie«, antwortete ich ehrlich. »Es wäre mir eine Ehre, dich bei mir aufzunehmen.«

Eggi nahm meine Hand. »Du hast ein durch und durch gutes Herz, Nerina. Wir werden siegen, da bin ich mir sicher.«

Es war mittlerweile Nacht geworden und eigentlich hätten wir wieder aufbrechen müssen. Gemeinsam mit Viktus hatten wir uns aber dazu entschieden, einen Tag zu rasten. Der Palast von Dylaras lag nur noch etwa drei Tagesmärsche von unserem derzeitigen Aufenthaltsort entfernt, weshalb wir zu Kräften kommen mussten. Schließlich wussten wir noch immer nicht, ob das Königreich im bevorstehenden Krieg auf Eiras Seite stand. Wir mussten also auf eine mögliche Schlacht vorbereitet sein.

Auch Aleksi musste bereits in Fulvis angekommen sein und ich fragte mich, wie es ihm und meinen Freunden wohl erging. Ich hoffte, dass sie ohne größeres Blutvergießen zu einer Einigung gekommen waren.

»Nun erzählt die Geschichte.« Wir saßen im Gemeinschaftsraum und hatten einen großen Kreis gebildet. Watola war Feuer und Flamme, zu erfahren, was in Arzu vor einem Jahr geschehen war. Also erzählten wir ihm alles – von Eiras Verrat, meiner anschließenden Flucht, dem Verwunschenen Wald, dem Schattenreich, dem Feenreich und von Kjartan. Wir wechselten uns bei der Erzählung ab und sprachen sicherlich mehrere Stunden, ehe unsere Geschichte ein Ende fand.

»Und nun sind wir hier«, sprach Tero das letzte Wort. Watola und Keya nickten langsam und flüsterten sich etwas zu, was ich allerdings nicht verstehen konnte. Sie hatten uns ohne Unterbrechung erzählen lassen, dennoch konnte ich die Gefühlsschwankungen in ihren Gesichtern ablesen.

Keya erhob sich von ihrem Platz. »Viel zu lange schon leben wir als Ausgestoßene unter der Erde. Man hat uns vor vielen Generationen aus den Königreichen vertrieben. Es hat lange gedauert, bis wir uns einen Stamm aufgebaut hatten und unbemerkt im Untergrund überleben konnten. Uns hat es nicht interessiert, was dort oben vor sich geht. Aber wenn Eure Worte der Wahrheit entsprechen, dann können wir nicht tatenlos dabei zusehen.«

»Was wollt Ihr damit sagen?«, fragte Resa.

Watola stand auf und ergriff die Hand seiner Gemahlin. »Wir werden mit Euch gehen und Euch im Kampf unterstützen. Schließlich hängt auch unser Überleben vom Ausgang dieser Schlacht ab. Wir müssen uns dem entgegensetzen.«

Ich konnte nicht glauben, was ich da hörte. Wir hatten ihnen von all den schrecklichen Dingen erzählt und trotzdem wollten sie uns begleiten. Sie wollten einen Krieg führen, der nicht ihrer war.

»Danke«, hauchte ich. »Vielen Dank. Aber seid Ihr Euch der Gefahr wirklich bewusst? Es wird Tote geben, viele Tote.«

»Die wird es auch geben, sollte Eure Schwester erfolgreich sein. Es lohnt sich, für das Überleben zu sterben. Reist morgen weiter nach Dylaras, wir werden indessen die Mokabi zusammentrommeln und Euch bei den alten Ruinen in Arzu treffen.«

»In Ordnung.«

»Wenn alles gut verläuft, dann werden wir in zehn Tagen auf dem Schlachtfeld stehen«, flüsterte Tero in die Dunkelheit. Wir waren in einem Schlafsaal untergebracht worden, wie ich ihn noch nie zuvor gesehen hatte. In die Höhlenwände waren sargähnliche Löcher gemeißelt worden, in denen Pelze ausgelegt waren. Erst hatte ich ein mulmiges Gefühl, in mein Loch hineinzukriechen, doch kaum hatte ich das weiche Fell unter meinem Rücken gespürt, konnte ich aufatmen.

»Ja«, antwortete ich. »In zehn Tagen.«

»Hast du Angst?« Die Frage kam überraschend und ich wusste die Antwort selbst nicht so genau. Bei dem Gedanken an die Schlacht begann mein Herz zwar zu rasen, aber es waren nicht die feindlichen Schwerter, vor denen ich mich fürchtete.

»Ich habe Angst zu scheitern. Ich habe Angst vor dem, was geschieht, sollte Eira siegreich sein. Die Königreiche würden zugrunde gehen und nichts wäre so, wie es einmal war.« Ich richtete mich auf und lehnte mich gegen die kühle Wand. »Und ich habe Angst davor, meiner Schwester gegenüberzustehen.«

»Du wirst das Richtige tun, davon bin ich überzeugt.«

»Und was, wenn ich es nicht kann? Wenn ich nicht dazu in der Lage bin, Eira zu töten? Ich weiß, dass sie für ihre Taten büßen muss, und ich bin fest entschlossen, sie zu schlagen. Aber trotz allem habe ich Angst, dass es mir nicht möglich sein wird.«

Ich konnte ein Lächeln aus Teros Stimme heraushören. »Ich sagte nicht, dass du sie töten wirst, sondern dass du das Richtige tun wirst. Vielleicht ist es der falsche Weg, das Schwert gegen sie zu richten.«

Ich dachte über seine Worte nach.

»Was würdest du tun, Tero?«

»Ich weiß es nicht«, antwortete er ehrlich und atmete tief durch. »Wäre es Aleksi, gegen den ich kämpfen müsste, würde ich mich vermutlich eher selbst umbringen, als ihm das Leben zu nehmen. Hätte er mir aber all die Dinge angetan, die Eira dir angetan hat ... ich würde ihm ohne zu zögern ein Messer ins Herz rammen.«

»Wirklich?«

»Ja ... ich meine, wie könnte man einen solchen Menschen noch als einen Teil seiner Familie ansehen? Natürlich habt ihr in eurer Kindheit viel miteinander erlebt, aber diese Zeiten sind lange vorüber. Sie ist nicht deine Schwester ... nicht mehr.«

Ich wusste, was zu tun war. Blutsverwandtschaft hin oder her, Eira hatte den Tod verdient. Genauso wie Jalmari und auch Hauptmann Alvarr.

»Denk nicht zu viel darüber nach, Nerina. Der Tag, an dem du ihr gegenüberstehen wirst, ist bald gekommen. Und wenn es so weit ist, dann lass dein Herz die Entscheidung für dich treffen. Immerhin hat es schon geschlagen, bevor du überhaupt denken konntest.«

»Mein Herz ist mir dennoch keine allzu große Hilfe, befürchte ich. Es führt einen ewigen Kampf gegen meinen Verstand.« Augenrollend legte ich mich wieder hin.

»Weißt du, was ich in den vergangenen Jahren gelernt habe? Ich habe einen verdammt intelligenten Verstand, aber ein sehr dummes Herz. Und weißt du, was ich noch gelernt habe?«

»Dass es dir viele Schmerzen erspart hätte, hättest du einfach auf deinen Verstand gehört?«

Tero lachte laut auf. »Das auch, aber all die Erfahrungen haben mich stärker gemacht. Ohne sie wäre ich nicht der, der ich heute bin. Nein, ich habe etwas anderes gelernt. Sobald dein Herz eine Entscheidung getroffen hat, ist dein Verstand machtlos. Denn dein Herz wird immer die Oberhand behalten.«

»Großartig, und wenn mein Leben danach einem Scherbenhaufen gleicht, muss ich es wieder aufkehren. Wie töricht!«

»Aber du wirst es Stück für Stück wieder zusammensetzen, genau wie auch ich es getan habe.«

Und mit diesen Worten glitt ich in einen Schlaf, von dem ich hoffte, dass er traumlos bleiben würde.

KAPITEL 30

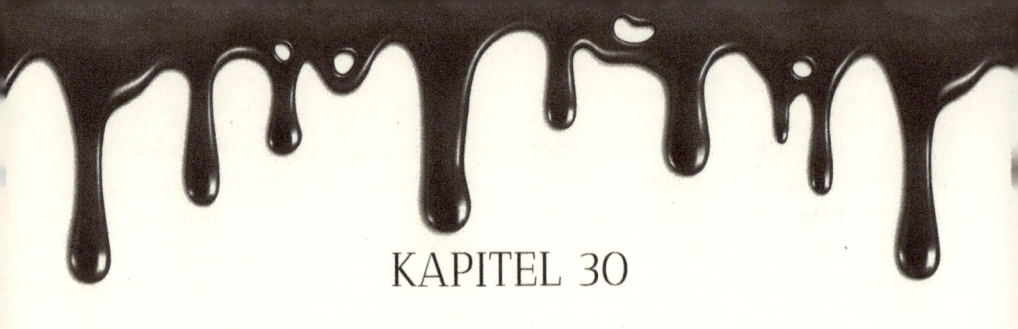

Viktus hatte mit Watola und Keya die Einzelheiten unseres Plans besprochen. Sobald wir *das Licht der Unendlichkeit* in die Finger bekommen hatten, würden wir die Reise nach Arzu fortsetzen. Wir würden Lenjas durchqueren, wo wir hoffentlich weitere Unterstützung erlangen würden.

Schlagartig wurde mir bewusst, dass schon bald all dies ein Ende haben sollte. Entweder würden wir siegreich sein und überleben, oder sterben, sollten wir scheitern.

Der Tag war schnell vorübergezogen und die Abenddämmerung brach über das Land herein. Die Mokabi hatten sich als ein unglaublich gastfreundliches Volk erwiesen und uns sämtliche Wünsche erfüllt. Wir wurden von ihnen mit neuen Vorräten eingedeckt, mit mehreren Pelzen und sogar mit selbst geschnitzten Waffen versorgt.

»Die alten Ruinen, vergesst das nicht«, sagte Watola, als er uns durch die Schächte zurück an die Erdoberfläche führte. »Wir werden Euch dort erwarten.«

»Und wir werden dort sein.« Hauptmann Viktus lächelte. »In etwa zehn Tagen, falls nichts schiefgehen sollte.«

Als wir oben angekommen waren, hatten die Krieger die Zelte bereits abgebaut und waren aufbruchbereit. Die Nacht war schwül und sternenklar. »Ich danke Euch für alles«, flüsterte ich und zog Watola in meine Arme. »Bis bald.«

Er ließ von mir ab und verneigte sich. »Auf bald!«

Schwungvoll glitt ich in den Sattel meines Pferdes, das wieder zu neuen Kräften gekommen war. Die eintägige Rast hatte uns allen gutgetan. Ich fühlte mich nicht mehr so ausgelaugt, sondern war nun voller Tatendrang, schnellstmöglich nach Dylaras zu gelangen, um dem König gegenüberzutreten.

Der Hauptmann lenkte sein Pferd an die Spitze und gab den Befehl zum Abmarsch. Wir ritten schneller als an den vorherigen Tagen, wo wir in gemächlichem Tempo durch das Ödland geschritten waren. Nun trieben wir die Pferde zu einem schnellen Trab an, der mir den Wind durch die Haare blies. Das Trampeln der Hufe war ein wundervoller Klang in meinen Ohren. In diesem Augenblick hatte ich das Gefühl, dass nichts und niemand mich jemals wieder aufhalten könnte. Ich fühlte mich so frei wie schon lange nicht mehr und konnte den Kopf endlich abschalten.

Es mussten Stunden vergangen sein, in denen wir geritten waren, ohne uns auch nur ein einziges Mal umzublicken. Doch dann wies Hauptmann Viktus uns an, anzuhalten. Als mein Pferd zum Stillstand kam, warf ich einen Blick über meine Schulter. Wir hatten die Fußsoldaten und sogar einige der Reiter abgehängt.

»Tempo drosseln!«, rief Viktus. »Wir wollen schließlich nicht zeitversetzt in Dylaras ankommen.«

Also ließ ich meinen Gefährten ganz langsam weiter durch die Wüstenregion stapfen.

Am darauffolgenden Abend hatten wir die Wälder wieder erreicht. Es war deutlich angenehmer, auf der weichen Erde zu reiten als auf der durchlöcherten und rissigen des Ödlands. Ich konnte spüren, dass mein Hengst derselben Ansicht war, denn es kostete ihn kaum noch Mühe, sich fortzubewegen. Plötzlich schwebte er wie auf Wolken, da er keinen Erdspalten mehr ausweichen musste.

»Wir werden wohl mitten in der Nacht ankommen«, meinte Tero. »Der Palast ist nur noch wenige Stunden Fußmarsch entfernt.«

»Du warst schon einmal in Dylaras?«, fragte ich skeptisch.

Tero zuckte mit den Schultern. »Ein paar Mal bereits, das letzte Mal ist allerdings vor einigen Jahren gewesen, noch bevor Gustav König wurde. Unsere Eltern waren mit Gustavs Eltern eng befreundet, doch nach deren Tod haben unsere Königreiche sich entfremdet.« Er blickte in die Ferne.

»Also kennst du Gustav und Wassil von Kindsbeinen an, das könnte uns eine große Hilfe sein!«, entgegnete ich voller Begeisterung.

Tero presste die Lippen aufeinander und stieß den Atem aus. »Es wäre besser, wenn Aleksi an meiner statt hier wäre. Er hatte zu den Brüdern immer ein weitaus besseres Verhältnis als ich. Ich sagte dir schon einmal, dass ich früher ein kleiner Rebell war und nun ja ... ich habe öfter ein paar Streiche gespielt. Mit viel Glück erinnert sich Gustav nicht mehr daran.«

Ich hob meine Augenbrauen fragend an. »Was hast du ihm angetan?«

»Das möchtest du gar nicht wissen«, entgegnete Tero halb lachend. »Ich war ein grausamer Junge.«

»Ach, komm schon, erzähl es mir.« Ich konnte mir nicht vorstellen, dass es so schlimm war, wie Tero dachte. Kinder waren zwar in der Lage, ziemlich grausam zu sein, aber sicherlich war es trotzdem nur ein harmloser Scherz.

»Du wolltest es ja so ...«, begann er und wich meinem Blick aus. »Gustav war ein kleiner Feigling und hatte schreckliche Angst vor der Dunkelheit. Eines Tages haben wir in seinem Palast Verstecken gespielt – unsere Eltern waren draußen in den Gärten, weit von den Palasttoren entfernt. Da ich um Gustavs Furcht wusste, habe ich mich in der Gruft in den Kellergewölben versteckt. Es dauerte ziemlich lange, ehe er mich dort unten überhaupt suchte. Nun ja, als er dann in der Gruft angekommen war, bin ich aus meinem Versteck gerannt, habe die zwei Fackeln von der Wand genommen und ihn dort unten eingesperrt.«

»Tero!«, fuhr ich ihn erschrocken an. »Du bist grausam! Wie lange hast du ihn da unten eingesperrt?«

»Lange ... ein paar Stunden. Der gesamte Palast war in Aufruhr, als der Kronprinz plötzlich verschwunden war. Jede Wache hat nach ihm gesucht und der Ärmste hat sich in den Kellergewölben die Seele aus dem Leib geschrien. Als man ihn mitten in der Nacht schließlich fand, zitterte er am ganzen Leib, seine Augen waren blutunterlaufen von den vielen Tränen, die er vergossen hatte.« Tero hielt inne und musterte mich verstohlen von der Seite. Mein Mund stand weit geöffnet vor Schock. Ich hätte ihm niemals zugetraut, dass er in der Lage war, jemandem so etwas anzutun.

»Im Nachhinein hat es mir schon irgendwie leidgetan, aber in dem Moment fand ich es lustig. Meine Eltern waren allerdings nicht sehr begeistert, als der wimmernde Gustav ihnen erzählte, dass ich ihn dort unten eingesperrt hatte. Wir sind noch in derselben Nacht aufgebrochen und zurück nach Kjartan gereist. Seit jenem Tag habe ich Gustav nicht wiedergesehen«, schloss Tero seine Geschichte ab.

»Du wartest besser draußen, wenn wir mit König Gustav sprechen. Sonst jagt er uns noch zum Teufel.«

Tero lachte. »Das ist so viele Jahre her, er wird es vielleicht schon vergessen haben.«

»So etwas vergisst man nicht so leicht.«

»Ich möchte euer Gespräch ungern unterbrechen«, sagte Viktus, »aber wir sind gleich da.«

Er deutete in die Ferne und mein Blick folgte seinem ausgestreckten Finger. Der Wald um uns herum begann sich langsam zu lichten und wenn man genau hinsah, dann konnte man bereits die Türme des Palastes von Dylaras erahnen.

»Rasten wir vorher noch einmal, oder wollen wir mitten in der Nacht an die Tore klopfen?«, fragte Eggi.

»Wir sollten bis zum Morgengrauen warten, schließlich wollen wir nicht unhöflich sein«, entgegnete Viktus.

Wir ritten noch ein Stück weiter, bis wir auf einer großen Lichtung zur Rast kamen. Von hier aus konnte ich die wahre Größe des Palastes abschätzen. Er war weitaus größer als in meiner Erinnerung. Doch zur Krönung Gustavs hatte ich auch kaum auf meine Umgebung geachtet. Ich war gerade erst selbst zur Königin ernannt worden und meine Gedanken hatten um andere Dinge gekreist.

Ich legte mich auf den Rücken und verschränkte die Hände hinter dem Kopf. Da ich hellwach war, versuchte ich erst gar nicht die Augen zu schließen. Resa setzte sich mit Asante an meine Seite, während Eggi und Tero die erste Wache übernahmen. Im Hintergrund konnte ich die leisen Gespräche der Krieger wahrnehmen. Waren sie in den vergangenen Tagen noch überwiegend schweigsam gewesen, so wurde ihre Stimmung immer ausgelassener.

»Ob der König uns überhaupt empfangen wird?« Resa starrte nachdenklich in Richtung Palast.

»Er muss uns empfangen, wenn er keinen Angriff unsererseits riskieren will.« Während er sprach, glitt Asantes Hand an den Schaft seines

Schwertes. »Immerhin rechnet er nicht mit uns und wird überrascht sein. Wir sind auf das, was uns bevorstehen könnte, vorbereitet.«

Resa nickte geistesabwesend. »Du hast recht. Aber im Gegensatz zu dir hoffe ich nicht, dass es zu einem Blutvergießen kommen wird.« Sie funkelte ihren Bruder wütend von der Seite an.

»Wir werden so oder so kämpfen, Resa. Ob wir nun Dylaras angreifen oder erst in Arzu zum Schwert greifen, macht auch keinen Unterschied mehr.«

»Ich möchte nur nicht, dass das Blut Unschuldiger an unseren Händen klebt, denn dann wären wir keinen Deut besser, als Eira es ist.«

Ich verdrehte die Augen. »Müssen wir jetzt wirklich darüber sprechen? Es könnte unser letzter Abend sein. Sollten wir den nicht lieber in vollen Zügen auskosten, anstatt an Krieg und Tod zu denken?«

Resa und Asante murmelten eine leise Entschuldigung, aber ich ging nicht weiter darauf ein. Ich wollte lediglich ein letztes Mal den Kopf freibekommen und an die schönen Dinge im Leben denken. Mein Blick traf Teros Hinterkopf. Er war in ein Gespräch mit Eggi und einem Krieger, dessen Namen ich nicht kannte, verwickelt.

Aufatmend lehnte ich mich wieder zurück und fixierte den Himmel. Die Nacht war angenehm warm, beinahe so wie im Mokabi-Ödland, aber nicht ganz so stickig. Dennoch fühlte es sich nicht an, als würde der Winter bald über uns hereinbrechen, sondern der Sommer. Eigentlich war das kaum verwunderlich, wenn man bedachte, dass Dylaras so viel wie *das Land der ewigen Sonne* bedeutete. Es war der perfekte Ort, um *das Licht der Unendlichkeit* zu verstecken.

Während ich so dalag, wurden meine Lider immer schwerer. Ich versuchte sie offen zu halten, doch irgendwann verlor ich den Kampf gegen die Müdigkeit.

Sie trat aus den Schatten der Bäume auf mich zu und blieb direkt vor mir stehen. Ich blickte in ihre eisblauen Augen, die mich schon als Kind immer fasziniert hatten. Wie ein glasklarer See schauten sie zurück, während die lodernden Flammen in ihnen reflektiert wurden.

»Eira, bist du es wirklich?« Meine Stimme klang fremd, als würde sie zu einem anderen Menschen gehören. Oder war sie schon immer so hoch und heiser gewesen? Meine Schwester trat einen weiteren Schritt auf mich zu und überbrückte somit auch die letzte Distanz, die noch zwischen uns gelegen hatte. Ihren warmen Atem konnte ich nun auf meiner Haut spüren.

»Schwester, es ist schön, dich nach all der Zeit wiederzusehen«, hauchte sie, wobei mir ein eisiger Schauer den Rücken hinunterlief. In ihrer Stimme schwang so viel Hass und Verachtung mit. »Kommst du, um dich unserer Sache anzuschließen?«

Ich griff nach ihrem Handgelenk und drückte zu. »Eira, bitte, tu das nicht. Du bist ein guter Mensch, das bist du schon immer gewesen. Ruf deine Männer zurück und lass uns diesen Krieg beenden.«

Sie entriss sich meiner Berührung und taumelte rückwärts. »Nein!«, spie sie mir entgegen. »Das werde ich nicht tun, Nerina. Die Dunkelheit wurde bereits entfesselt und schlängelt sich durch die Königreiche, um jedes einzelne zu infizieren. Du bist gescheitert.«

Tränen stiegen in meine Augen und vernebelten mir die Sicht. Das konnte nicht stimmen, sie musste lügen. Es war noch nicht zu spät, uns alle zu retten. Ich musste noch irgendetwas tun können. »Aber ...«, setzte ich mit zittriger Stimme an, »was ist mit deinem Kind? Möchtest du, dass es in einer Welt leben muss, in der es von ständiger Angst begleitet wird? Eira, ich flehe dich an!«

Nun packte ich sie bei den Schultern und schüttelte sie, während ich sie immer und immer wieder anflehte, es aufzuhalten. In ihren Augen flackerten die unterschiedlichsten Emotionen auf, die genauso schnell wieder verschwanden, wie sie gekommen waren.

»Nein, Nerina! Irgendwann wird Kian die Dunkelheit regieren und daran werden du und deine Freunde nichts ändern können.«

»Kian!« Schreiend schreckte ich hoch und schlug mit schnell schlagendem Herzen die Augen auf. Ich musste mehrere Male blinzeln, ehe ich die Orientierung zurückerlangt hatte und mir bewusst wurde, dass ich nur geträumt hatte.

Es war das erste Mal, dass ich mich in diesem Traum mit Eira unterhalten hatte und er wirkte noch so viel realer als in den Nächten zuvor. Ich streckte meine schmerzenden Finger aus, die sich verkrampft zu haben schienen. Hatte ich im Traum wirklich nach etwas gegriffen und zugedrückt? Mir war, als konnte ich noch immer den Stoff ihres Kleides an meiner Haut spüren, auch wenn das vollkommen unmöglich war.

Schritte ließen mich zusammenfahren. »Ist alles in Ordnung?«, fragte Tero außer Atem. »Ich habe dich schreien gehört.«

Ich hob den Blick und schaute in seine sorgenerfüllten Augen. »Alles in Ordnung«, gab ich leise zurück, um die anderen nicht zu wecken. »Ich habe nur schon wieder diesen Traum gehabt. Und dieses Mal war er noch viel realer als die Male zuvor.«

»Inwiefern?« Tero setzte sich mir gegenüber auf den Boden.

Ich versuchte meine Gedanken zu sammeln und die richtigen Worte zu finden. »Ich habe mit Eira gesprochen, konnte sie sogar berühren. Sie sagte, dass ich zu spät gekommen und die Dunkelheit schon entfesselt sei.« Ich schluckte einen festsitzenden Kloß hinunter. »Tero, es ist kein Traum. Es ist eine Vision.«

Er weitete die Augen. »Bist du dir wirklich sicher?«

»Ja. Ihr Sohn … sein Name ist Kian.«

Mit den Fingerspitzen zog Tero kleine Kreise in die Erde und zupfte einige Grashalme heraus, die er dann von sich warf. »Es muss nicht so eintreten«, flüsterte er kaum hörbar. »Wir können es noch schaffen.«

Mechanisch schüttelte ich den Kopf. »Wir werden zu spät kommen und die Königreiche werden in Flammen aufgehen.«

Ruckartig griff Tero nach meiner Hand. »Schau mich an, Nerina.« Ich hob den Blick und in seinen Augen lag die pure Hoffnung. »Wir werden es schaffen, komme, was wolle. Ich werde dich beschützen und dafür sorgen, dass du siegreich sein wirst. Bitte glaube an dich, so wie ich an dich glaube.«

»Ich versuche es.«

»Gut.« Dann legte Tero seinen Arm um mich und zog mich an seinen Oberkörper. Ich vergrub meinen Kopf an seiner Schulter und lauschte dem rhythmischen Klang seines Herzens, der in einer angenehmen Beständigkeit an mein Ohr drang. Dann schloss ich erneut die Augen.

KAPITEL 31 – EIRA

Seit der letzten Vollmondnacht stimmte etwas gewaltig nicht mit mir. Nicht nur der pochende Schmerz in meinem Kopf machte mir das bewusst, sondern ebenfalls die immer wiederkehrenden Träume. Es war so real gewesen, Nerina vor mir stehen zu sehen.

Ich rieb meine Oberarme an der Stelle, an der sie mich im Traum berührt hatte. Als ich darüberfuhr, zuckte ich kurz zusammen. Die Ärmel meines Nachtgewands hochrollend fixierte ich die Stelle, an der sich ein kleiner dunkler Fleck über meiner Haut ausbreitete. Das konnte doch unmöglich wahr sein. Wie war das möglich?

»Nerina«, flüsterte ich ihren Namen in die Dunkelheit, doch wie erwartet erhielt ich keine Antwort. Dennoch konnte ich ihre Stimme noch immer in meinem Kopf hören, als stünde sie direkt neben mir. Das heisere und ängstliche Fiepen meiner Schwester.

Ich wusste nicht, wie ich mit diesen Träumen in Zukunft umgehen sollte und ich konnte auch mit niemandem darüber sprechen. Nichtsdestotrotz stellte sich mir die Frage, weshalb sie gerade in der Vollmondnacht begonnen hatten. Euphorie schoss schlagartig durch mich hindurch. Vielleicht waren diese Träume Visionen – Visionen von dem, was auf uns zukam. Ich hatte Nerina gesagt, dass die Dunkelheit sich bereits ausbreitete.

Mit einem Lächeln auf den Lippen setzte ich mich an den Frisiertisch. Ein neuer Spiegel zeigte mir mein von Schatten umrahmtes Gesicht. Mit den Fingerspitzen glitt ich über meine Wangen. Mir war nicht aufgefallen, dass ich binnen kürzester Zeit um Jahre gealtert war. Mein Gesicht war eingefallen, ich war müde und erschöpft und meine Haut war noch blasser, als sie es ohnehin schon war.

Dieser bevorstehende Krieg hatte mir jegliche Kraft aus den Knochen gesaugt, weshalb es umso besser für mich war, wenn er bald ein Ende fand.

Was ist mit deinem Kind? Möchtest du, dass es in einer Welt leben muss, in der es von ständiger Angst begleitet wird? Die Worte schossen mir durch den Kopf und setzten sich darin fest. Ein stechender Schmerz ließ mich zusammenfahren.

Nein, ich möchte nicht, dass er in so einer Welt aufwächst, antwortete eine Stimme in meinen Gedanken. Ich versuchte sie abzuschütteln, doch sie wurde immer lauter. Wir standen kurz vor dem Ziel, nichts und niemand würde uns jetzt noch aufhalten können. *Das Licht der Unendlichkeit* befand sich in unserem Besitz und sollte es uns gelingen, das Gute in das Böse zu wandeln, war die Vorherrschaft unser.

Ich grinste meinem Spiegelbild gehässig entgegen. Ein dunkler Nebel schmiegte sich um meinen Körper und ich nahm ihn mit jeder Faser meines Seins in mich auf und ließ mich von ihm in die Finsternis geleiten.

Die Finger krallte ich in die Armlehnen meines Stuhls und legte den Kopf in den Nacken. Ich spürte, wie die Dunkelheit sich immer mehr in meinem Herzen ausbreitete und sich darin festsetzte. Es war ein angenehmes Kribbeln, das mein Blut förmlich aufkochen ließ.

Als ich den Blick wieder auf den Spiegel richtete, lächelte mir ein anderes Gesicht als das meine entgegen und begann boshaft zu lachen. Erschrocken wich ich zurück, doch ich wurde wie von Magie geleitet davon angezogen und streckte meine Finger nach dem kühlen Glas aus.

Nach einem Wimpernschlag verschwand das fremde Gesicht wieder. Vermutlich hatte ich mir bloß eingebildet, dass mich eben noch Arcana daraus angesehen hatte.

KAPITEL 32

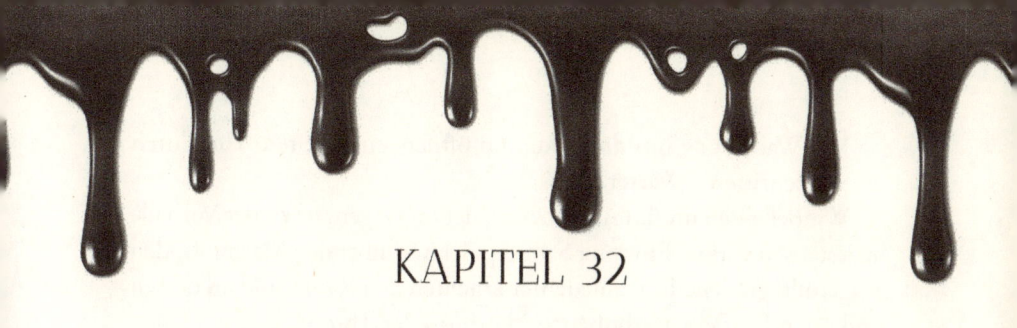

Ich konnte seinen Blick in meinem Nacken genauso spüren wie die Sonnenstrahlen auf meinem Rücken. Tero beobachtete jede meiner Regungen mit einer Genauigkeit, als befürchtete er, ich könne jeden Augenblick die Beine in die Hand nehmen und davonrennen. Aber das würde nicht geschehen, trotz der Bilder, die sich in meinen Gedanken festgesetzt hatten.

In der Stadt war es ruhig, beinahe verlassen. Die wenigen Menschen, die wir passierten, rannten davon, sobald sie uns wahrgenommen hatten, stürmten in die Häuser und verriegelten die Türen hinter sich. Sollten wir sie wirklich angreifen wollen, dann brachte es nichts, sich in heruntergekommenen Hütten zu verschanzen, bei denen ein kräftiger Luftstoß ausreichte, um sie in alle Himmelsrichtungen zu tragen.

Auch als wir die Tore zum Palast erreichten, hielt uns niemand auf. Die Wachen verharrten regungslos auf ihren Posten, den Blick stur geradeaus gerichtet. Wir überquerten die Zugbrücke lediglich mit einer Handvoll Männer, während die anderen in der Stadt auf unsere Rückkehr oder unser Zeichen zum Angriff warteten.

Man öffnete uns ohne Widerworte und ließ uns eintreten.

»Ob das eine Falle ist?«, flüsterte Asante.

»Ich denke nicht.« Und das war die Wahrheit. Dylaras war normalerweise ein fröhliches und glückliches Königreich, was mit Sicherheit an dem ewig währenden Sommer lag. Doch irgendetwas stimmte nicht. Es musste etwas vorgefallen sein, anders war die Stille der Stadt nicht zu erklären.

»Folgt mir«, sagte eine der Wachen und lief voran. Die Vorhalle war groß, jedoch sehr spärlich eingerichtet. Lediglich ein über uns baumelnder Kronleuchter hatte etwas Prunkvolles an sich. Die restlichen Möbel bestanden aus minderwertigem Holz und wiesen zahlreiche Kratzer auf.

Die Wache bog um die Ecke und öffnete eine weitere Tür, durch die wir schritten. »Wartet hier.«

Wir befanden uns im Audienzsaal, der im Gegensatz zu der Vorhalle majestätisch wirkte. Ein roter Samtteppich war über den Marmorboden ausgerollt, goldene Kerzenleuchter erhellten den Raum und an dessen Ende stand auf einer erhobenen Plattform der Thron.

»Ich werde das Gefühl nicht los, dass man uns bereits erwartet hat«, murmelte Hauptmann Viktus. »Niemand scheint überrascht darüber, uns hier zu sehen.«

Ich nickte bestätigend, denn dieses Gefühl begleitete mich ebenso auf Schritt und Tritt. Wir liefen einige Male auf und ab, ehe endlich etwas geschah. Eine weitere Tür wurde quietschend geöffnet und eine wunderschöne Frau trat durch den Vorhang auf uns zu.

Sie erklomm die beiden Stufen, die auf das Podest führten, und ließ sich auf dem Thron nieder. Die Krone, die sie auf dem Kopf trug, war unscheinbar und doch konnte ich zahlreiche Edelsteine in verschiedenen Farbtönen daran funkeln sehen. Mit müden Augen bedachte sie uns.

»Willkommen in Dylaras«, ertönte ihre Stimme so lieblich wie die von Etarja. »Der König fühlt sich im Moment nicht wohl, weshalb ich Euch an seiner statt gerne behilflich sein werde. Ich bin seine Gemahlin, Königin Venia.«

Wir stellten uns vor die Königin und verneigten uns. Dann trat ich vor, um ihr von unserem Anliegen zu berichten.

»Eure Majestät, mein Name ist Nerina von Arzu …«

»Ich weiß, wer Ihr seid und auch, was geschehen ist. Also, wie kann ich Euch helfen?« Sie taxierte mich mit einem Blick, den ich nicht deuten konnte.

Ich räusperte mich, ehe ich weitersprach. »Wir sind hier, weil wir etwas von Euch benötigen. Es liegt eine weite Reise hinter uns, bei der wir einen Hinweis darauf erhalten haben, wie ich mein Königreich zurückerobern kann.« Noch immer konnte ich keine Regung in ihrem Gesicht vernehmen. »Aus diesem Grund bitte ich Euch, uns eine der Krönungsinsignien von Dylaras auszuhändigen – das Zepter, genauer gesagt.«

Noch ein weiteres Mal verneigte ich mich vor ihr und trat dann einen Schritt zurück. Meine Freunde nickten mir anerkennend und aufmunternd zu, aber mein Herz polterte ungemein.

Königin Venia stützte ihren Kopf mit der Hand und zog die Brauen zusammen. »Wofür benötigt Ihr es?«

»Der darin enthaltene Edelstein soll die Kraft der Himmelskörper miteinander vereinen können.«

Venia lachte laut auf. »Wer hat Euch dieses alte Ammenmärchen erzählt?«

»Die Feenkönigin Etarja.«

Ihr Lachen verstummte und mit einem Mal wurde sie kalkweiß. »Ihr wart im Feenreich?« Anstatt der vermuteten Skepsis, schwang Ehrfurcht in ihrer Stimme mit.

»Ja, das waren wir. Dieser Edelstein ist unsere einzige Hoffnung, die sich ausbreitende Dunkelheit zu stoppen und Eira zu vernichten.«

Venia nickte stumm. »Wir sollten uns bei einem ausgiebigen Mittagessen weiter darüber unterhalten.« Dann stand sie auf, verschwand hinter dem Vorhang und schloss die Tür.

»Hat sie uns gerade allen Ernstes einfach stehen gelassen?« Asante knirschte mit den Zähnen.

»Und was jetzt?«, hakte Hauptmann Viktus nach.

»Wir warten, bis jemand uns abholt und in den Speisesaal begleitet«, erklärte ich. »Immerhin hat sie uns zum Essen eingeladen.«

Also warteten wir. Es dauerte auch nicht lange, bis ein Wachmann hereinkam und uns bat, ihm zu folgen. Der Speisesaal befand sich im Gegensatz zum Audienzsaal im Westflügel des Palastes. Er war nicht sonderlich groß, aber dafür war die eine Wand komplett verglast, wodurch man einen direkten Blick auf die Gärten werfen konnte. Zahlreiche farbenprächtige Blumen räkelten sich vor dem Fenster der Sonne entgegen und mir war, als konnte ich ihren Duft wahrnehmen.

»Die Königin wird gleich bei Euch sein.«

Wir verteilten uns um den Tisch und nahmen Platz. Kurz darauf trat ein Dienstmädchen ein und schenkte uns jedem etwas Wasser und Wein in unsere Kelche. Resa nahm ihren Kelch sofort in die Hand und wollte sich das Wasser hinunterkippen.

»Halt!«, sagte ich, noch bevor sie ihn an ihren Lippen ansetzen konnte.

»Was ist los?«

»Erstens gebietet es die Höflichkeit, erst zu trinken, wenn die Königin des Landes den ersten Schluck genommen hat und zweitens wissen wir noch nicht, auf welcher Seite Dylaras steht.« Dann lehnte ich mich zu Resa über den Tisch, da das Dienstmädchen noch immer im Raum stand und unser Gespräch sicherlich mit anhörte. Ich flüsterte: »Vielleicht sind Wasser und Wein vergiftet. Wir können das nicht einfach trinken.«

Resas Augen weiteten sich und sofort stellte sie den Kelch zurück auf den Tisch und verzog angewidert den Mund.

Nach und nach traten immer mehr Bedienstete in den Raum und stellten zahlreiche Servierplatten vor uns ab. Mein Magen begann beim Anblick der Speisen augenblicklich zu knurren und am liebsten hätte ich mich sofort über das Essen hergemacht. Uns blieb allerdings keine andere Wahl, als auf Königin Venia zu warten und auch so mussten wir vorsichtig bei dem sein, was man uns anbot.

Kurz nachdem auch der Hauptgang in die Mitte gestellt und die meisten Bediensteten wieder hinausgeeilt waren, trat die Königin ein. Während wir hier auf sie gewartet hatten, hatte sie die Zeit genutzt, um sich in andere Kleider zu werfen. Ich konnte mir ein Schmunzeln nicht verkneifen. Mittlerweile war ich so lange nicht in meinem Palast gewesen, dass ich den Tagesablauf einer Königin vollkommen vergessen hatte. Niemals durfte man sich in demselben Kleid zweimal sehen lassen, da das als Zeichen von Armut galt. Schon früher hatte ich diesen Brauch als unsinnig empfunden. Wieso sollte man ein Kleid, das einem gefiel, nicht mehrfach tragen dürfen?

Ein Diener schob der Königin ihren Stuhl zurecht. Kaum saß sie auf ihrem Platz, wurden auch ihr Wein und Wasser in die Kelche gefüllt. »Danke, ihr könnt gehen.«

Das Mädchen und der Mann wechselten einen verwirrten Blick, doch niemals würden sie es wagen, der Königin zu widersprechen, weshalb sie wortlos hinauseilten.

»Esst, so viel Ihr könnt«, sagte Königin Venia. »Und fühlt Euch während Eures Aufenthalts bitte ganz wie zu Hause.«

Wir warteten, bis Venia mit dem Essen und Trinken begann, ehe auch wir uns bedienten. Anscheinend konnten wir uns den Magen füllen, ohne Angst vor einer Vergiftung haben zu müssen.

Nach der Vorspeise lehnte die Königin sich zurück und legte die Hände in ihren Schoß. »Nun erzählt mir doch, wie genau Euer Plan aussieht, Nerina.«

Ich schluckte meinen letzten Bissen schnell hinunter und tupfte mir die Mundwinkel mit einer Serviette trocken. »In wenigen Tagen werden wir in den Krieg ziehen. Das Heer von Kjartan steht uns zur Seite und wir hoffen auch auf die Unterstützung von Lenjas.«

»Nach dem, was man der Prinzessin angetan hat, solltet Ihr Euch Lenjas' Unterstützung sicher sein. Aber was genau gedenkt Ihr wegen des Edelsteins zu unternehmen?«

Hilfe suchend blickte ich meine Freunde an, doch sie konnten mir bei der Beantwortung dieser Frage auch nicht helfen, denn wir wussten es nicht. Wir wussten lediglich, dass *das Licht der Unendlichkeit* eine mächtige Waffe war, nicht aber, wie man diese einsetzte.

»Interessant«, sagte Venia. »Ihr wisst es also nicht.«

»Nein«, gab ich zu. »Doch wir werden es herausfinden, ehe die Zeit abgelaufen ist.«

»Ihr habt großen Mut, Nerina. Eure Schwester ist eine mächtige und von allen gefürchtete Herrscherin und dennoch wollt Ihr Euch ihr in den Weg stellen. Ohne zu wissen, wie Ihr sie überhaupt bekämpfen wollt.« Venia verschränkte die Finger miteinander und ließ die Knochen laut knacken. »Eira hat viele Verbündete. Man sagt sich sogar, dass sie die Hüter für ihre Sache gewinnen konnte. Wieso glaubt Ihr, eine Chance zu haben?«

»Hoffnung.« Tero stützte die Hände am Tisch ab und stand auf. »Wir haben den Glauben und die Hoffnung nicht aufgegeben, dass das Gute siegen wird. Und wir kämpfen nicht nur für uns, sondern dafür, dass ein jeder Bewohner aller Königreiche die Chance auf eine sichere Zukunft hat.«

Venia zog eine Braue fragend in die Höhe, während sie Tero von Kopf bis Fuß musterte. »Und Ihr seid?«

»Kronprinz Teriostas von Kjartan, Eure Majestät.«

»Kronprinz? Und ich hielt Euch für tot. Welch interessante Wendung dies doch ist. Erzählt mir, wie seid Ihr von den Toten auferstanden?«

Teros Wangen nahmen einen rosigen Ton an. »Ich … ich war nie tot. Wieso glaubt Ihr das?«

Schulterzuckend gab sie zurück: »Ich habe Augen und Ohren überall und man sagte mir, man habe Euch seit mehreren Jahren nicht gesehen und somit für tot erklärt.«

»Nun, hier stehe ich in Fleisch und Blut vor Euch und bitte Euch, nein, flehe Euch an, uns zu helfen.«

»Hmm, ich weiß nicht, ob ich Euch behilflich sein kann.«

»Dann lasst uns mit Eurem Gemahl sprechen und ihm alles erklären.«

Venia zog die Mundwinkel langsam hinunter und schien ganz plötzlich den Teller vor sich weitaus interessanter zu finden, als ihrem Gegenüber in die Augen zu schauen. »Das ist nicht möglich«, flüsterte sie. »Er … Es geht ihm nicht gut. Er kann nicht mit Euch sprechen.«

»Wann wird es ihm besser gehen?« Ein Flehen lag in meiner Stimme.

Venia presste die Lippen fest aufeinander und hob dann ihren Blick, der von Leere erfüllt war. »Vermutlich nie mehr. Es ist kompliziert. Vor ein paar Tagen ist etwas mit ihm geschehen, das nicht rückgängig gemacht werden kann.«

Eine Falte zog sich über meine Stirn. »Wie meint Ihr das? Was ist geschehen?«

Eine Träne lief langsam Venias Wange hinunter. Sie versuchte sie wegzuwischen, ehe wir ihren Gefühlsausbruch sehen konnten, doch es war zu spät. »In Ordnung«, wimmerte sie gegen das Taschentuch, das sie aus dem Ausschnitt ihres Kleides gezogen hatte. »Schaut es Euch selbst an.«

Venia führte uns aus dem Speisesaal hinauf in die obere Etage, wo die königlichen Schlafgemächer lagen. Zwei Wachen waren vor der mit Ketten verschlossenen Tür postiert. Als Venia ihre Hand hob, zogen sie ihre Lanzen zurück und ließen die Königin die Tür aufschließen und öffnen. In dem Raum war es finster, die Vorhänge waren zugezogen und nicht eine einzige Kerze brannte.

»Was tun wir hier?«, flüsterte Eggi und schaute sich im Raum um.

»Vor zwei Wochen tauchte ein kleiner Bursche vor den Toren des Palastes auf«, begann Venia zu erklären. »Der Junge war verdreckt, seine

Kleidung bereits zerrissen. Er war allein und verängstigt, hatte keine Eltern und keine Geschwister. Schon seit mehreren Jahren versuchen Gustav und ich ein Kind zu bekommen, doch bislang waren die Götter uns nicht gnädig gestimmt. Dieser Junge mit dem traurigen Blick hatte augenblicklich unser Herz für sich gewonnen, weshalb wir uns dazu entschieden, ihn in unser Heim zu lassen und für ihn zu sorgen.«

Venia schluckte einen Kloß hinunter, ehe sie weitersprach. »Er redete nicht viel und war sehr schüchtern, aber wir wollten die Hoffnung mit ihm nicht aufgeben. Denn schließlich hatten wir uns schon seit so langer Zeit ein Kind gewünscht. Nach einer Woche taute der Junge ein kleines bisschen auf und ich hatte das Gefühl, dass er uns allmählich in sein kleines Herz schloss. Aber dem war nicht so.«

Ich ging auf Venia zu und versuchte sie tröstend in den Arm zu nehmen. Ihr bebender Körper fühlte sich so zerbrechlich unter meinen Fingern an. Dankbar lächelte sie mir aus ihren großen Augen entgegen. »Der Junge war kein Junge ... er war nicht einmal ein Mensch«, flüsterte sie in die Dunkelheit des Raumes.

»Wie meint Ihr das, er war kein Mensch?«, wollte der Hauptmann wissen.

Venia drehte sich ihm zu. »Eines Tages, es ist erst wenige Nächte her, hatte Gustav mit dem Jungen eine Führung durch den Palast gemacht, ihm all die Kostbarkeiten unserer Familie und der früheren Könige gezeigt. In der Schatzkammer begannen die Augen des Jungen förmlich aufzublühen und aus seinem kleinen Mund drang ein fürchterliches Kichern, das so voller Wahnsinn war, dass ich es niemals mehr vergessen werde. Dann verwandelte das Kind sich vor unseren Augen in einen verkrüppelten alten Mann mit strähnigen Haaren und faulen Zähnen.«

Strähnige Haare, faule Zähne ... Das konnte doch nicht sein – oder?

»Von diesem Geschöpf ging so viel Boshaftigkeit und Dunkelheit aus, dass Gustav und ich instinktiv einen Schritt vor ihm zurückwichen. Schon der Gedanke an das, was folgte, treibt mir wieder die Tränen in die Augen.« Venia schluchzte. »Der verrückte Mann riss das Zepter an sich und als wäre das nicht schon genug, hat er meinem über alles geliebten Gemahl etwas ganz Grausames angetan.«

Mir gefror das Blut im Körper. Ich wusste nicht, ob ich wirklich wissen wollte, was dieser Mann, von dem ich sicher war, dass es sich um Rumpelstilzchen handelte, getan hatte.

»Schaut selbst.« Venia zog einen der Vorhänge zur Seite, sodass ein sanfter Lichtstrahl direkt aufs Bett fiel und den Raum erhellte. Wir traten etwas näher heran, doch im Bett lag niemand.

»Tut mir leid, Eure Majestät, aber ich sehe nichts«, sagte Eggi stirnrunzelnd.

Venia beugte sich vor und zog die Bettdecke ein kleines Stück hinunter. Zum Vorschein kam kein Mensch, sondern ein Tier, das uns aus großen, verängstigten Augen anschaute, während es schnell ein- und ausatmete.

»Ist das …?«

»Das ist mein Gemahl«, gestand Venia. »Er wurde in einen Frosch verwandelt.«

KAPITEL 33

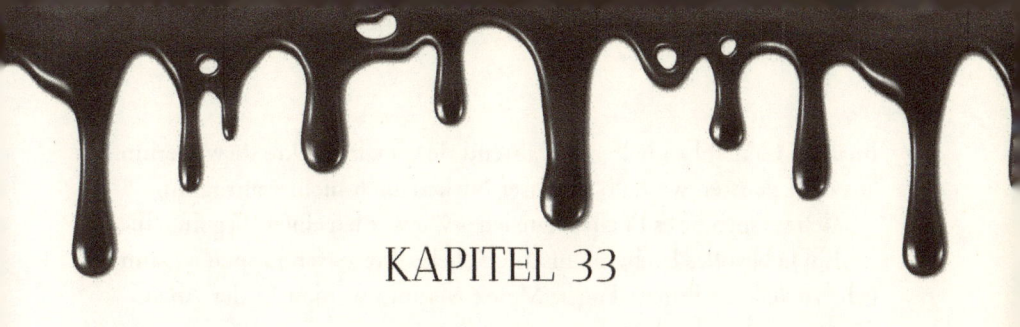

Ich konnte kaum fassen, was die Königin von Dylaras da gesagt hatte. Ihr Gemahl – König Gustav – war allen Ernstes in einen Frosch verwandelt worden. Nun stand vollkommen außer Frage, dass es sich bei dem Wahnsinnigen um Rumpelstilzchen oder zumindest einen Schattenwandler handeln musste. Niemand sonst hätte die Fähigkeiten dazu, einen Menschen aus seinem Körper zu reißen.

»Er hat das Zepter gestohlen?«, wiederholte Asante eines der Details, das ich im Aufruhr um den verwunschenen König vollkommen verdrängt hatte.

»Es tut mir leid, dass ich Euch nicht helfen kann.« Venia schaute uns nacheinander mitleidig an. Aber sie konnte nichts dafür, es war nicht ihre Schuld.

»Jalmari«, knurrte Tero hinter mir. »Er muss Eira davon berichtet haben, dass wir es auf *das Licht der Unendlichkeit* abgesehen haben. Wenn ich diesen verdammten Prinzen in die Finger kriege, dann …«

»Darüber können wir sprechen, wenn es so weit ist. Wir müssen schleunigst einen neuen Plan finden und nach Arzu aufbrechen. Uns rennt die Zeit davon«, sagte Resa entschlossen. »Wir wissen nicht, was Eira mit dem Edelstein vorhat und wir werden es vermutlich auch nicht erfahren. Wir müssen eine Lösung finden, einen Weg, wie wir sie trotz allem ein für alle Mal aus dem Weg räumen können.«

»Resa hat recht. Eure Majestät«, Viktus trat auf Venia zu, »werdet Ihr uns zur Seite stehen? Werdet Ihr mit uns kämpfen und diesem Wahnsinn endlich ein Ende bereiten?«

Venia ging zum Fenster und starrte in die Ferne. Von hier oben konnte man das halbe Königreich überblicken – ein friedlicher Anblick. Dann drehte sie sich uns wieder zu. »Nehmt fünftausend meiner Männer, aber ich stelle euch eine Bedingung. Sobald dieser Krieg gewonnen ist, werdet Ihr versuchen, einen Weg zu finden, um meinem Gemahl zu helfen.« Während sie sprach, guckte sie weiterhin aus dem Fenster, weshalb sie unser Nicken auch nicht wahrnahm.

»Ich verspreche es Euch«, sagte ich. »Wir werden einen Weg finden.«

Ein liebevolles Lächeln umschmeichelte ihre zarten Lippen. »Dann geht zurück zu Eurem Lager. Meine Männer werden in der Abenddämmerung zu Euch stoßen.«

»Danke, Eure Majestät.«

»Besiegt Eira und rettet die Königreiche«, erwiderte Venia und verneigte sich. »Ich werde indes einen Falken nach Lenjas schicken lassen, um Eure Ankunft anzukündigen.«

»Vielen Dank.«

Dann drehten wir uns um und traten den Rückzug an.

Venia hielt ihr Versprechen und kaum begann die Sonne am Horizont langsam zu verschwinden, gesellten ihre Männer sich zu uns.

Ein hochgewachsener Mann mit breiten Schultern und einigen seltsamen Tätowierungen, die sich über seinen Glatzkopf zogen, trat hervor. »General Lyus, zu Euren Diensten.«

»Hauptmann Viktus.«

»Hauptmann?« Lyus riss die Augen vor Schreck auf. »Wo ist Euer General?«

Viktus räusperte sich. »Er wird in einigen Tagen zu uns stoßen. Es gab eine andere Mission, der er zuerst nachgehen musste.«

»Na schön, ich nehme zwar ungerne Befehle von einem *Hauptmann*«, er sprach das Wort aus, als würde ein dunkler Fluch darauf lasten, »an, aber uns scheint nichts anderes übrig zu bleiben.«

Viktus' Gesichtsausdruck verfinsterte sich und es war ziemlich deutlich, dass er und Lyus mit Sicherheit nicht die besten Freunde werden würden. Ich hoffte, sie konnten sich immerhin so lange zusammenreißen, bis wir Eira geschlagen hatten.

»Ich hoffe, Ihr seid ausgeruht. Wir werden jeden Augenblick nach Lenjas aufbrechen, wo wir die restlichen Männer einsammeln.«

»Ihr meint ... das sind bisher alle, die Ihr habt? Und damit wollt Ihr einen Krieg gewinnen?« Lyus dumpfes Lachen war wie ein weit entferntes Donnergrollen. Seine Männer stimmten mit ein, als hätte er den lustigsten Scherz aller Zeiten von sich gegeben. »Ihr habt Glück, dass jeder meiner Männer wie zehn von Euren kämpft.«

Mittlerweile war auch ich drauf und dran zu implodieren. General Lyus war ein unverschämter und arroganter Mann, der mit dieser Einstellung vermutlich einer der ersten Toten auf dem Schlachtfeld sein würde. Ich schob Viktus zur Seite und plusterte mich vor Lyus auf, der mich trotzdem noch mehr als einen Kopf überragte.

Ich stemmte meine Fäuste in die Seite und starrte ihn nieder. »Habt Ihr ein Problem, General?«

Sein Lachen blieb ihm im Halse stecken. Er schaute mich an, dann Viktus ... und dann fing er wieder an zu lachen. So sehr, dass er beinahe daran erstickte. »Eine Frau? Ihr habt ernsthaft Frauen in Euren Reihen? Das wird hier ja immer besser.«

Ich spürte, wie meine Freunde langsam näher traten und mir zu Hilfe eilen wollten, aber ich hob die Hand, um sie davon abzuhalten. »Ihr habt Glück, dass Ihr an *meiner* Seite kämpfen dürft. Denn ich bin hundertmal stärker als jeder Eurer Männer, Lyus.«

»Ihr seid zuckersüß, Fräulein.« Lyus hob seine Hand und war drauf und dran, sie an meine Wange zu legen. Die Wut hatte sich in meinem Körper allerdings so sehr aufgestaut, dass es mir nicht schwerfiel, die Magie zu beschwören. Ich lenkte die Wurzeln, die sich in unserem Umfeld unter der Erde entlangschlängelten, direkt in Richtung Lyus und ließ sie aus dem Boden schießen. Sie wickelten sich mehrfach um seine Arme und Beine, sodass er sich nicht mehr fortbewegen konnte.

»Ihr seid eine Hexe«, spie er.

»Nein. Ich bin eine Königin. Die rechtmäßige Königin von Arzu.«

»Eure Majestät.« Ein Zittern war aus Lyus' Stimme herauszuhören, das mir ein Lächeln auf die Lippen zauberte. »Es tut mir leid, ich wusste nicht, dass Ihr an unserer Seite kämpfen werdet.«

Ich ließ ihn noch eine Weile zappeln, ehe ich die Wurzeln zurückzog und sie so schnell in der Erde verschwanden, wie sie gekommen waren.

»Ihr werdet Hauptmann Viktus all den Respekt entgegenbringen, den Ihr in Eurem Körper finden könnt. Und Eure Männer werden das Gleiche tun – habt Ihr mich verstanden?«

Lyus nickte schnell und trat dann einige Schritte rückwärts zurück, wobei er mit seinem Stiefel hängen blieb und sich nur mit Mühe und Not aufrecht halten konnte.

»Danke«, flüsterte Viktus. »Das war beeindruckend.«

»Ach, das war noch gar nichts«, winkte ich ab. »Hoffentlich hat es Wirkung gezeigt und Lyus wird sich in Zukunft besser zu benehmen wissen. Diese arrogante Haltung ist mit zuwider.«

»Auch er schien ziemlich beeindruckt, wenn nicht gar verängstigt zu sein.« Viktus wandte sich von mir ab und klatschte mehrfach in die Hände. »Macht euch aufbruchbereit, Männer.«

Die Grenze zu Lenjas lag nicht allzu weit entfernt. Wir würden sie bereits morgen erreichen, mussten dann allerdings noch zwei weitere Tage zum Palast marschieren. Ich freute mich darauf, König Marin und Königin Juna nach all der Zeit wiedersehen zu können. Endlich würde sich mir die Gelegenheit bieten, mich bei ihnen für ihre Unterstützung zu bedanken. Ohne sie wäre ich schon lange tot, aber sie hatten mir General Bijn geschickt, der mich aus dem Kerker befreit hatte. Ich war ihnen zu ewigem Dank verpflichtet.

»Du freust dich auf Lenjas«, merkte Tero an. »Dein Grinsen wird immer breiter.«

Ich hob die Finger an meine Lippen und ertastete das breite Lächeln, das sich dort unwillkürlich gebildet hatte. »Ja, das tue ich.«

»Dann schwing dich aufs Pferd, es geht los.« Und das tat ich. Elegant setzte ich mich auf den Rücken meines Rosses und wir trabten los.

General Lyus und Hauptmann Viktus hatten mittlerweile das Kriegsbeil begraben und führten ein Gespräch über die kommenden Tage. Gemeinsam erarbeiteten sie Schlachtpläne und versuchten einen Weg zu finden, Eira und ihr Heer in einem Überraschungsmoment zu besiegen. Ich verstand nicht viel von dem, was sie sagten, aber ich vertraute darauf, dass sie wussten, was sie taten.

»Ich hoffe, Aleksi ist bald zurück«, murmelte Tero in die Dunkelheit.

»Meinst du, sie konnten Mari ohne Blutvergießen retten?«

»Ich weiß es nicht. Aleksi hat ein außerordentliches Verhandlungsgeschick, um das ich ihn schon immer beneidet habe. Und er kann ziemlich charmant sein. Von daher wäre das auf jeden Fall sehr gut möglich.«

»Dann werden sie mit Sicherheit bald zu uns stoßen«, gab ich zurück. Aber wirklich sicher war ich mir dessen nicht. »Ich wünschte nur, du könntest mir im Kampf helfen.«

»Aber das kann ich doch und das werde ich auch.«

»Ich meine mit deiner Magie … aber ich verstehe deine Gründe. Es wäre nur schön, nicht allein meine Schwester bekämpfen zu müssen.«

Tero lehnte sich zu meinem Pferd herüber und legte seine Hand auf meinen Arm. Wärme durchschoss augenblicklich meinen Körper. »Mein Schwert und mein Bogen gehören dir. Und glaube mir, auch mit meinen Waffen werde ich etwas gegen Eira ausrichten können. Ich lasse dich niemals im Stich, Nerina. Niemals.«

»Danke«, hauchte ich in Erwiderung.

Ein Räuspern ertönte und Tero zog seine Hand schnell zurück, ehe er sich dem Geräusch entgegendrehte. Asante lächelte uns schelmisch an und ich konnte förmlich in seinen Kopf schauen und genau sehen, was er dachte. Immerhin besaß er genügend Anstand, um nichts zu sagen. »Viktus bat mich, euch zu ihm zu holen. Irgendetwas stimmt nicht.«

»Danke.«

Tero und ich zogen mit unseren Pferden an den anderen Soldaten vorbei, bis wir schließlich Viktus und General Lyus ausmachen konnten. »Was ist los?«, fragte ich.

Die beiden Männer hatten angehalten und langsam kam das gesamte Heer zum Stehen. Viktus nickte nach vorne und ich folgte seinem Blick. Es war schwer, etwas in der Dunkelheit auszumachen, doch je mehr ich mich anstrengte, desto deutlicher konnte ich es sehen.

»Schau mal«, sagte ich zu Tero, der bereits gesehen hatte, was ich fixierte, und sich kampfbereit machte. Er war schon drauf und dran, loszureiten, aber der Hauptmann hielt ihn auf.

Dann schritt jemand aus der Entfernung ganz langsam auf uns zu. Ein großer Schatten kam näher und immer näher, doch ich konnte ihn nur erahnen. Schweißperlen bildeten sich auf meiner Stirn und ich tastete an meinem Gürtel, um sicherzugehen, dass meine Waffen nicht unterwegs verloren gegangen waren. Mein Herzschlag beruhigte sich erst, als ich die kalten Griffe spüren konnte.

Wir waren nicht mehr weit von der Grenze zu Lenjas entfernt, aber hatten nicht damit gerechnet, dass wir irgendjemanden mitten in der Nacht im Wald antreffen würden. Zahlreiche Zelte waren in der Entfernung aufgebaut, was auf ein Feldlager schließen ließ. Der Schatten war nun in unmittelbarer Nähe. Aber er war allein, er konnte gegen uns nichts ausrichten, dennoch breitete sich die Panik in mir aus.

KAPITEL 34

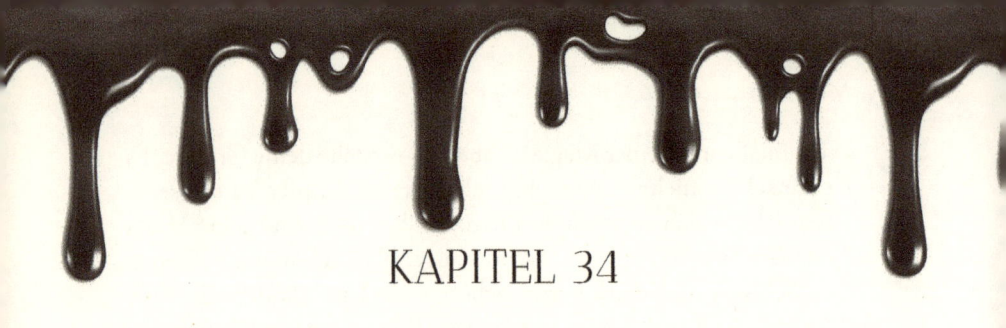

Ich sprang aus dem Sattel und rannte auf ihn zu. Ein Jahr hatte ich von diesem Tag geträumt und nun war er endlich gekommen. Als ich ihm in die Arme fiel, schluchzte ich. »Ihr lebt, General Bijn. Den Göttern sei Dank!«

Er lachte und wirbelte mich durch die Luft. »Natürlich, Majestät. Und auch Ihr seid wohlauf, das freut mich zu sehen.« Er setzte mich wieder ab und strahlte mich glücklich an. »Und eine schöne neue Frisur habt Ihr ebenfalls. Das steht Euch sehr gut«, sagte er zwinkernd.

Instinktiv griff ich an meine Haare, die im vergangenen Jahr immerhin gewachsen waren, doch bisher nicht ihre ursprüngliche Länge zurückerlangt hatten. »Was macht Ihr hier?«

Bijn reichte mir eine Pergamentrolle, die ich langsam entrollte. Da ich in der Dunkelheit allerdings kaum etwas erkennen konnte, winkte ich einen meiner Fußsoldaten mit einer Fackel heran. Als ich die letzten Worte gelesen hatte, ging ich zu Hauptmann Viktus und General Lyus. »Es ist das Heer von Lenjas, sie wussten durch Königin Venias Falken bereits, dass wir herkommen und sie um Hilfe bitten wollten.«

Ich reichte ihnen das Pergament und sie überflogen schnell die Zeilen. »Das ist großartig!«, sagte Viktus. »Das erspart uns einen Tag!«

General Bijn trat vor. »Ich bin mit einigen Männern vorgeritten. Die anderen haben ihr Lager in der Nähe der Grenze von Arzu aufgeschlagen. Wir sind bereit und freuen uns schon, dieser Schreckensherrschaft ein Ende zu setzen.«

»Wie geht es dem Königspaar?«, wollte ich wissen.

General Bijn versuchte die Fassung zu bewahren, aber seine eiserne Miene wurde brüchig. »Königin Juna hat seit jenem Tag das Bett nicht verlassen. Ihr müsst wissen ... sie war dabei. Sie hat ihr eigenes Kind sterben sehen und konnte nichts dagegen tun.«

»Wie ...?«

»Ich werde Euch alles erklären, versprochen. Aber erst gibt es jemanden, der Euch gerne begrüßen möchte.« Dann drehte Bijn sich zu Tero. »Auch Euch würde er gerne sehen, Majestät.«

General Bijn ging voraus und führte uns an mehreren Zelten vorbei ins Lager. Unzählige schwer bewaffnete Krieger passierten uns, einer muskulöser als der andere. In ihren Blicken war eine unheimliche Brutalität zu erkennen. Diese Männer würden niemals Gnade walten lassen.

Unsere Krieger gesellten sich zu den anderen, schlugen ebenfalls ihre Zelte auf und teilten die Wachen ein, während Tero und ich gemeinsam mit Bijn ans andere Ende des Lagers gingen, wo ein prachtvolles Zelt auf uns wartete. Eines, wie es normalerweise nur ein König besaß.

Eine wohlige Wärme empfing uns, als wir hineintraten. Ein grauhaariger Mann war über einen Tisch gebeugt und weitere Krieger um ihn versammelt. Sie sprachen über verschiedene Strategien. Als sie unser Eintreten allerdings bemerkten, verstummten die Gespräche allmählich und ihre Blicke glitten zu uns.

Als er mich sah, wurden seine Augen glasig und auch mir fiel es schwer, meine Emotionen zu kontrollieren. König Marin sah genauso aus wie in meinen Erinnerungen. Das letzte Mal, dass ich ihn gesehen hatte, war auf der Feier anlässlich meines Geburtstags.

»Nerina, lass dich umarmen«, sagte er und presste mich ohne eine Antwort abzuwarten an seine Brust. Er roch nach einer frischen Sommerwiese, was mich instinktiv an meinen Vater erinnerte.

»Marin«, hauchte ich gegen seine Schulter. »Wirst du etwa auch an unserer Seite kämpfen?«

»Selbstverständlich! Ich habe lange auf diesen Tag gewartet. Endlich steht meiner Rache nichts mehr im Weg. Zum Glück hat uns der Falke noch rechtzeitig erreicht. Wir waren kurz davor, allein in den Krieg gegen Eira zu ziehen.« Er betrachtete mich von Kopf bis Fuß. »Aber nun bist du hier. Es ist so schön, dich nach all der Zeit wiederzusehen.«

Tero trat aus dem Schatten und verneigte sich vor König Marin. »Es ist mir eine Ehre, Euch kennenzulernen, Eure Majestät.«

»Die Ehre ist ganz meinerseits, Eure Hoheit«, erwiderte er den Gruß. »Euer Bruder ist Euch wie aus dem Gesicht geschnitten.«

»Mein Bruder?«

»Ja, Prinz Aleksandros.«

»Woher kennt Ihr ihn?«

Verblüfft zog König Marin die Augenbrauen hoch. »Er ist über die Jahre immer wieder durch die Königreiche geritten, um nach Euch zu suchen. Wusstet Ihr das nicht?«

Kurz zuckten Teros Mundwinkel. »Nein«, gab er kopfschüttelnd zurück.

»Er ist ein entzückender Bursche, Ihr könnt von Glück reden. Doch deshalb habe ich euch beide nicht zu mir bringen lassen. Kommt, wir weihen euch in die Pläne ein.«

Auf dem Holztisch war eine präzise Karte von Arzu ausgerollt. Sie zeigte den Palast und die umliegende Stadt mit jedem einzelnen Weg, den man gehen konnte. Ein paar hölzerne Figuren waren aufgestellt worden und mit roter Tinte Kreuze aufgemalt.

»Wir werden ausschwärmen und den Palast von jeder Seite umstellen«, erklärte König Marin. »Natürlich werden einige Männer in den Schatten der Wälder warten, bis wir den Weg freigekämpft haben und wieder andere werden über die Geheimwege ins Innere vordringen. Wir gehen davon aus, dass Eira bereits mit unserem Angriff rechnet, weshalb wir überaus vorsichtig vorgehen müssen.«

»Wie wollt Ihr gegen die Hüter vorgehen?«, fragte Tero.

General Bijn ergriff das Wort. »Wir haben das vollständige Heer mitgenommen und einige unserer stärksten Krieger haben sich freiwillig gemeldet, um es mit diesen Wilderern aufzunehmen. Bis vor wenigen Tagen wussten wir noch nicht, dass sie an Eiras Seite kämpfen, aber wir haben einige Spione nach Arzu geschickt, die uns von der großen Zusammenkunft berichten konnten.«

»Spione? Was konnten sie noch herausfinden?«

»Eira hat sich mit den Königreichen Talian und Fulvis verbündet und die Krieger sind bereits in Arzu eingetroffen.«

»Was ist mit Lybosa? Kämpfen sie auch für meine Schwester?«

Marin schüttelte langsam den Kopf. »Sie möchten mit diesem Krieg nichts zu tun haben. Sie haben Eira abgewiesen. Wir haben vorhin einen Falken ausgesandt, aber ich glaube nicht, dass wir eine Antwort erhalten werden.«

»Also kämpfen drei Heere gegen drei Heere. Aber Eira hat noch die Hüter an ihrer Seite«, ergänzte Bijn. »Es wird ein harter Kampf, aber er ist nicht aussichtslos.«

»Wir haben auch noch ein Ass im Ärmel«, sagte ich schelmisch. »Unsere Krieger können den Hütern zwar nicht das Wasser reichen, aber Eira wird auf jeden Fall überrascht sein. Wir haben die Mokabi an unserer Seite.«

»Die was?«, fragten Bijn und Marin zeitgleich.

»Das Wüstenvolk des Ödlands. Wir haben ihr Land auf unserer Reise durchquert und haben mit ihnen eine Übereinkunft getroffen. Sie werden in vier Tagen bei den alten Ruinen von Arzu auf uns warten.«

Marin nickte nachdenklich und fixierte seine Karte. »Können sie kämpfen?«

»Mehr oder weniger«, gestand ich. »Sie sind keine eiskalten Mörder wie die Hüter, aber sie wissen, wie man überlebt.«

»Gut, gut. Das ist sehr gut.«

General Bijn ging zum anderen Ende des Zeltes und holte einen Lederbeutel, den er vor uns abstellte. Als er ihn öffnete und hineingriff, zog er eine kleine gläserne Phiole hervor und reichte sie mir. Ich hob sie vor die Augen und untersuchte den Inhalt. Es befand sich ein bläulich schimmerndes Pulver darin.

»Erinnert Ihr Euch, Majestät?«

»Natürlich. Schlafpulver. Damit habt Ihr mich damals gerettet und mir zur Flucht verholfen.« Ich reichte die Phiole Tero, damit auch er einen geschulten Blick darauf werfen konnte.

»Genau. Wir haben nicht mehr allzu viel im Bestand gehabt, aber alles, was wir noch hatten, mitgebracht. Es muss gezielt eingesetzt und darf nicht verschwendet werden. Die Truppen, die in den Palast eindringen, werden damit die Wachmänner ausschalten.«

»Ich werde hineingehen«, sagte ich.

General Bijn begann zu lachen. »Nein, Majestät. Das ist zu gefährlich.«

Schlagartig wurde mir bewusst, dass die Truppen von Lenjas sich zwar viele Gedanken gemacht und zahlreiche Strategien entwickelt hatten, aber im Grunde nicht wussten, womit sie es eigentlich zu tun hatten. Sie wussten, dass Eira grausam war und vor nichts haltmachte, aber mit Sicherheit wussten sie nichts von der dunklen Magie, die durch ihre Adern floss.

Tero musterte mich, während ich über all die Dinge nachdachte, und ergriff das Wort, noch bevor ich in der Lage war, etwas zu sagen.

»Nerina wird gehen und auch ich werde in den Palast vordringen. Wir sind die Einzigen, die diesem Krieg ein Ende setzen können.«

»Wie kommt Ihr darauf?«, zischte König Marin.

»Eira ist eine Magierin, die sich der Dunkelheit zugewandt hat. All die Dinge, die sie getan hat, dienten einem höheren Zweck, der so grausam ist, dass wir ihn lediglich erahnen können.«

»Wir wissen, dass Eira ihre Magie entfesselt hat. Das erklärt allerdings nicht, weshalb ihr die Einzigen sein sollt, die etwas gegen sie unternehmen können.«

Ich streckte meine Hand über dem Tisch aus, sodass die Handfläche nach oben zeigte. Mit aller Macht konzentrierte ich mich auf das Element, das ich zu kontrollieren versuchte. Die Magie bahnte sich ihren Weg durch meinen Körper und meine Finger begannen schmerzhaft zu glühen, als ein großer Feuerball sich um sie schmiegte. »Weil auch ich magiebegabt bin.«

Die Wachen, die sich um den König versammelt hatten, zückten zeitgleich ihre Schwerter und richteten sie auf mich. Ein wütendes Funkeln lag in ihren Blicken und sie warteten lediglich auf den Befehl ihres Königs. Dieser kam jedoch einen Schritt näher auf mich zu und streckte seine Hand nach dem Feuerball aus.

»Autsch!«, fluchte er, als er die Flammen berührte. »Das ist echtes Feuer? Wie ist das möglich?«

»Das ist eine lange Geschichte. Jeder Abkömmling eines früheren Königs ist imstande, Magie zu wirken. Doch man muss lernen, sie zu kontrollieren und das ist ein langer und schwieriger Prozess. Doch meine Magie ist anders als die von Eira – sie ist nicht böse.«

Ich konnte die Verwirrung in Marins und Bijns Gesichtern nur allzu deutlich lesen, aber uns blieb keine Zeit für lange Erklärungen. »Das ist aber nicht alles. Ein mächtiger Edelstein wurde aus Dylaras entwendet und wir vermuten, dass er nun in Eiras Besitz ist. Wir können es nicht genau sagen, aber alle Hinweise deuten darauf hin. Deswegen muss ich mich ihr stellen, denn ich bin ihr ebenbürtig.«

König Marin ließ sich auf einen Stuhl gleiten und fasste sich an den Kopf. Es waren viele neue Erkenntnisse, die er nun zu verarbeiten hatte, und das hieß, dass er vermutlich einige seiner Strategien würde ändern müssen.

»Lasst mich allein«, befahl er und die Wachen, General Bijn und Tero verließen schweigend das Zelt. Nur ich blieb zurück.

Ich setzte mich neben Marin an den Tisch und legte meine Hand auf die seine. Er zitterte, ob vor Angst oder Verzweiflung, wusste ich nicht. »Wie geht es dir?« Ich traute mich nicht, die Worte in den Mund zu nehmen, traute mich nicht, direkt nach Tasja zu fragen. Doch Marin verstand mich auch so.

Er lächelte müde. »Es wird mir besser gehen, sobald die Rache mein ist.«

»Es tut mir so unendlich leid.«

»Danke, mein Kind. Das bedeutet mir viel.«

Wir schwiegen eine Weile, wurden nur vom leisen Knistern der Fackeln um uns herum begleitet. Es war eine angenehme und befreiende Stille. Hier neben Marin zu sitzen, ließ die Erinnerungen vor meinem geistigen Auge tanzen. Erinnerungen daran, wie mein Leben an der Seite meiner Eltern gewesen war. In Marin lagen so viel Güte und so viel Liebe, dass mich das Wissen um seinen Verlust unglaublich schmerzte. Er hatte Rache geschworen und bald würde er auch seinem ältesten Sohn nach all der Zeit gegenüberstehen. Dem Sohn, den er tot geglaubt hatte, der sich stattdessen gegen ihn gewendet hatte.

»Was wirst du tun, wenn du Jalmari gegenüberstehst?«

Marin legte die Stirn in Falten. »Wie meinst du das?«

Ich atmete tief durch. »In den vergangenen Wochen habe ich mir immer wieder die Frage gestellt, ob ich in der Lage wäre, Eira wirklich zu töten, wenn sie mir gegenübersteht. Immerhin ist sie trotz allem meine Schwester. Aus diesem Grund frage ich dich, ob du imstande sein wirst, deinen eigenen Sohn zu töten.«

»Nerina …«, begann Marin zögerlich. »Jalmari ist bereits seit einem Jahr tot. Man hat seine Leiche gefunden.«

Das war der Moment, in dem mir klar wurde, dass der König nicht wusste, dass sein Sohn noch am Leben war. Wir hatten bisher keine Gelegenheit gehabt, ihm von unserer Reise und all den Erfahrungen, die wir machen mussten, zu erzählen. Demnach hatten wir auch Jalmari mit keinem Wort erwähnt. Und dies schien eines der Details zu sein, das selbst seine Spione in Arzu noch nicht herausgefunden hatten. Und als Prinzessin Tasja starb, war er noch mit uns im Schattenreich gewesen.

Ich versuchte dem Blick des Königs auszuweichen, doch er konnte deutlich sehen, dass ich versuchte, etwas zu verbergen.

»Nerina? Was ist los?«, hakte Marin nach.

Ich kaute auf meiner Unterlippe und zupfte nervös am Ärmel meiner Jacke herum. »Ich dachte, eure Spione wüssten es …«

»Was?«

»Jalmari … er ist nicht tot. Er lebt.«

Marin sprang so ruckartig auf die Beine, dass er einen Moment taumelte, ehe er das Gleichgewicht wiedererlangt hatte. »Mein Sohn soll am Leben sein? Wie ist das möglich? Das kann nicht sein. Die Leiche … der Siegelring … ich verstehe das nicht.«

»Das ist nicht alles.« Ich musste König Marin die Wahrheit sagen, auch wenn es ihm den Boden unter den Füßen wegreißen würde. Er musste wissen, was für ein schrecklicher Mensch sein Sohn wirklich war. »Du solltest dich wieder setzen und dich beruhigen.«

»Ja, in Ordnung.«

Und dann erzählte ich ihm die ganze Geschichte, so wie ich es in den vergangenen Wochen bereits oft getan hatte. Ich musste bisher so vielen Menschen von all den Ereignissen erzählen, dass die Worte nur so aus mir heraussprudelten. Ich begann am Anfang und ließ kein einziges Detail aus. Im bevorstehenden Krieg war es wichtig, dass jeder wusste, mit wem er es zu tun hatte.

Marin schluchzte währenddessen einige Male laut auf, bis er die Tränen nicht mehr zurückhalten konnte. Die Hand hatte er sich vor den Mund geschlagen und ungläubig den Kopf geschüttelt. Es war ein Schwall an neuen Informationen und die Überforderung stand ihm ins Gesicht geschrieben. Dennoch hörte ich nicht auf zu sprechen, erst als ich das Ende der Geschichte erreicht hatte.

»Ich glaube das nicht. Jalmari hätte niemals seine kleine Schwester verraten. Er ist ein guter Mensch, schon immer gewesen. Du musst dich täuschen, Nerina. Eine andere Möglichkeit gibt es nicht.«

»Es tut mir leid, aber es ist wahr. Jedes einzelne Wort davon.« Auch mir fiel die Situation alles andere als leicht und es hatte eine lange Zeit gedauert, bis ich es wirklich glauben konnte. Selbst jetzt fiel es mir manchmal noch schwer, da ich noch immer die Hoffnung hatte, dass sowohl Eira als auch Jalmari lediglich Marionetten im grausamen

Spiel ihres Spiegels waren und einen guten Kern besaßen. Doch das war nichts, von dem wir einfach so ausgehen konnten.

»Stell mir deine Frage von vorhin noch einmal.« Pure Entschlossenheit lag in Marins Gesicht, das nicht mehr von Trauer gezeichnet wurde, sondern von Hass.

»Was wirst du tun, wenn du Jalmari gegenüberstehst?«

Er erhob sich, zog sein prunkvolles Schwert aus der Scheide und rammte es in den Boden. »Ich werde diesem Mörder sein schwarzes Herz herausreißen und es den Schweinen zum Fraß vorwerfen.«

Sein düsterer Tonfall ließ keine Zweifel aufkeimen. Marin hatte keinerlei Skrupel. Sollte er seinem Sohn auf dem Schlachtfeld begegnen, so würde Jalmari sterben.

KAPITEL 35

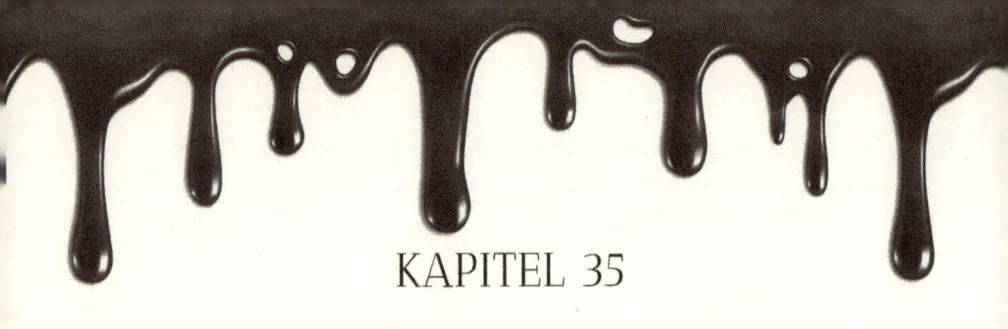

Wir marschierten zwei Tage, bis wir schließlich die restlichen Truppen von Lenjas erreicht hatten. Unser gemeinsames Heer hatte mittlerweile eine immense Größe erreicht, und da wir vermuteten, dass Eira ihre Augen und Ohren überall hatte, wusste sie sicherlich bereits, dass wir Arzu bald erreicht hatten.

Die Krieger waren bereits dabei, ihre schweren Rüstungen überzustreifen und sich für den Kampf zu rüsten. Es befand sich eine bunte und ausgefallene Mischung im Lager – die Farben Grün, Weiß und Gelb waren vorherrschend. Keine sonderlich gute Tarnung, aber immerhin konnten wir durch die Farben der Königreiche unsere Feinde schneller von unseren Verbündeten unterscheiden.

Ich setzte mich auf den Boden und lehnte mich mit an die Brust gezogenen Knien gegen einen Baumstamm. Da es bereits spät wurde, beschlossen wir, erst am Morgen weiter nach Arzu aufzubrechen. Wir hatten ohnehin noch zwei Tage, ehe die Mokabi zu uns stoßen würden. Zwei Tage, ehe wir in die Schlacht zogen. Und vielleicht waren das unsere letzten beiden Lebtage.

Asante, Resa und Eggi winkten mir zu und kamen zu mir herüber. »Dürfen wir uns setzen?«

»Natürlich«, erwiderte ich lachend. Im Lichterreich hatten wir oft ums Lagerfeuer beieinandergesessen, stundenlang gelacht und das Leben genossen. Und dieser heutige Abend sollte meinen Freunden und mir gehören.

»Ich hoffe, den anderen geht es gut«, seufzte Resa. »Irgendwie fühle ich mich unvollständig, seit sich unsere Wege getrennt haben. Als würde ein wichtiger Teil von mir fehlen.«

»Das kann ich gut nachempfinden«, gestand Eggi. »Sie sind wie Familie geworden.«

Auch mir fehlte es, die anderen um mich herum zu haben. Gerade um Desya machte ich mir schreckliche Sorgen. Sie war keine Kämpfernatur, konnte sich im Ernstfall gerade mit Mühe und Not verteidigen, und doch war sie bereitwillig in den Kampf gezogen, nur um die große Liebe eines anderen Mannes aus den Klauen der Feinde zu befreien.

»Sicherlich werden sie bald hier sein.« Ich versuchte entschlossen zu klingen, doch inmitten des Satzes brach meine Stimme.

»Wie wäre es, wenn wir nicht darüber nachdenken? Wir müssen uns irgendwie ablenken«, schlug Asante vor und beugte sich etwas mehr in den Kreis, den wir gebildet hatten. »Ich habe eine Idee. Jeder von uns sagt jetzt, wie er sich sein Leben in einem Jahr vorstellt.«

»Vermutlich sind wir alle tot«, ächzte Eggi.

Asante verdrehte die Augen und stöhnte auf. »Wir gehen in diesem Szenario *natürlich* davon aus, dass wir die Schlacht gewinnen.« Er rutschte etwas näher an uns heran. »Dann fange ich an. Ich werde in einem Jahr vermutlich eine wundervolle Frau geehelicht haben und Mitglied der königlichen Garde von Arzu sein. Vielleicht werde ich auch einen höheren Dienstrang haben – Leutnant oder Hauptmann.«

Asantes Augen funkelten bei diesem Gedanken.

»Es wäre mir eine Ehre«, gab ich zurück. »Wer wäre die Dame an deiner Seite? Vilana?«

Sein Kopf färbte sich langsam, aber sicher dunkelrot, sodass ich fürchtete, ich würde mich an ihm verbrennen, sollte ich ihn berühren. Ich konnte mir ein Kichern nicht verkneifen. Resa stieß mir den Ellenbogen in die Seite und bedachte mich eines bösen Blickes. Aber auch ihr fiel es schwer, nicht darüber zu lachen, denn ihre Mundwinkel zuckten verdächtig.

Um von ihrem Bruder abzulenken, ergriff sie das Wort. »Da das Kämpfen wohl doch nicht meine Bestimmung ist, würde ich gerne Waffenschmied sein.«

»Waffenschmied?« Asante riss die Augen weit auf. »Aber du bist eine Frau!«

»Na und?«, stöhnte seine Schwester. »Es gibt kein Gesetz, das mir diese Arbeit verbietet. Ich weiß, dass es anstrengende und harte Arbeit ist, aber ich möchte etwas tun, das mir Freude bereitet. Du weißt doch, dass ich noch nie der Typ Frau war, der sich in schicke Kleider schwingt und einem stattlichen Mann schöne Augen macht.«

»Ich finde, das ist eine gute Idee.« Ich griff nach Resas Hand. »Du wärst die erste mir bekannte Waffenschmiedin, aber mit Sicherheit würdest du die Arbeit besser machen als jeder Mann.«

»Das denke ich auch«, unterstütze Eggi mich. »Und außerdem finde ich es schön, dass du weißt, was du mit deinem Leben anfangen möchtest.« Er zupfte sich ein wenig trockenes Laub aus seinen verklebten Haaren. »Da ich bisher nie die Möglichkeit hatte, selbst meine Entscheidungen zu treffen, habe ich mir darüber noch nie Gedanken gemacht. Alles, was ich je wollte, war ein Neuanfang.«

Eggi lehnte sich zurück und schloss die Augen, ehe er weitersprach. »Dass ich ein Verbrecher war, wisst ihr bereits. Aber ich habe lediglich gestohlen, um zu überleben. Ich bin als Waise auf der Straße aufgewachsen, hatte niemanden, der mich liebt oder mich bei sich aufnehmen wollte. Meine Eltern sind gestorben, als ich noch ein Kind war – ich erinnere mich nicht einmal mehr an ihre Gesichter, ganz egal, wie sehr ich auch versuche, mich darauf zu konzentrieren. Die Bilder verblassten mit jedem Tag mehr, bis sie schlussendlich komplett verschwunden waren. Also musste ich mich durchkämpfen. Ich hatte lediglich zwei Möglichkeiten: stehlen oder sterben.«

»Das tut mir unendlich leid, Eggi«, beteuerte ich. Für mich war es unvorstellbar, auf mich allein gestellt zu sein. Die Wochen auf der Flucht hatten mich gezeichnet und damals war ich nicht einmal lange allein gewesen, sondern hatte Tero an meiner Seite gehabt. Auch wenn er nicht der angenehmste Reisegefährte gewesen war, so hatte ich trotzdem jemanden, der mich begleitete.

»Ist schon in Ordnung, Nerina«, winkte Eggi ab. »Ich habe mich zwanzig Jahre durch die Königreiche gekämpft und überlebt. Es kommt selten vor, dass das jemandem gelingt.«

Resa nickte. »Das ist wirklich eine Leistung. Es lauern so viele Gefahren dort draußen und du hast dich durchgeschlagen. Dafür verdienst du Respekt, mehr als sonst irgendjemand.«

Seine bisher traurige Miene erhellte sich bei Resas Worten. »Es bedeutet mir viel, dass du das sagst.«

Ich dachte noch eine Weile daran, was Eggi uns eben erzählt hatte, und überlegte, was ich in Zukunft noch würde tun können, um ihn zu unterstützen. Immerhin war ich Königin und konnte weitaus mehr tun, als ihm ein Dach über dem Kopf zu geben.

»Was ist mit dir?«, wollte Asante wissen. »Wie wird dein Leben in einem Jahr aussehen?«

»Ich werde vermutlich wieder auf dem Thron sitzen und meinen königlichen Pflichten nachgehen. Es wird alles so sein, wie es vor Eiras Verrat war. Mit dem Unterschied, dass ich meine liebsten Freunde um mich haben werde«, sagte ich grinsend.

Resa schaute mich irritiert an. »Und das war's?«

»Was sollte denn sonst noch sein?«

»Nun ja … wirst du bis dahin nicht vermählt sein? Und eine Familie gegründet haben? Immerhin brauchst du einen Erben.«

Ich senkte den Blick und ließ mir das durch den Kopf gehen. Natürlich wünschte ich mir eine Familie, denn das Leben einer Königin konnte durchaus ziemlich einsam sein. Doch wenn ich an die Zukunft dachte, dann sah ich nichts. »Ich weiß es nicht«, murmelte ich. »Es wäre erstrebenswert zu heiraten, aber das steht für mich noch in den Sternen. Im Moment glaube ich nicht daran.«

Niemand sagte etwas, aber ich konnte die Blicke auf mir spüren. Erst ein Räuspern ließ mich hochfahren. Mein Herz schlug gegen meine Rippen. Tero hatte sich unbemerkt zu uns gestellt und schaute traurig zu mir auf den Boden. Die Mundwinkel hatte er schmerzerfüllt hinuntergezogen, als er sich zu uns setzte.

Ich wollte ansetzen, etwas zu sagen, aber er kam mir zuvor. »Ist schon in Ordnung.« Er wich meinem Blick aus und drehte sich zu Asante. »Worüber habt ihr sonst noch gesprochen?«

»Wir haben überlegt, wie wir uns unser Leben in einem Jahr vorstellen. Wie sieht es bei dir aus?«, stammelte er in Erwiderung.

Tero vergrub die Hände in der Erde und legte eine nachdenkliche Miene auf. »Ich könnte meinen rechtmäßigen Platz als König von Kjartan einnehmen, so wie Tante Izay und Aleksi es sich von mir wünschen.«

»Das klingt so, als würde noch ein *oder* folgen.«

Tero grinste. »*Oder* ich verzichte auf die Krone und lasse meinen Bruder regieren. Er kennt das Land besser als ich und wäre ein hervorragender König.«

»Welche Version würde dir besser gefallen?«, fragte Resa zögerlich.

»Es wäre beides in Ordnung für mich. Im Endeffekt wird mir diese Entscheidung jemand anderes abnehmen.«

Daraufhin wechselten wir zu meinem Glück endlich das Thema. Es war mir unangenehm, dass Tero meine laut ausgesprochenen Gedanken gehört und ich ihn damit unwillkürlich verletzt hatte. Er wusste, dass es nie meine Absicht war, ihm wehzutun. Aber mein inneres Gefühlschaos war nicht der einzige Grund für meine Worte gewesen. Denn irgendetwas in mir flüsterte mir zu, dass ich im nächsten Jahr nicht mehr am Leben war. Ich wusste nicht, woher dieses Gefühl rührte, aber ich konnte mir nicht vorstellen, dass ich meine Schwester besiegen konnte.

Seit die Albträume begonnen hatten, wurde ich von einer ständigen Hoffnungslosigkeit begleitet. Sie folgte mir wie ein Schatten und ließ mich einfach nicht mehr los. Das war allerdings etwas, über das ich mit niemandem sprechen konnte. Meine Freunde waren voller Tatendrang. So wie ihre Gesichter bei ihren Worten aufgeblüht waren, glaubten sie fest daran, dass wir den bevorstehenden Krieg gewinnen würden. Ich wollte ihnen diesen Glauben nicht durch meine immer wiederkehrenden finsteren Gedanken nehmen.

»Wir sollten uns etwas ausruhen. Eine harte Zeit steht uns bevor.« Asante richtete sich auf, klopfte sich den Schmutz von der Hose und half auch Resa auf die Beine. »Kommt ihr?«

»Ich bleibe noch eine Weile hier. Geht schon«, sagte ich und winkte meinen Freunden zum Abschied. Eggi folgte den beiden, aber Tero lehnte sich gegen den Baumstamm neben meinem. Er nahm die gleiche Position wie ich ein, sodass es aus dem Augenwinkel aussah, als würde ich in einen Spiegel blicken.

»Ich kann es in deinen Augen sehen, Nerina. Ich kenne dich mittlerweile gut genug, als dass du deine wahren Gefühle vor mir verbergen könntest.« Sein Blick durchbohrte mich förmlich. »Gib die Hoffnung nicht auf. Sie alle zählen auf dich. *Du* bist der Grund, weshalb sie überhaupt zu ihren Schwertern greifen und sich in ein Blutbad stürzen.«

Als er merkte, dass ich nicht vorhatte, darauf zu reagieren, stieß Tero langsam den Atem aus. »Ich werde dich mit deinen Gedanken allein lassen. Aber eines möchte ich dir noch mit auf den Weg geben, Nerina. Wenn du in einem Jahr wirklich glücklich sein möchtest, dann musst du auch den Mut haben, dafür zu kämpfen. Ich verstehe, dass die Situation für dich aussichtslos erscheint, aber Wunder geschehen immer dann, wenn man die Hoffnung schon längst aufgegeben hat.«

Tero lächelte mir noch einmal aufmunternd über die Schulter zu, ehe er zurück ins Lager ging und endgültig aus meinem Blickfeld verschwand. Ich rechnete es ihm hoch an, dass er immer wieder versuchte, mir Mut zuzusprechen, und es hatte durchaus eine Zeit gegeben, in der seine Worte bei mir etwas bewirkt und in meinem Inneren ausgelöst hatten. Aber seitdem war so viel geschehen – unsere Gruppe hatte sich gespalten, *das Licht der Unendlichkeit* war gestohlen worden und ich war die Einzige, die ihre magischen Fähigkeiten anwenden konnte.

Teros Worte waren zwar weise und im Grunde hatte er mit ihnen auch recht. Nur gab es eines, was er nicht bedacht hatte.

Ich glaubte nicht an Wunder.

KAPITEL 36 – ALEKSI

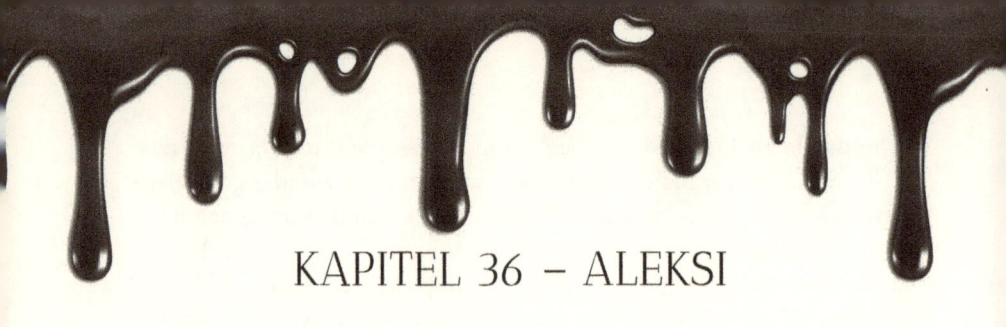

Es war merkwürdig, dass wir vollkommen ungehindert nach Fulvis einmarschieren konnten. Die Straßen waren wie leer gefegt. Es handelte sich bei Fulvis flächentechnisch um eines der kleinsten Reiche, dennoch war es ungewöhnlich, wirklich niemanden anzutreffen. Als befanden wir uns in einer Geisterstadt, die schon jahrzehntelang unbewohnt war.

Trotz dieser Tatsache waren wir überaus vorsichtig und bemüht, keinen Laut von uns zu geben.

Wir hatten die Hauptstadt bereits zur Hälfte durchquert und eben den Marktplatz vor der Kirche erreicht. Dieser stellte das Zentrum der kleinen Stadt, die mehr einem größeren Dorf ähnelte, dar.

»Seid auf der Hut«, flüsterte General Tristan unseren Kriegern zu. »Je näher wir dem Palast kommen, desto größer die Wahrscheinlichkeit, dass wir auf Feinde treffen werden.«

Die Truppen nickten schweigend, aber packten ihre Waffen augenblicklich noch fester. Ich hatte mein Schwert bereits seit unserer Ankunft fest umklammert und dachte nicht einmal im Traum daran, den Griff zu lockern.

Hinter den beinahe auseinanderfallenden Häusern der Stadt ragten die majestätischen Türme des Palastes in die Höhe. Ich hatte diesen Ort bereits mehrfach besucht, weshalb ich mich in Fulvis gut auskannte, dennoch erkannte ich die Stadt kaum wieder. Früher waren die Unterkünfte prunkvoll, doch nun sah alles aus, als hätte hier ein Krieg getobt.

Unsere Eltern waren mit dem Königspaar gut befreundet gewesen und eigentlich sollte Tero auch die Cousine der Kronprinzessin ehelichen, aber ich wusste schon damals, dass es dazu niemals kommen würde. Mein Bruder war viel zu engstirnig und sturköpfig. Niemals hätte er sich von unseren Eltern etwas vorschreiben lassen, wofür ich ihn schon immer insgeheim bewundert hatte. Dass ich mich gegen

Tante Izays Willen kopfüber in diesen Kampf stürzte, war das Rebellischste, was ich je in meinem Leben getan hatte. Aber immerhin tat ich es der Liebe wegen.

Mari hatte mein Herz im Sturm erobert. Sie war unscheinbar und doch unglaublich anziehend auf das stärkere Geschlecht, ohne sich dessen bewusst zu sein. Ihre blassrosa Wangen und die großen braunen Augen hatten mich vom ersten Augenblick an zum Schmelzen gebracht. Und als sie dann am Tag des Balls die Stufen hinuntergeschritten kam, war ich mir sicher, einen leibhaftigen Engel zu sehen. Ich lächelte bei dem Gedanken daran, wie mein Herz einige Schläge ausgesetzt hatte, schüttelte sogleich jedoch den Kopf, um diese Erinnerung wieder zu vertreiben.

Ich durfte das Ziel nicht aus den Augen verlieren und musste mich an die Hoffnung klammern, dass es ihr gut ging. Und sobald ich sie befreit und auch den Krieg gegen Eira beendet hatte, würde ich sie bitten, meine Frau zu werden. Vater würde sich im Grab umdrehen, könnte er in meinem Kopf lesen. Erst hatte er seinen ältesten Sohn und Thronerben an die Liebe zu einer Bürgerlichen verloren und dann trat der Zweitgeborene auch noch in dessen Fußstapfen und ignorierte die Gesetze der Königreiche? Noch in keinem Königreich hatte es so etwas jemals zuvor gegeben, doch in Kjartan gleich zwei Mal innerhalb einer Generation.

Wir liefen weiter zwischen Häusern in Richtung Palast. Der Boden unter unseren Sohlen war mittlerweile unebener geworden und mit Kies bedeckt, sodass jeder Schritt einen knirschenden Laut machte. Das wäre kein Problem, wären wir nicht zu Hunderten unterwegs, wodurch es klang, als würde eine Schar wilder Tiere in das Land einfallen. Bei jedem weiteren Schritt zuckte ich merklich zusammen, aber bisher hatte noch immer niemand unser Eindringen in feindliches Territorium bemerkt. Doch wir sollten unser Glück nicht auf die Probe stellen.

General Tristan hob die Hand, sodass wir abrupt stehen blieben. Dann legte er den Zeigefinger an die Lippen und ging mit drei weiteren Männern voran. Ich presste meinen Rücken gegen eine der Hauswände und versuchte das Klopfen meines Herzens zu verlangsamen, da ich fürchtete, dass es uns ansonsten verraten würde.

Ganz langsam schritt Tristan weiter voran, reckte seinen Kopf um die Ecke und stellte sicher, dass der Weg vor uns frei war. Als er die nähere Umgebung ausgekundschaftet hatte, kamen er und seine Männer zurück.

»Sicher«, flüsterte er leiser als nötig und winkte uns weiter.

Es waren lediglich noch eine Handvoll Häuser, ehe wir die Palasttore erreicht hätten. Allmählich machte sich ein ungutes Gefühl in meiner Magengrube breit und ich vermutete eine Falle. Normalerweise waren die Regionen rund um den königlichen Sitz schwer bewacht, damit man Gefahren frühzeitig bemerkte und dagegen vorgehen konnte. Dass wir noch immer keiner Wache begegnet waren, verhieß nichts Gutes.

Ein Blick über die Schulter zeigte, dass die Anspannung nicht nur mich, sondern auch die anderen fest im Griff hatte. Ich schaute in verschwitzte und angestrengte Gesichter und sah Blicke hin und her huschen, um die Umgebung zu durchleuchten.

Als wir am Graben angekommen waren, lief ich an General Tristan vorbei, um mir einen Überblick zu verschaffen. Am Tor war ein einziger Mann postiert, der von Weitem aussah, als würde er im Stehen schlafen. Eine erschöpfte Wache würden wir ohne großes Aufsehen aus dem Weg räumen können. Ein weiterer Blick auf den Vorplatz bestätigte, dass sich niemand sonst in Sichtweite befand.

»Ich erledige das.« Maarten trat aus der Menge hervor und ließ seinen Nacken gefährlich laut knacken. Nachdem er das Einverständnis seines Generals eingeholt hatte, lief er in einem gemächlichen Tempo, als hätte er alle Zeit der Welt und absolut nichts zu verlieren, auf die Palastwache zu. Diese war so in ihrer eigenen Welt abgetaucht, dass sie Maarten erst viel zu spät bemerkte und erst dann nach der Waffe griff, als ihr bereits das Schwert im Magen steckte. Ein glitschiger Laut erfüllte die eisige Stille, als Maarten sein blutverschmiertes Schwert aus dem Mann zog, dessen lebloser Körper wie ein Sack Reis zu Boden ging.

Als Maarten bestätigend nickte, versammelten wir uns gemeinsam vor der Zugbrücke, die uns unserem Ziel noch einen Schritt näher brachte. Ich betrachtete den Toten etwas genauer. Es tat mir in der Seele weh, als ich die weit aufgerissenen, ängstlichen Augen eines Burschen sah, der das Erwachsenenalter noch kaum erreicht hatte. Seine Ausbildung war noch lange nicht abgeschlossen, ansonsten hätte er niemals den Fehler begangen, unkonzentriert zu sein.

Ich versuchte meinen Blick von dem Knaben loszureißen und mich wieder auf die Aufgabe zu fokussieren. Wir schritten langsam über die Brücke, bis wir die Tore des Palastes erreicht hatten. Stirnrunzelnd betrachtete ich die eisernen Verzierungen, die sich bis hoch hinauf schlängelten, doch was meine Aufmerksamkeit eigentlich auf sich zog, war die einen Spaltbreit geöffnete Tür. Ich legte meine Hand darauf und drückte dagegen. Quietschend öffnete sie sich noch etwas mehr.

»Das ist merkwürdig. Wieso sollte man die Palasttore geöffnet halten?«, fragte Heorhiy, der ebenso misstrauisch schaute. »Das ist doch viel zu gefährlich.«

Etwas stimmte hier ganz gewaltig nicht und ich brannte darauf zu erfahren, was es war. Entweder war dies wirklich eine Falle und wir waren drauf und dran, in sie hineinzutappen, oder die Königsfamilie war genauso schnell geflüchtet wie die Bewohner Fulvis' – aber das ergab eigentlich keinen Sinn, denn kein Ort konnte sicherer sein als der Palast.

Wir hatten nur eine Möglichkeit, um es herauszufinden. Wir mussten in das Innere des Palastes vordringen. Die Truppen warteten darauf, dass ich den Befehl gab. Ich beugte mich vor und warf einen Blick in die Vorhalle, die genauso verlassen schien wie die Stadt. Ich meinte sogar eine Staubschicht auf dem Marmorboden erahnen zu können, aber es war ebenso gut möglich, dass meine Fantasie mir diesbezüglich einen Streich spielte.

»Gehen wir«, befahl ich und sogleich trat General Tristan so stark gegen die schwere Flügeltür, dass sie mit einem Mal aufschwang und laut scheppernd gegen die dahinterliegende Wand krachte. Bei der Wucht wunderte es mich, dass sie nicht aus den Angeln gebrochen war.

Wir postierten eine Handvoll Männer als Wachen vor der Brücke, ehe wir mit einem Kampfgebrüll auf den Lippen in das Palastinnere rannten, wo wir von gähnender Leere empfangen wurden. Nicht eine einzige Kerze brannte und das einzige Licht spendete uns die untergehende Sonne, die die Vorhalle in einen schummrigen Glanz hüllte, der einer Nebeldecke glich.

Die Männer waren abrupt stehen geblieben, als ihnen bewusst wurde, dass keine feindlichen Truppen hier waren und nur auf unsere Ankunft warteten. Ich konnte die Besorgnis und zeitgleiche Verwirrung in ihren Blicken nur allzu deutlich sehen.

General Tristan trat in unsere Mitte und schlug uns seine Strategie vor. »Wir schwärmen aus. Ziel ist es, Lady Mari zu finden und zu befreien. Sie wird sich vermutlich in den Kellergewölben aufhalten. Maarten, du leitest die Truppen, die die oberen Etagen bewachen, während die anderen sich hier unten etwas umsehen und herausfinden, wie wir hinuntergelangen. Einverstanden?«

Maarten nickte ohne Widerworte, woraufhin er mit seinen Männern auch schon durch die nächste Tür verschwand. Ich lauschte angestrengt, doch niemand schien sich ihnen in den Weg zu stellen, weshalb ich erleichtert aufatmete. Tristan befehligte einige Männer, in der Vorhalle die Stellung zu halten, während wir anderen weiter ins Innere vorrückten. Ich hatte darauf bestanden, Nerinas Freunde mitzunehmen, denn ich wollte ein wachsames Auge auf sie haben. Sie würde mir den Kopf abreißen, sollte ich zulassen, dass ihnen etwas zustieß.

Als ich mir unsere Truppe genauer anschaute, musste ich anerkennend nicken. Gerade Desya hatte mich bisher beeindruckt. Wirkte sie von außen wie eine schwächliche junge Frau, so zeigte sie trotz allem Kampfgeist. Das Kurzschwert lag fest in ihrer Hand und ihre Miene war undurchschaubar. Aber in ihren Augen flackerte pure Entschlossenheit.

General Tristan ging voran und blieb an jeder Tür einen Moment lang stehen und ergründete die Lage. Erst wenn er sicher war, dass keine Gefahr dahinter auf uns wartete, gingen wir weiter. Als Prinz von Kjartan und ausgebildeter Heerführer der königlichen Garde hätte auch ich die Truppen anführen können, doch ich vertraute auf Tristans geschultes Auge.

Wir durchquerten zahlreiche prunkvolle Räume, ehe wir endlich an der Treppe ankamen, die uns hinunter ins Kellergewölbe führen sollte. An den Wänden hingen eingestaubte Fackeln, die wir in unsere freien Hände nahmen und entzündeten, bevor wir die steinernen Stufen hinunterliefen. Trotz des lodernden Feuers war es stockduster, sodass man kaum die Hand vor Augen sah. Aber ich hatte das Gefühl, dass wir auf dem richtigen Weg waren. Mein Herz hämmerte immer lauter, jedoch nicht vor Angst oder Anspannung, sondern weil es spürte, dass Mari ganz in der Nähe sein musste. Es führte einen Freudentanz in meinem Brustkorb auf und ich musste es ermahnen, endlich still zu sein.

Als wir die unterste Stufe erlangten, konnte ich leises Stimmengewirr vernehmen. Es waren mehrere Männer, deren Gesprächsfetzen mich allerdings nicht erreichten.

»Es sind nicht viele«, flüsterte Tristan, damit nur wir ihn hören konnten. »Vier, vielleicht fünf Mann. Seid ihr bereit?«

Einvernehmliches Nicken ging um. Behutsam setzten wir einen Fuß vor den anderen, denn wir wollten die Feinde nicht auf uns aufmerksam machen. Auch wenn wir ihnen zahlenmäßig überlegen waren, war es immer noch am besten, das Überraschungsmoment auszunutzen und einen Kampf zu vermeiden. Die Stimmen wurden lauter, doch nun mischte sich noch eine weibliche Stimme darunter, die mich in meiner Bewegung innehalten ließ.

»Bitte«, wimmerte sie. »Lasst mich in Ruhe.«

Ich war kurz davor loszurennen, doch eine kräftige Hand packte mich an der Schulter und hielt mich zurück. Heorhiy schüttelte den Kopf und verhärtete seinen Griff, als ich versuchte, mich daraus zu befreien.

»Jetzt zier dich doch nicht so, kleines Fräulein. Wir wollen doch nur ein wenig Spaß haben.« Die tiefe Stimme brannte sich in meinen Kopf und ich presste instinktiv die Zähne immer fester aufeinander.

Mari schniefte und flehte die Männer weiter an, sie in Frieden zu lassen, doch sie dachten gar nicht daran. Doch diese Rechnung hatten sie ohne mich gemacht. Mit einem Ruck befreite ich mich aus Heorhiys Griff, der daraufhin ins Straucheln geriet.

»Eure Hoheit!«, rief Tristan mir hinterher, aber ich ignorierte ihn. Ich wusste, wie waghalsig es von mir war, allein mehreren Männern gegenüberzutreten, aber das war mir im Moment egal. All meine Gedanken galten Mari. Sie schwebte in Gefahr und ich musste sie einfach retten, auch wenn es mich mein Leben kostete.

Die Schritte hinter mir wurden immer lauter, die anderen hatten beinahe zu mir aufgeschlossen, doch anstatt zu warten, stürmte ich mit einem grimmigen Kampfschrei um die nächste Ecke, wo vier Männer um die an einen Stuhl gefesselte Mari standen. Einer von ihnen hatte seine schmierigen Finger auf ihren nackten Oberschenkel gelegt und ließ seine Hand weiter hinaufgleiten. Als sie mich jedoch sahen, hörten sie augenblicklich auf.

Ich ließ ihnen nicht die Möglichkeit, sich auf mein Eintreffen und den folgenden Kampf vorzubereiten, sondern stürzte mich auf den Mann, der Hand an Mari angelegt hatte.

»Du dreckiger Mistkerl«, spie ich ihm ins Gesicht und ließ meine Klinge hinuntersausen. Ein dumpfer Schrei ertönte, als sie seine schmutzige Hand sauber durchtrennte. Das Blut rann ungehindert aus der offenen Wunde und der Mann wand sich vor Schmerzen aufschreiend am Boden, wo ich ihm den Gnadenstoß verpasste. Mehrere Male stach ich auf ihn ein, ohne die anderen drei zu bemerken, die mittlerweile die Gelegenheit gefunden hatten, ihre Waffen zu ziehen.

Erst als Mari »Vorsicht!« rief, drehte ich mich zu ihnen um. Ich duckte mich unter dem ersten Schwert elegant hinweg und das zweite hätte mich getroffen, wäre Lorya nicht dazwischengegangen.

»Binde sie los«, presste sie zwischen den Zähnen hervor. Es brauchte den Bruchteil einer Sekunde, bis ich die Orientierung zurückerlangt und mich auf die Beine gekämpft hatte. Mit einem Satz war ich bei Mari und löste die Fesseln um Handgelenke und Knöchel. Ich nahm ihr Gesicht in die Hand und untersuchte sie auf Verletzungen. Ihre Augen waren verquollen und sie hatte einige Abschürfungen und Blessuren am Körper.

»Haben sie …?« Meine Stimme brach, als ich nur daran dachte, was diese Männer ihr angetan haben konnten.

Erleichterung durchflutete meinen Körper, als sie den Kopf schüttelte. »Nein. Ihr habt mich gerettet.« Ihre Stimme war heiser, doch genauso liebreizend wie in meiner Erinnerung.

Ich schlang die Arme um sie und hob sie auf die Beine. »Oh Mari. Ich bin so froh, dass es dir gut geht«, sprach ich an ihren Haarschopf. Niemals wieder würde ich zulassen, dass ihr etwas geschah.

Hinter uns war der Kampf noch in vollem Gange und eigentlich hätte ich sie unterstützen müssen, stattdessen blendete ich das Klirren von aufeinandertreffenden Klingen einfach aus. Mari legte die Hand auf meine Brust und strahlte mich an. Trotz der Spuren, die die vergangenen Tage bei ihr hinterlassen hatten, war sie wunderschön. Ich wusste nicht, ob sie spüren konnte, wie es in mir tobte und ob sie meine Gefühle für sie erwiderte, aber ich musste alles auf eine Karte setzen. Ich legte meine Hand in ihren Nacken, beugte mich zu ihr hinunter und küsste sie. Mari erstarrte, als meine Lippen die ihren berührten, doch kurz darauf erwiderte sie meinen Kuss mit einer Leidenschaft, die ich nicht erwartet hätte.

Als ich von ihr abließ, ging unser beider Atem schneller und das Lächeln war auf meinem Gesicht wie festgefroren.

»Ich unterbreche ungerne, aber wir sollten los«, rief Heorhiy uns zu. Eine Blutlache hatte sich zu unseren Füßen ausgebreitet. Die gegnerischen Männer lagen mit durchbohrten Leibern am Boden.

»Geht es euch gut?«, fragte ich leicht beschämt darüber, dass ich nicht zu Hilfe gekommen war.

»Leichte Gegner«, sagte Tristan und winkte ab. »Macht Euch keine Gedanken. Aber nun, schnell weg hier.«

»Kannst du gehen?« Mein Blick fiel auf Maris aufgeschürfte Knie.

»Alles bestens«, versicherte sie mir. Also nahm ich ihre Hand und zog sie mit mir.

Wir rannten, als wäre der Teufel hinter uns her, auch wenn wir die einzigen Gegner hier unten ausgeschaltet und lediglich ihre Leichen zurückgelassen hatten. Dennoch wollten wir diesen Ort schleunigst wieder verlassen, denn es war viel zu einfach gewesen, Mari zu befreien. Manch einer würde vier ausgebildete Krieger vielleicht nicht als einfache Gegner bezeichnen, bedachte man allerdings die Umstände, so war es ein Kinderspiel. Wozu hätte man Mari entführen sollen, wenn wir sie binnen Minuten befreien konnten, ohne dass sich uns ein gesamtes Heer in den Weg stellte und sein Entführungsopfer mit Leib und Seele verteidigte?

Wir erklommen die Stufen und warfen die Fackeln achtlos zu Boden. Aber etwas war anders als noch zuvor. Es war nicht mehr still im Palast, sondern klang, als würde einige Räume weiter ein Kampf stattfinden.

»Schnell«, sagte General Tristan und beschleunigte auf der Stelle seine Schritte. Mari klammerte sich noch immer eisern an meiner Hand fest, doch mittlerweile rang sie keuchend nach Luft. Wir konnten momentan leider keine Rücksicht nehmen, weshalb ich ihr einen entschuldigenden Blick zuwarf.

Als wir in der Vorhalle ankamen, wussten wir auch, woher die Geräusche kamen. Einige feindliche Soldaten waren mitten in einen

Kampf mit unseren Männern verwickelt. Unter ihnen konnte ich auch Leutnant Maarten erkennen, der die oberen Etagen des Palastes wohl bereits durchkämmt haben musste. Die Gegner zogen sich zurück, sobald wir durch die Tür kamen, und umkreisten uns langsam. Es waren nicht viele, auf die Schnelle zählte ich gerade einmal vierzig Mann, weshalb es mich wunderte, dass sie nicht den Rückzug antraten.

Wir positionierten uns in der Raummitte, während unsere Feinde sich an der Wand ringsherum aufstellten. Ich schob Mari hinter mich und spürte, wie sie am ganzen Leib zitterte.

Eine Weile geschah nichts. Wir starrten unsere Gegner an und auch sie versuchten uns in Grund und Boden zu starren. Doch auf dieses Blickduell konnte ich gut und gerne verzichten. Ich drehte mich um meine eigene Achse, um mir einen genaueren Überblick zu verschaffen. Die Vordertür wurde verschanzt und von draußen dröhnte ein dumpfes Klopfen und leises Gebrüll zu uns hinein. Nach und nach wurden auch die anderen Fluchtmöglichkeiten verriegelt, einzig die Glastür, die am anderen Ende des gegenüberliegenden Flurs in die Gärten führte, war noch geöffnet.

Tristan knurrte wie eine wild gewordene Bestie und ich kannte ihn gut genug, um zu wissen, dass es ihm gar nicht gefiel, wenn man versuchte, ihn in die Enge zu treiben. Damit hatten die feindlichen Krieger im Grunde bereits ihr Todesurteil unterzeichnet.

Ein schrilles Lachen drang an meine Ohren und ließ mir das Blut in den Adern gefrieren. Eine hochgewachsene Frau bahnte sich ihren Weg durch die Krieger zu uns nach vorne. Einige Schritte von uns entfernt blieb sie stehen und grinste uns verschmitzt an. Ich blinzelte verwirrt, als ich in ihr Lady Weronika erkannte – die Frau, die Tero hätte ehelichen sollen.

»Mylady«, grüßte ich sie halbherzig.

»Ich habe Euch früher erwartet, Eure Hoheit.« Enttäuschung, von der ich nicht wusste, woher sie rührte, schwang in ihrer hohen Stimme mit, während sie mir ermahnend den Zeigefinger entgegenreckte.

Tristan war kurz davor, die Zähne zu fletschen. »Was wollt Ihr von uns?«

Lady Weronika brach in schallendes Gelächter aus, sodass Tränen über ihre Wangen liefen. »Gar nichts«, flötete sie, als sie sich wieder gefangen hatte. »Ihr interessiert mich nicht im Geringsten.«

»Wieso habt Ihr mich dann gefangen genommen?« Mari trat hinter meinem Rücken hervor und stellte sich Lady Weronika gegenüber. Sie versuchte mit fester Stimme zu sprechen, konnte aber nicht verhindern, dass sie mitten im Satz brach.

»Natürlich, um den Prinzen herzulocken, was denn sonst?«

Fragend zog ich die Brauen zusammen. Ich verstand kein Wort. »Warum?«

Erneut verfiel sie in wildes Kichern. Diese Frau war eindeutig wahnsinnig geworden.

»Um uns zu trennen«, flüsterte Desya. Ich wirbelte zu ihr herum und wartete darauf, dass sie sich erklärte. Sie schüttelte den Kopf. »Natürlich. Sie wollte unser Heer spalten.«

»Das ergibt keinen Sinn, Mädchen«, knurrte Tristan sie an, aber Desya ließ sich von ihm nicht einschüchtern.

»Das Königreich Talian kämpft für Eira, da ist es nur logisch, dass sie auch Fulvis um ein Bündnis gebeten hat, wo die Reiche doch so nah beieinanderliegen«, erläuterte sie ihre Gedanken. »Indem unsere Truppen gespalten werden, sind wir geschwächt. Und das würde auch erklären, weshalb in der Stadt keine Wachen postiert sind und auch hier im Palast kaum jemand anzutreffen ist. Sie marschieren bereits nach Arzu.«

Jegliche Gesichtsfarbe entwich mir, als mir klar wurde, dass Desya recht hatte. Ich war so darauf konzentriert gewesen, Mari zu retten, dass ich nie auch nur einen Schritt weitergedacht hatte.

Lady Weronika schnalzte mit der Zunge und applaudierte. »Ein kluges Köpfchen habt Ihr bei Euch, Eure Hoheit. Nur mit einer Sache liegst du falsch, Kleines. Die Truppen interessieren uns nicht, sondern lediglich der Prinz.«

»Aber wieso?«

»Eben schienst du noch so klug zu sein und nun muss ich dir das wirklich erklären? Ich gebe dir einen Hinweis: Was kann in euren Reihen nur der Prinz und niemand sonst?«

Desya riss ihre Augen weit auf. »Magie bewirken«, hauchte sie kaum hörbar. »Aber woher …?«

»Ach, das war ganz leicht«, unterbrach Lady Weronika sie. »Immerhin entstamme auch ich einer Königsfamilie. Leider ist mein Blut nicht ganz so rein, weshalb sich meine Fähigkeiten auf ein Minimum beschränken.« Theatralisch legte sie den Handrücken an ihre Stirn. »Ich kann die Magie in anderen Menschen nur spüren, sie aber nicht selbst beschwören.« Dann schob sie die Unterlippe zu einem Schmollmund vor und verschränkte die Arme vor der Brust.

Man schien mir den Boden unter den Füßen wegzureißen. Ich hasste mich in diesem Augenblick mehr als jeden anderen. Wie konnte ich nur so töricht sein und mich Hals über Kopf in einen Kampf stürzen, ohne an die Konsequenzen zu denken? War ich vor einer Stunde noch stolz darauf gewesen, endlich etwas Rebellisches getan zu haben, hätte ich mich nun am liebsten dafür geohrfeigt.

»Was schlagt Ihr vor?« Maarten hatte sich zu meiner Linken positioniert und trug in beiden Händen eine Waffe. Wir konnten die wenigen Krieger definitiv bezwingen, würden anschließend aber vermutlich einige Verluste zu verzeichnen haben, wenn auch nicht viele. Dennoch war ich nicht sicher, ob wir es riskieren sollten, denn der irre Ausdruck auf Lady Weronikas Gesicht ließ in mir die Vermutung aufkeimen, dass sie noch ein Ass im Ärmel hatte.

Aber bevor ich einen klaren Gedanken fassen konnte, schnippte sie mit den Fingern, woraufhin ihre Männer sich in Bewegung setzten und uns angriffen.

»Bleib dicht hinter mir«, raunte ich Mari zu und schob sie aus dem Weg, als ein Schwert auf mich hinabsauste. Ich parierte den Angriff geschickt und trat meinem Gegner in den Bauch, sodass er nach hinten taumelte und direkt in das Schwert von Heorhiy fiel, der daraufhin triumphierend lächelte und den Toten von sich schob.

Es waren mehr Männer, als ich zuvor vermutet hatte. Zahlreich stürmten sie auf uns zu, sodass es mir schwerfiel, mich zeitgleich auf die Gegner und Maris Schutz zu konzentrieren. Als ihr ein quietschender Schrei entfuhr, machte ich den Fehler, mich nach ihr umzudrehen, wobei eine Klinge meinen Arm streifte. Sogleich breitete sich ein stechender Schmerz aus und ich versuchte die Blutung mit der Hand zu stoppen, doch es sickerte ungehindert durch den Stoff und färbte ihn dunkelrot. Der rostige Geruch biss sich in meiner Nase fest. Mir blieb keine Zeit, denn der Gegner holte zu einem erneuten Schlag aus, den ich dieses Mal aber kommen sah. Ich ging in die Knie und riss ihm mit meiner Klinge den Unterleib auf. Er röchelte noch einen Atemzug, ehe er tot war.

Lady Weronika hatte sich indes gegen die Wand gelehnt und beobachtete das Schauspiel aus der Ferne. Auch wenn ihr Gesicht im Schatten verborgen lag, konnte ich doch ihr gehässiges Grinsen deutlich sehen.

Plötzlich griff jemand von hinten in meinen Hosenbund, was mich herumfahren ließ. Es war Mari, die den kleinen Dolch aus dem Schaft gezogen und ihn ihrem Gegenüber in den Hals gerammt hatte. Ihre zierliche Hand zitterte, als ihr bewusst wurde, was sie eben getan hatte. Als sie sie mitsamt Dolch zurückzog, fiel der Gegner auf die Knie und presste sich die Hände an den Hals. Sein Körper begann unkontrolliert zu zucken und ein dicker Schwall Blut strömte aus seinem halb geöffneten Mund.

Maris Augen wurden glasig. »Ich habe ihn getötet«, sagte sie mit zittriger Stimme und schaute auf ihre rot verfärbten Finger.

»Schh«, hauchte ich ihr zu. »Du musstest es tun.«

Aber ich wusste genau, wie sie sich fühlte. Der Erste war immer der Schlimmste.

»Runter!«, schrie ich und Mari suchte Schutz hinter ihren Armen. Ich hätte den Gegner einfach töten können, doch ich wollte ihr nicht noch mehr schreckliche Bilder liefern, die sie verfolgen würden, weshalb ich ihn lediglich schwer verwundete.

Dann ließ ich meinen Blick wieder zu Lady Weronika schweifen, die mittlerweile ins Licht getreten war. Das Grinsen war verblasst und stattdessen mahlte sie mit dem Kiefer. Zahlreiche ihrer Männer waren bereits zu Boden gegangen und es würde nicht mehr lange dauern, ehe wir siegreich aus diesem Kampf hervorgingen. Diese Gewissheit musste sie zur Weißglut treiben. Aber ich würde sie nicht davonkommen lassen.

»Pass auf!« Ich drehte mich in die Richtung, aus der der Schrei gekommen war, und sah, dass Desya Lorya zur Seite stieß. Drei Männer hatten sie umzingelt und zeitgleich ihre Schwerter gegen sie erhoben. Schnell hechtete ich auf Desya zu, die versuchte sich zur Wehr zu setzen. Doch ich war nicht schnell genug.

»Nein!«, schrie ich, als einer der Krieger sein Schwert in ihrem Bauch vergrub. Kraftlos sackte Desya auf die Knie. Ich holte zum

Schlag aus und durchschnitt die Kehle des Mannes, sodass er rücklings zu Boden ging, dann stürzte ich mich auf die anderen beiden und tötete auch sie ohne Gnade.

Desya hatte ihre Hände auf die klaffende Wunde in ihrem Bauch gedrückt, doch sie verlor zu viel Blut. Ich hockte mich zu ihr auf den Boden und umschloss ihre roten Finger.

»Alles wird gut, du musst wach bleiben«, versuchte ich das Beste aus dieser grausamen Situation zu machen. Aber das Zittern meiner Stimme verriet mich.

Desya hob die Mundwinkel zu einem Lächeln an und schaute durch mich hindurch. »Ich komme zu dir, Ode.«

Ich drehte mich um, doch hinter mir war niemand zu sehen. Sie versuchte noch etwas zu röcheln, doch das gluckernde Blut verhinderte, dass die Worte ihre Kehle verließen.

»Bitte, bleib wach«, hauchte ich. Doch ihre Augenlider flackerten, bis sie sich schließlich schlossen und Desya in meinen Armen starb.

Ich hatte Nerina versprochen, mich um ihre Freunde zu kümmern und dafür zu sorgen, dass jeder unbeschadet zurückkehren würde. Doch meine Unbedachtheit hatte Desya getötet. Eine unschuldige und reine Seele.

Langsam rappelte ich mich auf und blickte mich um. Lorya, die sich wieder aufgerichtet hatte, schaute ungläubig auf den leblosen Körper ihrer Freundin.

Mein Blick traf den von Lady Weronika, die mittlerweile lächelte. Ich sammelte die geballte Wut, die durch meinen Körper wütete, und versuchte meine Gedanken zu fokussieren. Es war schwer, sich zu konzentrieren, da das Klirren der Schwerter mich ablenkte und ich jederzeit angegriffen werden konnte. Aber ich versuchte, alles um mich herum auszublenden und den Fokus auf Lady Weronika zu legen.

Die Magie in meinem Körper glomm erst ein wenig auf, bis sie zu einem Flackern wurde, nur um dann in voller Intensität durch mich hindurchzufließen. Es war ein belebendes Gefühl, als würde ich neue Kraft erlangen, die tief in mir verborgen gelegen hatte. Schweiß rann von meiner Stirn und in meine Augen, aber ich musste nicht sehen, sondern nur fühlen.

Die eisblauen Striemen flossen durch mein Blut und sammelten sich an meinen Händen, wo sie ungeduldig darauf warteten, von mir freigegeben zu werden.

»Alle auf den Boden«, knurrte ich angestrengt. Aber meine Stimme war zu leise, als dass die anderen mich hören konnten. Mari hatte allerdings meine Worte vernommen und sie lauter weitergetragen. Als ich verschwommen sehen konnte, wie meine Männer sich auf den Boden warfen, schloss ich die Augen und ließ die Magie das Übrige tun. Ich beschwor Eisspeere und feuerte sie auf unsere Gegner ab, bis einer nach dem anderen von den spitzen Geschossen erdolcht wurde.

Lady Weronika erstickte ihren Schrei mit der Hand und versuchte zu fliehen, aber es wäre ein Fehler, einen Augenzeugen zurückzulassen. Sie hatte mir Mari genommen, sie in einen schmutzigen Kerker gesperrt, wo Männer sich an ihr vergehen wollten, sie war der Grund, weshalb Desya gestorben war und ich mein Versprechen Nerina gegenüber gebrochen hatte. Und dafür wollte ich sie leiden sehen.

Ich war so wütend, dass mein Blut zu kochen begann und die Magie sich wandelte. Aus Eis wurde schlagartig Feuer, das mich in Gänze umfing, aber nicht verbrannte. Als wäre ich ein fleischgewordener Feuerball.

Lady Weronika war bereits weitergerannt, aber meine Rache kannte weder Grenzen noch Gnade.

»Lass sie gehen«, flehte Mari und wollte nach mir greifen. Als ihre Hand allerdings das Feuer berührte, zog sie sie schnell zurück und sah sich ihre Verletzung an.

Noch einmal schaute Lady Weronika über die Schulter zu uns – der letzte Fehler, den sie in ihrem Leben würde machen können. Ich bündelte all die Magie, die ich aus meinem Inneren hervorholen konnte, und richtete sie auf die Fliehende. Ein immenser Feuerball schoss in ihre Richtung und verschlang sie mit einem Mal. Ihr schriller Schrei erstickte und zurück blieb lediglich ein Häufchen Asche.

Ich sackte in mich zusammen, als mich auch das letzte bisschen Kraft verließ. Keuchend rang ich nach Luft und hustete den Ruß aus meiner Lunge.

»Eure Hoheit.« General Tristan kam auf mich zu und griff nach meinen Armen. Ein zischender Laut ging von seinen Händen aus, woraufhin er ein schmerzverzerrtes Geräusch von sich gab. »Ihr glüht.«

Seine Worte klangen weit entfernt und waren kaum mehr als ein Rauschen in meinen Ohren. Glitzernde Funken tänzelten durch den Raum, der sich im Sekundentakt schneller drehte. Das Letzte, woran ich mich erinnerte, waren die sorgenerfüllten Gesichter meiner Männer, ehe ich das Bewusstsein verlor.

KAPITEL 37 – EIRA

Mir war, als hätte jemand einen dunklen Vorhang über meine Erinnerungen gelegt. Selbst wenn ich meine Augen fest geschlossen hielt und mit aller Macht versuchte, mich an die vergangenen Tage zu erinnern, war dort nichts. Zwischendurch hatte ich das Gefühl, ein leichtes Aufblitzen hinter dem Schleier wahrnehmen zu können, doch wann immer ich darauf zugehen wollte, verschwand es so schnell, wie es gekommen war.

Ich saß auf meiner Bettkante, fühlte mich wie benebelt und wusste nicht einmal, warum ich hier saß oder was ich tun wollte. Tränen sammelten sich in meinen Augen – ich wusste nicht, wann ich zuletzt geweint hatte. Es musste vor vielen Jahren gewesen sein, denn Tränen waren ein Anzeichen von Schwäche. Und jeder wusste, dass ich diese niemals nach außen tragen würde.

Ich fokussierte mich auf meine zitternden Hände, die in meinem Schoß ruhten. *Konzentrier dich.* Aber wie ich erwartet hatte, tauchten keine plötzlichen Bilder vor meinem geistigen Auge auf. Hilflosigkeit erfüllte mich, doch als ein leises Klopfen an meine Ohren drang, konnte ich dieses Gefühl einen kurzen Moment verdrängen.

Jalmari streckte seinen Kopf durch die halb geöffnete Tür. »Hier bist du ja. Was machst du hier, Liebste?«, fragte er mich irritiert.

»Ich …«, begann ich zögerlich, wusste allerdings nicht, wie ich diese Frage beantworten sollte, schließlich hatte ich nicht den Hauch einer Ahnung, weshalb ich hier saß.

»Eira, was ist los mit dir?« Mein Gemahl trat herein und zog die Tür hinter sich ins Schloss. Als er vor mir stehen blieb, ging er in die Hocke und griff meine noch immer bebenden Hände. »Du weinst!«

Ich hatte nicht bemerkt, dass die Tränenansammlung mittlerweile unkontrolliert meine Wangen hinunterströmte, bis er mich darauf aufmerksam gemacht hatte. Mit dem Handrücken wischte ich sie mir trocken, jedoch ohne großen Erfolg.

»Ich weiß nicht, was los ist«, schniefte ich und schmiegte meinen Kopf an Jalmaris Schulter. »Ich kann mich nicht erinnern.«

Er ließ meine Hände los und streichelte mir über die ungekämmten Haare. »Das ist ganz normal«, hauchte er. »Meine Mutter erzählte mir einst, dass es vielen Frauen nach einer Schwangerschaft so ergeht. Vergesslichkeit und ein Überfluss an Emotionen sind keine Seltenheit. Bald wird es dir bestimmt besser gehen.«

Mit einem Mal versiegten meine Tränen und ich stieß Jalmari zurück. Entsetzt musterte ich ihn und konnte nicht glauben, was er eben von sich gegeben hatte. »Daran liegt es nicht!«, schrie ich ihn wütend an. »Irgendetwas stimmt hier nicht, Jalmari!«

Er nahm einen tiefen Atemzug, wonach seine Gesichtszüge sich verhärteten. »Fängst du schon wieder damit an, Eira? Du spinnst dir schon seit Tagen irgendetwas zusammen. Du hast dich verändert!«

»Aber du musst es doch auch spüren, oder etwa nicht?«

Jalmari schüttelte lediglich energisch den Kopf, ehe er mit einem Ruck aufstand und mir den Rücken zuwandte. Doch auch jetzt konnte ich deutlich sehen, unter was für einer gewaltigen Anspannung sein Körper stand und dass ihm zahlreiche Dinge durch den Kopf gingen.

»Jalmari, du musst mir glauben«, flehte ich. Meine Stimme klang weinerlich wie die eines kleinen Mädchens. Ich musste meinem Gemahl recht geben, denn ich hatte mich verändert, aber wusste selbst nicht, woher diese Veränderung rührte.

»Ruh dich etwas aus.« Damit verschwand Jalmari wieder aus der Tür.

Ich warf mich zurück aufs Bett und starrte geistesabwesend an die weiße Decke. Aber auch sie lieferte mir keine Antwort auf die zahlreichen Fragen, die durch meinen Kopf spukten.

Bald ist es vorbei.

Schlagartig saß ich kerzengerade im Bett und schaute mich im Zimmer um. Dort war doch eben eine raue Stimme gewesen, oder hatte ich mir auch diese nur eingebildet? Aber das konnte nicht möglich sein, denn sie war so kraftvoll, als wäre sie direkt neben mir ertönt. Aber hier war niemand, ich war vollkommen allein.

Noch wenige Tage, Eira. Dann wird sich die Zukunft, von der du so lange geträumt hast, endlich offenbaren. Kämpfe für die Dunkelheit.
»Wer ist da?«, rief ich ängstlich in die Leere des Zimmers, das plötzlich vor mir verschwamm.
Tod. Ich blinzelte und befand mich auf einmal auf einem verlassenen Marktplatz. Staub wirbelte auf und der Wind trug einen abartigen Gestank zu mir. Ich drehte den Kopf und sah zehn aufgeschlitzte Leichen an einem Strick baumeln.
Leid. Bevor ich realisieren konnte, was mit mir geschah, hielt ich ein Messer und schnitt einem jungen Mädchen die Kehle durch. Es war Tasja.
Schmerz. Ein schreckliches Ziehen in meiner Brust ließ mich auf die Knie fallen. Als ich die Hände auf dem Boden abstützte, färbten sie sich augenblicklich dunkelrot.
Blut. Ich lag in einem Blutmeer und direkt vor mir türmten sich verrenkte leblose Körper, die bis in den Himmel ragten.
Das ist dein Werk, das, wofür du all die Zeit gekämpft hast. Vollende es, Eira!
Ich presste mir die blutigen Hände auf die Ohren und versuchte mit einem lauten Schrei, die Stimme in meinem Kopf zu vertreiben. Ich wiegte meinen Körper hin und her, wollte mich am liebsten in Luft auflösen, aber das war nicht möglich.
Vollende dein Werk, Eira!
Vollende es!
Dein Werk!
»Mein Werk«, flüsterte ich und öffnete die Augen. Ich befand mich noch immer auf meinem Bett, aber schlagartig konnte ich alles viel klarer sehen als zuvor. »Ich muss mein Werk vollenden!«
All die Jahre hatte ich für die alleinige Herrschaft gekämpft. Herzblut war in meine Machenschaften geflossen und Opfer hatte ich gebracht. Viele Opfer, doch noch immer nicht genug. Meine Mundwinkel hoben sich, formten ein grimmiges Lächeln, das ich in den vergangenen Tagen schmerzlich vermisst hatte.
Wer auch immer diese Stimme war, auch wenn es nur mein Unterbewusstsein war, das zu mir gesprochen hatte, ich war ihr zu tiefem Dank verpflichtet. Ich hatte mein Ziel aus den Augen verloren, war

in einem Augenblick des Zweifelns ins Straucheln geraten, aber nun konnte ich wieder klar denken.

Die Dunkelheit war kurz davor, die Königreiche einzunehmen, und ich würde sie lenken, so wie ich es immer geplant hatte. Ich legte meinen Kopf in den Nacken und lachte aus vollem Halse.

Der Sieg würde mein sein.

KAPITEL 38

»Nerina, wach auf!« Ein Schatten bäumte sich über meinem schlaffen Körper auf und verdeckte das wenige Sonnenlicht, das durch die Wolkendecke brach. Ich schlug die Lider auf und blinzelte einige Male, um die Orientierung zurückzuerlangen. Mein Nacken schmerzte höllisch und als ich mich aufrichten wollte, wurde mir auch bewusst, weshalb er das tat. Ich musste im Laufe der vergangenen Nacht an den Baumstamm gelehnt eingeschlafen sein. Aber ich war mir ziemlich sicher, dass ich keine Decke bei mir gehabt hatte, weshalb ich mich fragte, wieso ich nun eine von mir stieß.

»Nerina?« Ich hatte binnen Sekunden vergessen, dass mich jemand geweckt hatte.

»Ja?« Meine Stimme war halb Gähnen.

»Ihr müsst aufstehen.« Erst jetzt schaute ich hoch und wurde von Bijns sturmgrauen Augen begrüßt. Lächelnd schüttelte er den Kopf und reichte mir die Hand, um mir aufzuhelfen. Jeder Muskel in meinem Körper schmerzte von der ungemütlichen Schlafposition, die ich ungewollt eingenommen hatte.

»Ist etwas passiert?«, fragte ich, während ich mich ausgiebig streckte und meine Knochen knacken ließ.

Der General antwortete nicht sofort. »Das könnte man sagen, ja. Aus diesem Grund müsst Ihr mich nun zum König begleiten.«

Augenblicklich war ich hellwach und folgte Bijn ins Lager. Wir passierten aufgewühlte Krieger, die wild gestikulierend miteinander diskutierten. Es drangen lediglich einige Gesprächsfetzen an mein Ohr, denen ich aber keinen Sinn entnehmen konnte. Meine Hände begannen plötzlich zu schwitzen und ich hatte kein gutes Gefühl. In je mehr aufgebrachte Gesichter ich schaute, desto schneller schlug mein Herz.

Im Inneren des Zeltes waren zahlreiche Männer versammelt, unter ihnen auch Asante und Tero. König Marin stand mit auf dem Tisch abgestützten Händen am Kopfende und hatte die Stirn in tiefe Falten gelegt. Seine Haut wirkte aschfahl, als wäre ein Geist direkt durch seinen Körper gefahren.

»Nun, da wir alle versammelt sind, können wir anfangen. Bei Sonnenaufgang hat uns diese Botschaft erreicht.« König Marin hob eine Pergamentrolle, deren Siegel bereits gebrochen war, in die Höhe. »Wir ihr bereits wisst, haben wir Arzu und auch den Königspalast infiltriert. Die Lage ist noch weitaus schlimmer, als wir befürchtet haben.«

Vorsichtig rollte er das Pergament auf und räusperte sich. »Die Königin handelt nicht allein. Eine Frau mit einer finsteren Aura ist am Abend der Opfergabe plötzlich im Palast erschienen. Sie trägt den Namen Arcana und ich befürchte, dass es Eira irgendwie gelungen ist, die dunkelste Magierin aller Zeiten heraufzubeschwören. Prinz Jalmari ist am Leben und Teil der Machenschaften. Leider war es mir nicht möglich herauszufinden, was sie vorhaben und ich glaube, meine Deckung ist aufgeflogen. Ich hoffe, diese Nachricht wird Euch noch rechtzeitig erreichen. Rettet uns, Eure Majestät. Bevor es zu spät ist.«

Die Erschütterung, die sich durch die Reihen zog, war beinahe greifbar. Mein Körper erbebte, während ich versuchte, mich zusammenzureißen. König Marin setzte sich und vergrub das Gesicht in beiden Händen. Schlagartig hatte unser gesamtes Vorhaben eine drastische Wendung genommen. Eigentlich hätte ich völlig außer mir sein, in den Wald rennen und lauthals schreien müssen, sodass es die Vögel aus den Baumkronen vertrieben hätte. Aber bis auf das Beben meines Körpers blieb ich vollkommen ruhig, sowohl innerlich wie äußerlich.

Wenn Arcana wirklich die Strippenzieherin war, dann war es noch weitaus wichtiger, dass wir diesen Kampf für uns entschieden. Sie war die mächtigste Magierin, die es je gegeben hatte, und sie war der Auslöser für die Spaltung der Königreiche gewesen, wodurch man solch dunkle Machenschaften eigentlich erst verhindern wollte. Nun, da sie wieder unter den Lebenden weilte, mussten wir sie mit vereinten Kräften bezwingen.

Neu gewonnene Entschlossenheit durchflutete mich. »Dieser Krieg wird zwar schwieriger als bisher erwartet, aber wir werden siegen!«, sagte ich energisch. »Und dieses Mal werden wir Arcana ein für alle Mal vernichten!«

»Seid Ihr des Wahnsinns?«, fuhr mich einer der Krieger Lenjas' entsetzt an. »Sie kann uns mit nur einer einzigen Handbewegung alle zu Staub zerfallen lassen!«

»Wenn sie das kann, wieso hat sie es bisher nicht getan?« Mit vor der Brust verschränkten Armen kam Asante näher an den Tisch heran. »Sie scheint auf irgendetwas zu warten. Immerhin war sie sechshundert Jahre ... ich weiß nicht, wo sie war, aber eindeutig nicht hier. Ihre Kräfte sind mittlerweile vielleicht geschwächt und wir sollten die Gelegenheit für einen Frontalangriff nutzen, ehe sie verstrichen ist.«

»Er hat recht«, gab König Marin zurück. »Arcanas Magie ist sicherlich noch nicht vollständig regeneriert. Wir müssen sie auf der Stelle stoppen.«

Ein entschuldigender Ausdruck lag auf seinem Gesicht, als sein Blick den meinen traf. Ich nickte ihm entschlossen zu – ich war bereit. Bereit, es mit der wohl dunkelsten Macht aufzunehmen, die es gab.

»Wir sollten aufbrechen!« Bis auf meine Gefährten schien niemand der Mitanwesenden sich in Bewegung setzen zu wollen. Anstatt in die Gesichter von Kriegern, blickte ich ausschließlich in Gesichter von ängstlichen Feiglingen, die sich nicht bereitwillig in den Tod stürzen wollten. Ich konnte verstehen, weshalb sie sich Sorgen machten, aber immerhin war *ich* diejenige, die sich Arcana in den Weg stellen musste. Wenn irgendwer etwas zu befürchten hatte, dann ich.

»Wir räumen das Lager und brechen in einer Stunde auf.« König Marin gab den Befehl und seine Männer rührten sich. Dann richtete er das Wort an mich. »Bist du sicher, dass du das schaffst, Nerina?«

»Nein«, gestand ich. »Arcana ist weitaus mächtiger, als ich es jemals sein werde. Aber wir haben keine Wahl, es sei denn, wir wollen dabei zusehen, wie die Welt, so wie wir sie kennen, kläglich zugrunde geht.«

Seine Mundwinkel zuckten leicht und ich wurde entlassen. Vor dem Zelt wartete Tero und kaum dass er mich sah, zog er mich in seine starken Arme. »Bitte bleib am Leben«, hauchte er mit liebevoller Stimme an mein Ohr, woraufhin ich nickte.

»Ich werde es versuchen.«

»Mir wäre lieber, du würdest es versprechen, aber ich weiß selbst, dass das nicht in deiner Hand liegt.« Er ließ von mir ab und die Besorgnis war in jedem seiner Züge deutlich sichtbar. Er wusste, dass ich es tun musste und mich nichts davon abbringen konnte. Trotzdem schmerzte ihn diese Gewissheit.

»Nun schau mich bitte nicht so an. Ich habe doch einen Aufpasser an meiner Seite, also wird mir schon nichts passieren.« Ich grinste ihn breit an, in der Hoffnung, dass auch ich ihn damit zum Schmunzeln bringen konnte. Aber es half leider nicht wie erwartet.

Tero atmete tief durch die Nase. »Lass uns packen.«

Ich war schon einige Male in Lenjas gewesen und doch wurde mir erst jetzt bewusst, was für ein wunderschönes Reich dies eigentlich war. Zwei Tage waren wir geritten, hatten dabei einzigartige Hügellandschaften, atemberaubende Felsformationen und glasklare Seen passiert. Sollten wir die anstehende Schlacht überleben, so schwor ich mir, schon bald zurückzukehren, um die Umgebung vollends in mich aufzusaugen. Es war das perfekte Reich, um auf klare Gedanken zu kommen.

Der Wald Alain war von dichten Nebelschwaden umhüllt, die es schwer machten, weiter als eine Pferdelänge zu sehen. Es war bereits später Nachmittag, die Sonne würde bald untergehen und damit wäre auch das letzte bisschen Licht fort. Aber wir hatten unser Ziel fast erreicht. Ich erkannte die Strecke, die wir ritten. Da wir uns mit den Mokabi bei den alten Ruinen treffen würden, mussten wir einen kleinen Umweg einschlagen, der allerdings nur wenige Stunden kostete. Ansonsten wären wir am Marktplatz angekommen und hätten zudem die volle Aufmerksamkeit auf uns gelenkt.

Bisher hatten wir vereinzelte Bauern und Siedler angetroffen, die keine Angst vor uns gehabt hatten. Ganz im Gegenteil – ihre Gesichter erstrahlten, als wir an ihnen vorbeiritten und einige wenige von ihnen, die mich erkannt hatten, verneigten sich. Sie erkannten mich als rechtmäßige Königin ihres Landes an.

Der Wald lichtete sich, kaum war der letzte Sonnenstrahl am Horizont verschwunden. Im dunklen Nebel konnte ich einzelne Schemen in der Ferne ausmachen. Instinktiv griff ich an meinen Gürtel. Man konnte schließlich nie wissen, wer oder was sich hinter dem nächsten Baumstamm versteckte.

Wir erreichten endlich die Lichtung, die uns zu den Trümmern des ehemaligen Königspalastes führte. Eine riesige Ansammlung von

Menschen wartete bereits auf unser Eintreffen. Im ersten Moment war ich etwas verunsichert, doch als ich in einem der Männer Watola wiedererkannte, atmete ich erleichtert auf. Bei unserer ersten Begegnung waren die Mokabi nur leicht bekleidet und schlammverschmiert gewesen, doch nun sahen sie aus wie echte Krieger. Einige von ihnen trugen edle Rüstungen von feinster Schmiedearbeit.

»Watola, Keya!«, rief ich, kaum war ich aus dem Sattel gesprungen.

»Es ist schön, dich zu sehen, Nerina«, erwiderte der Stammeshäuptling meinen Gruß und ließ den Blick über mich hinweg zu dem riesigen Heer gleiten. »Ihr habt Verstärkung mitgebracht«, stellte Watola fest. »Diese werden wir dringend brauchen.«

»Wie meint Ihr das?« König Marin stellte sich an meine Seite.

»Während wir gewartet haben, haben wir die Gegend ausgekundschaftet.« Keya war vorgetreten. »Sie haben bereits auf uns gewartet und überall Männer postiert. Es wird schwer sein, sich durch die Stadt zu kämpfen. Schwer, aber nicht unmöglich.«

König Marin nickte die Heerführer heran. General Bijn, Hauptmann Viktus und General Lyus kamen zu uns herüber, genau wie Tero, der die Mission, in den Palast einzudringen, anführen sollte.

»Wir werden uns aufteilen und von jeder Seite vordringen müssen«, erklärte General Bijn und rollte eine Karte von Arzu auf dem Boden aus. Einer der Mokabi trat mit einer Fackel heran und stieß sie in den Boden, damit wir etwas sehen konnten. Mit einem Kopfnicken bedeutete Watola ihm anschließend, wieder zurückzutreten.

General Bijn deutete auf eine Stelle südwestlich. »Wir befinden uns in etwa hier. Unsere oberste Priorität ist es, Nerina zu beschützen. Sie muss in den Palast gelangen und darf unter keinen Umständen vorher getötet werden, ist das klar?« Einstimmig nickten alle. »Gut. So wie ich das einschätzen kann, sind die Mokabi gut darin, sich unbemerkt von einem zum anderen Ort zu bewegen. Ihr seid leise, beinahe unsichtbar für die Augen des Feindes.«

»Das stimmt. Über Generationen hinweg haben wir die Fähigkeit erlernt, mit unserer Umgebung zu verschmelzen«, bestätigte Watola.

»Sehr schön. Ihr kämpft euch durch den Wald vor. Unsere Krieger und die von Dylaras werden sich frontal vorkämpfen. In der Stadt werden sich unsere Wege trennen. Während wir aus dem Süden angreifen, werdet Ihr aus dem Westen vorrücken.« Er richtete das Wort an General Lyus, der bestätigte. »Das Heer von Kjartan wird für Nerinas Schutz zuständig sein und den Weg um die Berge einschlagen, um den Palast von hinten zu stürmen. Während Nerina mit einigen Männern ins Innere vordringt, wird unsere Mission sein, nicht zuzulassen, dass Eiras Krieger in den Palast hineingelangen. Wir müssen sie draußen halten.«

General Bijn zog seinen Lederbeutel hervor und reichte uns jedem drei Phiolen. »Dies ist Schlafpulver. Je mehr davon unsere Gegner einatmen, desto länger sind sie außer Gefecht gesetzt. Aber nutzt es weise, diese Phiolen sind alles, was wir haben.«

»Wie wird es angewendet?« Viktus hielt sich eines der Fläschchen vor die Augen und studierte es genauestens.

»Ihr werft es auf den Boden oder öffnet es und werft es den Gegnern ins Gesicht. Ich würde die erste Variante empfehlen, da sie am effektivsten ist. Es ist wichtig, dass ihr Mund und Nase bedeckt haltet, wenn ihr es einsetzt. Ansonsten werdet auch ihr in einen tiefen Schlaf fallen. Gibt es noch Fragen?«

General Lyus räusperte sich. »Wie lautet der Rückzugsplan?«

»Den gibt es nicht. Die Krieger von Lenjas geben nicht auf – niemals«, ergriff König Marin das Wort. »Wir kämpfen bis in den Tod. Entweder Ihr tut dasselbe oder Ihr geht, wenn es Euch zu gefährlich wird. Die Entscheidung liegt bei Euch, aber bedenkt, wie viel auf dem Spiel steht.«

»Ihr würdet jeden Eurer Männer opfern, auch wenn die Situation noch so aussichtslos ist?«

»Ohne mit der Wimper zu zucken. Jeder von ihnen weiß, dass er morgen bereits tot sein könnte.«

Lyus schluckte laut hörbar, doch schwieg. Hinter seiner sonst so arroganten Fassade schien sich jemand zu verbergen, der den Tod fürchtete.

»Das heißt, unsere Wege werden sich hier und jetzt trennen?« Mir war etwas mulmig zumute. Gerade erst hatte ich General Bijn wiedergetroffen und nun sollten wir in verschiedene Richtungen ziehen, damit er erneut sein Leben für mich aufs Spiel setzen konnte.

Er presste die Lippen fest aufeinander. »Wir werden uns erst ein paar Stunden ausruhen und mitten in der Nacht vorrücken. Die Reise war lang, wir müssen unsere Kräfte sammeln.«

Die Heerführer gingen zurück zu ihren Truppen, um ihnen von den Entscheidungen und Plänen zu berichten. Durch die Hügellandschaft vorzudringen war vermutlich klug, doch ich kannte mich dort nicht allzu gut aus. Normalerweise hatte mein Weg mich durch die Stadt geführt und da ich als Königin viel zu tun hatte, hatte ich nie einen Umweg durch die Berge eingeschlagen, zumal dahinter nichts als ein unendlicher Wald lag.

Instinktiv musste ich an Lady Izays Worte denken, über das Buch, das sie in der verstauben Bibliothek gefunden hatte. Jeder, der bisher in diesen Wald hineingeritten war, war niemals mehr zurückgekehrt. Genau das waren auch die Worte, die man nur allzu oft über den Verwunschenen Wald las. Aber wir waren der lebende Beweis dafür, dass zumindest das Reich hinter der Bergkette keinerlei Gefahren aufwies und man unbeschadet wieder hinauskommen konnte. Ich vermutete, dass dasselbe für den Wald hinter der Berglandschaft galt. Es sei denn, er führte wirklich in eine andere Welt, in weit entfernte Königreiche, die wir nicht kannten, weil sich niemand von uns jemals so tief vorgewagt hatte.

Ich schüttelte den Kopf, um meine Gedanken zu vertreiben. Stattdessen setzte ich mich an den Waldrand und beobachtete ein letztes Mal den Sternenhimmel. Der Mond hatte bereits seinen Platz eingenommen, aber stand ungewöhnlich tief, sodass er noch viel größer wirkte, als es normalerweise der Fall war und eine ungeahnte Sehnsucht in meiner Brust weckte. In ein oder zwei Tagen müsste er seine volle Größe erreicht haben und so in all seiner Pracht den Nachthimmel erleuchten. Ob ich den Vollmond noch einmal sehen würde? Würde es uns überhaupt gelingen, in den Palast einzudringen? Oder wartete bereits ein größerer Trupp hinter den Hügeln nur darauf, uns niederzustrecken?

Seufzend schloss ich die Augen und lehnte mich zurück. Es war in Arzu mittlerweile so kalt, dass ich mir die Arme reiben musste, um nicht zu erfrieren. Der Winter war über das Land gezogen und würde es schon bald in eine dichte glitzernde Eisdecke einhüllen.

Mit diesem Gedanken gelang es mir endlich, etwas Ruhe zu finden.

KAPITEL 39 – ALEKSI

Röchelnd und hustend kam ich allmählich zu mir. Meine Kleidung war durchtränkt und klebte an meiner Haut, sodass die Kälte langsam in mich hineinkroch.

»Er kommt zu sich.« Die Stimme klang weit entfernt und ich konnte sie niemandem zuordnen. Wo zum Teufel war ich? Und was war geschehen?

»Wurde ja auch langsam Zeit. Ich dachte schon, er wacht nie wieder auf.« Diese Stimme gehörte dem Klang nach zu urteilen einer Frau mittleren Alters.

Ganz vorsichtig versuchte ich die Lider zu öffnen, aber die Sonne stand so hoch am Himmel, dass ich sie schnell wieder zusammenkneifen musste, da die plötzliche Helligkeit ein Schwindelgefühl in mir auslöste und mein Kopf daraufhin schmerzlich zu pochen begann. Ein leises Stöhnen entfuhr meinen Lippen. Eigentlich hatte ich etwas sagen wollen, doch ich fand keinen Zugang zu meiner eigenen Stimme.

»Was sagt Ihr, Eure Hoheit?« Maarten musste sich neben mich gehockt haben. Ich drehte den Kopf in seine Richtung und versuchte ein weiteres Mal, meine Augen zu öffnen, dieses Mal aber vorsichtiger als noch zuvor. Erst das eine einen Spaltbreit, dann das andere. Maarten lächelte freundlich, sofern ich seinen verschwommenen Gesichtsausdruck richtig deuten konnte.

»Mari«, röchelte ich. »Wo ist sie?«

»Es geht ihr gut, macht Euch keine Sorgen.«

»Bring mich zu ihr.«

Maarten schüttelte den Kopf. »Ihr seid zu schwach, Eure Hoheit. Ihr wart tagelang ohne Bewusstsein.«

Nun riss ich die Augen schockiert weit auf, was ein Fehler war, denn sofort begannen Lichtpartikel vor mir zu tanzen und die Lichtung, auf der wir uns allem Anschein nach befanden, drehte sich im Kreis. Ich spürte einen säuerlichen Geschmack, der meine Kehle hinaufkroch und in einem Schwall Erbrochenem aus meinem Mund schoss. Es gelang mir gerade noch, mich zur Seite zu drehen, um nicht daran zu ersticken.

Als auch das letzte bisschen meiner Magensäure langsam in die moosbedeckte Wiese sickerte, legte Maarten mir ein nasses Tuch auf die Stirn. »Ruht Euch noch etwas aus.« Lorya reichte ihm ein Stück Brot, dass er mir in die Hand legte. »Versucht wenigstens ein paar Bissen zu nehmen. Euer Körper ist geschwächt und braucht dringend Nahrung.«

»Habt Ihr deshalb kaltes Wasser über mich geschüttet?« Eigentlich war diese Frage scherzhaft gemeint, sie kam allerdings mit einem leicht wütenden Unterton aus mir heraus.

Maarten schaute mich entschuldigend an. »Anders haben wir Euch leider nicht wach bekommen und wir wollten verhindern, dass Ihr während Eurer Bewusstlosigkeit an Unterernährung sterbt.«

Meine Mundwinkel zuckten. »Schon in Ordnung, Leutnant.«

Maarten sagte noch irgendetwas, doch die Worte drangen nicht mehr an mein Ohr. Die Erschöpfung hatte mich wieder fest im Griff, sodass mir die Augen zufielen und ich erneut abdriftete.

Als ich die Augen wieder öffnete, war alles um mich herum schwarz. Für einen kurzen Moment dachte ich, erblindet zu sein, aber zum Glück war es bloß tiefe Nacht. Mein Körper ächzte bei jeder ruckeligen Bewegung. Dumpfe Schritte ertönten um mich herum. Meine Fingerspitzen ertasteten einen weichen Grund unter meinem Rücken, aber ich lag nicht auf dem Boden.

Als ich mich an die Dunkelheit gewöhnt hatte, konnte ich die Bäume an mir vorbeiziehen sehen. Ich hob den Kopf leicht an und stellte fest, dass ich mich auf einer Trage befand, die von zwei Männern geschleppt wurde.

»Wasser«, krächzte ich, woraufhin binnen Sekunden ein weiterer Mann zu mir geeilt kam und mir eine Flasche in die Hand drückte, die ich zitternd an meine Lippen führte. Erst nahm ich einen kleinen Schluck, der in meiner trockenen Kehle brannte. Aber als die Kühle mich durchflutete, trank ich immer gieriger, bis auch der letzte Tropfen aus der Flasche meinen Hals hinunterströmte. »Danke.«

»Wie geht es dir?« Mari war an meine Seite gekommen. Sie sah besser aus, deutlich gesünder. Ihre fahle Haut war wieder geschmeidig und rosig, die Haare in einem ordentlichen Zopf befestigt und das zerrissene Kleid hatte sie durch eine bequeme Hose und eine lederne Jacke eingetauscht. Beides lag so eng an ihrem Körper, dass es ihre Rundungen an genau den richtigen Stellen betonte, weshalb ich mir ein freches Grinsen nicht verkneifen konnte.

»Gut. Wie geht es dir?« Unbeholfen kaute Mari auf ihrer Unterlippe herum und ihre Züge entspannten sich zwar, aber ihre braunen Augen offenbarten eine völlig andere Emotion – Angst. Sie wich langsam einen Schritt zurück, was mir unter anderen Umständen nicht aufgefallen wäre, doch die Angst, die von ihr ausging, hatte mich aufmerksamer gemacht.

»Was ist los, meine Liebste?« Ich streckte die Hand aus und wollte nach ihr greifen, doch Mari ließ die Berührung nicht zu. Sie fürchtete sich eindeutig vor mir, aber ich hate keine Erklärung, weshalb dem so war.

Als ich in mich ging und versuchte, die Erinnerungen wieder an die Oberfläche zu bringen, wusste ich es ganz plötzlich. Wir waren in Fulvis gewesen, Krieger hatten uns umzingelt, uns beinahe in die Ecke gedrängt, wobei Desya getötet wurde. Dann war die Magie aus mir herausgebrochen und ich konnte meine Wut nicht mehr im Zaum halten. Erst hatte ich die Männer mit Eisspeeren zur Strecke gebracht und anschließend einen Feuerball auf Lady Weronika geworfen und lächelnd dabei zugesehen, wie ihre Haut Schicht für Schicht von ihrem Körper brannte, sie gegen die Schmerzen anzuschreien versuchte, bis sie schlussendlich zu einem Häufchen Asche zerfiel.

»Es tut mir leid, Mari. Es tut mir so unendlich leid«, flüsterte ich in die Nacht hinein. Mein Blick fiel auf ihre verbundene Hand. »Was ist mit deiner Hand passiert?«

Ein irritierter Ausdruck legte sich auf ihr Gesicht, bis sie begriff, dass ich es wirklich nicht wusste. »Ich ... als du ... ich habe mich an dir verbrannt. Aber es ist nicht schlimm, nur eine kleine Verletzung.«

Einen lauten Seufzer konnte ich nicht unterdrücken und Tränen schossen mir in die Augen, die ich schnell wegblinzelte, ehe Mari diesen Anflug von Schwäche bei mir bemerken konnte. Ich trug die Schuld an ihrer verbrannten Hand, nur weil ich die Magie nicht richtig kontrollieren konnte und mich von meiner Wut hatte übermannen lassen. Dabei hatte ich sie nur beschützen wollen.

»Ich wollte das nicht.« Meine Stimme klang heiser, kaum wie meine eigene. »Ich wollte dich nur beschützen, Mari, ehrlich.«

»Ich weiß«, erwiderte sie kaum hörbar. »Du hast mir Angst gemacht.«

»Ich weiß, und das tut mir leid. Es wird nicht wieder vorkommen. Nächstes Mal werde ich mich besser zu beherrschen wissen, das schwöre ich dir.« Noch immer lag ein ängstlicher und verletzter Ausdruck auf ihrem Gesicht, der mir das Herz brach.

Zwar versuchte Mari sich an einem Lächeln, aber sie konnte mir kaum noch in die Augen schauen. Und das schmerzte. Es schmerzte noch mehr als meine gebrochenen Rippen von vor vielen Jahren, als mein Pferd sich aufgebäumt und mich abgeworfen hatte. Oder als ich als Junge auf dem Eis ausgerutscht war und mir eine tiefe Platzwunde am Kopf zugezogen hatte. All diese Wunden waren nichts im Vergleich mit dem, was ich jetzt spürte.

Nie zuvor hatte ich so für einen anderen Menschen empfunden wie für Mari. Und eine lange Zeit hatte ich auch nicht damit gerechnet, mich jemals in eine Frau zu verlieben. Ich war ein Krieger, ein Einzelgänger, der immer davon ausging, dass er niemanden an seiner Seite brauchte, der dachte, niemals einer Frau sein Herz zu schenken. Aber kaum war Mari in mein Leben gestolpert, hatte sie es vollends auf den Kopf gestellt, wofür ich ihr mehr als dankbar war. Endlich wusste ich, wie schön sich Liebe anfühlen konnte. Umso grässlicher war nun der Schmerz, da sie sich von mir distanzierte.

Verfluchte Liebe! In diesem Moment bewunderte ich meinen Bruder insgeheim dafür, dass es ihm nach Tjanas Tod gelungen war, den Schmerz hinter sich zu lassen und sein Herz erneut zu öffnen.

Ein angenehmer Schauder durchzog meinen Körper, als Mari nach meiner Hand griff und mit dem Daumen über den Rücken fuhr. »Schlaf noch ein wenig«, sagte sie. »Wir werden Arzu bald erreicht haben.«

Ich blinzelte etwas verwundert. »Wie lange sind wir schon unterwegs?«

»Beinahe neun Tage.«

Ich konnte mir nicht vorstellen, dass ich so lange weggetreten war. Mir war, als hätte ich nur kurz die Augen geschlossen, seit die anderen mich geweckt und Maarten mir ein Stück Brot in die Hand gedrückt hatte. Wenn wir Arzu bereits so nah waren, dann musste ich dringend wieder zu Kräften kommen. Nerina benötigte meine Unterstützung, wenn sie auf ihre Schwester traf. Nur gemeinsam waren wir stark genug, um Eira zu bezwingen.

»Du warst ein paar Mal wach«, erklärte Mari weiter, »aber meistens kaum ansprechbar. Maarten hat sich die meiste Zeit um dich gekümmert und dafür gesorgt, dass du isst und trinkst.«

Ich runzelte die Stirn, denn ich konnte mich nicht daran erinnern, öfter wach gewesen zu sein. Die vergangenen Tage waren von einem dunklen Schleier verhüllt und waren in Eilgeschwindigkeit an mir vorbeigezogen. Schuldgefühle breiteten sich in meiner Magengrube aus, denn das hieß, dass die Männer mich schon tagelang auf dieser Trage schleppen mussten und vollkommen erschöpft sein mussten.

Sobald es mir besser ging, musste ich ihnen meinen tiefsten Dank aussprechen.

Erst zwei Tage später war ich wieder kräftig genug, um von allein aufzustehen und zu laufen. Wir hatten Lenjas bereits zur Hälfte durchquert und es würde lediglich zwei weitere Tage dauern, ehe wir Arzu erreichen würden. Zwei Tage war eine kurze Zeit, um neue Stärke zu erlangen, aber mir würde nichts anderes übrig bleiben.

Ich zog mein Schwert aus der Scheide, aber meine Hand zitterte unkontrolliert, als ich versuchte, es in die Höhe zu halten. Auch der nächste Versuch scheiterte kläglich, sodass ich fluchte und einen Stein aus dem Weg trat. Es war frustrierend.

»Du wirst schon wieder kämpfen können.« Heorhiy und seine Schwester hatten sich unbemerkt angeschlichen und meinen kleinen Ausbruch beobachtet. »Iss ein bisschen was, halte dich auf den Beinen und dann wird das wieder.«

»Wer's glaubt«, schnaubte ich bockig. »Ich war viel zu lange außer Gefecht gesetzt. Der Krieg hat sicher schon begonnen und wir sind keine Hilfe.«

»Aber, aber, Eure Hoheit. Etwas mehr Kampfgeist wäre wohl angebracht«, ermahnte Lorya mit erhobenem Zeigefinger. »Nerina hat mehrere Heere an ihrer Seite, es wird ihnen gut gehen.«

Während ich zwischen wachem und schlafendem Zustand gelegen hatte, waren wir bereits in Dylaras gewesen, wo Königin Venia uns erzählt hatte, dass Nerina bereits vor einigen Tagen bei ihr gewesen war. Zumindest hatte Maarten es mir so erklärt, dass sowohl Dylaras als auch Lenjas an unserer Seite gegen Eira und ihre grausame Herrschaft kämpften. Es war eine Erleichterung, zu wissen, dass sie nicht allein war und es genügend Männer gab, die ihr zur Seite standen. Nichtsdestotrotz war Nerina auf meine Magie angewiesen. Allein gegen Eira vorzugehen, wäre eine törichte, jedoch notwendige Entscheidung, da wir mehrere Tage im Rückstand lagen.

Wir mussten uns beeilen.

KAPITEL 40

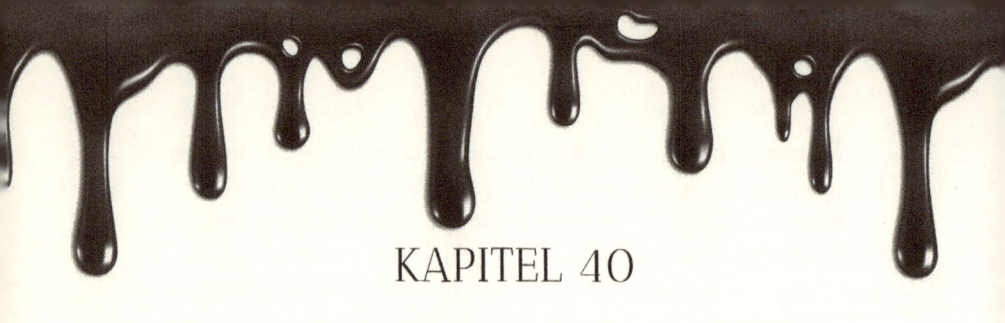

Hauptmann Viktus teilte Kettenhemden und Rüstungen an unseren Trupp aus. Das Material wog schwer an meinem Körper. Ich lief ein paar Schritte, aber geriet augenblicklich ins Straucheln und konnte mich kaum auf den Beinen halten.

Die anderen Truppen waren bereits losgezogen und ich wusste nicht, ob sie schon auf Feinde getroffen waren. Da wir einen Umweg nahmen, nahm jeder von uns ein Pferd, damit wir unser Ziel schneller erreichten. Ich wusste nicht genau, wie viele Krieger in unserem Trupp waren, aber den Blick über die Menge schweifen zu lassen, ließ mich staunen. Es waren unzählige. Und ich hoffte, sie waren genauso bereit, den Kampf gegen Eira anzutreten, wie ich es war.

Tero und Viktus hatten die Karte von Arzu so lange studiert, bis sie den Weg selbst mit verbundenen Augen gefunden hätten.

Das Gras unter den Hufen war bereits leicht gefroren und ich konnte meinen schnellen Atem vor Augen sehen.

Vor uns erstreckte sich eine unebene Hügellandschaft mit kleineren Trampelpfaden, die in sämtliche Himmelsrichtungen abzweigten. Wäre ich allein unterwegs, dann hätte ich mich spätestens nach der zweiten Gabelung verirrt.

Nachdem wir mehrere Stunden – zumindest fühlte es sich so an – geritten waren, verlangsamten wir unser Tempo. Die Pferde benötigten eine Pause. Schnaubend drückten sie uns ihren Dank aus, als wir unseren Weg im Schritttempo fortsetzten.

Je höher wir die Berge erklommen, desto windiger wurde es. Hier oben machte sich der Winter bemerkbar, streckte seine eisigen Finger nach uns aus und blies uns lachend seine Kälte entgegen. Langsam drang sie auch durch Kettenhemd und Stoff und kroch so in meine Knochen. Aber ich biss die Zähne zusammen, denn wir hatten ein wichtigeres Ziel vor Augen, auf das es sich zu fokussieren galt.

Als der Weg nicht mehr steil bergauf führte, sondern ebener und auch deutlich breiter wurde, bremste Viktus sein Schlachtross ab und drehte sich zu uns um. »Wir gehen zu Fuß weiter. Die Pferde brauchen eine Pause.«

Niemand widersprach, stattdessen schwang sich jeder Krieger von seinem Gefährten und nahm die Zügel in die Hand. Doch so elegant der Abstieg bei den anderen auch ausgesehen hatte, war er nicht. Das Gewicht der Rüstung ließ mich das Gleichgewicht verlieren, wobei ich mich im Steigbügel verfing und unsanft auf dem Boden aufkam.

»Verdammter Mist!«, fluchte ich, rappelte mich allerdings schnell wieder auf. In langsamen Kreisbewegungen drehte ich mein Handgelenk. Es tat weh, aber glücklicherweise hatte ich es mir nicht gebrochen.

Der Himmel war noch immer stockduster und wolkenverhangen. Der Mond versteckte sich hinter ihnen und ließ nur einen leichten Schein hindurch. Wir hatten einige Fackeln bei uns, wollten diese aber nur im äußersten Notfall entzünden, um keine Aufmerksamkeit auf uns zu lenken. Hier draußen waren wir auch so schon leichte Beute und jedem Feind schutzlos ausgeliefert.

Ich führte mein Pferd an einigen Kriegern vorbei zu Eggi, den ich nur an den Haaren erkennen konnte, die unter dem Helm hervorlugten.

»Bist du bereit, dich ins Abenteuer zu stürzen?«, fragte ich möglichst locker.

»Und ob. Ich kann es kaum erwarten, einigen Hütern mächtig den Hintern zu versohlen.« Er grinste verschmitzt zu mir herüber und lachte auf. »Im Ernst. Ich bin guter Dinge, dass wir das hinkriegen.«

»Ich auch«, erwiderte ich und meinte es so. Kein Anflug von Hoffnungslosigkeit erfüllte mich, sondern der Glaube daran, Eira und Arcana die Stirn zu bieten und sie zu töten.

Der Pfad, den wir eingeschlagen hatten, schlängelte sich um den größten der Berge herum. Am Tage war die Aussicht sicherlich atemberaubend, doch auch in der Stille der Nacht hatte sie etwas Friedliches. Man konnte nicht viel sehen, aber der nebelverhangene Wald erstreckte sich bis zum Horizont. Die Bäume waren mittlerweile völlig kahl, sodass die Äste nackt in den Himmel ragten. Auch wenn ich den Duft des Waldes im Sommer genoss, mochte ich ebenfalls diese Tristesse.

Der Weg führte uns langsam wieder vom Berg hinunter, was ich erst daran merkte, dass der Wind zunehmend nachließ. Er blies mir noch immer durch das Gesicht, aber wirbelte meine Haare nicht mehr durch die Lüfte. Diese Brise war angenehm auf meiner schweißnassen Haut.

Mein Pferd wurde schlagartig unruhig und begann zu wiehern. Ich kraulte ihm die Mähne und versuchte es zu beruhigen, bewirkte aber stattdessen das Gegenteil. Es bäumte sich auf und wieherte so laut, dass auch die anderen Pferde in den Lärm mit einstimmten.

»Feinde«, murmelte Tero und legte einen Pfeil an die Sehne seines Bogens an. Konzentriert starrte er auf die Lichtung vor uns, fokussierte irgendetwas oder *irgendjemanden* im nebeligen Wald.

Auch die anderen Krieger wandten sich der vermeintlichen Gefahr zu, die Schwerter und Streitäxte fest umklammert. Ich wusste nicht, weshalb sie von Gefahr ausgingen. Konnten die Pferde unsere Feinde besser wahrnehmen als wir? Hatten sie deshalb angefangen zu wiehern? Bevor ich diesen Gedanken zu Ende führen konnte, stieß Eggi mich zur Seite.

Als ich die Augen aufriss, hörte ich einen Pfeil über mir durch die Luft sausen. Er blieb genau an der Stelle im Hügel stecken, an der ich eben noch gestanden hatte.

»Danke«, keuchte ich und ließ mir von Eggi aufhelfen.

»Keine Ursache.« Er zog eine zweite Waffe aus seinem Stiefelschaft und nahm sie in die andere Hand. Dann drehte er sich wieder in Richtung Wald. Ich versuchte in der Entfernung etwas erkennen zu können, aber der Nebel versperrte mir die Sicht.

Einen, zwei Herzschläge später konnte ich sie sehen. Ein Heer rannte mit Kampfgebrüll zwischen den kahlen Bäumen hervor und mit erhobenen Waffen direkt auf uns zu.

Es war also so weit – der Krieg hatte begonnen.

KAPITEL 41

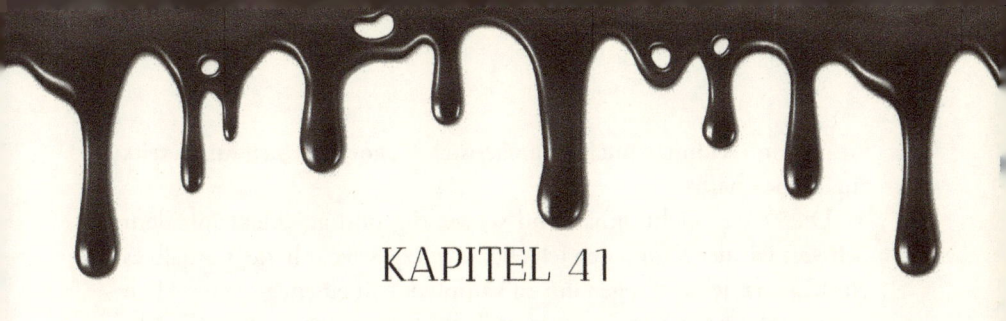

»Bereit?«, rief Viktus uns energisch zu.
»Ja!«, rief das ganze Heer zeitgleich, sodass unsere eisernen, kämpferischen Stimmen ein Erdbeben hätten auslösen können. Und dann verschwendeten wir keine Zeit mehr mit reden, sondern rannten los. Wir rannten mitten auf das Schlachtfeld.

Das Kurzschwert lag leicht in meiner Hand, nur das Kettenhemd machte mir zu schaffen. Schon nach wenigen Schritten rang ich nach Atem, aber dafür blieb keine Zeit. Die Gegner waren bloß noch wenige Sprünge von uns entfernt.

Ich brüllte wie eine wilde Bestie, als meine Klinge die eines Gegners traf. Es war ein Krieger Talians, wie ich anhand des lila Wappens auf seiner Rüstung erkennen konnte. In seinen dunklen Augen konnte ich eine eisige Brutalität herauslesen.

Der Mann war einen Kopf größer als ich und ließ mich keine Sekunde aus den Augen. Als er das Schwert auf mich hinabsausen ließ, gelang es mir in letzter Sekunde, einen Schritt nach hinten zu springen, um nicht aufgeschlitzt zu werden. Dass ich ausgewichen war, machte ihn nur noch wütender. Er bewegte seinen Arm in solch einer Geschwindigkeit, dass ich das Schwert kaum noch sehen konnte. Lediglich wenn es kurz vor meinen Augen aufblitzte, wusste ich, dass ich seinem Angriff schleunigst aus dem Weg gehen musste.

Er setzte zu einem weiteren Hieb an, ein siegreiches Lächeln auf den Lippen. Doch er war sich seiner Sache viel zu sicher, weshalb er unaufmerksam wurde. So konnte ich die Gelegenheit nutzen, duckte mich und rollte zwischen seinen Beinen hindurch, sodass ich nun hinter ihm stand. Ehe der Mann wusste, wie ihm geschah, zog ich einen meiner Dolche und stach ihm die Klinge von hinten in den Hals. Als ich sie hinauszog, strömte das Blut aus der offenen Wunde – ein tödlicher Stich. Ich trat in seinen Rücken, sodass er vornüberkippte, und widmete mich dem nächsten Gegner, der sich mir bereits zugewandt hatte.

Dieser war nicht annähernd so wendig und geschickt mit dem Schwert wie der Mann, den ich eben niedergestreckt hatte, weshalb es ein Kinderspiel war, gegen ihn zu kämpfen. Mit einem gezielten Hieb trennte ich seinen Kopf von seinem Hals. Blut spritzte mir ins Gesicht und der rostige Geruch brannte mir in der Nase. So gerne ich mich auch übergeben hätte, dafür blieb keine Zeit.

Zu meiner Rechten wurde Resa von zwei Feinden in die Enge getrieben. Zwei Schwerter sausten zeitgleich nieder und es gelang meiner Freundin zwar, die Hiebe abzuwenden, dabei verlor sie allerdings das Gleichgewicht, landete auf dem Hintern und war nun leichte Beute. Ich hob mein Kurzschwert an und stieß ein lautes Knurren aus, um die Gegner auf mich aufmerksam zu machen. Es klappte – beide drehten ihre Köpfe zu mir und ließen Resa zufrieden. Das war der letzte Fehler, den sie machen sollten.

Sie rappelte sich vom Boden auf und stach einem der Männer ihr Schwert so tief in den Rücken, dass es durch den Körper brach und die Spitze nun aus seiner Brust ragte. Während sein Kamerad mit weit aufgerissenen Augen seinen nun toten Freund beäugte, machte ich mich über ihn her. Ich stach mehrmals mit meinem Dolch zu, um sicherzugehen, dass er wirklich tot war.

»Danke«, röchelte Resa und stützte ihren Arm auf dem Oberschenkel ab, um zu Atem zu kommen.

»Kein Problem, pass aber besser auf dich auf«, erwiderte ich. Wir mussten unser Gespräch allerdings abbrechen, denn die Gegner waren dabei, uns einzukesseln. Es waren zu viele, als dass ich sie hätte zählen können, doch ich schätzte uns in der Überzahl. Und wenn ich mir die Leichen, die sich auf der Lichtung bereits türmten, ansah, waren wir bei Weitem das stärkere Heer.

Ein paar Meter weiter konnte ich Tero ausmachen, der mittlerweile den Bogen um die Schulter gelegt und stattdessen zum Schwert gegriffen hatte. Doch er konnte mit der Klinge genauso gut umgehen und hatte keine Probleme damit, alle sechs Feinde, die ihn umzingelt hatten, nacheinander auszuschalten. Sein Gesicht war bereits blutverschmiert, aber ich wusste, dass es nicht sein eigenes war.

Ich stürzte mich wieder in den Kampf, tötete zahlreiche Männer ohne Skrupel. Doch ich wusste bereits jetzt, dass mich das Schuldgefühl zu einem späteren Zeitpunkt einholen würde.

Jemand trat mir in den Rücken, sodass ich hinfiel und mir das Schwert aus der Hand glitt. Auch mein Dolch lag in einiger Entfernung, weshalb ich durch den Dreck krabbeln musste, um ihn zu erreichen. Gerade als ich nach ihm greifen wollte, trat mir jemand auf die Hand und ich gab einen schmerzerfüllten Laut von mir. Ein weiterer Tritt in die Rippen raubte mir den Atem. Ich rollte mich auf den Rücken und keuchte schwer. Meine Kehle brannte und Tränen traten in meine Augen, ohne dass ich sie wegblinzeln konnte.

»Na, wen haben wir denn da, wenn das nicht unsere entlaufene Königin ist«, raunte der Krieger, während er sein Schwert an meine Kehle drückte. Mit den Händen umklammerte ich seine Unterarme und versuchte etwas zu sagen, aber mehr als ein Röcheln kam nicht von meinen Lippen.

»Ich werde Eira deinen Kopf auf einem Silbertablett servieren«, sagte er breit grinsend. Ich wollte meine Magie für den Kampf mit Eira aufsparen, aber sollte ich jetzt nicht handeln, würde ich sterben. Also konzentrierte ich mich mit aller Macht auf das, was ich heraufbeschwören wollte. Immer fester krallte ich mich in die Unterarme meines Gegenübers und starrte ihm ohne zu blinzeln fest in die Augen. Dann entfesselte ich meine Kräfte, bis seine Rüstung unter meinen Fingern zu glühen begann.

»Argh!«, brüllte er und ließ von mir ab. Das Feuer bahnte sich einen Weg durch das Metall und hinterließ Brandblasen auf seiner Haut. Ich entschied, ihn von seinen Qualen zu erlösen, bückte mich nach meinem Schwert und zog es mit einem Satz quer durch seinen Bauch.

Wir kämpften lange, so lange, dass ich jegliches Zeitgefühl verlor. Doch mit jedem Schlag, mit jedem Schwung der Waffe wurde mein Körper schwächer, meine Bewegungen träger und meine Lider schwerer. Dem Mann, mit dem ich gerade kämpfte, ging es ähnlich. Er versuchte sein Schwert anzuheben, aber sein Arm gab nach. Ich sprang erschrocken einen Schritt zurück, als ich die Pfeilspitze sah, die aus seiner Stirn ragte, woraufhin er ein letztes Mal röchelnd auf die Erde fiel.

Als ich hochblickte, sah ich Tero, der den Bogen in der Hand hielt und direkt zu mir sah. Mit zusammengepressten Lippen nickte er mir zu, ehe er einen weiteren Pfeil aus seinem Köcher holte und den nächsten Gegner aus der Entfernung niederstreckte.

»Rückzug!«, brüllte einer der Gegner.

Diejenigen, die von Talians Heer übrig waren, drehten sich um und rannten in den Wald. Einige unserer Bogenschützen erwischten noch ein paar Männer, ehe die übrigen zwischen den Bäumen aus unserem Sichtfeld verschwanden.

Erleichtert atmete ich auf und ließ mich auf die Knie fallen. Ich war vollkommen ausgelaugt und benötigte dringend Wasser und etwas Nahrung. Der Tag brach mittlerweile an. Am Horizont bahnte sich die Sonne ihren Weg nach oben, um die Dunkelheit endgültig zu vertreiben.

»Wir rasten«, schnaubte Hauptmann Viktus, öffnete seinen Wasserschlauch und spritzte sich einige Tropfen ins Gesicht. Anschließend wusch er sich das verkrustete Blut damit von der Haut und aus den Augen. »Gut gekämpft, Männer!«

Ein Raunen ging durch die Menge. Jeder von uns hatte diese Rast bitter nötig. Wir hatten diese Schlacht zwar mit relativ wenigen Verlusten gewonnen, den Krieg aber noch lange nicht.

Ich ging zu meinem Pferd, nahm mein Wasser und einen Brotlaib und setzte mich gegen einen Felsen gelehnt etwas abseits des Schlachtfeldes hin. Dann streifte ich das schwere Kettenhemd von mir ab und warf es vor mir auf den Boden. Es war von Blut verdreckt, nicht nur das meiner Gegner, sondern auch mein eigenes, wie ich feststellte. Ein tiefer Schnitt prangte in meinem linken Oberarm. Bisher hatte ich ihn nicht bemerkt, da ich im Kampf keine Zeit hatte, Schmerzen zuzulassen, doch nun, da ich ihn gesehen hatte, brannte der Schnitt umso mehr.

»Lass mich mal sehen.« Ich hatte Asante nicht bemerkt, doch nun hockte er sich vor mich hin und hob vorsichtig meinen Arm an. »Es sind nur die oberen Hautschichten, nicht so tief, dass es gefährlich wäre«, entschied er. »Ich hole einen Verband.«

Er stand auf, lief zu einem der Pferde und kam kurz darauf wie versprochen mit einem Leinentuch zurück, das er behutsam um meine

Wunde wickelte. »Danke«, murmelte ich benommen. Dann deutete ich auf sein Auge. »Was ist mit dir? Geht es dir gut?«

Er zuckte mit den Schultern. »Ach, das ist nichts. Einer dieser Idioten hat mich mit dem Schwertgriff erwischt. Nur eine kleine Platzwunde.«

Ich nickte und ließ meinen Blick schweifen. Leichen türmten sich übereinander und fügten sich als neue Hügel perfekt in das Bild der Umgebung ein. Übelkeit stieg in mir auf, aber ich versuchte sie zu unterdrücken und nicht zuzulassen. Unter den Toten waren etwa einhundert unserer Männer. Das war nur ein Bruchteil der Krieger, mit denen wir losmarschiert waren, trotzdem schmerzte der Verlust, auch wenn ich keinen von ihnen beim Namen kannte.

Glücklicherweise waren meine Freunde relativ unbeschadet davongekommen. Bis auf ein paar Schnittwunden und Kratzer war ihnen nichts geschehen und selbst Laresa war es noch gelungen, zahlreiche Männer zu töten, bevor sie den Rückzug angetreten hatten. Trotz der Tatsache, dass sie nur noch einen Arm besaß, konnte sie hervorragend mit dem Schwert umgehen, was mich ein wenig beruhigte. Ich hatte bereits die Sorge, ein wachsames Auge auf sie haben zu müssen, doch sie wusste sich nur allzu gut zu verteidigen.

Viktus lief durch das Lager und teilte die Wachen ein. Glücklicherweise war er der Meinung, dass ich meine Kräfte am ehesten schonen müsste, weshalb ich die Nacht – oder besser gesagt den Tag – durchschlafen durfte. Ich rollte mich neben dem Felsen zusammen und versuchte eine möglichst bequeme Schlafposition zu finden. Dann schloss ich die Augen und ließ mich von der Erschöpfung übermannen.

KAPITEL 42

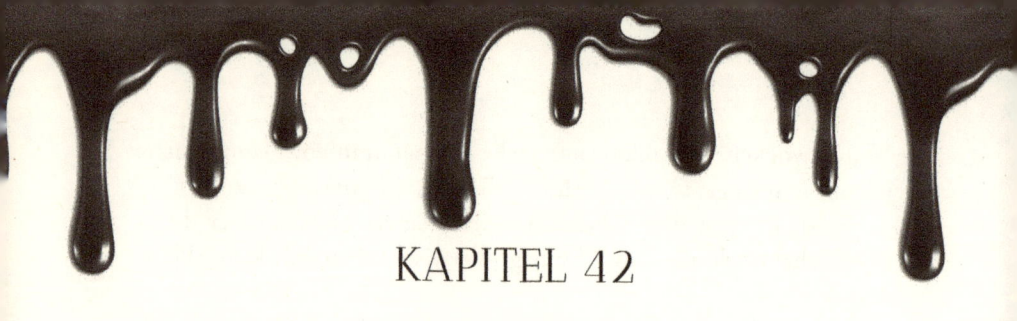

Ein dumpfes Geräusch an meinem Ohr ließ mich hochschrecken. Instinktiv griff ich an meinen Gürtel und zog meinen Dolch heraus. Über mir ragte ein dunkler Schatten, dem ich die scharfe Klinge an den Hals drückte.

»Ich bin es nur!«, sagte Tero erschrocken und hob die Hände.

Erleichtert atmete ich auf und senkte den Arm. »Tut mir leid, ich dachte, du wärst ein Angreifer.« Ich wischte mir mit dem Handrücken den Schweiß vom Gesicht und versuchte mich aufzurichten.

»Schon gut«, antwortete Tero und packte mich unter den Armen, um mir auf die Beine zu helfen. Jeder Muskel in meinem Körper schmerzte höllisch und ich war sicher, keinen Meter ohne fremde Hilfe gehen zu können. Langsam tapste ich mich voran, aber meine Beine drohten nachzugeben.

Es dämmerte bereits, also musste ich so ziemlich den kompletten Vor- und Nachmittag geschlafen haben. Aber wieso fühlte es sich dann nicht so an?

»Ich denke nicht, dass die Krieger Talians uns noch ein weiteres Mal angreifen werden. Sie hatten hohe Verluste zu verzeichnen«, sagte Viktus bestimmt, als Tero und ich zu den anderen trafen. »Nichtsdestotrotz müssen wir weiter aufpassen. In wenigen Stunden sollten wir den Stadtrand erreichen, wo vermutlich noch weitaus mehr Krieger postiert sein werden. Wir müssen jederzeit mit einem Angriff rechnen und kampfbereit sein. Ich weiß, die gestrige Schlacht hat uns allen sehr zugesetzt. Einige von euch haben Freunde, Brüder oder Väter verloren, aber uns bleibt keine Zeit, die Verluste zu betrauern. Es gilt einen Krieg zu gewinnen!«

Viktus hob sein Schwert in die Höhe, woraufhin zahlreiche Klingen in den Himmel gestreckt wurden.

Erfreulicherweise waren unsere Tiere von dem Kampf verschont geblieben. Nur zwei der Pferde waren dem plötzlichen Angriff zum Opfer gefallen. Wir hätten natürlich auch auf ihnen in die Schlacht ziehen können, doch dann wären wir Gefahr gelaufen, dass wir sie alle verloren hätten und ohne weitere Hilfe und somit um vieles langsamer in die Hauptstadt gelangt wären. Auf den Pferden waren wir weitaus schneller als zu Fuß.

Während ich die Zügel fest umklammert hielt, musste ich mich zwingen, die Lider offen zu halten, aber es fiel mir zunehmend schwerer. Trotz der vielen Stunden, die ich geschlafen hatte, war mein Körper noch immer viel zu erschöpft und geschwächt, um einen weiteren Kampf ohne Weiteres zu überstehen. Ich schickte stumme Gebete gen Himmel, dass wir verschont blieben, und beneidete insgeheim die Krieger Kjartans, die kerzengerade und hocherhobenen Hauptes auf ihren Rössern saßen und den nächsten Kampf kaum erwarten konnten. Sie waren weitaus trainierter, als ich es war und für sie war die Schlacht nicht ansatzweise so kräftezehrend gewesen. Es gab Tage, an denen ich mir gewünscht hätte, als junges Mädchen ebenfalls ausgebildet worden zu sein. Tage wie diesen. Doch für eine Prinzessin, wie ich es damals gewesen war, stand Kriegs- und Waffenkunst als letzter Punkt auf der Tagesordnung.

In einem angenehmen Trab erklommen wir Berg um Berg, bis die Stadt in weiter Ferne in Sicht kam. Von hier oben konnte man die kleinen Häuschen langsam erkennen. Ob dort unten der Krieg bereits in vollem Gange war? Ich hoffte, dass es den anderen Truppen gut ging und wir uns bald wiedersehen würden.

Der Kies knirschte unter den Hufen und mein Pferd geriet einige Male ins Straucheln.

Ich schaute Tero von der Seite an und stellte fest, dass die vergangene Nacht auch bei ihm Spuren hinterlassen hatte. Ein oberflächlicher Kratzer zierte seine linke Gesichtshälfte und bildete bereits Schorf. Mein Blick glitt weiter zu seinem Köcher, in dem weniger Pfeile stecken als gestern. Einige waren dunkelrot eingefärbt. Alles in allem hatte er aber nur noch zwölf Geschosse übrig und sicher hatten auch die übrigen Bogenschützen nicht mehr allzu viele Pfeile vorrätig.

Als er meinen Blick bemerkte, schmunzelte Tero leicht, schaute aber weiterhin geradeaus. Ein verträumter Ausdruck lag auf seinem

Gesicht, sodass er im hellen Mondschein beinahe friedlich aussah. Nicht im Geringsten so, als würden wir uns in wenigen Stunden in den nächsten Kampf stürzen.

»Wie lange möchtest du mich noch anstarren?«, fragte er. Hitze schoss mir ins Gesicht und färbte meine Wangen rot. Instinktiv zog ich den Kopf ein und versuchte mich in Luft aufzulösen.

»Ich habe mir nur deine Wunde angesehen«, wollte ich mich herausreden. Ein Versuch, der durch mein Stammeln allerdings kläglich gescheitert war.

Tero lachte laut auf. »Sind wir über diese Stufe nicht schon lange hinaus? Es muss dir nicht unangenehm sein, Nerina.«

Da war er wieder. Der selbstsichere und leicht überhebliche Tonfall des Jägers, in den ich mich vor all der Zeit verliebt hatte, und den ich in den vergangenen Wochen so schmerzlich vermisst hatte.

»Das hat mir gefehlt«, sagte ich mehr zu mir selbst.

»Was meinst du?« Nun drehte Tero doch den Kopf in meine Richtung.

»Das hier.« Mit dem Finger deutete ich zwischen uns und er verstand.

»In ein paar Tagen haben wir all dies hinter uns gelassen. Und dann wird es bestimmt ganz viel *das hier* geben.« Er imitierte meine Bewegung und wedelte seinen Zeigefinger zwischen uns energisch hin und her, was mir ein leises Kichern entlockte.

Ich hatte nicht bemerkt, dass die anderen Reiter stehen geblieben waren, bis mein Ross schnaufend anhielt.

»Wir rasten noch ein paar Stunden«, flüsterte der Krieger zu meiner Linken. »Die Stadt liegt gleich hinter diesem Hügel.«

»Danke.« Er lächelte mich an und hob sich aus dem Sattel. Wir waren an einer weiteren Lichtung angekommen, die allerdings deutlich kleiner war als die, wo die Schlacht vergangene Nacht stattgefunden hatte. Sie bot kaum genügend Platz, um uns alle zu beherbergen, weshalb es etwas eng werden würde, aber irgendwie würde es schon gehen.

Ich band meinen Weggefährten an einen Felsen, in dem Wissen, dass ihn dieser kaum davon abhalten würde, die Flucht zu ergreifen. Doch ich traute meinem Ross zu, an Ort und Stelle zu verweilen.

Meine Beine fühlten sich wie aus Gummi an. Ich brauchte ein paar Schritte, um mich wieder an sie zu gewöhnen. Wenn man so viele Stunden auf dem Rücken eines Pferdes verbracht hatte, waren die ersten Schritte mühselig und ungewohnt.

Asante winkte mich zu sich herüber. Er saß gemeinsam mit Laresa und Eggi in der Nähe des Hügels auf dem Boden. Sie hatten sich in einen Kreis gesetzt und teilten ihre Nahrung untereinander auf. Als ich mich zu ihnen auf den Boden warf, reichte Resa mir mit entschuldigendem Blick einen Apfel.

»Ich weiß, dass du sie nicht mehr so gerne isst, aber er ist wirklich köstlich«, sagte sie.

Ich zog die Mundwinkel kraus und dachte einen Moment darüber nach, ihr Angebot abzulehnen. Aber was sollte mir dieser eine Apfel schon antun? Also nahm ich ihn entgegen und biss in das knackige Grün-Rot hinein, sodass mir der Saft das Kinn hinunterlief. »Danke«, sagte ich schmatzend und wischte mit dem Handrücken über meinen Mund.

»Wir haben eben überlegt, wie wir von hinten in den Palast eindringen«, erklärte Asante. »Irgendeine Idee?«

Ich schluckte den Bissen hinunter, ehe ich ihm antwortete. »Die Mauern sind von außen mit Efeu bewachsen. Entweder klettern wir an den Ranken hoch oder wir gehen durch das Tor. Aber ich vermute, dass bereits einige Krieger in den Gärten postiert sind und auf uns warten.«

Asante nickte bei jedem meiner Worte und schien darüber nachzudenken. Eine tiefe Falte war zwischen seinen Brauen zu sehen. »Halten die Ranken unser Gewicht aus?«

»Ich denke schon. Ehrlich gesagt bin ich daran noch nie hochgeklettert.« Ich zuckte mit den Schultern und gab mich wieder voll und ganz dem Obst in meiner Hand hin. Wie hatte ich den süßlichen Geschmack eines Apfels vermisst.

Eggi und Asante diskutierten noch eine Weile über unsere Vorgehensweise, wovon ich im Moment ehrlich gesagt nichts wissen wollte. Ich wollte lieber die wenigen Minuten genießen, in denen wir uns nicht im Krieg befanden.

Resa entfernte indessen ihre Prothese und rieb sich den Armstumpf. »Ist alles in Ordnung?«, wollte ich wissen und beäugte sie misstrauisch.

Sie versuchte sich an einem Schmunzeln. »Durch die Reibung tut der Arm nur etwas weh. Ich müsste die Prothese öfter abnehmen, aber dazu habe ich in letzter Zeit nicht die Gelegenheit gehabt. Und wir haben ohnehin keine Kräuter dabei, die meine Schmerzen lindern können. Es ist auch nicht weiter wichtig, ehrlich.«

Trotz der Tatsache, dass ich ihr nicht glaubte, dass es unwichtig sei, nickte ich. Sie war stark, eine wahre Kämpfernatur und ich wusste, dass sie das schon überstehen würde. Schmerz konnte sie nicht davon abhalten, einen guten Kampf zu führen.

Tero und Viktus traten aus den Schatten auf uns zu. »Dürfen wir?«

Sie warteten keine Antwort ab, sondern setzten sich zu uns. Ich rückte ein kleines Stück zur Seite, damit Tero sich ungehindert setzen konnte. Dabei fiel sein Blick auf das Kerngehäuse, das ich achtlos hingeworfen hatte. »Du wagst dich wieder an Äpfel heran?«, fragte er mit sichtlichem Interesse.

»Ob ich nun durch ein Schwerthieb oder einen vergifteten Apfel sterbe, macht ohnehin keinen Unterschied mehr.« Ich hatte eigentlich versucht, einen Scherz zu machen, aber Teros Mundwinkel senkten sich schlagartig und sein Blick wurde traurig.

»Sag so etwas bitte nicht. Du wirst nicht sterben, das lasse ich nicht zu.«

»Wir alle werden irgendwann sterben. Ob heute, morgen oder erst in ein paar Jahren, liegt nicht in unserer Hand.«

»Meine Weisheit scheint auf dich überzugehen«, sagte er augenrollend. »Ich wusste, dass ich kein guter Einfluss bin.«

Ich boxte ihm spielerisch gegen die Schulter. »Jetzt werd bloß nicht überdramatisch.«

»Ich? Niemals?« Die eine Hand legte er an sein Herz, während er den freien Handrücken an seine Stirn presste und seufzte. Ich musste so laut losprusten, dass ich daran zu ersticken drohte und mein Lachen in einem Hustenanfall endete.

Resa klopfte mir so lange auf den Rücken, bis ich wieder normal atmen konnte. »Alles in Ordnung?« Ein Hauch von Belustigung schwang in ihrer Stimme mit.

Da ich noch nicht wagte zu sprechen, hob ich bloß beide Daumen in die Höhe und nickte.

»Erst sage ich dir, dass ich nicht zulasse, dass du stirbst, und dann bringe ich dich fast um. Tut mir leid.« Allerdings sah Tero in keiner Weise so aus, als würde er diese Entschuldigung wirklich ernst meinen.

Es musste um die Mittagszeit gewesen sein, als ich die Augen aufschlug, und auch wenn der Winter bereits eingetroffen war, war die

Sonne ungewöhnlich warm auf meiner Haut, beinahe so, als wäre bereits Frühling.

Als ich mich aufrappelte, konnte ich das nasse Gras an meinen Handflächen spüren. Es war von Raureif überzogen und glitzerte im Sonnenlicht wunderschön. Mein Körper war zu neuem Leben erwacht und ich fühlte mich heute schon weitaus besser und nicht mehr, als wäre eine Horde Pferde über mich herübergaloppiert. Ausgeruht gingen Viktus und ich zu den anderen Kriegern, die sich bereits im Zentrum unseres provisorischen Lagers versammelt hatten.

»Die Stadt ist nicht weit von hier, gerade einmal wenige Minuten zu Fuß, dann erreichen wir bereits die Grenze. Einige Männer haben die Umgebung ausgespäht und konnten keine Gefahren ausmachen. Vermutlich befindet sich der Großteil von Eiras Truppen im Stadtkern, in der Nähe der Palastmauern«, erklärte Tero. »Wir werden die äußeren schmaleren Gassen durchqueren und uns weitgehend in den Schatten der Häuser fortbewegen. Natürlich wird es schwer, niemanden auf uns aufmerksam zu machen. Dafür ist unser Heer zu groß. Nichtsdestotrotz sollten wir uns nicht trennen, zumindest nicht, solange es nicht wirklich sein muss.«

Unsere Krieger nickten im Einverständnis. Dann trat ich an Teros Seite, um das Wort an die Männer zu richten. »Wir werden jedwede Gefahr auf der Stelle beseitigen. Ihr dürft eigenmächtig handeln, sofern ihr keine Bewohner angreift. Die Anwohner Arzus sind nicht in diesen Krieg verwickelt und ich möchte nicht, dass das Blut auch nur eines Unschuldigen an unseren Händen klebt, ist das klar und deutlich bei euch angekommen?«

»Ja!«, ertönte es von allen Seiten.

»Gut. Wir lassen die Pferde hier und laufen von nun an. Los, Männer!«

Im Eiltempo folgten wir unserem Hauptmann, entschlossener als jemals zuvor. An der nächsten Gabelung bogen wir links ab und die Häuserreihen Arzus rückten in unser Sichtfeld. Wehmütig blickte ich zur Stadt und eine Sehnsucht durchzuckte meinen Körper. Nach einem Jahr war ich endlich wieder zu Hause und würde alles dafür tun, es vor Eira und ihren dunklen Machenschaften zu beschützen.

Viktus hob die Hand, wodurch er uns zum Stehen brachte. Dann winkte er ein paar Männer heran, unter ihnen auch Asante, die gemeinsam mit ihm nach Feinden Ausschau halten sollten. Mit gezückten Waffen gingen sie in die Stadt und bogen in verschiedene Gassen ab. Nacheinander kamen sie zurück und bestätigten, dass uns keine Gefahr drohte. Nur Asante war noch nicht wieder da.

Wir warteten ein paar Herzschläge, langsam ergriff mich die Ungeduld und instinktiv begann ich mit der Fußspitze zu wackeln. Wo blieb er nur? Mein Blick huschte zu Resa hinüber. Der Schweiß auf ihrer Stirn zeigte deutlich, dass auch sie langsam panisch wurde. Kurz bevor ich ebenfalls vordringen wollte, um nach ihm zu suchen, schoss sein blonder Haarschopf hinter einer Ecke hervor. Er blickte noch einmal über seine Schulter, als hätte er ein Geräusch vernommen, eilte dann aber auf uns zu.

Er hob beide Daumen in die Höhe. »Alles …«, setzte er an, aber kam nicht mehr dazu, den Satz zu Ende zu sprechen. Sein Blick wurde leer, aus seinem halb geöffneten Mund quoll Blut hervor. Ich wusste nicht, was hier eben geschehen war und hatte nicht bemerkt, dass ich angefangen hatte zu schreien, bis mir jemand seine Hand auf den Mund presste. Tränen strömten über mein Gesicht, während ich zu Asante starrte. Eine Speerspitze ragte aus seiner Körpermitte und ließ ihn auf die Knie und zu Boden fallen. In der Ferne ertönten Schritte und Rufe, aber ich blendete sie aus. Alles, worauf ich mich konzentrieren konnte, war Asante.

Er wollte nach diesem Krieg ein neues Leben beginnen, eine Frau ehelichen, sich der Garde anschließen. Doch nun … ich wagte es nicht einmal, daran zu denken, denn damit würde ich es Realität werden lassen. Aber so war es … Asante war tot.

KAPITEL 43 – EIRA

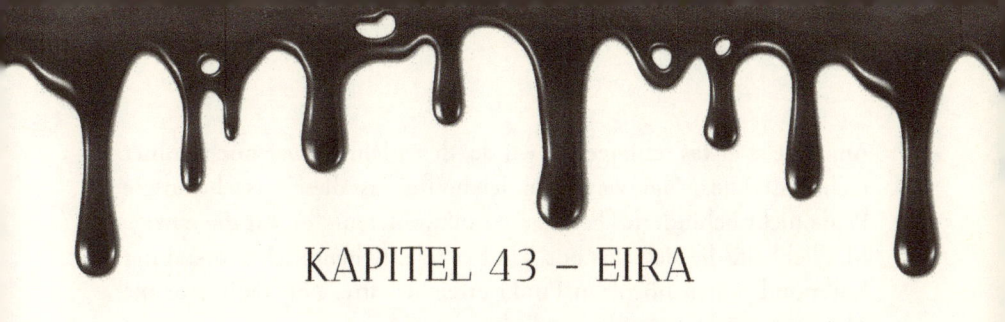

Vom westlichen Turm aus hatte ich einen herrlichen Blick über die Stadt. Heute Nacht war es so weit, wir würden das Ritual vollführen und uns die Magie, die sich im *Licht der Unendlichkeit* bündelte, zu eigen machen. Ich konnte mir ein Grinsen nicht verkneifen.

Es war früh am Tag, in der Stadt war bereits gestern ein Kampf auf Leben und Tod entbrannt. Zahlreiche Männer bekämpften sich, starben qualvoll und ihr Leid nährte meine Seele. Wir hatten mit ihrem Eindringen bereits gerechnet, denn auch wir hatten unsere Spione überall, in jedem einzelnen Königreich.

»Ist es nicht wunderschön?« Arcana stellte sich zu mir ans Fenster und beobachtete ebenfalls das Spektakel, das sich in der Ferne zutrug.

»Das ist es in der Tat«, gab ich zurück, ohne den Blick auch nur den Bruchteil einer Sekunde abzuwenden. Ich wollte nichts verpassen und zuschauen, wie die Stadt allmählich niederbrannte. »Wann beginnen wir mit den Vorbereitungen?«

Ich konnte das Lächeln in Arcanas sanfter Stimme deutlich heraushören. »Meister Silbus ist bereits dabei, die Gerätschaften hinaufzubringen. In wenigen Stunden, sobald es dämmert, werden wir beginnen.«

Stumm nickte ich. Ich war bereit und konnte es kaum erwarten. Sobald die Magie des Edelsteins unser war, würde uns nichts und niemand mehr aufhalten können. Nicht einmal Nerina, vollkommen gleich, wie mächtig sie auch war. Doch ich würde sie nicht töten, zumindest nicht gleich. Zuerst sollte sie sehen, wie das Königreich, das sie so sehr liebte, zugrunde ging.

Beim Gedanken daran musste ich dämonisch grinsen.

Arcana hatte uns in den vergangenen Tagen mit dem Ritual vertraut gemacht. Ich wusste nicht, woher sie das eingestaubte Buch hatte, in dem der Spruch verzeichnet war. Aber sie hatte darauf bestanden, dass wir uns Wort für Wort genauestens einprägten. Allerdings hatte ich

Angst, dass etwas schiefgehen würde, denn Jalmari war noch immer nicht imstande, Magie zu wirken. Ich hoffte, dass diese Tatsache unsere Pläne nicht behinderte. Es musste funktionieren – es war die einzige Möglichkeit, die sich uns bot. Und es musste heute sein, sobald der Vollmond seinen höchsten Punkt erreicht hatte. Nur dann war die Magie am stärksten und wir würden siegen können.

»Und wir werden siegen«, antwortete Arcana auf meine Gedanken. »Gemeinsam sind wir unbezwingbar.«

»Wird Jalmari uns behindern?«

Sie seufzte leise. »Ich weiß es nicht. Doch wir beide sollten auch ohne ihn stark genug sein. Wir brauchen ihn nicht für die Verwirklichung unserer Pläne.«

Mein Blick schnellte zu ihr. »Wozu dann das Ganze?«

»Ich hatte die Hoffnung, dass seine Magie sich herauskristallisieren würde, aber ich lag falsch. Mittlerweile bin ich nicht einmal mehr sicher, ob er ein magisch Begabter ist.« Sie presste die vollen Lippen zu einem schmalen Spalt zusammen und senkte den Blick.

Übelkeit stieg in mir auf. Ich hatte mich in Jalmari verliebt, da sein Herz so schwarz war wie das meine. Wir beide hatten dasselbe Ziel und sollten eigentlich dieselbe Begabung in unserem Blut tragen. Sollte er keine Magie besitzen, dann wäre er nicht der Mann, für den ich ihn gehalten hatte. Er wäre Ballast, der mir aufgrund unserer Vermählung ewig ein Klotz am Bein sein würde.

Ich spürte, wie eine dunkle Wolke meinen Geist einhüllte und tiefer in meinen Körper drang, um sich dort zu verfestigen. Arcanas Stimme drang leise an mein Ohr. »Bis dass der Tod euch scheidet«, hauchte sie und ihre Worte hallten in meinem Kopf wider.

»Bis dass der Tod uns scheidet«, wiederholte ich das Gesagte. Mein Herz schlug von Sekunde zu Sekunde schneller, drohte aus meinen Rippen zu bersten.

»Was wirst du tun?«

In meinen Gedanken ging ich zahlreiche Szenarien durch. Jahrelang hatte ich mich auf diesen Tag vorbereitet, hatte alles dafür getan, dass er eintreffen würde. Ich hatte Männer um mich herum geschart, die für diese Sache einstanden, die meine Beweggründe verstehen konnten und sie sogar teilten. Hauptmann Alvarr war mein treuester Diener, genau wie Meister Silbus war er von Anfang an an meiner Seite gewesen. Beide stellten keine Fragen, sondern handelten. Jalmari war erst drei Jahre später dazugestoßen und nun stellte sich auch noch heraus, dass er zu einem Problem werden könnte.

Ich hasste Probleme und ich hasste es, wenn etwas nicht so lief, wie ich es geplant hatte. Zähneknirschend fixierte ich Arcana, deren Dunkelheit mich wie nur allzu oft zu verschlingen drohte.

»Sollten wir wegen Jalmari scheitern, dann wird er sterben.«

KAPITEL 44

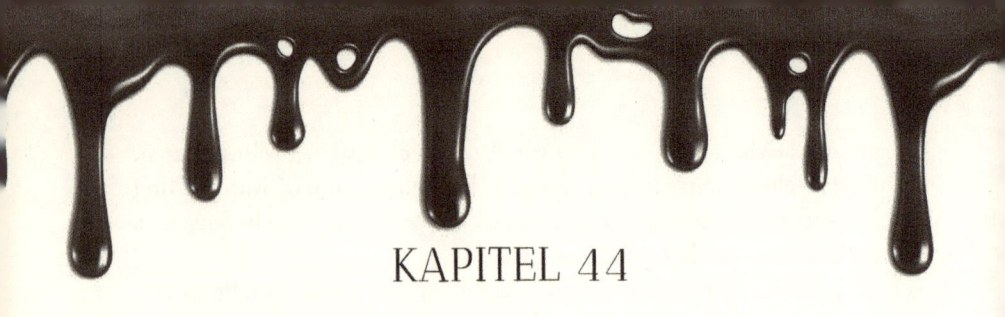

Funken stoben auf, als Schwerter aufeinandertrafen. Aber es war mir egal. Alles war mir egal. Ich blendete die Kämpfenden vollständig aus, verharrte am Boden, drückte die Hände in die kalte Erde, während die Tränen mir weiterhin die Sicht versperrten.

Ode.

Kasim.

Asante.

Drei enge Freunde hatte Eiras Verrat mir geraubt. Drei Menschen, die wie Familie für mich waren. Ich musste schwer schlucken und mich ermahnen, einen kühlen Kopf zu bewahren, aber meine Gefühle übermannten mich und ich konnte ihnen nicht Einhalt gebieten.

Das Kampfgebrüll und die klirrenden Klingen nahm ich kaum wahr. Auch als der leblose Körper eines Gegners direkt neben mir zu Boden ging, blinzelte ich nicht. Stimmen drangen an mein Ohr, doch ich vernahm die Worte nicht. Ich wusste, dass zum Trauern keine Zeit war, aber weder Körper noch Geist wollten mir gehorchen. Immer wieder tauchte das Bild von Asante vor mir auf. Sein schüchternes Lächeln Vilana gegenüber hatte sich in mein Gedächtnis gebrannt, aber nun würde er sie nie wiedersehen. Er würde nicht erfahren, was das Leben noch zu bieten hatte. Er würde nie wieder Kräuter zusammenmischen, um eine neue Heilpaste zu kreieren. Nie wieder würde er für Resa da sein, sie in den Armen halten und sehen, was für eine hervorragende Waffenschmiedin aus ihr werden würde. Wir würden nie wieder seine Stimme hören.

Ich krallte meine Fingerspitzen immer tiefer in die Erde.

»Asante«, flüsterte ich zu mir selbst. Ein Beben durchflutete mich, erst langsam, dann ruckartig, sodass der Boden unter meinen Füßen vibrierte.

Wieder ertönten Stimmen, die ich in weiter Ferne hören konnte. Aber ich hörte ihnen nicht zu, auch nicht, als sie immer flehender wurden.

Irgendjemand packte mich unter beiden Armen und hob meinen schlaffen Körper an. Ich leistete keinen Widerstand, aber war auch nicht in der Lage, mich zu bewegen. So viele Männer waren bereits gestorben, doch deren Tode gingen mir nicht nahe. Ich kannte sie nicht, hatte mit den meisten von ihnen kein einziges Wort gewechselt, aber Asante war ein Jahr lang an meiner Seite gewesen, war wie ein großer Bruder für mich.

Etwas schlug mir gegen die Wange. Meine Haut wurde an der Stelle heiß und begann schmerzhaft zu pochen. Ich blinzelte mehrfach, bis sich schließlich meine Sicht klärte und ich in Teros besorgtes Gesicht blickte. Er hatte mich fest an den Schultern gepackt und gegen eine Hauswand gedrückt.

»Sie kommt zu sich«, wisperte jemand erleichtert.

»Hast du mir gerade ins Gesicht geschlagen?« Ich musterte Tero irritiert.

»Tut mir leid, du warst nicht ansprechbar und hast ein Erdbeben ausgelöst.« Er deutete auf einen tiefen Riss in der Erdoberfläche, der sich den gesamten Weg Richtung Marktplatz entlangzog.

»Ich …« Meine Stimme brach. »Das wollte ich nicht.«

»Ich weiß.«

Mein Blick huschte zu Viktus. Im Gegensatz zu den anderen Männern betrachtete er mich nicht voller Angst, sondern etwas anderes spiegelte sich in seiner Miene. Bewunderung.

»Nächstes Mal richtet Ihr das bitte gegen die Feinde.« Er grinste mich an und ich konnte nicht anders, als es zu erwidern.

Ich schaute weiter durch die Reihen der Krieger, bis ich Resa und Eggi unter ihnen ausmachen konnte. Erleichtert atmete ich auf. Sie waren am Leben. Doch Eggi hielt meine Freundin fest im Arm. Ihr Kopf war an seiner Schulter vergraben, aber ihr bebender Körper war ein Hinweis darauf, dass sie weinte. Für sie musste dieser Verlust noch um so vieles schlimmer sein als für mich.

Erst jetzt betrachtete ich meine Umgebung genauer. Wir waren bereits tiefer in die Stadt vorgedrungen, als mir bewusst war. Tero hatte ich mich an einigen Häusern vorbeigezerrt und nun standen wir in einer menschenleeren Gasse. Aber wenn man sich ganz genau darauf konzentrierte, dann konnte man weit entfernt einen Kampf hören.

Die anderen Truppen mussten also bereits in der Stadt sein und sich den Weg in Richtung Palast freikämpfen.

»Waren es viele Feinde?«, fragte ich irgendwann.

Tero schüttelte den Kopf. »Nein, wir konnten sie schnell bezwingen. Diejenigen, die fliehen wollten, wurden in die Tiefe gerissen. Dein Erdbeben hat seine Wirkung nicht verfehlt.«

Langsam nickte ich. Mein Kopf fühlte sich bleischwer an und meine Augen brannten vom Weinen. Trotzdem rannte uns die Zeit davon. »Wir sollten weitergehen.«

»Meint Ihr, Ihr seid schon so weit?«

Ein erneutes Nicken.

»Na gut, Männer. Ihr habt es gehört. Weiter, los!«, gab er den Befehl, der nur widerwillig befolgt wurde. Tero stützte mich beim Gehen. Eigentlich war ich durchaus imstande, mich eigenständig auf den Beinen zu halten, aber ich war dankbar für seine Nähe. Als wir einige Männer passierten, konnte ich sie leise tuscheln hören. Meine Fähigkeiten hatten sie eingeschüchtert, sie dachten, ich sei außer Kontrolle und vielleicht hatte das für einen Moment auch gestimmt. Aber dank Tero war ich wieder klar und bei Verstand.

»Hör nicht hin, sie wissen nicht, was sie sagen«, flüsterte er an mein Ohr.

»Sie haben recht. Ich habe die Kontrolle verloren.«

Darauf folgte ein betretenes Schweigen.

Resa hatte sich mittlerweile etwas beruhigt und lief neben uns her. Den Kopf hielt sie gesenkt und schniefte einige Male, doch das Wimmern war vorbei. »Er war ein guter Mensch.« Ich wusste nicht, ob die Worte an mich gerichtet waren oder ob Tero sie leise vor sich hin sprach. Dennoch reagierte ich.

»Ja, das war er. Er wird auf ewig in unseren Herzen weiterleben.«

Damit war alles gesagt. Sein Tod hatte uns geschwächt, wir waren einen Moment ins Straucheln geraten, aber Resa wusste so gut wie ich, dass wir weiterkämpfen mussten. Damit Asantes Tod nicht umsonst gewesen war. Genauso wenig wie Odes und Kasims. Sie alle waren für die Sache gestorben, damit wir unserem Sieg einen Schritt näher kamen. Und ich würde sie alle rächen.

Je tiefer wir uns in die Stadt vorwagten, desto größer wurde die Anspannung. Niemand stellte sich uns in den Weg, nicht einmal die Bewohner Arzus waren hier. Vermutlich waren sie geflüchtet, als sie gemerkt hatten, was vor sich ging. Bei einigen der Häuser standen sogar die Türen weit offen. Trotzdem war es merkwürdig, dass keine verfeindeten Krieger am äußeren Rand der Stadt postiert waren. Eira war nicht dumm, in keiner Weise. Sie musste wissen, dass wir von allen Seiten vordrangen. Es musste also einen Grund dafür geben, dass wir auf keine weiteren Gegner trafen, und ich vermutete, dass wir auf direktem Weg in eine Falle liefen. Aber wir waren schon viel zu weit gekommen, als dass wir hätten umkehren können.

Tero hatte seinen Arm noch immer um meine Taille gelegt. Seine Berührung war angenehm und verlieh mir ein Gefühl von Sicherheit. So als konnte sich mir niemand in den Weg stellen, nicht, ohne erst an ihm vorbeizukommen. Ohne aufzusehen spürte ich seinen Blick immer wieder auf mir ruhen. Er vergewisserte sich regelmäßig, dass es mir noch gut ging und ich nicht ein weiteres Mal von meinen Gefühlen übermannt wurde. Doch eigentlich musste er am besten wissen, dass ich mich in seiner Nähe unter Kontrolle hatte. Schließlich war er der Anker, der mir den nötigen Halt gab.

Ein Blick in den Himmel verriet, dass die Sonne uns nur noch wenige Stunden Licht spenden würde. Ziel war es, vor Einbruch der Dunkelheit den Palast erreicht und gestürmt zu haben. Und diesen Krieg möglichst heute Nacht noch zu beenden. Ein Ziehen dehnte sich in meiner Magengrube aus, wenn ich daran dachte, bald meiner Schwester gegenüberzustehen. In den vergangenen Tagen hatte ich nicht mehr geträumt und mittlerweile glaubte ich auch nicht mehr daran, dass es sich um eine wahrhaftige Vision handelte. In dem Traum war ich in einem Wald gewesen und ein Feuer hatte sich ausgebreitet, doch wir waren einige Stunden vom nächsten Wald entfernt und hatten auch nicht vor, alsbald in dessen Richtung zu gehen.

Es musste also eine andere Art von Vision gewesen sein. Etwa in die Richtung, wie es bei Etarja gewesen war. Die Bilder, die ich bei ihr gesehen hatte, waren auch niemals genau so eingetroffen, sondern in abgewandelter Form. Vielleicht würde es auch dieses Mal so sein, oder mein Kopf hatte mir lediglich einen Streich gespielt. So oder so, ich würde es bald erfahren.

Wir durchquerten zahlreiche Gassen, bogen mal nach links und mal nach rechts ab. Bisher hatte keiner der Bewohner Arzus unseren Weg gekreuzt und war mit vor Schreck geöffneten Augen schreiend davongerannt.

»Männer, macht euch bereit«, knurrte Hauptmann Viktus. Die hohen Mauern ragten vor uns aus dem Boden. Langsam begann es zu dämmern, weshalb wir uns beeilen mussten. Mit dem Rücken gegen den kühlen Stein gepresst, schlugen wir uns weiter vor. Wir mussten die Rückseite des Palastes erreichen und dabei möglichst ungesehen bleiben. Im Moment befanden wir uns an der Ostseite und würden jeden Augenblick an einem Wachturm vorbeikommen.

Viktus schaute über seine Schulter und legte sich den Zeigefinger an die Lippen. Mit klopfendem Herzen hielten wir inne und warteten, während er mit fünf Mann vorging, um die postierten Wachen niederzustrecken. Schwerter klirrten aufeinander, ein Pfeil schoss durch die Lüfte, woraufhin ein lautes Aufstöhnen und ein dumpfer Aufprall folgten.

Kurz darauf kamen die Männer zurück und winkten uns vorwärts. Ich stieß den Atem aus, den ich unbewusst angehalten hatte. Vor dem Wachturm lagen drei tote Krieger. Bei näherer Betrachtung waren die Glieder eines Mannes völlig verdreht und von seinem Gesicht kaum noch etwas übrig. Ein Pfeil ragte aus seinem Schulterblatt. Er musste vom Turm aus Ausschau gehalten haben und nach dem Schuss aus dem Fenster gefallen sein.

Tero zog mich weiter, da ich den Toten länger als nötig betrachtete. Die Sonne wurde auf dieser Seite des Palastes vollkommen von den Mauern verschluckt. Nur ein schummriges Licht erhellte den Weg vor uns.

»Wo ist das Tor?«, fragte Viktus an mich gewandt. Es war auf seiner Karte nicht eingezeichnet, weshalb ich versuchte, den genauen Standort aus den hintersten Winkeln meines Gedächtnisses hervorzurufen. »Nerina?«

»Ich habe es gehört. Lasst mich nachdenken.«

Ich ließ den Blick in die Ferne über die weitläufige Wiese schweifen. Hier irgendwo musste es sein. Als ich einen dicken moosbewachsenen

Baumstamm ausmachen konnte, deutete ich in seine Richtung. »Hinter dem Baum dort«, flüsterte ich. »Sollten wir nicht lieber klettern?«

Viktus griff nach einer der Efeuranken, die sich an den Mauern hochschlängelte, und zog daran. Einmal, zweimal, ehe sie abriss und zu Boden fiel. »Das wird wohl nicht funktionieren.«

Uns blieb keine andere Wahl, wir mussten das Tor erreichen und uns darauf einstellen, dass dort zahlreiche schwer bewaffnete Männer bereits auf unser Eintreffen warteten.

Seufzend lief ich weiter, aber das Ziehen in meiner Magengrube nahm zu, je näher wir dem Eingang kamen. Hinter diesen Mauern, irgendwo im Palast, war meine Schwester, das konnte ich deutlich spüren. Mein Puls raste, aber ich musste mich zusammenreißen.

»Verschlossen!«, rief einer der Männer, der an den Eisenstäben rüttelte. Hatte er ehrlich damit gerechnet, dass das Tor offen stand und wir ungehindert in den Palast eindringen konnten? So dumm konnte niemand sein, der sich inmitten eines Krieges befand.

Ein weiterer der Männer zog einen Lederbeutel von der Schulter und schien etwas darin zu suchen. Als er die Hand wieder vorzog, hatte er etwas spitzes Metallisches zwischen den Fingern, das aussah wie ein Dietrich. Ich beobachtete seine Fingerfertigkeit mit angehaltenem Atem. Einige Male rutschte er ab, stieß einige Flüche aus und machte sich dann wieder an die Arbeit. Alle Blicke waren starr auf diesen einen unserer Männer gerichtet, aber nichts passierte, das Tor wollte sich einfach nicht öffnen.

»Versuch es weiter«, sagte Viktus ruhig, schnellte den Kopf aber herum, als ein lautes Kichern hinter uns ertönte. Ich musste schlucken, als ich den Trupp auf uns zukommen sah. Eine Horde von Eiras Kriegern hatte sich völlig lautlos an uns herangeschlichen und uns in die Enge getrieben. Wir konnten weder vor- noch zurückgehen. Das Tor zu öffnen war unser einziger Ausweg, oder wir mussten kämpfen.

Ein kleiner Krieger trat aus der Menge hervor. Er war von schmaler Statur, sehr zierlich und schmächtig. Unter seinem Helm blitzen kurze blonde Haare hervor und ein feminines Lächeln umspielte seine zarten Gesichtszüge. Ich riss die Augen verwundert auf. Es war kein Mann, der vor uns stand, sondern eine junge Frau.

Langsam hob sie die Hände und legte sie an ihren Helm, den sie mit einer eleganten Bewegung vom Kopf hob. Dann schüttelte sie sich das Haar aus und funkelte uns belustigt an.

»Ist das …«, stammelte Laresa.

Ohne dass sie den Satz zu Ende gesprochen hatte, wusste ich, was sie sagen wollte. Und sie hatte recht. Vor uns stand niemand anderes als Valeria.

KAPITEL 45

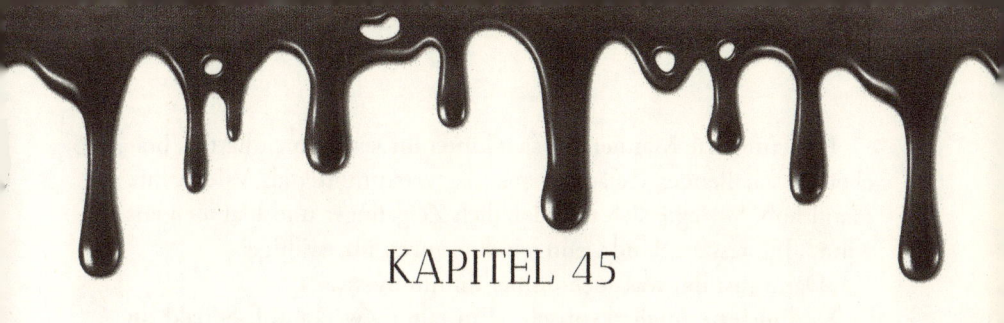

Valeria grinste mich breit an, aber in ihrem Lächeln lag nichts Freundschaftliches oder Liebevolles. Stattdessen lagen darin Wahnsinn und Schadenfreude. Sie ließ den Helm fallen und griff sich mit beiden Händen hinter den Rücken. Dann zog sie zwei Langschwerter hervor und schwang sie angeberisch durch die Lüfte. Ich hielt ihrem Blick stand und dachte nicht einmal daran, ihm auszuweichen. Ihr Können war zwar beeindruckend, würde mich aber nicht aus der Fassung bringen.

»Kommst du nun doch, um deinen geliebten Thron zurückzuerobern?«, säuselte Valeria und führte weiterhin ihre Kunststückchen mit den Klingen auf.

»Sieht wohl ganz danach aus«, erwiderte ich entschlossen. Prompt erstarb Valerias Lächeln und sie funkelte mich stattdessen zornig an.

»Du wirst hier und jetzt sterben. Und auch dein kleiner Edelstein wird dir keine Hilfe sein.« Sie deutete auf die Kette, die unter meiner Rüstung leicht schimmerte. Ich brauchte aber keine Magie, um sie zu besiegen. Wir hatten monatelang Seite an Seite trainiert, ich kannte ihre Taktiken und Strategien wie meine eigenen. Ich würde mich nicht von ihr in die Ecke drängen lassen.

Ich machte einen Schritt nach vorn, aber Tero packte mein Handgelenk. »Was hast du vor?«

Kopfschüttelnd entriss ich ihm meinen Arm. »Wenn du dir so sicher bist, Valeria – oder sollte ich besser *Leia* sagen? –, dann hast du doch bestimmt nichts gegen einen fairen Zweikampf.«

Sie legte den Kopf schief und begann zu lachen. »Du und ich? Und welche Bedingungen hast du dir vorgestellt?«

»Wenn ich dich zuerst überwältige, dann ziehst du deine Männer ab. Ihr verschwindet von hier und lasst uns in Ruhe weitermachen und diesen Krieg beenden.«

Die Hunderte Männer, die sich hinter ihr versammelt hatten, brachen in schallendes Gelächter aus, das verstummte, als Valeria ihre Hand hob. Sie legte sich nachdenklich Zeigefinger und Daumen ans Kinn. »Interessant. Und wenn ich dich zuerst überwältige?«

»Dann tust du, was auch immer du tun musst.«

Sie musterte mich skeptisch. »Ein fairer Zweikampf. Sobald du Magie wirkst, werden meine Männer sich auf euch stürzen und euch in Stücke reißen.«

»Nerina, bist du verrückt geworden?«, zischte Tero, aber ich ignorierte ihn. »Du kannst ihr nicht trauen.«

Ich wusste, dass ich ihr nicht vertrauen konnte. Aber ich hoffte, dass sich jeder auf unseren Zweikampf konzentrieren würde und meine Männer genügend Zeit hätten, um das Schloss zu knacken und den Weg frei zu machen. Es war eine heikle Situation, aber uns blieb keine andere Möglichkeit. Wir brauchten diese Ablenkung.

»Also?«, hakte Valeria nach.

Ich machte einen weiteren Schritt auf sie zu. »Zwei Schwerter. Kämpfen wir.«

Sie nickte und brachte sich in Position. Ich ging zu Tero und ließ mir ein zweites Schwert reichen. Als ich für Valeria außer Hörweite war, flüsterte ich: »Knackt das Schloss und beeilt euch.«

Kurz blitzte etwas in seinen Augen auf, als er verstand, dass ich ihnen lediglich die Zeit geben wollte, das Tor zu öffnen. Er nickte kaum sichtbar und drückte mir ein Schwert in die Hand.

»Pass auf dich auf.«

Valerias Männer hatten sich bereits um das Kampfareal eingefunden und feuerten ihre Anführerin an. Mit aufeinandergepressten Lippen stellte ich mich ihr gegenüber. Das Langschwert wog unglaublich schwer in meiner Hand. Ich würde einen Kampf nicht lange durchhalten, dessen war ich mir bewusst.

»Bereit?«

»Legen wir los.« Und kaum hatte ich das letzte Wort ausgesprochen, sausten Valerias Schwerter mit immenser Geschwindigkeit auf mich herab. In letzter Sekunde konnte ich mich unter ihnen hinwegducken und selbst zum Hieb ansetzen, den sie aber mit Leichtigkeit parierte.

»Ist das schon alles, was du kannst?«

Von ihren Worten provoziert, stürzte ich mich ein weiteres Mal auf sie, aber sie brauchte nicht mehr als einen Schritt zur Seite zu machen, um mir auszuweichen. Sie trat mir in den Rücken und es gelang mir nur mit Mühe und Not, meine Schwerter nicht fallen zu lassen.

Ich rappelte mich wieder auf die Beine, aber dieses Mal wartete ich ab, bis Valeria einen Angriff startete. Eine ihrer Klingen streifte meinen Oberkörper, aber das Kettenhemd schützte meine Haut davor, aufzureißen. Dennoch schmerzte die Wucht, die hinter ihrem Schlag steckte.

»Möchtest du nicht lieber gleich aufgeben? Du hast keine Chance gegen mich«, sagte sie lachend. Ihre Worte machten mich wütend, aber ich ließ mich auf dieses Spielchen nicht ein zweites Mal ein. Valeria war schneller als ich, größer als ich und stärker als ich. Ich dachte an mein damaliges Training im Lichterreich zurück. Ich hatte Asante nur besiegen können, indem ich in die Defensive übergegangen war und erst zum entscheidenden Schlag ausholte, als ihn jegliche Kräfte bereits verlassen hatten.

Ich versuchte mir ein Grinsen zu verkneifen, als ich mir meine Strategie im Kopf zurechtlegte. Valeria und ich umkreisten einander mit erhobenen Waffen. Sie deutete einen Schritt nach rechts an, stürmte in letzter Sekunde aber nach links. Das Manöver überraschte mich und ich musste den Arm verdrehen, um ihren Hieb rechtzeitig abzuwehren.

Sie holte ein weiteres Mal aus und dann noch einmal, aber es gelang ihr nicht, mir auch nur einen Kratzer zuzufügen. Die Schweißperlen rannen von ihrer Stirn und ich dachte, dass ihr Mund jeden Augenblick vor Wut zu schäumen beginnen würde. Es gefiel ihr kein bisschen, dass ich noch immer mit beiden Beinen fest auf dem Boden stand.

Sie schlug härter auf mich ein, brüllte dabei, und die Wucht, mit der unsere Klingen aufeinandertrafen, zwang mich in die Knie. Doch noch ehe Valeria einen weiteren Hieb ausführen konnte, rollte ich mich seitlich an ihr vorbei und rappelte mich hinter ihr wieder auf. Ich nutzte die Gelegenheit und holte aus, doch sie wirbelte bereits herum und sprang einen Schritt zur Seite, als sie meine funkelnde Klinge sah.

»Argh!«, schrie sie und presste sich den Handrücken ans Auge, wo mein Schwert sie gestreift hatte. Ihre Finger färbten sich dunkelrot und das Blut strömte über ihr Gesicht. Es war nur eine kleine Schnittwunde, doch es war genug, um sie noch um so vieles wütender zu machen, als sie ohnehin schon war.

Valeria knurrte mich an, als sie erneut zum Angriff überging, unter dem ich mich allerdings hinwegduckte. Das Blut klebte in ihrem Auge, versperrte ihr die halbe Sicht, was ich zu meinem Vorteil ausnutzen konnte. Auch Valerias nächster Hieb traf ins Leere, woraufhin ihr Knurren nur noch lauter und aggressiver wurde. Um uns herum dröhnten die anfeuernden Stimmen an mein Ohr, aber ich versuchte mich lediglich auf das Klirren unserer Schwerter zu konzentrieren und alles andere um mich herum auszublenden.

Allmählich begannen Valerias Kräfte zu schwinden, ihre Hiebe wurden langsamer und ihr Atem ging immer schwerer. Ich hingegen war auch erschöpft, aber nicht annähernd so kraftlos, wie sie es mittlerweile war. Als sie mich ein weiteres Mal mit der Klinge knapp verfehlte, drehte ich mich um sie herum und rammte ihr den Ellenbogen so fest in den Rücken, dass sie keuchend zu Boden fiel. Eines ihrer Schwerter ließ sie bei dem Sturz fallen und ich trat es außer Reichweite.

Nach Atem ringend versuchte Valeria sich zu erheben. Sie rollte sich herum und wollte sich mit den Händen am Boden abstützen, aber ich schwang meine Beine um sie herum und presste sie nieder. Den einen Fuß drückte ich fest auf das Gelenk ihrer Hand, mit der sie noch das zweite Schwert umklammerte. Sie versuchte sich freizukämpfen, aber ihr Körper war zu schwach, um sich aus meinem Griff zu befreien.

Ich hielt ihr eine meiner Klingen an den Hals und fixierte ihre wütenden Augen. »Zieh deine Männer ab«, zischte ich. Mittlerweile war es um uns herum komplett still geworden. Jeder beobachtete gespannt das Schauspiel, das sich vor ihren Augen zutrug. Niemand hätte damit gerechnet, dass ich gegen Valeria siegen konnte, selbst ich nicht. Aber nun lag sie am Boden, hatte keine Möglichkeit, an ihr Schwert zu kommen und ich hatte die Oberhand gewonnen.

»Noch ist es nicht vorbei«, spuckte sie mir ins Gesicht, was mich dazu veranlasste, die Klinge noch fester an ihren Hals zu drücken, sodass sie die obersten Hautschichten zerschnitt und sich eine dünne Blutspur ausbreitete.

Aber in Valerias Miene lag keine Angst und auch der Zorn war wie weggeblasen. Stattdessen machte sich ein siegessicheres Lächeln auf ihrem Gesicht breit, das mich kurz irritierte.

»Nerina!«, hörte ich eine vertraute Stimme nach mir rufen. Aber noch bevor ich verstehen konnte, weshalb sie meinen Namen so energisch und voller Sorge gerufen hatte, spürte ich den stechenden Schmerz, als ein spitzer Dolch in meine Seite gerammt wurde. Mir entfuhr ein lauter Schrei, der wohl jeden auf uns aufmerksam machen musste.

Valerias Lächeln wurde triumphierender, als mein Tritt auf ihr Handgelenk sich lockerte und ich mir die Hand an die tiefe Wunde drückte, um die Blutung zu stoppen. Tränen, die ich nicht wegblinzeln konnte, traten mir in die Augen und die Umgebung schien in weite Ferne zu rücken. Alles drehte sich und wurde immer dunkler.

Blutend und voller Schmerzen krabbelte ich über den Boden und von Valeria weg, die sich mittlerweile wieder aufgerappelt hatte. Ich drehte den Kopf zu ihr, ihre Konturen verschwammen immer mehr. Trotzdem konnte ich die Blutstropfen sehen, die von ihrem Dolch rannen.

Sie hatte die Regeln gebrochen. Zwei Waffen hatten wir gesagt. Zwei, nicht drei.

Sie hob den Schwertarm, setzte zu einem letzten, entscheidenden Hieb an, doch gefror mitten in der Bewegung. Ein Pfeil traf sie ins Herz. Dann ein weiterer und noch einer und noch einer. Bis ihr gesamter Oberkörper von Pfeilen durchstochen war.

»Nerina, bleib wach.« Die Stimme klang besorgt, sogar flehend. Krampfhaft versuchte ich zu gehorchen, meine Lider geöffnet zu halten, aber es war so schwer. Zwei starke Arme packten mich und hoben mich an. Ich schmiegte mich an eine warme Schulter, atmete den Duft von Laub ein.

Kampfgebrüll hallte durch die Luft, ich hörte aufeinandertreffende Schwerter, Rufe und schnelle Schritte auf dem Kies. Aber von alldem sah ich nichts, denn meine Augen hielt ich mittlerweile fest geschlossen. Ich wollte nur noch in einen traumlosen Schlaf gleiten und niemals mehr erwachen.

»Komm schon, Nerina!«, drängte die Stimme immer mehr und schüttelte meinen Körper. Ich wollte etwas erwidern, aber fand nicht die nötige Kraft.

Dann wurde ich auf einem unebenen Untergrund abgesetzt, das Kettenhemd wurde mir entfernt und der sich darunter befindende

Stoff aufgerissen. Ich wollte protestieren, aber lediglich ein Röcheln verließ meine Lippen.

Kälte kroch an meine pochende Seite und dann ein stechender Schmerz.

Mir entfuhr ein Schrei, aber ich hatte es noch nicht geschafft. Ein Ziehen, noch ein Stechen, dann wieder ein Ziehen und ein weiteres Stechen. So ging es immer weiter, bis ich schließlich den Kampf aufgab und mich von der Bewusstlosigkeit in eine Umarmung ziehen ließ.

Hustend richtete ich meinen schmerzenden Körper auf, doch bereute die Bewegung augenblicklich.

»Sie kommt zu sich.«

Vorsichtig blinzelte ich, bis die Schemen immer mehr Konturen annahmen und sich schließlich zu meinen Freunden formten, die mich besorgt musterten.

»Was ist passiert?«, fragte ich und stützte mich am Boden ab, um meinen Oberkörper zu stabilisieren. Auf der Stelle sackte ich in mir zusammen.

»Pass auf«, sagte Tero und griff nach meinem Arm. Dann hob er mich langsam an, sodass ich mich an die feuchte Mauer lehnen konnte. »Valeria hat dich ziemlich schlimm erwischt.« Ich konnte Bedauern aus seiner Miene herauslesen. Und dann fiel mir der Dolch wieder ein, der mir die Seite durchstoßen hatte.

Ich ließ meinen Blick an mir hinabgleiten. Ein Leinentuch war um meinen Bauch gewickelt, worauf sich ein roter Fleck abzeichnete.

»Die Wunde ist nur provisorisch verschlossen«, erklärte Eggi. »Das muss sich unbedingt ein Heiler angucken. Ich weiß nicht, ob du innere Blutungen hast.«

Ich nickte stumm, nicht wissend, was ich dazu sagen sollte. Stattdessen schaute ich mir die Umgebung genauer an. In einiger Entfernung kämpften unsere Männer gegen die Truppen, die Valeria angeführt hatte, ehe Tero sie mit seinen Pfeilen niedergestreckt hatte.

»Wir müssen ihnen helfen«, presste ich zwischen den Zähnen hervor und versuchte mich auf die Beine zu kämpfen. Tero half mir, schüttelte aber energisch den Kopf.

»Auf keinen Fall wirst du jetzt weiterkämpfen, Nerina! Du bist schwer verletzt und brauchst eine Pause.«

»Wir können uns keine Pause erlauben«, röchelte ich, wusste aber genau, dass ich einen weiteren Kampf in dieser Verfassung nicht überleben würde. »Eira macht auch keine Pause und wenn wir sie nicht aufhalten, dann werden wir alle sterben.«

»Und wenn du dich nicht ausruhst, dann wirst du sterben«, schrie Laresa. »Ich habe heute bereits meinen Bruder verloren, ich kann nicht auch noch meine beste Freundin verlieren!«

Meine Mundwinkel zuckten. »Ich würde lieber sterben, als zuzulassen, dass Eira alle Königreiche auslöscht. Wir wussten von Anfang an, was auf uns zukommen würde.«

Sie wollte widersprechen, aber schloss ihren Mund wieder, bevor sie etwas sagte. Denn tief im Inneren wusste sie, dass ich recht hatte. Es mussten Opfer gebracht werden, damit der Rest der Menschen in Frieden weiterleben konnte.

»Gehen wir«, sagte ich entschieden. Tero musste mich stützen und halb tragen, da ich mich allein kaum aufrecht halten konnte. Jeder Schritt schmerzte wie kein zweiter und ich spürte, wie das Blut aus meiner Wunde sickerte und den Verband durchtränkte.

»Wo ist mein Hemd?«

Eggi reichte es mir und ich dankte ihm. Dann halfen Tero und Resa mir, es überzustreifen. Ich konnte den Arm kaum heben, aber wollte mir nichts anmerken lassen. In diesem Zustand war ich vermutlich niemandem eine sonderlich große Hilfe, dennoch war ich die Einzige, die Magie wirken konnte. Wenn ich Eira nicht aufhielt, dann würde es niemandem gelingen.

Ich zuckte zusammen, als ein riesiger Feuerball vom Himmel flog und laut krachend hinter uns zu Boden fiel. Augenblicklich fingen die umliegenden Bäume Feuer, das sich rasend schnell ausbreitete.

»Was zur …«, begann Eggi, als auch schon der nächste Feuerball in unsere Richtung flog, unter dem wir uns hinwegbückten.

Als ich mich umsah, stockte mir der Atem. Plötzlich begann meine Version, der Traum, der mich immer wieder heimgesucht hatte, Sinn zu ergeben. Schreie in der Ferne, Feuerbälle, die vom Himmel auf uns hinabflogen wie große glühende Sterne, und brennende Bäume. Nur dass wir uns an einem anderen Ort befanden und auch kein kleines Mädchen in Sicht war, das von den Flammen verschluckt zu werden drohte.

Wir kämpften uns weiter voran, während der Rauch immer dichter wurde. Es musste später Abend, wenn nicht sogar bereits Nacht sein. Wir mussten einen Weg in den Palast finden und zwar schnell.

Während wir uns einen Weg entlang der Mauer zwischen den Kämpfenden entlangbahnten, ertönten in der Ferne heraneilende Hufe. Mein Herz setzte einen Schlag aus und ich wechselte einen schockierten Blick mit Tero, dem mein Gewicht augenscheinlich allmählich zu schaffen machte.

Die Hufen kamen immer näher, das Wiehern der Pferde wurde immer klarer. Unser Trupp war bereits geschwächt, wir konnten es nicht mit noch mehr Gegnern aufnehmen. Aber wir durften jetzt nicht aufgeben, nicht, wo wir dem Ziel so nahe waren. Mein Blick glitt hoch zu einem der Türme des Palastes. Er ragte über die Westseite hinaus. Von dort oben hatte man einen hervorragenden Blick über die Stadt und konnte sehen, was sich hier unten abspielte.

Ich spürte, wie Teros Brust sich hob und senkte und er schließlich erleichtert aufatmete. »Den Göttern sei Dank«, hauchte er an meine Haare.

Ich folgte seinem Blick und ein Lächeln formte sich um meine Lippen. Es waren keine Feinde, die herangeritten kamen, sondern Verbündete. In weiße Rüstungen gehüllte Krieger. Und allen voran ritt Aleksi.

KAPITEL 46 – EIRA

Ich krallte meine Finger in die Brüstung der Terrasse und blendete die Geräusche um mich herum aus. Meister Silbus und Jalmari waren gerade dabei, die Vorrichtung für die heutige Nacht zu errichten, aber die Maschinerie interessierte mich nicht im Geringsten.

Vorhin war ich bei Kian gewesen. Ihn in den Armen zu halten, hatte eine ungekannte Sehnsucht in mir geweckt, aber ich wusste nicht wonach.

Mein Blick glitt wieder in die Ferne. Feuerbälle schossen durch den Himmel und Schreie erfüllten die sternenklare Nacht. Der volle Mond kämpfte sich allmählich an seinen höchsten Punkt. In etwa zwei Stunden würde er diesen erreicht haben und wir konnten unser Ritual vollführen.

Indessen war der Krieg in vollem Gange. Ein Wachmann hatte mir Bericht erstattet und mich darüber in Kenntnis gesetzt, gegen wie viele Männer wir kämpften. Das Heer von Lenjas, Kjartan und einige Männer aus Dylaras kämpften an der Seite meiner Schwester. Es waren starke Krieger, den meinen deutlich überlegen, aber das tat nichts zur Sache. Denn in zwei Stunden war all dies vorbei und der Sieg würde mein sein.

Ich spürte Arcanas unterkühlten Blick in meinem Rücken und wandte den Kopf von der sich in der Stadt befindenden Szenerie ab. Meine Mundwinkel zuckten angewidert, als ich den lästigen Schattenwandler an ihrer Seite stehen sah.

»Was macht er hier?«, spie ich und fixierte das abscheuliche Männchen.

»Er ist unser Ass im Ärmel«, erklärte Arcana wenig beeindruckt von meinem Zorn. »Sollte etwas schiefgehen, oder *jemand* unser Ritual sabotieren, so können wir auf seine Magie zurückgreifen.«

Seine faulen Zähne zeigte Rumpelstilzchen in einem Lächeln und sprang freudig auf und ab. Ich konnte den Wahnsinn, der in jedem seiner Züge steckte, nicht ertragen.

»Gut«, zischte ich wenig begeistert und ließ den Blick wandern.

Silbus und Jalmari waren beinahe fertig mit dem Aufbau. Es war ein hölzernes Gestell, das mit einigen dicken Nägeln in den Steinboden geschlagen wurde. Aus dem Rumpf ragten vier Stäbe in die Höhe, die nach oben hin spitz zusammenliefen. Jalmari richtete die Stäbe nach Meister Silbus' Anweisungen neu aus. Er fixierte dabei den Himmel und versuchte die genaue Position des Mondes zu bestimmen, sobald er seinen höchsten Punkt erreicht hätte.

Unter ihrem Kleid zog Arcana das Zepter hervor, das der Schattenwandler uns aus Dylaras besorgt hatte. Sie hielt es vorsichtig in die Höhe, gleichzeitig taxierte sie *das Licht der Unendlichkeit*. Während sie das tat, funkelten ihre Augen gefährlich auf und in ihren Iriden loderte ein finsteres Feuer. Ihre Finger waren um das Zepter bereits völlig verkrampft, als es plötzlich zu Staub zerfiel und lediglich den Edelstein zurückließ.

Sie bückte sich, um den Stein aus dem Schmutz aufzuheben, und wischte ihn an ihrem Kleid sauber. Dann ging sie auf die Vorrichtung zu und platzierte den Stein an der obersten Spitze. Durch das Mondlicht leuchtete er in zahlreichen Farben auf und ließ das Licht förmlich über die Terrasse tanzen.

Ich wusste nicht, wie genau das Ritual funktionieren sollte. Arcana hatte versucht, es uns zu erklären und davon gesprochen, dass der Stein das Mondlicht absorbierte, das sich durch unsere Worte in dunkle Magie wandeln sollte. Die Erläuterung schien mir etwas weit hergeholt, aber ich vertraute darauf, dass sie wusste, was sie tat. Schließlich war sie meine Meisterin, meine Ausbilderin und meine treueste Freundin. Sie war die Einzige, der ich in diesen dunklen Zeiten noch blind vertrauen konnte.

Ein leichtes Ziehen durchzog meine Magengrube. Ich hatte es heute Morgen bereits gespürt, kurz bevor der Boden von Arzu zu beben begonnen hatte. Nerina musste ganz in der Nähe sein, dessen war ich mir sicher. Sie würde kommen und sich gegen mich wenden und versuchen, mich aufzuhalten. Aber sie würde mich nicht rechtzeitig erreichen. *Das Licht der Unendlichkeit* war platziert und hatte bereits damit begonnen, das Mondlicht zu absorbieren.

Nun konnte uns niemand mehr aufhalten.

KAPITEL 47

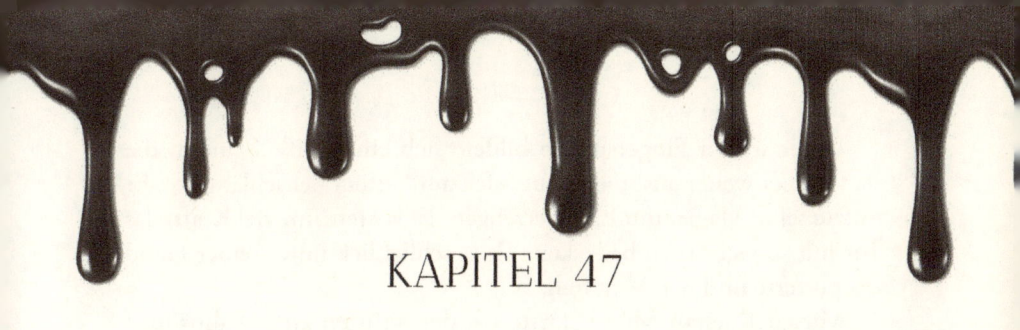

Hinter Aleksi ritten Heorhiy, Lorya und Mari. Sie hatten es also geschafft. Sie hatten Mari befreit und waren nun hier, um uns zur Seite zu stehen. Doch ich konnte Desya unter den Reitern nirgends erkennen.

Anstatt eines fröhlichen Wiedersehens, stürzten sie sich direkt in den Kampf. Dadurch, dass sie zu Pferd unterwegs waren, hatten sie leichtes Spiel. Sie galoppierten über die Gegner hinweg, trennten Köpfe von Hälsen, ohne selbst einen Kratzer davonzutragen.

Vor uns kam Aleksi zum Stehen. »Ihr habt ohne mich angefangen«, bemerkte er und schaute uns ermahnend an.

»Wenn du so lange auf dich warten lässt«, neckte Tero seinen jüngeren Bruder.

»Wo ist Desya?«, fragte Resa. Augenblicklich sackten die Mundwinkel des Prinzen traurig hinunter. Es brauchte keine Worte, wir verstanden auch so, was geschehen war.

»Wir haben Asante verloren«, sagte Tero ruhig.

Ich nickte bestätigend. »Sie sind für die Sache gestorben, für den Krieg, den wir ausfechten. Wir werden sie betrauern, doch erst müssen wir siegen.« Ich presste meine Hand fester gegen meine Wunde, als ein stechender Schmerz meinen Körper durchzuckte.

Aleksi riss erschrocken die Augen auf. »Was ist passiert?«

»Keine Zeit für Erklärungen. Wir müssen in den Garten, aber das Tor ist noch immer verriegelt.«

»Ich mach das schon.« Aleksi sprang aus dem Sattel und hastete auf das schwere gusseiserne Tor zu. Er umklammerte die Gitterstäbe fest mit beiden Händen und presste die Lider zusammen. Dann legte er den Kopf in den Nacken. Die Anspannung und Konzentration waren ihm anzusehen.

Unter seinen Fingerspitzen bildete sich eine weiße Schicht, die sich immer weiter ausbreitete und sich am Gitter hochschlängelte. Er nutzte seine Magie, um Eis zu erzeugen. Es kostete ihn viel Kraft, das Tor mit so viel Eis zu bedecken, bis es schließlich unter seiner Hand zersplitterte und den Weg freigab.

Mit geöffnetem Mund starrte ich den Prinzen an. »Wahnsinn«, flüsterte ich kaum hörbar.

Er atmete tief durch und grinste breit. »Das war doch einfach. Jetzt kommt.«

Die anderen meiner Freunde und Leutnant Maarten kamen auf uns zu, während die restlichen Krieger hier draußen vor den Mauern die Stellung hielten und dafür Sorge tragen sollten, dass niemand uns folgte.

Als wir in die Gärten schritten, gefror mir beinahe das Blut in den Adern. Meine Mutter hatte ihre Lebzeit damit verbracht, die Gärten zu hegen und zu pflegen. Es war ihre liebste Beschäftigung gewesen, wenn ihr etwas freie Zeit vergönnt war. Ich erinnerte mich noch genau an die farbenprächtigen Blüten, den rauschenden Springbrunnen und die verschlungenen Wege. Doch von alldem war keine Spur mehr. Die Blüten waren vertrocknet, die Wiesen ausgeräuchert und anstatt Wärme und Geborgenheit, strahlte der Garten Kälte und Trostlosigkeit aus. Eira hatte Mutters Werk zugrunde gehen lassen. Noch etwas, was ich ihr nie verzeihen würde.

»Kannst du noch gehen?«, fragte Tero, als er bemerkte, dass ich mich nicht von der Stelle rührte.

Ich nickte. »Natürlich.«

Dann schritten wir weiter Richtung Palast. Zu gerne hätte ich gewusst, wie es Aleksi möglich gewesen war, Fulvis' Krieger zu bezwingen, aber wir hatten keine Zeit, um Geschichten miteinander auszutauschen. Wir mussten uns den Weg zwischen trockenen Ästen und Gestrüpp hindurch erkämpfen.

Mari führte unsere Gruppe an. Auch wenn sie keine Kämpferin war, so kannte sie sich im Palast doch besser aus als die anderen. Sie zeigte uns eine Abkürzung und wir schlugen an der Gabelung den rechten Weg ein, passierten den Brunnen und stürmten auf die Flügeltür zu, die uns zum Ballsaal führte. Hinter einer Hecke gingen wir in

Deckung, um kurz zu Atem zu kommen und unser weiteres Vorgehen zu besprechen.

Wir gingen davon aus, dass die meisten Krieger draußen in der Stadt waren und nur eine Handvoll Wachen sich im Palast aufhielten.

»General Bijn und Lyus haben es geschafft, bis zu den vorderen Palasttoren vorzudringen. Die Mokabi kämpfen an ihrer Seite«, erklärte Aleksi. »Sie dürften also bald das Tor stürmen und ins Innere vordringen. Wir brauchen also nur den Wachen möglichst aus dem Weg zu gehen. Wo wird Eira sich aufhalten?«

»In ihren Gemächern«, vermutete Mari. »Von ihrer Terrasse hat sie einen weitläufigen Blick über die Stadt. Sicherlich möchte sie sich das Schauspiel nicht entgehen lassen.«

Während sie sprach, wich sie Aleksis Blick aus. Anscheinend musste irgendetwas zwischen ihnen vorgefallen sein in den vergangenen zwei Wochen. Ich schüttelte den Kopf, um nicht weiter darüber nachzudenken, sondern konzentrierte mich.

»Und wo wird Arcana am ehesten sein?«, fragte Eggi.

»Wer?«, japste Lorya und schaute irritiert.

Natürlich. Sie wussten es noch nicht.

»Eira ist es wohl irgendwie gelungen, die mächtigste Magierin aller Zeiten heraufzubeschwören. Arcana. Diejenige, die vor sechshundert Jahren für die Spaltung der Königreiche verantwortlich war. Sie kämpft an Eiras Seite.«

»Und das sagt ihr erst jetzt?«, zischte Aleksi. »Also haben wir es mit gleich zwei Magierinnen zu tun. Großartig!«

»Wir werden sie besiegen. Gemeinsam können wir das schaffen.« Ich biss die Zähne zusammen. Der Schmerz in meiner Seite war noch immer ungemein stark, auch wenn ich versuchte, ihn zu unterdrücken und nicht daran zu denken. Vermutlich würde es mich umbringen, wenn ich in dieser körperlichen Verfassung Magie wirkte, aber wir hatten keine Wahl. Und sollte ich sterben, dann wenigstens in dem Wissen, es versucht oder etwas bewirkt zu haben.

Aleksi legte die Stirn in Falten, schnaubte und nickte dann langsam. »In Ordnung. Wie wollen wir vorgehen?«

»Bevor wir zum Angriff übergehen, möchte ich versuchen, irgendwie zu Eira durchzudringen.« Ohne aufzusehen konnte ich die entsetzten Blicke auf mir spüren. »Ich weiß, was ihr denkt. Aber ich muss es versuchen. Ich bin noch immer überzeugt, dass sie manipuliert wird, und falls Arcana all die Zeit im Zauberspiegel festgesessen hat, dann wird sie die Strippenzieherin sein.«

»Das ist gefährlich, Nerina. Du bist schon verletzt. Möchtest du es wirklich riskieren, dass Eira, oder schlimmer noch Arcana, dich angreift, während du erst einmal versuchst, ein Gespräch mit deiner Schwester zu führen?« Resa schüttelte kaum merklich den Kopf. »Das ist Wahnsinn.«

»Ich weiß, aber ich muss es einfach versuchen. Sollte sie nicht mit sich reden lassen, oder mich angreifen, dann werde ich sie ohne zu zögern töten.«

»Wir können sie ohnehin nicht davon abbringen.« Aleksi hob den Kopf und schaute über die Hecke hinweg, um nach Feinden Ausschau zu halten.

Tero stimmte seinem Bruder zu. »Wir müssen aber vorsichtig sein. Eira und Arcana verfügen über Magie und die meisten von uns können lediglich mit dem Schwert umgehen. Am besten wäre es, wir würden sie trennen und sie dann in zwei Gruppen angreifen.«

»Das klingt nach einem Plan«, meldete Maarten sich zu Wort.

Wir besprachen noch ein paar Einzelheiten und entschieden, dass Tero, Aleksi, Resa und ich eine Einheit bildeten, während Eggi, Heorhiy, Lorya und Maarten die zweite Gruppe waren.

»Und bei wem kämpfe ich mit?« Mein Blick schnellte hinüber zu Mari, die aufgestanden war und ihre Hände in die Seite stemmte. Ein verletzter Ausdruck lag in ihrer Miene, der der Tatsache geschuldet war, dass wir sie einfach übergangen hatten. Aber sie konnte nicht kämpfen und würde sich in Lebensgefahr bringen, sollte sie sich auf zwei so mächtige Frauen stürzen.

Aleksi strich sachte über ihren Arm, was sie zusammenzucken ließ. »Du hältst dich im Hintergrund.«

»Nein!« Sie riss sich von ihm und musterte ihn mit einem für ihre Verhältnisse bösen Blick. »Ich werde mich nicht verstecken, während ihr die ganze Arbeit erledigt und anschließend als Helden gefeiert werdet. Ich möchte auch meinen Beitrag leisten.«

So viel Kampfgeist hatte ich der jungen Kammerzofe ehrlich gesagt nicht zugetraut.

»Ich lasse nicht zu, dass dir noch einmal etwas geschieht«, hauchte Aleksi traurig. »Es würde mich umbringen, sollte dir etwas zustoßen.«

»Dann darfst du nicht zulassen, dass mir etwas geschieht, Aleksi. Aber du kannst mich nicht davon abhalten, mit euch zu gehen.«

Er öffnete den Mund einen Spaltbreit, schloss ihn kurz darauf aber wieder, ohne etwas gesagt zu haben.

»Schön«, schnaubte er. »Aber sobald es gefährlich wird, bringst du dich in Sicherheit. Verstanden?«

»Verstanden.«

Das Blut suppte noch immer aus meiner Wunde, die vermutlich wieder aufgerissen war. Als ich mich aufrichtete, wurde mir schwindelig und ich taumelte ein wenig, hielt aber das Gleichgewicht. Tero schaute mich von der Seite sorgenerfüllt an, aber ich wich seinem Blick aus. Ich brauchte kein Mitleid, vor allem nicht von ihm, denn er war es gewesen, der mir erklärt hatte, dass man in einem Krieg Opfer bringen musste. Und auch wenn geliebte Menschen dabei starben, war es immer noch besser, als ein gesamtes Volk ausrotten zu lassen.

Wir kämpften uns vorwärts in Richtung der Tür und pressten uns an die Schlossmauer. Leutnant Maarten schaute ins Innere des Palastes, ehe er nickte und wir weitergingen. Die Luft war rein und die Flügeltür zu unserem Glück nicht verschlossen. Mit einer eleganten Bewegung öffnete er sie und wir traten in den großen Ballsaal, der verlassen und eingestaubt war. Dennoch nahm ich mir einen Moment, schloss die Augen und atmete tief durch.

Trotz der grausamen Umstände, die uns hierhergeführt hatten, musste ich lächeln. Ein vertrauter Duft lag in der Luft und ich hielt inne, um ihn vollständig in mich aufzusaugen.

Wir hatten es geschafft. Wir waren ins Innere des Palastes – *meines Palastes* – vorgedrungen. Ich war zu Hause.

KAPITEL 48 – EIRA

Keuchend stürmte Hauptmann Alvarr auf die Terrasse und unterbrach uns. Unter anderen Umständen hätte ich ihn dafür ermahnt, aber ich konnte seinen Angstschweiß deutlich riechen.

»Sie wurden in den Gärten gesichtet. Nur ein paar von ihnen, aber unter ihnen auch Nerina«, erklärte er uns schnell.

Ich hatte ihre Präsenz bereits vor einigen Minuten zum ersten Mal gespürt. Dennoch hatte ich gedacht, uns bliebe noch etwas mehr Zeit. Der Mond hatte seinen höchsten Punkt noch nicht erreicht. Unwillkürlich knirschte ich mit den Zähnen und ballte die Hände zu Fäusten. Hätte diese Närrin nicht noch eine Stunde auf sich warten lassen können? Ich machte mir keine Sorgen, dass sie uns besiegen könnte, denn Arcanas und meine Macht war um so vieles stärker. Dennoch würde ein Kampf uns die Zeit rauben, von der wir nicht mehr viel übrig hatten.

»Was machen wir jetzt?«, fragte Jalmari sichtlich erstaunt über die Tatsache, dass es den Feinden so schnell gelungen war, in den Palast einzudringen.

»Wir werden unsere Gäste selbstverständlich begrüßen gehen.« Arcana lächelte stolz, als die Worte meinen Mund verließen.

Jalmari starrte mich fassungslos an. »Sollten wir nicht lieber warten und darauf hoffen, dass sie uns nicht erreichen, bis das Ritual vollzogen ist?«

Hatte er vor einiger Zeit noch wahren Kampfgeist unter Beweis gestellt, mutierte er allmählich zu einem Feigling, der mir ein Dorn im Auge war.

»Hast du etwa Angst?«, fragte ich spitz und erdolchte ihn mit meinem Blick.

Schnell schüttelte Jalmari den Kopf. »Nicht eine Spur, meine Liebste. Aber wir müssen Vorsicht walten lassen. Nerina ist mächtig und wenn wir den Spionen trauen können, dann ist sie nicht die einzig magisch Begabte in ihren Reihen.«

Damit mochte er recht haben, doch es war gleichgültig, wie viele ihrer Gefährten imstande waren, Magie zu wirken. Lichte Magie war rein und unschuldig, während dunkle Magie verdorben und zerstörerisch war. Das Böse würde immer siegen, ganz egal, was auch geschehen mochte. So hatte Arcana es schon immer prophezeit.

»Meister Silbus. Ihr haltet die Stellung«, befahl ich, woraufhin er erleichtert nickte. Er war kein Krieger und wir würden ihn während des Rituals dringender benötigen als während eines Kampfes. »Lasst uns gehen.«

Arcana nickte mir zu und schritt Richtung Tür. Hauptmann Alvarr, Jalmari, Rumpelstilzchen und ich folgten ihr. In wenigen Augenblicken würde es endlich so weit sein. Ich würde meiner Schwester nach all der Zeit wahrhaftig gegenüberstehen. Ich konnte es kaum noch erwarten.

Die breite Treppe, vor der wir nun standen, führte uns hinunter in die große Vorhalle. Ich hob meine Hand. »Sie sind hier.«

»Wo?« Hauptmann Alvarr kniff die Augen zusammen, aber konnte sie nicht ausfindig machen. Wie auch? Er war kein Begabter und hatte nicht den sechsten Sinn, sie ausfindig zu machen.

Arcana nickte. »Ich spüre es auch. Sie sind im Ballsaal.«

»Also, wie wollen wir vorgehen?«

Ich schaute Jalmari nicht an, sondern hielt den Blick starr geradeaus gerichtet. »Wir warten.«

KAPITEL 49

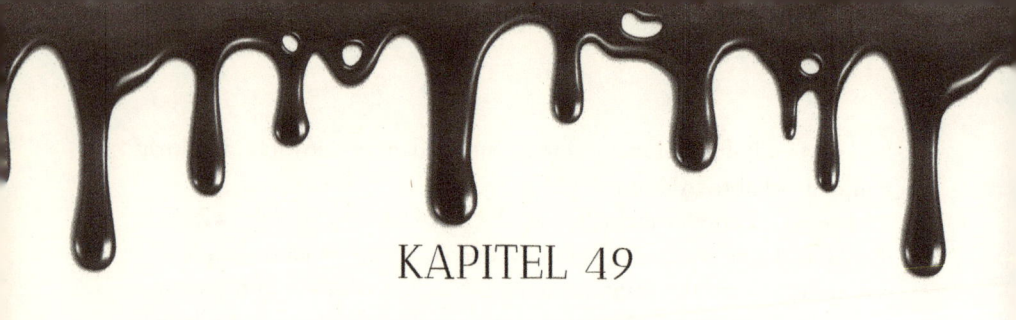

»Zu den Gemächern geht es dort entlang«, flüsterte Mari und deutete auf eine der Türen im Ballsaal. Während sie den anderen die Wege erklärte, schaute ich mich etwas um. Ich hielt die Augen geschlossen und inhalierte den vertrauten Geruch, der mich instinktiv an Heimat denken ließ. Hier hatte ich einen großen Teil meiner Kindheit und Jugend verbracht und erst jetzt wurde mir wirklich bewusst, wie sehr ich diesen Palast vermisst hatte. Im vergangenen Jahr hatte ich zwar sämtliche Freiheiten genossen, die ich mir als junge Prinzessin sonst nur erträumt hatte, doch wieder hier zu sein tat gut. Für einen kurzen Moment konnte ich sogar den Schmerz in meiner Bauchseite vollkommen vergessen.

Der Ballsaal lag so verwittert da wie auch die Gärten. Seit meiner Flucht schien Eira keine Festlichkeiten veranstaltet zu haben. Die Kerzenständer waren von einer zarten Staubschicht bedeckt und auch der Marmorboden war nicht annähernd in seiner alten Verfassung. Es machte mich traurig, dass meine Schwester unser Zuhause so hatte herunterkommen lassen.

»Wir werden uns in der Vorhalle trennen. Vielleicht haben wir Glück und unsere Truppen werden sich bald den Weg freigekämpft haben«, hörte ich Maarten sprechen.

Tero legte die Stirn besorgt in Falten. »Wäre es nicht besser, wenn Aleksi und Nerina in zwei verschiedenen Gruppen wären?«

»Ich verstehe deine Sorge, Bruder. Aber Eira auszuschalten sollte ein Kinderspiel sein. Ich werde Nerina brauchen, um gegen Arcana vorzugehen.«

Noch ein letztes Mal sog ich den verstaubten Duft des Saals in mich ein, ehe ich mich zu meinen Freunden stellte, um mich am Gespräch zu beteiligen. Meine Seite schmerzte bei jedem noch so kleinen Schritt, sodass meine Bewegungen beinahe verkrampft waren. Ich wischte mir die schweißnassen Hände an der Hose ab und versuchte weiterhin, mir nichts anmerken zu lassen. Doch als Tero mich von Kopf bis Fuß betrachtete, war ihm die Sorge deutlich anzusehen.

»Ihr müsst Eira lediglich in Schach halten«, sagte ich. »Währenddessen werden wir uns um Arcana kümmern und dann zu euch stoßen ... sollte nichts schiefgehen.«

Eggi nickte mit zusammengepressten Lippen und verstärkte den Griff um sein Schwert.

»Wollen wir?« Aleksi trat an meine Seite und legte mir seinen Arm um die Schultern. Er musste spüren, wie sehr ich am gesamten Körper zitterte, doch er sagte nichts. Pure Entschlossenheit lag in seinem Blick, die auf mich überging. Ich schluckte die Schmerzen hinunter und nickte.

»Ich bin bereit.«

Als wir durch die Tür traten, kamen wir in einen verlassenen Korridor, der in der Regel lediglich von den Bediensteten genutzt wurde. Wir hatten uns für diesen Weg entschieden, um den Palastwachen aus dem Weg zu gehen, auch wenn ich vermutete, dass die meisten von ihnen sich dort draußen inmitten des Kampfes befanden. Dennoch sollten wir keine unnötigen Risiken eingehen.

Der Flur war steril gehalten – Grautöne bedeckten Fußboden und Wände. Eine eisige und beklemmende Stille legte sich wie ein Schleier über uns. Mir war beinahe, als konnte ich das schnelle Klopfen unserer Herzen wahrnehmen.

Ich versuchte mit den anderen Schritt zu halten, aber ich humpelte mehr, als dass ich wirklich ging. Ein stechender Schmerz durchzuckte mich und ließ meinen Körper verkrampfen. Ich biss allerdings die Zähne zusammen.

Am Ende des Korridors befand sich eine weitere Holztür, von der ich mir sicher war, dass sie ins Foyer führte. Wir hielten einen Moment inne, um unsere Glieder zu lockern und uns auf das Bevorstehende vorzubereiten, uns zu wappnen. Mit zitternden Fingern trat ich vor und umklammerte die vergoldete Klinke.

Einatmen. Ausatmen.

Nur noch wenige Minuten trennten mich von meiner Schwester und von Arcana.

»Alles in Ordnung, ich kann vorgehen.« Eggi schob mich sanft zur Seite und lächelte. Mit der linken Hand griff er an meiner statt nach der Klinke, während in seiner rechten das Schwert lag. Er warf einen letzten Blick über die Schulter, um sicherzugehen, dass wir alle bereit waren. Aber waren wir das? Konnte man sich auf so eine Situation wirklich vollends vorbereiten? Vermutlich eher weniger.

Das verrostete Metall quietschte, als die Tür sich langsam öffnete und Eggi durch diese hindurchtrat. Wir folgten ihm stillschweigend und fokussiert. Meine Handfläche war mit kaltem Schweiß bedeckt, sodass mir das Kurzschwert bei einem Angriff vermutlich augenblicklich aus den Fingern gleiten würde. Ich wischte sie mir an der schmutzigen Hose trocken, ehe ich den Griff verstärkte, den Kopf hob und als Letzte durch die geöffnete Tür schritt.

Die große Vorhalle wirkte verlassen. Keine Kerze brannte, keine Wachen waren postiert und auch hier war unverkennbar Staub auf den Möbeln zu erkennen. Doch so verlassen, wie es schien, war es nicht. Aus dem Augenwinkel konnte ich etwas sehen. Einen Schatten, der versuchte, sich unbemerkt auf den oberen Stufen der Treppen zu verbergen. So kurz die Regung auch gewesen war, ich hatte sie mir mit Sicherheit nicht eingebildet.

»Ich habe es auch gesehen«, presste Tero zwischen zusammengepressten Lippen hervor, als er meine Reaktion bemerkte. Sein Blick glitt zum Treppenabsatz und er kniff die Augen zusammen.

Die Anspannung war greifbar. Mein Herz war kurz davor, aus meiner Brust zu springen. Eine Wärme legte sich ganz sachte auf meinen Brustkorb und ich sah, dass der Anhänger zu leuchten begonnen hatte. Instinktiv griff ich nach ihm und sog scharf die Luft ein. Wenn der Edelstein so reagierte, dann mussten Eira oder Arcana sich dort oben in den Schatten verbergen.

Noch bevor wir einen Plan schmieden konnten, ertönte ein leises, doch durch und durch wahnsinniges Kichern und erfüllte schallend das Foyer. Ich kannte dieses verrückte Lachen und ein Schauder zog sich über meinen gesamten Körper, als mir immer bewusster wurde, dass es zu Rumpelstilzchen gehörte.

»Das ist doch …?« Resa brauchte ihre Frage nicht zu beenden, denn wir alle wussten es. Wir hatten den Schattenwandler getroffen und er hatte uns über einem lodernden Feuer verbrennen wollen.

»Jetzt hast du unsere Tarnung auffliegen lassen.« Eine klangvolle Stimme wurde zu uns getragen. Sie war durchdringend, angsteinflößend und doch melodisch. Aber sie gehörte niemandem, den ich kannte.

Hilfe suchend blickte ich zu den anderen, doch sie schüttelten bloß den Kopf. Konnte das …?

Eine hochgewachsene Frau mit dichtem schwarzem Haar trat aus den Schatten hervor. Ein dunkles Kleid umschmeichelte ihre schmale Figur und selbst aus der Entfernung konnte ich das gefährliche Blitzen in ihren Augen deutlich sehen. Ich kam nicht umhin, schwer zu schlucken. Diese Frau musste Arcana sein. In meiner Vorstellung war sie eine alte Frau gewesen, doch vor uns stand eine junge Frau, kaum älter als ich.

Ganz langsam trat sie die Stufen hinunter, ihre Hand ließ das staubige Geländer dabei nicht los. Sie fixierte mich und würdigte meine Freunde keines Blickes. Ich war es, die sie wollte. Ich war diejenige, die zu einer Gefahr für sie werden konnte.

Als sie die letzte Stufe erreicht hatte, vernahm ich ein Knurren zu meiner Rechten. Mein Blick glitt zu Eggi. Ich war nicht schnell genug, um ihn vor einer Dummheit zu bewahren. Er hatte sein Schwert bereits angehoben und stürmte auf Arcana zu. Diese rührte sich jedoch nicht vom Fleck, sondern lächelte belustigt. Mit einer flüchtigen Handbewegung katapultierte sie Eggi quer durch die Vorhalle. Mit dem Rücken prallte er gegen die Wand und kam stöhnend auf dem Boden auf. Am liebsten wäre ich ihm zu Hilfe geeilt, doch eine falsche Bewegung würde uns unser aller Leben kosten, dessen war ich mir bewusster denn je. Arcana verfügte über eine unglaubliche Macht. Es schien sie keinerlei Mühe zu kosten, ihre Magie zu beschwören und gegen ihre Feinde einzusetzen.

Eggi stützte sich glücklicherweise mit den Händen auf den Fliesen ab und kam wieder auf die Beine. Für einen Augenblick hatte ich geglaubt, ihm wäre etwas Schlimmeres passiert.

Arcana hob ihre Hand an und kurz darauf erschienen vier weitere Gestalten auf den Stufen. Mein Herz rutschte mir in die Hose, als ich sie alle wiedererkannte. Nur mit Mühe und Not gelang es mir, die Tränen wegzublinzeln und meinen Emotionen Einhalt zu gebieten. Ich durfte meine Schwäche nicht zulassen und schon gar nicht zeigen. Zwar hatte ich um den Verrat jedes Einzelnen von ihnen gewusst, aber sie nun alle zu sehen, wie sie sich langsam hinter Arcana postierten, schmerzte.

»Vater, bitte!« Ein flehender Ton lag in Maris Stimme, als sie Hauptmann Alvarr unter den vieren erkannte. Er stand zwischen Eira und Jalmari, während Rumpelstilzchen sich zu Arcana gesellte. Die Kammerzofe wollte einen Schritt auf ihren Vater zugehen, doch Aleksi packte sie am Arm, um sie davon abzuhalten.

Unser Plan war gescheitert. Wir wollten in zwei Gruppen gegen Eira und Arcana antreten, doch nun waren wir alle gemeinsam in der Vorhalle des Palastes versammelt. Es musste uns irgendwie gelingen, die beiden magisch Begabten von den anderen zu trennen, doch mir fiel beim besten Willen keine Lösung für dieses Problem ein. Neben der Treppe und dem Dienstbotengang gab es noch drei weitere Korridore, denen man aus der Vorhalle folgen konnte. Zum einen das Haupttor, das in den Hof hinausführte, den Weg in die Gärten und einen kleinen Flur, der in das Arbeitszimmer meines Vaters führte. Keiner dieser Wege schien der richtige zu sein.

»Es ist schön, dich zu sehen, Schwester.« Eira lächelte mich finster an. Von ihrer kindlichen Unschuld war nichts mehr zu erkennen. Sie war zu einer verbitterten Frau herangewachsen, deren Seele so schwarz war, dass ich sie beinahe greifen konnte.

Ich trat einen Schritt vor und schüttelte Tero ab, als er mich zurückhalten wollte. »Eira«, sagte ich trocken und taxierte meine Schwester, ohne ihrem Blick auszuweichen. »Wieso tust du das?«

Irritation zierte einen Moment lang ihre Züge. Doch kurz darauf verfinsterte ihre Miene sich erneut. »Mein halbes Leben habe ich in deinem Schatten gestanden. Nun ist die Macht mein und du wirst daran nichts ändern können.« Sie ließ den Blick über meine Freunde schweifen. »Und auch dein erbärmlicher Haufen kann sich mir nicht in den Weg stellen.«

Ich schluckte die in mir lodernde Wut hinunter. »Das bist nicht du, Eira«, hauchte ich die Worte. »Du bist ein guter Mensch, das warst du schon immer. Ich weiß, dass irgendwo in dir noch immer das Mädchen von damals ruht. Du musst es nur zurück an die Oberfläche holen. Bitte, Schwester, ich flehe dich an. Bereite diesem Spuk endlich ein Ende und lass uns in unser altes Leben zurückkehren.« Sie schnaubte verächtlich und rollte kopfschüttelnd mit den Augen. »Eira, wenn du nicht kooperierst, dann werde ich dich töten.«

Als sie mich erneut fixierte, konnte ich eine Veränderung in ihren Augen lesen. Ein kurzes Aufblitzen von Unglaube und Verständnis. So, als hätte ich Zugang zu ihr gefunden.

Eira öffnete den Mund einen Spaltbreit, um zu antworten, doch Arcana kam ihr zuvor. »Ich möchte euer fröhliches Wiedersehen ungerne unterbrechen, doch wir haben uns noch einigen wichtigeren Dingen zu widmen. Ich hoffe, ihr seid bereit zu sterben.«

»Die einzige, die heute sterben wird, bist du«, spie Tero in Erwiderung.

Meine Schwester schaute an mir vorbei und musterte ihn mit geneigtem Kopf. Ihre Lippen kräuselten sich leicht. »Beinahe hätte ich dich nicht erkannt«, säuselte sie. »Tero, Tero, Tero. Hättest du an meiner Seite gekämpft, dann hätte ich deinem Leiden schon längst ein Ende bereiten können. Aber du hast dich gegen mich gewandt. Eine törichte Entscheidung, sich auf die Seite der Verlierer zu schlagen.«

»Du bist ein Monster«, knurrte er zurück. »Niemals hätte ich das getan, was du von mir verlangt hast.«

»Dafür wirst du mit den Konsequenzen deiner Unbedachtheit leben müssen, werter Jägersmann. Bist du wirklich bereit dazu, all den Schmerz zu ertragen? Dabei zuzusehen, wie deine Freunde sterben?«

Mein Blick wanderte zwischen Eira und Tero hin und her. Sein Kiefer war angespannt.

»Wovon redet sie?«, wollte Aleksi wissen.

Das Lächeln um Eiras Lippen wurde breiter. »Was? Hat er es euch etwa nicht erzählt?« Ihr Blick glitt zu mir. »Du liebst ihn, Schwesterherz, nicht wahr?«

»Es reicht!«, brüllte Tero und sprang Eira mit erhobenem Schwert entgegen. Für einen Moment war sie zu überrascht, um zu reagieren. Aber Tero hielt in seiner Bewegung inne. Er versuchte, sich zu bewegen, doch er konnte sich nicht rühren. Er war wie versteinert.

Aus dem Augenwinkel sah ich die dunklen Schwaden, die sich um Rumpelstilzchens Finger kräuselten. Er war also dafür verantwortlich.

»Uns läuft die Zeit davon.« Unruhig trat Hauptmann Alvarr von einem Fuß auf den anderen. Sie schienen irgendetwas geplant zu haben und allem Anschein nach musste das alsbald geschehen. Wir mussten Zeit schinden.

»Dazu wird es nicht kommen, Nerina«, sagte Arcana.

»Wie bitte?«

»Dein Wille ist schwach. Eure Zeit wird nicht ausreichen, um uns aufzuhalten.«

Woher wusste sie, was ich eben noch gedacht hatte?

»Weil ich in deine Gedanken schauen kann.« Sie grinste verschwörerisch, während mir jegliche Gesichtsfarbe entwich. Das hieß, dass wir nicht einmal über Pläne nachdenken konnten, ohne dass sie es wissen würde.

Ein Blick über meine Schulter verriet, dass die anderen genau dasselbe dachten wie auch ich. Ich blickte in verständnislose und verwirrte Gesichter, die einen Anflug von Angst und Panik bargen.

»Nun, da wir das geklärt hätten. Tut mir leid, aber wir müssen uns später weiter mit euch befassen.« Arcana hob die Hand und ich spürte, wie die Dunkelheit sich um uns herum ausbreitete. Es war lediglich ein Gefühl der Beklommenheit, als sie ihre Magie an die Oberfläche holte und sie gegen uns richtete.

Ich spürte einen unangenehmen Druck in meiner Magengegend, nur um kurz darauf von einem starken Luftzug hinfort geschleudert zu werden. Krampfhaft kniff ich die Lider zusammen und wartete darauf, dass das Leben aus meinen Knochen wich. Ein harter Aufprall schnürte mir die Luftzufuhr ab und ich spürte kaum, wie ich zu Boden ging.

Das schrille Kichern von Rumpelstilzchen war das Letzte, was ich hören konnte.

KAPITEL 50 – EIRA

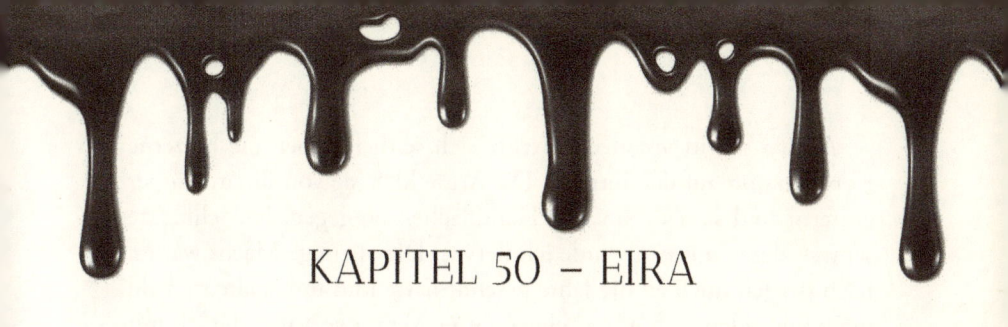

Ich wollte es mir nicht eingestehen, doch Nerina wiederzusehen hatte einen Nerv getroffen. Die Worte, die sie an mich richtete, hatten irgendetwas in mir ausgelöst und ich konnte mir nicht erklären, woher dieses Gefühl rührte. Kopfschüttelnd schritt ich hinter Arcana her. Ihre Fähigkeiten waren bemerkenswert und würden meine Schwester und ihre Gefährten für einige Minuten außer Gefecht setzen. Doch diese wenigen Minuten würden ausreichen, um unsere Pläne umzusetzen und unser Ziel zu erreichen.

Die Nacht war schneller hereingebrochen, als ich vermutet hatte. Ich dachte, wir hatten noch gute zwei Stunden Zeit, doch als ich aus einem der deckenhohen Fenster im Korridor des ersten Stocks blickte, konnte ich deutlich erkennen, dass der Vollmond jeden Moment seinen höchsten Punkt erreicht hätte.

»Wir müssen uns beeilen«, zischte ich den Männern entgegen, die augenblicklich schneller liefen als noch zuvor. Mein Herz schlug gegen meine Rippen.

Ich hoffte, dass Arcana uns wirklich genügend Zeit verschafft hatte. Kaum hatte ich Nerina gesehen, konnte ich die Magie, die von ihr ausging, deutlich spüren. Sie war so hell, so warm und so voller Güte, dass es mir einen Schauder über den Rücken jagte. Wie konnte ein Mensch so viel Herzensgüte besitzen wie meine Schwester? Sie machte nicht den Anschein, als wusste sie diese Magie richtig einzusetzen.

Wir bogen noch ein letztes Mal um die Ecke, ehe wir uns wieder in meinen Gemächern befanden, in denen Meister Silbus gedankenverloren und ungeduldig umherlief. Als er den Blick hob und unser Eintreten bemerkte, atmete er erleichtert aus. »Schnell. Uns bleiben nur noch wenige Minuten.« Mit seinem knochigen Finger deutete der alte Mann in Richtung des Mondes, dessen Licht sich bereits im *Licht der Unendlichkeit* sammelte.

Arcana schritt voran und stellte sich seitlich neben die hölzerne Konstruktion auf der Terrasse. Die Arme hielt sie von ihrem Körper entfernt und streckte uns die Handflächen entgegen. Ich schluckte schwer, denn langsam wurde ich nervös. Die alleinige Macht war es, nach der ich mich all die Jahre gesehnt hatte und nun sollte sie bald mein sein. Dennoch war es eine enorme Verantwortung, die ich mit Jalmari an meiner Seite dann zu tragen hatte. Nur noch wenige Minuten trennten uns von einer in Dunkelheit gehüllten Welt.

»Du wartest auf mein Zeichen, Rumpel«, wies Arcana den Schattenwandler an. »Vier Seelen müssen es sein, die gemeinsam die Kraft entfesseln.«

Hauptmann Alvarr stellte sich an Rumpelstilzchens Seite und starrte gebannt zu uns herüber. Eigentlich war seine Anwesenheit völlig unbegründet, doch sollte irgendetwas geschehen, die Dunkelheit uns übermannen oder in die Tiefe reißen wollen, dann könnte er einschreiten. Ich sah, wie er seine Lippen befeuchtete und sein Adamsapfel vibrierte. Eine kleine Furche lag zwischen seinen Brauen, während er uns konzentriert bei jedem Schritt beobachtete. Es versetzte mir einen Stich, ihn so zu sehen, denn ich wusste, dass das Wiedersehen mit seiner Tochter ihn sorgen musste.

Verflucht, Eira, fokussier dich!, ermahnte ich mich in Gedanken. Zögerlich ergriff ich Arcanas Hand und ignorierte die Tatsache, dass sie mich verärgert von der Seite musterte. Ich wusste, dass sie eben in meinen Gedanken gelesen und mein kurzes Zweifeln bemerkt hatte. Aber immerhin sprach sie dies nicht laut aus.

Du schaffst das. Jalmari und du werdet über Dunkelheit und Schatten regieren und gemeinsam in eine bessere Zukunft schreiten. In eine Zukunft, in der ihr von allen gefürchtet und von allen geliebt werdet. In der euer Sohn zu einem stattlichen Mann heranwachsen wird.

Euer Sohn.

Kian.

Meine Unterlippe bebte, während ich mein Mantra in Gedanken aufsagte. Kian. Ich tat all dies für ihn, da ihm mein Herz und meine Seele gehörte. Ich liebte ihn mehr, als ich in Worte fassen konnte. Mit geschlossenen Augen atmete ich tief durch. Ein und wieder aus.

»Bist du bereit, Liebste?« Jalmari stand mir gegenüber und hatte Arcanas andere Hand gegriffen. Er musterte mich voller Skepsis, doch ich setzte wieder meine kalte Miene auf, ehe er noch etwas sagen konnte.

»Selbstverständlich. Lasst uns beginnen.«

Arcana legte den Kopf in den Nacken und schaute zum Mond hinauf. Ich folgte ihrem Blick und konzentrierte mich auf die helle Scheibe, die den Nachthimmel erleuchtete.

»Bewacht die Tür«, beauftragte ich Alvarr, denn wir durften auf keinen Fall gestört werden. Er neigte den Kopf, ehe er hineinging, die Terrassentür jedoch geöffnet ließ, um uns im schlimmsten Fall rasch beistehen zu können.

Rumpelstilzchen hüpfte händeklatschend in die Höhe und hörte auch nicht mit seinem wahnsinnigen Verhalten auf, als ich ihn mit einem bösen Blick bedachte. Meine erste Amtshandlung würde sein, ihn wieder dorthin zu verbannen, wo er hergekommen war.

Als ich in den Himmel blickte, verstärkte ich instinktiv den Griff um Arcanas und Meister Silbus' Hand. Der Vollmond hatte seinen höchsten Punkt erreicht und richtete all sein Strahlen auf den schimmernden Edelstein in unserer Mitte.

»Schließt die Augen und sprecht die Worte«, wies Arcana uns an. Und das taten wir.

»Mundosas partas paertibus voas. Euripuas tenabras qad«, stießen wir inbrünstig hervor. Wir wiederholten die Phrasen immer und immer wieder. Ich spürte ein nervöses Kribbeln in meiner Magengegend, das sich durch meinen Körper erstreckte und mich gänzlich erfüllte. Ich wusste nicht, was die Worte bedeuteten, doch ein Teil von mir wusste, dass es funktionierte.

Wind zog auf, wirbelte durch meine Haare und zerrte an meinem Kleid. Ich musste mich zwingen, den Griff um Arcana und Silbus nicht zu lockern und die Augen weiterhin geschlossen zu halten. Einzelne Strähnen peitschten gegen meine Lider. Über den starken Wind hörte ich das aufgeregte Kichern von Rumpelstilzchen und die Rufe von Hauptmann Alvarr.

In der Ferne war ein Donnergrollen zu vernehmen, das einen nahenden Sturm ankündigte. Meine Handflächen waren mittlerweile schweißnass und die Worte des Rituals flossen wie von selbst weiter von meinen Lippen, immer weiter. Unsere Stimmen waren miteinander verwoben und klangen wie eine finstere Beschwörung.

Selbst mit geschlossenen Lidern konnte ich die Helligkeit, die von dem Edelstein mittlerweile ausging, sehen. Es blendete in meinen Augen, als würde ich direkt in die Sonne blicken.

»Es ist vollbracht«, hauchte Arcana, woraufhin wir verstummten. Ich traute mich kaum, die Augen zu öffnen. Mein Herz schlug schmerzhaft schnell.

Behutsam blinzelte ich gegen die Helligkeit an und fixierte den Edelstein in der Mitte der Konstruktion. Ein letztes Mal leuchtete er auf, ehe die Intensität nachließ und der Stein schwarz wurde.

Jalmari streckte die Finger aus und wollte *das Licht der Unendlichkeit* berühren, doch im letzten Moment schlug Arcana seine Hand beiseite. »Fass ihn nicht an«, zischte sie mit so viel Wut in der Stimme, dass ich instinktiv einen Schritt zurückwich.

»War das alles?«, hakte ich nach, da der bis vor wenigen Augenblicken noch glühende Stein nunmehr einem Stück Kohle glich. Ich schaute Arcana an, aber sie schien nicht auf meine Frage reagieren zu wollen, sondern schaute sich interessiert unser Werk an. Ihre harten Gesichtszüge entspannten sich und ein unheilvolles Lächeln zierte ihre Lippen.

Ich schaute Jalmari und Silbus fragend an, doch sie schüttelten lediglich den Kopf, wussten auch nicht, was hier vor sich ging. Dennoch wagte es keiner von uns, Arcana noch einmal anzusprechen. Erst jetzt bemerkte ich, dass der Wind sich vollends gelegt hatte und die Nacht vollkommen still dalag. Nicht einmal die in der Ferne aufeinanderklirrenden Schwerter konnte ich noch hören. Es war einfach nur still. Viel zu still.

Allmählich wurde ich wütend. Wütend auf Arcana, dass sie uns nicht aufklärte. Wütend darüber, dass ich noch immer nicht die Herrscherin über alle Königreiche war. Wütend darüber, dass ich keine Veränderung bemerkte. Ich spürte keine dunkle Aura von dem Stein ausgehen und konnte auch nicht sehen, wie die Dunkelheit sich ausbreitete, obwohl es doch eben das war, das eigentlich hätte geschehen müssen.

Wie in Trance starrte Arcana auf den Stein, als versuchte sie seine tiefsten Geheimnisse zu ergründen. Würde das Heben und Senken ihrer Brust sie nicht verraten, hätte man annehmen können, sie wäre versteinert.

Ich nahm all meinen Mut zusammen und wandte mich komplett an Arcana, die mich allerdings nicht wahrnahm. Gerade als ich zum Sprechen ansetzte, ertönte ein lauter Knall und ein ohrenbetäubendes Scheppern. Ehe ich wusste, wie mir geschah, wurde ich mit einem schweren Ruck gegen die gläserne Terrassentür geschmettert, die unter meinem Körpergewicht nachgab und zersplitterte. Ächzend richtete ich mich auf und drehte den Kopf. Auch die anderen drei waren von der Wucht davongeschleudert worden und hielten sich die schmerzenden Knochen.

Ein Blick auf meine Hände verriet mir, dass ich mich an den Glassplittern geschnitten hatte.

»Eure Majestät!« Alvarr kam zu mir und half mir wieder auf die Beine. Mein Kopf schmerzte und mir war schwindelig, doch ansonsten war ich wohlauf.

»Was war das?«, krächzte ich, aber erhielt keine Antwort. Ich folgte dem Blick des Hauptmannes, der mit offenem Mund gen Himmel schaute. Und dann sah auch ich es.

Ein grüner Lichtstrahl ging von dem Edelstein aus und schien ein Loch ins Firmament zu brennen. Ich trat näher an das Spektakel heran und hielt mich am Geländer fest. Aus jeder Himmelsrichtung schossen solche Strahlen aus der Erde und trafen sich in der Mitte genau über uns.

»Was ist das?«, fragte ich mit einem Blick über die Schulter.

Als ich Arcana direkt ansah, veränderte sich alles an ihr. Schon immer hatte sie mich mit ihrer Dunkelheit fasziniert und in den Bann gezogen, doch die schwarzen Rauchschwaden, die sich gerade um ihren Körper legten, strahlten so viel Böses aus, dass es mir das Blut in den Adern gefror.

Sie trat an meine Seite und fixierte das Spektakel ebenso fasziniert, doch schien sie in keiner Weise überrascht über den Ausgang unseres Rituals zu sein.

»Das, Eira, ist die Zukunft.«

KAPITEL 51

Ein pochender Schmerz biss sich in meiner Stirn fest und es dauerte einen Augenblick, ehe ich die Orientierung zurückerlangt hatte und wieder wusste, wo ich mich befand. Ich blinzelte hektisch und drehte den Kopf etwas zu schnell, woraufhin mich auf der Stelle ein heftiges Schwindelgefühl überkam, gegen das ich versuchte anzukämpfen.

Tero musterte mich besorgt und eilte an meine Seite.

»Alles gut«, sagte ich, doch meine Stimme war so brüchig, dass ich mir selbst kein Wort glaubte.

Mein Blick schweifte durch die Vorhalle, in der meine Freunde sich alle zurück auf die Beine kämpften. Arcana hatte uns schwer erwischt und ich wusste nicht, wie lange sie uns außer Gefecht gesetzt hatte. Waren es nur Sekunden oder doch Minuten oder Stunden gewesen?

Aleksi stand keuchend auf. »Wir müssen uns beeilen, wenn wir sie noch aufhalten wollen.«

Tero funkelte seinen Bruder wütend an. »Bist du des Wahnsinns? Meinst du, sie kann so kämpfen?« Er deutete an meine Bauchseite und ich schaute an mir hinab. Das Blut tropfte vom Hemd hinunter und formte eine kleine rote Pfütze um meine Sohlen. Kaum hatte ich das gesehen, zog sich ein stechender Schmerz durch meine Seite. Die Naht musste bei dem harten Aufprall vollständig gerissen sein. Aber mir blieb nichts anderes übrig, als den Schmerz hinunterzuschlucken.

»Es geht schon, ehrlich«, versicherte ich und lächelte dabei verkrampft. Tero seufzte, aber widersprach mir nicht. Er kannte mich gut genug, um zu wissen, dass mich nichts und niemand von unserem Vorhaben abbringen konnte.

»Geht es euch allen auch gut?«, rief Aleksi den anderen zu, die murmelnd ihre Zustimmung gaben. »Dann sollten wir uns in den Kampf stürzen!« Seine Euphorie war ansteckend und verlieh mir den

Mut, mich wiederaufzurichten und mich meiner Schwester erhobenen Hauptes zu stellen.

»Sie sind nach oben gegangen«, sagte Mari leise. »Ich habe es noch sehen können, ehe ich gegen die Wand gestoßen wurde.«

Ich nickte. »Vermutlich in ihre Gemächer. Wir sind in der Überzahl und dort oben haben sie keine Fluchtmöglichkeit.«

»Dann lasst uns ein paar Hexen töten«, stimmte Heorhiy zu und drängelte sich an mir vorbei.

Tero lehnte sich zu mir hinunter. »Bist du dir ganz sicher?«

»Ja, das bin ich.«

»Bleib bitte am Leben«, sagte er traurig und beugte sich weiter zu mir herunter, sodass sein warmer Atem auf meiner Haut kitzelte und sich ein inneres Wohlbefinden in mir ausbreitete. Instinktiv drückte ich den Rücken durch, um Tero noch ein weiteres Stück näher zu sein und auch die letzte Distanz zwischen uns zu überbrücken.

»Kommt schon!«, rief Aleksi, worauf der kurze magische Moment wieder vorüber war. Ich räusperte mich, ehe ich mich von Tero abwandte und den anderen folgte, die bereits die ersten Stufen erklommen hatten.

Ich hatte bei jedem Schritt höllische Schmerzen und mir wurde immer bewusster, dass es schwer sein würde, mich im bevorstehenden Kampf auf den Beinen zu halten. Ich hatte bereits jetzt einiges an Blut verloren, weshalb es mich wunderte, dass ich überhaupt noch stehen konnte. Vermutlich war es einzig und allein der Gedanke daran, dass wir all dies in wenigen Stunden hinter uns gelassen hätten, der mir die nötige Kraft spendete.

»Dort entlang.« Mari wies den anderen den Weg zu Eiras Gemächern.

Wir rannten um die Ecke, als eine Erschütterung den Boden unter unseren Füßen vibrieren ließ. Ich konnte mich gerade noch mit der Hand an der tapezierten Wand festhalten, um nicht erneut zu stürzen.

»Was ist das?« Leutnant Maarten schaute aus einem der hohen Fenster. Ich konnte seinen Blick nicht deuten – es war eine Mischung aus Angst und Faszination. Ich stützte mich ab und ging in seine Richtung. Hinter ihm stellte ich mich auf die Zehenspitzen, um über seine Schulter hinweg hinausblicken zu können.

Ein grelles Licht erleuchtete den Nachthimmel. Ein Strudel aus verschiedenen Farbnuancen hob sich vom Firmament ab und tänzelte durch die Luft.

»Wir kommen zu spät«, hauchte Mari ängstlich und ich wusste, dass sie recht hatte. Was auch immer das dort draußen war, es hatte mit Sicherheit etwas mit Eira, Arcana und ihren Plänen zu tun.

»Wir sollten keine Zeit verlieren.« Aleksi rannte weiter und wir folgten ihm. An der Tür zu Eiras Gemächern blieb er abrupt stehen und wartete darauf, dass wir alle bereit waren. Nickend gaben wir ihm zu verstehen, dass der letzte Kampf beginnen konnte.

Der Prinz griff nach der Türklinke und drückte sie hinunter. Glücklicherweise war sie nicht verschlossen – oder war das Teil des Plans und lediglich eine Falle?

Eiras Gemächer lagen genauso da wie in meiner Erinnerung. Mit dem einzigen Unterschied, dass die sonst so strahlend weiße Einrichtung über die Zeit leicht ergraut war. Die Terrassentür lag in einem Scherbenhaufen über dem Teppichboden verteilt und ein lauer Wind kroch ins Innere des Zimmers.

Mein Blick war starr auf meine Schwester gerichtet, die mit dem Rücken zu uns auf der Terrasse stand und den Himmel betrachtete. An ihrer Seite stand Arcana. Sie schienen unser Eindringen nicht zu bemerken und sich auf das, was vor ihnen lag, zu konzentrieren.

»Verflucht!« Hauptmann Alvarrs Kopf erschien im Türrahmen und seine Miene verfinsterte sich, als er mit erhobenem Schwert hineinstürmte. Zeitgleich schnellten auch die Magierinnen herum und Jalmari trat an die Seite des Hauptmanns.

Auch wenn ich ihn eben erst gesehen hatte, versetzte seine Anwesenheit mir erneut einen Stich. Der Verrat saß noch immer viel zu tief.

»Oh, da seid ihr ja wieder!« Rumpelstilzchen grinste uns mit krummen Zähnen an und klatschte wie immer freudig in die Hände.

Eggi knurrte wie eine wild gewordene Bestie und war bereits kurz davor, anzugreifen, aber er hatte unten in der Vorhalle bereits zu spüren bekommen, dass das nicht die beste Methode war.

Ich machte einen Schritt nach vorne, auf Eira zu. Sie stand noch immer draußen, doch auch sie bewegte sich hölzern in meine Richtung und ließ mich dabei nicht aus den Augen.

»Was machst du da?«, zischte Resa leise, aber ich ignorierte sie.

»Eira, ich bitte dich noch ein letztes Mal. Bitte, hör auf mit dem, was du tust. Bitte, komm zu mir zurück.« Ihr Blick war undurchdringlich und wirkte beinahe so, als würde sie direkt durch mich hindurchschauen. Als wäre ich Luft für sie.

»Eira, bitte!«, flehte ich ein weiteres Mal.

Sie schüttelte langsam den Kopf. »Nein, Schwester. Deine Zeit ist vorüber. Heute Nacht wirst du sterben.«

Ich hatte es versucht und war gescheitert. Meine Schwester war fort, verloren an die Dunkelheit. Ich umklammerte mein Schwert fester, bereit, Eira die scharfe Klinge durchs Herz zu stoßen. Wenn sie nicht kooperieren wollte, dann würde sie für all ihre vergangenen Vergehen hier und jetzt büßen müssen.

Eira streckte die Hand aus, sodass die Innenfläche in meine Richtung zeigte. Sie formte einen Feuerball, den sie auf mich schleuderte.

»Vorsicht!« Heorhiy riss mich in letzter Sekunde zur Seite, sodass der Feuerball sich in die Wand hinter uns fraß. Augenblicklich begann die Tapete zu brennen und eine Rauchwolke zog durchs Zimmer, sodass ich husten musste.

»Du hast keine Chance, Schwester«, zischte Eira mich wütend an, doch ich ließ mich davon nicht aus der Ruhe bringen. Ich konnte sie nur mit meiner Magie bekämpfen und musste einfach hoffen, dass mein Körper noch lange genug mitspielen würde.

»Wollen wir unseren Gästen nicht erst einmal zeigen, was sie verpassen werden?« Arcana trat vor. »Kommt, schaut es euch an in dem Wissen, dass ihr nichts mehr daran ändern könnt.«

»Aber ...«, wollte Eira widersprechen, doch Arcana schnitt ihr das Wort ab.

»Wir haben unsere Höflichkeiten noch nicht verloren. Danach können wir sie noch immer töten.« Sie grinste höhnisch, ehe sie uns den Rücken zuwandte und einige Schritte nach draußen trat.

Wir tauschten einige verwirrte Blicke miteinander aus. Ich verstand nicht, weshalb Arcana wollte, dass wir uns ihr Werk anschauen. Dennoch war ich neugierig, was der mysteriöse Strudel am Himmel zu bedeuten hatte.

Ich wusste nicht, wie mir geschah. Wie in Trance folgte ich der Magierin und ließ mich von der kühlen Nachtluft in eine sanfte Umarmung schließen. Ich folgte ihrem Blick Richtung Strudel und kniff die Augen einen Spaltbreit zusammen, um besser sehen zu können.

Es war, als befände sich eine vollkommen andere Welt dort oben am Firmament. Ich musste lautstark schlucken, als mir bewusst wurde, dass ich mir das nicht einbildete. Zwar bedeckte ein Schleier den Strudel, doch an manchen Stellen lüftete er sich und offenbarte eine Stadt, wie ich sie noch nie zuvor gesehen hatte. Hohe Häuser aus Stein und Glas, in denen helle Lichter brannten. Merkwürdig aussehende und viel zu schnell fahrende Kutschen auf ... waren das Straßen? Es war ein surrealer Anblick.

»Was ist das?« Eira war hinter Arcana aufgetaucht und schaute wie auch wir in den Nachthimmel hinauf. Sie schien nicht zu wissen, was sich dort oben befand. Als hätte Arcana ihr die ganze Wahrheit verschwiegen. Ich musterte meine Schwester, die der Magierin fragende Blicke zuwarf, aber keine Antwort von ihr erhielt.

Über meine Schulter hinweg sah ich, dass auch die anderen mittlerweile aus ihrer Schockstarre erwacht waren und sich dem Spektakel genähert hatten. Der Himmel wurde durch zahlreiche Strahlen, die aus dem Erdboden ragten, erleuchtet und offenbarte uns nun eine vollkommen andere Welt. Eine Welt, von deren Existenz wir nichts wussten. Und dieser farbenprächtige Strudel musste eines der Portale sein, von denen Lady Izay uns in Kjartan erzählt hatte. Also stimmte es. Arcana war drauf und dran, die Herrschaft aller Welten an sich zu reißen.

KAPITEL 52

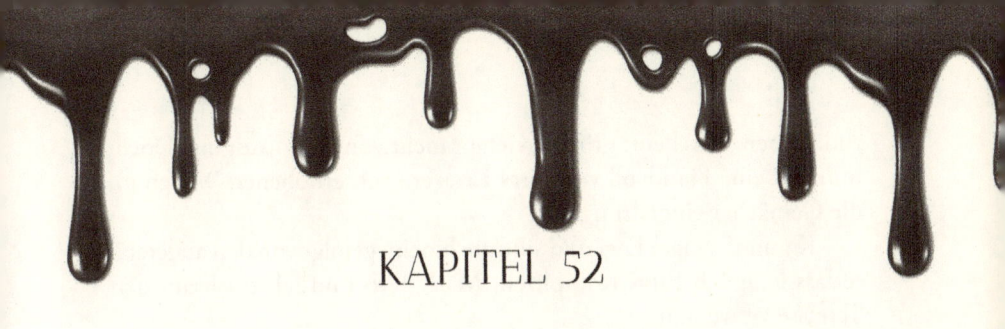

Die Flammen breiteten sich immer weiter im Inneren des Zimmers aus. Arcana konnte uns vielleicht mit ihrem Werk für den Moment ablenken, aber wenn wir nicht schnell handelten, dann würde das Feuer uns verschlingen. Wie aufs Stichwort begann der Edelstein um meinen Hals zu leuchten. Ich war zu geschwächt, um eigenständig Magie zu wirken, und ich musste alles gegen Arcana aufbringen. Sie aufzuhalten war noch immer unsere oberste Priorität und uns rannte langsam die Zeit davon.

Ich suchte Aleksis Blick und fand ihn schließlich. Der Prinz schaute mich fragend an und ich neigte den Kopf in Richtung Feuer. Als er die knisternden Flammen erblickte, nickte er mir zu und verschwand unauffällig im Zimmer.

»Das ist also dein Ziel gewesen, Eira? Die Königreiche in Dunkelheit zu stürzen hat dir nie gereicht, nicht wahr? Nein, du musst dich zusätzlich noch an anderen unschuldigen Welten vergehen!« Ich spie die Worte aus, um von Aleksi abzulenken und musste meine Gedanken dazu zwingen, an etwas anderes zu denken. Immerhin war Arcana in der Lage, sie zu lesen.

»Nein!«, entgegnete meine Schwester mit einem Anflug von Gewissensbissen in der brüchigen Stimme. »Das war nicht meine Absicht, aber wenn wir schon die Möglichkeit haben, die Dunkelheit in andere Welten zu bringen, dann sollten wir diese nutzen.«

Ihre Miene verfinsterte sich augenblicklich und ihre Hände ballte sie zu Fäusten.

»Eira, das ist Wahnsinn!«

Ein lautes Poltern riss mich aus den Gedanken und ich wandte den Kopf.

»Wir brauchen hier dringend Hilfe«, rief Aleksi über den Lärm hinweg. Er hatte es geschafft, die Flammen mittlerweile insoweit einzudämmen, dass keine größere Gefahr mehr von ihnen ausging. Doch nun war eine Handvoll von Eiras Kriegern mit erhobenen Waffen in die Gemächer eingedrungen.

»Kommt!«, sagte Eggi und stürmte hinein, gefolgt von den anderen, sodass lediglich Eiras Komplizen, Mari, Tero und ich noch auf der Terrasse verweilten.

Ich fixierte meine Schwester ein weiteres Mal, versuchte sie niederzustarren und irgendeine Gefühlsregung aus ihr herauszukitzeln, doch vergebens.

»Es ist zu spät, Nerina. Sieh es ein. Du hast verloren.« Jalmari hob sein Schwert und richtete es auf mich. Ich musste hart schlucken, denn ich wusste, dass er ein ausgezeichneter Krieger war und ich niemals gegen ihn würde bestehen können. Er versuchte mich mit der Schwertspitze zurückzudrängen, aber Tero schob mich zur Seite und stellte sich beschützend vor mich.

Er starrte den Prinzen beinahe zähnefletschend an und zog sein eigenes Schwert aus der Scheide. »Du wirst ihr nichts tun. Nur über meine Leiche.«

»Das kannst du so haben«, zischte Jalmari in Erwiderung und ließ die Klinge hinabsausen. Mari entfuhr ein heiseres Quietschen, kurz bevor Tero getroffen wurde. Doch er konnte seinen Schwertarm in letzter Sekunde heben und gegen Jalmari antreten.

Es war an der Zeit, diesem Krieg ein Ende zu bereiten. Völlig außer Atem kam Aleksi zurück zu uns auf die Terrasse und beobachtete seinen kämpfenden Bruder. Doch anstatt ihm zu Hilfe zu eilen, stellte er sich an meine Seite und drückte sachte meinen Arm. »Bist du bereit, dich der Dunkelheit zu stellen?«

»Bleibt mir denn eine Wahl?«, versuchte ich zu scherzen.

Arcana legte den Kopf in den Nacken und fing aus vollem Halse an zu lachen. »Ihr habt keine Chance, zu gewinnen. Versucht es gar nicht erst, ihr würdet ohnehin sterben.«

Der Stein um meinen Hals leuchtete und blinkte nun unaufhörlich. Er fühlte sich von Arcanas Worten provoziert und ich konnte es ihm nicht einmal verübeln.

»Eira, tu doch etwas. Du kannst es aufhalten«, fiepte Mari von der gegenüberliegenden Terrassenseite. Für einen Moment wurden die

Gesichtszüge meiner Schwester wieder weicher, bevor sie sich erneut verhärteten.

Ich schaute zu Aleksi, der nur auf mein Zeichen wartete. Wir mussten etwas unternehmen.

»Bereit?«, fragte ich Aleksi.

»Bereit.«

Ein schelmisches Grinsen umschmeichelte Arcanas Lippen. Sie schüttelte ungläubig den Kopf. »Denkt ihr zwei wirklich, dass ihr es mit mir aufnehmen könnt? Das wird euer Untergang sein. Ihr könnt die Dunkelheit nicht aufhalten. Ich werde über all dies herrschen, komme, was wolle!«

Ich schloss die Augen und krallte mich mit all der Kraft, die ich noch aufbringen konnte, an Aleksis Arm. Der Edelstein um meinen Hals glühte und ich fokussierte mich auf die Magie in meinem Inneren. Arcana durfte nicht die Oberhand gewinnen. Wir mussten sie aufhalten. Ich spürte, wie die Magie zum Leben erwachte und sich durch meinen Körper schlängelte. Ich lenkte sie in Richtung der Kette, da ich nicht mehr die Kraft hatte, sie selbstständig zu entfesseln. Aleksi an meiner Seite tat es mir gleich. Unsere Herzen schlugen rhythmisch im Einklang, während wir all unsere Macht auf Arcana richteten.

Als ich die Augen aufriss, schoss ein heller Energiestrahl aus dem Katalysator. Er war so warm und strahlend, dass Arcana verglühen müsste. Gebannt wartete ich darauf, dass die Helligkeit nachließ, doch die Magierin stand noch an Ort und Stelle, ohne einen einzigen Kratzer.

In ihren dunklen Augen funkelte das Böse. »War das etwa schon alles?«

»Wie kann das sein?«, zischte Aleksi. »Sie hat nicht einmal den kleinen Finger gerührt.«

Angst schnürte mir die Kehle zu. Wenn Arcana nicht einmal ihre Magie anwenden musste, um unsere abzuwehren, dann waren wir verloren. Schweiß bedeckte meine Stirn, meine Glieder schmerzten und meinem Körper fehlte jegliche Kraft. Der Angriff hatte mich bereits viel Mühe gekostet und hatte rein gar nichts bewirkt.

Erneut griff ich nach Aleksi und versuchte nach seiner Magie zu graben. Dabei blendete ich die klirrenden Schwerter und das Kampfgebrüll aus. Aber der Prinz kam mir zuvor. Ich spürte, wie er seine

Kraft bündelte und einen Feuerball erschuf, den er in seiner offenen Hand balancierte. Er holte aus und warf ihn auf Arcana, doch diese hob lediglich ihre Hand und brachte das Feuer mit einer Mauer aus Wasser zum Verdampfen. Dann öffnete sie erneut ihre Lippen und begann über uns zu lachen.

Ich war wie in Trance, fühlte mich schlagartig vollkommen unbeholfen und unnütz. Es war hoffnungslos, gegen eine so mächtige Magierin zu bestehen.

Ein dumpfes Stöhnen riss mich aus meiner Benommenheit. Als ich den Kopf drehte, stockte mir der Atem. Von ganz allein trugen meine Beine mich in die Richtung, in der Jalmari über Tero stand.

»Nein!« Ich spürte, wie meine Lippen das Wort formten, konnte aber keinen Ton hören. Mir war nicht einmal bewusst, dass ich mich auf die Knie warf, bis ich neben Tero auf dem kalten Boden hockte.

Eine tiefe Wunde zog sich über seinen Rumpf. Ich verschloss sie mit den Händen, doch das Blut war schneller als ich und strömte aus ihm heraus.

»Tero, bleib wach, bitte!«, flüsterte ich und legte meine nun rote Hand auf seine schweißnasse Stirn. Er verzog die Mundwinkel zu einem schiefen Lächeln.

»Alles wird gut«, hauchte er. »Du kannst sie besiegen, daran glaube ich fest.«

Tränen rannen über meine Wangen. Nein, nein, nein. Das war nicht möglich. Tero war stark, geschickt, mutig. Er konnte nicht durch einen Schwerthieb aus dem Leben gerissen werden. Nicht so, nicht hier, nicht heute.

»Verdammt!«, fluchte Aleksi, der aus seiner Starre erwacht war und seinen Bruder betrachtete. »Tero, du wirst nicht sterben, hörst du? Das würde ich dir niemals verzeihen, also steh auf!«

Tero drehte den Kopf, woraufhin sich seine Züge vor Schmerzen verzogen. »Ich geb mein Bestes, Bruder.«

Aleksi umrundete uns, vergrub seine Hände in den Haaren und gab einige unverständliche Flüche von sich. Dann ging er in die Hocke und schrie aus vollem Leibe, dass es mich bis ins Mark erschütterte.

Als Teros Lider einige Male flackerten, legte ich meinen Kopf auf seine Schulter. »Ich liebe dich, Tero. Ich liebe dich so sehr. Verlass mich nicht.«

Doch ich erhielt keine Antwort. Stattdessen gab ich mich vollends meinen Tränen und meiner Trauer hin. Mein gesamter Körper vibrierte und auch wenn jede Regung schmerzte, konnte ich nicht dagegen ankämpfen. Meine Finger verkrampften unter dem Stoff von Teros durchtränktem Hemd. Nein, das war gerade nicht geschehen. Das konnte und wollte ich nicht glauben. Ich presste die Zähne aufeinander und mein Kiefer mahlte. Jalmari war schuld daran. Er hatte Tero das Schwert durch den Körper gestoßen. Dieser verfluchte manipulative … Er sollte dafür büßen, dafür bezahlen.

Mit zittrigen Beinen erhob ich mich und spürte, wie die Macht mich vollkommen eingenommen hatte. Doch es war keine Helligkeit und kein Licht, das ich in mir wahrnehmen konnte, sondern eine alles verschlingende Dunkelheit. Ich konzentrierte mich auf Jalmari, der sich den verletzten Schwertarm hielt und an Eiras Seite getreten war. Ihre Mundwinkel senkten sich traurig, als unsere Blicke sich trafen. Dann machte sie einen Ausfallschritt zur Seite. Ich wusste nicht, ob diese Bewegung beabsichtigt war oder nicht. Doch nutzte ich die Gelegenheit, Jalmari nun noch intensiver zu fixieren. Kleine Blitze umspielten meine Handgelenke und Fingerspitzen, während ein ohrenbetäubender Wind aufzog und der Himmel sich verfinsterte.

Als der Prinz bemerkte, dass diese Macht von mir ausging und nicht von Arcana, schluckte er hart und schaute sich ängstlich um, als suchte er nach einem Ort, an dem er sich verstecken konnte. Doch diesen gab es nicht. Es würde keinen Ausweg für ihn geben.

Ich hörte in der Entfernung, wie jemand meinen Namen rief und einen Atemzug lang kam ich zur Besinnung. Die Dunkelheit war kurz davor, von mir Besitz zu ergreifen – wollte ich es wirklich so weit kommen lassen? Mit einem Kopfschütteln verbannte ich diesen Gedanken. Wenn ich mich ihr voll und ganz hingeben musste, um diesen Kampf zu beenden, dann würde es so sein. Die Rache sollte mein sein.

»Sag Lebewohl«, zischte ich Jalmari an, hob die Hände und ließ die grellen Blitze auf ihn hinabsausen. Zufriedenheit erfüllte mich mit Leib und Seele, als ich seinen zitternden Körper am Boden sah. Seine Glieder zuckten unkontrolliert und eine dunkle Rauchschwade stieg von ihm empor, bis auch das letzte bisschen Leben aus seinen Knochen gewichen war.

Arcana klatschte euphorisch in die Hände und legte den Kopf schief. »Ausgezeichnet«, sagte sie voller Stolz. »Mit diesen Kräften können wir arbeiten. Du bist weitaus stärker als diese beiden Taugenichtse. Jemanden wie dich kann ich an meiner Seite gebrauchen.« Sie streckte die Hände nach mir aus in freudiger Erwartung, dass ich auf sie zuging und mich ihrer Umarmung hingab. Doch diesen Gefallen würde ich ihr nicht tun.

»Dass Jalmari sterben musste, war uns bereits klar.« Eira stellte sich vor Arcana und stemmte die Fäuste in die Seite. »Aber du und ich haben all die Zeit zusammengearbeitet und nun bist du der Meinung, ich wäre nicht mehr gut genug? *Ich* bin die wahre Herrscherin und du lediglich meine Komplizin. Vergiss nicht, wo du hingehörst.«

Meine Schwester drückte den Rücken durch. Man konnte die Abscheu aus ihrer Stimme heraushören. Die Abscheu, die sie in diesem Moment gegenüber Arcana empfand. *Tanzt, meine Marionetten, tanzt,* ging es mir durch den Kopf. Die beiden gegeneinander aufzuhetzen, würde mir einiges an Kräften ersparen.

»So unschuldig und so naiv, kleine Eira«, sagte Arcana verschmitzt. »Glaubst du wirklich an deine eigenen Worte? Glaubst du, du wärst die wahre Herrscherin?«

»Ich glaube es nicht nur, ich weiß es!«

Arcana verfiel in ihr düsteres Gelächter. »Du warst doch all die Zeit lediglich meine Spielfigur. Ich dachte, dass dir das mittlerweile klar war. Immer und immer wieder musste ich die Dunkelheit in dein Köpfchen pflanzen, damit du mir gehorchst. Aber ich tue dir einen Gefallen, ehe du stirbst. Ich erlöse dich!«

Dann legte sie ihre Hände um den Kopf meiner Schwester, die einen qualvollen langen Schrei ausstieß und in die Knie gezwungen wurde. Zusammengekauert lag sie wimmernd am Boden, die Beine an die Brust angezogen, sich hin und her wiegend. Ihr Körper verkrampfte und ihr lang gezogener Schrei wurde immer quälender, bis er plötzlich abrupt verstummte.

Eira blinzelte einige Male benommen, ehe sie den Kopf langsam anhob. Dabei traf ihr Blick auf den leblosen Körper Jalmaris. Laut seufzend krabbelte sie auf ihn zu und beugte sich über ihn. »Jalmari? Jalmari!«, schluchzte sie und rüttelte an seinen Schultern. »Bitte, Jalmari. Dein Sohn braucht dich.«

Mit einem Mal erwachte ich aus meiner Starre, in der mich die Dunkelheit gefangen gehalten hatte, und mir wurde bewusst, dass ich recht behielt. Eira war unschuldig. Sie hatte all die grausamen Taten zwar begangen, doch war lediglich eine Schachfigur in Arcanas perfidem Spiel gewesen. Eine Figur, die die Magierin nun nicht mehr benötigte und die weggeworfen werden konnte.

»Es tut mir so leid, Eira«, flüsterte ich und senkte meine Arme. Ich hatte ihr aus Rache an Teros Tod die Liebe ihres Lebens genommen. Ich hatte einem unschuldigen Kind den Vater geraubt. Ich hatte nicht nur eines, sondern gleich mehrere Leben zerstört. Dabei hätte ich all meinen Zorn gegen Arcana richten sollen.

Als ich zusammenzusacken drohte, packten mich zwei starke Arme und hielten mich auf den Beinen. Aleksi schüttelte mich durch und zwang mich, den Blick zu heben. Seine Augen waren blutunterlaufen und die Tränen an seinen Wangen eingetrocknet. »Wir müssen kämpfen, Nerina. Wir müssen Arcana besiegen, damit all die Verluste nicht umsonst waren!«

Mein Kopf fühlte sich schwer wie Blei an, als ich langsam nickte.

»Gut!«, sagte Aleksi und wandte sich Arcana zu. Ein dichter dunkler Nebel umschloss ihren Körper. Die Magierin blickte uns zornig an.

»Zu schade, dass ihr nun sterben werdet«, sagte sie und richtete ihre Handflächen in unsere Richtung. Schneller, als wir reagieren konnten, schoss sie Blitze in unsere Richtung. Ich legte mir die Hände über den Kopf, in dem Wissen, dass ich mich auch so nicht vor dem Angriff schützen konnte. Doch die Blitze kamen nicht bei uns an. Ich blinzelte einige Male gegen die Helligkeit an und sah, dass Eira sich abwehrend vor Aleksi und mich gestellt hatte. Ihre Arme hatte sie in die Höhe gestreckt und formte mit ihnen eine Art Schutzbarriere, die uns von den Blitzen abschirmte. Stattdessen sausten sie mit Höchstgeschwindigkeit gegen die Mauer, wo sie in Asche und Rauch aufgingen.

»Was …?«

»Ich kann die Barriere nicht lange halten«, stieß Eira hervor. »Sammelt eure Kräfte, anders können wir sie nicht besiegen.«

Arcana ließ nicht locker. Sie feuerte eine magische Attacke nach der anderen auf uns ab. Eira rann der Schweiß von der Stirn und am Zittern ihrer Arme war ihr die Anstrengung deutlich anzumerken.

»Wir müssen unsere Kräfte zusammenschließen«, sagte Aleksi und griff nach meiner Hand. »Gemeinsam sind wir so viel stärker.«

Ich wusste, dass er recht hatte, aber ich war nicht sicher, ob ich das schaffen würde. Ich war noch immer schwer verwundet und der Angriff auf Jalmari hatte mir einen Großteil meiner Kräfte geraubt. Dennoch hatten wir keine Wahl. Also nickte ich dem Prinzen zu und drückte seine Hand.

Ich presste die Lider aufeinander und horchte auf mein Innerstes. Den Kampf, der im Hintergrund tobte, blendete ich aus, genauso wie das düstere Knurren von Arcana, die all ihre Macht gegen uns bündelte. Meinen schnellen Herzschlag versuchte ich zu verlangsamen und meine Gefühle auf eines zu konzentrieren: Tero. Er hatte mir in all der Zeit treu zur Seite gestanden, er war der Anker gewesen, der mir den nötigen Halt gegeben hatte. Tero hatte mir das Leben in mehr als nur einer Hinsicht gerettet und das seine dafür geopfert. Er war der Mann, den ich mit jeder Faser meines Seins geliebt hatte und es auch jetzt noch tat. Wir waren zwei Teile einer zerbrochenen Seele.

Ich rief mir sein Gesicht vor Augen. Seine braunen Augen, in denen goldene Sprenkel im Sonnenlicht funkelten. Seine kleinen Grübchen, die unter seinem Bartschatten versteckt lagen und die ich doch so sehr liebte. Seine liebevollen und motivierenden Worte, seine verstohlenen Blicke von der Seite und jede seiner Berührungen.

Tero war in meinen Augen das personifizierte Gute. Er hatte es nicht verdient, auf so grausame Art und Weise aus dem Leben gerissen zu werden. Aufgrund einer Magierin, die andere Menschen für ihre arglistigen Spielchen missbrauchte.

Bei jedem weiteren Gedanken ließ das heftige Poltern in meiner Brust nach, bis es schließlich zu einer sanften, gleichmäßigen Melodie wurde. Die Magie erstreckte sich durch meinen Körper und umschloss mein gebrochenes Herz mit seinem Licht. Von außerhalb drang ebenfalls das hellblaue Leuchten Aleksis in mich ein und verband sich mit meiner Magie. Doch dieses Mal war es nicht so wie an dem Tag, an dem wir von feindlichen Kriegern angegriffen wurden. Nein, wir hatten die Kontrolle über unsere Körper und unsere Kräfte. Und solange wir diese behalten würden, konnte sich uns niemand in den Weg stellen.

Das Aufleuchten wurde immer stärker, bis es mein Blut förmlich zum Kochen brachte. Leib und Seele strahlten heller, als das Sonnenlicht es jemals könnte. Und es strahlte für Tero.

»Jetzt!«, rief ich entschlossen. Aleksi und ich rissen zeitgleich die Augen wieder auf und Eira ließ die Arme sinken, um unserer Magie freie Bahn zu gewähren. Die Schutzbarriere fiel in sich zusammen und ein heller Strahl, der von Aleksi und mir ausging, sauste auf Arcana zu. Einen Moment lang geriet die Magierin ins Straucheln vor Überraschung, doch sie reagierte schnell. Sie hielt die Hände vor der Brust ausgestreckt und feuerte ebenfalls einen Strahl auf uns ab, der aus purer Dunkelheit bestand.

Licht und Finsternis prallten aufeinander und versuchten sich jeweils in die Ecke zu drängen. Es kostete uns alle Mühe, gegen Arcanas Kraft anzukommen. Zähneknirschend machte sie einen Satz nach vorne, sodass wir instinktiv zurückwichen und versuchten, gegen ihre Magie zu bestehen. Der Boden unter meinen Sohlen zitterte und wurde rissig.

Mari schrie gegen die Lautstärke an, versuchte Aleksi und mir Mut zuzusprechen, aber ich konnte mich nicht auf ihre Worte konzentrieren, denn mein Fokus galt einzig und allein dem magischen Strahl, der von uns ausging.

»Wir schaffen es nicht«, flüsterte Aleksi. »Wir sind zu schwach.«

Kopfschüttelnd bündelte ich noch mehr Macht aus meinem Körper, aber Arcana gelang es weiterhin, uns zurückzudrängen.

»Eira!«, schrie ich meiner Schwester entgegen, die in gebückter Haltung neben uns am Boden kauerte. »Hilf uns!«

Sie riss ihre Augen weit auf und schüttelte energisch den Kopf. »Ich kann nicht, Nerina. Ich trage keine Güte in meinem Herzen!«

»Doch, das tust du, Eira. Du hast uns eben bereits das Leben gerettet. Du kannst es schaffen, Arcana zu besiegen. Du bist mächtiger, als wir es sind! Ich glaube an dich, Schwester!«

Kurz rang sie mit sich, wollte etwas erwidern, doch ich setzte nach. »All die Zeit warst du lediglich ihre Marionette. Sie konnte sich deinen Geist nur zu eigen machen, eben weil du ein so herzensguter Mensch bist. Bitte, hilf uns, Tero und Jalmari zu rächen.«

Sie schluckte, nickte und erhob sich dann vom Boden. Arcanas Blick schnellte zu Eira und verfinsterte sich.

»Ihr könnt mich nicht aufhalten. Die Dunkelheit legt sich bereits über die anderen Welten. Es ist unmöglich, diesen Vorgang rückgängig zu machen!«

Ich wusste nicht, ob ihre Worte der Wahrheit entsprachen oder ob sie versuchte, uns mit ihnen zu manipulieren. Dennoch erfüllte mich das Gesagte mit noch mehr Kraft, die letzten Reserven, die ich aufbringen konnte.

Eira trat an meine Seite und lächelte mich an. »Danke, Nerina. Ich danke dir für alles.« Sie legte ihre Hand an meine Wange und schloss die Lider, aus denen vereinzelte Tränen rannen. »Gib auf meinen Sohn acht. Kian braucht dich.«

»Was …? Eira, was hast du vor?« Meine Stimme war brüchig.

»Versprich es mir!«

Als ich nickte, atmete sie erleichtert auf. »Gut. Ich liebe dich, Schwester. Es tut mir leid, was ich euch angetan habe.«

Dann drehte sie sich um und lief direkt auf Arcana zu. Die Magierin wirkte verwirrt und wusste scheinbar nicht mehr, auf wen von uns sie ihre Konzentration lenken sollte. Eine ihrer Hände spaltete sich von dem dunklen Lichtstrahl ab und deutete nun auf Eira. Die dunkle Magie, die auf uns abzielte, wurde schwächer.

»Jetzt oder nie«, hauchte Aleksi und ich verstand augenblicklich.

Mit einem lauten Schrei entfesselten wir so viel Licht, wie wir aufbringen konnten. Arcana wich einen Schritt zurück, ihr Blick schnellte zwischen Eira und uns hin und her. Meine Schwester war bereits bei der Magierin angekommen, konnte sich gegen ihre dunkle Magie zur Wehr setzen.

»Verschwinde!«, zischte Arcana lautstark, doch Eira dachte nicht einmal daran, zu gehorchen. Stattdessen bündelte auch sie all ihre Kräfte und schoss sie in hellen Lichtstrahlen auf Arcana ab. Panisch schrie Arcana auf, als ihr bewusst wurde, dass wir die Oberhand gewonnen hatten.

Eira duckte sich unter einer weiteren Attacke hinweg, umrundete Arcana, sodass sie nun hinter dieser stand. »Für Tero und Jalmari!«, rief sie, ehe sie zu einem letzten Angriff ansetzte. Ein blendender Strahl erleuchtete selbst den Nachthimmel, als er durch Arcanas Herz gestoßen wurde. Sie ließ die Hände sinken und war uns nun schutzlos ausgeliefert. Doch meine Knie gaben nach und ein stechender Schmerz durchzuckte mich, als ich auf dem harten Steinboden aufschlug.

Ein gleißendes Licht umhüllte Arcanas Körper und ich hörte ihren schmerzverzerrten Ausruf, als Eiras Angriff ihr ebenholzschwarzes Herz durchstieß. Ein ohrenbetäubender Knall ertönte, als der Körper der Magierin in seine Einzelteile zerfiel und ihr das letzte bisschen Leben entzog. Ein sanftes Lächeln umspielte meine Lippen. Eira hatte es geschafft. Sie hatte uns alle gerettet.

Meine Schwester atmete laut aus und humpelte langsam auf das Gestell auf der Terrasse zu, in dessen Mitte sich noch immer *das Licht der Unendlichkeit* befand. Ihre Mimik verkrampfte sich bei jedem Schritt, dennoch griff sie nach dem Stein. Als sie ihn berührte, schrie sie schmerzerfüllt auf und sackte in sich zusammen, doch sie ließ nicht los.

»Eira!«, rief ich ihr zu. Doch meine Stimme war so schwach, dass sie meine Schwester vermutlich nicht einmal erreicht hatte. Mit den Augen suchte ich meine nähere Umgebung ab und fand Aleksi unweit von mir am Boden liegend. Mari war über ihn gebeugt und wischte ihm eine Strähne aus der Stirn. Doch sie lächelte. Aleksi war allem Anschein nach lediglich bewusstlos.

Eira schrie weiter auf und versuchte mit aller Macht, den Stein an sich zu reißen. Ich wollte ihr zu Hilfe eilen, doch mein Körper gehorchte mir nicht. Ich war zu schwach, als dass ich mich hätte rühren können. Also versuchte ich, meine schmerzenden Lider offen zu halten und Eira gedanklich Hoffnung zuzusprechen. Sie würde es schaffen. Sie würde die Welten jenseits der unseren retten.

Noch ein letztes Mal schrie sie auf, riss ihren Arm zurück und taumelte zu Boden. Zwischen ihren Fingern hielt sie *das Licht der Unendlichkeit*, dessen Leuchten abrupt aufgehört hatte. Ich blinzelte gen Nachthimmel und stellte erleichtert fest, dass das Portal sich geschlossen hatte.

Ganz langsam drehte ich mich und rutschte über den Terrassenboden auf meine Schwester zu. Ihr Körper zitterte unkontrolliert, doch als ihr Blick den meinen traf, lächelte sie. Noch ein paar Meter und ich hatte es geschafft.

»Du hast uns alle gerettet«, flüsterte ich ihr ins Ohr.

»Ich hoffe es. Das war ich euch schuldig.«

»Ich danke dir, Eira. Ich danke dir von ganzem Herzen.«

Sie hob ihre Hand, um sie mir an die Wange zu legen, doch mitten in der Bewegung verdrehten sich ihre Augen, ihr Körper krampfte ein letztes Mal und ihr Arm sank zu Boden. Meine Schwester war tot.

Laut schluchzend beugte ich mich über ihren leblosen Körper, bis auch ich irgendwann das Bewusstsein verlor.

KAPITEL 53

Als ich die Augen öffnen wollte, wurde ich von einer unerträglichen Helligkeit überrascht. Ich lag in einem weichen Bett und trug ein samtenes Nachtkleid am Körper. Als ich den Kopf drehte, setzte augenblicklich ein pochender Schmerz ein. Instinktiv fasste ich mir an die Stirn und spürte ein Leinentuch, das um sie herumgewickelt war.

»Sei vorsichtig, du bist noch sehr geschwächt«, sagte eine mir nur allzu vertraute Stimme. Aber es war nicht möglich, dass er es war. Ich blinzelte gegen die Tränen an und setzte mich vorsichtig auf. Und dann sah ich ihn. Tero, der mir gegenüber auf der Bettkante saß und mich mit trauriger Miene anschaute.

»Wie kann das sein? Wie …? Aber …?« Meine Stimme war brüchig und zittrig. Wollte meine Fantasie mir einen perfiden Streich spielen? Tero war gestorben, ich hatte es mit meinen eigenen Augen gesehen. Vielleicht war ich auch tot und dies war eine Art Jenseits, in dem es uns vergönnt war, eine gemeinsame Zukunft zu haben?

Ich beobachtete jede seiner Regungen ganz genau. Dabei blinzelte ich nicht einmal, da die Furcht zu groß war, dass er sich jeden Augenblick in Luft auflösen konnte. Er erhob sich von der Matratze und ging ums Bett herum, ehe er an meiner Seite zum Stehen kam und seine Hand nach meinen Fingern ausstreckte. Eine Wärme durchströmte mich und mein Puls beschleunigte sich. Das schnelle Klopfen meines Herzens in der Brust war ein Indiz dafür, dass ich am Leben war.

Tero umklammerte meine Hand fester, verschränkte seine Finger mit den meinen und schluchzte leise auf. »Es tut mir leid, Nerina. Es tut mir so schrecklich leid«, hauchte er, während er meinem durchdringenden Blick auswich.

»Du lebst.« Mehr Worte bedurfte es nicht. Es war mir vollkommen gleichgültig, wie Tero am Leben sein konnte, aber er war es. Er war an meiner Seite und nun konnten wir uns das Leben aufbauen, von dem wir geträumt hatten. Ich drückte seine Hand und lächelte. »Ich liebe dich, Tero.«

Sein Blick glitt über meinen Körper, bis er meinen traf. Seine Mundwinkel zuckten, aber die Schatten um seine Augen sprachen Bände.

»Was ist los?«, hakte ich nach.

»Weißt du noch, der Tag, an dem die Hüter uns angegriffen haben und ich so viel Blut verloren habe, dass Asante gesagt hatte, es sei ein Wunder, dass ich noch am Leben bin?«

Ich befeuchtete meine Lippen und nickte.

»Und als wir im Feenreich ankamen und Etarja sagte, es täte ihr leid, dass sie mir nicht helfen konnte?«

»Natürlich, sie konnte dir nicht dabei helfen, Tjana zu retten.«

Tero schüttelte lange seinen Kopf. »Nein, das war gelogen. Ich habe dich, nein, euch in vielerlei Hinsicht belogen.«

»Das ist nicht mehr wichtig«, versicherte ich ihm. »Es ist mir egal, welche Geheimnisse du vor mir hast, Tero. Ich liebe dich und werde dich immer lieben.«

»Ich bin dir aber eine Erklärung schuldig. Ich habe es dir versprochen.« Er stand auf und wandte sich von mir ab. Es fiel ihm unendlich schwer, mir in die Augen zu blicken. Tero rollte seine Ärmel langsam über seine Ellenbogen und drehte sich wieder zu mir um. Die langen Narben an Handgelenken und Unterarmen traten leicht hervor.

»Ich war ein Feigling. Nach dem Tod meiner Frau und meines Sohnes wollte ich nicht mehr sein. Ich konnte mir nicht vorstellen, ohne die beiden ein normales Leben zu führen, weshalb ich dem ein Ende bereiten wollte.«

»Du wolltest …«

»Ja, ich wollte mich umbringen.«

Ich schluckte schwer und die Tränen verschleierten meine Sicht. All die Zeit hatte ich Tero dafür bewundert, dass er nach solch schwerem Verlust in der Lage war, einfach weiterzuleben, und nun stellte sich heraus, dass auch dies eine Lüge war. Dennoch ergab sie keinen Sinn. Die Narben waren ein Indiz dafür, dass er sich hatte umbringen wollen, aber es fehlte noch immer ein letztes Puzzleteil.

»Wieso lebst du dann noch?«

»Weil ich nicht sterben kann.«

Einen Moment lang war ich unsicher, ob ich Tero richtig verstanden hatte. Er hatte gesagt, er könne nicht sterben, aber das war unmöglich. Jeder Mensch konnte sterben und jeder Mensch würde zwangsläufig irgendwann auch sterben. Als er bemerkte, wie ich krampfhaft nach einer passenden Antwort auf diese Frage suchte, lächelte er mich traurig an.

»Magie ist Fluch und Segen zugleich«, presste er zwischen den Zähnen hervor. »Damals, als ich meinen Vater um Hilfe für Tjana bat und er mir diese verweigerte, habe ich die Kontrolle über mich verloren. Ich war so wütend, dass er mich vor die Tür gesetzt hatte, dass ich wiederkehrte, um ihm einen weiteren Besuch abzustatten.«

Tero schluckte und versuchte sich zu sammeln. Dabei ließ er von mir ab und vergrub das Gesicht in den Händen. »Es war nie meine Absicht, es so weit kommen zu lassen, das musst du mir glauben.«

Sachte streichelte ich ihm über den Rücken. »Erzähl es mir.«

»Meine Eltern waren in ihrem Turm und haben sich gestritten. Ich wusste damals nicht, dass es um mich ging, dass meine Mutter wollte, dass mein Vater mir seine Hilfe gewährt. Ich stürmte ins Zimmer und richtete all meine Wut und all meinen Hass gegen den König. Diesen Tag werde ich niemals mehr vergessen. Als ich ging, brach ich vor den Toren des Turms zusammen und die Magie strömte unkontrolliert aus mir heraus, woraufhin der Turm in sich zusammenbrach und meine Eltern unter sich begrub.«

Ein schockierter Laut entfuhr meinen Lippen.

»Nicht nur hatte ich Tjana und meinen Sohn verloren, nein, ich trug Mitschuld am Tod meiner Eltern. Mein Herz war endgültig gebrochen. Es war etwas, das ich mir niemals vergeben konnte. Ich verdiente es nicht zu leben, weshalb ich sterben wollte. Doch ich konnte es nicht. Deshalb suchte ich Etarja auf, aber auch sie konnte mir nicht helfen. Durch den alles verschlingenden Hass, den ich empfand, hat sich meine Magie in einen Fluch gewandelt, der nicht gebrochen werden kann. Der Fluch der Unsterblichkeit. So bin ich auf ewig dazu verdammt, allen Menschen, die ich liebe, beim Sterben zuzusehen.«

Ich wusste nicht, was ich sagen oder wie ich auf diese Offenbarung reagieren wollte. All die Zeit hatte ich mit vielem gerechnet, aber nicht damit, dass ein so grausamer Fluch auf Tero lastete.

Mein Herz schlug immer schneller und in meinem Kopf schwirrte es unaufhörlich. Ich musste diese neu gewonnenen Informationen erst einmal verarbeiten.

»Es tut mir leid, dich mit all dem belastet zu haben, Nerina. Du solltest dich ausruhen. Ich werde hier sein, wenn du mich brauchst.«

Ich nickte geistesabwesend und schaute Tero nach, als er den Raum verließ.

Es war dunkel, als ich wieder aufwachte. Meine Augen waren verquollen und mein Kopf schmerzte noch immer. Ich wusste nicht, wie viele Tage seit dem letzten Kampf vergangen waren, aber da die Wunde an meinem Bauch relativ gut verheilt war, hatte ich vermutlich mindestens ein paar Tage im Bett gelegen.

Mit zittrigen Beinen stand ich auf und nahm den Morgenmantel an mich, der über eine Stuhllehne hing. Ein kurzer Blick in den Spiegel reichte aus, um festzustellen, dass ich fürchterlich aussah. Meine Haare standen strähnig und verknotet zu Berge, meine Augen waren rot und angeschwollen und meine Haut war von einer ungesunden Blässe. Meine Arme und Beine wiesen zahlreiche Blessuren auf und das Leinentuch an meiner Stirn hatte einen dunklen Blutfleck darauf. Vermutlich von einer Platzwunde an der Schläfe, was den dröhnenden Kopfschmerz erklärte.

So wie ich aussah, brauchte ich vermutlich noch viel Ruhe, doch ich konnte nicht länger in diesem Zimmer liegen bleiben. Ich erinnerte mich an vieles von der letzten Schlacht, doch einige Dinge waren verschwommen. Was passiert war, nachdem ich das Bewusstsein verloren hatte, wusste ich nicht. Da ich mich augenscheinlich in meinem Palast befand, hatten wir den Krieg gewonnen.

Ich legte den Morgenmantel um meine Schultern und schlüpfte aus der Tür. Es war kühl, sodass ich augenblicklich zu frösteln begann und meine Arme wärmespendend um den Körper schlang. In diesem Aufzug würde ich mir vermutlich noch eine Erkältung zuziehen, doch das war mir egal.

Bei jedem Schritt drohte mich die Kraft zu verlassen. Ich musste mich mit der Hand an der Wand abstützen, um nicht zu fallen. Im

Bett zu liegen hatte meine Beine geschwächt. Als ich der Treppe nahe war, stieg ein lieblicher Duft in meine Nase.

Ich versuchte meine Schritte zu beschleunigen, doch die Stufen hinabzusteigen war mühevoll und ich krallte die Finger so stark um das Geländer, dass meine Knöchel weiß hervortraten.

»Majestät, Ihr solltet im Bett liegen!«, sagte ein Wachmann mit fester Stimme. Er stand am unteren Treppenabsatz und nahm zwei Stufen auf einmal, um mir unter die Arme zu greifen. Ich kannte den jungen Mann nicht, aber lächelte ihm dankbar zu.

»Es geht mir schon viel besser«, antwortete ich ehrlich. »Nur bin ich am Verhungern.«

Er grinste und reichte mir seinen Arm, in dem ich mich einhakte. »Eine Bedienstete wollte Euch jeden Augenblick etwas nach oben bringen. Aber wenn Ihr nun schon hier seid, begleite ich Euch gerne in den Speisesaal.«

Ich lächelte den Wachmann an und ließ mich von ihm führen. Als er die Flügeltür aufstieß, verstummten augenblicklich all die Gespräche, die eben noch im Speisesaal stattgefunden hatten. An der langen Tafel saßen all die bekannten Gesichter, die ich so sehr vermisst hatte.

»Nerina!« Resa sprang von ihrem Stuhl auf und warf sich mir in die Arme. Hätte der Wachmann nicht meinen Rücken gestützt, hätte ich wohl das Gleichgewicht verloren. »Es ist so schön, dass es dir wieder besser geht.«

»Ich bin auch froh, Resa.« Ich ließ von ihr ab und lächelte in die Runde. Sie alle schienen wohlauf zu sein und ich dankte all den Göttern dafür.

»Da du nun hier bist, haben wir etwas zu verkünden«, sagte Aleksi und bedeutete mir, mich zu setzen. Ich nahm neben Resa und Lorya Platz und wartete gespannt auf die Neuigkeit. Dabei glitt mein Blick zu Tero hinüber, der mich schüchtern von der Seite musterte und beschämt wegschaute, als unsere Blicke sich trafen. Zwar hatte ich noch nicht allzu viel Zeit gehabt, über all die neuen Erkenntnisse nachzudenken, doch wenn ich eines in den vergangenen Wochen gelernt hatte, dann, dass jeder Mensch eine zweite Chance verdiente.

Ein Bediensteter füllte den Kelch vor mir mit Wein. Ich erhob ihn und schaute Aleksi eindringlich an. »Was ist die gute Neuigkeit? Spann uns nicht so auf die Folter.«

Mari saß neben ihm und war in ein edles Gewand gekleidet. Es war ein cremefarbenes Kleid, mit kurzen Ärmeln und einer wunderschönen Brosche. An der Seite des Prinzen strahlte sie so viel Freude aus.

Aleksi räusperte sich und erhob sein Glas. Mit der anderen Hand umschloss er Maris Finger zärtlich. »Ich habe Mari gebeten, meine Frau zu werden und sie hat eingewilligt.«

Ich konnte mir ein freudiges Quietschen nicht verkneifen. »Das ist wundervoll! Herzlichen Glückwunsch euch beiden!«

»Danke, Nerina«, antwortete Aleksi. »Aber es gibt noch eine Bekanntgabe.«

Tero erhob sich von seinem Stuhl mir gegenüber und nickte knapp. »Ich habe offiziell auf den Thron von Kjartan verzichtet. Aleksi wird also der neue König des Landes und Mari die Königin an seiner Seite. Wir werden bald nach Kjartan aufbrechen und dort die Bekanntgabe machen.«

»Du gehst fort?«, entfuhr es mir mit zittriger Stimme.

Tero setzte sich wieder an seinen Platz und legte die Serviette auf seinen Schoß. »Zumindest für eine Weile.«

Ein beklemmendes Schweigen legte sich für einen Moment über den Raum. Meine Welt geriet ins Schwanken und mir war, als hätte man mir den Boden unter den Füßen weggerissen. Ich war mir sicher, dass er wegen dem gehen wollte, was er mir am Morgen erzählt hatte. Aber ich wollte nicht, dass er mich verließ. Es war eine schwierige Lage, in der wir uns befanden, aber wir würden einen Weg finden, den Fluch zu brechen und ein normales Leben zu führen.

»Lasst uns auf die Verlobten anstoßen«, sagte Eggi, womit er die Stille endlich durchbrach. »Auf Aleksi und Mari!«

»Auf Aleksi und Mari!«, stimmten wir ein und ließen die Gläser aneinanderklirren.

Dann wurde das Essen serviert und die Stimmung zwischen uns wurde immer ausgelassener, je mehr Wein floss. Es war nur unser engster Freundeskreis anwesend und doch feierten wir, als gäbe es kein Morgen. Für einen Moment schien es, als hätte der Krieg keinerlei Spuren bei uns hinterlassen. Bis auf die Tatsache, dass vier von uns fehlten. Ode, Kasim, Asante und Desya.

Heorhiy wollte in wenigen Tagen ins Schattenreich aufbrechen, um seine Tochter dort herauszuholen und nach Arzu zu bringen. Eggi wollte zu Ehren von Asante der königlichen Garde beitreten und Resa würde eine Ausbildung zur Waffenschmiedin antreten. Lorya wusste noch nicht, was genau sie in Zukunft tun wollte, doch wollte sie in jedem Fall darauf warten, dass ihr Bruder und ihre Nichte zurückkehrten. Aleksi und Mari würden heiraten und ein Königreich regieren und was Tero betraf ... ich wusste es nicht.

»Ich werde mich etwas hinlegen«, sagte ich nach einer Weile und erhob mich. Der Wein war mir bereits zu Kopf gestiegen und da ich noch immer lediglich in ein Nachtkleid gehüllt war, war mir kalt. Zudem gab es vieles, über das ich noch nachdenken musste. Niemand hielt mich auf, als ich den Speiseraum verließ, dennoch konnte ich die Blicke meiner Freunde im Rücken spüren.

Die nächsten Tage verliefen alle ziemlich ähnlich. Der Palastheiler Snaer suchte mich einige Male auf, um meine Wunden zu reinigen und neu zu verbinden. Er erklärte mir, dass ich unglaubliches Glück gehabt hatte, dass Resa ihm bei der Bluttransfusion helfen konnte. Tero und Aleksi dienten dabei mehrfach als Spender. Ohne ihre Unterstützung wäre ich vermutlich am Blutverlust gestorben.

Resa und Mari hatten mich einige Male besucht und mir von den Dingen erzählt, die im Palast passierten, während ich außer Gefecht gesetzt war. Arzu hatte sich vom Krieg mittlerweile halbwegs erholt und die Bewohner des Landes waren dabei, die Stadt neu aufzubauen. Viele Häuser waren niedergebrannt, aber ich kam mit dem Gold der königlichen Schatzkammer für alle Schäden auf. König Marin war mit seinen Truppen nach Lenjas zurückgekehrt und hatte eine Gedenkstelle für seinen Sohn errichtet. Die Mokabi hatten die größten Verluste zu verzeichnen, doch waren glücklich über den Ausgang des Krieges. Ihnen stand es nun frei, dort hinzugehen, wo immer sie leben wollten. Zu Maris Leidwesen saß Hauptmann Alvarr im Kerker, wo er und Meister Silbus auf ihr Urteil warteten. Und Rumpelstilzchen ... niemand wusste, was aus dem Schattenwandler geworden war. Er hatte sich einfach in Luft aufgelöst. Ich vermutete, dass er zurück in sein Reich gegangen war, als er festgestellt hatte, dass Arcana scheitern würde.

»Jemand möchte Euch sehen, Majestät«, sagte eine Dienerin leise.

»Würdest du mir helfen, mich anzukleiden?« Sie nickte und verschwand im angrenzenden Kleiderraum, um mir ein passendes Kleid auszuwählen. Als sie mit einem bodenlangen roten Samtgewand wieder herauskam, musste ich mir das Lachen verkneifen. Es war paradox, dass ich mich so einkleiden sollte, wo ich das vergangene Jahr überwiegend in Reiterhosen und eng anliegenden Oberteilen herumgelaufen war. Dennoch sagte ich nichts, sondern ließ mir von ihr helfen.

»Danke«, sagte ich, als das Mädchen mich bat, am Frisiertisch Platz zu nehmen. »Wie heißt du?«

»Kira, Eure Majestät«, flüsterte sie.

»Es freut mich sehr, dich kennenzulernen.«

Ihre Wangen röteten sich leicht, als sie eine Verbeugung andeutete und sich danach wieder meinen Haaren widmete. Als sie fertig war, betrachtete ich mich im Spiegel. Ich sah königlich aus, keine Frage. Dennoch war das nicht ich. Nicht mehr.

»Führ mich bitte zu meinem Gast.« Das Mädchen verschwand aus der Tür und ich folgte ihm hinunter in die große Vorhalle. Die Sonne schien durch das verglaste Dach und erhellte den Raum, sodass er nun dalag wie in meiner Erinnerung. Kira öffnete die Tür zum Arbeitszimmer meines Vaters und kündigte mein Eintreten an. Wieder musste ich schmunzeln. Sobald ich mein Amt wieder antrat, würde ich für einige Änderungen im Palast sorgen.

Als Kira den Weg frei machte, konnte ich meinen Augen kaum trauen.

»Etarja, Kjartan«, hauchte ich ehrfürchtig, vergaß meine Manieren und umschlang das Feenkönigspaar.

»Es freut mich, dich wohlauf zu sehen, Nerina. Es tut mir unendlich leid, dass wir euch nicht im Kampf unterstützen konnten. Sobald ich gespürt hatte, dass ihr den Sieg davontragen würdet, haben mein Gemahl und ich uns auf den Weg gemacht.« Sie strahlte übers gesamte Gesicht. Ihre hellen Locken fielen ihr dabei geschmeidig über die Schultern.

»Meine Jungs haben gut auf dich aufgepasst«, stimmte nun auch Kjartan seiner Gemahlin zu. »Schön, dass es auch Teriostas und Aleksandros gut geht.«

»Habt ihr schon mit ihnen gesprochen?«

»Mit Aleksandros kurz. Setz dich bitte, Nerina.« Etarja deutete auf den Stuhl zu ihrer Linken und ich tat ihr den Gefallen, Platz zu nehmen. »Ich hoffe sehr, dass du mir vergeben kannst. Ich habe dich in vielerlei Hinsicht belogen und im Dunkeln tappen lassen. Das war niemals meine Absicht. Ich wollte dich mit meinem Handeln nie verletzen. Doch hätte ich dir einige Dinge vorab erzählt, dann hätte das die Zukunft verändern können.«

Ich lauschte gebannt ihren Worten. »Hättest du um Teros Fluch gewusst, dann hättest du ihn bereits gebrochen und ihr beide wärt in der Schlacht gefallen. So blieb mir zu hoffen, dass es nicht so weit kommen würde.«

Fragend zog ich die Augenbrauen zusammen und legte den Kopf schief.

»Ich sagte dir, sie weiß davon nichts, Liebste.« Kjartan ging in die Hocke und schaute mich an. Ein Lächeln umspielte seine Lippen. »Es gibt einen Weg, um jeden Fluch zu brechen. Schau tief in dein Innerstes, dann wirst du verstehen.«

Ich verstand nicht, was er mir damit sagen wollte. Wieso konnte man mir die Lösung nicht einfach mitteilen? Wir hatten die Dunkelheit aus den Königreichen und allen anderen Welten vertrieben. Wäre es dann so schlimm, endlich mit der Wahrheit herauszurücken?

Gerade wollte ich zu einer Schimpftirade ansetzen, da fiel es mir plötzlich ein. Es war so simpel und mein Leben lang hatte man mir die Lösung gepredigt. Immer und immer wieder hatte ich davon gelesen und meine Eltern hatten es mir ebenfalls gesagt.

»Ich muss zu Tero!«, rief ich und stürmte aus dem Arbeitszimmer.

»Er ist in den Gärten«, hörte ich Etarja mit einem Lächeln in der Stimme mir hinterherrufen.

Ich hob mein Kleid an und beschleunigte meine Schritte. Meine Seite stach noch immer und die Wunde war noch nicht vollständig verheilt, doch das war mir in diesem Augenblick vollkommen egal. Ich musste zu Tero gelangen.

Als ich in die Gärten trat, war es kalt und eine dichte Schneedecke hatte sich um die Pflanzen gelegt. Die Winterluft löste meine Haare aus der Frisur, die Kira mir gezaubert hatte. Ich wusste nicht, wo Tero sich befand. Also rannte ich so schnell mich meine Beine trugen den Pfad entlang, bog links und rechts ab, bis ich ihn schließlich sehen konnte. Er stand vor dem vereisten Brunnen und hatte mir den Rücken zugewandt. Keuchend stand ich vor ihm. Das Lächeln auf meinem Gesicht war wie festgefroren. Jahrelang hatte er mit diesem Fluch zu kämpfen. Hatte Familie und Freunde sterben sehen, ohne ihnen in den Tod folgen zu können. Ich war dankbar, dass er bisher keinen Weg gefunden hatte, den Fluch zu brechen, denn auch wenn es egoistisch klingen mag, wäre er mir sonst niemals über den Weg gelaufen.

»Tero«, keuchte ich und stütze meine Hände an den Oberschenkeln ab. Er drehte sich langsam zu mir um.

»Du holst dir noch den Tod. Es ist bitterkalt!« Er kam auf mich zu, streifte seine Jacke ab und legte sie mir über die blanken Arme. »Ist alles in Ordnung?«

Ich richtete mich auf und trat auf ihn zu, sodass unsere Körper sich berührten und nicht einmal ein Stück Pergament noch zwischen uns gepasst hätte. Meine Hand legte ich auf seine Brust und spürte das rhythmische Schlagen seines Herzens.

»Ich liebe dich, Tero.« Ehe er wusste, wie ihm geschah, schlang ich meine Arme um seinen Nacken und zog ihn zu mir herunter. Ich presste meine Lippen auf die seinen und verlor mich in diesem Kuss, der schon so lange überfällig gewesen war. Eine Wärme ging von uns aus und umschmeichelte unsere Körper, die in einem hellen Licht förmlich erstrahlten. Ich spürte die Hitzewelle in meinem Inneren, während ich den Kuss intensivierte und Tero leise an meinen Lippen stöhnte, ehe er mich anhob und durch die Luft wirbelte. Selbst durch meine geschlossenen Lider konnte ich sehen, wie die Dunkelheit seinen Körper verließ und der Fluch von ihm abfiel.

Auch Tero schien es zu spüren, denn er setzte mich abrupt wieder ab und schaute mich mit großen Augen an. »Was war das?«

Ich legte den Kopf in den Nacken und fing inbrünstig zu lachen an. »Die Antwort lag direkt vor uns. Der Kuss der wahren Liebe bricht jeden Fluch, denn die Liebe ist die stärkste Macht der Welt.«

Tero stimmte in mein Lachen mit ein und küsste mich erneut. Immer und immer wieder bedeckte er mein Gesicht mit seinen weichen Lippen. Wir hatten es geschafft. Wir hatten die Dunkelheit vertrieben, den Fluch gebrochen und uns die Zukunft geschaffen, von der wir immer geträumt hatten.

Nun stand uns nichts mehr im Weg. Wir konnten ein glückliches Leben führen, gemeinsam, bis ans Ende unserer Tage.

EPILOG – 15 JAHRE SPÄTER

Meine Finger kreisen über den ledergebundenen Rücken, als ich das Buch zuschlage und tief einatme. Die goldene Schrift, die darauf zu sehen ist, erweckt in mir die Erinnerung, wie Tero und ich wochenlang gemeinsam im Arbeitszimmer meines Vaters saßen, um diese Geschichte auf Pergament zu bringen. Es ist schon viele Jahre her, dass wir all diese Erlebnisse miteinander geteilt haben, und doch kommt es mir immer wieder so vor, als wäre es erst gestern gewesen.

»Ist das alles wahr?« Meine liebste Tochter liegt mit großen Augen unter ihre Bettdecke gekuschelt. Sie schaut mich vollkommen ungläubig aus ihren braunen Augen an, die denen ihres Vaters nur allzu ähnlich sehen.

Ich lächle sie mit all der Liebe, die ich aufbringen kann, an und nicke. »Ja, es ist wahr. Dein Vater und ich haben viel Schreckliches erlebt. Doch all der Schrecken hat uns hierhergebracht und uns das größte Geschenk gemacht, das wir uns jemals hätten vorstellen können.«

»Welches Geschenk denn?« Ihre Stimme ist klangvoll und melodisch. Sie rutscht etwas näher an mich heran und umklammert den Saum meines Kleides mit ihren kleinen Händen.

Mit dem Zeigefinger stupse ich ihr auf die Nase. »Du bist dieses Geschenk.«

Sie lächelt mich freudestrahlend an. »Ich habe dich so lieb, Mutter.«

»Und ich dich, mein Kind.« Ich ziehe sie in eine feste Umarmung und inhaliere den blumigen Duft ihrer Haare. Dieses achtjährige Mädchen ist mein ganzer Stolz und ich liebe Tero so sehr dafür, dass er mir meine Tochter geschenkt hat. Nicht nur ist er Arzu ein wunderbarer König, sondern ebenso ein wundervoller Vater.

Eines Tages wird unsere Tochter die Herrscherin des Landes sein. Sie ist ein herzensguter Mensch und steht schon jetzt in ihren jungen Jahren für das Gute ein. Ich brauche mir keine Sorgen über die Zukunft zu machen, da Arzu nach Teros und meinem Ableben in fabelhaften Händen liegen wird.

»Mutter?«

»Mhm?«, murmle ich mit geschlossenen Augen.

»Können wir Tante Eira besuchen gehen?« Die Frage überrascht mich keineswegs. Ich wusste, dass meine Tochter das Grab besuchen möchte, sobald sie die ganze Geschichte gehört hat. Eira hat nicht nur Arzu, sondern alle Königreiche vor dem Untergang gerettet. Für die Bewohner ist sie die Heldin, zu der alle aufsehen. Es hat lange gedauert und viele Opfer gefordert, aber schlussendlich hat meine Schwester den richtigen Weg eingeschlagen und sich für die Seite des Guten eingesetzt.

»Komm, zieh deinen Mantel an«, sage ich daher und beobachte, wie meine Prinzessin quietschend aus dem Bett springt, ihren Kleiderschrank öffnet und sich den Wintermantel überstreift.

Ich werfe mir ihre Bettdecke über die Schultern und reiche ihr meine Hand. Gemeinsam durchqueren wir den Palast und schreiten hinaus in die kalte Brise des Wintertages. Zwar ist es ein weiter Weg und meine Gliedmaßen frieren bereits nach wenigen Schritten, aber meiner Tochter zuliebe beiße ich die Zähne zusammen und lasse mir nichts anmerken.

Eine dichte Schneedecke überzieht den Palastgarten. Die Blumen sind gefroren und die Bäume schon lange kahl. Dennoch ist der Anblick wunderschön und erinnert mich an die Zeit in Kjartan. Seit jenem Tag verbindet uns ein enges Verhältnis mit dem Königreich im Norden. Aleksi und Mari kommen uns regelmäßig besuchen und auch Tero und ich nehmen den weiten Weg zu besonderen Anlässen in Kauf.

Erst vor wenigen Tagen sind wir zurückgekehrt, da die Geburt von Maris zweitem Sohn mit einer großen Zusammenkunft in Kjartan gefeiert wurde. Als das Königspaar bei diesem Anlass den Namen des Kindes bekannt gab, schossen mir die Tränen in die Augen. Der zweite Prinz Kjartans trägt den Namen Kasim, in Ehren an den verstorbenen Krieger, der Tero damals das Versprechen abnahm, nach Hause zurückzukehren.

»Da vorne ist es!« Meine Tochter reißt sich los und stapft durch den hohen Schnee auf Eiras gläsernen Sarg zu. Als sie die Hände auf die kalte Scheibe legt, öffnet sie den Mund in Erstaunen. »Sie ist so wunderschön.«

Ich trete hinter sie und lege meine Hände behutsam auf ihre Schultern. Das Glas ist beschlagen, dennoch kann man Eira nur allzu deutlich erkennen. Ihr ebenholzschwarzes Haar umschmeichelt in eleganten Locken ihre schneeweiße Haut. Die vollen blutroten Lippen hat sie geschlossen. Ihre Hände liegen überkreuzt auf ihrem mit Perlen und Diamanten besticktem hellen Kleid und umschließen eine einzelne Rose.

Nach unserem Sieg kam die Feenkönigin Etarja nach Arzu und hat uns mit ihrer Magie diesen gläsernen Sarg erschaffen, der Eira bis in alle Zeit in ihrer jugendlichen Schönheit zeigen würde. Jede Woche kommen Menschen von überall her angereist, um der Heldin der Königreiche die Ehre zu erweisen.

Ich zucke zusammen, als ein Vogelschwarm lautstark über den Palast Richtung Süden fliegt. Eine einzelne Feder rieselt wie eine Schneeflocke vom Himmel und landet geschmeidig auf der Oberfläche des Sarges.

»Schau mal, Mutter«, strahlt meine Tochter. »Eine Schwanenfeder.«

»Wunderschön«, gebe ich zurück und streiche ihr sachte über den Kopf.

»Ich wünschte, ich könnte auch wie ein Schwan durch die Lüfte fliegen.« Sie hält sich die Feder vor die Augen und betrachtet sie ausgiebig von allen Seiten. Dann streckt sie die Arme aus und flattert mit ihnen, als wäre sie ein Vogel. Sie lacht, während sie um den Sarg wirbelt. Aber dann hält sie plötzlich inne und schaut mich traurig an.

»Was ist los?«

»Was ist aus dem Feenreich geworden? Wurde Prinz Darek jemals gefunden?« Ihre Augen glänzen, als sich langsam Tränen in ihnen bilden.

»Bisher leider nicht«, gebe ich zögernd zu. »Aber wer weiß, vielleicht wirst du eines Tages die Feen retten.«

»Glaubst du das wirklich? Meinst du, ich kann das machen?«

Ich gehe in die Hocke und strecke meine Arme nach ihr aus. Augenblicklich kommt sie auf mich zugerannt und stürzt sich in meine Umarmung. Im Garten ist es still, als wäre die Welt um uns herum zum Stillstand gekommen.

»Du wirst deine ganz eigene Geschichte schreiben«, flüstere ich an ihr Ohr. »Wenn du fest genug daran glaubst, dann wirst du alles erreichen können, das verspreche ich dir. Du bist meine kleine Schwanenprinzessin, meine liebste Tochter, Odetta.«

ENDE

DANKSAGUNG

Es ist kaum zu glauben, dass Nerina, Eira, Tero und Co. mich nun seit bereits drei Jahren auf Schritt und Tritt begleiten. Die Charaktere und die Geschichte sind mir in dieser Zeit unglaublich ans Herz gewachsen. Doch ohne die tatkräftige Unterstützung, die ich von zahlreichen Seiten erhalten habe, hätte ich diese Bücher niemals zu Papier gebracht.

Danke Ivonne, dass ich dich zu so gut wie jeder Tageszeit mit meinem »Mimimi« nerven kann und du immer ein offenes Ohr für mich hast. Es freut mich, dass du Nerina und ganz besonders Tero ebenso in dein Herz geschlossen hast.

Das Gleiche gilt für Julia Wimmer. Seit dem ersten Band begleitest du mich auf meinem Weg und gibst mir tolles Feedback. Danke für deine Begeisterung!

Ohne Astrid würde ich gar nicht erst hier stehen. Dass du an meine Geschichte geglaubt hast bedeutet mir viel.

Marie ... Ich liebe diese Cover so sehr. Ich habe es dir schon oft gesagt, aber ich könnte es immer und immer wieder sagen. Du hast meiner Reihe das wunderschönste Kleidchen aller Zeiten geschaffen. Danke!

Danke an Stephan für das großartige Lektorat. Du hast unglaublich viel aus meinen Büchern herausgeholt und dafür werde ich immer dankbar sein.

Auch dir, liebe Michaela, danke ich für das Korrektorat jedes einzelnen Bandes. Ich hätte mir in den Hintern gebissen, hätte ich diesen kleinen Logikfehler gegen Ende nicht noch ausgebessert. Ohne dich wären Hauptmann Alvarr und Meister Silbus wohl einfach von der Bildfläche verschwunden, ohne noch einmal Erwähnung zu finden.

Natürlich danke ich an dieser Stelle auch meiner märchenhaften Bloggercrew. Ihr habt mich bei jeder Veröffentlichung unterstützt und fleißig die Werbetrommel gerührt. Also danke an Simon, Ivonne, Sabrina, Marion, Janine, Jaschka, Eva und …

Denise. Warum du eine extra Spalte bekommst? Für die unglaublich schöne Landkarte natürlich! Damit hast du mir einen großen Traum erfüllt. Schon seit Band eins hätte ich unglaublich eine Karte meiner Welt gehabt und nun hast du mir eine gezaubert. Dafür kann ich mich gar nicht oft genug bedanken.

Danke an meine Familie, die mich schon seit 27 Jahren bei allem unterstützt, was ich tue. Ohne euch hätte ich niemals mit dem Schreiben angefangen.

Natürlich danke ich auch dir, Matze, mein Schatz. Du bist jeden Tag an meiner Seite, erträgst meine Stimmungsschwankungen, wenn mal wieder eine Deadline vor der Tür steht, und beschwerst dich nicht … zumindest meistens nicht :P Ich liebe dich, mehr als ich in Worte fassen kann.

Zu guter Letzt danke ich dir, dass du Nerina auf ihrer Reise begleitet hast. Du warst immer an ihrer Seite, als sie ihre Krone verloren hat, als sie aus dem Königreich fliehen musste, als sie auf Tero getroffen ist, ihre Freunde kennengelernt hat, als sie gegen Schattenwesen und zuletzt gegen Eira gekämpft hat. Danke, dass du all dies mit Nerina geteilt hast. Ohne meine Leser wäre ich niemals so weit gekommen.

Ich mache an dieser Stelle lieber Schluss, ehe meine Korrektorin den Rotstift schwingt, weil hier zu oft das Wort »Danke« in sämtlichen Variationen auftaucht.

Ich hoffe, wir lesen uns ganz bald wieder!

Eure Ana

Du brauchst Lesenachschub und hast Entscheidungsschwierigkeiten, möchtest dich überraschen lassen oder wünschst Empfehlungen? Da können wir helfen!
Wir stellen für dich ganz individuell gepackte Buchpakete zusammen – unsere

Drachenpost

Du wählst, wie groß dein Paket sein soll, wir sorgen für den Rest.

Du sagst uns, welche Bücher du schon hast oder kennst und zu welchem Anlass es sein soll.
Bekommst du es zum Geburtstag #birthday
oder schenkst du es jemandem? #withlove
Belohnst du dich selber damit #mytime
oder hast du dir eine Aufmunterung verdient? #savemyday
Je mehr wir wissen, umso passender können wir dein Drachenmond-Care-Paket schnüren.
Du wirst nicht nur Bücher und Drachenmondstaubglitzer vorfinden, sondern auch Beigaben, die deine Seele streicheln. Was genau das sein wird, bleibt unser Geheimnis ...

Die Wahrscheinlichkeit ist groß,
dass sich das ein oder andere signierte Exemplar in deiner Box befinden wird. :)

Wir liefern die Box in einer Umverpackung, damit der schöne Karton heil bei dir ankommt und als Geschenk nicht schon verrät, worum es sich handelt.

Lisan bringt das kleinste Drachenpaket zu dir, wobei *klein* bei Drachen ja relativ ist. € 49,90
Djiwar schleppt dir in ihren Klauen einen seitenstarken Gruß aus der Drachenhöhle bis vor die Tür. € 74,90
Xorjum hütet dein Paket wie seinen persönlichen Schatz und sorgt dafür, dass es heil bei dir ankommt – und wenn er sich den Weg freibrennt! € 99,90

Der Versand ist innerhalb Deutschlands kostenfrei. :)

Zu bestellen unter www.drachenmond.de